RAQUEL DE LA MORENA

¿Quién DIABLOS ERES?

TITANIA

Argentina • Chile • Colombia • Ecuador • España
Estados Unidos • México • Perú • Uruguay

1.ª edición Mayo 2019

Copyright © 2019 by Raquel de la Morena
All Rights Reserved
© 2019 by Ediciones Urano, S.A.U.
Plaza de los Reyes Magos, 8, piso 1.º C y D – 28007 Madrid
www.titania.org
atencion@titania.org

ISBN: 978-84-16327-68-3
E-ISBN: 978-84-17545-76-5
Depósito legal: B-9.910-2019

Fotocomposición: Ediciones Urano, S.A.U.
Impreso por Romanyà Valls, S.A. – Verdaguer, 1 – 08786 Capellades (Barcelona)

Impreso en España – Printed in Spain

PARTE 1

¿Quién diablos eres?

A Gabi, mi madre, la mejor persona que conozco.
Y también a mi abuela Cloti y a mi tía abuela Rita,
a quienes echo mucho de menos.
Siempre os llevo a las tres en el corazón.

«La muerte está esperándome
ella sabe en qué invierno
aunque yo no lo sepa».

Extracto del poema *Invisible* (Mario Benedetti)

Prólogo

Dunbar (Escocia), 1816

Tumbado sobre la hierba que arropaba el entumecido margen del río, mientras su pecho intentaba recuperar el resuello, sintió que el corazón se le hundía en las profundidades de aquellas tierras que lo habían visto nacer. Un corazón ahogado y enterrado por la pena.

De nada le servían ahora todas las riquezas de su familia, las buenas conexiones sociales, su influencia en la Cámara de los Comunes o su rígido sentido del honor. Había sido incapaz de salvarle la vida a su hermano, arrastrado por los efusivos abrazos de aquella endemoniada corriente... Lloraba en silencio su pérdida, y las lágrimas se confundían con el agua que le goteaba de los mechones de la frente.

Recordó que su esposa lo esperaba en lo alto de la colina, y que estaba herida. No tenía ni un segundo que perder. Logró incorporarse y avanzar renqueante.

Encontró a su amada donde él mismo la había dejado, reposando contra el robusto tronco de un nogal. A la luz de la luna parecía un ángel, cubierta apenas por aquellas enaguas de seda nívea, su camisola de lino y el corsé largo que una hora antes había permanecido oculto bajo su flamante vestido de novia.

Doblado por la tristeza, se arrodilló ante ella para explicarle que su hermano había caído al Tyne y no había logrado rescatarlo.

—La corriente fluye con demasiada fuerza, y tanta turbulencia me impide distinguir nada bajo las aguas... Lo he perdido, amor mío. Lo he perdido y estaba herido de muerte —se lamentó en un susurro.

Solo tras pasarse la palma de una mano por la cara, fue capaz de contemplar con nitidez a la joven, y su aspecto lo alarmó: su tez, revitalizada siempre por el enternecedor rubor de sus mejillas, parecía ahora amortajada por una capa de lividez extrema, y los labios habían adquirido un tono ligeramente azulado. Observó su pecho, que ascendía y descendía con una frecuencia inusualmente acelerada. No lo entendía: el arañazo que a la altura del corazón le había infligido el vampiro que los había atacado apenas sangraba y, al menos en apariencia, era un corte superficial.

—Cariño... ¿qué tienes? —balbuceó asustado—. Estás muy pálida.

—La herida... —respondió ella. Las palabras se arrastraban con dificultad por su garganta— me quema por dentro —le explicó antes de rogar que le permitiera dormir—. Solo... solo necesito descansar un momento. Te quiero tanto...

La joven amagó una de sus cálidas sonrisas, pero apenas si llegó a tibia, en consonancia con la hipotermia que parecía cubrirle el resto de la piel. La vida, incapaz de darse por vencida, seguía corriendo por sus obstinadas venas y le permitió alzar una mano, temblorosa, para acariciar la tensa mandíbula de su esposo. Las fuerzas le dieron para mantener el brazo en alto unos segundos; sin embargo, enseguida cayó agotado, como un peso muerto.

El joven caballero examinó la herida con honda preocupación: el hilo de sangre que brotaba de ella era de un extraño color parduzco.

—Dios santo, creo que es veneno —dedujo mientras examinaba las pupilas dilatadas de su amada y sus evidentes dificultades para respirar.

La llamó por su nombre dos veces, esperando que reaccionara y abriera los ojos una vez más; aquellos ojos grises en los que tantas veces había visto reflejado el enfado, la bondad, el buen juicio, la terquedad y, sí, también el amor.

—Aguanta, por favor —le suplicó con la voz entrecortada—. No te duermas. Resiste, amor mío. Pediré ayuda y te recuperarás.

Desesperado, levantó la cabeza como si creyera que en cualquier momento acudiría alguien en su auxilio. Pero estaban solos. Y, a esas horas de la madrugada, resultaba harto improbable que nadie se apareciera en aquel lugar.

Con el temor de que fuera contraproducente moverla, pero el acicate de que dejarla allí suponía sentenciarla, la tomó en sus brazos y empezó a caminar de regreso a la mansión, a casi una milla de distancia. Sabía que el mozo de cuadra era el jinete más rápido de la casa; así que, una vez allí, a él arrogaría la trascendental misión de ir en busca del doctor Gilmore, el médico de la familia.

Cuando notó que la respiración de su esposa se volvía más estertórea, se detuvo un breve instante y, con delicadeza, inclinó la cabeza sobre su pecho. Escuchó un latido intermitente y casi imperceptible.

—Se está parando, se está parando —susurró mientras, espoleado por la angustia, avivaba aún más la marcha. Sus lágrimas besaron a la joven en la mejilla; también ellas pretendían mantenerla despierta—. Vamos, sigue latiendo, sigue conmigo...

Recordó el día en que la había visto por primera vez: su aspecto engañosamente delicado, su sonrisa tímida e inocente... Y cómo había ido descubriendo en ella unos pensamientos despiertos y ávidos de aprender, su talentoso ingenio, una lengua deliciosamente mordaz ante las ofensas y aquel corazón abierto y salvaje.

Entendió en ese aciago instante que la había amado desde siempre y que para siempre la amaría. Deseó morir fulminado por la mano divina si, después de lo mucho que les había costado vencer tanta terquedad y tanto orgullo mal entendido, los despiadados cielos osaban arrancársela de entre los brazos en su primera noche como marido y mujer. La ciñó con mayor fiereza aún contra su pecho, como si la protegiera del latrocinio de unas manos invisibles.

Tenían por delante todo un futuro juntos, y no se imaginaba viviéndolo sin ella. Aquello no podía ser el final de su amor. Era imposible. Era injusto.

La voz se le quebró en la garganta antes de lanzar un último y desesperado ruego:

—Cariño, no me dejes solo. —Se restregó en un hombro las lágrimas que le nublaban la visión y le habían impedido ser consciente de que la mansión ya resultaba visible a lo lejos; en ese instante, una mole oscura, triste y majestuosa, como un ataúd.

Aun con el corazón desgarrado, realizó el esfuerzo de continuar hablando. Cualquier cosa con tal de retenerla a su lado.

—No te vayas, te lo suplico. Si no tengo tu luz para guiar mis pasos, ¿qué puedo esperar de este mundo? Es seguro que me perderé en su oscuridad. Amor mío, ya no soy capaz de vivir sin ti. —El cuerpo de aquel hombre, que siempre había adoptado un porte señorial y seguro de sí mismo, se estremeció involuntariamente. Dolor, miedo, anhelo. Sentía su pecho arrinconado por las emociones—. Por todos los cielos... —Su pausado acento escocés apenas encontró espacio para pasar entre la hilera de dientes, prensados como piedras de molino—. Resiste. Resiste un poco más. Sé que puedes hacerlo.

Pero la Parca los seguía de cerca, caminando entre las sombras y de puntillas, arrastrando sobre la escarchosa hierba de la alborada sus pasos etéreos, silenciosos y letales.

1

Veintiún gramos

París, en la actualidad

Daniel repitió la frase. Esta vez con más intención, engolando la voz; ya no era un ensayo. El micrófono de la videocámara semiprofesional lo escuchaba atento.

—Los privilegiados inquilinos del cementerio Père-Lachaise respetan el toque de queda que, para siempre, la muerte ha impuesto en el lugar... Pero no todos.

—¿De verdad tenemos que hacer esto, Sandrine? —susurró Audrey a su compañera. El grupo de estudiantes se había detenido junto a la luz sepulcral de una farola para grabar una nueva escena—. ¿Por qué no nos vamos y rodamos el documental sobre cualquier otro tema? Seguro que Fontaine nos catea cuando vea que nos hemos colado aquí de noche... ¡Esto es ilegal! —cuchicheó exasperada al comprobar que no conseguía la atención de su colega—. Si nos pillan...

Sandrine, resuelta a consolidar la imagen de dura que se estaba trabajando en clase desde el inicio de curso, se llevó un dedo a los labios. El gesto de la autoproclamada directora fue autoritario, sin réplica posible; y Audrey capituló: no le quedaba otra que dejarse llevar por aquel trío de descerebrados guiado por Charlotte, una tarotista y vidente de cierta reputación entre los góticos de la universidad a la que habían pagado trescientos euros por el trabajito. No era el primer grupo al que la médium conducía por las inertes calles del Père-Lachaise pasada la medianoche.

Con los músculos agarrotados por la tensión de caminar entre tumbas a las dos de la madrugada, Audrey tiró de sus reservas de valentía para intentar seguir el paso de aquella expedición.

—Esperad un momento —pidió Gérard mientras descabalgaba la cámara de su hombro—. Se me ha pasado comprobar que estoy grabando con los efectos que comentamos en la reunión...

—Venga, hombre, no jodas. ¿Aún estamos así? No veas si se lo estamos poniendo fácil a los *seguratas*. Al final terminamos la noche en comisaría —protestó Daniel con un timbre de voz anclado en la adolescencia. Por suerte para él, dominaba el arte de camuflarlo frente a cualquier micrófono que se le pusiera delante.

Como Gérard se tomaba su tiempo para revisar lo filmado hasta ese momento, el aspirante a estrella catódica se entretuvo derramando sobre Sandrine una pizca de su habitual impaciencia:

—La bruja será una buena guía, ¿verdad? —murmuró Daniel señalando a Charlotte con la mandíbula—. A ver si encima nos vamos a perder.

—Tú céntrate en leer bien los textos que yo te pase, que todo lo demás está bajo control —respondió tajante Sandrine. Y si le mostró el plano a su compañero, fue más por situarse ella misma que por darle a él ningún tipo de explicación—. Mira, estamos aquí, en la avenida Transversal 1. La tumba queda muy cerca. —Una gota señaló el lugar exacto al que se dirigían—. ¡Mierda! —Sacudió el papel y lanzó una mirada de advertencia a los cielos—. Que no se ponga a llover ahora...

—¿Por qué no? Le daría mucho más ambiente al documental —se burló él. Le duró poco la sonrisa. Pasados por agua, sus exclusivos mocasines de nobuk y ante no volverían a ser los mismos.

La directora puso los ojos en blanco. Perder el tiempo dando respuestas obvias a preguntas bobas como aquella no se incluía entre sus planes. Para eso estaba Gérard:

—Ya. Mucho ambiente, tío —comentó el cámara—. Eso si estás haciendo una peli para Hollywood y cuentas con un buen equipo de iluminación. El que traemos es pura bazofia. Venga, termina de leer la entradilla y dejadme grabar después unas imágenes en silencio.

Audrey, por su parte, agradeció la lluvia aunque llegara dosificada con cuentagotas. Quiso ver en ello una señal. «Quizás alguien ahí arriba nos envía agua bendita para demostrar que no estamos haciendo nada sacrílego», intentó convencerse. El olor a tierra mojada, con el mismo efecto que la magdalena de Proust, la acompañó de vuelta a Guilers, el pueblecito donde se había criado con sus padres y dos hermanos pequeños. Echaba de menos a la familia, pero les agradecía el esfuerzo de enviarla a estudiar a París. Dejarse convencer por aquellos tres compañeros para hacer algo ilícito la hacía sentirse fatal. Rezaba por que sus progenitores al menos no tuvieran que vivir la vergüenza de recibir una llamada de la policía informándolos de que habían encerrado a su hija en un calabozo. Cuando volvió en sí, se vio frente a la tumba del cantante Mouloudji. Le gustaba su versión de *La Complainte de la Butte*.

Se sobresaltó cuando constató que las cuatro personas con las que había asaltado la necrópolis parisina la habían dejado atrás. Pasado el susto momentáneo de verse sola y abandonada, Audrey se planteó aprovechar la ocasión para dar media vuelta y dejar tirados a sus compañeros... Pero ella cargaba con los focos; la necesitaban y, lo más importante, quería una buena nota en Práctica Audiovisual. La beca y su futuro dependían en parte de ello.

Correr en mitad de la noche, descubriendo sombras a su alrededor allá donde mirara, hizo que se sintiera perseguida. Avivó el ritmo. Incluso en la oscuridad, a la vista exangüe de los muertos, se avergonzaba de sus desacompasadas zancadas. Cuando alcanzó al grupo, le faltaba el aliento. Como de costumbre, nadie la había echado en falta; solo la médium, divertida al adivinar el pánico en la expresión de la chica de diecinueve años.

—Ya puestos, casi hubiera preferido filmar en la tumba de Jim Morrison. He visto fotos de su fantasma y parecen reales —apuntó Gérard mientras ajustaba los controles en la pantalla digital de su cámara.

—Por favor —resopló Sandrine—, eso está muy visto... Eh, por fin hemos llegado. ¡El monolito! —los presentó. Aparcó la mochila sobre el terreno y dio una vuelta alrededor del monumento funerario. Como si aquel fuera a convertirse en su hogar y necesitara hacer inventario de cada rincón—. «Nacer, morir y renacer de nuevo... Y progresar sin cesar. Esta es la ley» —leyó para sí misma la inscripción grabada en la piedra superior del dolmen—. Bueno, vamos a ello, Daniel. Yo te mostraré los carteles, así que concéntrate en ponerle chispa. Y modula esa voz... —«de pito». No lo dijo en voz alta porque avivar en ese momento las inseguridades del presentador suponía desestabilizar al equipo del que ella formaba parte. No le interesaba ser cruel. «Quizás en otra ocasión».

Fue la primera de una ráfaga de órdenes que comenzó a dar a cada uno de sus compañeros y no necesariamente amigos. Según la solitaria Sandrine, «eso de la amistad es un cuento para niños, como las hadas, los unicornios... y mierdas parecidas». La única razón por la que no se ponía ella misma frente a la cámara, micrófono en ristre, tenía que ver con una serie de complejos absurdos que su madre había ido cebando a lo largo de los años. El de más peso entre ellos: que estaba gorda. Las dietas la venían mortificando desde el primer rapapolvo de probador que le asestó su escuálida y amantísima progenitora; la niña solo tenía ocho años.

Mientras retiraba del mausoleo las macetas que cubrían el suelo del primer escalón, halló entre medias, ocultos, cinco papeles plegados. Eran mensajes destinados al morador de la tumba: deseos por cumplir, peticiones para la cura de una enfermedad y simples oraciones. Los dejó abiertos sobre su carpeta negra y pidió a Gérard que los grabara. Después los recogió para colocarlos junto a los tiestos que había apartado. Aunque ella no era creyente ni entendía a las personas religiosas como Audrey, su intención era dejar aquel lugar tal y como lo habían encontrado.

Con los dos focos dispuestos, la imagen del pelo de Daniel perfecta en el reflejo de su espejo de bolsillo y la cámara sobre el trípode, todo estaba listo para el «¡Acción!» de Sandrine. Daniel leyó el cartel que le mostraba la directora:

—Nos encontramos en la tumba del pedagogo francés Hippolyte Léon Denizard Rivail, más conocido como Allan Kardec, un seudónimo que utilizó tras recordar que, en otra vida, ese había sido su nombre. En 1857 publicó *El libro de los espíritus*, que marcaba el inicio del espiritismo desde la perspectiva de la ciencia. Nuestro compatriota estaba convencido de que existe una región espiritual donde moran las almas inmortales de las personas y que la comunicación con ellas es posible. Fue un interlocutor privilegiado con el más allá. Esta noche, cuatro estudiantes de la Escuela Superior de Periodismo de París, asistidos por la prestigiosa médium Charlotte Dumont, intentaremos contactar con Kardec. ¿Querrá atender a nuestra llamada como se supone que otros seres del inframundo respondieron a las suyas cuando él estaba vivo?

—¡Y... corta! —exclamó Sandrine—. ¡¿Por qué has tenido que guiñar un ojo al final?!

—Pensé que... que quedaría bien —tartamudeó Daniel, no tan seguro ya de su actuación—. ¿Repetimos?

—Tío, ¿te crees que podemos tirarnos aquí toda la noche? Lo arreglaremos luego, en edición —continuó gruñendo Sandrine, que rebuscaba en la mochila un trozo de cartón plegado. Su vilipendiado compañero la ayudó a tender el tablero de la güija frente a la tumba.

Mientras tanto, la médium que los acompañaba, Charlotte, posó su mano izquierda sobre el hombro de la estatua de Kardec y, con la cabeza gacha, empezó a susurrar unas plegarias que nadie, al menos desde este mundo, pudo escuchar.

Ni siquiera Audrey, que la observaba atenta. La joven intuía en aquella pitonisa una amenaza imprecisa, y sin embargo no podía dejar de admirar su gusto por lo prohibido en algo tan simple como unas uñas pintadas en naranja chillón y el corte a lo *garçon* de su cabello rubio ceniza. De unas pecas mal puestas dedujo que Charlotte había sido pelirroja, y divagó imaginando cómo unas lágrimas de esos ojos turbios le habían apagado su llamativo color de pelo. Como tantas otras veces, Audrey sacó una libreta y apuntó sus reflexiones, ilustradas con un esquemático dibujo del sobrio panteón que descubrió tras el dolmen de Kardec. Retrató fielmente a la gárgola con forma de búho que custodiaba la entrada a la cúpula.

Sandrine chasqueó los dedos. Ante su nariz. Tres veces.

—Céntrate, Audrey. Empieza a regular la altura y la dirección de los focos, y ten en cuenta el espacio en el que vamos a estar sentados los cuatro. Aquí, ¿ves? Alrededor de la güija.

La directora, a quien no le gustaba esperar por nada ni por nadie, tuvo sin embargo la sensatez de no interrumpir los rezos de la médium. Ocupó su puesto junto al tablero y aguardó impaciente. Al cabo de unos minutos, Charlotte por fin le devolvió la mirada, invitándola a preguntar:

—Señora Dumont, ¿ha terminado?

—Sí.

«¿Le cobran por palabras a esta mujer o qué?», pensó Sandrine, que tomó nota de la actitud de la vidente y se ahorró el comentario.

—Estupendo, pues póngase enfrente de mí —le indicó—. No pasa nada porque usted se sitúe de espaldas a la estatua, ¿verdad? Estoy segura de que va a dar muy bien en pantalla. —Aquello pretendía ser un cumplido. Intentaba ganársela para que se soltara un poco: necesitaba a una espiritista parlanchina para el documental.

Charlotte, que había invocado sesiones como aquella cientos de veces, sacudió la cabeza muy despacio y tomó asiento junto a los universitarios. Los cuatro dejaron caer un dedo sobre el puntero.

—Ese cacharro tiene forma de púa de guitarra. ¿Y si nos vamos a la tumba del Rey Lagarto? —insistió Gérard desde el otro lado de la cámara—. Los de mi banda fliparían si...

Sandrine se giró enfadada.

—¿Te quieres callar? ¡Respeta el trabajo de la gente! ¡Algo así requiere de una gran concentración! —le exigió señalando a la médium. La joven respiró hondo antes de continuar en un tono más comedido—: Ten en cuenta, Gérard, que lo ideal sería grabar la sesión de un tirón, en un plano secuencia, porque los cortes le restarían credibilidad a la sesión de espiritismo.

—¿En serio me necesitáis? A mí estas cosas no me van... —se atrevió a farfullar Audrey al tiempo que, con la mano libre, agarraba instintivamente el crucifijo que le colgaba del cuello.

—Cuantos más seamos, más posibilidades de contactar —se inmiscuyó la tarotista.

Moción denegada.

La sesión dio comienzo. Charlotte los conminó a cerrar los ojos y visualizar la imagen de Allan Kardec. Su respiración, profunda y calmada, enseguida se transformó en bufido. Algo la había molestado.

—Tú tienes el don… —acusó a Sandrine.

—¿Un don? ¿Qué don?

—El de entrar en contacto con los difuntos. ¿Seguro que queréis seguir? Dos canalizadoras en una misma invocación, y en un lugar como este, pueden atraer a fuerzas de lo más dispares, y no todas han de ser bondadosas.

La directora del documental, propensa al escepticismo y deseosa de terminar de rodar las escenas del cementerio, sacó a pasear su avara paciencia.

—Sigamos, sigamos. No se preocupe. —Después de todo lo que habían afrontado para llegar hasta allí, no iba a renunciar a las imágenes que había reunido en su mente. Tenía el reportaje en la cabeza; faltaba filmarlo, llenarlo de realidad. Ante las dudas de la ocultista, recurrió a las amenazas—: Si no lo hacemos, tendrá que devolvernos el dinero.

Charlotte ni rechistó. Lo decía Groucho Marx: «Aunque el dinero no puede comprar la felicidad, sin duda te permite elegir tu propio estilo de miseria».

Acababan de reiniciar la sesión cuando una racha de viento arrancó de cuajo los focos. Y se desató el infierno.

Charlotte y Sandrine comenzaron a convulsionar.

Una fuerza inhumana lanzó primero a Daniel y después a Audrey por los aires. Él, con el cuello roto, estaba muerto antes de caer; ella no tuvo tanta suerte: agonizó durante un minuto, con la caja torácica hundida, los pulmones y el crucifijo encharcados en sangre. Gérard, aterrado, intentó escapar. En vano. Dos manos increíblemente poderosas lo atraparon por las rodillas y lo derribaron boca arriba. Lo último que vio fueron unas uñas de color naranja aferrando la maceta que le aplastó el cráneo.

El ataque cardiaco de la enérgica Sandrine no había sido fulminante. Su cerebro aún le brindó unos insuficientes y nostálgicos pensamientos mientras adelgazaba por última vez en su vida. Veintiún gramos.

Una hora más tarde, bajo la rama más gruesa de un fresno de quince metros de altura, se balanceaba, como una campana llamando a duelo, el cadáver de la prestigiosa médium parisina Charlotte Dumont.

2

Me llamo Alicia

Brooklyn (Nueva York), en la actualidad

Fue lo primero que vi de él: su mirada literalmente perdida. Verde. Y familiar. Abandonados en la nada, deseé poder rescatar aquellos ojos. No era capaz de distinguir nada más. Todo aparecía envuelto en una brillante niebla. Y yo necesitaba verle el rostro. Reconocerle.

Pensé que lo conseguiría si lograba acercarme sigilosamente, sin movimientos bruscos. Temí asustarlo y que se desvaneciera en el resplandor que nos rodeaba. Contuve la respiración al presentir que estaba muy cerca. Y en ese momento empecé a verlo todo... borroso. Furiosa conmigo misma, me dejé ir a la deriva, flotando en la impotencia, y la luz terminó por cegarme.

Aquella fue la primera noche que soñé con él.

El despertador berreaba sobre la mesilla. Sin mucho tacto, o quizás con demasiado, lo acallé de un manotazo. Frustración, Enfado y Pena. Los tres, como niños traviesos, se me echaron encima al mismo tiempo para cubrirme de la cabeza a los pies.

Me restregué los párpados, a la caza de lo que me nublaba las entendederas desde tan temprano, y por fin pude verlo todo más claro. Sonreí y lancé a los pies de la cama la sábana de doble capa que me tapaba: la del fiasco por el sueño *interruptus* y la porción de franela cubierta de diminutas flores púrpuras.

—¡Alice, vamos! ¡No querrás llegar tarde! —escuché a mi madre gritar desde la planta de abajo.

A mis veinticinco años, la sensación se acercaba a la de un primer día de colegio. Eso sí, un poco tardío, porque el calendario de la cocina lo habíamos mutilado nueve veces ese año. Un mes tras otro habían terminado en la papelera. Octubre, aún jovial y confiado en sus posibilidades, resistía amarrado a la espiral de alambre.

—¡Ya voy, ya voy! —Tomé impulso y, de un salto, dejé atrás la cama y aquel extraño sueño.

«Increíble... Hasta mi propia madre me llama Alice».

Bueno, yo misma había fomentado aquello. Alicia era el nombre que aparecía en mi partida de nacimiento, pero, harta de repetirlo en español una y otra vez —era un incordio ver tan a menudo esas caras de *¿perdona-cómo-has-dicho?*—, consideré que sería más fácil para todos si lo dejaba en Alice. Suena bien. Y, de haber nacido en Estados Unidos, es más que probable que, para simplificarme la vida, mi familia hubiera optado por la versión anglófona.

Aterricé aquí, en Nueva York, con nueve años. Antes había vivido en España. Nos mudamos tras la muerte de mi padre, Diego, en un accidente de tráfico. Rota por dentro, mamá intentó recomponer sus propios pedazos creando una paradójica conexión entre sus mundos interior y exterior: decidió marcharse lejos de cualquier ambiente, objeto o situación que le recordara a su marido. Huyó de la familia, de los amigos, de Madrid... Lo único que no pudo ni quiso dejar atrás y que, minuto a minuto, le evocaría a mi padre para siempre éramos mi hermana Emma, que entonces era un bebé, y yo.

Para mi madre, su pasado y su presente formaban parte del mismo fuelle de acordeón: podían llegar a alejarse un tiempo, pero irremediablemente terminaban por agolparse de nuevo en el mismo espacio. Así que, dieciséis años después de quedarse viuda, alguna que otra noche aún la escuchaba llorar en la soledad de su cuarto. Y es que los muros del dolor son cruelmente finos.

Aurora. Tiene el nombre más bonito del mundo, unos rizos castaños que, revoltosos y a su albedrío, se transforman en tirabuzones, y un hoyuelo muy gracioso (sí, solo uno) en la mejilla izquierda que desgraciadamente yo no he heredado.

—Buenos días —saludé mientras me sentaba a la mesa de la cocina, frente a mi desayuno energético; en el mismo bol: zumo de naranja, nuez mondada y cereales integrales. Uno de los inventos culinarios de mi madre.

—¿Qué, animada para el gran día? —Su voz sonó a nana, a calidez y cobijo.

—Sí, me apetece mucho. Es algo distinto de lo que he hecho hasta ahora. Será divertido —respondí.

—Por cierto... ¿Estás libre el sábado? Podríamos aprovechar que no trabajas y hacer algo las tres juntas. Te vendría bien comprar ropa... no sé, en plan más juvenil —sugirió mientras secaba unos cubiertos y me examinaba con una sutil desaprobación que, por si quedaba alguna duda, dejó aún más patente con palabras—. ¿No vas demasiado formal para una revista así?

—¿Así, cómo? —repliqué molesta, ajustándome ligeramente la corbata morada de rayas. Era mi favorita, siempre me había traído suerte.

La había conjuntado con unos *jeans* azules de corte recto, un chaleco gris oscuro con dos bolsillos falsos y una camisa de popelín blanca, con cuello clásico, aunque llevaba abiertos los dos últimos botones y la corbata colgaba relajada, a media asta. Sí, se podría decir que aquella prenda era para mí una especie de bandera, una forma como otra cualquiera de autoafirmarme y diferenciarme de los demás.

—Bueno, no es *Time*... Me refería a eso, Alicia, a que no es una revista tan seria, aunque está muy bien que vayas a trabajar allí.

Resoplé incrédula antes de responder:

—¿No es tan seria? Claro que no es *Time* —repliqué—. Ni el *Economist Tribune*. —Ese era el periódico en el que había trabajado como redactora durante los tres últimos años, desde mi licenciatura—. Será genial no tener que preocuparme más por cómo abren en Wall Street o por los ingresos de American Airlines —protesté mientras cazaba la última cucharada de mi desayuno.

—Lo sé, lo sé. Perdona, en realidad estás muy guapa, pero creo que deberías vestir más acorde con tu edad. Bueno, tú ya sabes lo que tienes que hacer... —capituló mi madre antes de que yo volviera a la carga.

Ella continuó con el secado de los cubiertos y, tras ver su cara de «tierra, trágame», solo pude esbozar una mueca y reírme a escondidas. Su voz seguía sonándome a nana.

Me levanté de la mesa, tomé su cara entre mis manos y le estampé un beso de carmín rosado en la mejilla. Una forma como otra cualquiera de firmar el armisticio.

La mañana se había despertado envuelta en una capa gris. No me importó demasiado; la parada del autobús ya no tenía casillero en mi vida diaria. Enfrente de casa me esperaba un Alfa Romeo 164 del 91, de color rojo. En el concesionario me habían dicho que el anterior dueño lo había cuidado bien, y, en mi condición de novata, prefería no mortificar a un coche nuevo con mi falta de pericia. Además, era el vehículo con más personalidad de mi calle. Incluso le había puesto nombre: Billy.

De camino al nuevo trabajo, me acordé de Edgar. Uno de mis mejores amigos y, a partir de ese día, también compañero. Fue él quien me avisó de que existía una vacante en *Duendes y Trasgos*. Envié el currículum a su jefa, me hizo la entrevista y, al parecer, la convencí de que yo era la redactora que andaba buscando. Por una vez, fui capaz de venderme bien, dejando de lado falsas modestias. Dicen que el modesto es el que busca que lo alaben dos veces, y eso no puede considerarse una virtud.

Mi desembarco en la revista se había resuelto en quince días. Dejé mi puesto en el periódico, no sin que mi ex redactor jefe, el señor Turner, me abroncara antes: «Estás tirando tu carrera a la basura. Nunca conseguirás un Pulitzer trabajando en una publicación sobre fantasmas y seres que existen únicamente en la imaginación de unos pocos desequilibrados». ¿Y quién le había dicho que yo pretendiera ganar ningún premio? Solo aspiraba a disfrutar de verdad con mi profesión, algo que no había hecho en el *Economist*.

Tras pelearme con la plaza de aparcamiento que me correspondía en el edificio de mi nueva redacción, subí en ascensor hasta la séptima planta. En la recepción, un chaval joven presidía el mueble semicircular y lacado en blanco en cuyo centro colgaba el logo de la cabecera de la revista. La forma de las letras imitaba una especie de enredadera de un verde muy intenso. Me pregunté, he de reconocer que con malicia, si era una broma privada acerca de cómo liaban ellos a sus lectores para llegar a hacerles creer en fenómenos paranormales. Rob —así me había dicho Edgar que lo llamaban— estaba al teléfono; su voz sonaba peculiar, y con una dicción muy marcada: era inglés.

—Así que ese fantasma se dedica a ponerle el despertador cada noche a las cuatro de la madrugada. (...) ¿Y está seguro de que no es algún familiar o amigo gastándole una broma? (...) Ah, que no vive con nadie. Bueno, pasaré su mensaje a la redacción y...

No quise interrumpirle, ya tendría tiempo de presentarme más tarde. Dejé atrás el pasillo para entrar en una sala luminosa y diáfana, con solo unas columnas como obstáculo visual. Busqué a Edgar con la mirada. Ni rastro de él. «¿Dónde se habrá metido?». Justo en ese momento apareció Jordan, la jefa, que llegaba pegada a un teléfono; me hizo un gesto para que la siguiera hasta su despacho. Una vez allí, me invitó a sentarme mientras ella seguía atendiendo la llamada. Debía de rondar los cuarenta años y en su rostro dominaba una nariz ligeramente aguileña y ribeteada por un simpático lunar. La melena, que parecía estirarse con determinación al encuentro de los hombros, pero sin conseguir rozarlos, brillaba con un singular negro azulado.

Su despacho era increíble. A la derecha, una estantería henchida de las mejores fotos de fenómenos paranormales que la revista había publicado. Apoyado sobre un rincón, descansaba un báculo de madera, cuyo mango giraba creando un círculo casi cerrado; en su interior, un hombre desafiaba a un dragón. Pero lo que más me llamaba la atención de la estancia era el mapamundi que se extendía por toda la pared de enfrente. No era un póster. Estaba pintado directamente sobre el muro, perforado por doquier por unas resistentes chinchetas. De gran parte de los países colgaban fotos de amuletos: una alianza de oro a la que faltaba un fragmento en forma de rombo, un atrapasueños, hierbas que no era capaz de identificar, un llamador de ángeles, la estatua de una especie de demonio... Sobre el dibujo de Irlanda, una imagen del báculo que había en el despacho. Me emocioné pensando que el resto de aquellos objetos los custodiaban allí mismo, en algún espacio secreto de la redacción. Mi cerebro no tardó en burlarse de una idea tan improbable como absurda.

—Buenos días, Alice —me saludó la directora mientras dejaba a un lado su *smartphone*, que por fin guardaba silencio—. ¿Cómo estás?

—Con ganas de empezar —respondí, segura de que había percibido mi descreída mueca mientras contemplaba el mapamundi que tenía a sus espaldas.

En unos segundos llegaba la confirmación.

—Esto... en la entrevista de trabajo no llegué a preguntarte qué opinabas de los fenómenos paranormales, si formabas parte del bando de los creyentes o de los escépticos —atacó de frente.

Confiaba en que la respuesta no me costara el puesto antes incluso de empezar a calentar la silla. Decidí arriesgarme y ser sincera. Siempre es peor quedar como una mentirosa.

—Me gusta pensar que soy de mente abierta, pero a priori tienes en mí a una escéptica —respondí con una sonrisa dubitativa, propia de alguien que prefiere no contrariar a la jefa a las primeras de cambio.

—Me alegro. No quiero en mi equipo a gente que no se cuestione las cosas. Aunque desde fuera podamos dar otra impresión, somos y nos sentimos periodistas, no cuentacuentos. Nos tomamos nuestro trabajo en serio, y es fundamental que toda la redacción, desde los periodistas a los fotógrafos, pasando por los maquetadores, sepan discernir lo que es real de lo que no lo es y de lo que podría serlo. Me entiendes, ¿verdad?

Asentí convencida.

Jordan se mostró satisfecha. Un halo de profesionalidad la envolvía. Me pregunté cómo habrían sido sus inicios como periodista. Podía imaginármela trabajando con el señor Turner en un reportaje sobre el producto interior bruto estadounidense.

—Estupendo. Solamente quería darte la bienvenida. Ahora tengo que salir. Una reunión con un cliente de publicidad. Pero seguiremos hablando en otra ocasión. Habrá mucho tiempo para eso —me aseguró antes de volver a coger el teléfono para marcar una extensión—. ¿Victoria? (...) Ed no ha llegado aún, ¿verdad? (...) Vale, pues hazme el favor de enseñarle la redacción a Alice y preséntasela también a los compañeros. (...) Gracias. Ah, espera, no la asustes en su primer día, por favor —la conminó mientras me dirigía una mirada... ¿piadosa?

Ya me estaba levantando de la silla y despidiéndome de mi jefa cuando alguien irrumpió con ímpetu en el despacho.

3

Comunicación no verbal

—¡Hola, Alice! Soy Victoria, la jefa de documentación y edición gráfica. Bueno, en realidad no soy jefa de nadie, solo de mí misma, porque no tengo ni un mísero becario... —explicó con un aspaviento admonitorio destinado a Jordan.

—Hola, Victoria. Encantada —la saludé mientras la acompañaba fuera del despacho de la directora.

—Vaya, ¿te han dicho alguna vez que tienes cara de duende? ¡Qué nariz más simpática! Es pequeña y ligeramente respingona... —me comentó mientras cerraba la puerta de Jordan.

La comparación me arrancó una sonrisa. Papá hubiera estado de acuerdo con ella. «Duendecilla», así solía llamarme él.

—¿Prefieres que te presente como *Alisia*? Sé que naciste en España. Bueno, perdona que haya indagado sobre ti. Entiéndelo, eso es lo mío... —Tomó aire para continuar con la retahíla—. Ay, estuve allí de vacaciones hace un par de años. Un día hablaremos de Madrid, de la sangría, de los bocadillos de calamares en la *plasa* Mayor, de los hombres morenos y superatractivos...

De repente Victoria no estaba conmigo: se había fugado, supuse que en compañía de sus recuerdos, a algún tipo de limbo. Mi voz la trajo de vuelta a Manhattan.

—En cuanto a tu pregunta, puedes llamarme como prefieras, pero mejor preséntame como Alice. Creo que será más fácil para todos.

—Ah, pues estupendo. Yo sí te llamaré *Alisia*. ¿Se pronuncia así en español?

—Casi, casi. Es Alicia —le contesté haciendo hincapié en la *ce*.

—*Alicia* —repitió muy concentrada.

—Ya lo tienes.

Pensé que Victoria me caería muy bien. Vale, quizás se mostraba exageradamente afectuosa para no conocerme de nada y hablaba por los codos, pero, como yo no era especialmente generosa compartiendo mis propios pensamientos, me parecía bien escuchar lo que le apeteciera contarme.

Se le escapó de la garganta un gruñido ronco. Seguí la trayectoria de su mirada para descubrir que mi amigo Edgar acababa de llegar a la redacción y se acercaba a nosotras eufórico.

—Jordan me ha pedido que le enseñe esto y que se la presente a los compañeros —refunfuñó la jefa de documentación.

Como bandera blanca —símbolo de una inteligente tregua, no de rendición—, Ed izó su sonrisa más perfecta. La naturaleza se había esforzado en repartir con sabiduría sus ciento ochenta y cuatro centímetros de altura y setenta y ocho kilos de peso. Se arreglaba el cabello con un estilo de lo más despeinado, lo que le daba un toque muy interesante en opinión de mi hermana Emma y de mi amiga Summer. Estaba acostumbrado a captar la atención de las mujeres y eso hacía de él, en ocasiones, un presuntuoso, un tipo irritante, pero lo compensaba siendo el mejor de los amigos.

—Vamos, pelirroja, ¿vas a privarme de acompañar yo mismo a Alice? Sabes lo que siento por ella... Es muy especial para mí —comentó divertido por la situación y, a escondidas, me guiñó un ojo.

Intenté poner cara de póquer y simular que a mí me daba lo mismo uno que otro. No quería herir los sentimientos de Victoria.

—Vale, pero me debes una —claudicó enojada mientras se retiraba a su mesa—. Al menos dejas que le enseñe mis dominios, ¿no?

—Alteza, haga usted los honores. —Edgar le dedicó una burlona reverencia.

La silla giratoria en la que tomó asiento la documentalista estaba rodeada a la derecha y a su espalda por dos grandes estanterías de metal verde oscuro. No sé por qué, pero me recordó a la Reina de Corazones de *Alicia en el País de las Maravillas*. Repantingada y pagada de sí misma. Aprensiva, di un discreto paso atrás, temiendo que decidiera señalarme al grito de: «¡Que le corten la cabeza!». Su-inofensiva-Excelencia me explicó que en los ficheros guardaba, a la derecha, los CD con todos los números atrasados de la revista, y, a la izquierda, el banco de imágenes, con tres tipos de fotos: las publicadas; las desechadas porque, según habían comprobado, estaban trucadas; y otras aún por investigar. Señalando una puerta cerrada al fondo del pasillo, me aclaró que en el almacén podría echar un vistazo a los ejemplares en papel.

—Pídeme los que quieras leer y yo te ayudo a localizarlos. Ya tendrás tiempo de dejarte los ojos en la pantalla del Mac.

—Gracias, Victoria.

Decía mucho en su favor que intentara ponerme las cosas fáciles.

—Cuando tengas que escribir un reportaje y necesites cualquier tipo de foto de recurso, aquí me tienes. Soy la mejor buscadora de imágenes de todo Nueva York y parte del extranjero —bromeó.

—Hala, ya has tenido tus minutos de gloria. Me la llevo.

Según nos alejábamos, una sola mirada le bastó a mi amigo para saber que le estaba reprochando su comportamiento con Victoria. Había estado borde con ella. Se detuvo en seco y, valiéndose de discretos susurros, se encaró conmigo:

—¡¿*Qué*?! —exclamó en castellano. Edgar era de ascendencia mexicana, neoyorquino de tercera generación—. A ver si te vas a enfadar conmigo el primer día... —continuó en inglés—. No he empezado muy bien la mañana. Si no estaba aquí para recibirte es porque el coche no me ha arrancado y he tenido que venir en tren. Y lo peor es que me he perdido tu entrada triunfal. —Le encantaba tomarme el pelo—. Además, se lo he dicho con cariño. Si algo tiene Victoria, es que se acepta tal como es. —Lanzó un suspiro y se echó a reír—. Tú siempre defendiendo causas perdidas... —añadió al tiempo que se detenía frente al escritorio del redactor jefe, que parecía disfrutar de nuestra pequeña trifulca.

El tipo llevaba el pelo cortado a lo marine, aunque su camisa negra con cuello mao le confería un aire casi clerical. Guerra y paz en un mismo *look*; muy tolstoiano. Se inclinaba hacia atrás en su silla, con los dedos engarzados sobre la nuca. «Un hombre que sabe quién es y no necesita ocultarse ante nadie», pensé.

Aunque la comunicación no verbal está lejos de ser una ciencia exacta, yo, por si acaso, siempre doy la mano en vertical, de canto, para situarme en una posición de igualdad con mi interlocutor. Nunca con la palma hacia arriba, para evitar que la persona saludada se lleve la impresión de que soy una chica sumisa. Y aunque muchas veces el cuerpo, o el instinto, me pide cruzarme de brazos mientras converso con alguien a quien considero poco amistoso, evito hacerlo para no revelar mi vulnerabilidad; por desgracia, parecer débil o inseguro ante los demás puede convertirte en objetivo de sus ataques.

—Alice, te presento a Joe, nuestro redactor jefe. Ni es un tirano ni, lo que es más raro, se escaquea del trabajo duro.

—¿Trabajo duro? —preguntó el aludido con una sonrisa que le acentuó la profundidad de las arrugas que enmarcaban sus ojos—. Hombre, que acaba de incorporarse —me señaló—; ya tendrá tiempo de comprobar por sí misma el nivel de estrés con el que lidiamos aquí... —comentó con sorna mientras rascaba su abundante nariz, sepultada por un alud de pecas.

En cualquier caso, no parecía que el trabajo fuera a resultar especialmente engorroso. Estaba acostumbrada a la actividad frenética del *Economist*.

—Hoy Jared llegaba más tarde, ¿verdad? —preguntó Edgar—. Creo que me dijo que Walter y él tenían que ir a firmar los últimos papeles de la adopción. ¿O era mañana?

—No, era hoy. Y es poco probable que se incorpore antes de las doce.

—Vale, pues me la llevo a conocer a los redactores, que los tengo ahí, mirando de reojo —dijo mientras me sujetaba del codo—. A no ser que quieras ponerla a trabajar ya.

—No, no, ve tranquilo. Esta semana me vale con que pida a Victoria los últimos números que hemos publicado para que vaya relacionándose con nuestra forma de escribir y el tipo de noticias que cubrimos... No siempre es fácil. —Un feo nubarrón le cruzó la frente de este a oeste. Enseguida se despejó—. Bienvenida, Alice.

Justo al lado, nos esperaban en sus respectivas mesas mis camaradas de armas: los otros dos plumillas. Edgar se dirigió primero a la chica. Llevaba su pelo, lacio y negro como ala de cuervo, recogido en una coleta alta y el flequillo largo le caía a ambos lados de la cara. Tras observarme de soslayo, susurró en plan seco: «¿Qué hay?». Y escoltó tan acogedoras palabras con un «A ver cuánto nos duras tú». Solo eso y siguió a lo suyo. «¡Qué tía más antipática!». Me pregunté a qué venía el muro que acababa de levantar entre las dos.

No hubo tiempo ni ganas de alargar aquella *no-conversación*, ya que el segundo redactor, al que todavía no había sido presentada, tomó la iniciativa y se acercó a nosotros. Debía de tener unos años más que yo, aunque el agresivo acné de la pubertad parecía empeñado en quedarse con su cara. De silueta larguirucha y desgarbada, y gafas al estilo Clark Kent. «No me extrañaría nada que coleccionara cómics. Quizás pueda prestarme el último volumen de *Death Note*».

—¿Por qué no tomamos un café para espabilarnos? Aún es muy temprano —nos invitó con una cálida sonrisa. Consideraba hechas las presentaciones, y yo lo agradecí, porque en realidad estaba al corriente del nombre de todos y ellos del mío.

La compañera de gesto sombrío era Andrea, dedicada en exclusiva al sitio web de la revista; y el chico, mi *partenaire* como redactor, se llamaba Friday. En cuanto a Jared, la persona por la que Edgar había preguntado a Joe, era el director de arte, y, por tanto, el jefe de mi amigo, que ocupaba el puesto de maquetador.

—Disculpa a Andrea, pero no lleva muy bien lo que le ocurrió a Justin. Eran muy buenos amigos. La verdad es que durante un tiempo estuvieron saliendo —dijo en voz baja Friday cuando estuvimos junto a la mesa de la cafetera.

—No, no pasa nada —mentí.

Tenía una conversación pendiente con Edgar. Necesitaba saber con detalle lo que le había sucedido a ese tal Justin. Al fin y al cabo, yo iba a ocupar su lugar en la revista.

4

Las orejas del lobo

No hubo que esperar mucho. Saqué el tema ese mismo día, mientras almorzaba con mi amigo:

—Oye, ¿qué le ocurrió a Justin exactamente? Cuando me contaste que había dejado el trabajo no te explayaste en los detalles y me gustaría conocer la historia completa —le pedí mientras pinchaba unos trozos de surimi de mi ensalada de pasta—. Se asustó cubriendo una noticia, ¿no?

—Sí, pero a saber lo que pasó en realidad... —Ed se removió incómodo en la silla—. Bueno, sabes que flipo con estas cosas, pero una y otra vez termino convenciéndome de que hay una explicación lógica para todo.

No hacía falta ser muy listo para darse cuenta de que pretendía restarle importancia al asunto. Pero al responder me había esquivado la mirada. Mala señal. Empezó a jugar con la comida, quizás rebuscando entre sus judías verdes cómo salir al paso de aquella conversación. Pobre. Yo no me iba a rendir tan fácil.

—Venga, no te andes por las ramas. Nunca me explicaste si había alguien más con él cuando...

No dejó que terminara la frase.

—Eric, el fotógrafo.

—Es cierto, alguna vez me hablaste de él. ¿Está de vacaciones? Aún no me lo habéis presentado.

—No. También lo ha dejado. Los dos tomaron la decisión al mismo tiempo. Ya han contratado al sustituto. Llega la semana que viene, el martes, así que dejarás de ser la nueva del equipo, el centro de atención. ¿No te da pena? —me preguntó. Envalentonado, alzó la cabeza del plato—. Aunque sea un poquito.

Esos hoyuelos... Cuando se le marcaban en las mejillas, alcanzaba a entender la obsesión que Summer sentía por él. No eran muescas redondeadas; sino fallas de unos cinco centímetros de longitud que, al expandirse, provocaban en las piernas de mi amiga una sacudida sísmica de ocho en la escala Richter. En alguna revista había leído que los hoyuelos del mentón son los de la belleza y que en la mejilla aparecen los de la simpatía. Edgar no necesitaba el de la barbilla. Summer no hubiera podido soportarlo... «¿Por qué no le dará una oportunidad? Harían buena pareja».

—Por supuesto, sabes que sí. Creo que hasta me voy a deprimir —respondí con ironía, y volví a lo mío—. No te hagas el loco y sigue con lo de Justin y Eric.

—Ok, ok. Pero te advierto que es una historia que pone los pelos como escarpias. Prométeme que, te cuente lo que te cuente, no nos vas a dejar —suplicó—. ¡Solo llevas unas horas con nosotros!

—Incluso te lo juro. No saldré corriendo —aseguré con la mano derecha en alto y la izquierda sobre una Biblia imaginaria.

—Vale, de acuerdo... —Dejé escapar un suspiro cansino—. Todo empezó hace unas semanas, con una llamada que recibimos en la redacción. Era una mujer, y estaba acojonada. Una compañera de trabajo le había hablado de *Duendes y Trasgos* y quería pedirnos ayuda. Según le contó a Rob, una figura translúcida, con forma humana, se le había aparecido en el salón de casa. No tenía ni idea de lo que era aquello, y temía que pudiera hacer daño a alguno de sus hijos.

—¿Un fantasma? —Siempre me habían emocionado las leyendas de ultratumba. A pesar de mi escepticismo, al final no resultaba tan difícil impresionarme.

—No te adelantes, deja que te lo cuente en orden —replicó molesto.

—Venga, ya cierro el pico.

—Así me gusta —bromeó por un segundo. Como un actor de la antigua Grecia, tardó segundos en sustituir la máscara cómica por una trágica—. Joe envió a Justin y a Eric a investigar. Los acompañó uno de nuestros colaboradores habituales. Imagino que pronto te tocará conocerle. Vas a alucinar con él. Se llama Alejandro Zavala y es curandero. De Chile.

No pude resistirme. Lo interrumpí de nuevo.

—¿Un curandero? O sea, un charlatán, un embaucador, un timador...

—No te embales. Quizás lo sean para la medicina tradicional, pero hay quien dice que los de verdad llegan a sanar enfermedades para las que la ciencia no ha encontrado remedio. Mi tía Irene tiene mucha fe en ellos. No sé, quizás lo consiguen con el poder de la sugestión —intentó rebatirme.

—Pues yo no me lo trago. Lo último que haría en caso de ponerme enferma sería ir a uno de esos brujos. Cualquier dolencia la atribuyen a un mal de ojo y patrañas por el estilo. Vamos, Edgar, solo la ignorancia puede hacerte creer en algo así —insistí.

—¿Sigo o qué? —Hizo una breve pausa para constatar que yo guardaba silencio y retomó la historia donde la había dejado—. Cuando Justin y Eric llegaron a aquel apartamento, Alejandro los esperaba fuera, en el rellano de la escalera. Se mostraba inquieto, y nunca habían visto así al chamán. Al parecer había una luz blanca en la casa, pero no era eso lo más preocupante, sino las tres sombras que acechaban a la familia.

Me había perdido, y Ed, percatándose de ello, me explicó que las luces blancas son los espíritus benévolos de los difuntos, mientras que las sombras también provienen del más allá, pero tienen por objetivo infligir el máximo daño posible a los vivos lastimándolos, robándoles su energía, obligándolos a cometer atrocidades contra ellos mismos y contra los demás... «O sea, que las luces blancas son una especie de ángeles y las sombras vendrían a equivaler a los demonios. Bonito cuento»; sonreí sardónica, un gesto que mi amigo no detectó o decidió pasar por alto.

—Una cosa importante que debes saber es que los redactores y los fotógrafos de la revista casi nunca se han tenido que enfrentar a fenómenos paranormales en vivo y en directo. Es decir, normalmente acudís al lugar, habláis con los testigos, tomáis fotos y publicamos la noticia. A veces, si alguien ajeno a *Duendes y Trasgos* ha captado imágenes del fenómeno con una cámara de fotos o de vídeo, comprobamos que no estén trucadas y, si no han sido manipuladas, las añadimos al artículo que se escribe para la revista y a los contenidos que aparecen en la web. Esos son los mejores reportajes.

Percibí un ligero brillo en sus pupilas. Me había hablado de algunos de esos artículos y sabía cuánto le divertía maquetarlos, aunque Ed hubiera disfrutado mucho más de haber podido salir a la calle con el fotógrafo y el redactor de turno; le fastidiaba tener que quedarse siempre en la retaguardia.

—Alejandro les comentó que no había ido preparado para algo así, que debía fabricar no sé qué pócimas protectoras para expulsar a las sombras de aquella casa. Necesitaba unos días para ello. Pero Justin no estaba de acuerdo: quería publicar la historia en el siguiente número de la revista, y ese lunes Joe cerraba el plazo para admitir reportajes. No podía esperar. Así que, a pesar de las advertencias del chamán, entró en el apartamento. Y Eric con él. —Edgar dudaba si continuar.

—No me vas a dejar así ahora...

La amenaza surtió efecto.

—Yo solamente sé lo que ocurrió por terceras personas, ¿vale? Los compañeros nunca volvieron a la redacción. Jordan nos reunió al día siguiente del «incidente» y fue ella quien nos lo contó, a su regreso del hospital. —«¡¿Del hospital?! Pues sí que fue grave la cosa»—. Nos obligó a prometerle que no molestaríamos a Justin y a Eric en un tiempo, que ambos se lo habían pedido porque no deseaban hablar con nadie de lo sucedido. Pero me muero de ganas de llamarlos y...

—¿Pero qué les pasó?

—Llevaban un cuarto de hora en la casa, uno tomando notas y el otro haciendo fotos, cuando Justin notó que empezaba a quedarse sin respiración. Se sintió rodeado por una fuerza que le impedía avanzar o retroceder. Eric tuvo que presenciar cómo nuestro compañero se elevaba dos palmos del suelo, con los brazos totalmente pegados al cuerpo, como si alguien lo hubiera atado con una cuerda invisible y tirara de él hacia arriba. Durante unos segundos permaneció suspendido en el aire, inmóvil. Y terminó empotrado contra una pared. Increíble, ¿eh?

¡Claro que me parecía increíble! Una broma de mal gusto. Pero, aunque me esforcé en ello, no le encontré ninguna lógica a la idea de que dos profesionales como Justin y Eric hubieran decidido ponerse de acuerdo para urdir una mentira como aquella. No tenía sentido.

—¿Qué le ocurrió a Justin? —En mi balanza, la inquietud empezaba a pesar más que el escepticismo—. ¿Se rompió algo debido al golpe?

—No. Pasó algo mucho más raro. Unos minutos después le empezaron a salir enormes hematomas por toda la cara y el brazo derecho... —empezó a explicar.

—No me parece tan raro. Con el impacto que...

—No, si eso no es lo extraño. Lo que nadie consigue explicar es que al día siguiente los cardenales hubieran desaparecido totalmente. Y los médicos eran los más sorprendidos. Lo normal es que tarden semanas en curarse.

—No sé, suena drástico eso de dejarlo todo. —Una versión más racional de mí misma luchaba por retomar el control—. Por lo que me has contado, Eric y Justin llevaban años trabajando en la revista.

—Pero no habían vivido nunca algo así. Eric incluso sufrió un ataque de ansiedad. No es fácil ser testigo directo de un fenómeno paranormal. Le han visto las orejas al lobo y no quieren volver a vérselas. Jordan intentó convencerlos para que se quedaran, pero lo tenían muy claro: dijeron que se largaban y por aquí no les hemos vuelto a ver el pelo.

«Este curro va a resultar más inquietante de lo que yo había imaginado», me dije. Y me embargó una mezcla de euforia y temor, como cuando te preparas mentalmente para hacer *puenting* por primera vez en tu vida.

5

La vidente y el cuadro

Boston, unos días más tarde

—¿Seguro que es para mí? —le preguntó al mensajero mientras releía por cuarta vez el remite, escrito a mano con una refinada letra cursiva—. No conozco a nadie llamado Mr. Foras en Edimburgo. De hecho, no conozco a nadie en Escocia.

El repartidor de Boston Express empezaba a mosquearse. Aquella señora llevaba minutos dándole vueltas, no sin dificultades, al enorme paquete rectangular, buscando pistas de no sabía muy bien qué. El caso es que no se decidía a firmarle el albarán. Y él tenía prisa por terminar el reparto del día, darse una ducha y recoger a su novia para ir juntos al TD Garden. Esa noche los Celtics recibían a los Bulls de Chicago, y no quería perderse ni un segundo del encuentro.

—Esto es el 74 de Vinson Street, ¿verdad? Y usted es Mina Ford. Si no quiere aceptar el paquete, me lo llevo. Volverá a la persona que se lo envió. Es tan fácil como eso, señora —sugirió el tipo en un tono que rebasaba los límites de la cortesía.

A ella no le pareció una buena idea. Apoyó el bulto contra la puerta y con un gesto le indicó que podía pasarle el bolígrafo y la carpeta que respaldaba el albarán. Firmó y se lo devolvió todo al mensajero, quien aún permanecía frente a ella; ahora con una sonrisa forzada. Mina emitió un gruñido mal disimulado, se metió la mano en uno de los bolsillos de la falda, sacó los céntimos de dólar que, latosos, tintineaban en él y se deslizo de ellos. Antes de que la puerta se cerrara del todo, escuchó una voz murmurar entre dientes:

—Vaya mierda de propina. Bruja...

«Caliente, caliente, muchacho», pensó ella, y sonrió con malicia.

Valiéndose de un par de horquillas para el pelo, se recogió en la cintura uno de los extremos de su larga falda de volantes; mejor evitar un fatídico traspié. Cargó con el paquete para llevarlo al salón y, de camino a su sillón orejero favorito, hizo un alto para recoger las tijeras que reposaban sobre una de las repisas del mueble de roble, junto a los panfletos que le habían traído de la imprenta esa misma mañana. Les echó un fugaz vistazo. En ellos se podía leer:

31 de octubre. 22 horas.
Harry Houdini te espera en una sesión espiritista
que no debes perderte. La médium Mina intentará contactar
con el mago más grande de la historia.
Aforo limitado a 20 personas. Entrada: 50 dólares.

La dirección y el teléfono de contacto concluían el anuncio.

—Houdini no se va a presentar. ¿Por qué me habré dejado convencer? —Pero ella conocía la respuesta. El dinero le venía muy bien, y su vecina Claudia, una joven con mucho talento para la venta por teléfono, la había persuadido de que no hacía mal a nadie convocando una sesión espiritista con Houdini en el aniversario de su muerte. En lo más profundo, Mina quería creer que este año sí funcionaría. Llevaba dos décadas reclamando la presencia del mago en esa misma fecha, como hacen muchos médiums en todo el mundo. Ella, siempre en privado. Hasta ahora.

«Sería un sueño conseguir que me revelara el Código Houdini». La vidente se refería al truco final del escapista húngaro: las diez palabras secretas que entregó a su esposa, Bess, para cuando él muriera. Si un ocultista las adivinaba sería porque realmente habría contactado con él en el más allá. Houdini, que nunca creyó en lo paranormal, las había extraído de una carta de su amigo Conan Doyle, con quien precisamente se enemistó por ser el escritor un fervoroso creyente en todo lo relativo al espiritismo.

—Se aparezca o no ese fantasma, te aseguro que ni una sola persona se marchará defraudada de esta casa —le había asegurado Claudia intentando justificar su propuesta—. Como te pasa siempre, alguien traerá consigo el espíritu de un familiar difunto y tú los podrás ayudar a comunicarse. El espectáculo está garantizado.

Y, ¡qué diablos!, Mina se merecía esos ingresos extra. Pese a contar con una gran clientela, la médium solamente cobraba la voluntad porque no veía bien lucrarse con aquel poder especial que Dios le había otorgado. Y con la voluntad de la gente uno nunca se hace rico. Había proporcionado a muchas personas sosiego espiritual y físico, la tranquilidad de saber que ese familiar recién fallecido se encontraba en un lugar mejor; y también había contribuido a que muchos espíritus vivieran de una manera menos traumática su muerte. Pero después de cincuenta y nueve años de vida y cuarenta de trabajo, a Mina aún le quedaban trece mensualidades para saldar su deuda con el banco y atizar a la hipoteca de la casa una buena patada en el culo, como si se tratara de un perro rabioso empecinado en no soltar su presa.

—Bueno, vamos a ver qué tenemos aquí. —Se sentó en el sillón y observó el paquete que acababan de traerle: abultaba casi tanto como ella.

Cortó las cuerdas que aseguraban el papel marrón de embalar y dejó al descubierto su contenido: el retrato de una delicada dama de aspecto decimonónico. Mina, que quería contemplar el lienzo con una mayor perspectiva, se levantó; pero apenas se le concedió el tiempo necesario para apoyarlo contra la mesa del salón. Un grito desgarrador brotó de su garganta y para la vidente todo quedó a oscuras.

Sin embargo, su cuerpo permaneció erguido, reflejándose con expresión insolente en el espejo del salón. Con la gracilidad de una bailarina, se llevó las manos de la cara al cuello y de ahí a los brazos.

—Podría haber estado mejor, mucho mejor, pero... esto es solo temporal.

La voz procedía del cuerpo de la médium, y, aunque el timbre sonaba idéntico, poco tenía que ver con la que había vibrado en la misma estancia minutos antes. Ahora rebosaba petulancia, exquisitez y un punto de rencor. Además, el acento norteamericano se había perdido en el trayecto de las cuerdas vocales a los labios.

Mina observó contrariada la camiseta en color beis que llevaba puesta y que realzaba un pecho prominente sobre el que se apoyaba un collar étnico en damasquinado de oro y plata. «Qué ordinariez... Pero al menos esta no lleva las uñas de color naranja».

La falda de volantes marrón le llegaba hasta los tobillos por detrás, y por delante se vio unas medias transparentes que dejaban al descubierto su piel negra. Se quitó las horquillas que sujetaban uno de los extremos y las aprovechó para, con gran destreza, recomponer en un elegante recogido su melena morena y rizada.

De nuevo se miró en el espejo. La visión seguía resultándole desagradable, así que decidió centrarse en asuntos más gratificantes para ella, como el cuadro.

—Me has traído hasta aquí, tal como prometió Foras —musitó mientras acariciaba el marco de madera finamente labrado—, y todavía nos queda un último viaje por hacer: hasta la damita harapienta. Después confío en no precisar más de tus servicios, porque su cuerpo será mío.

Un calor sofocante le subió por el cuello.

—Eres fuerte, ¿eh, querida? También creía serlo Charlotte Dumont. —Se detuvo a escuchar—. Así que reconoces el nombre... Pues me bastaron segundos para hacerla sucumbir a mi dominio y que aniquilara a tres patéticos estudiantes. Y, por supuesto, me informó de la valiosa piedra que escondes en esta casa. —Restos de falso remordimiento le salpicaron la cara—. Lástima. Me precipité. Si la señorita Dumont mintió y la piedra finalmente no está aquí, ya no podré acabar con ella como se merecía: muy lentamente.

Todo marchaba según lo planeado, y aún mejor, porque, en el Père-Lachaise, no solo había absorbido de la espiritista francesa y de la jovencita llamada Sandrine la energía canalizadora que necesitaba para poder regresar al mundo de los vivos. En un vano intento por evitar su trágico final en la rama de aquel fresno, Charlotte le había revelado un gran secreto: la existencia de una piedra que servía para poseer y controlar el cuerpo elegido, incluso si este pertenecía a una persona mágica —médiums y magos—, y el nombre de la persona encargada de custodiar un arma tan poderosa: Mina Ford.

Apenas una hora después de la masacre en el cementerio parisino, Foras se lo había confirmado: «Sí, he oído hablar de la piedra de la Orden Blanca, y es perfecta como aliada del cuadro, porque, si la señorita... —«La Harapienta», lo había corregido de inmediato ella, con medio cuerpo asomándose fuera del lienzo, como el mascarón de proa de un velero—. Como gustes: si *miss Harapienta* no es aún consciente de su don, tampoco será receptiva al ultramundo, y la capacidad del retrato para hacerte entrar en su cuerpo podría resultar insuficiente. En cambio, esa piedra te asegura el éxito: su energía canalizadora te abrirá las puertas al interior de tu rival. Eso sí, debes asegurarte de que ella sujeta la piedra entre sus manos en el instante en que tu espíritu se materialice, y a partir de ahí todo resultará de lo más sencillo: podrás expulsar su alma y quedarte con la carcasa que tanto has anhelado».

Al principio Foras había dado muestras de sentirse incómodo por tener que cumplir con la palabra empeñada tanto tiempo atrás; pero un pacto era un pacto, y por esa razón el demonio escocés había salvaguardado aquel cuadro maldito durante dos siglos, y también por ello había consentido en localizar la dirección de la vidente Mina Ford en Boston para hacérselo llegar.

En todo ello pensaba la intrusa cuando se recordó que no podía fallar porque tal vez dispusiera de un único intento para llevar a cabo su venganza.

—Destrozar el alma de esa desharrapada desde dentro va a resultar delicioso —se dijo a sí misma confiada en sus posibilidades—. Supongo, señora Ford, que no tienes intención de facilitarme las cosas... —Aguardó en balde una respuesta—. Por supuesto. Contaba con ello, querida. Veamos, ¿por dónde empiezo a buscar esa preciosa piedra?

De haber sido un ser vivo, la casa se habría echado a temblar de pies a cabeza ante lo que se le avecinaba, porque, como el luchador vencido en un combate de sumo, iba a terminar patas arriba.

6

Conociendo a Jackson

De nuevo, aquel mismo sueño. La luz me deslumbraba. Cerré los párpados y un rojo crepuscular me envolvió. No obstante, sentí su presencia, y anhelaba tanto verlo que no me importó lo cegadora o dolorosa que aquella visión pudiera resultar. Uno. Dos. Tres segundos dejé correr antes de abrir los ojos. Dentro de mí, el corazón empezó a pelearse con el pecho, transformado en *punch* de boxeo. El órgano sabía cómo golpear fuerte; me estaba cortando la respiración...

Mis pupilas, por fin descubiertas y reducidas por ello a la mínima expresión, empezaron a distinguir una sombra que se movía difusa. Sí, era él de nuevo. Pero en su mirada había desaparecido el vacío, suplantado por un aire de sorpresa... Y algo más. Comprendí entonces el sentido de la frase «El ojo que ves no es ojo porque tú lo veas, es ojo porque te ve». Intuí que, en ese mismo instante, yo también había empezado a existir para él.

Aquella mañana, más que nunca, me hubiera gustado seguir durmiendo, intentar recuperar el sueño donde lo había dejado. Pero el despertador mandaba, porque estábamos en uno de esos perversos días en los que no es ni sábado ni domingo. Los martes hay que ir a trabajar. Me vestí con una camiseta ajustada blanca, de manga larga, que le iba perfecta al pantalón gris con talle alto y pinzas delante y detrás. El toque más personal lo ponía un reloj de bolsillo. En plata. Una cadena lo aseguraba a la cima del pantalón, como si la trabilla fuera el anclaje natural para su escalada hasta mi cintura. En el exterior de la tapa, dos palabras grabadas: «Diego», arriba; «Alicia», en el medio, y debajo aún quedaba hueco para un nombre más. Era un recuerdo de mi padre. Mamá me lo entregó como regalo de graduación, tal como él me había prometido cuando yo tenía siete años.

—¿Dónde se ha metido Emma? —pregunté nada más entrar en la cocina al no ver a mi hermana allí—. No me digas que sigue en la cama...

—¿No estaba en el baño? De nuevo llegaremos tarde al instituto. —Mi madre daba clases de Matemáticas en el mismo centro de enseñanza en que la pequeña estudiaba Secundaria—. Esta niña... ¡siempre igual! —Se marchó farfullando.

La escuché descargar todo el peso de su cuerpo sobre cada uno de los peldaños de la escalera. Mensaje amenazador el que contenían esas pisadas de madera. Pensando en la destinataria, dejé escapar una sonrisa ladina. Me encantaba cuando veía renacer el genio de mi madre, porque ese temperamento desdibujaba a la mujer taciturna para recordarme a la de mi infancia. La enana era una experta en eso, parecía licenciada en *Sacar de sus Casillas a Aurora*. Antes incluso de poner un pie en la universidad, Emma tendría un doctorado en la especialidad.

Quería muchísimo a la peque, aunque a veces me costara demostrarlo. Como hermana mayor, no veía el momento en que dejara atrás la edad del pavo y, con ella, las exhibiciones en plan *ahora-que-te-den/ahora-te-adoro* con las amigas, la creencia de que tal profesor le tenía manía sin buscar siquiera una excusa creíble y las historias para no dormir sobre el compañero de clase que le «molaba», Martin, quien salía «con la chica más borde y estúpida del instituto». Tal cual, en palabras de Emma. Un día se me ocurrió decirle que tener una novia como aquella no sugería nada bueno del chaval; me costó un par de días hacerme perdonar.

El tráfico era fluido pese a que la ciudad se encontraba en plena ebullición, como una gigantesca sopa contaminada. Con miles de fideos en movimiento, convencidos de controlar su destino y en realidad gobernados por la propia cocción. Yo era uno de ellos.

A las nueve menos cuarto ya estaba aparcando a Billy. Apenas había un par de coches en el *parking* subterráneo, así que me resultó fácil distinguir a la forastera: una moto negra. Ligeramente macarra para mi gusto; perfecta para el de Edgar.

Rob, el recepcionista, no estaba en su puesto. Aún era temprano.

Para mi sorpresa, un joven cuya cara no me sonaba de nada ocupaba el sofá de dos plazas del recibidor, hojeando el último número de *Duendes y Trasgos*. Probablemente lo había cogido prestado de la mesita auxiliar de cristal, donde se amontonaban dispuestos en abanico una decena de ejemplares, todos de diferentes meses. Como parecía absorto en la lectura, no me importó examinarlo con descaro de camino a la redacción.

«Viste casi de luto. O quizás de un azul marino muy oscuro», vacilé. Los que no dejaban lugar a dudas eran sus ojos, con el iris de un claro nublado. No sé por qué, se me vino a la mente una noticia que había leído días atrás: los hombres con los ojos azules sufren una tendencia inconsciente a buscar parejas con esa misma característica. «Pues qué pena...». Me pareció muy atractivo, objetivamente guapo. En ese instante, el extraño alzó la vista. Avergonzada como si pudiera escuchar dentro de mi cabeza, me obligué a cubrir a paso ligero los tres metros que terminaron por dar esquinazo a su ceño fruncido.

Cinco minutos después, Victoria se presentaba en la redacción. Y no lo hacía sola. El tipo de mirada profunda la acompañaba. Seguro que a la jefa de documentación le habían faltado reparos para preguntarle quién era y a quién buscaba. Sentí envidia de mi pizpireta compañera. Desde mi mesa, gracias a la intromisión de una columna, podía observar al desconocido sin temor a ser descubierta: una especie de flequillo despeinado e irregular le tapaba parte de la frente, y el resto del pelo, de color castaño oscuro, lo llevaba un poco largo por detrás, justo a la altura de la parte baja del cuello. Patillas largas, barba de un par de días y unos labios sonrosados, muy bien delineados; aunque me pareció leer en ellos, incluso sin decir una sola palabra, cierta severidad.

—Ah, Alicia, ¡estás ahí! —me sorprendió Victoria.

«¡Mierda! ¿Me habrán pillado cotilleando?». Me recompuse como pude al comprobar que se dirigían directos a mi mesa. Él se dejaba guiar, pero con paso elegante y resuelto, como si estuviera acostumbrado a dar órdenes y no a recibirlas.

—Pensé que era la primera en llegar —me comentó la pelirroja—. Jackson, esta es una de nuestras redactoras. También nueva adquisición. Se incorporó la semana pasada.

Me levanté y le ofrecí la mano, asegurándome de que la palma no quedara hacia arriba.

—Jackson es el nuevo fotógrafo —me explicó Victoria.

—Sí, Edgar me comentó algo. Hola. Puedes llamarme Alice. Si tienes dudas, quizás soy la última persona a la que deberías preguntar, pero estaré encantada de ayudarte en lo que pueda. —Me soné a mí misma un pelín forzada. No pude evitarlo: aún recordaba la miradita fastidiosa que me había echado en el vestíbulo.

—Gracias. Es un placer.

Eso dijo, pero ni en su tono ni en sus aires detecté un ápice de cordialidad. A decir verdad, tampoco de lo contrario. Era muy serio y sin duda había algo diferente en él. Chocante. Calculaba cómo guardar las distancias sin parecer ofensivo. O esa sensación me dio a mí.

Hizo su aparición la directora, quien, cómo no, llegaba colgada de su móvil. Nos saludó según pasaba y continuó hasta su despacho.

—Ahí está la jefa. Te llevo con ella. Querrá darte la bienvenida —intervino Victoria.

Mi compañera agarró al nuevo por el brazo y se volvió para lanzarme un jocoso «Hasta luego, Alicia». Exhalaba coquetería. Le sonreí divertida.

Volví a tomar asiento e intenté concentrarme en el trabajo. Habían pasado unos diez minutos cuando Edgar entró en la oficina. Me notó rara.

—¿Has visto un fantasma? —preguntó.

—¿Por?

—Estás pálida.

—Tengo el estómago un poco revuelto. No me habrá sentado bien el desayuno —mentí mientras me restregaba los pómulos con disimulo, en un intento de prender el color fugado de mi cara—. Por cierto, ya ha llegado el sustituto de Eric. Jordan lo ha metido en su despacho.

—No me digas que es más atractivo que yo... —se apresuró a curiosear.

Hablaba en broma, pero yo sabía que en el fondo le interesaba conocer mi opinión sobre el recién llegado. Prefería no ser muy explícita. Y, de todas maneras, ni yo misma tenía claro en qué sentido Jackson había captado mi atención: ¿positivo o negativo?

—Si Summer estuviera aquí, diría que eso es imposible. ¿Cuándo vas a invitarla a salir? —cambié hábilmente de tema.

—Sabes que solo tengo ojos para ti, amiga mía. Cuando tú aceptes tener una cita conmigo, aceptaré yo tenerla con Summer. Aunque, después de verme en plan romántico, quizás prefieras no dejarme caer en otros brazos que no sean los tuyos...

Ed me acababa de arrojar un guante que yo no tenía pensado recoger, pero al menos había conseguido que el nuevo desapareciera de nuestra conversación.

7

Punto de partida

La mañana transcurrió sin demasiado movimiento en la redacción. De vez en cuando, y desde la distancia, acechaba a mi recién estrenado compañero. Cada una de mis incursiones visuales se topaba con una silueta femenina escoltándolo. De semblante circunspecto, el fotógrafo se mostraba frío y distante, pero educado en extremo, lo que le permitía capear el chaparrón pelirrojo con mucha dignidad.

Victoria. Confiaba en sus habilidades para acorralar al indómito Jackson y ponerle los arreos de manera que aceptara, dócilmente, la invitación a unirse con nosotros en la hora de la comida. Tras las pertinentes indagaciones de la jefa de documentación, los únicos datos que me habían llegado eran su nacionalidad —canadiense— y la edad —treinta años en diciembre—. La escuché echándole el lazo... pero fue como lanzárselo a un helicóptero a punto de despegar. La cuerda se enredó entre las hélices.

—Gracias, no puedo. Tengo otros planes.

Jackson ni se molestó en ofrecer una excusa. Mi curiosidad iba en aumento. Y por las miradas que le echaba desde su sitio, también la de Andrea la siseante.

Durante el almuerzo, como era natural, el parloteo giró en torno a la nueva adquisición. Y más con la cotilla número uno de la oficina sentada a nuestra mesa.

—¿Te has fijado en sus ojos? —me preguntó directamente Victoria.

—Son claros, ¿no?

—¿Y tienes que preguntarlo? Los más increíbles que he visto nunca. Y eso que Jared los tiene preciosos, pero es que los de Jackson... Nunca he visto nada igual, son como el azul de un lago de cuento —sentenció mientras limpiaba los cristales de sus gafas, quizás para asegurarse de distinguirlo con mayor nitidez cuando regresáramos al tajo—. Cualquier chica soñaría con ser su princesa... guerrera —la escuché murmurar juguetona.

Desde el otro lado de la mesa, Edgar no pudo oír la última frase, ya que sus voces se solaparon:

—Menuda cosa... Los ojos azules son de peor calidad que los castaños y los negros. —Precisamente el color de los suyos—. Incluso hay estudios que defienden que los hombres de iris claros son más débiles. Más cobardes.

Me extrañó aquel comentario porque mi amigo no es de los que atacan a la gente sin previa declaración de guerra, menos aún si el desconocido tiene una moto como la de Jackson. A todas luces, el tema de conversación se le estaba indigestando.

—Además, Victoria, ¿qué te importa a ti el nuevo? ¿Ya has olvidado a tu amor secreto? ¿No decías que era el hombre perfecto, con el que ningún otro se podía comparar? —la provocó Edgar señalando de reojo a Rob, que, junto a nosotros, rumiaba plácido su hamburguesa de pollo.

Con cierta discreción, nunca en exceso porque se trataba de Victoria, lanzó a mi amigo una patada por debajo de la mesa, y, aunque esta se balanceó sutilmente, por la sonrisa de Ed deduje que sus habilidosas espinillas habían logrado esquivar el tiro.

Me fijé en Rob, que permanecía ajeno al altercado, inconsciente de su papel protagonista en aquella charla entre compañeros.

—Bueno, Ed, solo ha sido un comentario inocente que le he hecho a Alicia —se defendió Victoria—, quien, como bien sabes, tampoco tiene novio. Al menos de momento, porque con alguien como Jackson pululando por la redacción... ¿quién sabe?

El gesto triunfante de la pelirroja se diluyó a los pocos segundos, tras observar la expresión contrariada de Edgar. Un silencio incómodo se instaló entre los tres. «¿Lo sabrá Victoria? ¿Sabrá que Ed quiere que salgamos en plan pareja y que siempre me he negado?». Me sentía culpable por rechazar a mi amigo, pero es que, pese a quererlo mucho, no era capaz de verlo con ojos románticos; y su amistad era demasiado valiosa para mí como para ponerla en riesgo empezando una historia que, a buen seguro, no iba a terminar bien. Me lo decían las tripas. Además, estaba convencida de que lo de Edgar era más cabezonería que otra cosa; y un poco de orgullo herido también, porque no estaba acostumbrado a que una chica le diera calabazas.

La jefa de documentación se salió a hurtadillas del pozo en el que nos había metido a los tres, y le agradecí que rompiera el silencio para dedicarse a interrogar a Rob sobre hoteles céntricos y baratos en Londres. «Te lo pregunto porque mi prima Alissa planea viajar a la madre patria dentro de dos meses, así que le vendrían genial unos consejillos sobre dónde...». Y ahí desconecté

Radio Victoria, porque Ed aprovechó que nos habían dejado solos para cambiar de tema.

—Oye, quería comentarte algo: antes de bajar, me he encontrado con Joe en la recepción. Dice que esta tarde te va a enviar a cubrir una noticia. Yo... yo creo que debería acompañarte. No quiero dejarte sola.

—¿Te has vuelto loco? ¿Y esa vena machista de dónde te sale ahora? —le susurré crispada. Victoria y Rob seguían a lo suyo—. Por favor... No me dejes mal ante el redactor jefe. Además, tú nunca sales de la oficina y tienes mucho trabajo aquí.

—Pero es que puede ser peligroso —intentó disculparse—. Tenéis que ir a la casa donde atacaron a Justin y a Eric...

Le puse cara de *lo-siento-pero-no-soy-ninguna-muñequita-a-la-que-haya-que-proteger*. Yo no. Como periodista, podía salir al paso de situaciones complicadas con tanta desenvoltura como un hombre.

—Edgar...

Me debatía en tierra de nadie, entre seguir las señalizaciones verticales hacia Enfado Town o Indulgencia City, cuando una melodía arrancó de cuajo nuestra pequeña trifulca para lanzarla lejos de nosotros. Mi móvil vibraba al son de *Shape of you*.

—Alice, soy Joe. En cuanto termines de comer, ¿podrías subir enseguida? Te necesito por aquí.

—Sí, claro. Voy ahora mismo.

Mi sonrisa lo decía todo. «Por fin. Voy a cubrir mi primera noticia para *Duendes y Trasgos*». Rauda y veloz, agarré mi bandeja, con cuidado para que no cayeran al suelo el envase vacío de los kebabs recalentados y la ya deshidratada botella de agua, y la vacié en un contenedor cercano. Las prisas de la despedida, la tensión en alza y la sobreexcitación me hicieron sentir poco equilibrada, como el menú número cinco que acababa de engullir en aquel antro de comida rápida.

Unas calorías quemadas después, ya en la redacción, acudí a mi escritorio para reclutar una *moleskine* y un bolígrafo y me presenté frente a Joe, que parecía dispuesto a pasar revista. El nuevo también esperaba, en posición de descanso, junto a la mesa del redactor jefe.

—Supongo que ya conoces a Jackson —me dijo Joe, y yo asentí—. No voy a tener tantos miramientos con él como los he tenido contigo. Hoy mismo va a empezar a patear la calle. —Se volvió hacia el fotógrafo—. Hubiera preferido no enviarte con una novata, pero mi otro redactor, Friday, está enfermo. He visto en tu currículum que trabajaste para una revista parecida a la nuestra en Canadá. Eso es bueno —murmuró pensativo.

—No hay problema. Pero, antes de irnos, Alice debería quitarse la camiseta que lleva puesta —expuso con total normalidad.

No podía dar crédito. ¿Realmente había dicho eso?

—Pero ¿qué diablos...? ¿Cómo te...? —balbuceé desconcertada.

Joe fue mi siguiente objetivo. Ya sin palabras, con un sencillo movimiento de *manos-a-la-cintura*, le exigí que reprendiera al fotógrafo por su descaro. Pero el jefe parecía estar disfrutando de aquella incómoda situación.

—Tienes razón, Jackson. Veo que sabes lo que haces. Alice, tienes que quitarte esa camiseta blanca o ponerte encima algo oscuro, a poder ser negro —me explicó mientras jugaba a marear sus gafas de montura metálica y rectangular.

—Aquí no tengo más ropa. ¿Pero de qué va esto?

Empecé a dudar de mí misma. ¿Acaso me había manchado durante la comida sin darme cuenta? Comprobé con disimulo que no era así. Jackson permanecía imperturbable, firme. Él no se divertía, o al menos no lo aparentaba.

—Vais a visitar una casa con espíritus malignos —añadió Joe—. Sombras. El blanco las atrae y, aunque no es fácil que ocurra, podría producirse una posesión. Ya puedes estar segura de que no sería nada agradable para ti. Tus compañeros te habrán informado de lo que les pasó allí mismo a Eric y a Justin...

—No tenéis por qué preocuparos ninguno de los dos —lo interrumpí—. Estaré bien. Ni siquiera creo en el más allá; como para creer en espíritus, sombras o posesiones.

Lo sabio era dejarse aconsejar por ellos, pero, y no es algo que me enorgullezca, las proporciones de tozudez y buen juicio son inconstantes en mi naturaleza. No quise dar el brazo a torcer.

Jackson sacudió la cabeza como si estuviera perdiendo la paciencia.

—O se cambia la camiseta o no viene conmigo. —Ni se dignó a mirarme.

—Lo siento, pero debes hacerlo —me pidió Joe, que acababa de declarar ganador del enfrentamiento al recién llegado: sentí cómo me estampaban el dorso de la mano sobre la mesa. Jackson me había barrido en aquel pulso—. ¡Victoria!, ¿tienes por ahí algún jersey oscuro que prestarle a Alice? Y si no, ya sabes.

La jefa de documentación tardó unos segundos en reunirse con nosotros. Algo oscuro se traía entre manos. Literalmente: lo traía entre las manos.

—Solo tengo la Chaqueta de los Incautos.

—Póntela, por favor —me conminó Joe.

—Te va a venir grande e igual no huele muy bien... —se disculpó Victoria mientras me ayudaba a meter los brazos por las mangas—. No la ha usado nadie en bastante tiempo.

Me explicó que era una prenda comodín, la de todo aquel que debía visitar una casa con espíritus y no había acudido a la redacción vestido con ropas oscuras. Solo cuando me subí la cremallera hasta arriba, el nuevo se dio por satisfecho.

—Perfecto. Eso bastará —concedió Jackson.

—Pues todos contentos —añadió Joe.

«Casi todos», pensé. Para más inri, Victoria llevaba razón: iba a tener que lidiar con los efluvios, entre avinagrados y encebollados, de la chaqueta. «No me extraña que repela a los espíritus. Esta noche la ahogo en litro y medio de lejía, aunque se quede blanca».

Joe desplegó los brazos como un clérigo a punto de soltar su discurso; aquel día vestía de nuevo su camisa negra con cuello mao. La homilía pagana podía continuar.

—Solucionado este tema, volvamos a lo importante: tenéis que acercaros al 235 de la W 23th Street, entre la Séptima y la Octava Avenida. Justo frente al Hotel Chelsea. Piso noveno A. Os estará esperando un chamán: Alejandro Zavala. Él os servirá de guía e intentará ayudar a esa familia. Alice, tú serás mis oídos allí; y tú, Jackson, mis ojos. A ver si es posible que entre los dos me contéis una buena historia. Es poco habitual que nos encontremos con un lugar realmente poseído, así que tenéis material de primera para escribir un gran reportaje. —El redactor jefe dudó un instante antes de terminar de sermonearnos—. Pero, y sobre todo, si la cosa se pone fea, salid pitando de allí. Sois periodistas, no los Cazafantasmas. ¿Entendido? —Ambos asentimos, aunque yo sin mucha convicción: «¿De verdad pensará Joe que ese apartamento está maldito?»—. Pues nada, chicos, ¡manos a la obra!

Regresé a mi sitio, agarré la bolsa-bandolera y metí dentro todo lo necesario. Fui rápida. El canadiense, más; me esperaba junto a la puerta con un casco de moto en la mano y una mochila al hombro. Supuse que ahí transportaba su equipo fotográfico.

—¿No tienes casco? —preguntó según me acercaba.

—Ni falta que hace, yo voy en coche.

—¿Con este tráfico? —me soltó, como si pusiera en duda la sana robustez de mis facultades mentales—. Si te parece bien, deberíamos ir en mi moto.

¿Aquello era una sonrisa? No, como mucho un simulacro. Hasta me pareció oír de fondo el chirrido de unas bisagras poco engrasadas. Jackson adivinó que tras el episodio de *no-sin-mi-camiseta* le iba a resultar más rentable darme una tregua. También yo intenté apagar la luz hostil que me encendía el rostro.

—De acuerdo, espera un momento —farfullé. Si íbamos a tener que trabajar juntos, prefería limar asperezas.

Edgar era el único de la oficina con moto. Se la había prestado uno de sus hermanos porque el coche continuaba en el taller.

—¿Me dejas tu casco? —le pregunté colocando las manos bajo mi barbilla y sintiéndome poseída por el espíritu del Gato con Botas de *Shrek*.

A mi amigo le fascinaba el personaje interpretado por Antonio Banderas, y quería hacerle sonreír antes de marcharme. Dicho y hecho.

—Anda, cógelo. Te va a estar un poco grande, así que ajústatelo bien. Queremos que al menos llegues sana y salva a la casa encantada, ¿no? —bromeó con resignación—. Otra cosa será cómo salgas de allí —añadió con sincero temor cuando se creyó fuera del alcance de mis oídos.

8

Mi primer caso paranormal

Pensándolo bien, al final viajar en moto fue una buena idea. Los dos éramos de pocas palabras, así que el silencio en el coche hubiera resultado embarazoso. Al menos para mí. Intentaba pensar en eso mientras aguantaba el tipo como paquete, con los ojos cerrados a cal y canto y mis brazos anclados bien fuerte a su cintura.

Hasta que noté que no nos movíamos. Por fin: el 235 de la calle 23. Lentamente, como si me estuviera desclavando de sus costados, liberé a Jackson y descabalgué. Sentí los músculos entumecidos por la tensión.

—Espero no haberte estrujado demasiado. Las motos no me van mucho —me disculpé con mi compañero, ocupado en ataviar a la Yamaha con un moderno cinturón de castidad para que ningún ladrón de medio pelo pudiera mancillarla.

—No hay problema. Venga, creo que Alejandro se nos ha adelantado.

Jackson señaló a un hombre con el cabello entrecano recogido en una coleta baja. Le eché cincuenta y pocos. Vestía de negro de pies a cabeza. Nada de túnicas o triángulos pintados en la frente. Un tipo normal.

El hotel Chelsea nos cubría las espaldas. Me volví para contemplarlo. Un inesperado escalofrío me sacudió el cuerpo al recordar un reportaje, publicado por Friday en la revista de septiembre, sobre las maldiciones y los fantasmas de aquel edificio. Pese a mi escepticismo, ahora lo veía con otros ojos. En la habitación 100 había fallecido la novia del músico Sid Vicious; en 1978, con solo veinte años, moría desangrada por una puñalada en el abdomen presuntamente causada por su pareja. Un cuarto de siglo antes, el poeta galés Dylan Thomas, conocido como el Maudit, pronunciaba sus últimas palabras en el hotel: «Me he tomado de un trago dieciocho *whiskies* y creo que es un récord». Acto seguido caía en un coma etílico y la muerte, fluyendo por sus venas, lo ahogaba en un hospital cercano. Existían muchas más historias insólitas ligadas al Chelsea, como la de Sarah Bernhardt, una actriz de teatro del siglo XIX que dormía durante el día en un féretro que le hacía las veces de cama.

¿Sería casualidad que el inmueble de la casa encantada estuviera justo enfrente del Chelsea? Seguro que sí.

—¿Todo bien? —preguntó Jackson para sacarme de mi embeleso.

Asentí y lo acompañé hasta el hombre de la coleta.

—¿Sois de *Duendes y Trasgos*?

El canadiense confirmó con un gesto.

—Alejandro, ¿no? —preguntó tendiéndole la mano—. Yo soy Jackson, fotógrafo; y ella es la redactora, Alicia.

Me chocó que no me nombrara ateniéndose a la versión anglófona de Alice.

—Alicia —se hizo eco el chamán—. ¿Sabes que viene del griego y significa «aquella que es real, verdadera y sincera»? —Asentí sorprendida—. No has nacido aquí... —comentó como si en realidad conociera la respuesta con solo mirarme a los ojos.

—No, en España; aunque llevo casi toda la vida viviendo en Nueva York.

El curandero sonrió mientras me estrechaba la mano y añadía en castellano: «*Es un placer, Alicia*».

Pensé que tal vez era cosa de mi imaginación, pero al entrar en contacto con él noté calidez hasta en los huesos. Extrañamente, si iba a internarme en un apartamento supuestamente plagado de fantasmas, me alegraba de hacerlo en compañía de aquella persona.

—Bueno, vamos allá. A ver si podemos hacer algo por esta familia. La última vez no sabía a lo que me enfrentaba, pero hoy vengo preparado. Por cierto, lamento lo que les ocurrió a vuestros compañeros —explicó Alejandro mientras atravesábamos la puerta doble de cristal que conducía al *lobby* del edificio.

—Ni siquiera los conocemos. Somos los sustitutos —repliqué.

Muchas veces había cavilado sobre la influencia que las vidas de los demás pueden tener en la nuestra, cómo un pequeño o gran giro en el camino de alguien a quien quizás ni tratamos determina quiénes seremos en el futuro y dónde acabaremos; a veces para mal, otras para bien. Este era un claro ejemplo. Si esos hipotéticos fantasmas no hubieran atacado a Justin y a Eric, yo habría seguido en el *Economist Tribune*, juntando letras para hablar de números; y es poco probable que alguna vez hubiera conocido a Jackson o a Alejandro. Y, sin embargo, ahí estábamos los tres.

Echando mano, a puñados, de mis referencias cinematográficas, había fantaseado con un edificio tétrico; una casa embrujada no merecía menos. Error. El *hall* era muy luminoso, con las paredes en un suave color vainilla.

Una estrecha moqueta marrón ocupaba la parte central del pasillo. Los escasos muebles, en la pared de la izquierda, eran de madera. Una silla. Un banco. Un teléfono dorado con toque retro. En el muro de enfrente se alineaban los buzones, en dos filas y en eterna posición de firmes, a la espera de recibir órdenes.

El chamán encabezaba la expedición, seguido de Jackson. No fui capaz de morderme la lengua tras observar que se encaminaban directamente hacia las escaleras.

—Esto... ¿No subimos en el ascensor? Es un noveno. —No quería un cartel de «quejica» colgándome del cuello, pero... ¿qué necesidad había de llegar sin resuello a la casa encantada? Mejor reservar fuerzas por si después nos topábamos con espíritus belicosos y había que correr de verdad.

Alejandro frenó en seco sobre el cuarto escalón. Su rostro reflejaba inquietud. Era la tercera vez que alguien me miraba así, frunciendo el ceño, en las últimas dos horas. Y eso no me gustaba ni un pelo.

—Hay unas pequeñas normas que debo explicaros. La primera es no usar nunca los ascensores cuando vayáis a cubrir un reportaje sobre seres inmateriales, ya os enfrentéis a sombras o a luces blancas. Este tipo de fenómenos normalmente surgen en edificios antiguos como este, y no suelen ser hechos aislados en un único apartamento.

—¿Otros fantasmas se ven atraídos al mismo lugar? —pregunté.

—Lo que quiero decir es que no sería extraño que hubiera otras presencias paranormales en el bloque. Y uno de sus lugares favoritos son los ascensores. La gente no se percata de ello: creen que las averías se producen porque la maquinaria es antigua, pero a menudo son estas fuerzas sobrenaturales las culpables de que se estropeen.

—Y, Alicia, si por cualquier motivo entraras en un ascensor con espejo, procura no darle nunca la espalda a tu reflejo —añadió misterioso Jackson.

Me molestó el comentario porque fue su manera de aclarar a Alejandro que no era por él por quien debía inquietarse.

—Ok. Así lo haré —rezongué.

Me vi verde como las manos de un jardinero. Más me valía aprender rápido los rituales sobre los que se cimentaba aquel mundillo de lo paranormal.

Era de esperar: coroné la novena planta entre sofocos y jadeos. Pero al fin habíamos alcanzado la cumbre. De llevarla conmigo, habría insertado una patriótica bandera en el paragüero que uno de los vecinos había instalado en el rellano.

Alejandro, que conservaba el aliento como si se hubiera limitado a cruzar al otro lado de una calle, permanecía inmóvil frente al piso A, con los ojos cerrados. Sereno. Yo, en cambio, me preocupé de guardar las distancias, como si aquella fuera la puerta de un toril.

—Voy llamando, para que sepan que estamos aquí —avisó Jackson con voz torera.

El chileno lo detuvo con un gesto. Echó mano de la bandolera que llevaba colgada al bies y extrajo dos dientes de ajo y un par de ramitas de hierba reseca.

—Antes de nada, Jackson, coged ajo y verbena. No quiero más incidentes.

—¿Pero el ajo no es para los vampiros? —pregunté agobiada.

—Protege de los malos espíritus en general, igual que la verbena. —Se volvió hacia el canadiense—. No te abrirá nadie. Tras el incidente con Eric y Justin, los Miller decidieron instalarse en casa de unos familiares y no regresarán hasta que este apartamento vuelva a ser seguro. Dejaron las llaves a la vecina de abajo y mientras os esperaba he ido a buscarlas —explicó mostrándoselas—. ¿Haces tú los honores?

Jackson no titubeó. Agarró las llaves, las hizo girar dos veces dentro de la cerradura y se adentró en el apartamento. En apenas unos segundos tenía la cámara en posición de disparo. Me recordó a un agente del SWAT iniciando un asalto.

Seguí a Alejandro con paso titubeante y le susurré:

—¿Podemos encender la luz o es mejor no hacerlo?

Con todas las persianas bajadas, una espesa negrura inundaba la casa.

—Claro, sin problemas. Aunque parece que tu compañero tiene ojos de gato: se mueve igual de bien en la oscuridad que a plena luz del día.

Tanteé la pared hasta dar con el interruptor del pasillo. Tampoco es que alumbrara demasiado aquella lámpara de latón.

—Por cierto, no hace falta que hablemos en voz baja. Saben que estamos aquí. Ellos sienten nuestra energía exactamente igual que yo puedo percibir la suya... —añadió sin apartar la vista del fondo del pasillo.

Apreté con fuerza la verbena y, de manera instintiva, aspiré su fragancia, como si quisiera que su aroma protector rebosara en mis pulmones y, a través del oxígeno, se precipitara hasta el último rincón de mi organismo.

Ya habíamos perdido de vista a Jackson, aunque, de vez en cuando, escuchábamos saltar el flash de su cámara. Observé que de las paredes del pasillo pendían decenas de fotos en blanco y negro, sostenidas por marcos antiguos y barrocos, como de otro siglo.

—¡Mierda! —reaccioné dando un salto hacia atrás.

No era más que un espejo de pared, en forma de elipse y con hojas de roble metálicas formando el cerco dorado. Jackson se asomó a la puerta de una de las habitaciones para preguntar si había algún problema.

—No, ninguno. Solo un pequeño susto... al verme reflejada en el espejo —intenté disculparme por la falsa alarma.

—No es para tanto, mujer —replicó en el típico tono perdonavidas—. Te aseguro que me he encontrado con caras más feas que la tuya. Es lo que tiene haber visto mucho mundo...

—Muy gracioso, compañero —farfullé ofendida al comprobar que el fotógrafo regresaba al trabajo sin siquiera aguardar mi respuesta. Casi fue una suerte, porque tampoco se me ocurría una del tipo *zas-en-toda-la-boca*, y un contraataque soso y sin sangre hubiera resultado aún más humillante.

Saqué mi bloc de notas y el bolígrafo; los complementos perfectos para reanimar mi vilipendiado orgullo profesional. Por el rabillo del ojo observé cómo Alejandro se quedaba mirando el espejo unos segundos. Con intensidad. Parecía intrigado por algo, pero en el reflejo solo se encontró a sí mismo. Lo que fuera que atraía su atención finalmente lo dejó libre y el chamán volvió a centrarse en mí.

—Joe me ha dicho que este es tu bautismo de fuego. La primera vez que me enfrenté a una casa con espíritus malignos estaba bastante más nervioso que tú ahora. —Colocó una mano sobre mi hombro y agradecí la cataplasma—. No te preocupes tanto por lo que podamos pensar de ti, Alicia.

—¿Y cuántos años tenías? —pregunté con curiosidad y también para desviar la atención de mí misma.

—Ocho —dijo antes de reanudar su avance por el pasillo.

«Ocho añitos...». Cavilé sobre la vida que habría tenido el chileno. De lo más emocionante, seguro, pero también aterradora; sobre todo si se creía sus propias historias de fantasmas y espíritus malignos.

—Este lugar es extraño, no es el típico apartamento de un matrimonio joven con dos niños —comenté en un intento de hacerle comprender que mis nervios respiraban tranquilos.

—Los Miller llevaban viviendo aquí unas semanas cuando se produjo el ataque. Supongo que aún les quedaban cambios por hacer en la casa.

Tenía que aprovechar la ocasión.

—Alejandro, ¿tú viste levitar a Justin?

Edgar había sido menos explícito de lo que yo hubiera deseado.

—No. Yo estaba fuera, en el rellano de la escalera, comentándole a Emily que, por las presencias que había detectado, necesitaba preparar una pócima llamada *Lux in tenebris*. De repente, escuchamos un fuerte golpe en el interior. —Alejandro y yo habíamos alcanzado el final del pasillo y accedimos al salón. Al encender la luz, descubrí una grieta en uno de los muros. Él prosiguió la explicación—: Entré corriendo y pude ver a Justin tirado ahí, en el suelo, y la pared que había justo detrás tenía ese desconchón. —Un escalofrío me pinzó los hombros—. Eric, el pobre, estaba petrificado. Y percibí la rabia de las sombras. Ayudé a tus compañeros a salir de la casa y rogué a Emily que ella y su familia se mudaran lo antes posible y permanecieran lejos, al menos hasta que yo pudiera regresar en unos días. Es una suerte que me hicieran caso, porque noto que el poder de los espíritus es más fuerte que hace tres semanas.

—Esos espíritus... ¿hicieron daño a los niños?

No sabía si era algo positivo o todo lo contrario, pero, según avanzaba el relato del chamán, me iba metiendo más y más en la historia. Para escribir el reportaje, sin duda me venía bien; para mi salud mental, no tanto.

—Nada físico. Es más, Emily no sabía nada de las sombras. Llamó a la revista porque otra aparición diferente la había asustado.

—¿La señora de blanco?

—Así es.

—Me han explicado muy por encima lo que ocurrió. ¿Crees que podría llamar a Emily para preguntarle? Ya sabes: si puedes, ve siempre a la fuente directa.

Mi inocente sonrisa no surtió el efecto que buscaba.

—El caso es que prefieren mantenerse al margen del reportaje. —De un único giro de muñeca, Alejandro cerró la llave de mi fuente para dejarla seca—. Pero yo puedo contarte cómo sucedió —se ofreció. No me quedó otra que aceptar con un marchito movimiento de cabeza—. Un día, tras acostar a sus hijos, la madre se quedó tumbada en el sofá viendo la televisión y sintió una presencia detrás de ella. Pensó que uno de los niños se había levantado, porque no había nadie más en la casa; el marido tenía turno de noche en el trabajo. Se giró enfadada y se encontró, a metro y medio de distancia, con la dama vestida de blanco. No era un cuerpo opaco; Emily podía ver a través de ella.

—Mierda... ¿Y la conocía?

—No logró distinguir su rostro, pero estaba segura de que se trataba de la abuela Claire, la anterior propietaria de la casa, que falleció en julio. Le dije que así era, que ella había estado protegiendo a la familia. Cuando le pregunté por otros acontecimientos extraños que hubieran ocurrido en el piso, reconoció que los pequeños se quejaban de que en ocasiones se despertaban en mitad de la noche y veían a tres personas, altas y encapuchadas, rodeando sus camas. Las mismas que yo percibí junto a Justin.

—Vaya...

—Muchas veces los niños distinguen cosas que los adultos se niegan a ver. Emily pensaba que sus hijos simplemente buscaban una excusa para dormir con ella y su esposo —me explicó Alejandro mientras descorría las pesadas cortinas del salón.

—Qué miedo habrán pasado esos críos...

—Además me contó que, desde su llegada al apartamento, habían experimentado un malestar general tanto ella como su pareja; se sentían agotados y discutían continuamente, siempre por tonterías. La luz blanca los protegía, pero no era lo bastante poderosa para contrarrestar la influencia de las sombras. Tal vez por eso se le apareció, para advertirla del peligro.

—No me extraña que salieran por piernas —reconocí—. ¿Y qué puedes hacer tú por ellos?

Si existían esas fuerzas sobrenaturales, no comprendía el modo en que un simple mortal podía enfrentarse a ellas con éxito. Alejandro, percatándose de mi escepticismo, sonrió.

—Es lo que se llama una *limpia.* —Extrajo de su bolsa de cuero unos recipientes de cristal y los fue depositando sobre la mesa del salón—. He traído uno para cada estancia de la casa. Puedes ayudarme si quieres.

—Claro. ¿Qué tengo que hacer?

Me sentí agradecida por poder echar una mano y sobre todo por entretener a mi cerebro con algo que no fuera el desconchón de la pared.

Alejandro vació el contenido de su bandolera: a los cinco tarros pequeños que ya había sacado les siguieron igual número de velas cortas —confeccionadas con un trozo de cartón pegado en la base—, un gran cirio blanco y un frasco con un enigmático y oscuro fluido en tonos verdosos.

—Toma uno de los recipientes, rellénalo con el líquido hasta esta altura, como yo lo estoy haciendo, y después coloca encima una de las velas que he preparado. Así, ¿ves? Esta, para el salón —me anunció antes de instalarla donde había caído Justin tras ser lanzado por las sombras.

Jamás en la vida me habría imaginado en aquella situación: de pinche en una especie de exorcismo. «Me pregunto qué pensarían mis excompañeros, y en especial el señor Turner, si me vieran de esta guisa», pensé riendo entre dientes. Ya había vertido el líquido. Tomé la vela casera y entonces identifiqué el trozo de cartón que le servía de base: correspondía a una carta del tarot.

—Es el Emperador, un arcano mayor protector. —Me sorprendió la voz de Jackson a nuestra espalda—. Él establece la ley, es la autoridad. Ordenará a las sombras que abandonen este lugar.

El fotógrafo me observaba curioso. No sabía cuánto tiempo llevaba ahí. Era muy sigiloso, como si anduviera al acecho de su futura presa. Alejandro había estado acertado al compararlo con un gato.

Mi compañero tomó el último de los frascos que aún permanecía vacío y procedió a atiborrarlo con el líquido verdoso; con *Lux in tenebris*, según me había explicado el hechicero. En un momento lo tuvo listo. De nuevo una forma discreta de aclarar que él no necesitaba explicaciones sobre lo que había que hacer, que allí la única novata era yo.

9

Malas noticias

Sobre la mesa de la cocina deposité el tarro que yo misma había preparado. El chamán encendió la mecha. Primero lucía tímida; al poco, imperativa. Quise pensar que aleccionada por la autoritaria carta del tarot sobre la que llameaba.

—¿Qué se supone que vamos a conseguir con esto?

—El ritual no es necesario ni aquí ni en el baño —admitió Alejandro—. Los espíritus negros únicamente son poderosos en los dos dormitorios y el salón. Pero es mejor asegurarse.

—Sí, yo he captado lo mismo —apuntó Jackson.

«Esto es el colmo. ¿Él también puede verlos? ¿Soy la única para la que esta casa no representa más que hormigón y yeso?».

El reparto de velas concluía en el cuarto de baño. Tras colocar la última «mina antifantasma» en la estantería del lavabo, el chileno sentenció:

—Bien, vamos a dejar que ardan las mechas hasta casi extinguirse. Luego abriré las ventanas para que todo se airee y salgan las sombras. Las volveré a cerrar a las doce. Es muy importante que permanezcan así a partir de medianoche, en especial la puerta principal —explicó mientras yo continuaba tomando notas. Levanté la vista al percatarme de que hacía una breve pausa—. Eso es todo de momento —me aclaró—. Ya podéis marcharos. Nos vemos mañana aquí mismo; temprano, sobre las nueve. Os informaré de todo lo que...

—¿Que nos podemos marchar? —le interrumpí—. ¿Pretendes quedarte aquí solo? Debes de estar de broma.

—No, Alicia. Tengo que hacerlo. Hay que asegurarse de que todo ha salido bien. Una vez pasen la noche fuera del hogar de los Miller, las sombras no podrán volver a entrar nunca más —me respondió con dulzura al comprender que me preocupaba por él.

—¿Podrías volver a casa en metro, Alicia? Me gustaría quedarme con Alejandro —propuso Jackson.

«Sí, claro. Y qué más». No estaba dispuesta a perdérmelo.

—No, no voy a volver en metro —respondí en un tono que rozaba la bordería.

Noté contrariado al fotógrafo, dispuesto a creer que era una niña tonta y comodona que necesitaba que alguien la llevara hasta su coche para no tener que regresar a casa en transporte público.

—¿No tienes un novio que pueda venir a buscarte? —El matiz ligeramente desdeñoso de su voz me patinó en los oídos hasta darse de bruces contra mi delicado sentido del orgullo.

—¿Y tú una grapadora para coserte la boca? —me revolví con una ira que me sorprendió incluso a mí.

De inmediato oculté mis labios tras una mano, avergonzada por el proyectil que acababan de disparar. Él no había estado afortunado con la pregunta, pero mi reacción había sido desproporcionada.

Jackson me miró primero asombrado... y después divertido.

—Chicos, chicos, tranquilos —medió Alejandro—. Creo que os están influyendo las malas vibraciones que hay en la casa.

—Discúlpame, Jackson, pero a mí no me sacáis de aquí ni con espátula.

—Has vivido suficientes emociones para ser tu primer día en un sitio como este. Hasta ahora todo ha ido bien, pero lo de esta noche quizás sea diferente —me advirtió Alejandro.

—Si quiero hacer bien mi trabajo, será mejor que vaya acostumbrándome. Joe dijo que fuera sus ojos aquí, y eso es lo que voy a hacer.

—En realidad dijo que fueras sus oídos. Yo soy sus ojos —me corrigió Jackson con sorna.

—Pues eso. —Mi discurso no era especialmente elocuente, pero, llegados a ese punto, importaba poco. Con que no detectaran en mí ni un resquicio de duda, me bastaba. Dudas. ¿Cómo no iba a tenerlas? ¿Y si los fantasmas existían realmente?

—Alejandro, dejemos que se quede. Tiene razón: si va a trabajar en *Duendes y Trasgos*, debería familiarizarse con este tipo de vigilias.

Recelosa, no supe si: a) Jackson por fin me otorgaba un voto de confianza, b) quería poner a prueba mi templanza o c) pretendía que amaneciera tan asustada como para presentar mi renuncia a Jordan en un plazo inferior a las veinticuatro horas. Al fin y al cabo, acabábamos de conocernos y nuestros inicios no habían sido precisamente cordiales; tal vez se había propuesto deshacerse de mí lo antes posible. «Si es así, lo tienes claro, Ojos Bonitos», pensé muy segura de mí misma.

—Como recompensa, para que veáis que salís ganando conmigo aquí, yo me encargo de la cena. Bueno, de comprarla —rectifiqué enseguida al darme cuenta de que había sonado como mi abuela—. ¿Qué os apetece?

Necesitaba una excusa para salir y hacer un par de llamadas telefónicas. Un poco de intimidad me vendría bien. No sabía si mi madre, que solía preocuparse más de la cuenta, se mostraría receptiva y era importante evitar más humillaciones ante mis nuevos compañeros.

—Echa un vistazo en la cocina —me recomendó Alejandro—. Encima de la mesa encontrarás tres o cuatro *flyers* de restaurantes que sirven a domicilio. Hay de todo. Esto es Nueva York, aquí casi nadie cocina. Aunque me figuro que en tu casa sois diferentes; los de ascendencia latina no renunciamos a las buenas costumbres —sonrió.

Tras su primera tanda de fotos, Jackson se había encargado de subir las persianas. Gracias a eso me percaté de que había anochecido; y no era plato de gusto caminar sola por aquel pasillo, rodeada de los recuerdos de una difunta, por muy benévolo que fuera su fantasma, y aunque mis dos acompañantes se hallaran a un grito de distancia. Aun sin conocerle, me acordé de Justin. Por todas partes veía asomar sombras inquietantes.

Ya en la cocina, saqué de mi bolsa-bandolera el móvil, que había silenciado nada más entrar en el apartamento de los Miller. Un icono en la pantalla me avisó de un par de llamadas perdidas. Las dos de mi madre. La última, de hacía unos diez minutos.

Sospechando que la conversación con ella podía alargarse, marqué primero el número de Edgar para ponerle al corriente de lo que había sucedido hasta ese momento —que, para su tranquilidad, no era mucho— y sobre todo para prevenirle de que no podría devolverle el casco de la moto hasta el día siguiente. A cambio le ofrecí regresar a casa al volante de Billy. Por una vez, mi tendencia ligeramente maniática me había venido de perlas: guardaba una copia de las llaves del coche en un cajón de mi escritorio, en la oficina. Primer escollo salvado.

Entonces marqué el número de casa. Un tono fue suficiente.

—¡Alicia! —se adelantó mi madre, entre agitada y aliviada—. Cariño, ¿por qué no cogías el teléfono? ¿Estabas haciendo una entrevista?

Algo no iba bien. Siempre he pensado que, el día en que nací, la comadrona cometió algún tipo de error al cortar el cordón umbilical, pues entre nosotras sigue existiendo una conexión invisible, intermitente y unidireccional que, en especial cuando ella recibe malas noticias, establece comunicación directa con mi estómago para transmitirme su malestar, su desazón, por muchos kilómetros que nos separen. Esta vez necesité escucharla para percibir que... algo no iba bien.

Instintivamente, una mano se me fue de manera automática al abdomen, en un vano intento de aplacar los ecos del agudo, y por suerte solitario, pinchazo que acababa de traspasarme.

—Silencié el móvil porque estoy trabajando en un reportaje... —me excusé al tiempo que con disimulo trataba de recuperar el resuello—. Acabo de ver tus llamadas. Mamá, ¿qué pasa?

—Es mi madrina. —Deduje que su voz emocionada y trémula remolcaba tras de sí funestas nuevas—: Ha fallecido y voy a ir al entierro.

El corazón se me removió igual que el tambor de una lavadora en pleno centrifugado. La tía abuela Rita era la persona más vital que yo había conocido, y la mujer más transgresora de su tiempo: siendo una quinceañera, en la España de los años cuarenta, se cubría las piernas a diario con pantalones; todo un escándalo social. Se quedó soltera, y no porque le faltaran pretendientes —además de ingeniosa y divertida, en el pueblo la consideraban una beldad—, sino porque nunca encontró a ningún hombre con el que ella pensara que iba a ser más feliz que estando sola. Así que no tuvo hijos, pero como si los hubiera parido de veinte en veinte, ya que, gracias a una beca de las monjas, estudió y consiguió el título de maestra de escuela. Se alegró mucho, años atrás, cuando supo que un instituto de Nueva York había contratado a mi madre, profesora de Matemáticas en Madrid, para dar clases inicialmente de Español; aunque al poco tiempo empezó a impartir también cursos de su especialidad.

Tía Rita era una mujer de garra, y por eso, hasta su último aliento, la familia al completo había conservado intactas las esperanzas de que terminara superando aquella crisis, como se había recuperado de otras. Sus últimos días los había pasado en coma y, al parecer, ya nunca despertaría.

—Lo siento mucho, mamá. Yo, no sé, me gustaría ir contigo. Déjame hablar con mi redactor jefe, a ver si... A ver si... —Las ideas se me amontonaban en el cerebro.

—No, hija. Apenas llevas una semana en la revista y no quiero que andes pidiendo favores tan pronto. Te las apañarás bien tú sola en casa, ¿verdad?

—Claro, sin problemas. ¿Te llevas a Emma? —pregunté esperanzada.

No quería que viajara sola a Madrid. Estaba preparada para la muerte de su madrina porque había sido una enfermedad larga; pero, aun así, el sepelio iba a suponer un duro trance para ella... y para la abuela. Seguro que la rubita, sin premeditación ni alevosía, las hacía reír y conseguía distraer el dolor con algunas de sus ocurrencias.

—Sí, prefiero que se venga conmigo. Una preocupación menos para ti aquí y para mí allí. —Escuché su sonrisa triste al otro lado del teléfono—. Alicia, te dejo. Voy a preparar la maleta, que el avión sale a primera hora de la mañana. Nos vemos luego.

—Eh... Mamá, precisamente estaba a punto de llamarte porque he tenido que salir a cubrir un reportaje con dos compañeros... y tenemos mucho trabajo por delante. De hecho, me temo que nos llevará toda la noche.

No había necesidad de contarle la verdad con pelos y señales. ¿Para qué inquietarla aún más?

—Entonces hablamos cuando tu hermana y yo aterricemos en Barajas.

—Vale. Que tengáis buen viaje. Da recuerdos a la familia, y en especial a la abuela. Dile que lo siento mucho... *Ciao*, mamá.

—Adiós, tesoro.

Regresé al salón con los *flyers* de tres restaurantes con servicio a domicilio —un mexicano, un italiano y un tailandés— y se los pasé a Alejandro para que eligiera.

—No te preocupes. Ella está bien —me dijo el chamán ojeando los folletos. Sonó tranquilizador.

—¿Quién? —pregunté sorprendida—. ¿Mi madre?

—No, tu tía Rita. —Se levantó de la silla y se dirigió a la habitación de los niños.

Me dejó flipando. «¡¿Cómo es posible que sepa de ella?!». Aproveché su ausencia para acercarme por detrás a Jackson. Echando un vistazo por encima de su hombro, lo observé enfrascado en la lectura de un libro muy antiguo o, como mínimo, mal conservado. Actividad que sincronizaba con sus anotaciones en una libreta. Una desfasada y elegante estilográfica realizaba vertidos continuos de tinta negra sobre aquel impoluto mar de hojas blancas.

—Jackson —intenté que mi voz sonara amable—. Estando yo en la cocina, ¿Alejandro se ha marchado del salón en algún momento?

Durante un par de segundos permaneció estático. Como si la pregunta le hubiera entrado por un oído y esperara, para darse por enterado, a que le saliera encerada y pulida por el otro. Por fin levantó la cabeza del ejemplar que sostenía sobre las piernas, fastidiado por la interrupción. Ni se giró para responder.

—No. Estuvo aquí todo el tiempo, charlando conmigo.

Pasé por alto su tono huraño.

—¿Y cómo puede saber lo de mi tía? Es imposible...

Fue entonces cuando debió de percibir algo inusual en mi voz, hueca y carente de consistencia, porque se volvió hacia mí.

—¿Qué ha pasado? ¿Estás bien?

No, no me encontraba nada bien. Quizás debido al *shock* por las malas noticias o porque Alejandro supiera de la muerte de Rita. El caso es que me noté mareada.

—Un familiar muy querido para mi madre, y también para mí, acaba de fallecer y... Es que... —No atinaba ni a explicarme.

Me aferré con ambos brazos al respaldo del sofá. Oleadas de intensa debilidad me subían hasta la cintura intentando erosionar las fuerzas que me mantenían aún en pie. Como si yo misma fuera un acantilado de barro sucumbiendo ante los abrazos de un mar brutalmente efusivo.

—Lo siento, Alicia. No tienes buena cara.

Sonaba alarmado. Traté de sonreír, pero me quedé en el intento porque mis músculos dejaron de responder a cualesquiera de las órdenes provenientes del cerebro. Las piernas, igual que pesados fardos, tironeaban de mí hacia abajo, como un niño fastidioso reclamando mi atención; de haberme hallado en una piscina, me habría quedado anclada en lo más hondo.

El entarimado aguardaba por mí, afectuoso e impaciente, pero Jackson me evitó el achuchón de aquellas láminas de parqué. Me cogió en volandas, se acercó a la parte delantera del sofá y allí me depositó con delicadeza. Me sorprendió que pudiera alzarme con tanta facilidad, porque en ese momento yo debía de pesar quintales, toneladas.

Escuché la voz de Alejandro aproximándose.

—Demasiadas emociones, me temo. Y con la perniciosa energía de las sombras pululando en el ambiente, este no es el mejor lugar para recibir malas noticias. Pero no hay razón para inquietarse. Déjala dormir. Cuando despierte se encontrará mucho mejor.

No podía moverme. En cambio, mi mente continuaba trabajando a pleno rendimiento. «Ni siquiera soy capaz de decirles que estoy bien...». Todos mis músculos, tendones, ligamentos y articulaciones permanecían aletargados, así que intenté conservar la calma y convencerme de que aquel entumecimiento general era pasajero.

No tardé en caer en un sueño profundo.

Un sueño que me cambiaría la vida para siempre.

10

¿Quién diablos eres?

Mis manos despertaron al contacto con un elemento granulado, escabroso y seco. Desagradable. En contraste, el sonido que me envolvía era de una belleza extrema. El mar. Parecía airado, y eso lo hacía incluso más hermoso. Mientras yacía sobre la arena, intentaba encontrar en mi cabeza un botón capaz de grabar aquella violenta y armoniosa melodía.

El cielo se escudaba tras un manto de nubarrones que, cada pocos minutos, eructaba palabrotas en forma de trueno que no lograba entender por no ser yo la destinataria. Las olas respondían con igual virulencia, en una batalla que pretendía alcanzar las bases del firmamento.

Reaccioné cuando un líquido frío e incisivo me alcanzó la espalda a traición. Daños colaterales; siempre los hay en una guerra. Fue como una descarga eléctrica. Una apresurada bocanada de aire reactivó mis pulmones y me impulsó a incorporarme. Apoyé los codos sobre la arena mientras dejaba escapar un par de maldiciones y groserías que venían a cuento..., y entonces volví a perder el aliento que tanto me había costado recobrar.

Porque no estaba sola.

Rodilla en tierra, a medio metro de distancia, él me observaba. Una mirada confundida y a la vez inconfundible.

—¿Se encuentra bien, Alicia?

«¿Cómo sabe mi nombre?». Incrédula, con los labios a punto de no decir nada... guardé silencio. «Estoy en uno de mis sueños. Eso seguro. Y sabe mi nombre porque es un producto de mi invención. Justo por esa razón me ha llamado "Alicia", y no "Alice"...».

Me vio sonreír.

—Entiendo que sí —comentó mientras se secaba de la frente, en un acto reflejo, la llovizna que comenzaba a caer.

«¿Quién diablos eres?». Lo miré a los ojos, que, palpitantes de curiosidad, intentaban apaciguar la tormenta de olas y vientos que se agitaba en su interior. Viejos conocidos. Supe que en uno de sus días soleados el cálido verdor de aquellos iris iluminaría el mundo a su paso.

¿Un sueño es algo vivo? Aquel me lo parecía. Pude contemplarlo en toda su existencia... El hombre que me acompañaba poseía una belleza equilibrada, como la de un instrumento bien afinado. El agua de la lluvia estaba provocando que el flequillo de su abundante cabello castaño rojizo, ondulado y rebelde, le cayera de lado como una estalactita que señalara la medianía de su mejilla derecha. Su porte natural parecía sacado de otra época. Una imagen reforzada por sus generosas patillas, que desaparecían a escasos centímetros de una mandíbula recia. Su boca, densa y sonrosada, dibujaba el zócalo que sustentaba la recta columna de su nariz y el capitel de una frente despejada.

Intenté buscar en su vestimenta alguna pista que me revelara de dónde lo había rescatado mi imaginación. La camisa blanca de holgadas mangas, con los picos del cuello hacia arriba y los dos botones superiores divorciados momentáneamente de sus respectivos ojales, colgaba suelta por encima de unos pantalones ajustados en color crema. Estaba descalzo.

«Tiene los pies desnudos. ¡¿Y si...?!». Mis manos reaccionaron en milésimas de segundo, y, nada más iniciar el cacheo, pude respirar aliviada. «Menos mal». No, aquel no era uno de esos angustiosos sueños en los que recorres media ciudad buscando algo de ropa que ponerte. Yo también estaba cubierta, con un vestido blanco, de escote cuadrado y manga corta, que se extendía hasta mis tobillos. Fue bochornoso comprobar que el desconocido había entendido la causa del sobresalto.

—En tal caso, la hubiera cubierto con mi propia camisa —carraspeó incómodo.

—Gracias...

«¿Gracias? Sí, una respuesta muy elocuente», me flagelé. Recordé el primer día que había soñado con él y cómo lamenté no poder ver su cara ni presentarme. Ahora lo tenía delante, y no me salían las palabras.

—Menos mal —replicó—, pensé que su vocabulario se limitaba a los improperios y maldiciones de hace un momento, cuando la marea alcanzó su espalda.

El esbozo de una sonrisa se insinuó en sus labios, y yo le correspondí mientras me ayudaba a ponerme en pie. Un relámpago me recorrió los dedos cuando nuestras manos se tocaron por primera vez. Extrañado y quizás dolorido, también él se los observó tras soltarme. «¿Habrá sentido lo mismo?».

—Señorita, tal vez usted pueda explicarme por qué razón nos hallamos en este lugar. Y, sobre todo, por qué, con tan poca consideración, me ha ignorado durante toda la jornada —murmuró de repente ligeramente malhumorado.

«Por cómo habla, definitivamente parece de otra época», me dije. «Su aspecto me dice que apenas debe rondar los veintimuchos y, sin embargo, me trata de usted y me llama *señorita*... Pues yo no voy a ser menos».

—No le entiendo. ¿Yo le he ignorado, *señor*?

—Bueno, usted y el joven que la escoltaba... Jackson creo que es su nombre. Hubo un momento en que llegué a pensar que el otro caballero, Alejandro, había distinguido mi reflejo en el espejo, que iba a dirigirme la palabra... Por desgracia no fue el caso. —En ese punto, su discurso sonaba indignado y exigente.

—¿Estaba allí con nosotros? —No me lo podía creer.

—Por cierto, permita que le transmita mi más sentido pésame por el fallecimiento de su tía —añadió en un tono mucho más afable.

Mis fases REM siempre habían sido «especiales», por llamarlas de alguna manera, con historias bien hilvanadas, como en una película. Pero aquello era demasiado, como si aquel onírico personaje formara parte de mi vida real. Como prueba de ello, recordaba perfectamente cada sensación, cada palabra, cada gesto desde el preciso instante en que la arena de la playa me había arañado la piel.

—Probablemente no lo sepa..., pero usted es solamente un sueño —le solté—, forma parte de mi imaginación. En algún rincón de mi mente, le he inventado. —¿Intentaba convencerme a mí misma? «Joder, qué raro es todo esto».

Decirlo y arrepentirme fue todo uno. Se suponía que aquel extraño, desmenuzado en un análisis genético, solo podía ser el resultado de unas chispas de electricidad en mi cabeza. Y, en cambio, sin llegar a comprender muy bien por qué razón, deseaba evitarle cualquier sufrimiento a ese hombre. O cosa. O pensamiento con forma humana. Como si lo conociera, como si fuera alguien cercano. Tal vez porque no podía ser sino una proyección de mí misma. ¿Y a quién le gustaría oír que ha sido producto de la caprichosa fantasía de otro?

Se me quedó mirando durante unos segundos interminables en los que intenté descifrar lo que estaría pensando. Quizás había herido sus sentimientos.

«¿Qué hace? ¿Sonríe?». Su reacción me pilló por sorpresa.

—Alicia, seguro que posee usted una gran imaginación, pero yo no formo parte de ella.

—Bueno, pues explíqueme quién es, de dónde viene y cómo es posible que estuviera hoy con Jackson, con Alejandro y conmigo y que ninguno de los tres hayamos conseguido verle —lo reté con la tozudez de cuando creo que algo es irrebatible.

Se evaporaron los aires risueños.

Caminamos en procesión. Él, absorto en sus meditaciones. Yo, siguiendo las huellas que sus pies dejaban en la arena. Ambos en silencio. Hasta que un tronco muerto y blanquecino varado en la playa truncó nuestra inercia. Y ahí se dejó caer.

Inclinado hacia adelante y con los codos apoyados sobre las piernas, observó pensativo el horizonte. Lamenté que no encontrara argumentos para rebatirme. Deseaba que lo hiciera. Me senté a su lado sin saber qué hacer ni qué decir para animarle. Había dejado de llover. Cielo y mar por fin firmaban una tregua.

—¿Sabe? Tiene razón —me concedió—. Solamente recuerdo un nombre, pero ni siquiera sé si es el mío. Es como si todo se hubiera esfumado de aquí dentro. —Se castigó la sien con un par de golpecitos de sus dedos índice y corazón. Me fijé en sus manos: poderosas y delicadas a un tiempo—. Y no era usted la única que me ignoraba en ese otro sueño o lo que fuera... También el resto de personas con las que nos cruzamos en aquella transitada calle.

—¿En la calle?

Asintió.

—Llegué a usted en el instante en que desmontaba de aquella moto, y permanecí a su lado desde entonces. Hasta que sufrió un desvanecimiento y los dos aparecimos en esta playa.

Las preguntas se me atropellaban en la boca, y los barrotes de marfil y esmalte dejaron escapar exclusivamente a la más básica.

—¿Y cuál es ese nombre que recuerda?

Él levantó la cabeza y contestó sin mucha convicción:

—Duncan.

Siempre he pensado que tanto la tristeza como la alegría tienden a ser contagiosas, así que reaccioné con una alegría intencionadamente exagerada, como si el hecho de poder llamarle por un nombre fuera algo digno de celebrar.

—¿Duncan? Es un nombre precioso, ¡y con carácter!

Agradeció mis esfuerzos. Le entraron en erupción los hoyuelos de la simpatía; y, muy sutilmente, también se le marcaba el del mentón. «Cuando sueño, lo hago a lo grande», me vanaglorié en privado del atractivo individuo que había creado. De manera inconsciente, sí; pero veía mi firma en él.

Choqué mi hombro contra el suyo amistosamente. No debía de ser fácil hallarse en su posición. Todavía me quedaban muchas incógnitas por desvelar y, aunque no me parecía el momento idóneo para un interrogatorio, era consciente —tanto como si hubiera estado despierta— de que en cualquier instante estaría de vuelta con Jackson y Alejandro en el apartamento con fantasmas de la calle 23.

Lo admiré desde los escasos centímetros que nos separaban, callado y escudriñando los confines del mar, y, mientras pensaba que sería una pena dejarlo allí solo, advertí cómo perdía el equilibrio y traspasaba la barrera de arena que me separaba de lo que yo consideraba el mundo real.

11

El tercer ojo

Desperté; por llamarlo de alguna manera. Alejandro me observaba incrédulo. Tras él, las llamas de la chimenea bailaban contentas y, extrañamente, la lumbre sonaba a viento y a lluvia, aunque menos violentos que en el *sueño* que acababa de tener con Duncan. Yo yacía sobre el sofá, con un cojín colocado bajo la cabeza y una manta de *patchwork* cubriéndome las piernas. Alguien me había quitado los zapatos y, a pesar de los calcetines, sentí frío en los pies.

—Habéis encendido la chimenea —observé—. ¿Para evitar que las sombras entren en la casa por el tiro? —pregunté medio en broma medio en serio.

—No, es que están las ventanas abiertas y el aire nocturno ha refrescado la casa. No queríamos que pillaras un catarro —me explicó el curandero—. ¿Cómo te sientes?

Eché a un lado la cubierta y me incorporé.

—Bien. Acabo de tener un sueño bastante raro, pero me encuentro bien —respondí, sorprendida de que el agotamiento que poco antes casi me hunde en el suelo hubiera desaparecido por completo.

Saqué mi reloj de bolsillo. Las tenaces manecillas estaban a punto de marcar las nueve. ¡Había estado fuera más de hora y media!

—¿Viste a las sombras mientras dormías? —me interrogó con gesto preocupado.

¿Qué lo inquietaba? Se me encendió una luz. Con un movimiento impaciente me giré para examinar cada rincón de la sala de estar, en busca de mi compañero Jackson. Ni rastro de él. ¿Y si había ocurrido otro *incidente* como el de Justin?

Alejandro tocó sutilmente el dorso de mi mano.

—Tranquila, se encuentra bien. Acaba de bajar al *hall* a buscar la comida que hemos pedido porque el interruptor para abrir la puerta de la calle no funcionaba desde aquí. Enseguida vuelve.

—¡Qué susto! Pensé que había sucedido algo. Y yo... yo estaba... —tartamudeé.

—¿Dónde? ¿A quién has visto? Todavía no me lo puedo creer. O me has estado engañando o... Cuéntamelo todo, por favor —me urgió ansioso, aunque educadamente.

Solo había sido un sueño. Nada más. A grandes rasgos le hablé de mi conversación con Duncan. Y mencioné que no era la primera vez que, mientras dormía, me encontraba con él. Era curioso, pero seguía recordándolo todo. Cero lagunas.

Al final de mi historia, Alejandro terminó más desconcertado que al principio.

—¿Sabes de alguien en tu familia que haya tenido el tercer ojo?

—¿El tercer ojo? ¿Qué diablos es eso? —Me llevé una mano instintiva a la frente para asegurarme de que todo seguía bien ahí arriba.

Un portazo lejano le cortó los hilos a nuestra charla; percibí cómo se me escapaba la oportunidad de obtener respuestas. Con su reflexivo silencio, el chileno dejó que mis preguntas ascendieran como globos de helio invisibles, y las vi atravesar el techo y perderse para siempre al otro lado.

—Voy a echar una mano a Jackson —comentó Alejandro poniéndose en pie. Hice amago de seguir sus pasos, pero el chamán me lo impidió—: Tú mejor quédate aquí, aún puedes estar débil.

Durante cinco minutos interminables me quedé sola, sentada en el sofá, meditando sobre mi encuentro con Duncan e intentando descifrar qué podía ser eso del tercer ojo. El silencio y la penumbra me hicieron creer que alguien acechaba desde un escondite que yo no era capaz de localizar. «¿Por qué tardan tanto?». Me calcé los zapatos y puse a prueba mis piernas en un raquítico paseo hasta la puerta del salón. Los escuché acercándose por el pasillo.

—Eh, estoy hambrienta. —Mi sonrisa fue amable y apremiante a partes iguales—. Pensé que os habíais perdido.

—Sí, hemos tardado un poco. No encontrábamos los platos —replicó Jackson al tiempo que me dedicaba un hosco movimiento de cabeza para que los dejara pasar. Parecía molesto. «¿O preocupado? ¿Qué mosca le habrá picado ahora?».

No encontraban los platos... Pues a mí no me había costado nada localizarlos un par de horas antes: justo al inicio de la conversación con Edgar, mientras buscaba en la alacena de la cocina más panfletos de comida a domicilio.

—¿Todo bien? —se interesó Alejandro—. ¿Te sientes mareada?

—Qué va. Mírame: fuerte y poderosa —bromeé.

Durante la cena busqué con insistencia la mirada del chamán, pero él andaba a lo suyo. Tranquilo. Como si la inquietud que aparentemente le había provocado mi sueño hubiese quedado resuelta. Jackson se concentraba en sus raviolis. Allí mismo, sentados en torno a la mesa, yo anhelaba rasgar el mutismo que nos envolvía planteando una cuestión que, de tanto darle vueltas, había empezado a aturdirme; como un *ticker* de noticias con un sencillo titular repetido una y otra vez dentro de mi cabeza: «¿Qué es eso del tercer ojo? ¿Qué es eso del tercer ojo? ¿Qué es eso del tercer ojo?...».

Lo único que retenía a mi preguntona lengua era la presencia del canadiense; porque quizás aquella era una información que el chamán no deseaba compartir con más personas de las necesarias.

Otra media hora de conversación banal bastó para que cambiara de opinión: «Me resbala. No hay razón por la que tengamos que ocultarle nada a Jackson. Y si el tipo decide verme como un bicho raro, peor para él. Probablemente yo sea la más normal de los tres».

Pero entonces Alejandro, como si me adivinara las intenciones y no estuviera de acuerdo con ellas, comenzó a negociar con mi compañero los turnos de guardia para la noche. No tenían previsto contar conmigo.

—Yo he podido descansar —protesté.

No había nada que hacer. Según el hechicero, era imprudente tentar a la suerte y, después de mi *desmayo*, podía ser presa fácil para las sombras de la casa. Él no iba a transigir, pero ¿por qué tenía que pasar yo por una pusilánime? Ni siquiera la curiosidad por saber si volvería a soñar con Duncan, y ganas no me faltaban, podría obligarme a dormir aquella noche. Era una cuestión de orgullo profesional.

A las once, Alejandro se acostó en el sofá. Jackson y yo lo flanqueamos invadiendo los sillones situados a uno y otro lado, como si hubiéramos dejado al chamán inmerso entre dos paréntesis; en pausa mientras dormitaba.

Mi compañero continuaba enfrascado en su achacoso libro. Yo veía la tele de plasma situada en la repisa de la chimenea. Un toque de modernidad, de los pocos elementos que quedaban fuera de lugar en aquel apartamento. El receptor no sintonizaba con el conjunto del mobiliario. Bajé el volumen para no molestar. Estaban echando la película *Memorias de África*, la favorita de mi madre.

Observé con disimulo al fotógrafo. Su capacidad de concentración hizo que me confiara y lo contemplara sin tapujos. Hasta que, sabiéndose espiado, frunció el ceño. Apartó la vista de las páginas que leía para fijarla en mí. Y la mantuvo. Yo no. Jackson conservaba su cara de sempiterno fastidio, y no entendía por qué: últimamente no había hecho nada que pudiera molestarlo. De hecho, me habría gustado darle las gracias por no dejarme caer al suelo unas horas antes.

Cuando terminó la peli, apagué la tele y registré el mueble del salón que hacía las veces de biblioteca. Hasta que encontré un título reconocible. El despiste perfecto para un cerebro que intentaba echar el cierre hasta el día siguiente.

Estaba en pleno ataque de la bestia a un guardia de seguridad del Museo de Historia Natural de Nueva York cuando el carillón de pared despertó a Alejandro.

—¿Qué hora es? —preguntó desorientado al mismo tiempo que echaba un vistazo a su reloj de pulsera—. ¡Las dos y media! ¿Por qué me has dejado dormir tanto, Jackson? Apenas podrás descansar.

—No te preocupes, lo haré luego —respondió mientras me miraba por el rabillo del ojo. Serio, como de costumbre.

—¿Todo tranquilo? Cerraste las ventanas a medianoche, ¿verdad? —le preguntó el curandero.

—Sí, todo controlado.

—Bien. Es hora de acostarse —le ordenó Alejandro, que se levantó del sofá para el cambio de guardia.

Jackson obedeció sin rechistar, como un subordinado. Vi en ello la ocasión propicia para retomar la conversación que el chamán y yo habíamos iniciado antes de la cena: el tercer ojo. Decidí esperar a que el malencarado se quedara dormido; le concedí de margen hasta las tres. Cuando el reloj dio la señal, disparé con la esperanza de hacer diana esta vez.

—Alejandro, ¿podrías explicarme qué es eso del...?

Un estruendo con forma de bofetada me arrebató el resto de palabras de la boca. Provenía de la habitación de los niños. Si Jackson había conseguido dormirse, despertó al instante porque, cámara en mano, fue el primero en precipitarse hacia el cuarto, seguido de Alejandro. Con más miedo que curiosidad, me uní al grupo.

Las tinieblas invadían el pasillo y, por algún motivo, nadie se mostraba dispuesto a encender una luz. Me limité a agarrar al chileno ligera e infantilmente de un pliegue de la camisa. Los rayos de la luna enfocaban tímidos el interior del dormitorio, pero con suficiente intensidad como para distinguir sin problemas a mis compañeros, así que decidí soltarme.

Mala idea. Justo entonces, algo embistió contra la ventana con tanto ímpetu que logró combar la madera hacia adentro. El susto me hizo retroceder bruscamente. Jackson disparó la cámara y el *flash* iluminó el cuarto. Tres seres lóbregos flotaban al otro lado del cristal, envueltos en lo que parecían vaporosas telas. Se movían a tramos, como un DVD defectuoso en el que la imagen se engancha a cada segundo. Supe que aquellos espíritus nos amenazaban.

—Son las sombras —anunció el curandero—. No pueden entrar, Alicia, pero quédate donde estás... por si acaso.

Analicé al canadiense en acción, dándole al disparador una y otra vez con firmeza, inmune al temor. A las sombras no les gustaban los fogonazos del *flash*. Cada vez que mi compañero hacía una foto, retrocedían cubriéndose sus rostros diluidos y, tras recuperarse, volvían a la carga furiosas, emitiendo agudos gruñidos. Todo en ellas era oscuro, especialmente allí donde debían estar la boca y los ojos. Me recordaron a los del tormentoso grito de Munch.

Unos dedos escuálidos se estiraban y contraían frenéticamente, como si buscaran un cuello que estrangular. Afortunadamente, los nuestros estaban fuera de su alcance.

Alejandro empezó a recitar un conjuro. Un jeroglífico indescifrable. No entendía el idioma en el que hablaba, pero su imagen era imponente: de repente parecía haber ganado altura. Mantenía los brazos extendidos, con las palmas de las manos, poderosas, hacia la aparición. Cogió algo de la bandolera para lanzarlo contra la ventana. Sonó como si hubiera proyectado miles de piedrecitas. Y todo quedó en silencio. En calma.

Los intrusos espectrales habían desaparecido.

—¿Estáis bien? —preguntó el chamán sentándose en una de las camas individuales. Necesitaba recuperar el aliento.

—Perfecto por aquí —respondió Jackson sereno.

—¿Alicia?

No estaba muy segura de lo que había visto. Fuera lo que fuera, resultaba aterrador. Sentí los dientes de la hilera superior taladrar a sus vecinos del bajo.

—¿De... de verdad hay vida después de la muerte? —conseguí preguntar.

—Me habías asustado. —Alejandro había hecho amago de levantarse, aunque renunció a ello tras escucharme—. ¿Todo en orden? —insistió.

—¿Qué... qué era eso? Vale, me hablaste de las sombras, ¡pero no pensé que fuera a ver nada! —exclamé con los nervios destrozados—. ¿No dijiste que eran invisibles?

—¿Qué has visto exactamente?

Les describí la escena que había presenciado lo mejor que pude teniendo en cuenta el estado de empanamiento mental que entumecía y ralentizaba mis neuronas.

—Esto no es bueno. No debería haberlas visto —reconoció el canadiense, por primera vez turbado—. No debería poder verlas.

Medio catatónica, deslicé los pies hasta la ventana. Mis músculos se empeñaban en seguir tiritando. Ya no estaban las sombras, pero necesitaba acercarme y tocar. Como el santo más empirista de la Biblia. Podía notar, clavadas en mi espalda, las miradas de Jackson y Alejandro.

Mi mano. El cristal dividido en celdas de madera. Algunas astilladas por los golpes. A cinco centímetros. A dos. El dedo corazón fue el primero y el último en tantear el vidrio: tan pronto como lo rocé, justo en esa área y pese a que la temperatura exterior rondaría los quince grados, aparecieron al otro lado las huellas congeladas de una extremidad de descarnados dedos. ¡Y tras ellos una cara sin cara! Su punzante alarido se me echó encima y una descarga eléctrica recorrió todo mi cuerpo. Salí despedida hacia atrás como una muñeca de trapo. Me esché chillar de la impresión. Jackson intentó atraparme al vuelo, como si fuera una pelota de béisbol, pero falló el *out*. El *shock* por el golpe fue momentáneo.

Distinguí a Alejandro lanzando otro conjuro. Su voz me pareció grave como el eco de una caverna. Oí un salvaje y rabioso aullido. El definitivo. La figura se retorció en un torbellino de oscuridad antes de desaparecer.

—Creo que se acabó —proclamó el chamán.

Comprobé muñecas, tobillos, cuello... Todo en su sitio. Calculé por encima que, como mucho, me saldría un cardenal en el culo.

—Esto tampoco es normal. —Alejandro se acercó para cogerme una mano y revelarme una expresión inquieta que ya reconocía en él—. Definitivamente, posee el don del tercer ojo —añadió mirando a Jackson.

—Lo sé —dijo mi compañero con pesar.

Al contacto con el hechicero, los temblores se aletargaron y la ira despertó.

—¿Os importaría explicarme de una puñetera vez qué me está pasando? —Disparé contra el canadiense una mirada cargada de indignación.

En lugar de responder a mi pregunta, Jackson nos dio la espalda. Quise advertirle que no se acercara a aquella ventana, que también podían atacarlo a él, pero sus movimientos fueron más rápidos. Consiguió fotografiar la huella antes de que desapareciera por completo. Se retiró unos centímetros e hizo saltar de nuevo el *flash*.

—Se han ido, sí —confirmó tras examinar la pantalla de su cámara.

Alejandro no le escuchaba.

—¿Nunca se te habían aparecido sombras hasta hoy? —me interrogó el curandero.

—¿Esos bichos? ¡Claro que no! Te lo habría contado esta tarde.

—Ya... El tercer ojo es un don, pero muchas personas nunca llegan a saber que lo poseen. Sin ser conscientes de ello, lo mantienen cerrado. Es como si prefirieran conservar una visión defectuosa a verlo todo claro. Tal vez deban agradecérselo a su instinto de supervivencia.

—¿Y para qué sirve ese don?

—Alicia, el tercer ojo te permite ver cosas que la gente normal apenas alcanza a presentir. Y no siempre tienen que ser aterradoras. Lo más probable es que también puedas ver a las criaturas de la luz, y te aseguro que esa experiencia será más gratificante que la de esta noche —me aclaró Alejandro.

Por fin buenas noticias.

—¿Me estás diciendo que también podría ver... ángeles? ¿Que existen?

—Yo prefiero hablar de luces blancas, de espíritus benévolos que un día pertenecieron a este mundo. Existen en otra dimensión diferente, pero a veces encuentran la manera de colarse en esta. Normalmente para contrarrestar las fuerzas malignas que quieren atacarnos a nosotros, los que estamos vivos.

—Aunque no lo creas, es pura física. ¿Has oído hablar de la teoría del multiverso?

Era Jackson uniéndose a nosotros. Hasta ese momento había guardado las distancias, centrándose en repasar sus últimas fotos, como si la conversación no fuera con él.

—¿El multiverso? Ni idea —reconocí algo más tranquila al comprobar que empezaban a dar respuestas a mis preguntas.

—Pues esa teoría física, que ya no es tan teórica, explica que el universo en el que vivimos es un islote que forma parte de algo mucho más grande: el multiverso. Según defienden algunos físicos y astrónomos, hay muchos universos paralelos. Se supone que no entran en contacto unos con otros, pero... —Su pausa resultó inquietante. Supe que a continuación venía algo semejante a la teoría del Big Bang—. Pero existe la convicción de que uno de ellos tiene fisuras desde tiempos inmemoriales. Es la dimensión de aquellos que eran como nosotros y perdieron su cuerpo material. Murieron, y ahora son pura energía —remató.

—Pe... pero yo no creo en el alma. Es más fácil que esas sombras que hemos visto sean... ¡una forma de vida extraterrestre! —se me ocurrió—. ¡No pueden ser almas en pena!

Prefería mil veces la explicación alienígena. Desestabilizaba menos mis creencias y descartaba que yo hubiera abierto un tercer ojo.

—¿Extraterrestres? —Alejandro me miró con ternura—. Eso que has percibido no venía de otro planeta. O Jackson podría haberlos visto, ¿no crees?

Contemplé atónita a mi compañero. Esperaba ansiosa una respuesta por su parte. Daba por sentado que los tres habíamos sido testigos de la aparición.

—Así es. Yo solo he escuchado los golpes —aclaró el fotógrafo.

No entendía nada.

—Pero esta tarde dijiste que las presencias eran más poderosas en las habitaciones y en el salón... Igual que Alejandro —le recordé con un punto de rencor.

Jackson miró al curandero, buscando su beneplácito.

—Adelante —le concedió.

—No pueden saberlo en la revista —me advirtió el canadiense. Aquella noche iba de sorpresa en sorpresa. «¿Qué será lo siguiente?»—. Alejandro y yo en realidad nos conocemos desde hace años, y me llamó porque le impresionó el ataque a Justin.

No podía creerlo. Aunque se habían tomado la molestia de disimularlo muy bien, me sentí idiota por no haberlo notado.

—¿Y de qué os conocéis?

—Es una larga historia. Si te portas bien, puede que te la cuente algún día —replicó haciéndose el interesante—. El caso es que yo puedo notar la presencia de espíritus, y atacarlos en caso de necesidad, gracias a esta cámara. Es... especial.

Jackson se acercó a mí y me mostró en la pantalla digital las imágenes que había capturado. En muchas de ellas se intuían las difusas siluetas de tres figuras azuladas, pero para un ojo poco entrenado podían pasar inadvertidas, como si fueran el resultado de un fallo técnico de la cámara.

—Yo las veía mucho más nítidas. Daban más miedo que aquí —me quejé.

—Ya, pero es que tu tercer ojo es mucho más eficiente que la lente de esta cámara.

Y Jackson me sorprendió con algo que no creí que físicamente fuera capaz de hacer: sonrió sin manchar sus labios de ironía.

12

Moriarty, ¿dónde te has metido?

Demasiada información que asimilar. Por desgracia, las explicaciones y advertencias de Alejandro y Jackson sonaban muy reales. Si no fuera porque había visto a las sombras al otro lado de la ventana con mis propios ojos, la escena con el hechicero lanzando un sortilegio y los golpes retumbando en el cuarto de los niños podrían haberme impresionado en mayor o menor medida, pero al final, ya en casa, mi lado escéptico hubiera salido a flote para convencerme de que había vivido una especie de delirio compartido.

Tras expulsar a los malos espíritus y encender una vela blanca para, en palabras de Alejandro, «mostrarle a la abuela Claire el camino hacia la dimensión de la luz», dormimos un par de horas. Los tres juntos en el salón.

Fue un sueño corto, pero de buenos augurios: era de noche y sobrevolaba la ciudad, aún aletargada a mis pies. Ráfagas de viento acompasadas —como la respiración de un animal durmiente— me impulsaban a subir más arriba. Ningún obstáculo terrestre que sortear. Solo yo, planeando como una cometa libre de bramantes.

Desperté relajada, pese a que aquel sillón era tan confortable como un punzante cesto de mimbre y había dormido sobre él hecha un ovillo.

—Volved a casa. Estaremos en contacto —se despidió Alejandro, que aún debía devolver las llaves de los Miller a la vecina del octavo.

Cuando Jackson y yo salimos a la calle, eran cerca de las siete. Una luz sonrosada como la piel de un bebé se extendía por las calles. El nuevo día parecía impaciente por conocer lo que el transcurso de las horas le depararía.

Antes de subirme a la moto, palpé el bolsillo derecho de mi pantalón para asegurarme de que ahí seguía la tarjeta de visita del chamán. Quedaban cuestiones por aclarar, entre ellas qué había provocado que mi tercer ojo despertara. «Estas cosas se ven venir, avisan con antelación», me había explicado. No en mi caso. Y tampoco pertenecía a ninguno de los grupos que, según el canadiense, se topan de manera fortuita y pasajera con este poder: los menores de siete años y los que abusan del alcohol o las drogas. Jackson, por cierto, había ejecutado un sorprendente truco de magia: había hecho desaparecer su pose de eterno enojado. En un alarde, incluso le prometió a Alejandro que velaría por mí. Me miraba con deferencia. ¿O era compasión?

«Hogar, dulce hogar», pensé reconfortada al vernos rodar por Bay Ridge. Las casas del vecindario empezaban a desperezarse. Sus puertas bostezaban sin decoro, contagiándose unas a otras para dejar salir a sus pequeños ocupantes. Una de ellas fue la de mi vecina, Erica Wintercold, una metomentodo de unos cincuenta años y muy pedante a la que, de todo el barrio, únicamente mi madre —santa madre la mía— soportaba.

—Buenos días, Alice.

Arrastraba la voz de manera que, en mi mente, las palabras escapaban de entre sus colmillos hechas jirones. Desde la frontera de sus dominios, y mientras inspeccionaba insolente a Jackson, no tardó en lanzar el proyectil número uno.

—Tu madre y tu hermanita se han marchado a España, ¿no es cierto? ¡Qué pena que no hayas podido ir con ellas por el *trabajo*!

Se revolcó en la palabra «trabajo». No estaba de humor para entrar al trapo, así que me limité a levantar una mano en señal de saludo. Me bajé de la moto y, para evitar que descubriera mi expresión de hastío, esperé a darle la espalda para sacarme el casco. Enfrente tenía a Jackson, una cara mucho más agradable que la de la señora de mirada torva, siempre en busca de carroña en la que hurgar.

—Muchas emociones, ¿eh? —me dijo en voz baja el canadiense, como si intuyera que mi vecina, quien se alejaba de nosotros para importunar a algún otro, tenía los oídos muy largos.

—Demasiadas —admití, y aproveché la coyuntura—. Gracias por todo. En especial por no dejarme caer... —Jackson pareció no comprender—. Cuando el desmayo en el salón, ya sabes.

Era agradable verlo relajado. Los labios habían dejado de mostrarse tiesos y el nuevo gesto le sentaba estupendamente.

—No fue nada. ¿Estarás bien ahí sola?

La casa lucía apagada: mamá y Emma debían de estar en el aeropuerto. Supuse —y acerté— que habían cogido uno de los primeros vuelos que salían de Newark.

—Claro. Mejor que bien —aseguré mostrándole el colgante que el hechicero me había entregado tras el ataque de las sombras.

«Se llama ojo turco y la gente lo utiliza para repeler el mal de ojo y las envidias. Pero este sirve para mucho más que eso gracias al hechizo con el que lo he cargado. Es el de mayor protección que tengo», me explicó el chamán mientras abría el enganche para colgármelo alrededor del cuello. En un cordón negro iba insertada una sencilla pieza de cristal azul oscuro, con un ojo pintado en el centro.

—Eres una caja de sorpresas. ¿Alejandro? —preguntó Jackson. Yo asentí—. Bien, este es mi móvil. Si notas algo raro, no tienes más que llamarme y enseguida estaré aquí. —Escribió los números en el dorso de una entrada de cine usada que se sacó del bolsillo—. Hazme una perdida ahora, cuando entres, para que yo también tenga tu teléfono. Si no surge ningún imprevisto, nos vemos esta tarde en la redacción. Ah, y, por favor, no comentes nada de que Zavala y yo nos conocíamos, ¿vale? Prefiero no dar explicaciones.

En su actitud leí exigencia y ruego a la vez.

—Para algo que puedo hacer por ti... —Me encogí de hombros—. Dalo por hecho.

Jackson se bajó la visera del casco, arrancó la Yamaha y se incorporó a la calzada. Según se alejaba, me pregunté de qué manera iba a afectar aquella noche al resto de mi vida.

Di media vuelta y me acerqué a los peldaños que dividían en dos el jardín. Mi madre siempre había deseado levantar un parterre en miniatura, pero, por falta de tiempo, de momento tenía que conformarse con unos arbustos semisalvajes, a excepción de tres rosales que conseguían sobrevivir contra todo pronóstico. Subí los tres primeros escalones apoyándome con pesadez en la barandilla metálica. Pausa. Instintivamente, eché un vistazo hacia arriba. Una cabeza felina asomaba por el mirador de mi habitación.

Me quedé observando la fachada. Aquel era el hogar que mi madre había levantado, ella sola, para nosotras. El exterior estaba construido en madera y pintado en gris clarito, en contraste con el blanco de los pilares y balaustres del porche y las ventanas. Mamá no quería, pero yo me había empeñado en echarle un cable en el pago de la hipoteca; al menos hasta el día en que me independizara. Mi gasto más notable era la devolución de un préstamo que había pedido para mis estudios universitarios. Y para el día a día no es que yo necesitara muchos recursos: los libros, la música e ir al cine eran mis únicos vicios. En contadas ocasiones salía con los amigos de marcha: demasiado ruido, escasa conversación, mucho tonteo... Ningún interés. Esa actitud mía se había cobrado alguna que otra amistad, pero es que siempre me había sentido fuera de lugar, como un pingüino intentando sobrevivir en el desierto.

Moriarty me recibió nada más cruzar el umbral de la puerta. Se paseó entre mis piernas y me habló con su aristocrático ronroneo.

—¿Qué pasa? ¿Te alegras de verme, gatito? —Cuando hablaba con Moriarty, mi tono subía dos octavas. Los gatos reaccionan mejor con las mujeres que con los hombres porque nuestra voz es más aguda—. Yo también, pequeño.

Lo acaricié entre las orejas y por debajo de la cabeza, donde lucía un estiloso collar verde, a juego con sus brillantes ojos gatunos.

Lo de ponerle Moriarty, el nombre de un villano, había sido cosa de Emma. Dos años antes, había sido el regalo de un compañero suyo de clase, Liam. Un gran chaval, coladito por mi hermana desde el jardín de infancia. La rubita llevaba semanas quejándose a sus amigos de que en casa había un ratón que lograba zafarse de todas las trampas y al que, por su sagacidad y perspicacia, llamábamos Sherlock. Un día, Liam se presentó en nuestra puerta cargado con su habitual timidez y una caja de zapatos llena de agujeros. Dentro se agazapaba un precioso felino de color gris y rayas negras. Tenía unas semanas de vida, así que pensamos que poco iba a poder hacer contra el astuto ratonzuelo. Nunca supimos si consiguió cazarlo o es que Sherlock se asustó tanto con la irrupción de Moriarty que decidió echarse el hatillo al hombro y largarse. El caso es que no volvió a dar señales de vida y el minino, que se ganó el nombre por su gesta, pasó a ser uno más de la familia.

Subí directamente a mi cuarto. La luz entraba a raudales por la ventana mirador que sobresalía en la fachada. Junto a ella, mi rincón favorito de la casa: el banco-biblioteca de madera que mamá había hecho construir para mí como regalo por mi duodécimo cumpleaños. Unos meses atrás, yo misma lo había lijado y pintado de blanco, a juego con el resto de mis muebles. La parte superior estaba cubierta por una colchoneta naranja y dos cojines verdes, y ocultaba la tapa de una caja igual de larga que custodiaba cosas que no quería que mi hermana tocara. Un pequeño candado, cuya combinación únicamente yo conocía, hacía guardia las veinticuatro horas. No es que pensara que Emma pudiera romperme algo; tenía más que ver con mi anhelo de privacidad, aunque fueran objetos de escaso interés o valor para cualquier otra persona: como los diarios y cuentos que había escrito siendo una niña o mi primera carta de amor, una cuartilla llena de tiernas faltas de ortografía. Bob me la había colado por una rendija de la taquilla cuando los dos teníamos once años; un mes después se había trasladado con su familia a Lakewood, Colorado, y nunca más volví a saber de él.

Bajo «el cofre de los secretos», ocupando la zona inferior del banco, una modesta estantería hacía las veces de biblioteca. Cabían unos cuarenta libros: una selección de mis favoritos, que acostumbraba a releer pasado cierto tiempo —ahí estaban reunidos todos los de Jane Austen—, y mis más recientes adquisiciones, como el último volumen de *Canción de Hielo y Fuego*. Estaba deseando desenvainarlo.

Solté la bolsa-bandolera en el suelo, junto a la mesilla de noche. «Lo primero, un buen baño». Para mi sorpresa, el aseo, que comunicaba mi cuarto con el de Emma, estaba recogido. Probablemente mi madre había obligado a la enana a ducharse por la noche para que luego no tuviera la excusa del madrugón para dejarlo todo manga por hombro.

Vertí en el agua una generosa dosis de sales de baño; necesitaba relajar los músculos, ponerme a remojo hasta arrugarme como el entrecejo de un shar pei. Una vez dentro de la bañera, eché la cabeza hacia atrás y la sumergí hasta la altura de mis oídos para aclararme el pelo, embadurnado de champú. Las cuencas de las orejas se llenaron de agua. Me gustó escuchar el relajado ruido que producía mi cuerpo arropado por esa manta líquida y sutilmente coloreada de lavanda. Quería olvidarme de todo por un rato.

El momento de relax se evaporó cuando a través del agua percibí unos sonidos graves que no logré identificar. Aferré los tiradores de la bañera para incorporarme. De refilón, me pareció atisbar una fugaz silueta moviéndose en mi habitación. «¡¿Qué ha sido eso!?», me asusté. Aguardé sentada, con todos mis músculos y sentidos en alerta. El miedo atenazó aquellos segundos, ralentizados como si los hubieran transformado en horas.

Nada. Silencio. Vacío.

—¿Moriarty? ¿Estás ahí? ¡Ven aquí, pequeño! —lo llamé nerviosa—. Psss, psss, psss...

El gato apareció por la puerta del baño y, de un brinco, se encaramó sobre la tapa del váter, guardando una instintiva distancia con la bañera.

—Hola, guapo. ¿Has hecho tú ese ruido? Quédate aquí conmigo, anda.

Es lo que tienen los michos: la inteligencia, entre otras muchas virtudes. Se arrellanó sobre las patas traseras y se quedó ahí clavado, contemplándome. Su mirada serena consiguió apaciguarme.

Volví a introducir la cabeza en el agua para acabar con los restos de espuma... ¡Y de nuevo me llegó el mismo tipo de vibraciones! Esta vez más nítidas.

Parecía una voz. Y aunque el sonido, en su propagación, quedaba distorsionado... logré identificar una palabra. ¡Me llamaba por mi nombre!

Me incorporé una segunda vez. Moriarty seguía en el mismo sitio, pero ya no se fijaba en mí, sino en el vano de la puerta. Me asusté porque estaba en posición de ataque, con los pelos erizados, y bufaba. Sintiéndome observada, alargué el brazo para echar mano de la toalla que había dejado caer sobre un taburete cercano. Sin querer, espanté al minino, que con un maullido de protesta, pegó un salto y se marchó como alma que lleva el diablo.

Me había quitado el ojo turco de Alejandro para meterme en el agua. Lo primero que hice al salir de la bañera fue volver a colocármelo.

En la habitación todo estaba en orden. Salí fuera, al pasillo.

—¿Hola? ¿Hay alguien ahí?

Las palabras rezumaban pánico ante la posibilidad de toparse en el aire con una respuesta o, peor aún, con alguien subiendo por aquellas escaleras. Me armé de valor, y de un tipómetro de metacrilato que me había regalado mi abuelo Antonio, para dar una rápida vuelta a la casa.

Nadie. Todo tranquilo... Menos yo. El vello de los brazos se me había puesto de punta, como a Moriarty. Humanos y gatos compartimos la misma respuesta genética ante la sensación de peligro: aparentar un mayor tamaño para intimidar a los depredadores, de ahí el estiramiento capilar. Tras miles de años de evolución, de poco me servía a mí ese mecanismo de defensa.

Le di vueltas a la posibilidad de dar un toque a Jackson, pero calculé que se habría acostado y no quería molestarle. Tampoco me parecía buena idea incordiar a Alejandro por nada. ¿Qué le iba a decir? «Eh... Hola. Resulta que me estaba bañando y, cuando metí la cabeza dentro del agua, creí escuchar a alguien pronunciando mi nombre. Aunque no hay nadie en casa. E incluso llegué a percibir que algo se movía en mi cuarto, pero ha ocurrido tan rápido que tal vez me haya engañado mi propio pestañeo».

Arrebujada sobre el banco-biblioteca, apretaba con tanta fuerza el amuleto de Alejandro en mi mano izquierda —en la otra continuaba, en guardia, el tipómetro— que me estaba marcando el dibujo del ojo en la palma.

Tenía que pensar y no quería hacerlo, porque... ¿y si alguna de las sombras me había seguido hasta casa? Me alegré de que Emma y mi madre se encontraran lejos, metidas en un avión de camino a Madrid. Aunque no tardó en aparecer un pensamiento menos altruista: en esas circunstancias, no me habría venido mal un poco de compañía.

Como si hubiera oído mis pensamientos, Moriarty regresó al dormitorio. Gateó hasta donde me encontraba y se ovilló en mi regazo. Él había recuperado el sosiego, y al parecer son únicos detectando presencias malignas o de otro mundo. Había leído que para los antiguos egipcios eran animales sagrados. Tanto que, si un gato fallecía, los sirvientes de la casa se afeitaban las cejas en señal de duelo. No me veía yo haciendo lo mismo por Moriarty, a pesar del cariño que le tenía... La extraña imagen me hizo sonreír.

—Es normal. Hoy ha sido un día complicado y ahora veo y oigo cosas donde no las hay. Pobre, te he asustado —me disculpé con mi peludo amigo mientras lo acariciaba—. Esto no tiene nada que ver con el tercer ojo; sino con el cuarto. Demasiada imaginación.

Ya en la cama, inhalé el profundo olor a limpio de las sábanas. Moriarty se incorporó, con los párpados entornados por la modorra, y se enroscó, como solía hacer, en la corva de mis rodillas.

Acurrucada yo también en el silencio de la casa, en esa tensa espera que te hace presentir la aparición de un ruido sospechoso a cada instante, pensé que no conseguiría dormir. Qué equivocada estaba. El cansancio me hizo el favor de apagar todos los plomos del cerebro para hibernar durante unas horas.

13

Con miedo a saber

A las doce y media sonó el despertador. Mi estómago rugió, literalmente. No solía saltarse ninguna comida y añoraba el desayuno.

Tras el sueño reparador, veía la noche anterior con nuevos ojos. Había visto y tocado. ¿Vida después de la muerte? «¿Y si algún día puedo contactar con mi padre?». El pensamiento, radiante en sus albores, enseguida se nubló: «¿Y si no es feliz donde está? Quizás el bien no encuentra recompensa al otro lado...».

Me vestí mientras contemplaba a Moriarty dormir plácidamente. Solo me faltaba el reloj de bolsillo. Lo desenganché del pantalón gris al que aún continuaba anclado. De manera automática, presioné la corona para comprobar la hora. Las tres y cuarto. «¿Adelanta o se ha parado?». Como no tenía segundero, me lo acerqué al oído. Nada. Le di cuerda, por si hubiera llegado al tope, pero seguía sin funcionar.

Antes de tomar el camino de las escaleras, y como me había prometido, dejé la *Chaqueta de los Incautos* a remojo en el bidé del baño, con una sobredosis de detergente.

Sorteando las lamas del estor, los ya adolescentes rayos del sol se lanzaban en plan kamikaze sobre el suelo de la cocina. El cuenco de Moriarty se encontraba entre las bases atacadas. Sin provisiones. Era cuestión de tiempo, quizás minutos, que el micho reivindicara su rancho con un tieso zigzagueo entre mis piernas. Para ahorrarle zalamerías, se lo rellené sin petición previa.

—¿Y yo qué? —me pregunté mientras abría el frigorífico para echar una ojeada a los suministros familiares.

Entre fogones no me movía con excesiva soltura. He de reconocer que las artes culinarias de mamá me habían malacostumbrado —era como tener en casa a la versión femenina de Jamie Oliver—. Eso sí, desde hacía unos meses iba anotando sus recetas en un cuaderno para el día en que decidiera celebrar mi particular 4 de Julio, así que eché mano de él. En la primera página encontré lo que buscaba:

RECETA PARA LAS TORTITAS

Ingredientes:

- 2 vasos de harina
- 2 cucharadas de levadura
- 3 cucharadas de azúcar
- 1 cucharadita de sal (escasa)
- 2 huevos
- 1 vaso de leche (si la masa se ha vuelto demasiado densa al día siguiente, se puede añadir un chorrito más)
- 50 gramos de mantequilla

Pasos a seguir:

1. Mezcla en un bol grande la harina, la levadura, el azúcar y la sal.
2. Bate los huevos en otro recipiente y añádele la leche y la mantequilla, ligeramente derretida (no del todo) en el microondas.
3. Incorpora la masa líquida, poco a poco (sin dejar de batir), en el bol de los ingredientes secos.
4. Echa una cucharada de aceite en una sartén y pon la vitrocerámica a nivel medio-alto.
5. Una vez hechas, cúbrelas al gusto: sirope de chocolate con nata para Emma y con azúcar glasé para mamá.

Con un par de tortitas en el estómago, me dirigí hacia mi vieja amiga, la parada del bus de Bay Ridge con Colonial.

—¿Que tiene a la Virgen María en la puerta de su casa? (...) ¡Pues no sé, señora, dígale que entre e invítela a tomar un té!

Robert no tenía su mejor día. Raro, porque el chico era de lo más tranquilo. En cuanto colgó el auricular, le entró una nueva llamada, así que ni siquiera me vio saludarle.

—¡Alice, nuestra heroína! ¡Pásate por aquí! —Joe no podía lucir más fresco, con la camisa remangada hasta los codos y cara de que los Nets de New Jersey hubieran vapuleado a los Knicks en la final de los *playoffs*—. Jackson me ha contado. ¡Menudo susto lo de los golpes en la ventana! Me ha enseñado una foto grandiosa: la huella que dejó una mano en el cristal. ¡Qué buen fichaje, qué buen fichaje! —se felicitó—. También me ha dicho que Alejandro os describió a las sombras y que tú mantuviste el tipo en todo momento.

—Bueno... el trabajo lo tuvieron sobre todo ellos. Yo me dedicaba a observar —respondí algo desconcertada, mirando alrededor—. Por cierto, ¿dónde está Jackson?

Con la pregunta mataba dos pájaros de un tiro: buscaba cortar cuanto antes la conversación con el redactor jefe y realmente necesitaba al fotógrafo para hablar con él. No entendía por qué había ocultado lo de mi tercer ojo. Era una buena historia.

—Ha bajado a por algo de comer. No creo que tarde. Oye, me gustaría leer ese reportaje mañana a primera hora; sé que te estoy dando poco tiempo, pero necesito echarle un ojo cuanto antes. También te he dejado sobre la mesa un par de artículos que hay que editar. Friday sigue enfermo y yo estoy hasta arriba.

—Muy bien. Enseguida me pongo con ello.

—Todos los contenidos de la revista deben estar cerrados mañana a mediodía como muy tarde. La imprenta me está presionando porque vamos con un día de retraso sobre las fechas previstas.

Era la hora de la comida, así que el puesto de trabajo de Edgar se encontraba vacío. Allí aparqué su casco y, ya en mi sitio, desenfundé la *moleskine*, rellena de anotaciones.

—¿Has descansado? Tienes buen aspecto.

Jackson asaltó la silla de Friday, cuya mesa colindaba con la mía, y rodó un metro para compartir mi escritorio. Parecía contento. Me animaba confirmar su cambio de actitud.

—Ponme al corriente: ¿qué se supone que podemos contar? —le reproché en un susurro—. Acabo de hablar con Joe y creo que has pasado por alto unos cuantos detalles. Todos importantes. ¡Anda que si meto la pata! —Los ojos del canadiense rieron—. Pues a mí no me hace gracia. ¿Y si llego a comentarle lo del tercer ojo? Ahora no tendrías esa sonrisita tonta en la cara.

—Ha sido mala suerte que hayas llegado justo cuando no estaba. He salido cinco minutos —se excusó—. Pero sabía que, en caso de necesidad, serías una chica discreta.

—Yo te tenía por un tipo más bien desconfiado —bromeé dándome por vencida—. Y dado que tengo que escribir esta historia, dime qué es lo que debería obviar. Así acabaremos antes.

—Eso es fácil. Puedes escribirlo en primera persona, pero ni una sola palabra sobre tus poderes psíquicos. Ten en cuenta que las personas, incluso las que compran revistas como esta, son más bien escépticas. Si leen que un chamán ha entrado en contacto con tres espíritus, lo pasarán bien con el artículo, pero a la media hora probablemente se hayan olvidado, como si hubieran leído una novela de terror. Pura ficción. En cambio, si tú, como periodista, les cuentas que tienes poderes y lo que viste, pasarán dos cosas: tus compañeros de profesión y una parte de tus lectores harán escarnio de ti, te tacharán de pirada; y unos cuantos, por el contrario, te creerán y vivirán angustiados ante la idea de que en la oscuridad de sus casas puede haber sombras acechando. Así que mejor dejar las cosas como están.

El razonamiento de Jackson no carecía de lógica, pero me parecía un delito contra la humanidad ocultar una información tan valiosa como la existencia de vida después de la muerte. Si se confirmaba —aún no había decidido del todo qué eran aquellos seres encapuchados y siniestros—, me había topado con la noticia más importante de la historia.

—En definitiva, que la gente no está preparada para conocer la verdad...

—Buen resumen —me concedió.

—¿De dónde has salido tú? Y no me digas que de una revista canadiense.

Confirmó que Joe no nos prestaba atención antes de responder.

—Sí he colaborado con esa revista canadiense que aparece en mi currículum, pero, además, desde hace años trabajo para una organización mundial que estudia y, si resulta necesario, lucha contra fenómenos sobrenaturales, del estilo de los de ayer. Alejandro se puso en contacto conmigo hace tres semanas para contarme lo del ataque en casa de los Miller. Quise investigar este caso porque es muy raro que los periodistas seáis testigos de algo así; normalmente las sombras no se dejan ver. Además me apetecía un cambio de aires y decidí postularme para el puesto vacante de fotógrafo en *Duendes y Trasgos*.

La pregunta era obvia.

—¿Y qué organización es esa?

Hizo caso omiso de la pregunta.

—No sé si Joe te lo ha dicho, pero la directora quiere que evitemos cualquier referencia al incidente de Eric y Justin. Me parece justo. Ahora que ni están ni se les espera, mejor dejarles continuar con sus vidas en paz. Han sido listos.

Con un simple arqueo de ceja, Jackson me dio a entender que yo no lo era. Con mucha dignidad, pasé por alto su gesto.

—Ok, tomo nota de la petición de Jordan. Aunque eran unos antecedentes geniales para el artículo. Entonces tampoco meto en el reportaje que esta mañana, mientras me daba un baño, he escuchado una voz. —Noté que el fotógrafo se ponía tenso—. Tenía los oídos sumergidos en el agua y... No te miento, juraría que alguien pronunciaba mi nombre. Me ha pasado dos veces. En cambio, cuando me incorporaba y se destaponaban los oídos, todo permanecía en silencio. También me ha parecido distinguir una figura moviéndose a lo lejos, en mi cuarto. —Su inquietud me hizo sentir culpable, así que intenté tranquilizarlo—: Aunque tal vez hayan sido imaginaciones mías.

—Puede ser... —Me evaluó indeciso. Luego añadió—: Lo reconozco; anoche lograste impresionarme. —Desvió su atención a la pantalla de mi ordenador, dejando patente que lo de regalar los oídos a alguien no iba con su carácter—. Has demostrado más valor del que mucha gente tendría en tus circunstancias. Y por eso creo que es conveniente que vayas conociendo ciertos... pormenores. —Volvió a fijar su mirada en mí—. Por ejemplo, que hay personas que utilizan el agua para entrar en contacto con los muertos, para hablar con ellos.

—¿Con los muertos? ¡Joder, Jackson! —A la mierda la calma—. ¡Que esta misma noche tengo que regresar a casa! Y encima sola. Si ni allí puedo sentirme a salvo...

—Seguro que no era nada. —Palmoteó mi mano para serenarme—. Además, el amuleto de Alejandro encierra un poderoso conjuro para protegerte de los espíritus negativos. No creo que pueda atacarte un ser de la oscuridad mientras lo lleves puesto.

—Pues es un consuelo, compañero —resoplé.

—¿Te das cuenta? Por eso es importante que no cuentes nada sobre tu don. Todos queremos saber qué hay al otro lado; pero la respuesta puede resultar aterradora.

—Supongo que tienes razón.

Unas risas alegres resonaron por el pasillo que comunicaba con la recepción. Jackson se giró para mirar por encima de su hombro. Los compañeros volvían de almorzar.

—Nos vemos luego.

Liberó con discreción la silla de Friday y se acercó al escritorio de Jared, el director de arte. Escuché cómo le pedía que entrara en el servidor de la revista; el canadiense quería mostrarle las fotos que proponía incluir en el reportaje.

Un segundo después tenía a Edgar a mi lado. Me traía el avituallamiento que le había pedido a través de un SMS: una Diet Coke bien fría.

—Gracias. Aún tengo las neuronas amodorradas.

—Oye, ¿para cuándo el WhatsApp? ¿No crees que ya va siendo hora? —preguntó señalando con disgusto mi, en su opinión, anticuado Sony Xperia Z.

—Para cuando las ranas críen pelo y los lagartos plumas —reconocí mientras me esmeraba en limpiar la parte superior de la lata con un pañuelo de papel. Justo en ese instante se escuchó el tono que Ed tenía en la aplicación de mensajería de su móvil: la típica gota de agua. Como un autómata, mi amigo se echó la mano al bolsillo donde guardaba el *smartphone*—. En realidad no creo que sea tan difícil de entender —defendí mi postura ludita—. Seguro que has oído hablar de la tortura de la gota china; estoy convencida de que mi cerebro se vería afectado por ese continuo goteo de mensajes. ¿No te resulta cansino estar constantemente pendiente de ese cacharro?

—No insultes a mi iPhone —me exigió mientras lo envolvía entre las manos, como si el teléfono tuviera sentimientos y pretendiera protegerlo de mis agravios tapándole los oídos—. Hablas como si pertenecieras a algún tipo de secta rara. Y hablando de sectas, ¿qué tal con el señor *no-me-mires-que-doy-miedo*? Se os veía bien hace un momento... ¿No habréis hecho buenas migas? —me reprochó con una sonrisa inquieta en los labios.

—Creo que voy a aprender mucho de Jackson —le respondí tras dar un sorbo a mi Coca-Cola.

—También podrías aprender de mí si me dejaras mostrarte mi *gran* yo interior... —dijo señalándose de arriba abajo. Su teatralidad provocó que alzara la voz más de la cuenta—. Dejaría de compartirlo con otras y sería en exclusiva para ti, Alicia. Sabes que lo haría —proclamó con ademán cómico.

Por suerte, pronto se dejó de infructuosas gracietas y me pidió que le contara con detalle lo sucedido en casa de los Miller, si había pasado más miedo alguna vez en mi vida, cuánto tardaría en tener escrito el artículo para que él pudiera leerlo... Tras resumirle la historia en lo que ocupan tres tuits y medio, conseguí que se largara para dejarme trabajar tranquila.

Me sentí mal por no poder hablarle de mi tercer ojo. «Algún día», me prometí.

14

Buenas noches, Duncan

Los compañeros empezaron a recoger a las siete. Jackson se ofreció a quedarse conmigo hasta que terminara el trabajo para escoltarme de vuelta a casa; el episodio del baño lo había dejado intranquilo y quería examinar el lugar con su cámara especial, por si detectaba alguna presencia extraña. Me lo quité de encima birlándole su propia argumentación: le recordé que el amuleto de Alejandro me protegía y lo convencí de que el cansancio y el sueño habían provocado que imaginara aquella voz llamándome por mi nombre. Yo lo creía así. Como remate, le di a entender que un poco de intimidad en la redacción me vendría fetén para rendir al máximo y poder acabar lo antes posible; el *picaporte* perfecto para que el canadiense entrara en razón.

Victoria bajó a buscar mi cena al Pete's, una centenaria taberna irlandesa en la que, al final de la jornada, los compañeros solíamos echar unos dardos. Hacían los mejores bocadillos de lomo con queso de todo Manhattan. Confiaba en que mi compañera no trajera consigo el postre: una sarta de suculentos temas con los que entretenerme; pues, como mínimo, me quedaban cuatro horas de trabajo por delante. Hubo suerte, porque la pelirroja fue una estrella fugaz, vista y no vista. Había una partida de billar en juego. Por un lado, Edgar y Andrea, quien por cierto empezaba a pulir su talante huraño conmigo; en el otro equipo, Victoria y su querido Rob, que se desquitaba así de un día especialmente duro en el que había lidiado con más de una decena de bromas telefónicas.

Por fin nos quedamos solas Almudena —la señora de la limpieza— y yo. Aguanté un rato mientras pasaba la aspiradora, pero resultaba imposible concentrarse con aquel ruido, igual de irritante que un dedo olvidado en el timbre de una puerta. Aproveché la excusa para visitar el cuarto de baño. Necesitaba refrescarme.

Me estaba secando la cara con una toalla de papel cuando los halógenos del aseo se apagaron solos.

—Mierda...

Salí fuera. Las paupérrimas luces de emergencia intentaban disipar sin mucho éxito el oscuro panorama que me esperaba. Los interruptores no funcionaban. «Almudena habrá pensado que me he ido y ha desconectado el diferencial del alumbrado», me dije. Y yo ignoraba dónde se escondía el dichoso cuadro eléctrico.

Era de noche, pero Nueva York, siempre encendida, se colaba por los ventanales. La ciudad me sirvió de bastón en el camino de vuelta a mi mesa. Contuve la respiración y le di un toque apresurado al ratón para comprobar si había *muerto*... Resoplé aliviada: vivito y coleando. Al menos podía seguir escribiendo.

Acababa de meter en página la columna de consultas que la vidente Aileen Hyde-Lees escribía cada mes para *Duendes y Trasgos*. Entre las cartas publicadas, la de una chica de Minnesota asegurando que sentía una influencia maligna en su casa por las noches. Nos pedía un método para acabar con ella, y nuestra médium había intentado no defraudarla: «Si crees que tras el crepúsculo acuden espíritus negativos a donde vives, toma nota de esta antigua técnica, usada por los alquimistas en la Edad Media: deposita vinagre y sal —esta en forma de cruz— en un cuenco de barro o vidrio y colócalo sobre un plato sopero debajo de la cama de tu habitación, a la altura de los pies. Si la sal, con el paso de los días, se vuelve de colores (verde, morado, azul...), es que realmente tienes malas energías rondándote. Recuerda que entonces deberás cambiar el contenido del cuenco, sin tocarlo con tus manos para no impregnarte de esa negatividad, y tirar la sal antigua por un desagüe para eliminar todos los restos. No debe quedar ni uno de esos granos en tu hogar. Repite esta acción hasta que la sal no cambie de color y no volverán a molestarte. Que la luz sea contigo, amiga mía». En todas sus respuestas, siempre concluía con esa fórmula, al estilo de un insólito médium-*jedi*.

Un par de días antes me hubiera reído y habría asegurado que si la sal terminaba siendo de color verde se debía a la humedad de la casa, pero ya no daba nada por sentado. Según Jackson, la misma premisa que en los años cincuenta habían seguido los autores del libro *El retorno de los brujos*, Louis Pauwels y Jacques Bergier. A priori, hombres cabales interesados en los fenómenos paranormales y entre cuyos lemas estaba el de «No nos lo creemos todo, pero creemos que todo debe ser examinado».

Cerré el resto de documentos de InDesign que había en el escritorio de mi ordenador y abrí el reportaje sobre la casa de los Miller. Lo tenía más o menos redactado, a falta de añadir y pulir ciertos detalles. Me hacía ilusión firmar mi primer artículo en la revista. «Texto: Alicia de la Vega. Fotos: Jackson...».

«Esta sí que es buena... ¿Cómo diablos se apellida Jackson?».

Y mientras rebuscaba entre recuerdos que quizás ni existían..., un escalofrío surcó mi espalda de abajo arriba, entumeciendo cualquier pensamiento anterior. Barrunté la presencia de un intruso allí mismo, en la oficina. En un acto reflejo, apreté los puños y me giré asustada. Nada. Solo la mesa de Andrea.

«Venga, tranquila».

Inicié el Photo Booth, un buen amigo al que me habían presentado días atrás y que me evitaba tener que ir al baño cada vez que necesitaba recoger mi pelo con una pinza. La aplicación servía para hacernos fotos con la webcam del Mac. En la parte inferior de la pantalla se alineaban las más recientes que nos habíamos hecho juntos Ed, Victoria y yo.

—Tú vas a ser mi retrovisor... Por si acaso.

Le di al botón y, en la pantalla del ordenador, apareció mi imagen en directo. Quería cubrirme las espaldas, que nada pudiera pillarme por sorpresa. A través del visor del Photo Booth escruté lo que me rodeaba, pero no se apreciaba ningún elemento sospechoso. Gruñí a mis inquietudes y regresé al trabajo, a las notas de la *moleskine*. La mayoría estaban en el reportaje; podía tacharlas. Había empezado a hacerlo cuando el bolígrafo dejó de escribir. «Unos rayajos en la suela y solucionado», pensé. Pero no.

—Qué extraño.

Treinta y seis grados de aliento derramados en su extremo, y el condenado me los devolvió en forma de vaho. «¿Cómo es posible?». Presioné ligeramente la bolita metálica de la punta.

—¡Mecagüen...!

Lancé el bolígrafo por los aires. Me había quemado de frío, como si mis nada titánicos dedos hubiesen rozado un iceberg.

—Por todos los cielos... La he lastimado.

—¡¿Quién anda ahí?! —Me costó levantar la voz, cebada por el miedo.

En el visor del Photo Booth distinguí con dificultad una figura a mi espalda, en una oscuridad parcialmente iluminada por el resplandor de la pantalla. No era precisamente una imagen en alta resolución, pero sí lo bastante nítida para identificarle.

—Oh, Dios mío... ¡Duncan!

Vestía de manera diferente a como me lo había encontrado en la playa. Misma camisa y pantalón, pero con el aderezo de un chaleco. Y hasta una *cravat*. Los bajos de su levita de paño oscura finalizaban justo por encima de la rodilla, donde también se cortaba el encuadre de la *webcam*. Solo le faltaban el sombrero de copa, los guantes y un bastón para ser clavado a un personaje de Jane Austen.

Volteé la cabeza buscándolo ansiosa. De nuevo nada. Volví a mirar el monitor, y allí estaba. A metro y medio de mí.

—¿Puede oírme? —preguntó sorprendido.

—Y verle, aunque solo a través de la *webcam*. —Señalé la cámara del ordenador, sin estar muy segura de que, debido a su aspecto decimonónico, entendiera un término tan moderno. «Aunque sabe lo que es una moto. En la playa dijo que me había visto descender de una...», me recordé intrigada por el anacronismo.

—Que pueda verme y escucharme supone sin duda un avance. —Sonó satisfecho—. Disculpe lo del bolígrafo. Intenté tocar su mano discretamente para avisarla de que me encontraba a su lado y debo de haber congelado la tinta. Aún no soy diestro en el control de la técnica —apuntó observándose las yemas de los dedos.

«No es posible... Únicamente puedo verlo en sueños».

—¡¿Me he quedado dormida?!

Me alegraba poder hablar de nuevo con él, pero sentí pánico y agobio ante las horas de trabajo que aún me quedaban por delante.

—No, descuide. Permanece despierta.

—Menos mal... —resoplé. «Pero eso quiere decir que...»—. ¡Joder! ¿Entonces es usted real? —Esa noche no ganaba para sustos.

Durante un nanosegundo frunció su distinguido ceño. Difícil concretar si por la palabra malsonante o por la pregunta posterior.

—Me temo que sí, *señorita* —respondió haciendo hincapié en el vocativo, como si me estuviera reprendiendo. Sí, sin duda el gesto de contrariedad se había debido al improperio—. Y he de reconocer que me siento aliviado por ello. Llegué a dudar de mi propia existencia por esa teoría suya de que solo vivo en sus sueños.

—Pues parece que me equivoqué. A no ser que me esté volviendo loca y lo del tercer ojo sea también un invento de mi mente.

—¿El tercer ojo?

—Sí. Se supone que tengo poderes extrasensoriales, que percibo cosas que la gente normal no puede ver: espíritus, por ejemplo. Pero usted debería saberlo. ¿No estaba allí cuando Alejandro y Jackson me lo contaron? —Acababa de dar por hecho que me había acompañado desde el instante en que desperté de aquel *sueño* a orillas del mar.

—No tengo conocimiento de tal cosa. Cuando se marchó de la playa, quise seguirla, pero se había ausentado la energía que siempre me guía hasta usted, y reaparecí de nuevo en aquella maldita niebla...

Me estremecí al escuchar la soledad y la frustración que transmitía su voz.

—La niebla. Conozco ese lugar... —dije recordando mis sueños.

—Lo sé. Allí la vi por primera vez. —Me pareció detectar en sus palabras un atisbo de gratitud.

—¿Y cómo me localizó en casa de los Miller?

—Se lo he dicho: hay una fuerza invisible, muy cálida, que me conduce a sitios que desconozco, pero en los que, no sé por qué razón, invariablemente la encuentro a usted.

—El mundo real...

—Supongo que así es —reconoció echando un vistazo a los enseres que nos rodeaban—. Como ahora. Y también esta mañana, en su casa.

Aquella noticia me pilló completamente desprevenida.

—¡¿Era usted?! No... no puede imaginar el susto que me dio. ¡No vuelva a hacerlo, por favor! —exclamé al recordarme desnuda en la bañera.

«Dios, ¿y si me ha visto sin más cobertura que una capa de espuma tapándome las vergüenzas?». Turbada y nerviosa, me froté con una mano la frente. Dada la situación, la de estar hablando con un ser que en ningún caso podía ser de carne y hueso, se me antojaba ridículo preocuparme por una tontería como aquella, pero el rubor escapaba a mi control: hacía que la cara me ardiera. Agradecí que, al estar sentada de espaldas a él, Duncan no pudiera reconocer el gesto de extrema timidez en mi rostro.

—Le ruego me perdone. No fue mi intención asustarla. Seguí a aquella energía hasta la alcoba de una dama —se explicó—. Descubrí un retrato suyo sobre la mesilla, y me figuré que se encontraría cerca. Pronuncié su nombre en voz alta, sin obtener una respuesta a cambio. De hecho, no supe que se hallaba en el baño hasta que la escuché llamar a su gato y entré... —se defendió.

Había apuro en su voz. También en mis pensamientos: «Ay, ay, ay, ay. En ese instante, yo estaba sentada en la bañera... ¡Y el agua no me tapaba del todo!». Me pincé el labio inferior con dos dedos. «Me vio la delantera... Seguro». Noté que seguía enrojeciendo, como si alguien soplara rítmicamente sobre las incandescentes ascuas que eran mis mejillas.

—Además, el animal no dejaba de mirarme. Fijamente —continuó él—. Cuando saltó bufando, creí que se me iba a tirar encima. Yo... quise avisarla de que me encontraba allí, con usted, pero no podía escucharme.

—Sí le oí. Pero fue antes, mientras tenía la cabeza metida bajo el agua —reflexioné en un tono ligeramente huraño, todavía incómoda al imaginarlo allí, de pie, junto a mi bañera. Sentí un cosquilleo extraño en el estómago.

Pero entonces una nueva idea me salió al paso para guiarme por otros derroteros. «¿Y si resulta que...?».

—En ese caso, hemos progresado desde entonces —comentó Duncan, y, aunque no podría asegurarlo, diría que contuvo una sonrisa traviesa—. Ahora no precisamos que haya agua de por medio para mantener una agradable conversación.

Lo que Jackson me había contado acerca de muertos que se comunican con los vivos a través del agua resolvía el enigma. ¿Entonces era Duncan realmente un espíritu? Después de adelantarle, más bien con escasa fortuna, que era producto de mi imaginación, no me parecía justo contarle mis remozadas sospechas: que estaba muerto, no lo sabía y por eso se mantenía en una dimensión que ya no era la suya. Quizás tenía algún asunto pendiente del que no conseguía acordarse.

Alejandro era clave. Debía quedar con él para hablar sobre Duncan. Qué era y cómo ayudarlo. «Seguro que también él puede verle».

—¿Le importa si le hago una foto con el ordenador? —se me ocurrió.

—No, en absoluto. Cualquier prueba de que existo será bienvenida.

—Si Almudena no hubiese apagado la luz, la imagen sería más nítida —lamenté.

—Yo no contaría con ello. Creo que carezco de la capacidad de materializarme en la luz. O al menos soy invisible para usted. Como esta mañana, en su baño. —«¿Por qué no dejamos el tema?». La intuición de Duncan engranaba como una maquinaria de alta precisión, porque de nuevo se excusó—: Apenas me asomé, hasta que la localicé en la tina de agua caliente y me di cuenta de que no podía verme.

—No es eso lo que me preocupa... —«Sino que tú pudieras verme a mí. Mierda, qué corte...».

—Por eso tomé la decisión de apagar aquí las luces. Quería comprobar si en la oscuridad la situación difería en algo.

—Así que fue usted... ¿Y cómo lo ha logrado?

—Pulsando un interruptor de ahí detrás. Aunque hasta ahora nunca había conseguido concentrarme lo suficiente para tocar un objeto...

—¿Ha de pensar mucho en algo para poder hacerlo? —le interrumpí.

—No, me refiero a concentrarme, a pasar de estado gaseoso, o lo que sea esto —se señaló con ambas manos el cuerpo—, a sólido. Esta vez lo he conseguido. Ha sido un segundo. Suficiente para apagar la luz. En cambio, cuando he pretendido tocarle la mano, no ha percibido mis dedos. Solo he congelado el bolígrafo. Usted ha sido testigo.

Por mucho que lo intentara, me resultaba imposible ponerme en su *no-piel*. Duncan era un desplazado, fuera de lugar y quién sabe si de tiempo, lejos de la gente que debió de quererlo en vida. Si los recuerdos son los que hacen de nosotros lo que somos, él no era nada. Teniendo todo eso en cuenta, llegué a la conclusión de que *mi amigo invisible* llevaba bastante bien su atípica situación, y lo admiré por ello.

—Qué raro es esto —suspiré—. Bueno, ¿está usted preparado para la foto? Sonría...

El ratón hizo el resto y su imagen quedó grabada. Congelada. Yo me había ladeado hacia la izquierda para que él saliera de cuerpo entero. Saqué una copia por la impresora. «¡Qué torpe! Debería de haberme inclinado más».

De repente, la luz volvió a encenderse en toda la planta.

—Mucho mejor así. Gracias, Duncan.

Di por sentado que había sido él. Pero oteé a mi alrededor en su busca y, como él había predicho, no pude percibirlo.

Examiné la foto. Sus facciones no se apreciaban con nitidez, así que me quedé con las ganas de saber si lo había hecho sonreír. Con tanto fenómeno paranormal a mi alrededor, deseé que la imagen de Duncan no desapareciera justo cuando Jackson y Alejandro fueran a echarle una ojeada. Ese folio era la prueba de que no me estaba volviendo loca.

—¿Sigue usted aquí? —pregunté girando sobre mí misma.

—*¡Dios bendito! ¡Qué susto, niña!* —chilló Almudena en español llevándose las manos al pecho—. Pensé que no quedaba nadie. Salí hace un momentito y, cuando volví y vi las luces apagadas, creí que te habías marchado.

—Así que las encendiste tú...

Deduje que estábamos solas. Duncan había vuelto a desaparecer.

Aquella misma noche, desde casa, envié un mensaje de texto a Alejandro —era la una de la madrugada y no quería despertarlo con una llamada—: «Duncan existe. Tengo la prueba. ¿Quedamos mañana? Estoy libre a partir de las 19 h. Pon hora y lugar. Un abrazo».

A los cinco minutos recibí la respuesta: «Querida Alicia, mañana a las ocho en mi casa. Trae a Jackson. Si me necesitas, llámame».

Tras dar un par de vueltas en la cama, comprendí que la adrenalina se había empeñado en mantenerme despierta. Encendí la lámpara de la mesilla y eché mano de un libro. *Danza de Dragones.*

Veinte páginas después, me sobresaltó el politono del móvil. Era Emma. De fondo se oía a mi madre. Cabreada. Reprochaba a la rubita que se hubiera empeñado en llamarme cuando en Brooklyn eran las dos menos veinte de la madrugada. Acababan de aterrizar en el aeropuerto de Madrid-Barajas. Cuando mamá se puso al teléfono, me preguntó qué tal iba todo por casa. Si le hubiera contado la verdad, ella y mi hermana habrían tomado el primer avión de vuelta a Nueva York. No era justo: su lugar en ese momento estaba junto a mi abuela, en el entierro de tía Rita. Así que mentí:

—¿Por aquí? Genial, no te preocupes de nada, ¿vale?

Tras un intercambio de información acerca del vuelo —había sufrido mucho retraso por una huelga del personal de tierra en Fráncfort, donde habían hecho escala—, el bienestar de Moriarty, el correcto funcionamiento del sistema de riego de los rosales y la imperiosa necesidad de víveres de nuestra famélica nevera, me despedí de mi madre y quedamos en que volvería a llamarme en un par de días a no ser que surgiera algún imprevisto.

Hablar con ellas despertó mi optimismo, que era lo único que a esas horas se me había dormido. Al día siguiente vería a Alejandro y confiaba en que podría aclararme muchas cosas. Lo que más deseaba era ayudar a Duncan a averiguar quién era, de dónde venía y a qué lugar debía dirigirse.

«¿Dónde estará ahora mismo?». Recordé su mirada envuelta en aquella fría niebla, abandonada y excluida del resto del universo. La placidez con la que ronroneaba Moriarty a mi lado me hizo pensar que no había nadie más con nosotros.

Un insólito sentimiento de nostalgia me hizo añorarlo.

—Buenas noches, Duncan —dije, solo por si acaso.

15

Una visita a Alejandro

Cuando llegué a la oficina al día siguiente, Victoria oteaba el horizonte desde su mesa. La maquiavélica documentalista solía ser la segunda en aparecer cada mañana, justo detrás de Robert; evitaba presentarse antes que el inglés. Adrede, claro. Si llegaba demasiado temprano y él aún no estaba en su puesto, para hacer tiempo era capaz de dar una vuelta a la manzana. O incluso dos. Así se aseguraba la oportunidad de mantener una charla con nuestro compañero desde primera hora de la mañana.

En cuanto el periscopio de la pelirroja me detectó atravesando la puerta, fue como si un torpedo hubiera hecho de mí su objetivo:

—¿Has hablado con Rob? ¿Te ha contado algo de anoche? —disparó.

Resultaba entrañable ver a Victoria, con su sobredosis de sociabilidad en vena, pillada hasta las trancas por alguien tan tímido que en mis primeros días en *Duendes y Trasgos* llegué a sospechar que sufría un leve problema de autismo. Si la gente tenía razón en eso de que los polos opuestos se atraen, ellos formaban la pareja perfecta.

—No le ha dado tiempo. Justo cuando me lo estaba contando le ha entrado una llamada en la centralita, pero... —marqué una intrigante pausa— ha comentado que el billar de ayer fue lo mejor del día. Y también lo he notado de muy buen humor.

Alcé una ceja a la altura de *hey-algo-está-pasando-ahí*.

—Bueno... Eso no es decir mucho —refunfuñó Victoria antes de continuar con una vivaz reseña de la velada—. Al terminar la partida, me ofrecí a llevarle a casa. Y, no sé, me pareció que conectábamos. —«¡Bien por vosotros!»—. Me contó que todavía no conoce a mucha gente aquí. Al parecer, todos los viernes se pasa por un pub en la calle 72 a oír un buen puñado de voces inglesas. Dice que es su manera de mantener un pie en casa. Se conforma con quedarse allí, sentado. Bebiendo una cerveza negra mientras escucha hablar y cantar a su tierra.

Aquellas frases sonaban muy bohemias. Poéticas. Como no conocía esa faceta en la pelirroja, supuse que eran palabras textuales de Robert.

—Pero entonces habrá conocido a compatriotas en ese bar... —le dije más que nada para dar muestras de que la seguía en la conversación.

La jefa de documentación sonrió como una madre que comprende y tolera los pequeños defectos de su hijo. En este caso, los de Rob.

—Dice que los grupos son muy cerrados, que parece que se conozcan de toda la vida. Y ya sabes lo introvertido que es él. —Jugueteó con uno de sus rizos—. Es tan rico...

—Claro, claro.

—Así que... —También ella sabía hacer pausas teatrales— ¡le propuse que viniera a la fiesta que voy a organizar el sábado en mi apartamento! Le he dicho que allí le presentaría a algunos amigos. ¡Y ha aceptado!

—Me alegro mucho, Victoria. Pero... ¡anda que me habías dicho nada de una fiesta! —Acompañé la broma de un gesto desenfadado para dejar patente que mi reproche era una farsa.

—No, ni a ti ni a nadie. Menos mal que a mi compañera de piso le encanta la idea, y más si hay chicos invitados. —Rio—. Lo malo es que solo dispongo de un par de días para organizarlo todo. Luego te envío un *mail* con la dirección de casa. La hora no te la puedo confirmar hasta mañana.

—Ya imagino que es imposible decirte que no... —La simple insinuación le arrugó el entrecejo—. Vale, vale, allí estaré.

—¡Genial! Oye, ¿crees que Jackson se animaría a venir? ¿Por qué no se lo comentas tú? Es tan serio... Únicamente lo he visto sonreír un par de veces, y siempre estando contigo —apuntó mi compañera en un tono que no me gustó nada—. Jo, es guapísimo, Alicia. Y casi tan atractivo como Rob. —Sonreí. Solo a una mujer realmente enamorada se le ocurriría pensar algo así, porque, objetivamente hablando, Ojos Bonitos le daba mil vueltas al inglés—. Igual está interesado en ti. ¡Qué buena pareja! Podríamos salir un día los cuatro juntos. —Mi compañera rompió en una carcajada de las suyas, clamorosa.

Las palabras de Victoria me hicieron sentir incómoda. «¿Interesado en mí? ¿Jackson? Él nunca se fijaría en alguien como yo». No sé por qué, pero solo era capaz de imaginármelo con una pareja supersegura de sí misma, de aspecto exuberante y piernas infinitas. Y, desde luego, esa no era yo.

—¡Qué historias te montas en la cabeza, Victoria! —me reí antes de dejarla.

Tenía cuestiones mucho más importantes de las que preocuparme. En cuanto puse en marcha mi Mac, busqué entre los iconos del escritorio la fotografía de Duncan.

—Aquí estás.

Cliqué sobre la lupa para intentar captar la expresión de su rostro. Contaba con la luz natural que penetraba por los amplios ventanales como aliada.

—Parece que sonríe —murmuré satisfecha.

—Hola, Alicia.

Instintivamente, di al botón de minimizar.

Falsa alarma. Era Jackson. En las últimas treinta y seis horas, el punto de gravedad que cubría la mirada del canadiense estando conmigo se había deshilachado. Recordé el comentario de Victoria. «Hasta los compañeros lo han notado».

—Buenos días. ¿A que no adivinas lo que me pasó anoche? —le pregunté en plan juguetón.

—En tu caso, cualquier cosa es posible. ¿Unos *leprechauns* asaltaron tu casa para sacarte de la cama y darte una buena paliza en la calle? —Las comisuras de sus labios subieron lentas como la marea.

—Qué graciosillo. No, nada de duendes. Duncan se me apareció de nuevo.

Edgar no había llegado y Victoria andaba a lo suyo, así que maximicé de nuevo la foto que había tomado la noche anterior. Jackson, intrigado, se acercó a la pantalla del ordenador para observar con detenimiento la imagen. Tanto que terminé cediéndole mi sitio para que la analizara a fondo. Y eso hizo. Empezó a recrearse con el Photoshop. Intentaba que el retrato fuera lo más nítido posible. «La está mejorando. Cuando termine con los retoques, saco otra impresión».

—Al parecer, mi amigo invisible no es un amigo imaginario... Existe de verdad —alardeé ante la mirada atónita del canadiense.

—Increíble. ¿Me puedes decir cómo conseguiste hacerle la foto? —Se levantó para devolverme la silla.

Creí que se reiría con la historia del Photo Booth. En cambio, guardó silencio, con el ceño fruncido y los labios apretados en una fina línea; no se oía más que el tendinoso baileteo de su mano derecha sobre la mesa.

—Creo que Duncan es un espíritu. Se comunicó conmigo a través del agua mientras me bañaba.

Por un instante detuvo el tamborileo.

—¿Estuvo en tu casa?

—Sí. ¿Recuerdas lo que te conté ayer? ¿Lo de la voz que oí llamándome por mi nombre? Pues no eran imaginaciones mías, era Duncan. Me lo confesó él mismo anoche.

Jackson volvió a clavar su atención en la pantalla.

—Sí, tiene toda la pinta de ser un espíritu. Y de otra época, por la ropa que lleva en la foto. Principios del XIX diría yo.

Me pregunté si, como en mi caso, también él calculaba la época de Duncan tomando como referencia películas ambientadas en la época georgiana.

El fotógrafo se rascó la barbilla, rasurada de esa misma mañana.

—No es que desconfíe de tu intuición, Alicia, pero en ocasiones las sombras intentan engañarnos con formas más atractivas que las que viste en el piso de los Miller.

—¡¿Me estás diciendo que Duncan podría ser una sombra?!

—Si una sombra es muy muy poderosa, puede intentar engañarnos adoptando formas como esta —explicó señalando la imagen de Duncan en el monitor del Mac.

El estómago me dio un vuelco, ligeramente indispuesto ante aquella posibilidad.

—¿Sabes si Alejandro es capaz de distinguir a ese tipo de sombras?

—Supongo que sí, mediante una experiencia directa. Pero nunca lo he visto hacerlo con solo mirar una foto. —Jarro de agua fría—. No sé si será capaz.

—Mierda... Bueno, esta misma tarde nos lo podrá confirmar. Anoche le envié un mensaje explicándole que Duncan es real. Espero que no tengas planes —busqué la respuesta del chamán en mi móvil para mostrársela—, porque hemos quedado con él en su casa. Aunque no me pasó la dirección.

—No te preocupes, yo sé cómo llegar —zanjó con su típico aire de suficiencia.

En ese momento recordé que el reportaje sobre las sombras que habían acosado a la familia de Emily seguía incompleto.

—¡Menudo fallo! ¿Cuál es tu apellido? —Me levanté como si se hubiera disparado el sistema de alarma contra incendios del edificio. El canadiense me observó divertido.

Pillé uno de mis rotuladores rojos para realizar la anotación en la copia de papel que la noche anterior había dejado sobre el escritorio del redactor jefe.

De camino escuché la respuesta: su nombre completo era Jackson Lefroy.

—¿Seguro que es aquí? ¿No me dijiste que Alejandro vivía en una cabaña? —pregunté extrañada a Jackson mientras, sin soltar el volante de Billy, señalaba una construcción levantada en madera y piedra, con monstruosos ventanales en sus tres fachadas delanteras. La casa era preciosa. Había imaginado un entorno más modesto como hábitat natural del chamán, que residía en el condado de Essex, Nueva Jersey, muy cerca de la Reserva de South Mountain.

Efectivamente, al acercarnos pude comprobar que Alejandro nos esperaba fuera, junto a una barbacoa construida con el mismo tipo de piedra que el resto de la vivienda. La parrilla mandaba señales inequívocas de que trabajaba a pleno rendimiento, como las calderas de un barco de vapor.

—¡*Hola!*—nos saludó en español antes de dar la mano a Jackson y un beso en la mejilla a mí—. He pensado que tendríais hambre, así que estoy preparando una barbacoa con algo muy americano: hamburguesas. Me las ha traído mi hija Estrella hoy mismo. Espero que tengáis hambre.

—¿Tienes una hija? ¡Me encantaría conocerla! —Giré la cabeza a un lado y a otro, esperando que apareciera en cualquier instante.

—Lo siento, se fue a primera hora de la tarde. Debía asistir a un congreso de Medicina y no volverá a visitarme hasta el martes.

—¿Es doctora?

Menuda sorpresa. ¿Cómo encajarían un padre hechicero y una hija médica? Magia frente a ciencia. Alejandro me lo aclaró enseguida.

—Es una forma de continuar con la profesión familiar. He podido echarle un cable con casos que sus propios colegas daban por perdidos. También tengo un hijo, Adrián. Es arquitecto, pero vive en Louisville, en nuestra antigua casa. Él me construyó esta porque yo prefería vivir en plena naturaleza.

—Pues es espectacular.

Alejandro sonrió, dejó a un lado las tenazas con las que acababa de voltear la carne y, tras pescar las gafas que llevaba colgadas del cuello, fue al grano:

—Bueno, chicos, a lo nuestro. ¿Dónde está esa foto que querías mostrarme?

La examinó a la luz de un farolillo, con atención y en silencio, mientras Jackson y yo lo poníamos al corriente de lo que había sucedido y de nuestras más recientes sospechas. O mejor dicho, de las sospechas de mi compañero, porque yo seguía sin creer que Duncan pudiera ser un ente maligno. Peligroso.

Alejandro emitió un pequeño gruñido.

—¿Qué crees que es? —pregunté.

—Por la imagen te diría que un espíritu, alguien que ha muerto y no ha cruzado al otro lado por alguna razón. Pero no se le ven bien los ojos, así que no puedo descartar que sea una *umbra occulta*. —Me había perdido. Y así lo entendió, porque tradujo el término latino—. Significa «sombra encubierta».

—Lo que yo decía —se entrometió Jackson.

Lo miré entre frustrada y cabreada. Él no había hablado con Duncan. ¿Cómo podía poner en duda su buena naturaleza? Y luego estaba mi intuición: era como si conociera a mi amigo invisible desde mucho tiempo atrás.

El chamán permaneció pensativo durante un instante y volvió a examinar la foto.

—Duncan me dijo que hubo un momento en que lo miraste, mientras estábamos en casa de los Miller.

—¿En el espejo tal vez? —Asentí con la cabeza—. No vi una imagen. Fue más el presentimiento de que algo nos observaba. Pensé que eran las sombras.

—Estoy convencida de que se trata de un espíritu que no sabe cuándo ni cómo murió —lo defendí con fervor, como si decirlo en voz alta hiciese que fuera cierto—. Algo lo retiene aquí. Pero si ni siquiera está seguro de su propio nombre, ¿cómo vamos a echarle una mano?

—Quizás le lleve algún tiempo recordar —explicó el hechicero.

—Si al menos supiera decirme su apellido, podría *googlearlo* o intentar localizar a un descendiente a través de Facebook, Instagram, Twitter... No sé.

—Yo creo que ni con el apellido. Por las pintas, este tío debe de ser de hace doscientos años, como mínimo —apuntó el canadiense.

La sospecha de que no iba a poder ayudarle cayó como una losa sobre mis esperanzas. Alejandro me miró con ternura, consciente de la impotencia que sentía.

—Alicia, no sabemos cuánto tiempo lleva deambulando por ahí. Ni siquiera si este era su aspecto el día en que murió. Muchas veces el espíritu de la persona fallecida adopta la forma que tenía en los que considera sus mejores años: en la veintena o en la treintena. En la infancia en algunos casos. Quizás lo que vemos aquí es la imagen que ha proyectado de sí mismo, la que él ha deseado incluso sin ser consciente de ello. Pero dejemos las conjeturas y...

Desconecté. El chamán acababa de añadir ingredientes nuevos a lo que se estaba cociendo en mi cerebro: «Quizás murió de viejo, tras una vida plena.

Feliz». Esa idea bastó para recuperar parte del ánimo perdido. «¿Habrá tenido mujer e hijos? Ahora está solo... Y ni siquiera se acuerda de ellos. Estarán muertos también, claro. ¿Lo habrán buscado?».

—¿Alicia? —Lefroy me sacó del trance—. Alejandro te está preguntando cuándo fue la última vez que lo viste. A Duncan —añadió con impaciencia ante mi silencio.

—Ah, sí, perdona. Anoche, en la redacción. Desde entonces no se me ha vuelto a aparecer. O, si ha estado conmigo, no he podido verlo.

El hechicero meditó frente a la barbacoa antes de lanzar su propuesta.

—Quiero que os quedéis aquí hasta que se manifieste de nuevo. ¿Es posible?

—Claro —acepté, aunque desconcertada por la invitación.

Jackson se mostró conforme.

—Estupendo. Llamaré a Joe para decirle que mañana no iréis a la oficina porque os necesito para un trabajo de campo. Si tu amigo vuelve a presentarse, esta vez tendrá que vérselas conmigo. —No me gustó el tono. Incluso en labios de alguien tan pacífico como el chamán, sonaba a advertencia.

Eso me recordó a Victoria e intuí su cabreo si no me dejaba caer por su casa el sábado, sola o acompañada. Aproveché la ausencia de Zavala para hacerle prometer a mi compañero que, si estábamos de vuelta en Nueva York a tiempo, los dos nos pasaríamos por el piso de la pelirroja.

Quién iba a pensar que aceptaría; nadie podía pegar menos en una fiesta que Jackson Lefroy, a excepción de yo misma. Probablemente sus sospechas sobre Duncan lo hacían desconfiar de que se me apareciera con Alejandro rondándome y prefería tenerme vigilada.

Nuestro anfitrión regresó con noticias de Joe: no había puesto ninguna pega, al contrario, y nos mandaba saludos.

—A cenar. La noche está agradable, y me temo que no permanecerá así por mucho tiempo —nos advirtió el hechicero. Me sorprendió su vaticinio, ya que el cielo estaba despejado de nubes—. Aprovechemos estas horas de tranquilidad para comer aquí fuera. Si queréis entrar a lavaros las manos, Jackson sabe dónde se encuentra el baño. Haz los honores, por favor —le invitó, mostrándonos la entrada con una grácil reverencia.

Caí en la cuenta de que Alejandro guardaba un parecido más que razonable con Sean Connery en su papel del espadachín Juan Ramírez en *Los inmortales.*

Jackson cruzó primero el umbral, mientras yo le sujetaba la puerta. Seguí sus pasos, risueña. «Solo puede quedar uno». Fantaseaba con el chamán blandiendo una espada de dos codos de acero toledano... hasta que me volví para cerrar.

—¡Mecag...! —Mi corazón acababa de ejecutar un perfecto triple mortal hacia adelante—. ¡Qué susto! ¿Por qué diablos pondrá la gente estos cacharros en todas partes? ¡Aquí no pinta nada un espejo!

La diatriba no buscaba réplica, solo una coartada para el sobresalto. Pero Jackson ofrecía respuestas incluso a las preguntas retóricas.

—No es el caso de Alejandro, que conoce perfectamente su utilidad mágica, pero hoy en día las personas, digamos *normales*, no son conscientes de que el espejo cumple una misión muy importante en la casa. Es un amuleto protector. La tradición de colocarlo a la entrada es muy antigua. Y eficaz. Aunque muchos, como tú, no lo sepan.

Torcí el gesto.

—¿Te estás quedando conmigo?

—En absoluto. Se supone que es para cuando vienen visitas. Al pasar por delante del espejo, su negatividad o malos deseos se reflejan en el cristal y se quedan ahí atrapados, sin posibilidad de entrar en el resto de la casa.

—O sea, que el espejo funciona como un autolavado de almas.

La imagen le hizo gracia a Jackson. A mí no. Imaginé la maldad pringando las cerdas de los cepillos y quedándose ahí incrustada, encerrada eternamente dentro de aquella tabla de cristal azogado.

—¿Y por eso lo de los siete años de mala suerte si uno se rompe? ¿Porque se liberan los malos deseos que se han ido acumulando en el reflejo?

—Bueno, es una interesante teoría —reconoció el canadiense—. Existe mucha magia en el interior de los espejos. No sé si has oído hablar de la catoptromancia. —Negué con un giro de cabeza—. Pues podrías escribir un artículo sobre el tema. Es un arte que ya practicaban los antiguos griegos. Adivinaban el futuro a través de los espejos, sobre todo para preguntar por la salud de las personas. Si el enfermo se veía reflejado con muy buen aspecto, es que se iba a recuperar; si el espejo devolvía una imagen fantasmal, significaba que el paciente moriría en semanas o incluso días.

—Menuda cosa. —Seguí el hilo de la conversación sin mirarle a la cara, embelesada por la gran chimenea de piedra que presidía el salón—. Seguro que el espejo acertaba en un noventa por ciento de los casos; es decir, siempre que la iban a diñar.

—¿Y eso?

—Está claro. No creo que fueran al oráculo a no ser que se sintieran en las últimas. Ergo se verían demacrados en el reflejo. Ergo la predicción sería: «Ve haciendo las maletas, que te vas al otro barrio en cuestión de días». Y, en aquella época, la mortalidad era bastante más alta que ahora. ¡Qué listos estos griegos! Cualquiera podía hacer de adivino. ¡Yo misma!

—Tú, Alicia... —me observó vacilante—. Tú eres peor que Descartes —se burló entre risas—. Venga, vamos.

16

Annachie Gordon

Rodeados de bosque, con las estrellas titilantes sobre nuestras cabezas y la lumbre de la chimenea-barbacoa danzando sin control, tal vez poseída por el espíritu de un guerrero iroqués... Era el escenario perfecto para un contador de leyendas. Solo que aquellas historias de Alejandro, sus encuentros con fenómenos sobrenaturales, no eran cuentos; el chamán las había vivido en primera persona. Yo lo escuchaba maravillada. Con él y conmigo misma, porque había logrado que lo creyera a pie juntillas.

Así supe que a los veinticinco años desafió a un demonio muy poderoso. «Mucho más que las sombras que viste hace unos días en el apartamento de los Miller», me dijo. Se le había presentado con la apariencia de su difunto abuelo para engañarlo, para apropiarse de su cuerpo, corromperlo y desposeerlo del alma.

También nos habló de su viaje a Yorkshire (Inglaterra) en 1984 para localizar y acabar con una bruja, una asesina en serie de mujeres, siempre chicas jóvenes, a las que extraía la sangre. Mezclándola con uva, destilaba un elixir que había conseguido alargar su vida hasta los ciento ochenta y tres años.

—Su aspecto, el de una adorable abuelita, escondía la fuerza descomunal de tres hombres. Por suerte, llevaba refuerzos conmigo y logramos reducirla.

Alejandro seguía en plena actividad profesional. De hecho, tenía pendiente de confirmación un viaje a Cardiff, Gales, donde había desaparecido un tal Roberto Elizalde. De origen español, como yo. A la espera de instrucciones, el chamán mataba el tiempo echando una mano a *Duendes y Trasgos* en sus investigaciones paranormales. Me llamó la atención que utilizara la palabra «instrucciones».

—¿Es que trabajas para la misma organización que Jackson?

—Alicia, haces demasiadas preguntas —se adelantó el canadiense, poco colaborador. Decidí no insistir.

No todo fueron historias espeluznantes. El chamán sacó a relucir el tema de sus guías espirituales: mentores y protectores. Eran ellos quienes le habían informado de la muerte de tía Rita y, unas horas más tarde, de que yo poseía el don del tercer ojo. También hubo tiempo para las bromas y para aprender cosas nuevas. Por ejemplo, un truco muy sencillo para saber en qué fase se encuentra la luna. Alejandro me lo enseñó en castellano:

—*Recuerda siempre que la luna es símbolo de lo pasional, lo irreflexivo. No puedes fiarte de ella. Si en la noche muestra la forma de una D mayúscula, significa que está en cuarto creciente. Si, por el contrario, dibuja una C, es cuarto decreciente o menguante. ¿Lo ves? Con forma de D, creciente. C, decreciente. La luna intenta engañarnos.*

Para cuando terminamos de cenar, estaba agotada. No sabía qué hora era, así que saqué el reloj de bolsillo de la bolsa-bandolera, que aguardaba como un perro fiel a mis pies, bajo la mesa.

—Ay, ya no me acordaba... —murmuré apenada.

Las manecillas permanecían en las tres y cuarto. Inalterables.

—¿Qué ocurre? —se interesó el hechicero.

—Se ha roto —dije mostrándoselo—. Me di cuenta ayer. Nunca había tenido problemas con él, pero le doy cuerda y no hay manera.

Me pidió que se lo pasara. Le bastaron tres de los segundos que mi reloj ya no era capaz de contar para acertar con el diagnóstico.

—Debió de estropearse en casa de los Miller. Señala la hora del ataque en la habitación de los niños. Probablemente justo el momento en que tocaste la ventana y entraste en contacto con las sombras.

—¿Y crees que tiene arreglo? Es un recuerdo de mi padre.

Si aquellos espíritus habían dañado la maquinaria, apostaba a que un relojero convencional poco podría hacer por él, pero Alejandro...

—Mañana buscaré entre los libros de mi biblioteca. Seguro que doy con algo.

Les dediqué una sonrisa cansada y, a pesar de mis intentos de disimulo —me tragué el bostezo—, nuestro anfitrión impuso el toque de queda.

Subiendo por la escalera de madera y cristal del salón, se accedía a los dormitorios. Allí, Alejandro nos mostró nuestros respectivos cuartos.

—Alicia, si necesitas cualquier cosa, nos tienes al lado —apuntó señalando también a Jackson.

—Llámanos si aparece Duncan, ¿de acuerdo? —insistió el canadiense antes de despedirnos.

La ventana de mi habitación daba a la fachada principal, igual que la del fotógrafo. «Como en casa», me alegré. No por mucho tiempo. «¡Moriarty! Pobrecito mío... Todo el día solo. Menos mal que le dejé comida de sobra».

Volví sobre mis pasos para plantarme frente a la puerta del canadiense. La había dejado entornada, como Alejandro, abiertos a la posibilidad de que tuviera que reclamar su presencia en mitad de la noche. Golpeé despacito, aunque era imposible que ya se hubiera metido en la cama.

—Eh, Jackson... —lo llamé a media voz.

Oí sus pisadas. Aún llevaba los pantalones puestos, pero se había desprendido del jersey de cuello alto y solo le cubría el torso una camiseta de tirantes.

—Dime. ¿Qué pasa ahora? —preguntó simulando cara de fastidio.

Apoyado en el quicio de la puerta, sus hombros adquirían la corpulencia de dos contrafuertes góticos.

Recordé el día en que llegó a la redacción y la ida de olla momentánea de Victoria. Más que justificada. A la vista estaba.

—Esto... —Me rasqué la coronilla. Mis ideas bullían a lo Ferran Adrià, desestructuradas. Desviar la mirada hacia el dormitorio de Alejandro me ayudó a disimular. Señalé en esa dirección con la barbilla—. ¿Crees que le importaría que mañana fuera a buscar a mi gato? No quiero dejarlo solo. En casa. Dos días. —«¿Desde cuándo hablo como un telégrafo?»—. Es que no está acostumbrado.

Jackson se divertía a costa de mi evidente timidez; y me odié por ello.

—Seguro que no hay problema. Ve a dormir y desconecta de una vez —me aconsejó a la par que acercaba su cara a la mía, abriendo con exageración y chulería sus ojos zarcos—. No sé por qué, algo me dice que eres una de esas obsesas del control.

Lefroy estaba invadiendo mi burbuja personal, pero eso, más que molestarme, me desconcertaba. Me fijé en cómo su mirada transparente contrastaba irreverente con aquellas tupidas cejas oscuras.

—Solo un poquito... —Instintivamente reculé un paso hacia atrás y esbocé un gesto de disculpa antes de desearle de nuevo las buenas noches.

Yo también dejé la puerta abierta una rendija tras de mí.

El cerebro, servicial, tuvo a bien deshacerse de la imagen de Jackson en camiseta de tirantes para concentrarse en el cuarto de Estrella; era todo un espectáculo. Tenía personalidad y me enamoré a primera vista del tocador rústico con espejo oval y un único cajón; daba la sensación de que la hija de Alejandro aún lo utilizaba como escritorio cuando visitaba a su padre, porque sobre él perseveraban un par de libros de Medicina, además de un cepillo para el pelo, un frasco de perfume medio lleno y una foto que había perdido buena porción de su color natural. En el salón había visto una imagen de toda la familia, así que me resultó fácil reconocerla: Angélica, la esposa del chamán, que había fallecido años atrás.

En el armario encontraría ropa de Estrella para cambiarme al día siguiente; eso me había dicho Alejandro. Tres camisas pendían de sus respectivas perchas, junto a un par de pantalones y una cazadora roja con capucha. Se notaba que eran prendas que no solía usar, que estaban allí solo por si le surgía la necesidad. Me vi reflejada en la puerta interior, recubierta por un espejo. «¡Menudo careto!». En el compartimento contiguo localicé un camisón de algodón. Era blanco, con tirantes y me arrastraba un palmo. La hija de Alejandro debía de ser mucho más alta que yo. Me sentí una Ricitos de Oro cualquiera. «Espero que no le importe prestármelo».

Ya acostada, reparé en que, al entrar, ni siquiera me había molestado en encender la luz. No hacía falta. La luna, cotilla, se colaba por la ventana con sus rayos nocturnos. Pensé en levantarme para correr las cortinas, pero era tan bonito poder verla desde la cama que no fui capaz de *apagarla*.

El viento me trajo susurros. De la lluvia y unos truenos lejanos. Supuse que ellos me habían despertado. Un relámpago alumbró la habitación para mostrarme que la puerta izquierda del armario estaba abierta, en un ángulo que situaba su espejo frente a mí. «¿Cómo...? Si la cerré con llave». Me incorporé, tensa, a la espera del siguiente relámpago... Y entonces la vi.

Solo un instante, pero la imagen fue clara: mi tía Rita, tal como yo la recordaba. Sonreía y asentía con la cabeza. En el siguiente destello, había desaparecido del espejo.

—¿Tía Rita? —pregunté mirando alrededor, deseando que me llegara una respuesta—. ¿Estás aquí, tía? —El corazón latía frenético, como si buscara un refugio en el que guarecerse.

—No, Alicia. Se ha marchado.

Era Duncan. Sentado a mis pies, en el borde de la cama. Nunca lo había visto con tanta nitidez en la vida real. «¿Seguiré dormida?».

—¡Duncan! —susurré. No quería despertar aún a Alejandro y a Jackson. No antes de tener un momento a solas con mi amigo invisible.

Salí de debajo de las sábanas y me acerqué a él gateando sobre la colcha. Tuve la tentación de tocarlo en el hombro. «Es como de verdad...». No lo hice. Temía herirlo o, para qué negarlo, hacerme daño yo misma.

Me miró divertido.

—Esas ropas le sientan bien —dijo señalando el camisón.

—Sí. Parece como de otra época. ¿Quizás le resulta familiar? —pregunté mientras cogía con ambas manos la tela blanca para mostrársela.

—No sabría responderle —sonrió.

—¿Sabe que puedo verle en alta definición? Igual es que sigo dormida.

—¿En serio? ¿Puede verme bien?

—Ya lo creo. Sigue siendo usted ligeramente translúcido, pero le distingo la cara, el pelo, su camisa... —Me asomé colchón abajo para terminar de pasar revista—. Hasta las botas de caña alta que calza.

—Puedo asegurarle que no sueña.

—Entonces una de dos: o usted se está haciendo más visible o, de alguna manera, mi tercer ojo empieza a atinar con el enfoque —elucubré, antes de recordar que tenía a mis dos vecinos de habitación pendientes de la aparición de Duncan—. ¿Recuerda a Alejandro? Necesito que le vea. Jackson y él creen que...

En el último segundo decidí cambiar de tercio: aunque me resultaba imposible pensar que Duncan fuera una *umbra occulta*, tampoco iba a menospreciar las advertencias del canadiense.

—Bueno, dígame: ¿dónde se había metido? —disimulé—. ¿Ha podido averiguar algo sobre su vida?

—No mucho. Aunque creo que hallé una nueva pista. Una canción.

—¿Una canción? ¿Y cómo es? ¿Dónde la ha escuchado?

—Ayer, en su oficina.

—¿En serio? Yo no oí nada...

—Al principio sonaba muy lejana y apenas le presté atención. Pero, de repente, la fuerza que siempre me había conducido hasta usted —dijo llevándose una mano a la nuca— me arrastró hacia el lugar del que procedía la música: un restaurante. No pude oponer resistencia, y ocurrió todo con tal celeridad que ni siquiera pude avisarla antes de desaparecer. Espero me excuse la descortesía.

—No tiene por qué disculparse. —Me parecía increíble, y encantador, que se preocupara por semejante menudencia—. ¿En qué ciudad estaba el restaurante? ¿Lo sabe? —Como mi móvil, que descansaba sobre la mesilla, no tenía cobertura, eché mano a mi bolsa-bandolera para buscar la *moleskine* y un bolígrafo. No quería que se me escapara ni un detalle. Y Duncan podía volver a esfumarse en cualquier momento.

—No abandoné Manhattan —me sorprendió.

—¿Y podría describirme el local?

—La fachada era de color verde y recuerdo un rótulo: «St. Andrews». Noté cómo la energía de la que le he hablado me impelía a atravesar la puerta; y, en cuanto lo hice, me dejó allí solo. Dentro, una banda tocaba en directo. Aquella canción me hizo sentir bien, como si por fin hubiera regresado a mi hogar. —Las palabras se reflejaron en la templanza de su rostro.

—¿Y cómo era la melodía?

—No sabría decirle... Porque la escuchaba distorsionada, como si algo me impidiera percibirla con claridad. Lo único que lograba distinguir eran algunos acordes y, sobre todo, un nombre: Annachie Gordon. Nada más, y, aun así, tuve la certeza de que conocía esa canción de algo; me hizo sonreír.

—Algo es algo. En cuanto esté de vuelta en Nueva York, buscaremos en internet la canción y el restaurante. ¿Se quedó mucho tiempo en ese lugar?

—No, cuando el grupo dejó de interpretar aquella composición, reaparecí en la niebla. Y no supe hallar el modo de regresar a usted. —Me dolió entender que yo era la única persona de este o cualquier otro mundo con la que él podía comunicarse—. Hasta que me deslumbró una vez más aquella energía y la seguí. Confiaba en que volviera a conducirme a su lado. Y así fue. —Me señaló complacido.

«¿Y si resulta que...?».

—¡¿Esa luz era tía Rita?! —susurré incrédula—. ¿Ella lo ha estado guiando?

—En mi presencia nunca había tomado forma. Hasta ahora, que he podido contemplarla en el espejo de ese armario.

—¡Lo sabía! ¡Sabía que no eras peligroso! ¡La tía nunca te habría guiado hasta mí si fueras una *umbra occulta*!

La puerta de la habitación se abrió de golpe y ambos entraron en tromba.

17

Como algodón de azúcar

El chamán blandía una linterna. Supuse que los plomos de la casa habían saltado debido a la tormenta eléctrica que aún perturbaba la noche.

—¿Está aquí? —me preguntó mientras alumbraba cada rincón del cuarto, incluido el espacio que ocupaba Duncan, a quien atravesó. No se detuvo en él—. Siento una presencia.

—¿No lo ves? Está justo a mi lado.

Un fogonazo inundó la habitación. Duncan gritó de dolor. No había sido un relámpago, sino la cámara de Lefroy.

—¡¿Pero qué haces?! ¡¿Te has vuelto loco?! —le grité al tiempo que saltaba del colchón para auxiliar a mi amigo invisible.

—Sí, sentado en la cama —confirmó el canadiense contemplando la foto en la pantalla de su cámara.

En realidad, Duncan había caído de rodillas al suelo, encogido por el dolor. Su imagen, como si sufriera interferencias, empezó a parpadear. Jackson rodeó la cama, se preparaba para hacer otra foto. Inteligente, apuntaba en mi dirección.

—¡Basta, Jackson! —me interpuse—. ¡Por favor, le estás haciendo daño!

—¡Apártate de él, Alicia! —ordenó antes de encañonarme de nuevo.

Por suerte, Alejandro estaba allí para impedírselo. Con una mano eclipsó el objetivo de la cámara.

—No es una sombra —sentenció.

Jackson retrocedió. Dubitativo, bajó su arma.

Suspiré aliviada y me centré en Duncan, quien había conseguido incorporarse. Sentado sobre el suelo de madera, con una de las patas de la cama como respaldo, ocultaba la cara tras un brazo, visiblemente dolorido. Un gélido calambrazo me obligó a retirar la mano cuando la apoyé sobre su hombro para intentar consolarlo. No me arredré. Volví a probar suerte y... lo sentí. No era algo sólido, como un cuerpo humano, pero sí físico. Al fin podía corroborar lo que la vista me había anunciado: que era real, incluso tangible. La sensación era extraña, como si su cuerpo estuviera hecho de algodón de azúcar.

Alzó la cabeza y me miró. El sufrimiento se fue disipando en sus pupilas, como una pastilla efervescente en un vaso de agua, hasta transmitir una mezcla de estupor, duda y júbilo.

—Acaba de tocarme... La he sentido —se sorprendió.

Curioso, alargó su mano hacia mí. Cerré los ojos y noté cómo, indeciso, me rozaba la mejilla. Su tacto glacial me estremeció, no tanto por el frío como por la caricia en sí. «¿Qué me pasa?». Intenté dar el alto a mi corazón, lanzado como los bólidos de una carrera ilegal. Incluso me sonrojé.

—¿A qué viene esa cara? —bufó Jackson.

Ni yo misma lo sabía. De reojo, espié a mi amigo invisible, y sentí que me observaba con atención. Intenté recomponerme y sonreí al chamán, en plan «¿Ves como no era una sombra?». No me devolvió la sonrisa. Permanecía de pie, con gesto reflexivo.

—Esto es más raro de lo que había imaginado. No puedo verlo, solo presentirlo.

—¿Y eso qué significa? No me lo he inventado ni estoy loca. El propio Jackson lo ha captado en la foto que acaba de hacer.

—Soy capaz de percibir espectros: luces y sombras. Pero Duncan es invisible para mí. Si está muerto, es raro que yo no pueda verlo —se explicó el chamán.

Duncan frunció el ceño. Leí en su mirada que había contemplado la posibilidad de ser el fantasma de una persona fallecida, aunque no debía de resultarle agradable que un extraño confirmara sus sospechas.

—¿Por qué estás tan seguro de que no es un engendro de la oscuridad?

El tercero en discordia había abierto la boca.

—Primero me ataca y luego me insulta... —se ofendió Duncan, quien para salvaguardar su honor parecía dispuesto a retar a duelo al canadiense.

Los ignoré a los dos para centrarme en la respuesta de Alejandro.

—La casa está protegida, Jackson. Con el rito *Praesidium contra Malum*.

El fotógrafo se dejó caer sobre una banqueta, derrotado.

—Yo... no lo entiendo —confesé.

—En los marcos de cada puerta y ventana grabé a fuego una serie de símbolos celtas ancestrales que impiden la entrada de seres malignos, visibles o invisibles. Es un conjuro muy poderoso, y soy el único capaz de revocarlo. Como podéis imaginar, no lo he hecho —explicó el hechicero.

—Si Duncan no es ni un ser de la luz ni una sombra... ¿Qué se supone que es?

—¿Está muerto o no?

No me hizo falta hablar para reprochar a Jackson su poco tacto.

—Nunca había visto nada parecido. Algo se nos está pasando y no sé qué es —reconoció Alejandro.

Les conté que era mi tía Rita quien había guiado a Duncan hasta mí todas las veces, y la historia de la canción. El chamán se mostró esperanzado.

—Que esa melodía le resulte familiar es buena señal; algo dentro de él debe de estar despertando. Y es muy positivo que sea el espíritu de un familiar quien te lo haya traído... Aunque no es nada habitual: los recién fallecidos suelen estar confusos y preocupados por encontrar su propio camino, no son capaces de ayudar a otros.

Llegamos a la conclusión —Alejandro y yo, porque tanto Duncan como Jackson guardaban un tenso silencio— de que lo mejor era que regresáramos a Nueva York a la mañana siguiente para investigar. El punto de partida estaba claro: el restaurante St. Andrews y, sobre todo, la canción.

—Buenos días —me saludó a la mañana siguiente Duncan, nada más despertar.

—¡Bien! ¡Continúa aquí! —celebré al tiempo que me incorporaba sobre los codos y lo buscaba en la luz. El armario donde se me había aparecido tía Rita seguía abierto. Me hubiera gustado poder hablar con ella, preguntarle si había visto a papá, si los dos se encontraban bien al otro lado... Contemplé una pálida sonrisa en el espejo. La mía—. No logro verle —dije fastidiada.

—Sentado, a los pies de la cama —me guio su voz.

Me deshice de las sábanas y corrí las cortinas para que el sol permaneciera a oscuras de todo lo que fuéramos a decirnos en la intimidad de aquel cuarto.

—Ah, sí, ahí está. Dígame, ¿ha podido descansar? Por cierto, nunca se lo he preguntado: ¿usted duerme?

—Ojalá, porque a través de un sueño, no sé, tal vez podría recordar.

—Eso llegará, ya lo verá. —«Nos solemos quejar de lo dolorosos que nos resultan ciertos recuerdos, pero apuesto a que no tener ninguno es mil veces peor»—. Pues si no puede dormir, entonces se habrá aburrido mucho esta noche, ¿no? —Mejor cambiar de tercio.

—En absoluto —dijo inclinando ligeramente la cabeza—. Resulta fascinante *escucharla* dormir.

—¿He hablado en sueños? —pregunté inquieta. No creía haber soñado esa noche, y menos aún con algo digno de ocultarse.

—No, no. Es que emite unos ruiditos muy graciosos. Y juraría que ronca. Pero es un ronquido agradable, melodioso —bromeó.

«¡Lo que me faltaba!».

—¿Sabe qué le digo, Duncan? —pregunté en tono complaciente. Él aguardó expectante a que yo continuara—. Que se equivoca: sin duda sí puede dormir. Que ronco solo lo puede haber soñado.

En realidad no era la primera persona que me lo decía; Emma y Summer se le habían adelantado. Le lancé una sonrisa traviesa para dejarle entrever que mi indignación era fingida. Por un momento, fue como si los dos —sí, también él— estuviéramos remozados con kilos de carne y dos centenares de huesos... Como si ambos —y no solo yo— estuviéramos vivos.

Fue en ese instante cuando los ojos se me fueron a mi reloj de bolsillo; alguien lo había dejado sobre la almohada. Emocionada, pulsé el resorte de la tapa y me lo acerqué al oído. Me saludó con su acompasado tic-tac, tic-tac, tic-tac.

—¿Ha sido Alejandro? —sonreí inmensamente agradecida.

—En realidad se lo dejé yo ahí.

—¿De verdad?

—Anoche lo tomé de su mesilla y, cuando fui a abrirlo para examinarlo de cerca, soltó un chispazo. Al principio temí haberlo roto, pero luego constaté que al menos las manecillas se movían.

—¿Roto? ¡Duncan, usted me lo ha arreglado! No sé cómo agradecérselo. Significa mucho para mí. Era de mi padre.

«¿Quién dice que el verde es un color frío? No en sus ojos». Vacilé un instante, pero al final me dejé arrastrar por la calidez de su mirada. Di un paso hacia él, y, con sumo cuidado, le planté un beso en su brumosa mejilla. Noté un agradable cosquilleo en los labios... y otro mucho más intenso en el estómago.

Un té con leche y unos alfajores de chocolate más tarde, nos pusimos en marcha. Duncan iba sentado en la parte de atrás. Lo busqué a través del retrovisor. Nada, era invisible también para mí —demasiada luz—. Pero podía oírlo. En cambio, el corpóreo Jackson se mostraba taciturno, y al parecer sin nada, memorable o trivial, que decir.

Primero nos detuvimos en casa. Moriarty esperaba hambriento de atenciones. Esta vez, en lugar de bufar a Duncan, se paseó todo estirado y cariñoso entre sus piernas, como si pudiera percibirlo y, tras lanzar una moneda al aire, hubiera decidido que le caía bien.

—De acuerdo, hagamos las paces —le propuso el fantasma mientras lo recompensaba con una caricia.

—Moriarty, le vas a llenar de pelos el pantalón. ¡Deja tranquilo a Duncan! —bromeé, celebrando la reconciliación.

La postura de Jackson se relajó al observar el comportamiento del micho. «Como yo, debe de confiar en el instinto de los gatos. Anda que si lo llega a ver el otro día, en el cuarto de baño, cuando le bufaba y se tiró a él con las garras por delante...». Disimulé una sonrisa y, por supuesto, guardé el secreto. Otro más.

Las diez. Todos se encontraban en la redacción. Incluido Friday, por fin recuperado de su fuerte catarro. Lucía un aspecto saludable. Un fular alrededor del cuello era su única secuela. Nos saludó desde la distancia y, al pronunciar nuestros nombres, llamó la atención de Joe. El redactor jefe dejó lo que estaba haciendo con Jared y se acercó a nosotros. Traía consigo una mueca estresada.

—¿Qué hacéis aquí? ¿Ya os ha soltado Alejandro?

Me tocaba a mí guardar silencio. Y no a propósito. Consciente de que el chamán no se había molestado en inventar una historia para Joe cuando hablaron por teléfono, fue un error entrar en la oficina sin pactar de antemano una coartada. «¿Y ahora qué?». Contarle lo de Duncan no era una opción.

—No había noticia. —Lefroy recuperó el habla en el momento justo y necesario—. Las psicofonías que íbamos a investigar eran un montaje. El alcalde que había contactado con Alejandro le ha llamado esta mañana para ahorrarnos el viaje. Han pillado a los bromistas, unos chavales del vecindario.

—Qué juventud esta... —se quejó Joe—. Bueno, pasemos entonces a otro asunto: hay que ir pensando en el siguiente número. Y ya sé qué reportaje quiero que me preparéis. —Hizo una pequeña pausa para darle más emoción al anuncio—. Exorcismos. Acaban de estrenar una película sobre el tema y no pueden estar más de moda. Tengo la sensación de que habéis congeniado con Alejandro —nos tanteó. Le di la razón. También Jackson—. Perfecto. Quiero que lo acompañéis en el próximo exorcismo que realice con el padre Berardi. Hablad con él, a ver si hay suerte y lo convencéis.

—¿Un sacerdote católico? —me extrañé—. No me trago que un cura quiera colaborar con Alejandro. ¡Si creen que la magia es pecado mortal!

—Cierto —coincidió el redactor jefe—. Pero el padre Berardi es mucho padre. ¿Cómo explicarlo? —Enseguida desistió siquiera de intentarlo—. Confórmate de momento con saber que es un exorcista singular, extremadamente singular. Ya lo conocerás. Por cierto, en el artículo no podréis mencionar su nombre real. De cara a la prensa siempre usa un seudónimo: Gabriele Casio.

—¿Es italiano?

—Quizás sus antepasados; él es estadounidense. Mantenedme informado de la respuesta de Alejandro —nos pidió antes de apuntarme con un dedo—. Y para que no te aburras, puedes ir cogiendo el fascinante *Horroróscopo* de Ludovica. La maqueta está preparada, pero falta ajustar los textos. Tendrás que cortar a mansalva. Siempre pasa lo mismo con esta mujer, da igual que le hayamos dicho ochenta veces que se pasa con el número de caracteres —resopló.

—No te preocupes. En mi anterior trabajo me llamaban Alice Manostijeras.

—Perfecto. Jackson, tú habla con Victoria. Un lector nos ha enviado unas fotos. Fenómeno UFO. Trabaja en ellas, a ver si puedes llegar a una conclusión sobre su autenticidad. Si no están trucadas, díselo a Friday, porque él se encargará de escribir el artículo. Como la resolución de la foto es mediocre, en todo caso el tema iría a una página como máximo.

El redactor jefe se nos quedó mirando un segundo con los brazos en jarra antes de jalearnos con unas palmadas, como haría un entrenador de fútbol.

—¡Hale, no os quedéis ahí pasmados! Manos a la obra.

Que Joe me hubiera asignado un tema en el que empezar a trabajar suponía un gran alivio. De esa manera, si Victoria o Edgar venían a incordiar, contaba con la excusa perfecta para ahuyentarlos. Y las investigaciones sobre Duncan, al que suponía muy cerca, eran mi prioridad número uno.

18

Marioneta sin cuerdas

Boston, aquel mismo día

Un voluminoso y estrecho paquete rectangular se reclinaba contra la pared en el recibidor de la casa de Mina Ford, junto a otro del tamaño de un cubo de Rubik. El cuerpo de la médium aguardaba impaciente a que sonara el timbre. Hacía una hora que había telefoneado para que recogieran un envío urgente y, pese a que le habían advertido que tardarían en llegar —«Señora, no disponemos de repartidores libres en este momento»—, empezaba a exasperarse.

«Malditos ineptos. Ya pueden agradecer que haya perdido demasiado tiempo con la búsqueda. Si no...».

Con el paso de los días su odio se había ido recubriendo de más y más capas, como una gélida bola de nieve lanzada por la vertiente de una ladera en pleno invierno: detestaba a la Harapienta; despreciaba haber tenido que localizarla a escondidas a través de él, de sus pensamientos; maldecía porque no hubiera prisión capaz de retenerlo lejos de aquella niñata; aborrecía imaginar que pudiera fallar en su misión de poseerla, de desterrar su alma en la nada y, su más dulce venganza, de reconquistar el amor que en su día le fue injustamente arrebatado. Únicamente necesitaba revestirse con una carcasa humana que él estaba predestinado a amar: la de esa andrajosa cuyos nombres, presente y pasado, evitaba mencionar incluso en su mente.

La rodeaba el interior de una casa descoyuntada. El suelo, cubierto de papeles; muebles desplazados de su lugar habitual; figuras de porcelana desmembradas... El tifón se había ensañado en especial con el sillón orejero, que yacía destripado en el salón. Los trozos de espejo esparcidos por la tarima reflejaban el caos del lugar.

A punto de dar las once en el reloj de pared, que había sobrevivido al desastre y contaba las horas para su puesta en libertad, alguien llamó a la puerta tímidamente.

Su cuerpo se estremeció de placer antes de levantarse y deslizarse hasta la entrada. Un chico esperaba al otro lado. «Al fin». Era de la compañía de mensajería. Apenas cruzaron unas palabras. Ella le entregó los datos personales de Mina Ford, el dinero y los dos paquetes, aclarándole que ambos iban al mismo destinatario. Él se limitó a expedir el recibo.

En cuanto se cerró la puerta, la vidente se desplomó como una marioneta a la que han cortado las cuerdas, como ropa usada que ya nadie volverá a ponerse. Mina no tendría que preocuparse por las letras de su hipoteca nunca más.

Llevaba muerta tres días.

19

En las garras de Victoria

«A ver si hay suerte». Si no los hubiera necesitado para teclear, habría cruzado los dedos. Google. Búsqueda. Tuve que reescribir el nombre un par de veces hasta dar con su grafía exacta: Annachie Gordon. La voz de Duncan lo situó detrás de mí, de pie, observando la pantalla:

—Al menos la canción existe.

«Sí, y *Annachie Gordon* es el título», escribí en el nuevo documento de Word que había abierto nada más encender el ordenador. Así podía comunicarme con Duncan y no parecer una completa loca a ojos de mis compañeros.

—Fíjese en esa mujer... La primera. ¿Será Annachie?

Se refería a un vídeo de YouTube que aparecía entre los primeros resultados de la búsqueda.

«No creo. Yo diría que es la cantante». —Pinché en el enlace—. «Sí, mire, se llama Loreena McKennitt. Vamos a escucharla».

El etéreo trino de un arpa acompañó a una voz sencilla pero luminosa que recorría a saltos melódicamente desordenados la escala musical.

Duncan reconoció al instante la canción.

—Es esta. No me cabe la menor duda.

Una historia de amor. Jeannie es obligada por su padre a renunciar al hombre que ama, Annachie Gordon, que es pobre y se encuentra lejos, para casarse con un acaudalado lord. Justo en la noche de bodas, Jeannie se niega a compartir lecho con su marido y muere de amor. Cuando Annachie regresa a su tierra y se entera de lo sucedido, acude a la alcoba donde reposan los restos de la joven. Tras besar los fríos labios de su amada, el corazón se le convierte en piedra y expira su último aliento.

«De modo que Annachie era un hombre». —Había dado por supuesto que era nombre de mujer—. «La historia me recuerda a la de Romeo y Julieta».

—Sí, es trágica.

La voz de Duncan desbordó tristeza. Llegó a salpicarme.

«Duncan, ¿recuerda usted algo? ¿Una mujer quizás?».

—No... O sí. —En su voz detecté que realizaba ímprobos esfuerzos por alcanzar un lugar que le resultaba del todo inaccesible—. Creo que hay algo, pero aún no consigo vislumbrar de qué se trata.

Y entonces debió de fijarse en uno de los comentarios que aparecían bajo el vídeo de la canción, porque apuntó:

—Ahí dice que se trata de una canción folk escocesa.

«Es verdad... ¿Y si es usted de allí? ¡Puede ser una pista! Espere, voy a probar algo».

Tecleé el nombre de Duncan. «Tim Duncan. Isadora Duncan... No, estos resultados no me ayudan». Acoté la búsqueda añadiendo la palabra «origen». Hice clic en una web sobre nombres: «Origen: gaélico. Significado: guerrero oscuro».

«Quizás nos estamos acercando. La canción, escocesa; el origen de su nombre, gaélico... Yo apostaría a que usted procede de Escocia o Irlanda», propuse animada. «O de Estados Unidos. O de Australia...», añadí dubitativa, consciente de que no había mucho margen para el optimismo. «Duncan incluso podría ser su apellido o el nombre de su padre o... Si al menos le notara un acento al hablar...».

—No se aflija, por favor. —Con delicadeza apoyó una mano sobre mi hombro derecho—. Como el señor Zavala explicó, cuando menos lo esperemos, empezaré a recordar. Con certeza será así. Solo debemos concedernos algo de tiempo...

Lo escuché sonreír.

Aquella investigación se presentaba más peliaguda que cualquiera de las pesquisas periodísticas que había llevado a cabo nunca. ¡Qué frustrante! Solo un nombre y una canción como pistas.

«Ah, y el restaurante». Busqué en la red. También era escocés.

Duncan reconoció las fotos del local, imágenes de la fachada y del interior.

—¿Qué haces? ¿Planeando una cena romántica con Jackson?

Victoria. No la había visto venir.

—Las dejo a solas para que puedan tratar de sus asuntos en privado —me informó Duncan. Noté que se esforzaba en demostrar que la interrupción no lo había molestado.

A un tris de pedirle a mi amigo invisible que no se marchara lejos, dieciséis pares de dientes, los míos, me amordazaron la lengua. Me hubiera resultado una misión imposible sortear los oídos de la pelirroja, en continuo estado de alerta.

—No, Vic, nada de eso. Me lo ha recomendado un excompañero del *Economist* —inventé sobre la marcha—. Buena música escocesa en vivo. Creo que me pasaré un día de estos. —Como si le recitara la tabla de multiplicar del nueve—. ¿Ocurre algo? —me atreví a preguntar.

Vaciló un instante. Casi escuchaba el engranaje de su cerebro analizando la forma más adecuada de decírmelo. Fuera lo que fuese. Empezó a inquietarme. «¿Es Edgar? Hace días que apenas hablo con él. ¿Tendrá algún problema?». Localicé a mi amigo ante su Mac, de lo más sonriente, probablemente ojeando algún vídeo de tipos corriendo riesgos absurdos, sus favoritos. Parecía feliz, como siempre.

—Alicia... Somos ya buenas amigas, ¿no es cierto? No hace mucho que nos conocemos, pero te caigo genial. Como tú a mí.

Cabeceé como un pájaro carpintero.

«Mal empezamos». Había cogido el tono al vuelo. Iba a caer en una trampa que me resultaba familiar. Emma era especialista en colocarlas a mi paso. Y al de mi madre. «Me va a pedir algo, y apuesto a que no me gustará».

—Es que necesito un gran gran favor. —«Lo sabía»—. Es sobre la fiesta de mañana. Los padres de Stephenie, mi compañera de piso, son muy oportunos —bufó—: resulta que ayer decidieron venir a verla este fin de semana, y se quedarán a dormir en casa. ¡Qué mala suerte! ¡Aparecer justo ahora!

Su desconsuelo sonaba exagerado adrede.

—¿Y tu fiesta?

—Ahí está el problema. Me da palo anunciar a la gente que se cancela, sobre todo a Rob, ya sabes. Voy a quedar fatal. Y no sería necesario... si pudiésemos trasladar la *reunión* a otro lugar —confesó.

Sabía por dónde iba el tiro de gracia. Mi casa. Estaba libre y era perfecta como alternativa.

—¿No tienes a nadie más? —Sus pucheros respondieron por ella—. ¿Y a cuántas personas has invitado?

—¡Somos pocos! Tres amigos míos y la gente del curro. Menos Jordan y Joe, que pasan siempre de nuestras fiestas, y Jared, que, como sabes, desde que él y su marido adoptaron a la pequeña Lizzy, ya no tiene vida social: va de casa al trabajo y del trabajo a casa. ¡Y puedes invitar a quien tú quieras! —Rio encantada, sin rastro de amargura en la voz.

—Vale... —resoplé resignada—. En mi casa. Ahora te paso la dirección por *mail*. Pero avisa a todo el mundo de que a la una se levanta el campamento.

Sin excusas. No quiero que ningún vecino le vaya luego con el cuento a mi madre.

Me sabía de una que no iba a mantener la boca cerrada por mucho tiempo: Wintercold. Decidí que lo más inteligente sería contarle a mamá lo de la fiesta en cuanto volviera a hablar con ella por teléfono.

—¡Genial! —rugió Victoria—. ¡Mil gracias, Alicia! Eres la mejor. —Celebró la captura de su presa abrazándome con fuerza y apretujando su mejilla contra la mía—. Voy a avisar a la gente.

Y cuando ya se marchaba, soltó la pregunta que guardaba en la recámara. Distinguí un pícaro destello en su mirada.

—Por cierto, ¿vendrá Jackson?

—Eso dijo. Pero quizás se haya echado atrás.

Lefroy no había cambiado de opinión: parecía más entregado que nunca a no perderme de vista. Incluso me propuso *okupar* el sofá de mi salón unos días. Hasta que mi madre y mi hermana estuvieran de vuelta de España. Seguía sin fiarse de Duncan. Pero, tras un tira y afloja, conseguí convencerlo de que no era ninguna damisela en apuros a la que tuviera que custodiar en su castillo.

En la penumbra del túnel Holland, de vuelta a casa, fue fácil distinguir la silueta de Duncan. Ocupaba el asiento del copiloto. Respiré profundo. No entendía lo que me estaba pasando con él. En veinticinco años únicamente me habían gustado un par de chicos: uno en el colegio y otro en el instituto. Nada que me dejara huella, ni una pequeña muesca. En mi época universitaria, empecé a ser consciente de que muy normal no debía de ser para una hetero aquello de pasar por completo de los tíos: tanto de los rollos como de las relaciones serias, pero tampoco estaba dispuesta a forzarme a nada ni a probar por probar, como me aconsejaban mis compañeras de la facultad. Me sentía cómoda con la venda que me envolvía el corazón; la percibía como una protección, no como un castigo. Y ahora, de repente, al lado romántico de mi cerebro le había dado por empezar a fantasear, como nunca lo había hecho antes, con un fantasma. Y no precisamente de los que invaden las discotecas un sábado noche. «¿Será porque sé que es una relación imposible?», me pregunté.

Guardamos silencio durante todo el trayecto.

—Son individuos de trato muy agradable sus compañeros —comentó mientras yo introducía la llave en la puerta de casa.

—Ah, por fin se digna a hablarme. Pensé que había vuelto a desaparecer —mentí—. Llegó Victoria y me abandonó sin siquiera mirar atrás. —Lo invité a pasar y después lo seguí.

—Me dio la impresión de que tenían asuntos importantes que tratar... a propósito del señor Lefroy —concretó y, por un instante, sonó más ceremonioso que de costumbre. Enseguida estuvo de regreso su buen talante—. Además, no pretendo imponerle mi presencia todo el santo día, ha quedado claro que no soy una «sombra» —bromeó mientras señalaba la proyección oscura que partía de mis pies en dirección a la puerta de la calle.

Asentí divertida.

—En cuanto a Victoria, debe disculparla. Obviamente ella no sabía que estaba interrumpiendo una conversación —justifiqué a la pelirroja.

—Soy consciente de ello. No se inquiete, no le tendré en cuenta la pequeña descortesía —comentó Duncan mientras, con aire despreocupado, apoyaba un brazo en el pasamanos de la escalera—. De hecho, me parece una joven encantadora.

—Lo es, y una gran persona. Es superamable, está llena de alegría...

—Y —me interrumpió— aún no le he oído recomendar a un caballero que se cosa la boca con una grapadora. —Lo vi sonreír con descaro en la penumbra del recibidor.

—Yo... Yo no sé qué me pasó en casa de los Miller —reconocí al caer en la cuenta de que Duncan había sido testigo de aquella vergonzosa salida de tono.

—No era usted misma, fue la influencia de las sombras —se ofreció a facilitarme la misma coartada que Alejandro, aunque en su tono había cierta sorna contenida, como si no se creyera del todo esa explicación.

Entramos en la cocina, seguidos de Moriarty, que pedía una ración de lo suyo. Cerré las láminas del estor para poder distinguir a mi amigo invisible sin dificultad. Admiraba su temple, su elegancia y aquel sutil sentido del humor. El Duncan que conocí en el sueño de la playa había despertado en mí un sentimiento de protección, la obligación moral de tenderle una mano en todo lo que pudiera. Pero eso había cambiado. Ahora podía apostar, y no perder, a que su fortaleza era mayor que la de nadie que yo hubiera conocido.

Se agachó para recompensar con unas caricias las atenciones que le prodigaba Moriarty y el cuello de la camisa se le abrió, permitiéndome vislumbrar la curva en extremo blanca de su masculina clavícula. Pensé que aquellos hombros estaban para algo más que soportarle el cuello y la cabeza: lo imaginé capaz de enfrentarse a cualquier obstáculo, a cualquier problema.

—¿Cómo puede tomarse tan bien la situación en la que se encuentra? —le pregunté—. Cualquiera en su lugar estaría muerto de miedo —murmuré.

Caviló durante unos segundos, con la cabeza gacha.

—Lo que haya de venir vendrá, y, en la medida de lo posible, tendré que afrontarlo con entereza... Además, no sería razonable lamentarme de mi suerte justo ahora. Mi situación ha mejorado notablemente al tenerla a usted de mi lado.

—Tampoco es que haya podido ayudarle en gran cosa hasta el momento...

Duncan se puso en pie, e iba a decir algo cuando un maullido más quejica que lastimero lo interrumpió. Moriarty, ahora sin soborno de por medio —mi amigo invisible había dejado de acariciarlo—, nos observaba con cara de malas pulgas. El destello diabólico de la pupila se le borró en cuanto tuvo su comida y le rellené el cuenco del agua.

—Le he traído algo. —Cogí el teléfono de mi bolsa-bandolera, lo conecté al altavoz portátil de la cocina y pulsé el *play*—. Son canciones escocesas, folk principalmente, todas con más de dos siglos de antigüedad. A ver si alguna le resulta familiar.

Duncan se quedó escuchándolas mientras yo subía a darme una ducha y a ponerme el pijama. Cuando regresé, comenzaba a sonar la última de las canciones, la número doce. El evocador y mágico sonido de las flautas asaltaba cada recoveco de la cocina. Duncan, entregado, se recostaba ensimismado en una silla y zapateaba con discreción al ritmo de la música.

—¿Ha habido suerte? —pregunté sin anunciarme.

Sería divertido poder decir que el fantasma se asustó al oír mi voz, y que por una vez lo natural turbaba a lo sobrenatural, pero mentiría. Mi amigo invisible mantuvo su compostura habitual. «¿Será capaz de presentirme?».

—Creo que tenía usted razón. Debo de ser escocés. Todas me resultan familiares.

Algo debió de pasársele entonces por la cabeza. Me miró como quien acaba de escuchar un chiste sin demasiada gracia de boca de un buen amigo, y eso me intranquilizó. «¿Y ahora qué?».

—¿Le importa si probamos algo?

Con determinación, dejó la silla, me rodeó la cintura con un brazo, sujetó una de mis manos con la que le quedaba libre y empezó a bailar conmigo con parsimoniosa elegancia. Hacia un lado y hacia otro. Giros. Cambio de dirección...

Intenté seguirle, no siempre con acierto, aunque mejor de lo que cabía esperar para alguien que desconocía por completo los pasos. Ritmo *in crescendo*. Mi mano sobre la suya, girando sobre un pivote invisible, deseando la llegada de un paso que me acercara más a él... Y que no llegó. «Maldita coreografía». Reverencia. Vueltas y más vueltas.

Cuando la música se detuvo, me sentía mareada y dichosa. Reía sin saber por qué, embriagada por la felicidad del momento.

—Definitivamente, es usted escocés. ¿Cómo si no iba a saber bailar con semejante donaire estas canciones? —«¿Donaire? ¿Quién utiliza hoy esa palabra? Será que se me están pegando sus expresiones», me burlé de mí misma—. Para otra vez avise y me visto con mejores galas —lamenté mientras pinzaba con los dedos una porción de mi pijama y le realizaba una discreta reverencia. Pero no me prestaba atención, parecía absorto contemplándose las manos—. ¿Qué le ocurre? ¿Algo va mal?

—¿No me nota nada raro?

—Pues, no sé...

Entonces caí en la cuenta de que los halógenos estaban encendidos. Al regresar a la cocina tras ponerme cómoda, debí de darle al interruptor por pura inercia. Y, a pesar de la luz, Duncan seguía ahí.

—¡Puedo verle!

—Y hace un momento, mientras bailábamos, yo... —Dudó sobre cómo expresarse—. La sentí diferente.

«¡Es cierto!». Concentrada como estaba en seguir sus pasos durante el baile, no me había parado a pensar en las limitaciones de mi *partenaire*. Limitaciones que ahora eran menos. Me acerqué a él muy despacio y pude tomar su mano entre las mías. Comprobé atónita que la temperatura de su piel había aumentado y que la sensación de tocar algodón de azúcar ya no existía; su tacto era mucho más consistente.

¿Aquello sería una buena o una mala señal? Me sobrevino el presentimiento de estar viviendo una cuenta atrás. «¿Qué nos espera en el cero?».

Con sutileza, Duncan dejó caer sus cinco dedos libres entre mis bucles. Era un gesto cariñoso, y provocó que se me erizara el vello de la nuca. Parecía que los ojos pudieran hablar por él; me pregunté si también sería capaz de besar con aquella mirada. Deseé que lo hiciera en aquel mismo instante. Por desgracia, la melodía de mi móvil rompió el hechizo que me mantenía a escasos centímetros de su cuerpo.

Era mi madre, que, sin saberlo, actuaba de carabina.

—Hola, mamá.

—Hola, cariño. ¿Qué tal por allí? ¿Todo normal?

La percibí ansiosa. De nuevo ese *algo-no-va-bien*.

—Sí, perfecto. ¿Y vosotras?

—También. Ya incineramos a tía Rita.

—¿Había mucha gente?

—Sí, muchísima. Y ni un ojo seco en el entierro. La tía era una persona muy querida... —se interrumpió—. Pero seguro que no ha pasado nada extraño, ¿verdad? —Formuló la pregunta con el tono que emplean las personas cuando desean ahorrarse sufrimientos: con la boca pequeña del miedo. Se armó de valor para continuar—: Cielo, puedes contarme cualquier cosa.

Observé a Duncan. «Bueno, si por extraño entiendes que se me ha despertado el tercer ojo, que he visto y escuchado a seres de otra dimensión y que tengo como invitado en casa al espíritu de un apuesto difunto que hace que sienta chispazos en la piel cada vez que me mira... Sí, así. Justo como ahora». Tragué saliva con dificultad.

En cualquier caso, no se lo iba a creer.

—De veras, todo estupendo —zanjé el tema—. Ah, una cosa que quería comentarte... Mi compañera Victoria iba a celebrar mañana una fiesta en su apartamento con la gente del trabajo. En el último momento han tenido que cambiar de planes porque los padres de la chica con quien comparte piso vienen a Nueva York. Total, que me ha preguntado si podíamos organizar la reunión aquí, en casa.

—¡Claro, Alicia! Así no estarás sola. Divertíos. —Parecía encantada con la fiesta, aliviada. «Raro al cuadrado»—. Recoge bien después, ¿vale? —Mi madre era una fanática del orden—. Emma y yo estaremos de vuelta la semana que viene, el sábado. Si surge cualquier cosa, llámame y adelanto como sea el regreso.

—Ok. Pero, ya te lo he dicho, no puedo estar mejor —le aseguré con exagerado entusiasmo. Esperaba que lo captase. No la exageración, el entusiasmo.

—Vale, vale. —Por mucho que lo repitiera, su tono me decía que no acababa de convencerla—. En realidad me estoy planteando reservar un vuelo para este lunes...

—¿Pero por qué? Te has cogido toda la semana que viene de vacaciones. Aprovecha y disfruta de la familia. Seguro que les darías un disgusto si te vuelves antes de lo previsto, y a la abuela en especial. En estos momentos te necesita.

—De acuerdo, Ali. Pues hablamos pronto. Y si te surge algo, cualquier cosa, me llamas enseguida. —Continuaba preocupada—. Te quiero, cielo.

—Y yo a ti. Da muchos recuerdos por allí. En especial a los abuelos.

Colgué el teléfono. «¿Qué diablos le ocurre a mi madre?».

20

La fiesta

El timbre de la puerta me levantó de la cama a trompicones. Por la ventana distinguí el Toyota de Victoria aparcado en la calle; el terco pomo se resistía, pero finalmente conseguí sentir la brisa matutina en el rostro. Asomé más de medio cuerpo.

—¡Espera! ¡Te abro!

Cubrí mi pijama de franela con una bata y bajé las escaleras de dos en dos esquivando a Duncan, que jugaba con Moriarty en los últimos peldaños, frente a la puerta principal, haciendo serpentear un trozo de lana que el gato se obstinaba en dar caza. «No es Sherlock, pequeño, pero algo es algo».

Abrí y dejé espacio a Victoria para que entrara. Traía consigo una caja de cartón repleta de platos y vasos desechables. Firme, esperé un par de segundos junto a la puerta, como un guardia del palacio de Buckingham. Nada. «¿Por qué no pasa? ¡Oh, mierda!». La pelirroja estaba ojiplática. La puerta me sirvió de parapeto para llamar la atención de Duncan sin ser vista: cruzando los brazos, dando pequeños saltitos... Finalmente reparó en mí y se quedó inmóvil, consciente del problema. Di un paso al frente.

—Entra ya, que se va a escapar el gato —espoleé a Victoria con una sonrisa de quita y pon.

No se movió. «Se ha dado cuenta».

—¿Has visto cómo se meneaba ese cordón? —señaló pasmada en dirección a Duncan—. Y tu gato ni siquiera lo estaba tocando.

—Ah, sí. Es que hay mucha corriente en esta casa —improvisé—. Bueno, qué nervios, ¿me vas a contar tu plan de ataque y derribo a Rob? ¡Vamos, entra!

Las palabras mágicas surtieron efecto. Se le habría olvidado hasta que había visto una rana haciendo el pino.

A partir de ese instante, empezó a rajar y solo se detuvo para coger aire. Sobre cómo había pedido a Robert su *playlist* de canciones favoritas; que tenía previsto sacarlo al porche en algún momento de la velada; que había elegido entre sus amigas a las dos menos atractivas para así poder destacar entre ellas... Aquello último me pareció impropio de Victoria, aunque de una gran honestidad reconocérmelo. Durante la comida, hizo alguna que otra pausa en el monólogo: debía sacar tiempo para masticar y tragar la lasaña de pollo con verduras que me había ayudado a cocinar.

Mientras lo preparábamos todo para la *reunión*, Duncan nos estudiaba desde la distancia, siguiendo nuestra conversación. Por las caras que ponía, sospeché que podía ser cierto eso de que los chicos son de Marte y nosotras de *Venus*.

La primera en presentarse en la fiesta fue Summer. Estaba guapísima. La torrentosa melena, esa que solía llevar prisionera de una horrible coleta baja, se precipitaba en cascada, libre, zambulléndose en su cintura; fuera las gafas de bibliotecaria —castigadas, sin salir de casa—; y hasta se había puesto un favorecedor vestido azul marino con florecillas celestes que le permitía presumir de piernas. Por una extraña razón, Summer siempre había asumido el papel de patito feo. Le daba miedo que, si intentaba sacarse el máximo partido, el cambio resultara imperceptible para los demás. Y ese miedo la había paralizado durante mucho tiempo. Pero esa actitud ya era cosa del pasado; y su cambio, que además hacía por ella misma y no por los demás, se estaba materializando en una chica inteligente, preciosa... y, esta sí era la única novedad, cada vez más segura de sí misma. Buena prueba de ello es que, en cuanto le conté que Edgar vendría a la fiesta, decidió apuntarse ella también.

Victoria y Summer no se conocían más que de oídas, pero pronto conectaron. Más aún después de que la segunda pregunta de mi amiga tras cruzar la puerta fuera: «¿Seguro que viene Edgar?». Mientras se entretenían la una con la otra, subí a darme una ducha rápida. Faltaba una hora para que hiciera su aparición el resto del personal.

La jefa de documentación era igual de ordenada en su vida extralaboral que en el trabajo: encontré el baño recogido al milímetro. El único indicio de su paso por allí, un cepillo de dientes de Betty Boop junto al mío. El resto de cosas debían de estar en la habitación de Emma. Habíamos quedado en que lo mejor era que durmiera en casa para ayudarme a recoger a la mañana siguiente. Al fin y al cabo, era su fiesta.

Salí de la ducha relajada, dispuesta a pasármelo bien. En el armario me esperaba un vestido rojo amapola de manga francesa aún por estrenar. Me maquillé con el espejo del baño como único testigo de mi falta de paciencia y pericia con los cosméticos. Aun así, quedé medianamente satisfecha con el resultado.

Alguien llamó al timbre de la puerta principal. El despertador de la mesilla marcaba las nueve menos diez. Me calcé las manoletinas negras de charol —por los tacones no iba a pasar, y menos estando en mi propia casa— y llegué a tiempo de ver cómo Victoria abría a Edgar, que realizó su entrada en escena con una sonrisa pegada a la cara.

—Eres de los primeros, forastero —lo recibí desde la planta de arriba.

Siguió el sonido de mi voz y el eco de su expresión me hizo sentir incómoda.

—Madre mía... —comentó con una risita—. Tú con un vestido. ¡Y además rojo!

—Qué gracioso, ¿no? —repuse muy digna, afianzándome en lo alto de la escalera como si fuera una guerrera que acabara de conquistar la cima de una montaña—. Sí, es nuevo. Y me pongo lo que me da la gana y cuando me da la gana. ¿Queda claro?

Edgar me guiñó un ojo y levantó las manos en señal de rendición.

—Yo también me alegro de verte —le sonreí, y me fijé en la figura que aguardaba a los pies de la escalera: Duncan—. Anda, pasad al salón, enseguida bajo. —Me obedecieron inmersos en una ardua conversación sobre el tiempo que tardan las tías en arreglarse.

Mi amigo invisible, que durante todo el día se había mantenido en un segundo plano, tal vez para no meter la pata como en *el-caso-del-cordón-de-lana* (parecía el título de una novela policiaca), estiró de un modo casi inapreciable las comisuras de los labios, en contraste con la gravedad de su mirada.

—Aguarde, por favor. Permita que suba a buscarla.

Se tomó su tiempo. Me sentí especial; cada paso que él daba era como una minúscula reverencia. Una, dos, tres, cuatro, cinco... Cuando lo tuve a mi lado, en un gesto galante me ofreció el brazo. Los quince escalones se me hicieron cortos, pero es que ni los mil quinientos setenta y seis del Empire State Building me hubieran bastado. Era como si hubiéramos dado un salto en el tiempo y caminar así, juntos y con aire solemne, fuera de lo más natural para él y para mí. Para nosotros.

—Gracias —le dije cuando no tuve más remedio que soltarme porque estaba a punto de entrar en el campo de visión de mis amigos.

—Está usted encantadora con ese vestido, Alicia.

El calor de su intensa mirada se propagó por mis pómulos. Instintivamente, y con disimulo, intenté difuminar el colorete postizo, consciente de que ahora andaba más que sobrada con el natural.

—Usted también está muy elegante. Bueno, como de costumbre.

Al fin y al cabo, vestía su habitual e impecable indumentaria, cubierta por aquella levita que tan bien le quedaba. Me fascinaba la corbata de lazo, semiescondida tras el chaleco beis de seda y doble botonadura. Pese al ceremonioso instante, se me ocurrió que era tiempo de tutearnos, de echar abajo esa barrera lingüística entre nosotros.

—Duncan, ¿se sentiría incómodo si le pidiera que empezáramos a tratarnos de una manera menos formal? Ya ve que en esta época es lo habitual, incluso entre hombres y mujeres.

—Solo si consiente en anotar mi nombre en su carné de baile —solicitó con su mejor sonrisa.

—Por supuesto. Será un placer, aun cuando tal práctica haya caído en desuso en nuestros días.

—Y, si se me permite elegir canción, que sea la primera lenta que suene.

—Por supuesto, *milord*.

Correspondí a su leve inclinación de cabeza con una delicada reverencia, tal como había visto hacer decenas de veces en películas ambientadas en la época georgiana, y a continuación me acerqué a él para decirle algo al oído:

—Pero me temo que ese baile habrá de producirse en la más estricta intimidad. No queremos que los compañeros aquí presentes duden de mi cordura.

—Prométeme que lo haremos. —Sentí pasar su anhelante susurro por el mechón ondulado que me cercaba la mejilla; y, al llegar a mi cuello, se transformó en un placentero escalofrío, como un beso invisible.

Turbada, busqué sus ojos. La mirada de Duncan, más intensa que de costumbre por la escasa distancia que nos separaba, me removió algo por dentro. De nuevo un vuelco del estómago, un cosquilleo intrigante.

De repente noté el dulce roce de sus labios en mi mano; aquella caricia, la más sensual que había recibido en toda mi vida, me pilló desprevenida y logró dejarme sin aliento un par de segundos.

Sin fuerzas para seguir jugando, le respondí con un firme y risueño:

—Claro, te lo prometo.

Empezaron a llegar el resto de invitados. Íbamos a ser once personas en total. Los amigos de Victoria eran dos chicas —Lucy y Scarlett— y un chico —James— a los que integró de inmediato en el grupo.

Al principio, con el objetivo de hacer piña, nos repartimos los diez que estábamos en dos equipos para jugar a las películas. Después dimos paso al karaoke de Emma. Sin demasiada suerte para mí: tuve que batirme con Friday, que se reveló como un gran talento ante el micrófono. Bordó el *Sign of the times* de Harry Styles.

Lefroy, seguro que con premeditación —sabía que Victoria había planeado juegos para el inicio de la velada—, fue el último en comparecer. Para entonces, andábamos desperdigados: unos bailando, otros charlando... Algunos en un *tête à tête*. Como Edgar y Summer. Mi amigo se encogió de hombros sonriendo cuando, disimuladamente y desde la distancia, lo saludé con un guiño.

A Jackson le tocó aguantar la chapa de Victoria en un trío que completaba Robert. Su Rob, el que «estaría guapo incluso chupando un limón»; la pelirroja *dixit*. «Esta noche sé directa con él», le recomendé mentalmente. Si Victoria realmente deseaba sacar a Rob de la zona de amigos, tendría que arriesgarse y confesarle sus sentimientos. En el recepcionista veía a un tipo majo, pero sin pinta de ser especialmente despierto a la hora de interpretar las señales con las que nuestra jefa de documentación le torpedeaba a diario, para el resto del mundo tan visibles como lo hubiera sido un incendio en la Casa Blanca. Y justo ahora que lo tenía al lado, para ella sola si quería, se dedicaba a importunar a Jackson.

—Llevas un rato calentando en la mano la misma cerveza. ¿Tienes miedo a perder el control con cierta chica si te emborrachas? —le soltó Victoria, ligeramente achispada, al tiempo que me lanzaba una mirada juguetona que el canadiense interceptó.

«¿Está loca o qué? No me puedo creer que le haya dicho eso...».

Como respuesta, Jackson se limitó a beber de un trago lo que le quedaba de cerveza, se levantó del sofá donde estaban sentados los tres y, con mucha serenidad, abandonó sobre una mesita de cristal el botellín vacío.

—Necesito estirar las piernas —se despidió de ellos.

Ni me miró. Por suerte. Ya me sentía suficientemente incómoda con la escena que había presenciado y de la que él me sabía testigo. Me hubiera gustado reprender a Victoria; mi relación con el fotógrafo había sufrido suficientes altibajos como para que ella contribuyera con una tensión añadida entre nosotros. Pero no era el momento.

Abrí la ventana del salón para refrescar el ambiente y a mí misma. Aprovechando que nadie miraba, salí al porche y me apoltroné en la mecedora de mamá. Una ligera brisa hacía que el balanceo de los árboles aportara su particular ritmo a la música que rebosaba del interior de la casa. Eran las once.

—¿Qué haces aquí sola?

Duncan cruzó el soportal y se apoyó en la balaustrada de enfrente. Me sorprendió gratamente que se hubiera acostumbrado con tanta facilidad al tuteo.

—Las fiestas no son lo mío —resoplé—. Si por mí fuera, ahora mismo estaría arriba, en mi habitación, con un libro en las manos.

Me observó divertido. Estuve a punto de preguntarle si a él le ocurría lo mismo. Intuía que nos parecíamos mucho. Tal vez por eso me resultaba tan familiar, como si lo conociera de tiempo atrás. No tuve ocasión de proseguir la charla.

—Aún no has bailado conmigo...

Ese no había sido Duncan. Jackson acababa de aparecer por la puerta.

Si él estaba dispuesto a simular que no había pasado nada, yo también.

—Ah, ¿pero que tú bailas?

—Y muy bien. Venga, levántate de ahí. Vas a tener el privilegio de ser mi pareja en esta canción. Y Sheeran te gusta, ¿no?

Mala idea. Era una lenta, la lenta que debería haber bailado con Duncan.

—Déjalo estar, Jackson —contesté sin moverme de la mecedora—. No se me da bien. Y no te ofendas, pero prefiero conservar de ti la imagen de cazademonios. Verte como un bailarín, sería... raro. —Torcí el gesto.

Ni caso. Me tomó de las manos y, con un ligero tirón, consiguió ponerme en pie. Frente a él. Me agarró por la cintura y empezamos a movernos despacio. Sabía dirigir, y yo me conformé con no dificultarle la tarea. Duncan permaneció en el mismo lugar, estático. Quizás para no llamar la atención de Jackson debido a sus enfrentamientos previos. Para lo que sirvió...

—¿Está él aquí? —me preguntó de repente el canadiense.

—Sí, y tiene nombre. No entiendo por qué eres así con Duncan. Ya oíste a Alejandro. No es una sombra.

—Sí, lo sé. Será porque hay algo en él que no me gusta —respondió mientras apoyaba con suavidad su mejilla en mi frente.

El baile estaba resultando más íntimo de lo previsto. Desconcertante.

—¿Y qué cara está poniendo ahora? —dejó caer con una chispa ácida.

Duncan mantenía su habitual moderación decimonónica, pero percibí cierta impaciencia en su manera de apretar los puños.

—¿Te encuentras bien, Duncan? —le pregunté.

No respondió, así que dejé de bailar.

—Oh, no te preocupes. No es nada importante. Solo que desearía estar en mi lugar, ¿verdad, amigo? —Jackson, sin soltarme, lo buscó a nuestro alrededor, aunque sabía perfectamente que no iba a encontrarlo.

Todo sucedió muy rápido. El fotógrafo se volvió hacia mí, me levantó la barbilla e inclinó su cara.

—Creo que he bebido demasiado —murmuró, y su aliento me dijo que mentía.

Lo tenía a diez míseros centímetros. ¡Iba a besarme!

—¡Para, para! —intenté resistirme—. ¡Lefroy!

—Me gusta... —susurró complacido—. Si me llamas por mi apellido, es que esto se pone serio —añadió acercándose aún más.

Cinco centímetros.

Estaba tan pendiente de zafarme de él que ni siquiera vi venir a Duncan, hasta que se estrelló contra una fuerza invisible que lo repelió con violencia. Salió rebotado a varios metros de distancia, fuera del porche. Yo lo vi. Jackson lo sintió.

—Jamás intentes ocupar el cuerpo de un yuzbasi, novato —le aconsejó tras soltarme por fin—. ¿Sabes que tu amigo acaba de intentar una posesión conmigo? Menos mal que era un tío de fiar, ¿eh? —Me dolió su mueca burlona. Antes de regresar al interior de la casa, me susurró al oído lo suficientemente alto como para que Duncan pudiera escucharlo—: Por cierto, tus temores eran infundados, Alicia: nunca robo un beso, siempre me los gano.

La canción y el baile, que había resultado más propio de un *ring* de boxeo, habían concluido. Estaba petrificada, sin comprender qué mosca le había picado a Jackson ni qué había intentado hacer Duncan.

—¿Estás bien? —pregunté avergonzada por la situación que acababa de provocar mi compañero.

—Sí, perfectamente. Por alguna razón, ese tipo me pone de los nervios —contestó con expresión huraña mientras se levantaba de entre los rosales, sacudiéndose, aun sin necesitarlo, la levita. Intenté acercarme, pero él me detuvo con un gesto—. No, por favor, necesito pensar, y me temo que para eso debo alejarme de esta casa. Te ruego que me disculpes. —Se despidió con una sobria inclinación de cabeza.

También su lenguaje corporal dejó claro que no deseaba compañía, así que decidí dejarlo tranquilo. A Jackson, en cambio... no iba a darle tregua. Fui tras él. Lo encontré en la cocina, abriéndose otro botellín de cerveza. «Dichosa Victoria... Tenía que picarle». En cuanto me vio aparecer, supuso lo que se le venía encima, porque se cubrió frunciendo el ceño.

—¿Se puede saber a qué ha venido eso? —le pregunté.

—Te lo he dicho ahí fuera. ¿Está él aquí?

—No, lo has espantado—gruñí.

—Alicia, debes tener cuidado, porque si Duncan se aferra demasiado a ti, tal vez no pueda encontrar el camino que le está destinado. Aunque no lo creas, intento ayudaros a los dos. —Sin embargo, su voz no sonaba amistosa.

—¿Por qué iba a aferrarse a mí? —protesté.

—Porque, si no es una sombra, como yo pensaba, y no busca hacerte daño, resulta cuando menos extraño que seas la única que puede verlo. Por Dios, Alicia, ¡si ni siquiera Alejandro, que es el mejor chamán que conozco, es capaz!—bufó antes de sosegar su discurso—. Y me temo que tienes algo que puede atrapar a Duncan en este mundo que no es el suyo —se le arquearon los labios en una sonrisa desganada antes de tomar un trago—: encanto.

—¿Y qué es? —Mis palabras sonaron a reto.

Exasperado, Jackson me aclaró:

—No era una coma, *encanto*. Ahora sí.

La conversación se interrumpió porque Andrea entró en la cocina colgada del brazo de James, el amigo de Victoria, ambos doblados sobre sí mismos e incapaces de domar su buen rollo. La redactora se acercó a mí y, en lugar del comentario antipático que esperaba, bisbiseó en su peculiar acento pijo:

—Una gran fiesta, Alice. Me lo estoy pasando en grande.

¿Estaba siendo amable? Andrea se había ganado a pulso mi antipatía; pero, con un par de frases, la sensación de *mejor-no-cruzarse-con-ella* se había esfumado. Era la primera vez que me trataba... como a una compañera.

—Me alegro —respondí intentando reprimir el cabreo que había despertado en mí el canadiense— Disfruta.

—Eso haré. —Su risa sonó impetuosa y cordial—. Nos vemos.

Edgar estaba en lo cierto: sin su caparazón, la chica mostraba un carácter mucho más llevadero. Que yo fuera la sustituta de Justin en *Duendes y Trasgos* me había pasado factura y, al parecer, ya había pagado por ella.

Como Jackson había aprovechado la aparición de Andrea para escabullirse, salí fuera de nuevo para comprobar si Duncan había regresado. Ni rastro de él. La calle permanecía desierta, a excepción de una furgoneta de DHL Express que acababa de aparcar frente a la casa. Me sorprendió que repartieran a aquellas horas de la noche. Faltaban unos minutos para que fuera domingo.

—¿Alicia de la Vega? —preguntó el mensajero.

—Soy yo.

—Una entrega urgente —me anunció.

El chico salió del vehículo y se encaminó a la parte de atrás, de donde extrajo un aparatoso bulto, difícil de manejar incluso para alguien espigado como él.

El paquete era rectangular.

21

Un paquete a mi nombre

«Mierda... ¿Mamá o Emma?». Ninguna de las dos me había avisado y yo desde luego no había comprado nada por internet. Menos aún en persona. «Voy a matar a la niña como tenga que pagar esto contra reembolso. Seguro que ha sido ella, porque viene a mi nombre».

—¿Cuánto te debo? —Cincuenta míseros dólares en el cajón de la mesilla de noche. Era todo mi patrimonio en efectivo en ese momento. Supuse que, en cualquier caso, podría tirar de tarjeta.

—Nada. El envío está pagado. ¿Puedes sujetarlo, por favor? —me pidió antes de desaparecer en el interior de la furgoneta.

—Aquí estás —le escuché decir.

Una cajita cuadrada que le cabía en la palma de la mano.

—Esto también es para ti. Necesito que me muestres algún documento de identidad. Y si me firmas aquí, estaremos en paz.

Tomé la caja y garabateé mi nombre bajo el «Recibí» del albarán. Como tenía que ir a buscar mi carné de conducir, el mensajero me ayudó a meter en casa los bultos, ambos recubiertos con papel marrón de embalar. El grande no pesaba demasiado al llevarlo entre dos, pero lo suficiente como para seguir acordándome de Emma y de toda su familia, que era la mía.

Nos cruzamos con Scarlett. Daba por concluida la velada; su hermano pequeño la esperaba. Había prometido a sus padres que lo recogería ella a la salida del cine. Lo cierto es que tenía tantas ganas de entrar para soltar y abrir los paquetes que no presté demasiada atención a sus explicaciones.

En el salón, Lucy charlaba con Jackson. Ella, emocionada con lo que le estaba contando; él, como de costumbre, ausente y al mismo tiempo atento a todo lo que le rodeaba. Cazó al vuelo mi mirada. Extrañado, observó a mi acompañante y nuestra carga. Con un gesto le di a entender que ignoraba de qué se trataba. Friday, que conversaba con Robert y Victoria —parecía condenada a no estar a solas esa noche con el inglés—, se levantó para echarnos un cable. Los demás debían de estar en la cocina, surtiéndose de bebida y algo para picar.

—No es necesario, Friday. Gracias. —Le señalé al repartidor una pared del salón—. Vamos a dejarlo ahí.

Apoyamos el paquete con cuidado y fui a buscar mi licencia de conducir.

—Perfecto. Pues ya está. Que disfrutéis de la fiesta —nos deseó antes de murmurar un «quién pudiera...».

Lo escolté hasta la puerta. Mientras lo despedía, alguien bajó el volumen de la música. Al regresar, seis personas permanecían atentas al bulto más prominente, como si fuera un tótem digno de venerar. Andrea y James estaban de vuelta, y ella iba un paso por delante de los demás: inspeccionaba el envoltorio al detalle.

—¿Qué es, Alice?

—Ni idea. Cosa de mi hermana, supongo.

Tampoco iba a dar más explicaciones, pero entendí que a la enana, con la muerte de tía Rita y el viaje a España, se le había pasado avisarme.

—Pues viene a tu nombre. Estás en todo tu derecho: ¡ábrelo!

Había expectación por saber lo que el paquete contenía. Yo misma sentía curiosidad. Lefroy se mantenía detrás de todos nosotros, sin decir una palabra.

—Mina Ford —leí el nombre que aparecía en el remite—. De Boston... Pues no me suena de nada. Vamos a ver qué es, ¿no?

—¡Genial! —aplaudió encantada Andrea—. ¿Me pasas el pequeño? ¡Me encanta abrir regalos, aunque no sean para mí!

—Claro, toma. —Lo cogió emocionada—. Voy a por unas tijeras.

Mi madre guardaba unas romas en el mueble del salón, pero Andrea no las necesitaba. Cuando regresé con ellas, ya había destrozado la caja.

—Es una piedra con forma de pirámide... —reveló sorprendida, y nos la mostró sobre la superficie estirada de su palma, cuyas irregularidades recordaban a las dunas de un desierto—. Qué bonita. Y qué extraña.

De un transparente muy denso, casi blanco. Algo oscuro resaltaba en su interior. Intenté cogerla para examinarla de cerca, pero Andrea me lo impidió, escondiéndola tras de sí.

—Cuando abras el otro.

—Alicia, no sé si es buena idea...

Era la voz de Jackson. Lo busqué entre la gente que me rodeaba; seguía guardando las distancias. De una mano colgaba su mochila, que minutos antes había permanecido a buen recaudo en el armario del hueco de la escalera.

—Esa piedra no... —se limitó a decir al mismo tiempo que escaneaba a las otras seis personas que había en el salón.

Con eso bastaba. Abriría el paquete cuando estuviera a solas con él.

—Mejor vamos a dejarlo. Que se encargue mi hermana de él cuando...

Andrea no estaba de acuerdo. De un tirón, me arrebató las tijeras para cortar mi frase y las cuerdas que amarraban el paquete.

Como si se hubiera descorrido el telón de un escenario, el cuadro de una joven de lánguida y aristocrática belleza quedó al descubierto. Llevaba su pelo negro recogido con mimo en un moño. El etéreo vestido era de gasa blanca, ceñido en el talle por una fina cinta en color lila. Una cadena le rodeaba el cuello, y de ella pendía un colgante con las iniciales A. M. Reposaba sobre un sillón tapizado en beis y con delicadas flores. Nos devolvía la mirada desde él.

El marco y la pintura parecían antiguos.

—Es precioso... —comentó Victoria embelesada.

Excepto Jackson, todos alabaron el cuadro. Poseía un hipnótico atractivo.

«¡¿Qué... qué demonios es eso?!». Algo en la cara de la pintura se había movido. Su boca. Las dulces pinceladas se contorsionaron para formar... ¿una sonrisa maliciosa? Los demás seguían comentando el encanto del lienzo. ¿Solo yo lo veía?

—El cuadro... —Intenté mantener la compostura.

El pánico me impedía retroceder. La sensación de mareo aumentaba por momentos; hasta el punto de no poder enfocar la pintura. Grotescos nódulos surgían por toda su superficie, como si hubiera entrado en ebullición. Los colores serpenteaban en un borrón retorcido. Distinguí a la joven saliendo del cuadro, zafándose de aquello que la retenía en el lado muerto del lienzo, como si emergiera de una laguna bidimensional. El óleo resbaló por su cuerpo y se secó al instante. Y entonces levitó. Directa hacia mí. Tres pasos de distancia. Dos. Yo continuaba en estado cataléptico, y ella lo sabía. Su risa resonó como la respuesta de un eco ronco.

—Y aquí estamos de nuevo, querida. Después de tanto tiempo, él será mío. Como siempre debió ser No me mires así... ¿Qué más te da a ti? Tú nunca podrías encontrarlo, pequeña harapienta. —Aquellas palabras insondables goteaban un desprecio corrosivo.

A mi alrededor, todos seguían centrados en el cuadro, como si nada hubiese cambiado. Presentí mi final y lamenté no poder despedirme de mi familia, de mis amigos... De Duncan. No lo entendía, era completamente ilógico, pero, de repente, él me importaba más que nada en el mundo.

La aparición se me echó encima. Cerré los ojos anticipando el dolor. Pero solo me alcanzaron sus maldiciones y blasfemias. Cuando me atreví a abrir los párpados, la vi agitarse en torno a mí. Por delante. De un lado. Del otro. Rabiosa, intentaba avanzar, pero algo la bloqueaba en cada acometida. Recordé el amuleto de Alejandro, que, como una empalizada defensiva, me cercaba la garganta; el ojo turco me protegía de seres de la oscuridad como aquel. «¿Pero durante cuánto tiempo podrá mantenerme a salvo?».

—Jackson... —Mi voz, aterrorizada, apenas llegó a susurro.

Suficiente para que el canadiense me escuchara y nos *fusilara* con su cámara de fotos. La imagen de la mujer apenas parpadeó tras el disparo. Sin duda era más poderosa que las sombras de casa de los Miller.

—La piedra. ¡¿Dónde está la piedra?! —chirrió furiosa—. ¡¿Por qué no la tienes tú?! —Entonces la localizó. Y su cólera fue en aumento—. ¡Acabaré contigo, Harapienta! Al menos así me aseguraré de que no volváis a estar juntos nunca más.

Desesperada, y con las cualidades motrices parcialmente recuperadas, me giré hacia Lefroy en busca de ayuda. Pero era tarde. El espíritu se había volcado en el cuerpo de Andrea, que dejó caer la piedra al suelo y alzó sus brazos hacia mí, como si quisiera abrazarme. Lo que buscaba era mi cuello.

Tras el primer zarpazo, conseguí sujetarle las muñecas. Sus fuerzas sobrepasaban con creces las mías. No podría controlarla por mucho más tiempo. Vi pasar a Jackson como una exhalación por detrás de los demás, paralizados ante el extraño comportamiento de Andrea. En vano albergué la esperanza de que me la quitara de encima, pues el canadiense tenía otros planes: en la mano escondía algo que terminó clavado en el lienzo, en el pecho de la mujer. Una daga.

El cuerpo de Andrea se recogió los puños a la altura del corazón y abrió la boca en un grito silencioso antes de caer redonda al suelo, con los ojos muy abiertos por la sorpresa. En su última bocanada, el espíritu salió de ella para gritar desencajado. Desgarrado como el cuadro. Hizo un último intento de llegar hasta mí, pero la pintura tiraba de ella, atrayéndola como un agujero negro. El espectro terminó desapareciendo en su interior. La sangre, visible solo para mí, brotaba del lienzo allí donde Lefroy lo había rajado.

—¡Andrea! ¡Andrea! —gritó Friday.

Pero nuestra compañera ya no podía escuchar a nadie.

Las dos horas siguientes fueron terribles: Jackson y Edgar intentando sin éxito reanimar el cuerpo que yacía inerte sobre el parqué. La angustia inicial transformada en llanto al entender que no había manera de hacer volver a Andrea. El canadiense escabulléndose con el cuadro apuñalado y la piedra. Los médicos de la ambulancia diagnosticando un ataque al corazón...

Lefroy y yo fuimos los únicos que nos vimos obligados a mentir a la policía. La versión de todos los presentes, unánime: ninguno de nosotros tenía la menor idea de qué había ocurrido; simplemente estábamos mirando un cuadro —por suerte, los agentes no pidieron verlo— y, de repente, nuestra amiga comenzó a sentirse mal. Una historia sin posesiones, sin gritos encrespados del más allá, sin lienzos que sangran.

Victoria relató entre lágrimas que Andrea se había lanzado a mis brazos en busca de ayuda y que incluso llegó a herirme sin querer. No la contradije.

—¿Cómo te encuentras? —Jackson se dejó caer como un fardo a mi lado, en el sofá del salón—. Déjame ver... ¿No te han atendido los sanitarios? —preguntó mientras con cuidado me retiraba la melena de la zona del cuello afectada por los zarpazos.

—No es nada. Había cosas mucho más importantes de las que ocuparse. —Me sentía agotada y los ojos, ahora resecos, me escocían por las lágrimas derramadas.

Me preguntó dónde guardaba mi madre el botiquín y fue a buscar agua oxigenada y unos algodones. Enseguida estuvo de vuelta.

—Lo lamento tanto, Alicia... Cuando presentí que algo iba mal, regresé, pero fui incapaz de acceder a la casa. Algo me impedía atravesar los muros.

—No pasa nada, Duncan. Me alegro de que no estuvieras —mentí de camino hacia una verdad—: ese engendro también te podría haber atacado a ti.

Reembolsé a Jackson la mirada de censura que acababa de lanzarme; aun así, siguió curándome la herida. Era el único que se había quedado. Obligué a Summer a volver a casa. También eché a Victoria y a Edgar. Estaban destrozados; Andrea había sido su compañera durante los dos últimos años.

—¿Y el cuadro? ¿Dónde lo has dejado? No quiero tener cerca esa cosa horrible.

—Lo hemos quemado en la parte de atrás —dijo Lefroy—. No quedarán ni las cenizas; Alejandro las ha recogido para enterrarlas en tierra sagrada.

—Alejandro... Qué bien que lo hayas llamado —le agradecí—. ¡Aunque quizás no ha sido buena idea quemar el cuadro! —me revolví hacia él alarmada—. Habrá que investigar de dónde procede, quién era esa mujer y por qué quería matarme.

—No quedaba más remedio. Era una puerta abierta a esta dimensión. No podía arriesgarme a que alguien lo restaurara y ese espíritu volviera a campar a sus anchas por nuestro mundo. Parece que no le caes especialmente bien... —Acompañó el tono sarcástico de una sonrisa afectuosa—. Pero no te inquietes, antes de prenderle fuego he tomado unas cuantas fotos.

Jackson sacó la cámara y me mostró el lienzo en su pantalla digital.

—Por todos... Por todos los diablos —farfulló Duncan a nuestra espalda antes de alejarse.

Lo seguí con la mirada. Se le había descompuesto el gesto.

El canadiense me llamó la atención sobre otra foto; esta de la parte posterior de la pintura. Aumentó el zoom para señalarme una fecha que leí en voz alta: 1816.

—No quiero saber más. No por esta noche —reconocí embotada por el recuerdo de Andrea en el suelo, sin vida. Lo que hubiera dado por poder escuchar en ese momento cualquiera de sus habituales borderías...

Así que mi compañero cambió de tema.

—Alejandro está en la buhardilla, marcando las últimas ventanas con el conjuro *Praesidium contra Malum*. Y con eso habrá terminado. A partir de ahora, este va a ser un fortín inexpugnable para cualquier ser indeseable... O para casi todos —añadió mordaz—. Imagino que el amigo Duncan podrá seguir paseándose por las habitaciones de esta casa.

—Hey, no te pases... —le advertí en un susurro, aunque me resultó imposible enfadarme con él. Gratitud, eso era lo que sentía; y alivio al saber que mi madre y mi hermana estarían protegidas, que nada parecido podría volver a suceder allí, en nuestro hogar. «Si les pasara algo por mi culpa...». Apreté los dientes. Pobre Andrea.

—Por cierto, hazme un favor y, la próxima vez que se produzca una movida sobrenatural, intenta permanecer en un segundo plano. A este paso, me vas a durar lo que una rosa en invierno. Yo que te veía como un gran fichaje para la causa... —se quejó Jackson con falsa decepción mientras seguía limpiándome las heridas. Se le notaba que buscaba distraerme con su cháchara—. Si en los próximos meses te mantienes con vida, quizás te postule para un cargo en El Club. —«Así que ese es el nombre de la organización para la que trabajas»—. Aunque tendrás que empezar desde abajo, como todo el mundo. Onbasi De la Vega.

—¿Onbasi? ¿A qué equivale? ¿Friegaplatos?

—No. Es como... cabo.

—Ah, vaya. ¿Y qué dijiste que eras tú? ¿Qué es eso de yuzbasi?

No esperaba una respuesta. Creí que, como siempre que lo interrogaba sobre su historia personal, eludiría contestar.

—Capitán. Bueno, esto ya está —explicó mientras recogía el algodón y el agua oxigenada—. Ha sido superficial, así que no te quedará ninguna señal.

—¿No eres muy joven para ser capitán? —Se ahorró la respuesta, pero no la sonrisa petulante—. ¿Y Alejandro? ¿Qué grado tiene?

Tenía que intentarlo.

—¿Me has tomado por un chismoso? Eso pregúntaselo a él. —Intentó revestir sus labios de seriedad, pero no pudo—. Si estás bien, voy a verle. Quizás necesite ayuda.

—Sí, ve tranquilo.

Esperaba impaciente a que saliera de la habitación para quedarme a solas con Duncan. Necesitaba preguntarle qué era lo que tanto le había impresionado de las fotos que Lefroy había tomado del cuadro. Se mantenía a distancia, con la vista fija al otro lado de la ventana, obviando que yo estaba allí.

—¿Y bien?

Se revolvió nervioso. Dudó un segundo. Avanzó un par de pasos hacia el sofá desde el que yo esperaba una explicación y se detuvo en seco, como si una muralla invisible le impidiera acercarse más.

—Duncan, ¿te encuentras bien?

—He de contarte algo. —Su tono no invitaba a la calma. Tampoco su ceño fruncido.

—Te lo he dicho, no tienes de qué preocuparte. Aunque debo reconocer que justo en ese instante, cuando pensé que había llegado el final..., deseé tenerte a mi lado, poder tomar tu mano y... —Aquella tímida pausa me obligó a desviar la vista hacia el suelo. Cuando de nuevo alcé la mirada, su expresión era la de un animal herido, atormentado, así que reculé transformando mi sinceridad en un simulacro de broma—. ¿Quién sabe? Igual con los dos del otro lado seríamos capaces de descifrar qué camino hay que tomar después de la muerte.

Mi sonrisa forzada se quedó con las ganas de verse reflejada en la suya.

—Sí, nunca debí alejarme de ti, pero no es de eso de lo que necesito hablarte. La dama del retrato...

Aquel era un golpe a traición. Fue como si el resoplido de un tifón en el cerebro me desordenara las ideas. No se me había pasado por la cabeza que su inquietud pudiera tener relación con esa mujer... que pudiera estar conectado con aquella aberración de la naturaleza de alguna manera.

Dejé el sofá y me acerqué hasta él, muy despacio. Aún me sentía mareada. Mis manos buscaron las suyas para darle consuelo y ayudarlo a hablar en confianza.

—Sé que la conozco. Y me ha hecho recordar algo de aún mayor trascendencia: que hubo alguien en mi vida. —Hizo una pausa antes de devolverme la mirada—. Una persona a la que amaba con toda mi alma. Con una intensidad que... —Esa misma intensidad era la que justo en ese momento veía reflejada en sus ojos verdes. No llegó a concluir la frase.

Sentí un calambre en los dedos y le solté de inmediato. Me alejé un paso de Duncan, y lo examiné de arriba abajo, como si fuera la primera vez que lo veía. Ira, indignación, decepción, incredulidad... Todos esos sentimientos me revolvieron las entrañas, y también las palabras.

—¿Me estás diciendo que amabas a ese mal bicho? ¿Que estabas enamorado de ella? ¡Ha matado a Andrea! ¡No puedes conocerla, no puedes quererla!

El asesinato de mi compañera daba coartada a mi cólera, pero no podía engañarme a mí misma: los celos me entumecían y quemaban por dentro. Ese instinto irracional crecía alimentándose de sí mismo y me animaba a golpear el pecho de Duncan. No seguí el impulso. Las personas cuerdas tienden al autocontrol.

—No. Ella... no es ella. No son la misma persona. —Mi amigo invisible negó con la cabeza, dando evidentes muestras de confusión—. Conozco a la dama del retrato, estoy seguro, aunque no sé de qué. Lo importante es que, al verla, he recordado a aquella otra mujer. Ella era mi principio y mi fin, Alicia —dijo en voz baja y afligida—. Tengo que encontrarla, esté donde esté.

«No puede ser...». Di un nuevo paso hacia atrás. Hubiera resultado más fácil enfrentarme a la idea de que su amor era el espíritu endemoniado del cuadro. Porque alguien como Duncan no podría seguir amando a un ser perverso como aquel, una asesina descarnada, carente de toda humanidad.

«¿Pero qué te pasa? ¡Céntrate! ¡Tus sentimientos no cuentan ahora!». Duncan me contemplaba en silencio, con aire grave. Yo buscaba reunir fuerzas de aquí y de allá para poder continuar con aquella conversación, para renunciar a la inclinación egoísta que me invitaba a darle la espalda y marcharme a mi cuarto. «Niña mal criada. Vamos, cálmate». Sentí un nudo en el corazón, y tuve miedo de que se deshiciera allí mismo. «No delante de él».

—¿Y qué has recordado exactamente? —A pesar de mis esfuerzos, los ojos se me habían empezado a nublar; amenazaban tormenta.

—No mucho —explicó mientras se pasaba la mano por los cabellos y desviaba la mirada. «Que no se dé cuenta, por favor. Que no vea que estoy a punto de echarme a llorar»—. Es... como si me faltara una parte de mí mismo —añadió en un susurro, casi como si pidiera disculpas por su franqueza—, la más importante.

El puño se me cerró sobre el vestido a la altura del estómago.

—Necesito dar con ella como sea. —Su voz reflejaba una desconcertante combinación de abatimiento y esperanza.

«¿A qué esperas? Te necesita. ¡Ofrécele tu apoyo!». Obediente, me llegué hasta donde él se encontraba y, con suavidad, posé una mano sobre su pecho. También mis ojos, que no podían subir de ahí; intentar mantenerle la mirada en ese instante hubiese sido lo más parecido a un suicidio emocional.

—Deja que vaya a contárselo a Alejandro y Jackson. —Mi voz queda se hizo oír por la absoluta quietud que nos rodeaba—. Les gustará saber que has empezado a recordar y que existe una relación con la mujer del cuadro.

Jackson y Alejandro no estaban en la buhardilla, donde mi madre tenía instalados el dormitorio principal y su cuarto de baño. Desanduve mis pasos y salí a la calle. Nadie a la vista, así que, en lugar de buscarlos en la parte trasera de la casa, el corazón me impulsó a marchar acera arriba. Deseé encontrarme dentro de un videojuego, con todos los demás personajes —enemigos o amigos— tan lejos que mi mapa de situación no llegara a captar ningún punto rojo o verde. Mantenerme a distancia de cualquier ser viviente. «Duncan es un fantasma, estúpida... ¿Qué creías que podía pasar entre vosotros?».

Sin cita previa, el rostro de la mujer del cuadro irrumpió en mis pensamientos. Y la odié, más si cabe, al darme cuenta de que su ataque había rasgado sin piedad la caja en la que guardaba mis sentimientos por Duncan, mucho más intensos y profundos de lo que yo podía haber supuesto hasta esa misma noche. Aquella llama me quemaba por dentro, cuando yo siempre había sido de chispazos pasajeros.

Escuché la llamada de Jackson a lo lejos. Me volví para verlo recorrer a grandes zancadas los metros que nos separaban, margen suficiente para secarme con disimulo un par de lágrimas descarriadas.

—¡Qué capacidad de concentración la tuya! —dijo. Si me había notado los ojos enrojecidos, tuvo la conmiseración de no decir nada—. He tenido que llamarte cuatro veces para que me oyeras —me recriminó con suavidad—. Menuda nochecita, ¿eh?

Inesperadamente, sentí su abrazo silencioso y decidido en torno a mí. Su solidez me reconfortó... hasta que decidí rebelarme contra mi propia debilidad. «No puedes depender de otros para ser fuerte. La fuerza debe partir de ti misma». Antes de soltarlo comprimí la mandíbula para no derrumbarme.

—Gracias, Jackson.

—Alejandro ha terminado. Dice que lo llamemos a cualquier hora y para lo que sea. —Me observó antes de proseguir—. Volvamos a casa. Refresca demasiado para ese bonito vestido que llevas. —Consiguió arrancarme una tímida sonrisa antes de quitarse la americana y de colocármela gentilmente sobre los hombros—. Ahora debemos dormir. Mañana nos espera un día muy largo, con viaje a Boston incluido.

La última persona a la que deseaba ver esperaba en mi cuarto.

—¿Qué piensan sobre mí y la dama del cuadro? ¿Alguna teoría?

Aunque no era su intención, me hizo sentir mala persona. Fui consciente de mi comportamiento egoísta: había salido huyendo y ahora no tenía respuestas para sus preguntas.

—Lo siento, Duncan. Fui a buscarlos, pero no los encontré. Necesitaba caminar, despejarme. Y luego, con tantas cosas en la cabeza, se me ha pasado comentarlo —intenté disculparme—. ¿Quieres que baje a hablar con Jackson?

Di media vuelta y, al ir a tentar el pomo de la puerta, noté su mano sobre mi cintura, reteniéndome. Cerré los ojos para intentar controlar mis emociones. Deseaba poder volverme y confesar lo que sentía por él. «Sí. Y harías el más espantoso de los ridículos».

—Alicia, mis preguntas pueden aguardar a mañana. Ahora debes descansar. —Su voz sonó dulce e imperativa a la vez—. Es muy tarde y se te ve agotada.

—A primera hora. Te lo prometo —dije mientras me alejaba de él. Arrojé las manoletinas lejos y me tiré vestida sobre la cama.

En silencio y a oscuras, deseé que el tiempo, ese dios capaz de curarlo todo, se apiadara de mí y decidiera pasar a cámara rápida las semanas por venir.

22

Allanamiento de morada

Nos levantamos temprano para dejar la casa ordenada antes de marcharnos a Boston, por si a mi madre se le ocurría presentarse por sorpresa. Mientras Jackson y yo limpiábamos, no dejaba de darle vueltas a la conversación que acababa de mantener con él tras informarle de que Duncan había reconocido a la asesina del cuadro.

—Aunque no recuerda nada de ella —le había explicado.

El canadiense dedujo algo que el cansancio, traicionero, me había ocultado la noche anterior: que probablemente mi amigo invisible estaba vivo en 1816. Por el gesto impasible del interesado, que permanecía en silencio junto a nosotros, supuse que la hipótesis no le pillaba por sorpresa.

Jackson recibió con especial entusiasmo la noticia de que Duncan empezara a recordar sus sentimientos por cierta dama. Ni siquiera lo desanimó que esa mujer aún no tuviera rostro ni nombre.

—Eso es bueno —aseguró satisfecho—. Para todos.

Las palabras de Alejandro cuando le llamamos para contárselo fueron bastante similares: «Estupendo. Cuanto más recuerde, más fácil hacerle llegar a donde pertenece».

A una hora prudente, telefoneé a Victoria para preguntarle si los padres de Andrea habían resuelto dónde celebrarían el funeral: una vez realizada la autopsia, y si se confirmaba la teoría del fallo cardiaco —como así fue—, iban a incinerarla el miércoles en Seattle. Lógico; su familia era de allí. Lamenté que no pudiéramos darle el último adiós.

En cuanto a nosotros, Jackson tenía planes para todo el día en Boston. No tardamos en localizar a Mina Ford en internet: era médium de profesión. Compramos *online* los billetes de tren; pues yo no estaba con ánimos para conducir y mi compañero de viaje entendía que no me apeteciera un trayecto tan largo en moto.

Más intransigente fue con Duncan: dejó claro que no estaba invitado a nuestra pequeña excursión.

—Sé que no nos hemos llevado muy bien hasta ahora, pero dile que debe quedarse. Este es un lugar seguro para él —me explicó Jackson, que seguía sin ser capaz de hablarle directamente; siempre recurría a mí, convirtiéndome en una traductora sin nada que traducir. Duncan era invisible, no sordo—. No sabemos lo que nos espera en Boston. Si ese cuadro estaba en manos de la tal Mina, debe de ser bastante poderosa y él es quien peor parado podría salir. Ni te imaginas de lo que una bruja es capaz cuando consigue echarle el guante al espíritu blanco de un difunto.

Duncan intentó convencerme de que debía acompañarnos por si podía resultarnos de utilidad. No le sirvió de nada.

—Me estáis condenando a permanecer aquí encerrado, a sentirme un completo inútil —protestó.

Hice oídos sordos a sus quejas; entre otras cosas, porque necesitaba poner tierra de por medio entre los dos.

Vinson Street, Boston. La casa, de dos plantas y con la madera pintada en color burdeos, hacía esquina. Con una puerta delantera y otra trasera; aunque a esta última no se podía acceder directamente por la alambrada, de apenas medio metro de altura, que rodeaba la propiedad. No era lo único que custodiaba la vivienda: una cinta amarilla con la leyenda «Escena del crimen. No traspasar» la envolvía. Sobre ambas entradas, una gran equis ambarina se burlaba de nosotros y de nuestra esperanza de encontrar al otro lado, como en un mapa del tesoro, aquello que veníamos a buscar: Mina Ford.

—¿Y ahora qué?

—Hay que colarse. Pero, si queremos ser discretos, tendrá que ser al anochecer. —Lefroy parecía concentrado en determinar la opción más discreta para un allanamiento de morada.

—Son las cinco y cuarto y, según veo en mi móvil, hoy el sol se pondrá a y treinta y siete.

—Vale. Y el tren de vuelta sale a las nueve y media. —Calculaba mentalmente cada paso a dar.

«¡Qué torpes!». Una joven había reparado en nosotros. Rubia, de flequillo tupido y rondando la veintena corta.

—¿Venís a ver a Mina? —preguntó en tono desanimado y, en mi opinión, fingido.

—No. Estábamos dando un paseo y la cinta amarilla nos ha llamado la atención. —Jackson mostró su mejor sonrisa, y eso era decir mucho. De repente parecía mucho más joven. Nunca lo había visto derrochar tanto encanto con nadie de nuestro entorno, y menos aún con una desconocida—. ¿Qué ha ocurrido? Mi hermana —me señaló— estaba buscando en internet alguna noticia sobre lo que había sucedido aquí.

Lo miré con disimulo, aguantándome la risa. Siempre había querido tener un hermano mayor.

—No creo que ahí encontréis nada —dijo señalando mi *smartphone*—. El cadáver apareció esta mañana y mi padre, que lo ve todo, como el Señor —alzó el dedo índice teatralmente hacia el cielo—, no ha visto a ningún periodista por aquí. Pero, si quieres —se dirigió en exclusiva a mi «hermano»—, puedo contarte lo que ha sucedido. Se la encontró muerta Claudia, una chica que vive aquí al lado. La pobre... Hasta se la llevaron al hospital. Se puso histérica por el disgusto.

—Qué dramón. ¿Y quién ha muerto? —prosiguió con su interrogatorio el canadiense.

—La señora que vivía aquí. Se llamaba Mina, y ¿sabes qué? —dijo acercándose con coquetería a Lefroy—. Era vidente. Como dice mi padre, para lo que le sirvió... Si realmente era buena, ¿cómo no lo vio venir? —La chica tenía una risita de lo más molesta y no parecía el tipo de persona que se detiene a sopesar si lo que va a decir puede resultar hiriente—. Ups, será mejor que no haga bromas. ¿Quién sabe? Igual su espíritu ronda por ahí dentro todavía.

Por su gesto contrariado cuando me digné a abrir la boca, resultaba incuestionable que prefería tratar con Jackson, pero aun así respondió a la pregunta de si había sido un asesinato.

—¡No, aquí no pasan esas cosas! Fue un vulgar ataque al corazón —dijo con desdén, como si aquella forma de perder la vida le resultara poco glamurosa.

Jackson y yo nos miramos sin mediar palabra. ¿Era casualidad que Mina Ford hubiera fallecido de la misma dolencia que Andrea? ¿Y por qué razón la policía había precintado el lugar si se suponía que había sido una muerte natural?

El canadiense siguió tirando del carrete con suavidad para no dejar escapar a su presa:

—¿Y no pudieron hacer nada por ayudar a la señora?

—¡Qué va! Vivía sola. Según mi padre, que se lo ha escuchado decir a un agente, el cuerpo llevaba al menos cuarenta y ocho horas descomponiéndose. ¡La casa debía de oler horrible! Menos mal que no ha hecho calor y a nosotros no nos ha llegado el tufo —dijo arrugando la nariz—. ¿Os he dicho que era nuestra vecina?

Los frenos de un coche chirriaron a nuestro lado. Del interior surgía desbocada una música atronadora. Molesta. El conductor no redujo el volumen ni para comunicarse con nuestra tediosa correveidile.

—¡Jen! —bramó el chico—. ¡Que llegamos tarde! ¡Y esta vez no me pierdo el concierto ni por ti ni por nadie, guapa!

Ella miró a Jackson y pareció dudar, pero mi compañero colaboró en la resolución de su lucha interna: desenganchó a la presa del cebo mordisqueado y la devolvió al agua.

—Te buscan, ¿eh? Nosotros también debemos irnos. Ha sido un placer, Jen.

Pronunció su nombre de una manera que hizo sonrojar a la chica; por suerte para ella, la noche prácticamente se nos había echado encima. Se metió en el vehículo y en unos segundos los perdimos de vista.

Me despaché a gusto con Lefroy y sus dotes de galán:

—Así que «ha sido un placer, Jen». No te había visto nunca tan dispuesto a agradar.

—Son muchas las cosas que aún desconoces de mí; la mayoría, buenas —dijo con una sonrisa mientras me invitaba a alejarnos del lugar.

Resoplé burlona.

—Estoy segura de ello, «hermanito».

—Vamos a dar una vuelta hasta que tengamos noche cerrada —prosiguió Jackson—. No me fío ni un pelo del padre de nuestra querida Jen. Parece un fisgón: si nos ha visto charlar con su hija, puede estar atento a lo que hagamos, y no queremos testigos del crimen que estamos a punto de cometer. —Me miró de reojo—. Apuesto a que este va a ser tu primer delito.

No se equivocaba, y entre líneas leí el perverso placer que suponía para él arrastrarme al camino de lo ilícito. Soporté el cosquilleo del estómago y me recreé en el pensamiento de que, por primera vez en las últimas setenta y dos horas, la sensación de mareo no tenía que ver con mi amigo invisible.

En cuanto el cielo cerró hasta la última de sus ventanas para dar paso a la noche, entramos en acción. Una farola esquinada y recién encendida velaba en guardia, como un sereno desconfiado, y nos complicaba el asalto a la casa por la entrada principal, así que Jackson se decantó por la puerta trasera.

—¿Y quitar la cinta amarilla? La policía se dará cuenta —le advertí—. ¿No hay otra manera? Quizás una ventana... o por el sótano. —Señalé la puerta doble de madera que, gastada por la intemperie, sobresalía ligeramente del nivel del suelo—. Nos vamos a meter en un buen lío como nos pillen.

Jackson acalló cualquier duda.

—Tranquila, el poder y la influencia del Club alcanzan al cuerpo de policía de Boston —dijo mientras se calzaba unos guantes de látex.

Logró abrir la puerta en un santiamén. Ya dentro, extrajo de su mochila una pequeña linterna. El haz de luz, guiado por su mano, empezó a saltar de un lado a otro como si celebrara una gran noticia. Todo un chasco para mí, que, tras conocer la cámara de fotos de Lefroy, esperaba un aparato menos rudimentario.

—¿Qué hay que buscar? —susurré colocándome yo también los guantes que me había pasado.

—Ni idea. Echaremos un vistazo, a ver qué encontramos. Toma, iremos más rápido si nos dividimos. —Me entregó una linterna como la suya—. Las cortinas son gruesas y están corridas, no deberían vernos desde fuera.

Sin previa negociación, me adjudicó la planta baja.

Todo estaba manga por hombro. No era de extrañar que los agentes de la ley sospecharan de la muerte de Mina Ford. Muebles acuchillados, porcelana destrozada, un mar de papeles ahogando el parqué... Recogí del suelo uno de ellos. Anunciaba una sesión de espiritismo organizada por la vidente para contactar con el mago Harry Houdini. Un portarretratos con el cristal reventado conservaba la foto de una señora afroamericana, cubierta con una elegante túnica; no mostraba la sonrisa de una bruja pérfida. «Pero las apariencias engañan», me recordé.

Miré alrededor e intenté concentrarme en la búsqueda.

Al cabo de una hora, cuando Jackson se reunió conmigo tras inspeccionar la planta superior y el sótano, su gesto era de contrariedad.

—Lo único que saco en claro es que esta señora no practicaba magia negra. Ayudaba a la gente. En una cómoda de su dormitorio guardaba muchas cartas de agradecimiento, de personas a las que puso en contacto con familiares muertos. No creo que ella enviara el cuadro. Debía de ser una gran canalizadora. Quizás por eso la eligieron... —reflexionó sin compartir conmigo el resto de su teoría—. ¿Y tú? ¿Has tenido más suerte?

El fotógrafo enfocó en el recibidor de la puerta principal la silueta, ahora vacua, que la policía había trazado del cadáver. Esa esquemática imagen bastó para sepultarme bajo una avalancha de empatía y compasión por la mala fortuna de Mina Ford.

—Pues no estoy segura. Acabo de encontrar algo. —Lo guie hasta el aparador del salón. El mueble de madera maciza había sido arrastrado hacia delante, y no por mí. Para mover aquello se precisaba una fuerza muy superior a la mía—. Faltan un par de láminas del parqué ahí. En cuanto me he acercado, tu linterna ha empezado a hacer parpadeos extraños. Creo que va a dejar de funcionar en cualquier momento. Serán las pilas. —Los labios de Lefroy se ensancharon al comprender—. Ha sido muy raro: cuando la retiraba del hueco, se apagaba; y solo volvía a encenderse si enfocaba de nuevo esa misma zona. Al meter el brazo, he tocado algo con la punta de los dedos. Una tela, pero no llego hasta ella.

—¿Ha vuelto a comportarse con normalidad? —me preguntó señalando la linterna.

—Sí. Después de meter la mano en el agujero ha vuelto a funcionar, pero...

—Nunca ha dejado de hacerlo. Son linternas-rastreadoras, capaces de localizar puntos mágicos si pasas su haz de luz por el lugar adecuado.

—Pues ya podías haber avisado...

Jackson se arrodilló y extendió su brazo como si fuera la grúa de una máquina de atrapar regalos. Pescó una bolsa, efectivamente de tela.

La examinó sentado en el suelo. Yo me coloqué a su lado, instalada sobre mis rodillas. El interior del saquito escondía un grueso pañuelo negro, bordado con extraños símbolos, y un sobre amarillento. De este extrajo dos documentos: uno del mismo color cetrino que el sobre, con aspecto cansado por el paso de los años, y otro de un tono más lechoso. Apunté con mi linterna las manos del canadiense para que pudiera examinar con comodidad la primera hoja. Una lista de nombres.

El folio de aspecto menos antiguo era una carta. Jackson la leyó en voz alta.

23

La Orden Blanca

Nueva Orleans, a 2 de marzo de 1858

Mi querida señorita Goodhouse:

Apelo a su benevolencia para cuando lea estas líneas. Lamento no poder hacerle entrega de esta carta y la gran carga que la acompaña en persona, como ha sido por siglos y hasta nuestros días, pero siento que es mi deber reservar este mi último hálito de vida por si rechazara la importante misión que le vengo a encomendar.

Durante generaciones, la Orden Blanca, que hoy vive sus horas más bajas —muchos de los nuestros han sucumbido en la lucha contra la oscuridad—, ha ocultado con gran celo la piedra que aquí le envío con uno de mis hombres de confianza, el señor Jenkins. Es instrumento codiciado por las fuerzas malignas por su poder canalizador, ya que permite a sombras y demonios poseer y controlar el cuerpo de sus víctimas sin posibilidad de resistencia. El lapso de la posesión es corto, de apenas horas, y suele acabar en fatal desenlace: el destierro del alma del inocente y la prematura muerte de su carne. Mas el poder de la piedra es muy superior cuando reposa sobre las manos de una persona mágica como usted o como yo, cuando somos nosotros las víctimas. La posesión se produce igualmente, pero en absoluto es transitoria ni efímera: en el pasado, algunos demonios lograron permanecer en el cuerpo mortal de un médium durante más de treinta lustros, desencadenando grandes males.

La destrucción de la piedra nos ha resultado de todo punto imposible, de modo que salvaguardarla de los seres malignos es nuestra ineludible misión. En nosotros reside la amenaza y la responsabilidad. La considero una de las mejores de cuantas médiums —y no han sido pocas— he tenido el placer de conocer, razón por la cual le ofrezco en custodia esta piedra, con el pleno convencimiento de que aceptará.

Si es así, una advertencia de vital importancia para usted y para aquellos que la sigan: nunca habrán de tocar la piedra directamente con sus manos. Si alguna vez precisaran cambiarla de asentamiento o manipularla por cuales-

quiera razones, habrán de hacerlo con el paño en el que se halla envuelta, especialmente si notaran a su alrededor una presencia oscura. Ellos siempre están al acecho.

Señorita Goodhouse, cuando sienta que se acerca el momento de abandonar este mundo, realice las pesquisas necesarias para que el guardián que proponga para sucederla sea una persona de su absoluta confianza. Para la ratificación de ese candidato, deberá comunicar su nombre a la Orden Blanca en la forma en que el señor Jenkins le hará saber. No olvide jamás que este instrumento diabólico ha de permanecer en poder de gente mágica consciente de su elevada trascendencia. Resultaría fatal que, por un trágico error, terminara en poder de un médium o mago que no estuviera al corriente de su historia, pues se convertiría en víctima perfecta de sombras y demonios.

Asimismo le remito la relación de los canalizadores que hemos custodiado la piedra hasta la fecha. Los guardianes pretéritos —al igual que usted deberá hacerlo— empleamos nuestra propia sangre como tinta para rubricar el documento, en señal del compromiso adquirido. El señor Jenkins aguardará a que tome una decisión y retornará a mí, bien con la piedra de vuelta, bien con la confirmación de que usted misma ha firmado el pacto.

Mi querida señorita Goodhouse, que las fuerzas del Bien y la Justicia guíen sus pasos en la toma de tan importante decisión.

Sinceramente suyo,

Franklin Navy

Jackson me mostró la larga lista de nombres que conformaba el documento. La encabezaba un tal *monsieur* DuPont (1495-1506, Lyon). También se habían inscrito, con tinta negra en lugar de roja, cuatro periodos diferentes, intercalados entre los nombres y con la única anotación de los años, sin el protector de la piedra. Localizamos a Franklin Navy (1800-1858, New Orleans) y, tras él, a Elizabeth Goodhouse (1858-1876, Buras Triumph), Mary Worthing (1876-1924, Leeds), Franz Stekl (1924-1968, Salzburgo), Emanuel Rossi (1968-2009, Florencia) y Charlotte Dumont (2009-2011, París, por expulsión de la Orden Blanca). El último canalizador anotado era Mina Ford. En su caso, no figuraba la fecha de cierre ni la ciudad.

—De alguna manera encontraron a Mina y le robaron la piedra para enviártela a ti, que también eres una canalizadora pero desconocías el poder de la piedra —dedujo Lefroy, que me observaba desconcertado.

—Eso parece —me limité a responder, antes de comprender a qué se refería—. ¿La mujer del cuadro...? ¿Crees que estaba al tanto de mi don? ¿Del tercer ojo?

—Tal vez. Y usando dos objetos como el cuadro y la piedra seguro que ampliaba sus opciones de culminar con éxito la posesión. Por lo que me contaste, al principio no quería matarte, solo entrar en ti.

—Y no lo consiguió porque Andrea me había quitado el paquete que contenía la pirámide. —Caí en la cuenta—. Si no, la hubiera tenido en mis manos cuando el espíritu salió del lienzo.

—Me temo que en ese caso hoy no estarías aquí, esa bruja o demonio te habría expulsado de tu propio cuerpo —manifestó con una falsa calma—. El ojo turco que te dio Alejandro es poderoso, pero no hubiera bastado para contrarrestar dos medios canalizadores como el cuadro y la piedra actuando al unísono. —Cabeceó inquieto—. No, no lo creo probable.

—Andrea... —Su nombre me palpitó en la garganta.

—Cuando el espíritu se vio obligado a regresar al cuadro, acabó con ella. O tal vez lo hizo en el mismo momento en que la poseyó. No podemos saberlo.

—¿Pero por qué la mató? No lo entiendo, Jackson.

—Por pura maldad, por venganza al no poder tenerte a ti... Qué sé yo.

Se sentía contrariado por no poder ofrecer respuestas más concretas, podía vérselo en los ojos.

—Pero además me amenazó —le recordé con la voz ahogada por la rabia—. Era algo personal. Me dijo que acabaría conmigo y así al menos evitaría que yo pudiera reunirme con él. ¿A quién se refería? —Presentía que todo aquello debía de estar relacionado con Duncan de alguna manera—. ¿Tú le encuentras algún sentido?

—No, pero se lo encontraremos. Y está claro que te buscaba a ti, porque, si simplemente deseaba un cuerpo, ya había conseguido el de Mina Ford. Era una médium muy poderosa y se podría haber quedado dentro de ella, alimentándose de su energía mágica durante muchos años. Habría tenido una larga vida. Renunció a eso por ti. Te necesitaba por alguna razón que se nos escapa.

—¿Y por qué tocó Mina la piedra en presencia de un espíritu así? Sabiendo que era peligroso... En la carta se dice claramente.

—Probablemente no lo hizo. Esta gente —señaló la relación de nombres del segundo folio— debería haber confiado en El Club. Imagino que creyeron que era más seguro mantener en secreto que la piedra seguía intacta, pero nosotros la hubiéramos ocultado para siempre... Y nada de esto habría ocurrido.

—¿Los conoces de antes?

—He oído hablar de ellos —reconoció mientras volvía a guardar la lista y la carta de Franklin Navy en su sobre—. Ayer le comenté a Alejandro que podía tratarse de la piedra de la Orden Blanca, pero era difícil saberlo con certeza, porque la han mantenido tan oculta que no existían dibujos de ella. Ahora que ha llegado a nosotros, intentaremos convencer a sus custodios de que en nuestro poder estará a salvo de fuerzas demoniacas.

Había algo que seguía sin entender, que no encajaba.

—Si la vidente, Mina, nunca tocó directamente la piedra, ¿cómo entró en ella el espíritu?

—El poder de la Orden Blanca reside en el secretismo que la envuelve, pero ese aislamiento es también su talón de Aquiles. Hay muchos aspectos de las fuerzas mágicas que por lo visto desconocen. Por ejemplo, que pueden existir otros objetos canalizadores...

—Como el cuadro —lo interrumpí.

El canadiense se limitó a asentir con la cabeza.

—Pues conmigo no funcionó. Pero, claro, yo tenía el amuleto de Alejandro puesto.

—Además, tu potencial es extraordinario, Alicia, pero aún te queda mucho camino por recorrer. Mina era una vidente de gran talento, en sí misma un portal abierto al más allá, y el espíritu de la mujer del cuadro penetró con facilidad en ella. Lo tuyo, de momento, apenas abarca una rendija.

—Pues si desarrollar mis poderes va a significar que una sombra sea capaz de poseerme, yo paso. —Jackson, condescendiente, sonrió—. Te lo digo muy en serio.

—El problema de Mina es que se confió, no la habían preparado para algo así. Hay formas de hacerle frente a todo esto, y te las vamos a enseñar. —Me miró como si quisiera incrustarme el pensamiento en la sesera.

—Ok, ok. Pero si me matan por vuestra culpa, quiero que sepas que volveré para atormentarte el resto de tus días.

—Qué bien, tendré mi propia amiga invisible —se mofó mientras se ponía en pie.

Algo captó su atención detrás de mí, aunque no dijo nada; caminó hasta un sillón orejero, derribado sobre el suelo. Enfoqué la linterna en esa dirección. La lámina de papel asomaba incrustada en el hueco entre el asiento y uno de los reposabrazos. Jackson la extrajo y, desplegándola por completo, como si fuera un mapa, la observó minuciosamente: parecía que hubiese organizado una partida de caza sobre aquellos dos metros cuadrados de pliego, atento a cualquier pista que, al paso de su amenazador dedo, pretendiera levantar el vuelo.

—Tiene pinta de ser el envoltorio original del retrato, con el que llegó a esta casa. Aún mantiene los dobleces que coinciden con los bordes del marco —me explicó antes de leer una pequeña etiqueta rectangular—. Lo envió un tal Mr. Foras desde Edimburgo. Rose Street. Aparece la dirección completa. Supongo que quien lo envió quiso asegurarse de que, si Mina rechazaba el paquete, el cuadro pudiera hallar el camino de vuelta a Escocia —añadió mientras tomaba una foto.

—¡Edimburgo! Esto tiene relación con Duncan seguro —aposté sin quitarle la vista de encima a la palabra «Scotland»—. No puede ser casualidad.

Eran las tres de la madrugada cuando llegué a casa. Duncan me esperaba. Juraría que su cuerpo se relajó al verme regresar de una pieza.

—¿Y el señor Lefroy? —preguntó al comprobar que nadie me seguía. No era una preocupación fingida, pese a los desencuentros que ambos habían mantenido.

Se acercó y me rodeó a una velocidad a la que nunca antes lo había visto moverse, como si le inquietara encontrar algo fuera de lugar.

—Los dos estamos bien. Lo he mandado a casa. Como él mismo me dijo, esto ahora es un fortín, así que no tiene sentido que siga durmiendo en el sofá.

Moriarty apareció trotando escaleras abajo. En cuanto alcanzó mis pies, apoyó las patas sobre el punto más alto de mis espinillas y maulló desconsolado.

—Vamos. Voy a darle su ración de leche a este gatito zalamero.

Estaba cansada. Mucho. Pero el escocés —aunque no hubiera pruebas concluyentes de ello, ya no me cabía la menor duda de que esa debía de ser su nacionalidad— merecía que le contara con todo detalle el resultado de nuestro viaje. Sentados el uno junto al otro, me escuchó sin interrumpir ni una sola vez.

Al concluir, esperé un interrogatorio. Sin embargo, Duncan me sorprendió con su silencio.

—¿No quieres preguntar nada?

—Ya habrá tiempo de hablar —respondió en un tono que sonó enigmático.

Una vez acurrucada en mi cama, reuní fuerzas para un educado «buenas noches». En la oscuridad, me permití observar su silueta estirando las piernas en un improvisado lecho: mi banco-biblioteca. Parecía a la espera de algo, y así era: de que yo empezara a soñar...

Nos encontrábamos de vuelta en la playa, sentados sobre el mismo árbol petrificado de la última vez. En esta ocasión, las tropas de cielo y mar mostraban su lado más pacífico. Yo volvía a lucir el vestido largo en color blanco, y Duncan se me apareció en mangas de camisa y chaleco. Había dejado la levita y la *cravat* en algún lugar del mundo real. Me gustó imaginarlas vistiendo el perchero estilo *vintage* de mi habitación.

Examiné con deleite el paisaje que nos rodeaba. Aquel era nuestro lugar especial; aunque el escocés nunca lo sabría. Ni una canción ni una película ni un libro. Lo que compartía con él era un sueño. Literalmente.

—Si me lo permites, quisiera disculparme contigo...

Lo miré extrañada.

—¿Y eso por qué?

Leí en su rostro que se había enojado con alguien. Al parecer consigo mismo.

—Si entre ese engendro del cuadro y mi persona existe algún tipo de vínculo, algo más que verosímil, apuesto a que es responsabilidad mía que te hayas cruzado en su camino. Al igual que Andrea. ¿Y si hubieras sido tú? Si llega a lastimarte...

Movió pesadamente la cabeza de un lado a otro, como intentando deshacerse del pensamiento que lo angustiaba. No supe qué decir.

—¿Quieres oír algo divertido? —continuó—. ¿Recuerdas cuando Lefroy me acusó de querer ocupar su lugar? —Se quedó esperando mi respuesta, así que asentí—. Pues he de concederle que en algo llevaba razón.

—¿Que te gustaría estar vivo? ¡¿Y quién no en tu lugar!?

—Alicia, en ese instante lo que de verdad deseaba era poder estrecharte entre mis brazos como lo hacía él... —No se atrevió a decírmelo en la cara; me miraba de refilón, tal vez intentando adivinar cuál sería mi reacción—. Pero Lefroy se equivoca al pensar que quise tomar posesión de su cuerpo. Solo intervine cuando entendí que pretendía besarte, porque a todas luces tus deseos y los suyos no podían ser más dispares. Él no te dejaba marchar, y eso no es propio de un caballero. —Lo vi apretar los puños, como aquella noche—. Lo único que yo deseaba era salvaguardar tu honor. Sentí que era mi deber.

Se detuvo y resopló antes de ensanchar los labios, como quien sabe que va a decir una tontería.

—Merecería ser objeto de tu burla, porque ahora que estoy empezando a recordar mi otra vida puedo confesarte que estos días, a tu lado... ¿No resulta gracioso? Hasta llegué a pensar que me había enamorado de ti —sonrió sin ganas.

Si hubiera seguido mi primer impulso, allí mismo le habría declarado que ese amor era correspondido. Pero aquellos segundos de indecisión —me torturaba el recuerdo de la mujer que lo había sido todo para él— quedaron sepultados bajo su voz:

—Menuda estupidez. No tiene ningún sentido. —Sin pretenderlo, su risa me secó el corazón, y toda la sangre que guardaba en sus cavidades buscó cobijo en mis mejillas—. ¡Tú estás viva! Y yo hace siglos que no pertenezco a este mundo.

Me sentía en parte desairada y sobre todo dolida, e intenté utilizar eso en nuestro favor.

—Duncan, no es que sintieras algo por mí; simplemente agradecías que estuviera intentando ayudarte. Eso es todo.

Intenté fingir que no me costaba respirar teniéndolo tan cerca. Como si él fuera la Tierra y yo su Luna, me resistí a duras penas a la atracción gravitacional que nos unía, esa por la que me hubiera lanzado a sus brazos con el ímpetu de un meteorito.

Debía alejarme. Me incorporé y caminé hasta donde el mar extendía sus rechonchos dedos. Le daba la espalda; pude inspirar hondo y tragar saliva mientras gobernaba al milímetro cada movimiento de mi cuerpo. Con todo bajo control, me volví. Noté que me mordía el interior del labio y dejé de hacerlo. Duncan me observaba. No iba a ser yo quien se lo pusiera difícil.

—¿Sabes qué? Me alegro de que podamos hablar de cualquier tema. Quiero que entiendas que puedes compartir conmigo todas tus inquietudes, también tus esperanzas y anhelos. Como dos buenos amigos. —Me sentí violenta representando aquella farsa, y, aun así, tuve el arrojo de lanzarle la pregunta desde una sonrisa con forma de bumerán. Estaba claro que aquello se iba a volver contra mí—: ¿La echas de menos? A esa mujer...

Él guardó silencio, quizás dudaba si debía responder.

—Siento un vacío difícil de describir —dijo por fin—. Como si el alma se me hubiera desgarrado en dos. Y lo peor, lo que me atormenta —explicó contrariado mientras apartaba la vista—, es no poder recordar nada de ella. Ni siquiera su rostro. —Me miró durante un breve instante—. O su voz. Siento que con mi olvido traiciono su recuerdo.

—Pronto os encontraréis de nuevo, Duncan. Ya lo verás.

—Me infunde aliento que aún creas en un final feliz —murmuró, y, pese a parecer derrotado, halló las fuerzas para ponerse en pie y aproximarse también a la orilla.

Me fijé en sus huellas, en cómo quedaban impresas sobre la arena. «Paralelas a las mías, sin llegar a tocarse nunca. Una buena metáfora del amor que siento por él».

Lágrimas y resignación; esos eran los componentes de la argamasa destinada a rellenar mi propio vacío.

—¿Lloras? —musitó preocupado.

Me eché a reír para quitarle hierro al asunto.

—Es que soy una tonta romanticona y me emociono enseguida —disimulé lo mejor que pude—. Siempre me han gustado las grandes historias de amor. Como la de Jeannie y Annachie Gordon.

—Prefiero verte sonreír. Los ojos te brillan más cuando sonríes. —Sentí su caricia al recoger de mi mejilla un par de lágrimas—. Si somos amigos, tal vez yo también debiera preguntar si algún caballero ocupa tus pensamientos. —Tras una pregunta como esa, disparada a bocajarro, dio un paso atrás y se agarró las manos por detrás de la espalda—. Apostaría a que el favorito es el señor Lefroy.

—¿Jackson? Algo rudo para mi gusto, aunque es cierto que bajo esa fachada de arrogante insufrible hay mucho más. Casi diría que puede llegar a ser cariñoso. —Duncan frunció el ceño y sus ojos verdes centellearon con un fulgor que no le había visto nunca—. Guárdame el secreto: si se entera de que he dicho algo así de él, me asesina y me entierra bajo toneladas de cal y cemento.

—Permíteme que lo ponga en duda —aventuró incrédulo.

—En cualquier caso, no me lo imagino preocupado por asuntos del corazón. Pasa tantas horas pensando en seres malignos y en cómo cazarlos que es más probable que termine enamorándose de una *banshee*.

Duncan sonrió serio.

El resto del sueño lo dedicamos a contemplar el mar. En calma. O al menos él.

24

El exorcismo

El lunes empezó con una llamada de Lefroy a primera hora. El padre Berardi se había dejado convencer por Alejandro para que una redactora y un fotógrafo de *Duendes y Trasgos* —nosotros— pudiéramos asistir al exorcismo de esa misma mañana. La cita era a las once. Por supuesto, un conjuro contra espíritus malignos no era el entorno más adecuado para Duncan, quien empezaba a acostumbrarse a que lo dejáramos de lado en nuestras incursiones paranormales.

—Alicia —me detuvo cuando iba a salir por la puerta. El canadiense me aguardaba fuera—, ¿llevas contigo el talismán del señor Zavala?

—Sí, siempre —respondí mientras lo sacaba por fuera del fino jersey negro que había elegido para mi nuevo encuentro con seres de otra dimensión. Tenía la lección, al menos esa de ir vestida de oscuro, bien aprendida.

—Con ese ojo turco no puede ocurrirte nada malo, ¿verdad?

—No. Y Alejandro también estará allí, así que todo irá bien. Esta tarde te cuento. Siento dejarte solo... de nuevo.

Un claxon. Jackson esperaba a horcajadas sobre su Yamaha. El ronroneo del motor atrajo a Moriarty. Decepcionado por el escaso atractivo de aquella máquina de metal, el minino hizo girar muy digno sus cuartos traseros y volvió a meterse en la casa. Lefroy llamó mi atención columpiando un brazo. «Puf». Suspiré. No había posibilidad de negociación. Su muñeca giró, en ademán burlón, exhibiendo un casco destinado a mi cabeza.

Antes de cerrar la puerta, me quedé plantada en silencio frente a Duncan. La situación era chocante. «¿Qué espero? ¿A que me dé su bendición?».

Algo parecido.

—Ve y, por favor, ten mucho cuidado —se despidió de mí.

De pesadilla. Así fue el viaje como paquete en nuestra travesía hacia Long Island. Nada que no esperara. Maté el tiempo manteniendo a raya los ojos, en sentido literal. Los apretaba con tanta fuerza que temí sufrir agujetas en los párpados al día siguiente. En cuanto al resto de mi cuerpo, me amarraba a Jackson como lo haría un koala a una rama de eucalipto... Hasta que oí su voz, girada hacia atrás y en pugna contra el viento:

—¡Alicia! ¿Podrías estrangularme un poco más arriba? —Aunque él no pudiera vérmela, puse cara de no entender nada—. Tus manos —insistió—. Súbelas o terminarás por ponerme nervioso...

Tanto había intentado abstraerme, dejar la mente en blanco, que sin darme cuenta mis manos abrazaban a Lefroy por debajo de su cintura. No tanto como para dejarme en una situación poco decorosa, pero suficiente para que él pudiera pasarlo en grande a mi costa. Como si con sus palabras hubiera apretado un resorte, los brazos se me subieron hasta una posición más recatada... e insegura: a esa altura me resultaba imposible abarcar el torso de mi compañero.

—Por favor, dime que te has puesto roja —lo escuché gritar en tono burlón.

Ni una palabra salió de mis labios, pero el muy desgraciado tenía razón.

Diez kilómetros, quince minutos y dos calambres más tarde me permití volver a echar una ojeada. Había notado que el tipo de calzada era diferente: rodábamos por un camino de gravilla escoltado por robles. Al fondo, una mole de piedra gris, distribuida en tres plantas y con un par de macizos torreones, se erguía nobiliaria sobre aquellas exclusivas tierras. Denominar mansión a esa estructura era poco menos que una afrenta, una injuria que bien merecía un duelo a primera sangre; prohibida cualquier etiqueta de rango menor que la de castillo.

El canadiense aparcó entre un angelical coche blanco y otro de color rojo diablo, a unos veinte metros de la fortaleza.

—Para no gustarte esto de montar en moto, te he visto muy entregada —se mofó—. Cuando quieras te doy otro paseo. Prometo dejar que me agarres de donde quieras.

Jackson descabalgó de su montura y, en cuanto me tuvo enfrente y pudo vérmela, se rio en mi escaldada cara. Rabiosa, pero con la intensidad controlada, le empotré el casco en el estómago.

—No sabes aceptar una broma —se quejó divertido mientras caminábamos hacia Alejandro.

—No me gustan según qué bromas —refunfuñé en voz baja.

—Pues cuando te las hace Edgar no parece que tengas tantos problemas... —me lanzó también a media voz, con el tono satisfecho de quien tiene respuestas para todo.

Acompañaban al chamán tres individuos: dos veinteañeros vestidos con alzacuellos y sotana, y otro, de mediana edad, con ropas de calle. Era el padre Berardi, y hasta en la distancia se le adivinaban los aires burlones. Intenté disimular mi sorpresa al constatar que los curas jóvenes eran bien parecidos. ¿En qué sentido? En ambos: atractivos y gemelos. De miradas limpias e inteligentes, eran tan iguales que supuse inútil intentar distinguir quién era Patrick y quién Jon.

Alejandro hizo las presentaciones.

—Alicia, Jackson, este es el padre Michael Berardi. Una eminencia en su campo. Su nombre es uno de los que más aparecen en el Boletín de la Asociación de Exorcistas.

—Pero explícale a la chica lo que es el Boletín, Alejandro —le conminó el sacerdote con una sonrisa de falsa suficiencia que me hizo descartar cualquier atisbo de pedantería—. Igual es joven para saber de estas cosas. Y más si es novata como me has dicho.

«La fama me precede», pensé frustrada porque el chamán hubiera desvelado ante desconocidos mis puntos débiles. Me rehíce de inmediato: el Boletín era un tema demasiado interesante como para dejarlo pasar sin tirar del hilo.

—¿Realmente existe? Creía que se trataba de una leyenda —reconocí—. Un libro en el que los exorcistas narran sus experiencias con el Diablo... ¿Y usted lo ha visto alguna vez en persona? —pregunté emocionada.

—¿Al Diablo o el libro?

—Bueno, me refería al libro...

«¡Mierda! Lo del Diablo era aún mejor».

—Claro. Todo exorcista que se precie lo lee varias veces a lo largo de su vida. Y aún más importante: tiene que aportar sus propias experiencias. Una de las primeras obligaciones de un neófito tras ser nombrado exorcista por su obispo es conseguir una máquina de escribir. La usará para poner por escrito sus encuentros con las fuerzas del mal. El Boletín es muy útil para el resto de camaradas y, para desgracia del ser humano, todavía quedan muchas historias y batallas por mecanografiar.

—¿Una máquina de escribir? Imagino que también sirve un ordenador, ¿no?

—¡No! —simuló escandalizarse el clérigo, que, en broma, compuso la señal de la cruz con sus dedos índices. Le faltó gritar: «*Vade retro, Satana!*»—. La máquina ni siquiera puede ser eléctrica, aunque, si te soy sincero, yo creo que en eso nos excedemos —me explicó, esta vez serio—. El problema que la Asociación ve en las computadoras es internet, un medio en el que el Diablo campa a sus anchas. Te sorprendería descubrir hasta dónde llega la influencia satánica en la red y cómo ha servido de instrumento para difundir el mal.

—El padre Berardi tiene perfiles falsos en Instagram, Facebook, Twitter... Para vigilar lo que ocurre en las redes sociales —añadió Alejandro.

—¿Cómo si no podría combatir lo que allí se mueve? —El exorcista era tan expresivo con sus manos como yo con mi cara. Lo atribuí a sus ancestros italianos—. No me gusta engañar a los jóvenes, pero en este caso el fin justifica los medios. Así he detectado y denunciado a unas cuantas sectas satánicas. Pero ese es otro tema. Hoy hablamos de exorcismos.

—En cuanto al Boletín... —aproveché que él mismo me había dado pie—. ¿Cómo envían sus informes? ¿Y quién los recibe? Los *e-mails* supongo que están descartados.

—Así es. En cada país hay un obispo de total confianza para la Asociación de Exorcistas, y es él quien se encarga de recopilar los escritos y entregarlos personalmente a los Centinelas del Boletín.

Desde bien pequeña siempre había disfrutado con las historias que sonaban a misterio. «En cualquier momento empieza a hablarme de los templarios». No lo hizo.

—¿Los Centinelas?

—Esa orden reside en el Vaticano, intentando dejarse ver lo menos posible. Se ocupa de examinar los informes y de hacer la primera criba. Cada nueve meses, el Cónclave Exorcista se reúne para decidir qué textos merecen aparecer en el gran libro. —Meneó el dedo índice delante de mí, en un gesto muy paternal—. Y no me pidas que desvele aquí quiénes conforman ese cónclave ni dónde se encuentra el Boletín, porque muy pocas personas lo sabemos... y tenemos que procurar que eso no cambie. Como reconoció en 1972 el papa Pablo VI, «el humo de Satanás ha entrado por alguna fisura en la Iglesia».

Deduje que el propio Berardi formaba parte del Cónclave, pero no quise ponerle en el brete de tener que mentir.

—¿El papa?

—El papa sí, claro. El santo padre es uno de nuestros más acérrimos defensores —me aseguró—. Y ya vale por ahora, señorita periodista —señaló con su nariz la *moleskine* en la que yo había empezado a tomar notas.

—Lo siento... ¿No puedo hablar de esto en el reportaje? Estaría bien saber qué datos podré usar y cuáles son *off the record*.

—Nada es *off the record* a excepción de mi nombre real. Así que apunta ahí: *Pa-dre Ca-sio*. Gabriele Casio. En el Vaticano hay fuerzas muy oscuras y poderosas que preferirían apartar a los exorcistas del seno de la Iglesia, desacreditarnos y borrarnos del mapa. Por eso se guarda silencio sobre estas cuestiones. —Su tono se había vuelto ahora mucho más solemne—. Yo, en cambio, creo que los fieles y los que no lo son deben saber que el Diablo camina entre nosotros. —Berardi hizo una pausa y, al ver que yo no escribía, continuó—: Eso también lo puedes poner.

«Genio y figura».

—¿Y por qué ocultar su nombre real?

—Si hablara con la prensa a cara descubierta, mi obispo podría verse sometido a las presiones de las que te he hablado y retirarme la potestad de ejercer. Él sabe lo que hago, pero debo guardar las apariencias, no llamar demasiado la atención. Así que está prohibido utilizar mi verdadero nombre en la revista. A veces se lo oculto incluso a mis pacientes, sobre todo al principio, cuando no sé a qué o a quién me enfrento.

—No se preocupe. Usted para mí es el padre Gabriele Casio.

Alejandro me dirigió una mirada en la que pude leer: «¿Qué, te vale el personaje?». Claudiqué con una sonrisa dos en uno: de aceptación y agradecimiento. En el rostro de Jackson intuí mofa. Era obvio que el páter me había impresionado.

—Bien. Es hora de entrar —dijo Berardi antes de dirigirse a Lefroy y a mí—. Alejandro me ha dicho que no sois católicos, por lo que no puedo confesaros. Lo ideal es que todo el que va a participar en un exorcismo entre en el lugar limpio de pecado. Con Alejandro hago una excepción porque puede cuidarse solito sin ningún problema, pero vosotros... Si en algún momento os pido que salgáis de la habitación, lo haréis. No admitiré ni una protesta. ¿Me habéis entendido?

Supuse que Alejandro no le había confesado a su amigo la verdadera identidad de Jackson. Mi compañero y yo asentimos serviciales. Me reí entre dientes al ver la pose inocente que se había trabajado el canadiense frente a los sacerdotes.

El clérigo vaciló. Las bolsas de los ojos, cargadas de preocupación, sobresalían en su rostro.

—Alejandro, no es muy inteligente por nuestra parte dejar que vengan a cubrir precisamente este caso. Es mi primera visita, e ignoro si este hombre necesita un exorcista o un psiquiatra. En ambos casos puede resultar peligroso.

—Yo me hago responsable. Será como si no estuvieran. Vamos, viejo cascarrabias, son más duros de lo que parecen —nos defendió el chamán.

El religioso levantó ambos brazos e inclinó ligeramente la cabeza hacia delante en señal de capitulación.

—Vale, vale. Pero que conste que si el paciente se pone agresivo, los que tengan las piernas ágiles, o menos ropajes que entorpezcan la carrera —anunció con un deje socarrón a la vez que miraba de reojo las acampanadas sotanas de sus ayudantes—, son los que tendrán más opciones de ponerse a salvo.

Los gemelos ni se inmutaron. Parecían acostumbrados a las bromas de Berardi. Callaron y aguardaron a que su maestro enfilara la puerta principal, a cien metros de donde nos encontrábamos.

Cuando estábamos a punto de llegar, Alejandro nos reveló el nombre de la familia que habitaba el castillo.

—Supongo que habéis oído hablar del senador Jacques Montand.

—Sí, claro. Leí hace unas semanas la noticia de su muerte —comenté en voz baja, porque Berardi acababa de asir y columpiar la argolla, mordida por una cabeza de león en metal dorado.

Una historia curiosa la del político: nacido en París, era hijo de un comerciante colaboracionista de los nazis en la Francia ocupada. Su padre acabó en la cárcel y él, repudiado. Vivió mucho tiempo en la miseria, pero a los treinta y tantos, gracias a un golpe de fortuna, encontró un valioso tesoro arqueológico y usó parte del dinero que le pagó el Louvre para emigrar con su mujer e hijos a Estados Unidos. En el país de las oportunidades invirtió y ganó. Y llegó a senador tras asegurarse el respeto de la alta sociedad neoyorquina: purgó los pecados de su padre situándose del lado de aquellos que luchaban por el reconocimiento del holocausto judío.

—Venimos a ver a su hijo. Parece que...

Alejandro enmudeció cuando una de las hojas de la doble puerta negra se abrió para invitarnos a entrar. Tardé en detectar a la persona que la sujetaba.

—Los esperan en la biblioteca —anunció el sirviente—. Síganme, por favor.

El vestíbulo, a pesar de permanecer en penumbra, me había deslumbrado con su belleza. Justo en el centro, una fuente de piedra con forma de pila bautismal chorreaba y desbordaba un agua de ligero tono verdoso; el líquido se derramaba en cascada sobre la base octogonal del surtidor, cubierta de nenúfares rosados. Los rayos del sol se filtraban por los estrechos y numerosos ventanales del lugar, alimentando de calor el tumulto de plantas que contemplaban absortas, desde sus asientos vip, la actuación del artificioso manantial. La techumbre, labrada en madera, las balaustradas, moldeadas en forma de flor de cuatro hojas, y las lámparas de pared con apariencia de vela hablaban de falsos tiempos medievales. Falsos porque aquel castillo no podía tener más de cien años.

Cada una de las habitaciones que atravesamos encerraba un diseño arquitectónico singular, con tallas de madera y mampostería dignos de ser admirados. No me hubiera importado dedicar un par de horas enteras a disfrutar de la sala de música, donde un arpa, un violín y una guitarra española no eran sino meras comparsas de un órgano tubular realizado en roble y enraizado en la pared. Al final de nuestro periplo, nos adentramos en una estancia cubierta de paneles de encina. Parecía copiada de la biblioteca de un palacio real. Cuatro escaleras de caracol dominaban las esquinas, comunicadas entre sí por dos niveles de galería. Qué magníficos libros debían de ocultarse allí. Sus lomos brillaban como los de un purasangre.

Me sorprendió que los techos, los más altos que habíamos visto hasta entonces en toda la fortaleza, fueran curvos y que vidrieras de colores cubrieran las ventanas.

—Impresionante, ¿verdad?

Pisos de estanterías repletas de libros nos contemplaban. Y también una mujer de unos sesenta años y porte distinguido que, desde el centro de la sala, era quien había hablado. Varios pasos por detrás, junto a la chimenea, un hombre con el que guardaba cierta semejanza —la misma protuberancia nasal, recta y generosa—, aunque con unos kilos menos, reposaba encogido en una silla con halo de trono. Tomaba su mano una señora de madura belleza mientras le decía algo al oído.

25

El paciente

«No es difícil adivinar quién es el paciente. Pobre hombre... Es como si lo acabaran de rescatar de un campo de concentración. Curioso, dado el pasado de su familia». Una bata le cubría hasta las rodillas el pijama de rayas en seda que ocultaba sus pantorrillas. No nos había lanzado ni una mirada.

—Supongo que uno de ustedes es el padre Casio. Soy Isabelle Montand, y ese de ahí es mi hermano pequeño, Charles —añadió la mujer que permanecía erguida como una fría estatua de hierro. Su tono sonaba falsamente cordial, seco. El sacerdote se adelantó con el brazo derecho en vanguardia y se saludaron con firmeza. Me dio la impresión de presenciar un choque de titanes.

Al principio sentí calor. La chimenea, de majestuoso mármol negro, rumiaba los llameantes troncos que, parsimoniosa, intentaba digerir en el hogar. De su campana colgaba el cuadro de un hombre de cabellos canos. Reconocí al senador. El frondoso mostacho dibujaba el casco invertido de un barco. Sobre él, una nariz en forma de torva vela que imaginé ondeando al compás de aires orgullosos. El ahora difunto se exhibía en el retrato vestido de frac y ocultaba una de sus manos bajo la chaqueta, al más puro estilo napoleónico.

—Charles y su esposa, Caroline —empezó a explicar Isabelle Montand señalando a la pareja—, hubieran preferido que lo visitaran en su habitación, pero yo me empeño en sacarlo de allí. Me pone enferma verlo en la cama cuando el médico dice que no le ocurre absolutamente nada. —Se retorció los dedos antes de recuperar la firmeza—. He pensado que este podría resultar un lugar apropiado. —Nos presentó la estancia con un ligero movimiento de brazos y un desagradable tic de sarcasmo en la boca—. Antes de que mi padre lo transformara en biblioteca, fue una capilla. El senador no era una persona temerosa de Dios, ya ven.

Entendí las alturas curvas y las vidrieras de la estancia, aunque ni un simple símbolo rememorara el pasado religioso. Recuerdo que fue entonces cuando empecé a sentir un intenso hormigueo por todo el cuerpo, coordinado con algún que otro escalofrío. «Seguro que, por venir en moto, he pillado un catarro».

—Bien. Es una buena elección. Un día fue terreno sagrado, así que lo seguirá siendo —razonó el exorcista—. Si no tiene inconveniente, me gustaría empezar lo antes posible. Necesitaré un vaso y una jarra con agua del tiempo.

Alejandro se dio cuenta de que no me encontraba bien. Se acercó, puso una mano sobre mi hombro e hizo desaparecer el malestar como por arte de magia.

—Por supuesto. Enseguida ordeno que se lo traigan. ¿Necesita algo más, padre? ¿Tiene que hablar con nosotras? Caroline es quien ha insistido en llamarlos. Es muy supersti... —se detuvo a tiempo, aunque consciente y satisfecha de que la hubiéramos entendido perfectamente—. Quería decir que es muy católica —concluyó con una sonrisa de fingido apuro.

La mujer a la que se había referido se levantó, rozó con los labios la frente de su esposo, como si se despidiera de él, y, con paso decidido, caminó hasta el padre Berardi. Le tomó las manos y las besó, visiblemente emocionada.

Al fondo, capté un cambio en la postura del señor Montand. Sutil, había levantado la cabeza y oteaba de reojo la escena. Por un momento, desapareció toda debilidad en él. Me estremeció la dureza de su expresión.

—Señora, no es necesario. Solo hago mi trabajo —explicó Berardi, aparentemente incómodo por las muestras de agradecimiento de Caroline—. Me avanzó algo por teléfono, pero me gustaría que nos explicara con detalle por qué pensaron que el señor Montand podría necesitar un exorcismo —preguntó a Isabelle antes de retirar con delicadeza las manos para llevárselas a la espalda.

—En eso le puede ayudar mejor Caroline. Yo no vivo en esta casa. Vengo de vez en cuando para visitar a mi madre. Y ahora a mi pobre hermano. La insistencia de mi cuñada me obligó a buscar al mejor exorcista que pudiéramos encontrar. El suyo fue el nombre que nos proporcionó el obispo O'Connor. Querida, ya que los hemos hecho venir hasta aquí, cuéntales lo que tú crees que ocurre.

Caroline dudó, acobardada, pero finalmente se armó del valor suficiente para hablar.

—Todo empezó cuando nos mudamos a Montand House, hace una semana. Queríamos estar cerca de mi suegra para apoyarla en este duro trance... —Berardi asintió para darle a entender que estábamos al tanto de la muerte del senador—. El martes, Charles encontró en el despacho una foto suya con una chincheta clavada a la altura de la boca. No le dio importancia. Pensó que alguien del servicio la habría encontrado por ahí tirada y que la había dejado sobre el escritorio. Esa misma tarde empezó a sentir molestias en las encías.

—Imagino que irían al médico.

—Sí, pedí una cita urgente con nuestra dentista, pero no fue capaz de diagnosticarle ningún problema. Creyó que un analgésico bastaría, y así fue. A la mañana siguiente, mi marido volvió a descubrir una fotografía en su estudio: esta vez tenía una chincheta clavada a la altura de los ojos. Interrogué a todos los empleados, pero ninguno admitió ser el responsable.

Caroline guardó silencio un instante.

—El culpable podría estar mintiendo —apuntó Berardi, animándola a continuar.

—Sí, pero yo creo firmemente que no fue nadie de esta casa. Una cosa es dejar la foto en el escritorio, pero... ¿cómo podían provocar que a mi marido le dolieran los ojos hasta el punto de no poder ni abrirlos? —preguntó desesperada, al borde del llanto—. Cuando intuimos que todo estaba relacionado con las imágenes, reuní las fotos de Charles y se las di a su asistente para que las guardara en el bufete, en Manhattan. No quedó ni una en la casa. También me deshice de las chinchetas.

—Y no sirvió de nada —se adelantó Berardi.

—No. Un día después, Charles encontró un folio en la impresora —explicó Caroline. Isabelle sacó un papel del bolsillo de su pantalón y se lo entregó a Berardi—. Ese artículo de prensa fue publicado hace unos quince años: hablaba de un famoso caso que mi marido había ganado. Como ven, el artículo incluía una foto suya.

—¿Y las chinchetas? —preguntó Alejandro.

—Están aquí, dibujadas sobre la garganta —señaló el exorcista sobre el papel.

—Poco después... Ya se imaginan.

—Los dolores se centraron en la garganta —asumió Berardi.

Caroline asintió y continuó:

—Se me ocurrió desconectar la impresora e internet y decidí dormir ese día en el sofá del despacho, yo sola, sin decirle nada a Charles, que al menos por las noches podía descansar. Me despertó el sonido de la impresora al ponerse en marcha. Llegué a tiempo de ver cómo salía una hoja con otra foto de mi marido. —Miró a su cuñada, quien de mala gana le pasó a Berardi un segundo folio—. Ahí están, otras dos chinchetas.

—Esta vez en el estómago —nos informó el padre—. Y la foto es de Facebook, del despacho de abogados de su esposo.

—Alguien había vuelto a conectar la impresora mientras usted dormía —dedujo uno de los gemelos.

—¡No! ¡En absoluto! —La voz de la mujer sonó desquiciada—. Seguía desenchufada. Fue lo primero que comprobé. Y, sin embargo, ¡ahí estaba la foto, saliendo! —En aquella imagen predominaba el color burdeos del bufete de Charles Montand. Me imaginé la escena como una broma de mal gusto: la impresora le sacaba la lengua a Caroline, todo esfuerzo por ayudar a su esposo había resultado inútil—. Fue entonces cuando escuché a mi alrededor pasos de personas y risas, dentro de la habitación. Pero les juro que allí no había nadie más que yo. A veces me pregunto si no me estaré volviendo loca...

—Más de uno se lo plantea —añadió mordaz, en voz baja, la cuñada.

—¿Esta es la última vez que ha aparecido una fotografía? —preguntó el exorcista mostrando la hoja a Caroline.

La mujer, llorosa, asintió con la cabeza. Isabelle tomó la palabra.

—Eso ocurrió hace unos días, y, aunque no han aparecido más fotos, los médicos son incapaces de quitarle el dolor de estómago a Charles. Tras someterlo a un montón de pruebas, dicen que no hay nada que puedan hacer por él. Porque nada tiene. En cambio, ya lo ven, no es capaz ni de incorporarse como un hombre.

—¿Lo ha visitado un psiquiatra? —El páter no se andaba con rodeos.

Caroline tampoco ocultó su desconcierto.

—Pero... ¿No me ha oído, padre? ¿Con todo lo que le he explicado, cree que esto puede curarlo un médico? ¿Y las risas que yo misma escuché en el despacho? —se defendió antes de claudicar temerosa—. Ya, piensa que yo también puedo haber perdido la cabeza...

Isabelle, muy al contrario, apenas disimulaba su satisfacción ante la pregunta formulada por el sacerdote. Le duró poco la sonrisita.

—No, señora. Tenemos muy claro que su marido necesita un exorcismo. —La esposa respiró aliviada. Yo comprendía que, al no encontrarse una razón científica para la situación del señor Montand, Caroline se aferraba a cualquier posibilidad. Y a grandes males (una posesión), grandes remedios (un exorcismo)—. Pero es una de las primeras cuestiones que siempre planteamos. Para descartar un problema mental.

Propiné un suave codazo a Jackson para llamar su atención.

—Si cree que tendrá que hacer el exorcismo, ¿por qué pregunta lo del psiquiatra? —le susurré.

—Hombre, imagino que por Thomson y Thompson*. —Señaló con un movimiento de barbilla a los gemelos—. Son sus aprendices, y es importante que interioricen el procedimiento lo antes posible, para cuando no tengan a Berardi al lado. Lo normal es pedir al paciente un certificado médico en el que se descarten problemas mentales.

Apunté el dato. También me interesaba abarcar en el artículo el aspecto de cómo se forma un exorcista.

—Ahora lo único que necesito de ustedes —dijo Berardi dirigiéndose a Isabelle y Caroline— es que me traigan un vaso, una jarra de agua y un recipiente metálico. Si es un cubo, me vale con uno pequeño. Ah, y les ruego que permanezcan fuera de esta habitación durante el ritual.

El sacerdote dio por terminada la conversación.

Una vez a solas con el señor Montand, Berardi se acercó a él, acompañado por sus pupilos y Alejandro. A un gesto del exorcista, Patrick y Jon extrajeron un par de correas del clásico maletín de doctor que cargaban y aseguraron las piernas del paciente a los bajos del trono, tallados en forma de patas de lobo.

—¿Lo atan? —pregunté a Lefroy.

—Sí. Más vale prevenir. —Habló tan bajo que me costó escuchar su respuesta.

—¿Y por qué no los brazos?

—Son cuatro personas. Podrán sujetarlo sin problemas.

«¿Sabrán realmente lo que se hacen?».

Jackson volvió a centrarse en el repóquer de hombres; atento a la posibilidad de que él mismo tuviera que intervenir en calidad de comodín. Lo vi poco probable. Hasta yo podría haber mantenido a raya a semejante despojo humano. El hijo del senador continuaba con la misma pose caída, como un bebé que aún no tiene el cuello lo suficientemente fuerte como para sostener la cabeza erguida. Sentí lástima por él.

Tras asegurarse de que estaba bien amarrado, el exorcista nos hizo una señal a Jackson y a mí para que nos aproximáramos. A tres metros de distancia, nos detuvo con la palma de su mano.

---

* Llamados así en la cultura anglosajona, son los policías Dupond y Dupont de los cómics de *Tintín*, creados por el francés Hergé. En España, Hernández y Fernández.

—Hasta ahí. Y ya sabéis... —Dejó flotar la advertencia antes de volverse hacia el chamán.

Alejandro miró de reojo al abogado y, poniendo cara de Amarillo Slim, le hizo saber a su colega y amigo con qué cartas les había tocado jugar:

—Bueno, padre Casio, me temo que tenemos un claro caso de posesión. —La del chamán era una apuesta fuerte, y de manera sutil retó a Charles a verla—. ¿Verdad, señor Montand? O... igual deberíamos llamarle de otra manera. Usted dirá.

No hubo reacción.

Alguien golpeó la puerta. Berardi lo invitó a entrar. Era el sirviente que nos había acompañado hasta la biblioteca. Llevaba un cubo colgando del brazo, y el vaso y la jarra con agua en una bandeja que a punto estuvo de dejar caer al suelo cuando vio el percal: su jefe rodeado de seis individuos que le habían atado los tobillos.

Flemático, se recompuso, dejó la carga sobre una mesa cercana a la chimenea y se marchó sin decir esta boca es mía. Creí que, de un momento a otro, aparecerían la esposa y la hermana del paciente, alertadas por el mayordomo. No fue así. Asumí que cosas más raras se habrían visto en aquella casa.

—Lo de Alejandro es increíble —comenté en voz baja a mi compañero.

—Sí. En cuanto hemos entrado, le ha hecho una señal a Casio para confirmarle que se trata de una posesión —me explicó Jackson—. Aquellos que, como él, han recibido el don del carisma o discernimiento pueden, con mirar a una persona, percibir si sufre una simple vejación, un maleficio o el caso más grave: una posesión. Sabemos que Alejandro es capaz de eso y de mucho más: como nos dijo, a veces con una simple fotografía. Recuerda que con Duncan no funcionó por la calidad de la imagen. Es importante que se distingan bien los ojos.

Mientras los dos hermanos ayudaban al padre Berardi a ponerse las prendas talares, Alejandro se acercó a nosotros y comenzó a describirme la escena. Por su forma de hablar, pausada y en un susurro, me recordó a las inusuales tardes frente al televisor de casa viendo documentales sobre animales del África subsahariana.

—Mira, le colocan sobre los hombros y alrededor del cuello esa tela blanca cuadrada. Es el amito. Va sujeto a la cintura y, ¿ves?, parece un escudo protector. Para el sacerdote representa la fe. Ahora —me dictó, señalando a Berardi— va el alba, blanco, símbolo de pureza, largo hasta los pies y que se ajusta con el cíngulo. Ese cordón evoca las sogas con las que Jesucristo fue atado en el Huerto de los Olivos y los azotes que recibió en la Pasión. Y a continuación, la estola, una banda de tela de dos metros de largo que simboliza la inmortalidad.

La estola del exorcista era de color morado, con tres cruces bordadas en verde, una en el medio y las otras dos en los extremos. También tomé nota de eso.

—Te habrás dado cuenta de que Casio no viste sotana... Le gusta creer que «el hábito no hace al monje» —me comentó divertido el hechicero—. Dice que las túnicas les hacen parecer estrechos de mira.

—¿Y eso que tienen colgado del cuello Patrick y Jon?

Apunté con el bolígrafo hacia las dos cajitas doradas y cilíndricas. Desde la distancia no era capaz de identificar el dibujo del grabado, pero sí la parte que coronaba los cofres: sendas estructuras cónicas con un Cristo crucificado como remate.

—Son minipíxedes —me reveló Alejandro—. Dentro llevan una hostia consagrada en miniatura que los protege contra los seres malignos, contra el Diablo.

—¿En serio? Vaya... —Caí en la cuenta de que era la primera vez que el chileno mencionaba al Maligno—. Alejandro, ¿tú crees en él? En el Diablo —especifiqué—. Te lo pregunto por el reportaje, porque aún no entiendo muy bien cómo es posible que un hechicero y un sacerdote puedan trabajar juntos en un exorcismo.

—Es fácil, Alicia. Los dos somos exorcistas. En este caso, como se trata de una familia creyente, la esposa de Montand lo es, Casio lleva la voz cantante y yo le ayudaré. Otras veces seguimos mi ritual y él me acompaña con sus plegarias de liberación. Somos capaces de trabajar juntos porque respetamos nuestras creencias, aunque no las compartamos. Y, en definitiva, todo se reduce a luchar contra el mal.

—¿Pero el mal es lo mismo para los dos?

—No exactamente. Los dos creemos en los demonios y en que guardan una jerarquía. Pero, según mis creencias, todos esos seres tienen un pasado humano, son sombras que se han ido haciendo muy poderosas con el paso de los siglos. Para Gabriele, en cambio, los demonios son ángeles caídos que un día se enfrentaron a una entidad divina a la que llama Dios. Y entre esos demonios se encuentra el más poderoso.

—El Diablo.

—Eso es. Satanás. Aunque yo no creo que sea un ángel venido a menos.

—¿Y el padre no intenta convencerte de que estás en un error? O viceversa.

—Tendrías que vernos en una de nuestras porfías místicas. Ya no tanto, pero hace unos años podíamos tirarnos horas de discusiones y cervezas en una buena tasca. Una vez un camarero nos obligó a abandonar el local porque, según nos dijo, le perturbábamos a la parroquia. No, no... De eso no tomes nota. —Rio por lo bajo.

Me detuve en seco. Deformación profesional. A veces, sobre todo en ruedas de prensa y entrevistas, lograba una escisión organizativa en mi cerebro: una parte se concentraba en escuchar y entender; y otra, inconsciente, le dictaba a mi mano, que se dejaba llevar por una especie de escritura automática.

Me disculpé al tiempo que, para tranquilizarlo, tachaba el último párrafo.

El padre Berardi y sus aprendices continuaban con los preparativos. Uno de los hermanos trazó con regueros de sal una circunferencia imperfecta y amplia alrededor del paciente. Me dejó fuera, junto a Jackson y Alejandro.

—Sal exorcizada. Para protegernos de lo que hay dentro del círculo —me aclaró el canadiense.

En cuanto al señor Montand, se había empeñado en fijar su mirada perdida en el fuego de la chimenea, como si la historia no fuera con él.

—¿No somos muchos en este exorcismo? —le pregunté al chamán.

—No creas. En ocasiones se reúnen hasta siete u ocho personas. Es vital contar con ayuda a la hora de controlar al individuo poseído. Unos rezan, otros lo sujetan con fuerza, otros lo limpian cuando empieza a babear...

—¿Babean?

—Sí. Eso ocurre muy a menudo. Y escupen. Muchos exorcistas se colocan un pañuelo de papel en la cara para protegerse.

Berardi estaba pendiente de nuestra conversación-entrevista.

—Así es. Pero el demonio o espíritu que tenemos ahí dentro no me va a escupir, ¿verdad? —Al hacer la pregunta se dirigió a Charles, que permaneció impasible—. Es que el numerito está muy visto.

—¿Cuántos exorcismos habrá realizado a lo largo de su vida, padre? —le interpelé directamente.

Resolló antes de mirar a las alturas, como buscando en el techo la respuesta correcta. No dio con ella.

—Se podría decir que cientos, sin duda. Y estáis de suerte, porque siempre el último es el mejor.

26

Comienza el ritual

El exorcista cerró los ojos, la cabeza gacha y las manos en posición de oración; los diez dedos, como los mandamientos, entrelazados. Patrick y Jon lo imitaron. Los observamos en silencio. Y en silencio los acechaba Charles Montand.

Pasado el momento de meditación trascendental, Berardi se dirigió a uno de sus discípulos.

—Bien, Patrick. ¿Qué es lo primero? —Empleó el tono del profesor examinador.

—Como estamos seguros de que hay una posesión, debemos desarraigar y expulsar al demonio o espíritu. Así que yo comenzaría con el *Eradicare et fugare.*

—Bien. Empecemos pues con las plegarias.

El religioso marcó el inicio del exorcismo besando la estola.

Montand ya no ocultaba su interés por cada uno de nuestros movimientos, en especial por los de las tres personas que se encontraban dentro del círculo de sal, las más cercanas a él. Estiró el cuello de manera exagerada hacia un lado y otro, como un boxeador a punto de saltar al centro del *ring*, y preguntó a Berardi:

—¿De verdad quiere conocerme por dentro, *padre?*

No había debilidad en su voz. Era poderosa, rígida y socarrona.

—Claro que sí. No seas tímido, por favor —replicó el cura con idéntica sorna.

—Tengo que entrar —nos susurró Alejandro—. No os mováis de aquí; y, si lo hacéis, que sea en dirección a la puerta. También tú, Jackson. La dejo a tu cargo —dijo señalándome.

Su voz había sonado exigente, y, acto seguido, penetró en la zona restringida del exorcismo y se llevó a Berardi a un lado para comentarle algo al oído. El sacerdote dio muestras de asombro por la «confesión».

Poco después, los rezos románicos del sacerdote y sus dos lugartenientes empezaban a expandirse por la biblioteca. Imaginé todas esas palabras agitándose en el aire, en busca de libros en latín donde reencontrarse consigo mismas.

El paciente no se tomó nada bien la imposición de manos. Cuando los tres sacerdotes las levantaron hacia él, en señal de bendición, empezó a gruñir y arañar los brazos de la silla en la que permanecía agazapado como un animal a punto de atacar.

—¿Sabes qué están haciendo exactamente? —pregunté en voz baja al canadiense.

Mi latín estaba oxidado y no entendía gran cosa.

—Intentan que el demonio o espíritu que posee a Charles salga huyendo. Para que lo entiendas: cuando un ser maligno entra en una persona, echa raíces, como un árbol —murmuró sin quitar ojo a los religiosos y al chamán—. Cuanto más tiempo consigue estar dentro, más vigor cobran esas raíces y más le costará a un exorcista arrancarlas. Si el mal que tiene este hombre en su interior lleva ahí días o semanas, no será rival para Casio. Si lleva mucho tiempo...

—¿Qué ocurrirá en ese caso?

—La salvación será muy complicada. Una persona en semejante estado puede requerir años de exorcismos, y no siempre se llega a la liberación total... —Me miró. Debió de ver en mi cara todo un poema, y de los largos—. Esperemos que este no sea el caso.

Como si asistiéramos a una suerte de espectáculo, me avisó del inicio del segundo acto:

—Escucha, empiezan con la oración del Exorcismo de León XIII.

Solo rezaba Berardi. Esta vez en inglés. Sus pupilos, muy atentos, se encargaban de mantener vigilado al paciente, al igual que Alejandro.

—En el nombre del Padre y del Hijo y del Espíritu Santo. —El exorcista acompañó su ruego con un movimiento de brazo que dibujó en el aire la señal de la cruz—. Levántese Dios y sean dispersados sus enemigos y huyan de su presencia los que le odian. Como se disipa el humo...

Charles Montand se retorcía con desesperación, doliente. Volví a sentir lástima por él y me planteé si no debían poner fin a aquello. «¿Y si se equivocan y simplemente está mal de la cabeza? Así no lo ayudan en nada».

—... para que salgas y huyas de la Iglesia de Dios, de las almas creadas a imagen de Dios y redimidas por la preciosa Sangre del Divino Cordero. Te lo manda Dios Padre, te lo manda Dios Hijo, te lo manda Dios Espíritu Santo...

Mientras el clérigo continuaba con sus oraciones, Alejandro y uno de los gemelos sujetaban los agarrotados brazos del abogado. Había intentado herirse a sí mismo. Como resultado, un par de profundos y sangrantes arañazos brillaban en el valle de su cuello.

—... El cual edificó su Iglesia sobre roca firme, y reveló que los poderes del infierno nunca prevalecerían contra ella...

«No debo dudar. Alejandro no permitiría que se le hiciera daño a un inocente. Tampoco Jackson», me recordé a mí misma mirando de reojo al canadiense.

—... Por tanto, maldito dragón y toda legión diabólica, te conjuramos por Dios vivo, por Dios verdadero, por Dios santo...

El tercer sacerdote se encargaba de limpiar la espuma que surgía a borbotones de la boca del paciente, como si acabara de ingerir una pastilla de cianuro.

—... Huye, Satanás, inventor y maestro de toda falacia, enemigo de la salvación de los hombres. Retrocede ante Cristo, en quien nada has hallado semejante a tus obras...

De repente, detrás de mí, escuché un chasquido. Le siguió un ronroneo. El plato de un viejo gramófono en madera noble y latón plateado, aparcado en silencio hasta entonces en un rincón de la biblioteca, había empezado a girar.

«¿Quién lo ha puesto en marcha?». Allí no había nadie. A Jackson y a mí, los que más cerca estábamos, nos pillaba lejos, a más de cuatro metros.

Incisiva y parsimoniosa, la aguja se desplazó para tomar contacto con el disco. El sonido me evocó el recuerdo de una cocina, de comida friéndose en una sartén llena de fogoso aceite, hasta que empezó a sonar una canción: *Le Diable de La Bastille*, cantada por Édith Piaf.

El señor Montand nos sacó del trance momentáneo.

—*J'aime bien les effets dramatiques...**—clamó entre risotadas—. Y déjate de monsergas, padre, que no soy un diablo —explicó a Berardi mientras movía los dedos al ritmo de la música, como si dirigiera una orquesta.

—Ya que pareces dispuesto a hablar, dinos quién eres y por qué estás dentro de este hombre —le retó el exorcista.

El interpelado se detuvo en seco. También el disco que jugaba a marearse en el gramófono, cuya aguja retrocedió hasta su posición de origen.

---

* Traducción del francés: «Cómo me gustan los efectos dramáticos...».

—Lo haré. Pero primero me gustaría que los dos angelitos custodios guardaran las distancias. Me agobian. Prometo no agredir más a este pobre infeliz. —Se señaló a sí mismo y guardó silencio un segundo. Imaginé que las minipíxedes de los gemelos hacían su efecto—. Lamento la escena del poseído. Quería que nos dejarais en paz. No deseo irme de aquí.

—¿Quién eres? —insistió el exorcista.

—Páter, soy un alma en pena. Deberías apiadarte de mí y ayudarme. Durante mucho tiempo he tenido que permanecer en la noche eterna. En la oscuridad y el silencio. Y no pienso volver. Ahora esta es mi casa. —Sonó a advertencia.

—El trato es sencillo: nos ayudas y te ayudamos —le propuso Berardi.

Alejandro seguramente creyó que el paciente ya no corría peligro de autolesionarse, porque dejó el puesto de vigilante para situarse junto a su colega.

—Habla. Quizás me interese —replicó el espíritu.

Alejandro fue al grano:

—Sabemos que alguien, tiene que haber sido un demonio, te ha abierto las puertas para que profanaras este cuerpo. Debes decirnos quién te guía.

El espíritu fingió no haber escuchado la pregunta.

—¿Cómo podríais ayudarme vosotros?

—Con nuestras oraciones. Ellas te mostrarán el camino hacia la luz. Sabes lo que queremos: dinos quién te da órdenes —insistió el exorcista.

—Aquí no hay nadie más. Y en el hipotético caso de que sí lo hubiera, no puedo deciros su nombre. —Sonó sincero y temeroso—. Pero puedo hablaros de mí. Me llamo Pierre Guilbert, y soy el mejor corneta que ha servido jamás en un ejército. El mismísimo Napoleón me condecoró —afirmó orgulloso, hasta que un doloroso recuerdo se cepilló de un solo barrido aquellos que sí eran felices—. Todo terminó cuando la sorprendí con aquel *fils de putain**. ¿Cómo pudo cambiarme por un bastardo polaco? Tuve que hacerlo, tuve que hacerlo... pero me arrepiento de verdad. No debería haberlos matado. —Avergonzado, ocultó el rostro bajo sus manos—. Fueron los celos. Yo la amaba. La amaba de verdad. —De repente levantó la cabeza y miró esperanzado a Berardi—. Padre, ¿usted podría confesarme? El general Valence hizo que me fusilaran sin darme la posibilidad de recibir la extremaunción y quemaron mis restos

---

* Traducción del francés: «Hijo de puta».

allí mismo, en Talavera, junto al resto de compañeros caídos. No pude disculparme ante Dios por mis pecados.

—1809. La batalla de Talavera. Españoles y británicos contra el ejército de José Bonaparte en las guerras napoleónicas —musitó Jackson, y, a su dictado, tomé nota—. Pero supongo que ya lo sabes. Tú eres de España, ¿no? —Allí estaba, su sonrisa de superioridad.

—Listillo. —Había leído sobre la historia de mi país de origen; pero, por lo visto, no lo suficiente.

—Si no me vas a entregar el nombre del demonio que mortifica a este pobre mortal, ¿por qué habría de mediar por ti ante el Altísimo?

—Yo... Yo no sé cómo... —Meditó rascándose nervioso los antebrazos. Empezó a hablar consigo mismo—. Sí. Sí. Eso puede servirles... *Regardez le miroir*! —exclamó con entusiasmo al tiempo que un libro salía despedido de una de las estanterías, sobrevolaba por poco nuestras cabezas y se estrellaba contra el espejo dorado junto a la puerta. Milagrosamente, el impacto no descuartizó el cristal azogado: nuestros reflejos y el de toda la biblioteca lucían intactos.

El exorcista ejecutó un gesto apremiante con la mano, como si le diera vueltas a una manivela invisible, invitando a uno de los gemelos a hablar. El aprendiz se encogió de hombros.

—Ha dicho que miremos el espejo.

—¿Es una broma? Ahí no hay nada. —Berardi empezaba a impacientarse.

—Mirad bien. Te he dejado algo. Un regalo. —Parecía deseoso de agradar.

Jackson acudió junto al fuego, bordeando el círculo de sal, y tomó un fuelle que colgaba de una de las paredes de ladrillo viejo de la chimenea. Inspiró con él la cálida respiración de la lumbre, volvió a pasar junto a mí y, una vez frente al espejo, ayudó a exhalar al aparato de madera y piel. De la nada, brotó en el cristal la cara de una mujer.

—Berenice... ¿Pero qué mierda es esta? —El exabrupto era de Berardi.

—¿La conoces? —le preguntó Alejandro.

—Sí, claro que sí —se adelantó Pierre—. Berenice es una de sus *pacientes*. Un feo asunto, padre, pero yo puedo contarte algo que será de gran utilidad. Si no aceptas mi ayuda, en tres días entrará en coma y morirá.

No era una amenaza. O no sonaba a eso. Su tono era el de un aséptico hombre del tiempo mientras anuncia la llegada de una ciclogénesis explosiva en las próximas veinticuatro horas. Frío y neutral.

—Es un maleficio de muerte. Y creo que conoces al responsable. —El espíritu calló unos segundos para abonar el desasosiego del exorcista, y procedió a sembrar una información que esperaba le diera sus frutos—: Se llama Logan.

—¿Su exnovio? —se sorprendió Berardi.

—Cuando rompieron, él le aseguró que no había problema, que serían amigos. Ya, ya... Esas cosas nunca funcionan. Y menos después de enterarte de que el amor de tu vida, a la que veneras desde la infancia, se va a casar con otro —argumentó el corneta francés—. En su descargo debo decir que planea suicidarse cuando ella esté muerta. Romántico, ¿no?

«¿Romántico? ¡Este tío está mal de la cabeza!», pensé asqueada.

—Es un caso muy grave —confirmó Berardi. Lo noté alterado. El caso debía de importarle mucho—. Vomita cristales, hebillas de metal y hasta telas manchadas de sangre que llegan a su estómago de manera inexplicable. Hace poco, despertó una mañana con violentas convulsiones y bascas. No se calmó hasta que logró expulsar una docena de papeles; los unimos, como si fueran parte de un puzle, y todos nos quedamos atónitos cuando la madre reconoció una foto de la propia Berenice, de cuando tenía nueve años. Sobre la imagen, una frase escrita en rojo: «Pasado y futuro. No te dejaré ir» —nos explicó antes de reflexionar para sí mismo—: Pero el exnovio, Logan, parecía realmente consternado por el sufrimiento de la joven...

El exorcista se volvió hacia Pierre con el ceño fruncido. Frente a frente, con cinco centímetros separándolos, le espetó amenazante:

—El maleficio. ¿Cómo lo ha hecho?

El espíritu, de manera discreta, fue echándose poco a poco hacia atrás para dejar que el aire corriera entre ambos.

—Muy sencillo. Con unos bombones. Se los preparó un brujo con sangre menstrual y huesos humanos machacados. —El propio Pierre mostró desagrado, como si las palabras supieran mal al ser pronunciadas. Consiguió que el exorcista dejara de arrinconarlo, y eso le permitió hablar con más libertad—. La gente es estúpida. Ella es estúpida. Sospecha que algo no va bien con él y, aun así, va y se come los bombones. Pero no pasa nada. En cuanto el novio rechazado se vea descubierto, te llevará al brujo y podréis romper el maleficio. Y colorín colorado... Ella podrá ser feliz y él un desgraciado. —Pierre parecía frustrado por el final del cuento porque sin duda la historia le traía recuerdos personales, pero se recompuso con una sonrisa—. Bueno, creo que te he servido bien. ¿Qué hay de lo mío?

—Alejandro, de momento aquí está todo controlado. Salid y hablad con Caroline. Creo que, después de dejarlo libre de este inquilino, Charles estará dispuesto a compartir su mesa con nosotros. Así todos recuperaremos fuerzas. Necesitamos veinte minutos para rezar unas indulgencias por Pierre y darle la extremaunción. Entonces su alma será ya cosa de Dios... o del Diablo —concluyó Berardi.

La última vez que vi al corneta Guilbert parecía relajado. En paz.

27

Las raíces del Diablo

Berardi tenía razón. Media hora más tarde, cuando aparecieron por la puerta del comedor, Charles Montand era una persona diferente. Veinte años más joven. Sonreía sutilmente, pero no había ganado en locuacidad. Ni siquiera cuando Caroline se echó en sus brazos llorando de alegría. Me sorprendió que Alejandro observara, cariacontecido, la escena. Y también que el padre no se hubiera quitado las prendas talares.

—Aún se encuentra en estado de *shock* —le explicó Berardi a Caroline antes de admirar lo que tenía ante sí—. Qué rapidez... Está puesta la mesa. Me muero de hambre. Los exorcismos roban mucha energía —confesó en un tono jovial mientras invitaba a sus pupilos a acomodarse junto al chamán.

La comida resultó de lo más distendida, ya que Isabelle Montand no apareció en ningún momento y, mientras almorzábamos, el religioso se dejó entrevistar por mí.

—¿Te puedes creer que nos llaman exaltados? Y eso nuestra propia gente, de la Iglesia. Cuando leen las Sagradas Escrituras desde el púlpito, se les llena la boca disertando sobre Satanás. Ahora, en cuanto los bajas de ahí... Les hablas de la vida real, de casos de personas endemoniadas, como las que en su día curó Jesucristo, y te consideran un enajenado mental —aseguró con cierto pesar.

Sonó su teléfono. ¡El tono de llamada era la banda sonora de *El exorcista*! El clérigo examinó el número y decidió descolgar.

—¿Dígame? (...) Sí. Buenas tardes, Mary.

El sacerdote se excusó antes de levantarse de la mesa y alejarse de nosotros cuanto pudo, pero sin salir de la holgada sala. Allí lo vi hacer la señal de la cruz al móvil, como si lo bendijera.

Al cabo de unos quince minutos, volvió a tomar asiento a mi lado.

—Probablemente a Alicia le gustaría saber que lo que acabas de hacer es un exorcismo —comentó Alejandro mientras alargaba la mano para tomar su copa de vino.

No me lo podía creer.

—¿Por teléfono?

Berardi sonrió antes de explicarse.

—En efecto. Mis pacientes me necesitan. Y, aunque cada vez estoy más cerca, el don de la ubicuidad todavía no lo he adquirido —añadió en tono de broma—. Es por eso que en ocasiones me veo obligado a realizar el ritual a través del móvil.

—Vaya... Las nuevas tecnologías no solo juegan a favor del Demonio —le eché en cara.

—Pues no. Nosotros también podemos sacarles provecho. Pero es como el dopaje en el deporte: el Diablo siempre va un paso por delante, porque a través del teléfono se pueden llevar a cabo maleficios. Publica esto en tu reportaje: si alguna vez te suena el móvil y encuentras silencio al otro lado o escuchas a alguien soplando, cuelga de inmediato —promulgó acompañando sus palabras de un dedo instructor.

—Los exorcistas estaréis curados de espanto en cuanto a las argucias y artimañas del maligno. Será difícil sorprenderos —sospeché.

—No te creas —intervino el chamán—. Nadie está a salvo. De hecho, a los demonios a veces les da por importunar a sus contrincantes más directos.

—¿Y cómo lo hacen? —pregunté.

—Bueno, lo más habitual es que provoquen ruidos extraños en la casa, en mitad de la noche, claro; o que cambien de lugar los objetos —continuó el hechicero—. En casos más raros, cuando el exorcista en cuestión les está tocando las narices de manera especial... hasta hacen llamadas de teléfono desde el otro lado.

—Alejandro, de tan refinado que eres eligiendo las palabras, has conseguido ofenderme: yo no toco las narices. Con permiso de las damas presentes, espero que no se me ofendan, ¡yo toco las pelotas! —se carcajeó antes de dirigirse a mí—. Bueno, creo que aquí mi amigo, con su elegancia innata, me está invitando a contarte una anécdota personal.

El chileno asintió con la cabeza y ensanchó los labios en un gesto complacido.

—Han pasado cinco años desde aquello —comentó Berardi—. Fue una noche. Sonó el teléfono de casa y pude escuchar la voz de mi hermana pequeña, que acababa de fallecer. —Por un momento se deshizo de sus ademanes burlones—. Solo podía entenderle las palabras «ayúdame», «oscuridad» y «frío», y de fondo unas risas grotescas que no eran suyas. Los demonios pretendían torturarme, y lo consiguieron durante unas horas. Me reconcomía que Esther pudiera estar sufriendo en el Purgatorio. Su vida no había sido fácil.

—¿Y qué ocurrió?

—Lo pasé mal. Muy mal —reconoció y sonrió al ver mi expresión—. Hasta que caí en la cuenta de que aquella llamada había supuesto un regalo para mí: al ponerme en contacto con ella pude saber que necesitaba unas indulgencias. Así que recé por la salvación de su alma, y aún hoy lo sigo haciendo. Cada año, por su cumpleaños, celebro una misa. Y, ya ves, no he vuelto a recibir ninguna llamada de mi hermana, que Dios la tenga en su gloria. En cuanto a los demonios, parece que salieron escaldados, porque no han vuelto a por otra.

La sobremesa se prolongó debido a que el padre Berardi abandonó la sala para realizar una «llamada importante». «Seguro que otro exorcismo», pensé.

Qué incómoda resultó la espera: no habían transcurrido ni diez minutos cuando sentí un pálpito repentino, una vocecilla en mi cabeza que me recomendaba abandonar de inmediato Montand House, cuanto antes mejor. Había reunido material de sobra para un buen reportaje. No así Jackson, quien, tras hacer el paripé de tomar alguna que otra foto, me explicó que, con las restricciones que le habían impuesto los anfitriones, que deseaban mantener su anonimato en el artículo de *Duendes y Trasgos*, tenía más sentido usar imágenes de recurso, del archivo de Victoria.

—Si no queda nada que hacer aquí, ¿por qué rayos no nos vamos? —le susurré.

—Ten paciencia. No somos nosotros quienes decidimos cuándo levantar el campamento. Aquí manda Casio. Pero, si quieres, tú puedes salir ya. Espéranos fuera —me invitó mi compañero en voz baja, a sabiendas de que me negaría.

Cuando por fin reapareció Berardi, después de haberse ausentado durante media hora, nos hizo regresar a la biblioteca con la excusa de buscar su maletín. Rogó a Charles que nos acompañara. También nos seguía Caroline, pero los gemelos la interceptaron justo antes de entrar en la sala de lectura.

—Por favor, usted espere aquí fuera. —La cara de desconcierto de la esposa los obligó a insistir—. Confíe en el padre.

Como Caroline, yo tampoco lo entendía.

Una vez dentro, hice amago de aproximarme a la chimenea. Era preciosa y quería examinarla de cerca. Alejandro me detuvo, agarrándome de un brazo justo cuando iba a atravesar el cerco de sal. No dijo nada. Ni falta que hizo.

Con un ligero cabeceo bastaba. Jackson me obligó a recular unos pasos más; eso me molestó. «¿Qué me he perdido»?

—Antes hemos dejado algo inconcluso, señor Montand. ¿Podría leer esto para nosotros, por favor? Pero siéntese en su silla, debe descansar —le sugirió el exorcista con una amabilidad exagerada.

Charles, aunque desconcertado, obedeció. Fue la primera vez que lo escuché hablar con su propia voz. Era suave y apacible.

—Claro. Deme, padre. Me encuentro mucho mejor. —Empezó a leer—: «Humíllate bajo la poderosa mano de... de Dios». —Su voz comenzó a quebrarse, como si se resistiera a proseguir, y reparé en cómo le rechinaban los dientes—. «Tiembla y huye...». —No fue capaz de continuar y una expresión lunática dominó su rostro. Diferente a la de aquella misma mañana. Hasta yo podía ver que aquel no era Pierre Guilbert.

Berardi le arrebató el trozo de papel y siguió leyendo él mismo, mientras los gemelos, con una coordinación óculo-manual propia del Cirque du Soleil, volvían a atar de los tobillos a Charles sin que este pudiera evitarlo.

—Tiembla y huye al ser invocado por nosotros el santo y terrible Nombre de Jesús, ante el que se estremecen los infiernos; a quien están sometidas las Virtudes de los cielos, las Potestades y las Dominaciones; a quien los Querubines y Serafines alaban con incesantes voces diciendo: Santo, Santo, Santo es el Señor, Dios de los Ejércitos.

Llegado a ese punto, el religioso se detuvo. Su paciente lo contemplaba rabioso.

En estado de *shock*, tiré de la manga de Jackson un par de veces a fin de señalarle lo que también era obvio para él: que las cuatro patas del *trono* se habían elevado del suelo más de treinta centímetros. ¡Montand estaba levitando! Los hermanos se esforzaban en hacerlo aterrizar, empujando con todas sus fuerzas hacia abajo. Berardi ni se molestó en mencionar el tema.

—No tienes buena cara, Charles... ¡Claro, qué desconsiderado soy! ¿Quieres un poco de agua? —se limitó a preguntar.

La pregunta era retórica. Se acercó a la mesa donde aún permanecían el vaso y la jarra que por la mañana había traído el mayordomo.

—¿No? —inquirió volviéndose—. Yo sí, aunque prefiero algo más fuerte, aprovechando que acabamos de comer y mi estómago está a rebosar. ¿Te importa? —pidió permiso antes de extraer del maletín una petaca y de empinarla en un largo trago.

Sus pupilos le lanzaron una furtiva mirada.

Charles se pasaba la mano por los labios sedientos. Con la paciencia de una pluma, la silla fue descendiendo hasta posarse de nuevo en el suelo.

—Ya que estamos, ¿no compartiría eso conmigo? Sea un buen samaritano, padre, y dele de beber a esta oveja descarriada —solicitó el abogado con voz profunda y ronca.

Berardi se quedó quieto, atribulado, con la petaca muy cerca del corazón, como si la protegiera de un par de brazos que quisieran arrebatársela. Tras un instante de reserva, el exorcista recuperó la sonrisa burlona y continuó:

—Si no fuera por el daño que tú y los tuyos infligís a estas pobres criaturas, creo que estaríais entre mis favoritos para ir a tomar unas copas. Sois tan ocurrentes... Por cierto, ¿podrías hacer que yo también volara? Es un sueño que tengo desde niño —reconoció el exorcista.

Charles, o lo que hubiera dentro de él, agradeció a su nuevo compañero de juegos que le acercara la petaca: brindó por el páter con un sencillo gesto.

Un sorbo. Solo un sorbo. Los ojos, desorbitados; las manos, agarrotadas, encajadas en su propio cuello. El demonio espurreó con violencia el líquido que le había entrado en la boca. Parecía whisky de la más alta graduación, porque produjo en la chimenea un fogonazo que, a pesar de encontrarme alejada de la escena y sus protagonistas, me obligó a retroceder. Para mi sorpresa, provocó que se extinguiera la hoguera.

En el exterior de la mansión, los colores vespertinos se habían apagado con la llegada de la noche, así que la biblioteca quedó a oscuras. Apenas se adivinaban nuestros perfiles.

—Agua bendita. Tal vez demasiado fuerte para él. —Reconocí la voz divertida de Berardi envuelta en la penumbra.

—Enciendo yo la luz —se ofreció Jackson.

Fue entonces cuando advertí que el hormigueo y los escalofríos esporádicos habían regresado, y un repulsivo olor a huevos podridos me atormentaba las fosas nasales. Probé suerte: lancé los brazos en un intento de cazar al canadiense a su paso. Prefería seguirlo. «Esto no tiene ninguna gracia», me dije con el corazón acelerado. «Cuanto más cerca de la puerta, mejor». La brazada se perdió en el aire. Me recogí sobre mí misma sintiéndome vulnerable, un objetivo fácil para cualquier ataque. En esas circunstancias no era difícil imaginarse a Charles justo a mi lado, a punto de saltarme encima. Cerré los ojos, con la intención de protegerlos de un hipotético zarpazo.

Y se hizo la luz. Mi primera reacción fue de alivio, porque no tenía a ningún ser, vivo o muerto, a menos de dos metros. Respiré hondo para intentar apaciguar cuanto antes mi ritmo cardiaco; y sonreí, ya más templada, a Jackson. Ni siquiera me miró. Tenía asuntos más importantes en los que pensar.

—¡¿Dónde se ha metido?! —exclamó señalando la silla en la que había estado sentado Charles Montand hasta un minuto antes.

—¿Cómo es posible? No lo habéis atado bien —gruñó Berardi girando sobre sí mismo en busca del escapista—. Habrá alguna puerta secreta en esta sala... Quizás en la chimenea. —Sus pupilos lo secundaron en la búsqueda de algún resorte que confirmara esa sospecha.

Me quedé paralizada al escucharlo. Justo detrás de mí.

—Alicia...

28

Una inesperada visita

Contuve la respiración. Aproveché que Lefroy se acercaba al grupo de Alejandro para apartarme aún más de todos ellos y poder mantener una conversación privada.

—¡¿Se puede saber qué haces aquí?! —susurré exaltada, echando un vistazo atrás para cerciorarme de que nadie nos prestaba atención—: Ya te dijimos que sitios como este son peligrosos para ti. Como se entere Jackson de que has venido...

Si en algún momento llegué a pensar que Duncan iba a mostrar aunque fuera una pizca de arrepentimiento, estaba claro que me equivocaba.

—Tú tienes la culpa —contraatacó con firmeza—. Presentí que te hallabas en peligro, y veo que mi instinto no me engañaba. Mírate: estás temblando —observó con una expresión de reproche al tiempo que cubría mis brazos con sus cálidas manos.

Duncan llevaba razón: estaba temblando. Y la sacudida que sentía por dentro era muy superior a la insignificante tiritera que reflejaban mis dedos ligeramente inquietos y de la que él era testigo directo.

—Estoy bien —mentí sin ningún pudor mientras daba un paso atrás para alejarme de él. Deseaba que se fuera, apartarlo del peligro—. No es nada, solo un catarro que he cogido por el viaje en moto. Será mejor que te largues de aquí enseguida.

Mis dientes habían empezado a castañetear. Empeoraba por momentos, pero no podía centrarme en nada que no fuera Duncan. En algún rincón escondido de aquella sala se escondía un demonio y temía que pudiera lastimarlo.

—¿Y dejarte aquí con ese engendro? —replicó el escocés, que vigilaba desconfiado al equipo de exorcismo del padre Berardi—. Está fuera de toda discusión: solo abandonaré este lugar si salimos juntos.

«¿Pero qué...?».

—¿A quién llamas engendro? —le recriminé—. No te pases... —Pensé que se refería a Jackson.

—Llamo engendro a ese bicho, mitad humano mitad dragón.

—¿Qué?

—Ahí, en la silla. Mirando a tus amigos como si fuera a engullirlos de un momento a otro. ¿Acaso no lo ves? —Las pupilas dilatadas del escocés reflejaban incredulidad y preocupación a la vez.

Até cabos antes de gritar:

—¡Aún está aquí! ¡Se ha hecho invisible!

—Por todos los demonios, Alicia... Acabas de llamar su atención —me reprendió Duncan—. Debemos marcharnos ahora mismo; o si no... —susurró mientras miraba a su alrededor, como si buscara una espada o cualquier otra arma que llevarse a las manos.

Su voz sonó apremiante, pero hice caso omiso. Enfrente tenía a Alejandro, tan sorprendido como Berardi por mi reacción.

—Me lo ha dicho Duncan... —les expliqué, sin tener muy claro si habría metido la pata al desenmascararme de manera tan franca ante los tres religiosos—. El paciente sigue en el mismo lugar, atado a la silla.

Sin entrar en detalles, el chamán puso al tanto a la brigada de exorcistas de mis facultades como canalizadora con el más allá; enseguida fui objetivo de todas las preguntas.

—¿Duncan lo está viendo ahora mismo?

Asentí con la cabeza un segundo después que el escocés.

—¿Y cómo es exactamente? —continuó interrogándome Alejandro.

Fui repitiendo lo que Duncan describía: «Un hombre despojado de ropas, con pezuñas en lugar de manos y pies y dos pares de alas: por encima las de dragón, por debajo las de plumas; con una corona sobre la cabeza y el tatuaje de una serpiente grabado en el brazo izquierdo».

—Ah, y está intentando zafarse de las correas de los pies, pero Duncan dice que forcejea en vano —añadí.

—Eso es lógico —apuntó uno de los gemelos—. Esas correas están bendecidas con óleos y agua de Jordania. Ya me extrañaba que hubiera podido soltarse.

La inconfundible melodía de un móvil me sobresaltó. De nuevo una llamada para el padre Berardi. «¿Otro exorcismo? Sería el colmo. Un exorcismo dentro de otro. Esta vez seguro que lo apaga».

Pues no.

—Sí, ¿dígame? (...) ¿De la Iglesia Universal del Espíritu Santo? No, no estoy interesado. (...) No sé cómo decírselo. Ni aunque me regalen los clavos de Cristo por inscribirme. Discúlpeme, pero me pilla con algo entre manos. (...) ¿Si es urgente? Pues hombre, se trata del mismísimo demonio... Astaroth. —Berardi dio por concluida la conversación cerrando con una sola mano su teléfono de concha. Tenía la vista fija en el *trono*, vacío por poco tiempo.

Ahí mismo reapareció. Charles Montand. Ningún demonio a la vista.

Mis escalofríos y temblores remitieron. También la peste a huevos podridos.

—Me alegro de que sigas las reglas... y que al nombrarte te hayas vuelto visible. No hay necesidad de jugar al escondite, Astaroth —dijo el clérigo.

Con un simple ademán, Alejandro instó a Jackson a reunirse con Duncan y conmigo. Por la decisión que denotaban sus andares apresurados, sospecho que la orden había resultado del todo innecesaria.

—¿Qué está haciendo él aquí? —preguntó el fotógrafo de muy malos modos, como si deseara castigarnos con un par de aguadillas bajo las turbulentas aguas azules que en ese instante tenía por ojos.

—¿Quién es Astaroth? —interrogué al yuzbasi. Dicen que la mejor defensa es un buen ataque, y yo lo embestí con un candoroso arqueo de cejas.

Lefroy respiró profundamente; a todas luces intentaba mantener la calma.

—Se le conoce como El Gran Duque del Infierno. Un demonio de primera jerarquía —respondió enfurruñado—. Es astuto y peligroso. Le gusta interceder para que todos los planes malignos que se urden al otro lado, sean suyos o de otros, salgan adelante. Y, entre otras cosas, es capaz de volver invisibles a los hombres. —El tono brusco lo alejaba de su propósito, así que decidió suavizarlo—: Alejandro se quedaría más tranquilo si te acompañara fuera de este lugar. Y yo también.

—¿Corremos algún riesgo a esta distancia, fuera del círculo de sal?

—Se supone que no... Pero...

—¿Tampoco Duncan?

—¿De quién hablas, bruja? ¿Cómo has conseguido verme? A ellos puedes mentirles, pero a mí no. No hay nadie más aquí —dijo Astaroth mientras escrutaba la biblioteca con sus gélidas facciones. Se entretuvo unos segundos en Jackson. Luego en mí. Pero no en mi amigo invisible.

El chamán nos observaba intrigado.

—Aquí hago yo las preguntas —se inmiscuyó Berardi—. ¿Por qué este hombre? —Señaló el cuerpo de Charles Montand—. ¿Qué buscas en él?

—Simplemente... es mío —se limitó a responder. Respiró hondo, como si intentara relajarse, y en su cara florecieron estrechas líneas de color oscuro que fueron extendiéndose en ramificaciones por el resto del cuerpo, adoptando la apariencia de un tatuaje de henna.

Imaginé que aquellas eran las *raíces* de Astaroth.

—Creo que necesita ayuda. Chicos, acercaos más a él —ordenó Berardi a sus dos aprendices, que obedecieron en el acto y, como de costumbre, en perfecta sincronía.

—No es necesario, no es necesario. —El demonio los detuvo con un gesto de la mano, la atención fija en las minipíxedes de los gemelos—. He elegido a este hombre porque es débil... «Papá no me quería, papá no me quería». —Le hicieron gracia sus propios pucheros—. Entiéndeme, páter, tuve que meterme dentro de él para hacerlo callar.

El sacerdote apuntó con el dedo, como si fuera una lanza, al engendro mitad dragón mitad hombre que había hecho de aquel cuerpo giboso su palaciega morada; ya no tan cómoda, porque las correas de los tobillos lo mantenían encadenado.

—Su padre sí lo quería. Lo sé. ¿Cómo y cuándo entraste en él? —Silencio—. No respondes... Y estás obligado a hacerlo en el nombre del Padre, es él quien te ordena que contestes, Astaroth. *Ecce Crucem Domini! Fugite partes adversae!**—gritó el exorcista mostrando al demonio el cristo que pendía de su cuello.

El cuerpo de Charles se retorció en una pose de dolor. Pero al instante volvió a la calma, a la postura insensible del torturador, con una expresión tenebrosa en su boca. De manera consecutiva, en varias ocasiones pasó del llanto atormentado y dolorido a la carcajada socarrona e insensata.

Jackson confirmó mis sospechas.

—El abogado intenta expulsarlo. Lucha dentro de él, ayudado por Berardi.

La versión demoniaca pronto nos dejó claro quién ganaba la batalla: dio unas palmadas, contento.

—¿Os gusta la escena? Os dije que este tipo es patético. Y lo mejor es que, por mucho que te empeñes, Charles tiene razón: el senador nunca lo quiso, padre Casio... —Le guiñó un ojo al clérigo—. ¿O prefieres que te llame Berardi? Vamos... Prácticamente nos encontramos entre amigos... —añadió melifluo. Como no obtuvo respuesta, el demonio prosiguió—. ¿Sabes, Michael? En realidad estoy aquí dentro por culpa de su progenitor. El senador y yo firmamos

---

* Traducción del latín: «¡He aquí la Cruz del Señor! ¡Huid, fuerzas enemigas!».

un pacto. Así que fue él quien, hace muchos años, me vendió la entrada para este espectáculo. Pagué por él. Y he venido a disfrutarlo. Estoy en mi derecho... porque su alma es mía. —Incisivo, si se cortó con las palabras, disfrutó del metálico sabor de la sangre.

—Sí, conozco la historia. Fue en un cementerio de París. —La aclaración de Berardi impresionó al propio demonio. El exorcista se volvió hacia Alejandro—. San Agustín decía que, si Dios no lo frenase, el Diablo nos mataría a todos. Yo no estoy tan seguro. Seres de la oscuridad como este se lo pasan en grande atormentándonos en vida.

Astaroth disfrazó su sorpresa con sosiego.

—Bueno, padre, también disfruto con las almas que me he llevado.

De repente el demonio alzó un dedo reclamando un instante de silencio y dirigió su mirada hacia el techo, como si escuchara voces en el interior de su cabeza.

—¡No es posible! Mi muy querido Pruslas, ¿lo dices en serio? —Acompañado de una risa histriónica, aplaudió varias veces entusiasmado y fijó su interés en mí. Ladeó la cabeza con sorna antes de hablar—. Uno de mis *pajaritos* acaba de revelarme que me encuentro ante la señorita Elli... —Se detuvo asintiendo, como si alguien en su mente lo estuviera invitando a rectificar—. No, no, por supuesto. En este momento es a la señorita Alicia de la Vega a quien tengo frente a mí. —Desde su *trono*, se inclinó en una reverencia burlona—. El universo es sin duda un pañuelo. Menuda historia la tuya, jovencita. Si tú supieras... Por cierto, Diego te envía recuerdos desde el infierno.

Todos los músculos de la cara se me contrajeron al escucharlo pronunciar el nombre de mi padre. Astaroth, por supuesto, se dio cuenta y abrió la boca muy despacio; estaba disfrutando del delicioso juego que para él suponía zaherirme.

—Princesa, ¿acaso deseas ir con papaíto? —inquirió solícito, como si estuviera dispuesto a hacerme un gran favor—. Yo puedo mostrarte el camino, e incluso llevarte cargada sobre mis rodillas hasta él. De hecho, quizás lo haga. Lo pasaríamos muy bien de camino. Sería un placer... muy carnal. —Sus ojos se tornaron dragontinos durante unos fulgurantes segundos. Me miró de abajo arriba con las pupilas reptilianas contraídas y, en un gesto lascivo que me repugnó, se pasó una lengua bífida y anormalmente larga por el labio inferior.

—¿Te acaba de amenazar? ¿Se ha atrevido a amenazarte... a ti? —musitó Duncan con la mirada clavada en el demonio y el rostro repentinamente acalorado por la rabia—. Inmundo ser. Vil y rastrero... ¡Por lo más sagrado que no voy a permitírselo! —exclamó fuera de sí.

En sus ojos, por costumbre claros, brilló algo oscuro y beligerante. Habituada a sus buenas maneras y a su carácter contenido, impresionaba verlo en aquel estado indómito, igual que un animal salvaje.

Cuando logré atraparlo de la muñeca, ya había cubierto la distancia de un par de zancadas en dirección a Astaroth. Atravesar el cerco de sal, entrar en contacto con el mundo de aquel demonio de primera jerarquía, podía resultar fatal para él.

—¿Pero qué haces? —susurré desesperada ante aquel arrebato de furor. Noté que sus brazos se habían tensado como mangos de martillo y que cerraba furioso sus puños, listos para golpear—. ¿Pretendes enfrentarte a un demonio a puñetazo limpio?

—Como si es el mismísimo Lucifer... —soltó entre dientes, sin volver la vista hacia mí.

—Duncan, por favor, no puedes entrar en el círculo de sal. ¡Podría hacerte daño! —intenté convencerlo. Él sacudió la cabeza. No parecía dispuesto a escucharme—. ¡Está bien! ¡Si tú cruzas ese círculo, yo lo haré detrás de ti! Lo haremos juntos —lo amenacé desesperada en voz baja, mientras los demás centraban la atención en Berardi y su enfrentamiento verbal con Astaroth.

Por fin el escocés se giró hacia mí.

—Pero... —Guardó silencio al darse cuenta por fin de mi angustia—. Debes dejar que defienda tu honor ante ese engendro. No puede tratarte de esa manera y salir impune —replicó con el gesto fruncido.

—Por favor, ignórale y vuelve conmigo —supliqué mientras notaba cómo Jackson me observaba sin decir palabra.

Tiré ligeramente del terco escocés, y él, aplacado por mis ruegos y advertencias, terminó por ceder. Retrocedió junto a mí unos pasos, para situarnos de nuevo a la altura del canadiense.

Aun así, Duncan, que no apartaba la vista del demonio, continuaba tenso. Lo noté a través de su mano, que, cargada de energía protectora, me había rodeado por detrás y acababa de posarse de forma muy liviana en mi cintura. Miré de reojo aquella mano y lamenté que cualquier historia entre los dos resultara del todo imposible: no solo porque fuéramos de distintos mundos —el de los vivos y el de los muertos—, sino porque, por grande que fuera el aprecio que sentía por mí, Duncan siempre amaría a otra.

Diego. Infierno. Las palabras de Astaroth regresaron a mi mente. Intenté convencerme de que no eran sino una triquiñuela del demonio para lastimarme, pero desde el momento en que mi tercer ojo había decidido salir a husmear ahí fuera, me mortificaba la idea de que mi padre pudiera no descansar en paz. Siempre había pensado, armándome de *razón*, que la muerte era el final de todo. Asimilar lo contrario resultaba esperanzador y aterrador a un tiempo.

—Páter, ¿por qué le han molestado mis palabras? —comentó Astaroth, divertido por el giro de los acontecimientos. Se paseó los dedos entre el cabello, como si se acicalara para una cita amorosa. Sus ojos y su lengua volvían a ser humanos—. Podría jurarle sobre una Biblia que cuidaría con mucho mimo de la damisela. Se me hace la boca agua de solo pensarlo...

Puse una mano sobre la de Duncan para intentar aplacarlo. A mi amigo invisible le estaba costando contenerse.

—¡Basta! —ordenó Berardi—. No te llevarás a nadie. Ni siquiera a Charles.

Con aires de suficiencia y un mentón que de repente parecía más pronunciado, el demonio retó al religioso a impedirlo. Y hasta ahí se prolongaron las conversaciones.

El exorcista arremetió contra él con unas plegarias y un rosario que en el centro de la cruz, según me explicó más tarde Jackson, llevaba incrustada una moneda de San Benito, el patrón de los exorcistas. El presbítero y sus dos ayudantes hicieron oídos sordos a las salidas de tono del demonio mitad humano mitad dragón continuando con unas letanías.

—Por intercesión de Jesucristo, ¡vete!

La cara del paciente se contrajo en una arcada.

—Fíjate en su garganta —me pidió el canadiense.

En la parte inferior del cuello localicé lo que parecía una segunda nuez. En movimiento ascendente. Hice ademán de acercarme. Mi curiosidad era mayor que cualquier sentimiento de repulsión. Pero se habían vuelto las tornas, y ahora era Duncan quien me retenía a su lado, exigiéndome paciencia. El chamán estaba a punto de contarnos en qué consistía el vómito que acababa de recoger en el cubo:

—Tierra cubierta de sangre.

Y tras este primero, llegó otro. Y otro. Y uno más.

—Han salido cuatro demonios menores, pero Astaroth sigue ahí —certificó Alejandro cuando el estómago de Charles Montand se asentó por fin.

Patrick y Jon rociaron de agua bendita el interior del cubo, instalado en el hogar de la chimenea. Mientras tanto, Berardi extrajo un bote de plástico del maletín y, tras verter un buen chorro dentro del recipiente metálico —apestaba a alcohol medicinal—, encestó la cerilla que hizo arder toda aquella vileza.

Cuando volví la vista a Charles Montand, lo encontré recostado sobre la silla, había perdido el sentido. Sus facciones volvían a relajarse, y los estigmas con forma de raíces que habían marcado su piel comenzaron a diluirse, como si un *cutman* invisible hubiera subido al *ring* para limpiarle las heridas infligidas por el demoniaco contendiente. Astaroth sabía cómo pegar duro.

—¿En serio no lo han liberado? —pregunté a Jackson.

Alejandro me hizo guardar silencio. Le susurró algo a Berardi, y este le respondió: «Claro, ve». El chamán nos recogió de camino a la salida. El semblante de Duncan se serenó al entender que por fin abandonábamos aquel lugar.

Caroline aguardaba al otro lado de la puerta, en un estado de nervios que le hacía retorcerse con brío las manos. Enseguida acudió a nosotros en pos de explicaciones. Por suerte para ella, no se había enterado de nada: las gruesas paredes de la biblioteca, sobrealimentadas de piedra y cemento, ahogaban los ruidos provenientes del interior.

—Intente tranquilizarse, señora Montand. Están tratando de ayudar a su marido, pero no voy a mentirle: es un caso complicado. Ya le contará el padre una vez concluido el ritual. Por favor, espérele aquí sentada —le recomendó Alejandro mientras la acompañaba a una de las sillas tapizadas del pasillo. Al menos había conseguido que dejara de castigarse los dedos.

En el trayecto de vuelta a la puerta principal, el chamán me informó de lo poco frecuente que es acabar con una posesión como la que sufría Charles con una sola sesión de exorcismo. Incluso si el sacerdote era alguien de la experiencia de «Gabriele Casio». Aunque parecía evidente que el demonio estaba al tanto de su nombre real, Alejandro no renunciaba a seguir usando el seudónimo del sacerdote entre aquellas paredes.

—Y más aún teniendo en cuenta que está midiendo sus fuerzas con Astaroth. Va a ser un caso engorroso.

Como si me lavara la cara, el aire sereno de la noche terminó de arrastrar mi malestar. Los temblores se habían quedado dentro de la mansión y sentía la mente despejada.

—Alejandro, ¿será cierto que ese engendro no podía ver a Duncan?

El escocés, apoyado igual que yo en el lateral del coche de Berardi —en color rojo diablo—, escuchaba atento la conversación.

—No sabría decirte. Duncan es un espíritu. Astaroth, un demonio, y, como tal, la muerte no guarda secretos para él; no debería tener problemas para percibir el alma de un difunto... Cierto es que las criaturas de la oscuridad son mentirosas por naturaleza, pero me dio la impresión de que Astaroth sentía verdadero fastidio, como si no pudiera ver a Duncan. —El aludido se limitó a fruncir el ceño, intrigado.

Lo que sí pudo aclararme el chileno fue que mi malestar en el interior de la casa no se había debido a un catarro en ciernes, sino a mis dotes como médium: algo en mi interior había barruntado la presencia de un ser demoniaco en el lugar, y la sensación se había intensificado al adquirir este su forma original, mitad dragón mitad humano.

El trío clerical no tardó ni media hora en dejarse ver. Patrick y Jon presentaban el aspecto desaliñado y exhausto de quien acaba de volver de una guerra. Su maestro, en cambio, lucía la armadura intacta.

—¿Y ahora qué? —le pregunté a Berardi.

—Ahora alguien tiene que viajar a Francia para ayudar a esta familia. Y no podemos ser nosotros —explicó señalándose a sí mismo y a los aprendices—. Tenemos trabajo aquí. Hay mucho que hacer aún, pero solo dispondremos de una oportunidad de salvar a este hombre si quien vaya a París consigue encontrar y destruir el pacto que el senador firmó con Astaroth.

—Hay algo que no entiendo, padre: ¿qué conseguía el senador con ese pacto? ¿Riquezas? ¿Poder?

—Resulta paradójico, Jackson, pero vendió el alma de su hijo a cambio de salvar la vida de su hija Isabelle.

—¿Isabelle? ¿Y cómo se ha enterado de eso? —pregunté.

—Cuando os dejé durante la comida, fui a buscar a la señora de la casa, la viuda de Montand —nos reveló el exorcista—. Pedí a uno de los sirvientes que le trasladara mi deseo de reunirme con ella. Accedió a verme en su habitación. Temí que la hija montara guardia por allí, pero tuve suerte: Isabelle había abandonado ya la mansión.

Berardi se encontró con una mujer que, pese a sus ochenta años, conservaba una fachada enérgica. El sacerdote le explicó que estaba allí para ayudar a su hijo Charles y que por esa razón necesitaba saber cosas de su vida y de su familia; por ejemplo, si les había ocurrido tiempo atrás algo que pudiera calificar de muy buena o muy mala suerte. La madre del paciente, Malgosia, le contó una historia que se remontaba al París de finales de los cincuenta.

Su hija Isabelle contrajo a los cinco años una grave enfermedad pulmonar. Según el médico, debían perder toda esperanza: sin dinero para el costoso tratamiento, la niña moriría sin remedio. Debido a la impotencia que sentía, el carácter de Jacques, su padre, empezó a agriarse. Deprimido y desesperado, se pasaba días enteros deambulando sin rumbo fijo por las calles de la ciudad. Siempre regresaba a casa recién caída la noche. Excepto aquella vez en que su mujer llegó a pensar que había cumplido su recurrente amenaza de lanzarse a las aguas del Sena. El hombre se presentó en su hogar pasadas las cuatro de la madrugada, con las ropas cubiertas de sangre. Malgosia se asustó al verlo, pero sintió alivio al comprobar que ni un rasguño mutilaba su cuerpo. «La sangre es de un animal». Su marido no dio más explicaciones.

—Ese dato ya me hizo pensar en algún tipo de ritual —nos explicó Berardi.

A la mañana siguiente, Jacques Montand desapareció de su casa, para volver al tercer día. Traía consigo una pequeña fortuna. Había hallado una antigua vasija, repleta de monedas y joyas de quinientos años de antigüedad, en el bosque de Lyons. Cerrar el trato con el Museo del Louvre resultó rápido y sencillo.

—En ese momento no caí, pero ahora que sé que estamos tratando con Astaroth, todo concuerda: este demonio tiene el poder de conducir a los hombres hasta tesoros escondidos —nos aclaró el sacerdote.

Jacques compró las medicinas que lograron curar a su hija. Pero había más. Malgosia le reconoció a Berardi que su marido siempre había tratado al hijo pequeño con indiferencia y frialdad. Hasta el punto de que, cuando Charles cumplió los doce años y enfermó de fiebre tifoidea, el progenitor intentó evitar a toda costa que lo llevaran a un hospital. El niño se recuperó porque Malgosia ignoró sus deseos y, a escondidas, lo ingresó en una clínica. Jacques estuvo sin hablarle a su mujer más de tres meses.

—Pensé que aún me ocultaba información, así que le dije que, si no me ayudaba, su hijo terminaría muerto; y le advertí que eso no era lo peor que iba a sucederle a Charles... —nos dijo Berardi.

Malgosia rompió a llorar ante el religioso, como una Magdalena frente a la crucifixión. Reconoció que, acobardada, se había recluido en su habitación para no tener que coincidir con su hijo, ya que este parecía poseído por fuerzas malignas del más allá. La anciana se veía a las puertas de la muerte y le aterraba la idea de que un diablo viniera en busca de Charles y, de paso, se la llevara a ella también. El exorcista se comprometió a impedirlo rezando por la salvación de su alma.

Por fin la mujer se atrevió a confesar —no en sentido religioso, aunque después pidió el sacramento de la penitencia para reconciliarse con Dios— lo que su esposo le había revelado en el lecho de muerte: la noche que apareció manchado de sangre venía de realizar un pacto con un demonio. El intermediario que lo había ayudado era un brujo de Ménilmontant. La intención de Jacques había sido salvar a Isabelle; y el precio a pagar, el alma del siguiente hijo en nacer. El senador pensó que podría burlar el acuerdo si se abstenía de aumentar su prole. Lo que ignoraba era que un niño, Charles, ya venía de camino: su esposa Malgosia estaba encinta de apenas dos meses.

Berardi dedujo que Jacques siempre se sintió culpable y que, por esa razón, mantenía las distancias con su hijo. Había deseado que las fiebres tifoideas se lo llevaran por delante, pero solo para que en su prematura muerte Charles encontrara la salvación: el trato era que Astaroth acudiría en busca de su vástago unos días después de la muerte del senador; si el niño moría antes, el pacto dejaba de tener sentido. O eso creía Montand.

—El documento que firmó se encuentra oculto en el cementerio del Père-Lachaise. Alejandro, hay que ir allí y destruirlo. Es la única manera de intentar salvar el alma de Charles y de recuperar la de su padre, que también está condenado por el contrato que firmó hace sesenta años —prosiguió Berardi—. El dinero no es problema. Malgosia financiará el viaje. Será una misión sencilla si, como espero, el brujo que sirvió de intermediario con Astaroth, y que durante años habrá sido el custodio del pacto, ha fallecido. Solo tengo un problema: no sé a quién enviar a París.

—Jackson y yo nos encargamos —sentenció el chamán.

—Yo también voy. —Lo dije sin pensar, y tan convencida que nadie se atrevió a rebatirme.

29

La elegida

Entramos en casa. La televisión estaba encendida. «Mi madre me va a matar cuando vea la próxima factura de la luz...».

—Tendrás la bondad de excusarme, ¿verdad? —preguntó Duncan en cuanto entramos en casa—. Me urgía ir a tu encuentro lo antes posible.

—¿Ahora también lees la mente?

—No preciso de un don tan poco común para estar al corriente de parte de sus pensamientos, señorita De la Vega. —Al cabo, otra reflexión, mucho más ingrata, le borró la sonrisa de los labios—. ¿Y si lo que nos conecta con tanto ímpetu es la sangre? Podrías ser mi descendiente.

«Imposible».

—Duncan, no tengo noticias de ningún antepasado escocés. Bueno, yo... supongo que, de ser así, es un dato que habría pasado de generación en generación —intenté convencerme a mí misma. No quería ser su tataranieta. Mis sentimientos por Duncan hacían de aquella rocambolesca sospecha algo casi incestuoso.

—Supongo que estás en lo cierto.

El teléfono de casa nos interrumpió. Mi madre. La informé de que en unos días, aún no sabía exactamente cuándo, debía volar a París por trabajo. Si antes de la llamada albergaba alguna duda, mi viaje provocó que no se lo pensara dos veces: iba a cambiar la fecha de los billetes de vuelta. Aseguró que necesitaba verme.

Hasta en tres ocasiones tuve que confirmarle que me encontraba perfectamente, que no hacía falta que adelantaran el regreso —ya habría tiempo de contarle lo que le había sucedido a mi compañera Andrea... O, mejor dicho, lo que todos, excepto Jackson y yo, pensaban que le había ocurrido—. No quiso escucharme.

—Intentaré encontrar billetes para lo antes posible. Nos vemos pronto, hija.

Fueron sus últimas palabras al teléfono.

Cuarenta y ocho horas después, los dos miembros de mi familia más cercana aterrizaban en casa. Advertí con preocupación el aspecto cansado de mi madre. Su paciente belleza se había tornado impaciente; al estilo de Emma, quien, tras darme un pequeño achuchón, le pidió permiso a mamá para dejarnos en la estacada con los bultos.

—Por favor, por favor —imploró con las manos entrelazadas a la altura del pecho—, es importante que vaya a ver a Claire. Me acaba de enviar un wasap: tiene noticias de Martin, pero únicamente me las contará en persona. Necesito saber qué ha pasado. ¡Tal vez haya roto con Karen! —sonrió ilusionada.

Ni en un millón de años hubiera creído que los lastimosos ruegos de la rubita fueran a colar. Si el mundo aún no se había vuelto loco, mi madre la obligaría a hacerse cargo al menos de sus cosas. Pero definitivamente el mundo estaba del revés, y mi progenitora con él:

—Ok, Emma. Pero no vuelvas tarde, ¿de acuerdo? —fue su única exigencia—. En un par de horas cenamos.

«A mi madre la han abducido los extraterrestres en Madrid».

Unos minutos después entendí su actitud permisiva. No me permitió ni subir las maletas al piso de arriba. Tras despedir a Emma y cerrar la puerta de la calle, me tomó de la mano y me obligó a seguirla hasta el sofá del salón. Duncan se unió a la comitiva, expectante como yo ante aquella escena.

—Alicia, vas a contarme la verdad. Recuerda que soy tu madre y a mí no puedes engañarme. —Fue como regresar al jardín de infancia, como si ella fuera una superheroína capaz de verlo todo, de saberlo todo—. ¿Cómo te ha ido por aquí?

Ante el gesto grave de mi madre, la entereza que había sido capaz de mantener durante días se derrumbó en un parpadeo y rompí a llorar.

—Mamá, no te lo vas a creer —conseguí balbucear con dificultad, intentando contener la llantina.

Me restregué las lágrimas de la cara, que noté acalorada por el sofoco... y por la vergüenza. Di por sentado que la estaba asustando.

—Cielo, cálmate —me dijo con la voz templada, aunque un poco temblona—. ¿Es por el tercer ojo?

—Pero ¿cómo diablos...? ¿Cómo puedes saber eso?

Efectivamente, aquel don había sido el desencadenante de todo, pero no explicaba mi llanto. Mi abatimiento, mi pena, se debía más a la muerte de mi compañera Andrea, a que los demonios existían y me habían hablado de papá y a que me había enamorado de un hombre que jamás podría corresponderme. Respecto a Duncan, llevaba días sintiéndome como el personaje de *La Sirenita*, pero la del cuento original, la que acaba con el corazón destrozado cuando su adorado príncipe, al que había salvado de morir ahogado, termina liándose con otra, una princesa de tres al cuarto venida de un reino vecino. Suponía que, en el momento más inesperado, esa *princesa* terminaría por reaparecer en la memoria del escocés.

Mamá resopló. Me tomó una mano y empezó a acariciarla. Evitaba mirarme a los ojos; los suyos brillaban apenados.

—Lo siento, lo siento... Ni te imaginas cuánto. Debí contártelo hace mucho tiempo, pero solo quería protegerte. Nunca pensé que saltara de generación. Ay, Alicia, y menos a ti. Siempre has sido tan racional, hijita mía...

—¿El tercer ojo ha saltado una generación? ¿Es que alguien de la familia lo tiene? —pregunté asombrada y a la vez animosa ante la posibilidad de que hubiera una explicación «lógica» a todo lo que me estaba ocurriendo.

—Lo tenía. Tía Rita. Siempre temí que el don pasara a mí, mi intuición me lo decía. Pero tú no. Mi pequeña...

A través de sus lágrimas, me topé por fin con su mirada. Limpia y fresca, como siempre. Sentí sus cálidos dedos resbalar por mi mejilla.

—¿Cómo es posible que no me haya enterado antes? ¿Que a nadie de la familia se le haya escapado algo?

—Tu abuela y yo somos las únicas que conocíamos el secreto de la madrina —reconoció.

—¿Tía Rita nació con el don?

—No, se le manifestó a los siete años.

—¿En serio? —Me acordé de Alejandro. Sus casos eran similares—. ¿Sabes cómo fue? Mamá, necesito que me lo cuentes, y con todos los detalles —le supliqué.

—Y así lo haré, Ali —me tranquilizó antes de pensar por dónde debía empezar la historia—. Ocurrió en casa de mis abuelos. Era la hora de la cena, y enviaron a tía Rita en busca de una botella de vino. Desde la cocina oyeron a la niña gritar. La encontraron en la bodega, con los brazos extendidos y la cabeza ligeramente inclinada hacia atrás, como resistiéndose a la fuerza que le hacía arrastrar los pies en dirección a un rincón negro. «Extrañamente negro», según la tía.

—Con siete añitos... —Aún no podía creérmelo.

Mi madre asintió con gravedad.

—Mi abuelo luchó por arrancársela a la oscuridad. Y no fue fácil. Tía Rita me contó que nunca pudo olvidar los gritos y las maldiciones desesperadas de su padre mientras trataba de retenerla a este lado. Cuando consiguió que aquel monstruo invisible cediera, tu bisabuelo la tomó en brazos y, aterrorizado, igual que su mujer, la llevó al interior de la casa. La niña, con la respiración entrecortada por la angustia, les explicó que había oído unas voces. Que la llamaban por su nombre, en susurros, desde aquella esquina de la bodega. Quiso descubrir quién se escondía allí, pensando que podía ser uno de sus primos gastándole una broma, pero cuando estuvo lo suficientemente cerca, unas sombras la agarraron de la cintura y las manos para tirar de ella, atrayéndola hacia la oscuridad. Aquello supuso un gran disgusto para mi abuela: enseguida comprendió que la maldición de su hermano, que acababa de morir en un sanatorio mental, había pasado a su hija. También él sufría visiones. A tía Rita le prohibieron volver a hablar de lo sucedido en la bodega. Temían que se corriera la voz y alguien quisiera internarla en un manicomio. Para evitar el regreso de las sombras, tu bisabuela pidió al sacerdote del pueblo que bendijera su casa, en especial la bodega, rociándola con agua bendita y sal; y vetó para siempre a su hija la entrada en aquel cuarto.

—Pero ahí no terminó todo...

—No, la tía aprendió sola, a escondidas, sin nadie que la orientara. Al menos nadie de este mundo, porque alguna vez me habló de unos guías espirituales venidos del otro lado. Al principio solo se atrevía a mencionar el tema a su hermana. Aunque no por mucho tiempo; a tu abuela todo esto le daba un miedo espantoso. Sé que, una vez alcanzó la edad adulta, Rita ayudó a un gran número de personas a contactar con sus familiares difuntos.

—Y si lo llevaban todo en secreto, ¿cómo te enteraste tú? Te lo contó la abuela —di por sentado.

—¿¡La abuela!? ¡No! Ella jamás me lo habría contado. Las pillé un día discutiendo. Mi madre creía que, con tanto contacto sobrenatural, Rita se estaba buscando enemigos aquí y en el más allá. Incluso a día de hoy, no es consciente de que conozco la historia. Para saber más, le pregunté directamente a mi madrina. —Mi madre se quedó como en pausa, pensativa—. Será mejor que tu abuela no se entere nunca de que has heredado el don... Le daría un patatús.

Restaba un cabo por atar.

—Mamá, ¿cómo has sabido que yo había heredado el tercer ojo?

—Temí lo peor cuando, después del sepelio, la abuela me entregó una carta escrita por la tía un día antes de entrar en coma. En el sobre figuraba tu nombre. En cuanto lo cogí, noté el colgante en su interior.

Aurora echó mano dentro de su bolso y sacó el sobre sin abrir.

—Intuí que la joya iba con el don. —Desolada, me entregó la carta—. Me tranquilizó hablar contigo por teléfono, saber que estabas bien...

Tomé el sobre con todo el respeto y cariño que en vida le había profesado a aquella anciana. «Tú eres especial». El paso del tiempo no las había deformado. Las palabras de tía Rita resonaron en mi mente igual que años atrás.

Rasgué el papel con cuidado y volqué su contenido. Lo primero que salió fue una piedra de color violeta azulado, seguida por una sencilla cadena en color plata.

—Es un zafiro.

—¿Un zafiro? —me extrañé—. ¿Auténtico? Debe de ser... muy caro. —Admiré su brillo y su transparencia diáfana.

—La madrina nunca tuvo ni quiso más que su casa y lo necesario para vivir. Y todo lo consiguió trabajando como maestra. Lo más probable es que este colgante sea el regalo de alguien de clase pudiente a quien ella ayudó con su don.

—Si no lo sabes seguro, ¿por qué vinculas esta joya al tercer ojo?

—Me contó una vez que es una piedra protectora. Por eso la solía llevar consigo. En especial cuando sabía que tendría que entrar en contacto con espíritus.

Mi madre lanzó una sigilosa mirada al sobre que descansaba en mi regazo. Lógico. Debía de plantearse muchas preguntas. Hasta yo, que había contado con dos mentores de excepción, Jackson y Alejandro, me las hacía, y era probable que en aquella carta ambas halláramos algunas respuestas.

Saqué el folio y, tras una rápida lectura (en busca de frases censurables que pudieran sobrecoger aún más a mi ya acongojada madre), presté mi voz a las palabras de frágil trazada escritas por tía Rita antes de morir.

Madrid, 24 de septiembre

Querida Alicia:

Cuando a mi muerte recibas esta carta, tal vez seas consciente de que algo raro te está pasando. Es el tercer ojo. Gracias a él podrás percibir seres sobrenaturales, de la luz y de la oscuridad. Te dejo en herencia un don que es una bendición y una maldición a partes iguales, pero que seguro sabrás apreciar porque, con la práctica, te permitirá ayudar a mucha gente. Y, por tanto, también a ti misma.

Siempre deseé hablarte de ello, pero, tras el accidente de Diego, no quería apenar todavía más a tu madre. Esperaba aguantar algunos años en este mundo, concederos una prórroga de vida tranquila y normal. He hecho lo que he podido. La naturaleza, a la que debo suponer sabia, ha dispuesto que mi hora se acerque, así que no puedo retrasar ni un día más esta carta.

Tú has sido la elegida. Así me lo hicieron saber tiempo atrás mis guías espirituales. Y mentiría si dijera que no me alegro, porque creo que tu madre y tú erais las dos mejores opciones.

Te lego mi colgante de zafiro. Es muy especial. Posee muchas propiedades que no voy a enumerar aquí. La más importante es que te protegerá de las fuerzas malignas. Intenta llevarlo siempre encima.

No sé si nuestro destino está escrito, pero es curioso que justo ayer me contara mi hermana que has dejado tu antiguo empleo para ejercer como periodista en una revista de fenómenos paranormales. «No me hace ninguna gracia. En ese sentido que tú y yo sabemos, no quiero que tenga nada que ver contigo», me dijo tu abuela. La pobre no es consciente de hasta qué punto nos parecemos. Creo que tu nuevo trabajo te ayudará a entender muchas cosas, y mi diario también, así que no me extiendo más.

A veces parece que el universo conspira en nuestra contra, cuando en realidad hace justo lo contrario, así que intenta afrontar la vida con optimismo.

Solo me queda despedirme y desearte una larga, feliz y provechosa vida, Alicia. Tal como ha sido la mía.

Recibe un fuerte abrazo de tu tía,

Rita Rubio

—¿Dónde está el diario? —pregunté. Aunque los últimos días habían servido para hacerme una ligera idea, conocer de primera mano las vivencias de tía Rita podía proporcionarme pistas muy valiosas sobre el futuro que me aguardaba como heredera de su don—. ¿En tu maleta? —Dirigí una mirada esperanzada al equipaje, que continuaba junto a la entrada principal, al pie de las escaleras.

Mi madre, atónita, no supo qué responder.

—Pues... La abuela solo me entregó el sobre. —Reflexionó un momento, como si buscara primero en el baúl de los recuerdos y después en el de las hipótesis lo que podía haber sucedido—. ¡Esta mujer! Igual pensó que tía Rita te enviaba el diario para que publicaras un reportaje en la revista. ¡A que no me lo ha dado por eso...!

—No te enfades con ella, mamá. Lo habrá hecho para protegerme a mí y también el alma de su propia hermana: le dará miedo que recibamos un castigo por desvelar los secretos del más allá.

—No debería hacer estas cosas. —Resopló—. Ya somos mayorcitas. Las dos. Podemos tomar nuestras propias decisiones. —Entonces dio un vuelco a su discurso tras fijar sus ojos en mí, como si me viera por primera vez—: De hecho, te noto cambiada, como si en solo unos días hubieras pasado de ser mi pequeña Ali a... no sé...

—¿Toda una mujer? —pregunté en tono burlón.

Miré de reojo a Duncan, que observaba el suelo y sonreía con ternura.

—Supongo que sí —comentó mi madre, triste y orgullosa.

Le expliqué lo que estaban haciendo por mí Alejandro y Jackson. Saber que no estaba sola en aquel lance la tranquilizó. Aunque no podía quitarse de la cabeza el dichoso diario. Como yo, pensaba que podía resultarme de gran utilidad.

En sus ojos detecté una duda que no se atrevía a plantear.

—¿Qué pasa, mamá?

—Me gustaría saber una cosa, hija. No... no habrás visto a tu padre, ¿verdad?

—Lo siento... No lo he visto. ¡Ya me hubiera gustado! —respondí con la voz manchada de fracaso. Ella se percató.

—No pasa nada, tesoro. Tampoco a tía Rita se le apareció nunca. Según ella, eso es bueno. Debería significar que descansa en paz —intentó consolarse sin demasiada convicción.

No tenía sentido demorarlo más, así que también la puse al tanto de lo que había sucedido en la fiesta de Victoria. Me oyó relatarle la muerte de Andrea, cómo ocurrió realmente. Me lanzó sus brazos y así me retuvo un buen rato mientras me acariciaba el pelo y lamentaba el peligro que yo misma había corrido. Cuando por fin se calmó, le hablé del conjuro con el que el chamán había protegido la casa. Podíamos sentirnos totalmente a salvo allí. Sobre Duncan, de espectro presente en el salón, conté lo estrictamente necesario: que creíamos que era un espíritu e intentábamos ayudarlo.

Él seguía nuestra conversación con cara de circunstancias. Solemne y, por momentos, con el rostro ensombrecido y cabizbajo.

Mamá intentó serenarse antes de marcar el número de la abuela. Hacer que ella pudiera sospechar lo de mi don no ayudaría en nada a nuestro objetivo de recuperar el diario, así que le informó primero de que el vuelo había ido bien, de que yo me encontraba perfectamente... y al final abordó el tema que más nos interesaba. Pegué mi oreja al auricular para escuchar la charla entre ambas y oí al otro lado del hilo telefónico y del Atlántico cómo la abuela Gabriela confesaba sin ningún pudor: «Sí, el diario está aquí. ¿Para qué lo quieres?». Sonó a madre; una que no quiere dar a su hijo lo que este le ha pedido por considerarlo peligroso o de gran valor.

Ante la insistencia de su hija, la abuela, desconfiada por naturaleza y sin un pelo de tonta en su frondosa cabellera, reflexionó:

—Dime la verdad: tú sabes de las historias que cuenta mi hermana en ese dichoso cuaderno, ¿verdad? No fue capaz de mantener la boca cerrada y te reveló su secreto...

Mi madre le explicó en qué circunstancias se había enterado del don de la tía y le prometió que nada de lo que ponía en el diario saldría publicado nunca en mi revista. Asimismo, la convenció de que, si Rita había decidido legarme aquel cuaderno, respetar su última voluntad era un deber para todos.

—Si no, se revolverá en su tumba y es bien capaz de ir a verte para exigir que le entregues a Alicia lo que es suyo.

La amenaza surtió efecto. La abuela prometió enviarme el diario lo antes posible.

—Suerte que no lo he quemado, pero te juro que tenía pensado hacerlo. No quiero que nadie más de mi familia se vea envuelto en asuntos que solo conciernen a los muertos.

30

La ciudad de la luz y las sombras

El avión con rumbo a la Ciudad de la Luz despegó a las 20:30 del día siguiente desde Newark. Alejandro finalmente no nos acompañaba porque había recibido una llamada del Club: debía prepararse para viajar a la sede de Salamanca, en España, donde colaboraría en la organización de una partida de búsqueda. La de Roberto Elizalde, que seguía sin aparecer.

Por nuestra parte, no había ni un minuto que perder. Según el padre Berardi, el estado de Charles Montand había empeorado; Astaroth seguía dentro de él, y sus raíces eran demasiado profundas como para arrancarlas a tiempo con exorcismos. Con ayuda de los gemelos, el clérigo intentaba mantener al demonio a raya para, en lo posible, evitarle más sufrimiento al hijo del senador, pero era preciso romper el maleficio del brujo o en unos días el abogado moriría y su alma quedaría condenada a perpetuidad.

Era mi debut en primera clase, y lo agradecí por tratarse de un vuelo transoceánico. Además, había asientos libres, por lo que Duncan, que esta vez se había negado en rotundo a dejarnos partir sin él, pudo acomodarse cerca de nosotros. Lefroy, ignorante de que éramos tres y no dos, se durmió enseguida. Yo, aunque relajada, era incapaz de conciliar el sueño: tenía mucho en lo que pensar. Por ejemplo, en el escocés. «Este viaje también tiene que ayudarte a ti». Los últimos días había estado husmeando en internet el rastro de un Mr. Foras —la persona que había enviado el cuadro a Mina Ford desde Edimburgo—, y la única referencia de alguien con ese apellido aparecía en un libro del que se habían impreso escasos ejemplares, escrito por un periodista inglés a principios del siglo xx. No hubo manera de localizar en la red la obra digitalizada; únicamente el índice, donde se mencionaba al misterioso Foras.

La Biblioteca Británica custodiaba un ejemplar, pero, a no ser que pudiera conseguir el permiso de una universidad que me acreditase como investigadora —que no era el caso— y pudiera volar a Londres, lo tenía crudo... En la lista de lugares donde se podía leer el título en cuestión, otros puntos del mundo, a cuál más lejano. Hasta que di con la librería Shakespeare and Company. ¡París! En su Sala de los Libros Raros. Estaba disponible para consulta en formato digital en sus ordenadores: más que suficiente. Lo importante era encontrar información sobre Foras y comprobar, de alguna manera, que se trataba de la persona que andábamos buscando. Descubrir quién era ese hombre y qué relación mantenía con el cuadro o, aún mejor, con la mujer del cuadro, tal vez nos abriría nuevos caminos en nuestra investigación sobre Duncan.

Cuando desperté, ya sobrevolábamos tierra firme. Eran las nueve y media de la mañana, hora local; París debía de quedar muy cerca. Miré por la ventanilla y fue como descubrir un enorme estuche de maquillaje, compartimentado en cuadrículas de tonos marrones tierra, acuosos azules y frondosos verdes.

—Oye, ¿sabes que roncas? —Fue el «buenos días» de Jackson.

—Sí, algo me habían comentado...

—No es tu primera vez en París, ¿verdad? —le pregunté al canadiense mientras recorríamos los pasillos de la estación de metro de Saint-Lazare a paso de gran ciudad y libres de equipaje: ya habíamos dejado las maletas en nuestras habitaciones del hotel Montalembert.

—El Club tiene aquí su base central. En los últimos siete años he tenido que venir... —Fingió que contaba con los dedos de ambas manos para finalmente reconocer—: Sí, unas cuatro veces.

—¿Y voy a conocer a tus compañeros de armas?

—Es bastante probable que alguno de ellos tenga que echarnos un cable.

—¿Crees que daremos con el documento que firmó el senador? Después de tantos años... Igual ya ni existe.

—Imposible. El trato se habría roto. Por eso los brujos y demonios se cuidan mucho de no dejar sus pactos en lugares donde el paso del tiempo pueda destruirlos. Por lo que el senador le contó a su esposa, lo encontraremos en una tumba del cementerio del Père Lachaise. No llegó a especificarle en cuál, pero la *tinta* que se usa en este tipo de pactos contiene huesos machacados de un antepasado.

—Y el único antepasado de Montand que hay en el lugar es Jean-Paul, abuelo del senador y bisabuelo de Charles —recordé.

—Eso es. Nuestra búsqueda se reduce de manera considerable porque estos contratos con seres demoniacos suelen enterrarse cerca de los demás restos del difunto utilizado para realizar el maleficio. La magia del conjuro es así más fuerte. Espero que no nos estemos equivocando... O este largo viaje habrá sido en balde.

Volví la vista con disimulo. Ahí estaba Duncan, atento a lo que nos rodeaba, con cuidado de no chocar con ninguna persona y de mantener medio metro de distancia con nosotros, ya que él mismo, según pasaban los días, había ido haciéndose más y más corpóreo. No nos preocupaba tanto la pasajera confusión del transeúnte que pudiera tropezar con él y notar cómo lo atravesaba algo denso, como que el perspicaz y cascarrabias Lefroy descubriera nuestra mentira, ya que lo hacía cómodamente instalado en casa, junto a mi madre y hermana.

Acomodados en el penúltimo vagón de la línea tres, conté los puntos del plano hasta la parada del cementerio. Doce. En la estación de Temple un hombre joven tomó asiento justo enfrente de mí. Cargaba con un libro abierto del que no apartó la vista ni para abrirse paso entre nuestras piernas, dejándome su huella en un pie. No se disculpó. Me dolió más la descortesía que el pisotón.

«¿A cuántos metros de la superficie estaremos?», me pregunté mientras escudriñaba la oscuridad exterior del túnel de metro. No se distinguía nada, salvo el reflejo de los pasajeros. Y lo vi. Vigilándome a través del cristal, con los ojos prestados de un loco. «¿Qué diablos...?». Le eché valor, dispuesta a dejarlo KO de una mirada directa y fulminante. Pero... su aspecto era el mismo que en el momento en que se sentó: un tipo normal, volcado en la lectura de su libro. No me prestaba la más mínima atención. Una vez más, lo observé a través del cristal de la ventanilla. Ahí estaba de nuevo: su rostro furibundo.

—Alicia, creo que deberíais cambiar de sitio. —La voz de Duncan me sacó de mi estado de terror-confusión—. El caballero que se ha acomodado frente a vosotros no es de fiar.

Agarré del brazo a Lefroy, sorprendido quizás por mi firmeza, y lo obligué a dejar su asiento. Nos alejamos de aquel tipo unos pasos y me atreví a susurrarle al canadiense lo que acababa de ocurrir.

Discretamente, Jackson sacó su cámara y apuntó al desconocido, que continuaba leyendo. Al menos el de este lado de la ventanilla, porque su reflejo aún nos observaba atento, como si fuera a atacarnos en cualquier instante. En cuanto descubrió la cámara de Jackson, el hombre, sin siquiera alzar la vista, abandonó su sitio, nos dio la espalda y descendió en la estación en la que acababa de detenerse el tren. Cuando el metro reanudó la marcha, distinguí en el andén al mismo tipo, con el libro ya bajo el brazo y aspecto desorientado, en plan *¿por-qué-cojones-me-he-bajado-aquí?*

—¿Qué era eso? ¿Nos están siguiendo? —pregunté inquieta.

—No lo creo —repuso Lefroy con aire pensativo—. Hay muchos como él. No existen exorcistas o chamanes suficientes en el mundo para liberar a todas las personas poseídas. Y los canalizadores no os incluís entre las criaturas favoritas de los seres oscuros, porque ayudáis a la gente de aquí y del más allá.

—¿En serio hay tanta gente poseída? —La idea me horrorizó.

—Generalmente somos nosotros, los humanos, quienes provocamos nuestra propia posesión —me aclaró Lefroy—. En algún punto de nuestras vidas rogamos que a alguien le ocurra una desgracia terrible, y esa debilidad es la oportunidad que el alma en pena o demonio aprovecha para penetrar en nuestro interior. Como norma, la influencia es escasa, el huésped saca de su anfitrión pequeñas maldades; pero en ocasiones puede empujarlo a cometer incluso masacres.

—Mierda... ¿Así de fácil? ¿Quién no le ha deseado mal a alguien alguna vez en su vida? —dije en voz alta para, a continuación, susurrar pensativa—: Yo misma. A mi vecina.

—No creo que le desearas ningún mal en serio. —«Pues no sé qué decirte...», pensé con la indecisión como brújula—. Vamos. Esta es nuestra parada.

Siempre había soñado con visitar París, y una de las razones era el Père-Lachaise. Sé que suena raro, pero siempre me han gustado los cementerios. Es como si, entre la paz de las tumbas, me encontrara a mí misma. De hecho, cada primero de enero acudía al de Greenwood para pasear entre sus mausoleos y árboles centenarios. Y llevaba siempre conmigo una rosa blanca, destinada a un individuo olvidado por todos, al morador de una lápida abandonada que elegía al azar. Allí dejaba yacer la flor, para que fuera una prueba de vida, de una que décadas o siglos antes había deambulado por las calles de Nueva York. En mi mente, la rosa emprendía un último viaje: con el transcurso de los días terminaría marchitándose del todo, solo quedaría la carcasa de lo que había sido, pero su alma habría ido al encuentro de su nuevo dueño, que, al olerla, podría rememorar su paso por este mundo. Ese recuerdo era mi regalo para aquel desconocido. O eso me gustaba pensar. Extraño ritual para alguien como yo, que por aquel entonces ni siquiera creía en la existencia del más allá.

No era Año Nuevo ni llevaba conmigo una rosa blanca, pero allí me encontraba, en el cementerio más célebre del planeta, tanto por sus arrendatarios *vitalicios* —gente como Édith Piaf, Marcel Proust, Oscar Wilde o Jim Morrison—, como por el valor artístico de sus tumbas.

—Tendremos que hablar con alguien para localizar la lápida de Jean-Paul Montand... ¿Cuántas sepulturas habrá aquí?

Mi pregunta era retórica, pero Jackson, que fisgaba en su móvil en busca de información, tenía respuesta para todo:

—Más de sesenta y nueve mil. Y sí, habrá que hablar con alguien del cementerio, porque aquí no encuentro nada sobre la tumba de Montand.

Fue en ese instante cuando me percaté de que Duncan no nos acompañaba. Lo busqué angustiada, y lo hallé a unos metros de distancia. Petrificado como las estatuas de piedra y cobre que se levantaban aquí y allá. El corazón se me encogió al contemplar su estado de abatimiento. Aquella necrópolis no era el lugar idóneo para que una persona muerta pasara el rato; debía de ser como ponerlo frente a un espejo.

Aproveché que Lefroy seguía pendiente de su *smartphone* para escabullirme e ir al encuentro de mi amigo invisible.

—¿Te encuentras bien? —Sepulté sus dedos bajo los míos con el único propósito de hacerlo sentir vivo.

Él asintió con gesto grave y contenido.

—Es solo que de repente he tenido la sensación de que en vida pasé largo tiempo en un lugar similar a este, con muchas tumbas a mi alrededor. —Noté que se esforzaba en ignorar el dolor de no ser capaz de recordar los detalles. Terminó encogiéndose de hombros—. Tal vez fui sepulturero —bromeó mientras se erguía y me sonreía—. Deberíamos continuar, Alicia. Lefroy te vigila.

Con una de sus manos aún atrapada entre las mías y, las tres a la espalda para no despertar las sospechas del canadiense, lo conduje de vuelta conmigo.

—¿Qué haces? —preguntó suspicaz mi compañero.

—Nada. Es que me encanta leer los nombres que aparecen grabados en las lápidas, imaginar la vida que tuvieron esas personas. Antes me llamó la atención una de ahí detrás y quería echarle un vistazo. —Solté a Duncan para señalar el lugar del que veníamos.

El fotógrafo entornó los ojos.

—Qué rarita eres a veces... —me ¿insultó?—. Venga, vamos. He localizado las oficinas del cementerio. Con un poco de suerte, nos pondrán las cosas fáciles.

—La carta de la señora Montand debería valerles, ¿no? —le recordé.

—Debería —masculló desconfiado.

31

Entre las tumbas del Père-Lachaise

El edificio no quedaba lejos. Su estructura plana, sin alma, se alzaba como la antítesis del barroco cementerio parisino, aun cuando por dentro guardara más vida que todas las otras estructuras juntas; hordas de turistas aparte, claro.

Pasé yo primero. Le sujeté la puerta a Lefroy y así la mantuve unos segundos para que Duncan no tuviera que atravesarla; acababa de percatarme de que nunca le había preguntado si traspasar objetos dolía.

Bajo un cartel con las letras «Service d'information», un hombre de afilada delgadez parecía entregado a su trabajo frente al ordenador. No había nadie más en la sala, al menos a la vista.

Jackson lo saludó en francés y le dijo algo que no comprendí. El tipo respondió de inmediato en inglés, con una sonrisa autosuficiente:

—Claro que puedo dirigirme a ustedes en su lengua, no hay problema. ¿Son americanos?

—Más o menos—contestó Jackson—. Venimos en calidad de representantes de una persona que tiene a un familiar aquí enterrado. Nos ha contratado para que comprobemos el estado de la tumba. Hemos de realizar un peritaje, por si fuera necesaria su reparación.

—¿Y para qué me necesitan?

—Desconocemos la ubicación exacta de la tumba —intervine yo, con la lección bien aprendida—. Ni siquiera la persona por la que estamos aquí, que ya es una anciana, ha llegado a visitarla. Es de su abuelo, y nunca se llevaron bien.

—Ahora la señora está con un pie en un sitio bastante parecido al de ahí fuera y ha caído en la cuenta de que es necesario cuidar este tipo de asuntos —completó la información mi compañero.

—Supongo que habrán traído algún documento que acredite lo que dicen —nos advirtió el funcionario sin perder su carácter afable.

Jackson le tendió la carta de Malgosia Montand, en la que se explicaba que nos nombraba representantes suyos. Sin especificar el lazo familiar que la unía al difunto, pedía en ella que nos facilitaran la localización de la tumba de Jean-Paul Montand, fallecido en 1928.

Me llamaron la atención las manos de la persona que nos estaba atendiendo: arrugadas cual frenada de gusano y cubiertas de manchas, como las de un anciano. Las atribuí a algún tipo de enfermedad, porque, por lo demás, no representaba más de cincuenta años.

La nota no explicaba por qué necesitábamos la dirección de la lápida; no hizo falta. El hombre tecleó en el ordenador y de inmediato nos dio una respuesta.

—Sí... Aquí está. Se encuentra en *l'Avenue Transversale numéro deux. Juste ici**. —En un plano que tomó del mostrador nos marcó la posición aproximada de la tumba—. No tiene pérdida, está bastante cerca de la tumba de Victor Noir.

—Estupendo. *Merci beaucoup.*

—*Je vous en prie. Bonne journée.***

—*Merci* —dije yo también. Mi francés no daba para más.

—Esto parece un catálogo de mausoleos... ¿Qué estilo va más contigo? ¿Moderno? ¿Clásico? —preguntó Jackson sin esperar respuesta por mi parte mientras caminábamos hacia la tumba del bisabuelo Montand—. Yo soy más de incineración. La imagen de mi cuerpo descomponiéndose bajo tierra, con la fauna cadavérica dándose el gran festín a mi costa, me resulta mortificante. Aunque no lo parezca, soy un sentimental... —Me miró y le devolví la sonrisa.

Me pregunté si esa necesidad de burlarse de todo y de todos no sería más que un escudo con el que protegerse del resto del mundo.

Una suave llovizna empezó a refrescar el ambiente.

—Vaya. Cada vez que vengo, lo mismo —murmuró el yuzbasi—. Ya puede estar el día despejado: es subir las escaleras de la entrada de este cementerio y ponerse a llover... Ah, perfecto. Ahí está la sepultura de Victor Noir.

Lefroy se detuvo frente a la escultura tumbada de un hombre de bronce. Alicaído, un sombrero de copa reposaba junto al cuerpo.

—Alicia, te presento a un colega de profesión. Periodista, no cazademonios...

Me acerqué para verle mejor la cara y deslicé los dedos con suavidad en torno a sus bronceados pómulos.

---

* Traducción del francés: «La Avenida Transversal número dos. Justo aquí».
** Traducción del francés: «De nada. Que pasen un buen día».

—Parece que estuviera vivo. Que fuera como una de esas esculturas humanas que se disfrazan en Central Park de Estatua de la Libertad —me expliqué—. Da la sensación de que en cualquier momento abrirá los ojos. Mierda, como lo haga, me da un ataque aquí mismo... —avisé en voz alta por si acaso.

—No te preocupes, no lo hará. Lleva ahí desde finales del siglo xix. Representa el asesinato del joven Victor Noir a manos de un primo de Bonaparte III, el príncipe Pierre. Y fue por lidiar entre este y el redactor jefe de *La Marseillaise*, el periódico antibonapartista para el que trabajaba Noir. A raíz de su muerte, se convirtió en un icono republicano.

La curiosidad me pudo más que la timidez.

—Es extraño. Me da la sensación de que cierta... zona está más desgastada que el resto. —Le señalé a Jackson la entrepierna de la figura.

—La superchería de la gente. En los años sesenta, con la liberación sexual, la obra pasó a ser considerada un mito erótico. En cierta medida es responsabilidad del escultor, que representó a Noir con la erección *post mortem*. Ya ves, un arrebato de realismo. —No podía creérmelo. ¿De mito político a símbolo erótico?—. Me pregunto si en realidad el artista no exageró un tanto...

Lefroy ladeó la cabeza, como si examinara la talla de bronce, y después me observó de reojo. Disfrutaba incomodándome, y por eso no tuve ni que pedir explicaciones. Me las dio sin más.

—La zona que abarca el órgano viril la ves más desgastada porque hay quien cree que, frotándolo, se adquiere potencia sexual y aumenta la fertilidad de las parejas.

—¡Qué gilipollez! —exclamé escandalizada por aquella ridícula superstición.

—Oh, sí. Y las mujeres sois las peores. Se ha extendido la creencia de que si le dan un beso en la boca a la estatua, le rozan sus partes... y dejan una flor en el sombrero, eso las ayudará a encontrar marido antes de un año. Por desgracia, en internet puedes encontrar fotos de muy mal gusto, con chicas montadas a horcajadas sobre el pobre Victor Noir.

—La verdad, no lo entiendo...

—No, ni yo. Teniendo por ahí a tantos tíos de carne y hueso dispuestos a subirlas sobre sus caderas... Esa sí sería una manera efectiva de encontrar pareja.

Tuve la mala suerte de intercambiar miradas con Duncan en ese instante, y el sentimiento de vergüenza por el comentario del canadiense me tiñó la cara.

—El señor Lefroy tal vez podría ahorrarse ese tipo de observaciones en tu presencia. Resulta de un gusto extremadamente soez —protestó. Las cejas le cubrían la mirada y los labios se le habían estrechado—. Tal vez porque no es un caballero, se le olvida que tú sí eres una dama.

Mi mirada respondió por mí, aunque no sé si fue lo suficientemente explícita como para que entendiera al pie de la letra mis pensamientos: «No me seas de otro siglo, Duncan». Si yo era más tímida de lo normal, ese no era el problema de Jackson.

—¿Buscamos a Montand? —Cambié de tema. Aún sentía mis mejillas prendidas como fuego valyrio—. La tumba debería andar por aquí.

Duncan fue el primero en localizarla. Acudí a su lado para confirmar el hallazgo y llamé la atención del canadiense, que rastreaba un área cercana.

La escultura de un libro abierto realizado en bronce y deslavado por la intemperie coronaba la tumba. La sencilla inscripción resultaba casi ilegible para quien desconociera el nombre del inquilino.

JEAN-PAUL MONTAND
1895-1928

—El hombre murió joven... —Se limitó a comentar Lefroy antes de observarla con detenimiento a través del objetivo de su cámara de fotos. Al fin, me preguntó—: Bueno, ¿qué ves de raro?

—No lo sé. Tienes ventaja con ese cacharro.

—Eh, no te metas con mi cámara. Es un instrumento muy sensible... —me advirtió mientras sonriendo acariciaba la máquina—. Además, tú posees un don.

—¿El tercer ojo? Pues debe de estar durmiendo o distraído en sus cosas, porque no detecto nada de nada. —Me sentía estúpida: con disimulo, hasta había entornado los párpados, como si tuviera visión de rayos X al estilo de Supergirl.

—Ánimo, es sencillo. Se puede apreciar con los ojos que tienes en la cara. —Lefroy mantuvo el suspense para concederme algo de tiempo—. Fíjate en la página superior de la derecha...

—¿El color? —propuse como una alumna poco aventajada al tiempo que Duncan llegaba a la misma conclusión y la compartía conmigo.

—Muy bien, señorita —me aduló sorprendido el canadiense—. Hay poca diferencia, pero se nota que es ligeramente más oscura que la página de la izquierda. Son de distintas épocas. No es la misma pieza de bronce.

—¿Estará ahí dentro? ¿Tú crees? —pregunté dirigiéndole al escocés una sonrisa de soslayo por intentar echarme algo tan hispano como un capote.

—No solo lo creo. Lo sé. La cámara detecta actividad maléfica ahí dentro.

—¿Y ahora qué?

—A esperar. Quedaré con uno de mis compañeros del Club esta misma tarde para explicárselo todo. Le pediré que encuentre la manera de colarnos en el cementerio por la noche para poder trabajar tranquilos.

—¿No habrá vigilantes también a esas horas? —Me inquietó la idea de un nuevo allanamiento; de la morada de miles de muertos, nada menos.

—Hay que dejarlo en sus manos. Un soborno, un malestar pasajero del vigilante de turno, una urgencia que atender en el otro extremo del cementerio... Algo se les ocurrirá para lograr que no nos molesten mientras «trabajamos».

32

La sala de los libros raros

Lefroy, tras recibir la llamada que esperaba, había quedado con uno de sus camaradas del Club. Yo no estaba invitada al encuentro porque, aunque él se fiaba de mí —o eso decía—, la organización para la que trabajaba prefería que sus miembros se mantuvieran en la sombra; mejor no dejarse ver por desconocidos, incluso si estos venían avalados por un yuzbasi. En este caso no me importó; yo tenía mis propios planes... con Duncan.

Desde el hotel Montalembert, nuestro centro de operaciones en el barrio de Les Invalides, visitar la librería Shakespeare and Company apenas requería media hora de paseo, y las vistas eran preciosas a orillas del Sena. En París, la vida fluía en voz alta: la de los coches, los semáforos, las gentes... compitiendo por hacerse oír entre el bullicio.

—Por fin podemos charlar abiertamente. —Mi manos libres era la coartada que necesitaba para que nadie se me quedara mirando extrañado por hablar *sola*.

—Sin duda lo prefiero a tener que seguir tus pasos guardando de continuo las distancias; la posición empezaba a generarme un incómodo complejo de lacayo.

—Hum... Espero que no fueras uno de esos clasistas estirados del xix. Igual estabas acostumbrado a que te siguieran a ti y por eso te sientes raro yendo tú de escolta —comenté medio en broma medio en serio.

—Confío en no haber dado muestras jamás de ser un clasista estirado. —A juzgar por la expresión divertida de su rostro, Duncan no hubiera sido capaz de jurar tal cosa sobre la Biblia—. Pero, si lo fui, creo que no deberías arrogarte el derecho de criticarme por ello: las épocas son las que, en gran medida, establecen las convenciones e incluso la moralidad; lo que está bien y lo que está mal.

Si intuyó que sus palabras me iban a servir de acicate, no le faltaba razón.

—Las épocas no, las personas que tienen el poder en cada época.

—Aunque sería adecuado, y por otra parte justo, tener en consideración la evolución de los usos y las costumbres —dijo Duncan mientras, con pies ligeros, lograba esquivar el patinete eléctrico de un chaval que se deslizaba por la acera como si fuera suya.

El escocés siguió con la mirada el camino que había seguido el adolescente y maldijo en voz baja los infernales inventos del siglo XXI; yo me mordí el labio inferior intentando refrenar mis ganas de reír.

Una vez recuperada la flema, prosiguió su discurso como si no hubiera pasado nada:

—¿Por dónde iba? Ah, sí, los usos y costumbres. No pretenderás que, por ejemplo, se pueda acusar de inhumanos a todos los esclavistas. Entre ellos habría caballeros intachables y compasivos. Estamos de acuerdo en que la esclavitud es algo perverso en sí, porque todos los hombres hemos nacido iguales, pero...

—¡Menudo descubrimiento! —lo interrumpió mi vena norteña.

Las cejas se le abombaron en un movimiento incrédulo provocado por mi actitud beligerante. Contuvo a duras penas una sonrisilla.

—Pero hoy siguen existiendo otro tipo de grilletes —se reenganchó a su discurso—. Y, quizás en un tiempo futuro y no tan lejano como cabría esperar, vuestros herederos os consideren unos salvajes por haber vivido bajo la opresión de la industrialización y el desarrollo, sin respetar la vida natural. Subsistís bajo el gobierno de otro tipo de esclavitud: la acumulación constante de bienes, el consumo irracional de los recursos, las prisas por vivir que terminan por impediros disfrutar de una vida plena... Se os olvida que a veces no va más rápido el que más corre.

Aunque coincidía por completo con la segunda parte de su discurso, estaba dispuesta a llevarle la contraria, solo porque me encantaba poder litigar con él sobre cuestiones tan mundanas como aquella. Sin embargo, el escocés vaciló.

—De todos modos... estando en una ciudad tan hermosa como esta, poco sentido hallo en hablar del pasado o el futuro, que solo existen en nuestras mentes, como meros recuerdos o vaticinios. El presente; eso es lo que importa, eso es lo único que *es*, pese a cambiar de forma a cada segundo —sentenció al tiempo que me invitaba con una mano a continuar el paseo.

El presente y ser consciente de él. Disfrutar de esos contados momentos en que despertamos a la realidad para valorar lo que tenemos, anulando los recuerdos de lo que hemos perdido o el doloroso presentimiento de lo que perderemos. Era un buen consejo y lo hice mío.

Sin descuidar el compás de mis pensamientos felices ni de sus pasos, noté cómo el sol me calentaba los huesos. En ese espacio y tiempo, dejé que aflorara sin restricciones lo que sentía por mi amigo invisible: respeto, admiración y también un amor que crecía con naturalidad, superando sin inmutarse los innumerables escollos que yo pretendía instalar a su paso. El revuelo que se me formaba en el estómago al soñar despierta con algo tan simple como un beso suyo me lo confirmaba.

Quise liberar el corazón allí mismo, pero varios eran los motivos que me lo impedían: en primer lugar, alguien esperaba a Duncan al otro lado; y en segundo, el orgullo me atemperaba los ánimos, porque había que contar con el miedo al más que probable rechazo. Estaba convencida de que él nunca podría traicionar a su verdadero amor. «¿Quién será ella? ¿Realmente lo estará esperando en algún lugar?». En plan kamikaze, evoqué una vez más las palabras del escocés en la playa de mis sueños: «Siento un vacío difícil de describir. Como si el alma se me hubiera desgarrado en dos». Así se sentía sin ella. ¿Quién podía competir con eso?

Intenté cambiar el vaivén de mis pensamientos:

—Dime, ¿qué puedes contarme de París? ¿Te suena algo de lo que has visto hasta ahora?

—De momento no. Pero sospecho que la ciudad, si alguna vez la visité, era muy diferente en mi época. —Se atusó el pelo en un gesto aparentemente despreocupado.

A la otra orilla del río, aún a cierta distancia, se distinguía la catedral de Notre-Dame. Volví a consultar mi *smartphone*.

—La librería queda muy cerca ya. Justo en aquella plazoleta.

Me disponía a cruzar la calle cuando noté que algo me tiraba del brazo hacia atrás. No. No era algo, era alguien. Mi amigo invisible esbozó una fugaz sonrisa.

—¿Te importa si aguardamos unos minutos antes de entrar? No sé cuántas puestas de sol me quedan por ver... y no quisiera perderme esta. —Como yo, también él presentía que existía una cuenta atrás.

—Claro. Podemos apoyarnos allí. —Era el Petit Pont—. Donde nadie pueda chocar contigo ni arrollarte con un patinete eléctrico —bromeé.

Desde aquel puente, el más espléndido de los balcones, no podíamos contemplar cómo se ponía el sol —los edificios nos tapaban la perspectiva—, pero ante nosotros se desplegaban los colores crepusculares reflejados en las aguas del Sena.

Vi a una chica sacar del bolso una rebeca. La temperatura había empezado a caer. Yo, en cambio, me sentía contagiada por la luz de aquel cielo enfebrecido que Duncan observaba con expresión maravillada al principio y pensativa después.

—Estás en un error, y me veo en la obligación de informarte de ello.

—¿Yo? ¿Y qué error es ese?

—Te hice creer que no tengo miedo. —Resopló y, de una manera encantadora, estiró los labios, como si aceptara con resignación una derrota—. No es cierto. Tengo miedo a desaparecer, a terminar en la nada, olvidado para siempre. Quizás no todos estemos destinados a pasar a un más allá —reflexionó en voz baja y serena.

—Sé que irás a un lugar mejor que este —mentí descaradamente. Era imposible imaginarse que al otro lado contaran con vistas como aquella—. Y si fueras a desaparecer sin más, ¿por qué no ocurrió justo después de tu muerte?

En aquellas semanas nos habíamos planteado muchas preguntas. Hubiera estado bien tener al menos respuesta para esta. La única seguridad, lo único en lo que a pies juntillas podía creer era que, aun sin conocer las coordenadas y el día precisos, en algún rincón y tiempo, la muerte nos esperaba a todos. Duncan había vivido ese particular y definitivo vis a vis con el acero de la guadaña, aunque no lo recordara.

—Tal vez debía visitar el mundo de los vivos para conocerte, para estar contigo —dijo con una sonrisa que convirtió aquel crepúsculo en un amanecer. Lamenté que el ocaso regresara a sus labios—. Pero hay tantas cosas que, por mucho que me empeño en intentarlo, no logro hacer que encajen. ¿Cómo es posible que sienta esto...?

Me hundió bajo aquellos intensos ojos verdes y, por un momento, pensé que iba a completar la frase. Negó con la cabeza y su mirada se perdió de nuevo en el horizonte. Supuse que deseaba hablarme de su amada, pero no me vi con fuerzas de animarle a hacerlo.

Vivos y muertos sufríamos como iguales. Él pensando en ella; yo pensando en él.

—«No hay dolor más grande que el dolor de ser vivo» —murmuré sin que me oyera los fatalistas versos de Rubén Darío. Al menos en una cosa se equivocaba el poeta: ni los fantasmas se ven libres de padecimientos.

La melancolía de la puesta de sol estaba resultando fatal para nuestros ánimos, así que, con un arrebato de optimismo, nos liberé de su influjo.

—Conseguiremos que cada pieza del puzle encaje, Duncan. Te lo prometo.

Un cartel rectangular y amarillo anunciaba el nombre de la tienda, por encima de su peculiar fachada de madera, en color verde y cubierta de cristaleras. El local estaba especializado en literatura anglosajona. Entrar allí fue como colarse en la historia contada por un libro. Resultaba fácil dejar volar la imaginación: Sherlock Holmes rastreando, lupa en mano, pistas de un asesinato cometido entre las estanterías; Merlín consultando un volumen de encantamientos; o Balzac describiendo en un trozo de papel a Papá Goriot. Y Duncan y yo formando parte de todo ello. Guardé silencio, presionada por el mutismo monacal que lo cubría todo; reminiscencias del pasado uso del edificio.

La propia Shakespeare and Company parecía un personaje confuso. Me pregunté qué prodigiosa mente podía localizar un libro en semejante caos: era como si las obras tuvieran vida propia y cada una de ellas se hubiera aposentado allá donde le había salido del encuadernado. Aquellos eran libros libres. Entre ellos, habría de los que se beben a sorbos, paladeando cada descripción, cada metáfora, condurándolos para no llegar al final. Otros, en cambio, serían de los que se engullen sin apenas masticar, página tras página. Un empacho de sabroso *fast book*.

Nos acercamos al mostrador y pregunté por la Sala de los Libros Raros. El dependiente, nativo pero angloparlante, me aclaró que los ejemplares de esa habitación no estaban en venta, eran de mera consulta; y me preguntó el título que buscaba.

—*The art of lying*, de Cyril Sherard.

Tecleó en su ordenador.

—Ese libro solo lo tenemos en formato digital. Y cerramos en una hora... —me advirtió.

Le expliqué que no tardaría demasiado porque necesitaba echar un rápido vistazo a un capítulo concreto. Me apuntó en un pósit las claves para acceder a la obra en cuestión y después me remitió a la primera planta del local.

El camino fue de lo más entretenido. Aquí y allá, toques mundanos que hacían del espacio un hogar para lectores y leídos: un achacoso piano cargando en su chepa un despertador con el tiempo ya agotado, una copa a medio llenar que alguien más sediento de palabras que de vino dejó olvidada sobre un anaquel, sillas para sentarse, mesas para escribir y alfombras que no supe si arropaban las desconchadas baldosas o las ocultaban, como si acabaran de barrerlas.

La singularidad de la Sala de los Libros Raros no parecía mayor que la del resto de estancias de la librería, lo cual no era decir poco. Eso sí, cuando vi los ordenadores, no supe si echarme a reír o a llorar: todos *cabezones* de los años noventa. Estaba claro que un monitor de pantalla plana no pegaba por aquellos lares.

—Bueno, esto es lo que hay —dije dejándome caer en el puesto más cercano. Todos los escritorios estaban libres a esa hora.

—Espero que funcione —deseó Duncan.

Crucé los dedos antes de introducir la clave-contraseña que me había facilitado el librero. En la computadora apareció directamente la obra que veníamos a consultar. «Buscar: Foras». Y ahí apareció, como por arte de magia.

—Estupendo. Hasta ahora ha sido sencillo —me animé.

El nombre se manifestó cubierto por una franja amarilla en el sumario y en el título del capítulo XI. Coloqué una silla a mi lado para que Duncan tomara asiento y pudiera ir leyendo a la vez que yo.

Mi querido amigo Oscar Wilde adulaba la belleza y valentía de la mentira. «La mentira, contar cosas bellas y falsas, es el objetivo propio del arte», dijo en uno de sus textos predilectos. Y, dado que su vida era por y para el arte, creo que en cierta ocasión su ingenio gustó burlarse de este pobre incauto con palabras en las que únicamente podía residir el engaño. Porque me contó su adventicio encuentro con un joven pintor escocés, de nombre o apellido Foras; no soy capaz de recordar si llegó a especificar tal cosa. Según la historia del dublinés, fue este artista quien le inspiró el argumento de El retrato de Dorian Gray *al confesarle que entre sus talentos se encontraba el de dibujar el alma de los hombres, para retratar los pecados de aquellos a los que pintaba.*

Siempre creaba dos cuadros gemelos: ambos, por su belleza extraordinaria, con un poder embaucador sobre todo aquel que los contemplara. Pero solo uno permanecía invariable; el otro debía ocultarse en algún rincón secreto, donde exclusivamente pudiera vigilarlo su protagonista. ¿La razón? Que en las trazadas de esta segunda pintura se iban reflejando las vilezas que el retratado pudiera ir cometiendo.

Los cuadros no servían para retener la juventud y la belleza, como en el caso de Dorian Gray. Era otra su utilidad: si al final de la vida la persona se arrepentía de los pecados cometidos y realizaba suficientes obras nobles y de caridad como para contrarrestar las villanías del pasado, en el cuadro cambiante podría observar cómo su alma se iba limpiando de todo acto impío; listo para morir con la tranquilidad de haber compensado cada una de sus fechorías y enfrentarse así con garantías a la sentencia del buen Dios en el Juicio Final.

Pero es más, según Wilde, este pintor aseguraba que la vinculación entre el pecador y los cuadros había llegado a superar la barrera de la muerte, conectando el más allá con nuestro mundo. Se consiguió una sola vez, en los albores del siglo XIX, gracias a las dotes oscuras de una de sus clientas, una joven bruja que pertenecía a la alta sociedad escocesa. La dama acordó con Foras, a cambio de una buena suma de dinero, que él custodiaría en su propia casa uno de sus dos retratos, a la espera de que ella, a través de la pintura, pudiera regresar de la vida de ultratumba y solicitara su ayuda para llevar a cabo la venganza que le permitiría recuperar un amor que le había sido arrebatado. Por este poderoso conjuro que lograría vincularla a sus cuadros incluso después de la muerte, la bruja tuvo que pagar un alto precio: hubo de ingerir un veneno mortal, ofreciendo los años que le restaban de vida en sacrificio a los demonios que había invocado para llevar a cabo el hechizo.

Por si la historia no fuera poco creíble ya de por sí, he de especificar que el joven artista se la contó a mi buen amigo en Dublín cuando corría el año 1887. ¿Qué edad había de tener pues este virtuoso de los pinceles si aseguraba haber pintado los cuadros de aquella mujer en 1816?

Wilde me hablaba de Foras con gran admiración. Y, siempre según su versión, habría intentado que lo retratara a él mismo en dos lienzos iguales, pero las demandas pecuniarias del escocés fueron exigentes en exceso en el momento de su encuentro y, una semana más tarde, reunida la suma concertada, cuando lo buscó en cada rincón de la ciudad, le resultó imposible localizarlo y nadie fue capaz de darle noticias sobre el paradero del artista.

Durante un tiempo tendí a creer la versión que Oscar Wilde me había contado, cuando cualquier mente racional, como la mía, la habría desechado desde el mismo instante en que fue narrada. De ese error me acabó sacando su obra De Profundis*, *donde él mismo reconoció:* «Mostré que lo falso y lo verdadero no son sino formas de existencia intelectual. Traté el Arte como la realidad suprema, la vida como un mero modo de ficción». *Aquel pintor Foras y yo mismo terminamos convertidos en personajes con los que relatar una falsa verdad, la que yo traigo hoy a esta obra que el lector tiene entre sus manos:* The art of lying.

Sin duda habíamos encontrado a nuestro Foras. Y lo que era peor...

—¿Te das cuenta? Si esta historia es cierta, hemos descubierto que Foras, la persona que envió el cuadro a Mina Ford, es el mismo hombre que lo pintó hace doscientos años...

—Es evidente que no puede ser humano —dedujo el escocés, cuyos brazos, acodados sobre el escritorio, noté tensos. Entendí que le daba vueltas a una teoría.

—¿Brujo o demonio? —Lancé la pregunta volcando mi atención de nuevo en el ordenador; y fue entonces cuando lo vi claro—. Dios mío, si existe un segundo cuadro...

—Lo sé: eso viene a confirmar que aún te hallas en peligro.

Me conmovió la preocupación que aprecié en su mirada. «Te importo. No como yo quisiera, pero te importo».

—Hay que contárselo a Jackson. También se habla de un amor perdido y de una venganza —dije mientras releía los fragmentos más interesantes—. ¿Pero qué pinto yo en toda esta historia? ¿Por qué me enviaron a mí el cuadro? —Me daba la sensación de tener la respuesta delante de las narices sin poder distinguirla—. ¿Y qué tiene que ver conmigo una bruja escocesa del siglo XIX?

—Quizás no seas tú, tal vez soy yo. La venganza podría ir dirigida contra mi persona. Si esa mujer pretendía hacerme daño, no puedo imaginar una manera más efectiva de lograrlo que arremetiendo contra ti —aseguró Duncan.

«Claro. Porque yo soy la única que puede verte, y no tienes a nadie más para ayudarte», pensé en un primer momento, en sintonía con el escocés. Hasta que me sobrevino una versión diferente de la historia.

—O tú eres el amor que ha venido a recuperar... ¿Y si era ella tu gran amor y no lo recuerdas? —Sin quererlo, la voz me surgió con la dureza de un dia-

---

* Obra en forma de epístola que Oscar Wilde escribió en 1897 a su amigo y amante Alfred Douglas desde la prisión de Reading (Inglaterra) y que fue publicada por primera vez en 1905.

mante. Una acusación en toda regla—: Era muy hermosa y, ya has visto, pertenecía a la alta sociedad escocesa.

—No puede ser... Es imposible —respondió con una sombra de duda que terminó por desquiciarme.

Indignada, me levanté notando cómo me temblaba el cuerpo.

—El mejor partido posible. Qué gran alianza la de tu familia: dinero, posición, poder... Lástima que fuera una hechicera asesina —me mofé a disgusto conmigo misma, y aún más molesta con Duncan, como si todo fuera culpa suya. No entendí de dónde salía toda aquella rabia.

—Insisto en que yo lo sabría. —Pese a su evidente impaciencia, evitaba levantar la vista hacia mí.

—¿Como sabes todo lo demás? —Me dejé llevar por mi lado más oscuro, el de los celos y la frustración por no poder hablarle de lo que sentía por él, por ni siquiera ser capaz de jugármela poniendo mi corazón sobre la mesa—. De tu vida no es que hayamos averiguado mucho. Ella debió de significar mucho para ti y...

—¡Basta! —estalló poniéndose en pie él también. Bajó los párpados y propinó un golpe seco en el escritorio que hizo saltar por los aires el *pilot* que yo había dejado sobre mi *moleskine*—. Esa mujer de la que hablas, la mujer del cuadro, nunca significó nada para mí. Si estoy completamente seguro de algo es de eso —añadió en mi dirección, como si quisiera que lo que acababa de decir se me quedara grabado a fuego—. ¿Acaso supones que disfruto con todo esto? ¿Que es divertido no saber quién eres ni de dónde vienes? —Sentía pequeñas punzadas metálicas en el rostro desde que Duncan había clavado sus penetrantes ojos en mí. Se le habían oscurecido un par de tonalidades—. ¿Sentir que amaste a alguien con locura y, al mismo tiempo, guardarte la vergüenza y la certeza de que traicionas ese gran amor con otro que nunca podrás tener?

La mirada, empañada y claramente arrepentida, se le perdió en el suelo, y leí en ella que por su boca habían salido frases que tenía pensado no pronunciar jamás. «¿Otro amor? Oh, madre mía, no puede ser...».

Pesaroso, se aferró al respaldo de su silla con ambas manos, y apretó tan fuerte que sus nudillos empalidecieron, en claro contraste con el revelador carmesí que había cubierto sus pómulos. Resopló furioso.

—Maldita sea —musitó.

Mi susurro atrajo de nuevo su atención:

—Yo... Yo no lo entiendo —mentí. Tenía que asegurarme de que mis oídos no me habían jugado una mala pasada—. No sé qué quieres decir...

Arrugó las cejas antes de volver a fijarse en mí.

—No podía esperar otra cosa. —Esbozó una sonrisa sardónica—. Al fin y al cabo, ni siquiera estoy vivo —gruñó extendiendo ambos brazos—. ¿Qué podría ofrecerte yo? —Su fuerza y su pasión me obligaron a guardar silencio—. Hace unos días, en aquella maldita playa, me dijiste que seríamos siempre «buenos amigos», y te juro que he intentado convencerme de ello. Hora tras hora, cada minuto que he pasado a tu lado. Sin embargo, lo que siento cuando te tengo cerca, cuando me miras, cuando te toco... —confesó con una voz que, a medida que avanzaba hacia mí, perdía entereza.

—Duncan...

Mi corazón fue cogiendo carrerilla al ritmo que marcaban sus palabras. «¿Todo esto es real?». Sentí los pulmones a punto de reventar, como si alguien hubiera incrustado entre sus fisuras tres cargas explosivas.

—Terminarás por formar parte de la vida de otro, y no podré hacer nada para evitarlo.

Nos habíamos aproximado tanto el uno al otro que Duncan —como yo, con la respiración entrecortada— me acunaba la cara entre sus manos. Apuesto a que ni siquiera era consciente de que las yemas de sus pulgares me acariciaban tiernamente las mejillas.

—De hecho, debería animarte a hacerlo —continuó mientras a mí se me partía el corazón al verlo tan abatido—. Es lo mejor para todos: que corras a los brazos del señor Lefroy. —Había tensión en su voz, y un ligero toque de desdén. Tragó saliva en un intento de recuperar su aspecto normal—. ¿Lo entiendes ya? Necesito ser testigo de ello y que este tormento llegue de una vez por todas a su fin.

Nos miramos durante unos segundos. La ira había dejado espacio a la duda, y esta, a pesar de sus reticencias, permitió que el deseo lo acaparara todo. El mundo se detuvo en ese preciso instante, y yo no quería bajarme si no era con él. El brillo excitante de su mirada, fija en mis labios, me hizo anhelar las caricias de su boca sobre la mía. Inclinó muy despacio la cabeza, como si fuera a hacerlo, lo escuché tomar aire..., pero en el último instante sus manos recuperaron la cordura —maldita cordura— y con delicadeza se limitaron a apartarme lejos de él.

Giró el cuello, como si hubiera escuchado algo. La expresión del escocés había cambiado.

—Creo que... Debo ir. —Su voz funcionó con piloto automático.

—Espera, no te vayas así. —Temí haberlo perdido para siempre.

Pero me ignoró y se esfumó de un modo extraño y fascinante, dejando una estela tras de sí, como en las fotografías sometidas a una larga exposición.

Podía intuir la ruta que había seguido. Respiré aliviada cuando, emulando a Teseo, llegué hasta él. No había ido muy lejos: lo encontré acariciando la tapa del gastado piano que habíamos visto un rato antes, encastrado en una montaña de libros. Sin decir palabra, tomó asiento sobre una pila de volúmenes varios y, para mi sorpresa, comenzó a tocar. Sus dedos se deslizaban con prestancia y ligereza sobre las alegres teclas del Schindler.

Tras mi desconcierto inicial, caí en la cuenta de que si un desconocido entraba en la sala, no sería capaz de percibir al magnífico intérprete de aquella música; distinguiría el hundimiento de las piezas plastificadas en blanco y negro, presionadas por unos dedos invisibles. Justo como los de un fantasma...

«¿Qué hago?». No quería interrumpirle, y menos después de nuestra acalorada discusión. Así que terminé de construir la segunda atalaya de libros que había observado junto a él, me senté sobre ella y recé en sentido figurado para no ser descubiertos.

Apenas un «por favor, por favor, que no entre nadie» después, la vista comenzó a fallarme. El piano. Duncan. Los libros. Mi entorno giraba desenfocado. Un pitido muy molesto se instaló en mis oídos y la cabeza me pesaba como si estuviera repleta de un quintal de ideas que ni siquiera eran mías.

Finalmente el dolor desapareció. Me noté caer... Muy ligera, dejándolo todo atrás, incluido mi propio cuerpo. Y cuando me creía a punto de perder la consciencia... allí estaba. De nuevo con Duncan.

Pero aquello no era una librería de París. El ambiente que nos envolvía era tibio, húmedo, cargado de aromas. Nos encontrábamos en un gran salón, exquisitamente decorado con flores rosas y blancas. Decenas de velas iluminaban la estancia. A unos metros, un grupo poco numeroso de jóvenes parejas se divertían decorosamente al son de la música. «¿Un baile de disfraces?», me pregunté al comprobar que todos los presentes vestían trajes de época. Caras ajenas y ociosamente despreocupadas.

En los candelabros dispuestos a ambos lados del pianoforte, las llamas se inclinaron en un parpadeo exagerado, como si una ráfaga de viento vengativo quisiera extinguir su jubilosa danza. Y tras una de ellas apareció la joven del cuadro, pero en vivo y en directo. Me devolvió la mirada, y en ella vi otro fuego diferente al de las velas: el de la cólera.

Contuve el aliento asustada. Hasta que una de sus acompañantes, una mujer de mediana edad, la reclamó en la conversación. «Al menos se mantiene a distancia».

Quise avisar a mi amigo invisible del peligro que corríamos en aquel lugar, con la bruja escocesa a solo unos metros de nosotros, pero él se limitó a sonreírme.

—Lo hace usted muy bien —me susurró complacido al oído mientras se inclinaba para pasar de página la partitura. Sentí surfear el roce de su aliento entre mis rizos.

Hasta entonces no me había dado cuenta de que era yo quien tocaba, quien interpretaba aquella pieza, cuya música me resultaba familiar incluso sin haberla escuchado antes. Seguí el camino de mis brazos, mi regazo... y me descubrí a mí misma ataviada con un largo vestido de muselina blanca.

De nuevo la falta de visión periférica, los pitidos en los oídos, un abismo de caída infinita... Todo desapareció cuando me hallé de regreso en Shakespeare and Company. Estábamos en los últimos compases de la canción. Sí, los dos. Porque mis dedos, ajenos a mi ignorancia musical, sacaban de algún tipo de caja fuerte secreta las notas precisas para cada tempo.

Un do puso fin al sueño o pesadilla; no lo tenía claro.

—Tu habilidad como pianista es notable —dijo en tono neutral Duncan, al que la música, como a las fieras, parecía haber amansado. Al menos en parte.

Mi mutismo lo invitó a mirarme.

—¿Hace muchos años que practicas? —añadió serio para romper el hielo que me había dejado pasmada y que él quizás confundía con enojo.

—Duncan, esta es la primera vez en mi vida que me acerco a las teclas de un piano —confesé enganchándome a sus ojos—. Y tú también tocas...

—Sí, la necesidad de hacerlo me surgió de repente. Tuve el presentimiento, la certeza, de que era importante.

Por una vez, no le presté atención.

—Acabo de tener un sueño muy extraño. Pero estaba despierta. —Hablaba conmigo misma, aunque sabía que el escocés escuchaba. Tras una pausa, me dirigí a él—. Porque no me he caído. Ni me he quedado dormida...

—Has estado tocando conmigo todo el tiempo —me confirmó—. Cierto es que por momentos parecías en trance, pero lo atribuí al momento. Interpretabas la pieza con... —dudó un momento e, incómodo, desvió la mirada a las teclas para acariciarlas—, con mucha pasión.

—Te he visto en mi sueño. —Aquella revelación lo pilló por sorpresa—. En un salón y con personas que parecían de tu época. Debía de ser una especie de baile. Yo tocaba y tú me pasabas las páginas de la partitura... ¡Y ella estaba allí! —recordé. Bajo el esternón, sentí un pinchazo. La espina del pánico.

—¿La mujer del cuadro? —me preguntó alarmado, y, olvidando guardar las distancias, me tomó de los hombros. Yo asentí—. ¿Te dijo algo? ¿Intentó lastimarte?

—No. Permaneció en su sitio, en compañía de otras personas, pero tenías que haberla visto... No me quitaba los ojos de encima. Su desprecio era... era... ¿Ha sido un sueño, Duncan?

33

Mi vida pasada y presente

Entré en la habitación de Jackson mirando al frente, dispuesta a confesarle lo que había ocurrido y a afrontar las consecuencias. Pero mi compañero apenas dedicó ni un segundo de su tiempo a enfadarse porque Duncan hubiera viajado finalmente con nosotros. Había tanta información que asimilar... Foras era el pintor del cuadro y debía de tener más de dos siglos de edad, existía un segundo lienzo y, para rematar, yo había sufrido lo que Lefroy consideraba la regresión a una vida anterior.

—¿Reencarnación? ¿Me estás diciendo que viví en otra época? ¿En la misma época que Duncan?

Esa era una opción que ni se me había pasado por la cabeza. Entre otras razones porque, si hacía unas semanas no creía en la vida después de la muerte, menos aún podría haber depositado una pizca de fe en que hubiera una vida después de la vida.

El canadiense parecía frustrado y dio la callada por respuesta. Localizó en la agenda de su *smartphone* un número y, tras pulsar el botón verde, dejó el aparato sobre su cama, entre ambos, con el altavoz activado. A los tres tonos, se oyó la voz de Alejandro al otro lado del auricular. Jackson lo puso al corriente de las buenas y malas nuevas.

—Alicia, creo que Jackson está en lo cierto. La reencarnación explicaría que Duncan se te haya aparecido. Tiene que conocerte. Aunque todavía no te recuerde.

—¡Pues qué bien! —rezongué sintiéndome ninguneada.

Lancé al aludido, mi nuevo coetáneo, un gesto en formato reproche. «¿Me conoces y no te acuerdas de mí? Muchas gracias, hombre». El escocés no articuló palabra. Ni con su mirada, que siempre tenía algo que decir.

—De todas maneras, no podemos estar seguros cien por cien de que la visión que has tenido sea un recuerdo. Para eso habría que someterte a una sesión de hipnosis regresiva —nos advirtió el sanador.

—¿Y el segundo cuadro? —intervino Duncan con gesto reservado—. Por favor, pregúntale por él.

—Duncan quiere que te pregunte por el segundo cuadro. ¿Alguna vez habías oído hablar de una historia así?

—No. ¿Un cuadro que refleja el alma del retratado? Preguntaré a mis colegas escoceses e irlandeses. Tal vez ellos puedan decirme algo sobre ese Foras al que se refería Oscar Wilde. —El chileno hizo una pequeña pausa para cambiar de tema—. Y bien, ¿qué hay de la investigación que estáis realizando en París? ¿Alguna novedad?

Jackson le explicó que habíamos localizado la lápida de Jean-Paul Montand y que, con toda probabilidad, el acuerdo con el demonio se alojaba en el interior de una escultura fúnebre. El plan era simple: la noche siguiente, uno de los compañeros del Club, Thiroux Bertrand, nos introduciría en el cementerio del Père-Lachaise a través de un pasadizo secreto de las Catacumbas. La organización también se había comprometido a quitarnos de encima a los guardias para que, tal como había previsto el yuzbasi, pudiéramos trabajar en paz.

—No imagino mejor lugar para trabajar en paz.

La broma de Alejandro, aunque lúgubre, me hizo sonreír.

—¿Y por qué no vamos esta misma noche? —propuse. Deseaba zanjar cuanto antes el asunto del pacto demoniaco por el bien de Charles Montand, pero también porque, egoístamente, quería disponer de más tiempo para investigar sobre Duncan y sobre mí misma. ¿Qué relación nos había vinculado en la otra vida? La esperanza y el miedo me dominaban a partes iguales.

Ante mi pregunta, Jackson ladeó la cabeza y alzó ligeramente la barbilla, en esa postura tan suya de superioridad. Si entonces hubiera tenido que señalar un defecto en él hubiera sido el de parecer tan endiabladamente perfecto.

—Necesitamos que haya luna llena para romper el maleficio. Tenemos suerte de que mañana sea el día —replicó el yuzbasi antes de volverse al teléfono—. ¿Ya estás en Salamanca?

—Aún no. Ya sabes que mis preparativos llevan su tiempo.

Alejandro dio por finalizada la conversación y se despidió deseándonos suerte.

Después de la tempestad, llegó la calma. Y lo hizo en forma de cena, en un restaurante de inspiración peruana. Duncan no nos acompañaba.

—Ahora mismo tengo demasiadas preocupaciones en la cabeza. Tal vez un paseo por la ciudad me despeje —había comentado tras abandonar la habitación de Jackson.

Temí que continuara enfadado. Después de mi regresión al pasado, no había encontrado el momento adecuado para disculparme por la amarga discusión que habíamos mantenido en la librería, y de la que me sentía responsable; lo había atacado sin mediar ofensa o provocación alguna por su parte. «Y pensar que la disputa podría haber tenido un final tan dulce... Pero salió corriendo. Porque la ama a ella y no a mí».

Lefroy y yo tomamos asiento en uno de los taburetes de la barra. Parecía compartir mi estado de ánimo, porque también despachó su plato sin mediar palabra. Con tantos temas como había para tratar...

Únicamente cuando derramé un poco de sal, se dirigió a mí.

—Échate unos granos por encima del hombro izquierdo —comentó desganado.

—¿Que haga qué? —Lo miré extrañada por la petición y, en ese instante, casi por su presencia, como si me diera cuenta justo entonces de que no me hallaba sola con mis pensamientos.

—Que te eches un poco de sal sobre el hombro izquierdo. Así —añadió cogiendo el salero y dándome una breve lección práctica—. Sé que valoras mucho nuestra amistad —refunfuñó.

No supe distinguir por el tono si bromeaba o no. Quizás estaba cansado de tener que dar explicaciones para todo. Aun así, me arriesgué.

—¿Si no me la echo te enfadarás conmigo y dejaremos de ser amigos? Menuda estupidez... —Me avergüenza reconocer que mis neuronas no daban para más.

El canadiense soltó una carcajada. Franca, sin sonrisillas petulantes.

—No, mujer. Cuando derramas sal sin querer, significa que una amistad va a romperse. Para contrarrestarlo, debes lanzar unos granos por encima de tu hombro izquierdo, como yo he hecho hace un momento.

—¿De veras?

—No. Solo es una superstición.

Los nervios por lo que había sucedido y aquello que había de suceder me impedían conciliar el sueño. Llevaba media hora dando vueltas en la cama, echando de menos preocuparme por cosas menores. Nada como tener problemas de verdad para aparcar todas esas minucias que, pese a su escasa trascendencia en el día a día, en ocasiones consiguen amargarnos la existencia.

Un plan me obligó a saltar de la cama con energía renovada, como si durante aquellos minutos de vigilia hubiera logrado dormir ocho horas. Entre las alternativas de seguir tumbada, dando vueltas y vueltas a las mismas cavilaciones, o hacer algo diferente, me apuntaba a la segunda opción. Si pensar ha dejado de ayudarte, actúa.

El pasillo permanecía desierto. Eché un vistazo al reloj de bolsillo de mi padre. Las doce y dieciséis. El ascensor llegó, me vio y me engulló. En ayunas. Pulsé el uno. Unos segundos de digestión más tarde, las puertas se abrieron para evacuarme sobre el recibidor de la primera planta.

La sala aguardaba con las luces apagadas, agazapada en la quietud de la oscuridad, como si acechara la aparición de un intruso. Imaginé un gigantesco cepo para ratones en su interior. Y yo me sentí uno muy diminuto, un Sherlock cualquiera.

Encendí la linterna de mi móvil, que me permitió moverme entre aquellas sillas sin tropezar.

—Genial, allí hay una lamparita.

Tras encenderla, me acomodé en la banqueta rectangular, observé las teclas y, con sumo cuidado, como si intentara tocar una mariposa, apoyé las manos sobre ellas. Sin presiones; son buenas para pocas cosas.

Silencio y penumbra. Pero no del tipo que yo presuponía. Ni mareos ni pitidos en los oídos. Alrededor, todo persistía inalterable. Yo incluida.

Observé ilusionada mis manos, como si creyera que en cualquier momento fueran a tomar vida propia y a deslizarse de arriba abajo en la escala musical. Pero allí se mantuvieron. Quietas, expectantes, preguntándose qué se esperaba de ellas, como cuando un perro aguarda servicial la próxima orden de su amo. Contuve la respiración.

—¿Nada?

La impresión recibida al escuchar aquella voz descargó sobre mis manos un fugaz espasmo que las hizo abofetear varias teclas a la vez.

—¡Casi me matas del susto! —exclamé tras volver la cabeza hacia atrás.

Duncan permanecía apoyado en el quicio de la puerta, cruzado de brazos. Distante. Reconfortada por verlo allí, le hice una señal impaciente para que se acercara. Terminó por ceder ante mi insistencia; muy a su pesar, por los aires defensivos que se arremolinaban en torno a su cara.

—Esta mañana, cuando bajé a desayunar, entré aquí y descubrí este precioso piano —me expliqué—. No podía dormir, así que pensé sentarme frente a él y ver qué pasaba.

—Una nueva regresión, ¿no? —adivinó.

—Sí... O quién sabe. Quizás recordaría cómo tocar. Pero no —lamenté resignada—. No sé, igual todo fue una alucinación.

—Sabes que eso es imposible. Yo mismo te vi tocar. —La voz le sonaba cavernosa, gélida, y su gestualidad rayaba en la provocación.

Me estaba poniendo el listón alto, pero pensando en que dos no se pelean si uno no quiere, eché mano de toda mi flexibilidad para pasar por alto su tono desafiante.

—Es verdad. Tengo tantas ideas en la cabeza que se me olvidan hasta las más obvias —me excusé con una sonrisa. Y caí en la cuenta de algo—. Por cierto, eso no se lo comenté ni a Jackson ni a Alejandro.

—Me dio la impresión de que al señor Lefroy le incomodaba nuestra historia —declaró sin rodeos.

—¿Nuestra historia?

—No debe angustiarse. Pasara lo que pasase entre nosotros, es algo que forma parte del pasado. —Su desatención cortés me descolocaba de nuevo—. Estoy seguro de que él tendrá su oportunidad contigo. —Se giró lo suficiente como para que la oscuridad ocultara la expresión de su rostro.

Sentí ganas de abofetearlo. Aquel no era Duncan, fingía ser otro, y yo lo veía tan claro como un cielo despejado.

—¿Cómo puedes creer que Jackson me interesa?

Lo vi dudar ante mi tono de voz —entre agraviado y afligido—, pero enseguida se recompuso. Elevó el mentón de una manera casi imperceptible y frunció el ceño antes de volverse hacia mí para responder.

—¿Por qué no? Los dos sois libres; y os he visto juntos, vuestro vínculo resulta evidente. Supongo que es inevitable que ocurra tarde o temprano.

—Pero en la librería no dejaste que te aclarara...

—¿La librería? —me interrumpió, dejando patente que no deseaba escuchar mis explicaciones—. No te preocupes. Tu silencio fue suficientemente explícito —musitó como rememorando el doloroso recuerdo. «¿Silencio dices? ¿No me viste la cara? ¡Me quedé esperando ese beso como una idiota!»—. Cometí un grave error al confesarte mis sentimientos y lamento profundamente haberlo hecho. Sospecho que me dejé llevar por el momento.

Su orgullo acabó transformado en derrota y la careta terminó cayendo al suelo:

—Es evidente que en esta nueva vida piensas en otro, que piensas en él. —Los músculos de la mandíbula se le tensaron al apretar los dientes—. Ya no tengo ningún derecho sobre ti. Dios santo, casi... casi te beso. —Negó con la cabeza y emitió un gruñido de contrariedad, mitigado por la templanza de sus labios—. Tienes mi palabra de que eso no volverá a pasar. Jamás.

No podía creérmelo. Iba a responderle, a reconocerle que mi corazón era suyo y de nadie más... Pero entonces apoyó una mano sobre la caja de resonancia del piano, cerca del teclado, y me impactó darme cuenta de que ya no podía seguir considerando a mi amigo invisible una aparición. Había perdido toda su transparencia inicial. Tenía un cuerpo, como el mío. Por aquellas venas debía fluir sangre necesariamente.

«Y, sin embargo, está muerto».

Alargué los dedos para tocarlo... «No me rechaces, por favor».

Su mirada era de confusión: porque Duncan intentaba mantener la compostura, pero no podía evitar que los ojos le brillaran.

—Te sientes forzada a mostrarme tu afecto. No está bien. No puedo hacerte esto. Eres demasiado importante para mí. Siempre lo has sido...

Apenas llegué a rozarlo. Como me había ocurrido ese mismo día en la librería, noté el mareo, el pitido en los oídos, una inmersión en las oscuras sombras del recuerdo...

No reconocí el salón, aunque también allí había un pianoforte; guardaba las distancias, como un felino cuando se está acicalando. Escuché el agradable sonido que producía el vestido al balancearse acompasado. Bailaba. Sola. Eché en falta la música. Y además era incapaz de dominar los movimientos; para mi disgusto, no era yo quien los guiaba.

Un giro, paso a la derecha, reverencia...

La voz de Duncan me llegó desde un extremo de la estancia. Mi cuerpo se detuvo para voltearse sorprendido, y avergonzado, hacia él, que se reclinaba contra el quicio de la puerta, cruzado de brazos. «Esa postura me suena...».

—Hay algo que no está haciendo bien, señorita Elliott. —Reparé en su voz hosca, como si yo fuera un incómodo guijarro en sus zapatos favoritos.

«¿También aquí está enfadado?», lamenté.

En su caminar había desenvoltura y confianza.

—¿Ah, sí? No veo en qué le puede afectar eso, señor Galloway.

Esa es la respuesta que salió de mi boca. «¿Por qué diablos he sido tan borde?». Intenté sonreír, pensando que tal vez se tratara de un juego, y retractarme, limar asperezas con él, pero era incapaz de liberar una sola palabra. Me había quedado muda allí dentro.

—No, si a mí no ha de importarme en absoluto. Pero preferiría que no dejara mal a aquel que se atreva a reclamarle una pieza en el baile del sábado. Entre ellos, podría hallarse algún buen amigo de la familia. —«¿Qué me pasa? ¿Por qué no puedo responderle?»—. Permítame que le muestre dónde comete el error... —Por el tono empleado, parecía un mandato—. O errores, más bien.

—Como guste, pero no lo considero necesario. —Aunque aquella voz femenina, que sin duda era la mía, sonaba retadora, no podía ocultar del todo que Duncan le resultaba intimidante.

Una de mis manos se alzó para brindarse al escocés, quien, con cierta brusquedad, empezó a marcar los pasos de la danza. Me topé de bruces con mi reflejo en el gran espejo que presidía la sala. Era mi cara, a cuyas mejillas vi asomarse débilmente un rubor involuntario. Pero esa timidez la percibí ajena, como si procediera de aquel cuerpo, y no de mi interior.

Mis piernas seguían a Duncan, desafiantes y orgullosas. Noté los sentimientos que se agolpaban dentro de aquella mujer, que en realidad era yo misma: respeto, cariño, fascinación, pero también indignación y enojo. Enfrentamiento.

En los últimos compases, insonoros, el cruce de nuestros brazos nos obligó a mirarnos a los ojos a escasa distancia. Como un abrazo involuntario y a cámara lenta. Me dejó sin respiración.

A veces solo es necesario prestar un poco de atención al universo para ser capaz de escucharlo. Sentí que algo había cambiado.

Mareos, pitidos, oscuridad... Y nuevamente en el siglo xxi, con el fantasma de Duncan a mi lado.

—¡Por fin! —exclamó aliviado. Sentado a mi lado, sobre la banqueta del piano, permitía que mi cabeza reposara sobre su pecho—. ¿Cómo te sientes? Llevo lo que me ha parecido un siglo intentando que reaccionaras. —El escocés atento y afectuoso había regresado. El iris de sus ojos por fin recuperaba la tonalidad acostumbrada. Verse reflejada en ellos era como despertarse una mañana de invierno y descubrir que el cálido verano se había adelantado cinco meses. Me cogía la mano con firmeza—. ¿Una nueva regresión?

Me tomé unos segundos para incorporarme y responder.

—Sí. He vuelto a mi vida anterior. A *nuestra* vida anterior —remarqué el posesivo con una sonrisa—. Esto no puede ser una alucinación —negué con la cabeza varias veces—. Te encontré de nuevo allí. Aunque no podía hablarte. Me vi a mí misma reflejada en un espejo, pero sentí que aquel cuerpo no me pertenecía. No como este, porque era imposible darle ni una sola orden. Lo manejaba otra persona, a la que sentí diferente pero muy próxima a mí... Era yo, estoy segura.

—¿Cómo es posible?

—No puedo explicártelo. Al principio, por la forma en que me hablabas, pensé que no nos llevábamos nada bien. Como si no fuera santo de tu devoción. Bueno, como hace un rato aquí mismo —lo recriminé.

Dicen que para todo tipo de males hay dos grandes remedios: el tiempo y el silencio, y más aún si los combinas, como Duncan hizo en ese momento.

—Se me olvidaba: ¡tengo un apellido para ti! —recordé—. Galloway. Te llamé señor Galloway.

—Duncan Galloway —repitió el escocés complacido ante la revelación de aquel nuevo dato sobre su pasado.

—Y aquel Duncan gruñón y engreído se puso a enseñarme unos pasos de baile. Yo parecía cabreada contigo. Pero, justo antes de regresar, hubo un momento en el que la señorita Elliott, así me llamaste...

Me miró intrigado y su intensidad me hizo perder el compás de las palabras.

—¿Señorita Elliott? Ese nombre... —vaciló antes de proseguir—. Yo... lo reconozco. ¿Qué ocurrió con ella?

—En realidad les ocurrió a los dos. El señor Galloway y la señorita Elliott... Tú y yo. Habíamos conectado allí. Lo percibí en tu rostro. Algo cambió en ti. Habías dejado de ser tan... inflexible, estricto. Me dio la impresión de que te sentías confuso, y hasta me rehuiste la mirada. Había tanto... tanto amor reprimido entre ellos —me atreví a continuar.

Imposible contener por más tiempo la emoción: aquella regresión era la confirmación de mis sentimientos por Duncan. En el pasado. En el presente.

—Sospechaba que eras tú, que no debía dudar de que siempre has sido tú —reconoció el escocés mientras se levantaba de la banqueta—. Tu regresión mientras tocábamos aquel piano me lo confirmó. ¿Pero por qué he regresado?

¿Por qué así? —Duncan se mostró ante mí, entre indignado y dolido—. Mereces tener una vida plena. No tengo derecho a nada. Y lo peor es que... —Parecía enfrentado consigo mismo—. Quise alejarme, por eso me marché esta noche. Pensé en no regresar a ti nunca más.

—¿Marcharte? ¿Por qué ibas a hacerlo? —La sola idea me puso en pie de golpe. Aprisioné una de sus manos, como si él aún estuviera a tiempo de llevar a término su amenaza. Tras calmarme, añadí en voz baja y decidida—: Ignoro lo que nos ocurrió en esa otra vida. Solo sé que en esta ya no podría vivir sin ti, Duncan.

Él me miró sorprendido, como si por primera vez entendiera que yo también lo amaba, que podía sentirme tan suya como él había reconocido ser mío.

—Alicia... No puede ser cierto —susurró a través de una sonrisa esperanzada. Se detuvo y un pensamiento le frunció las cejas—. Como no era capaz de alejarme, hasta he intentado ser descortés para que tu orgullo herido me echara a patadas de tu lado. Pero me falta determinación para hacer lo correcto. —Me atrajo tirando de mí con suavidad—. Soy el ser más egoísta sobre la faz de la Tierra. Porque, aunque sé que no me corresponde por tiempo ni lugar...

Duncan, expresándose con una amalgama de gestos —de cariño, indecisión, impaciencia y tal vez tormento—, acarició mi mejilla. Ahí estaban: sus reposados verdes ojos verdes, tan familiares desde aquel primer sueño, eran ahora espejos de mi mundo, de mí misma. Ahora eran ellos los que, todavía dubitativos, me buscaban y avanzaban lentos, magnánimos, ofreciéndome la posibilidad de huir. ¿Pero quién querría escapar de algo así? Un roce dulce, poco imaginativo y anheloso de mucho más bastó para que ese beso me supiera a primer beso.

Cuando nos separamos, sonreí nerviosa, pero con el alma entera. Eché el brazo hacia atrás, en busca de un lugar donde poder apoyar las manos, que, al igual que las piernas, sentía entumecidas en comparación con el alborozo de los labios. Encontré el sustento que buscaba en el lateral del piano.

—El beso ha sido tan... real. ¿Tú también lo has notado? —pregunté mordiéndome con suavidad el labio inferior, tratando de perpetuar el recuerdo de su caricia.

La electricidad que me recorría el cuerpo había despertado en mí sensaciones, algo muy físico, que nunca había experimentado. Como respuesta, me tomó una mano y la condujo por debajo de la levita de paño oscura para apoyarla sobre su chaleco y presionarla a la altura del corazón. Su ritmo acelerado contagió al mío.

—¿Qué vamos a hacer, Duncan?

—No voy a disculparme por lo que siento. Eso está fuera de cuestión. —El escocés había recuperado su antigua seguridad. Ni un resquicio de duda quedaba en él.

Aquella misma noche, ya en la cama, aún tuve tiempo de pensar que mis sentimientos por Duncan estaban abocados al fracaso. Lo de «mejor amar y perder que no haber amado nunca» no terminaba de convencer al lado práctico de mi cerebro. Pero él rozó mi frente con sus labios y me envolvió con sus brazos. Recreándome en su sólido confort, pude pensar: «Ahora sí estoy en casa».

Esa noche dormí plácidamente. Feliz. Sintiéndome enamorada por primera vez en esta vida.

34

En las catacumbas

Las imágenes entraron soñolientas y silenciosas en la retina. El pecho de Duncan se agitaba reposado, meciéndome con placidez la cabeza. Hasta mis oídos llegó el pausado bum-bump, bum-bump, bum-bump. Su corazón me lanzaba señales de humo. ¿Qué importaba que no lograra entender el mensaje si sus palabras eran tan... vitales? Bum-bump, bum-bump, bum-bump.

Me incorporé lentamente. Por mucho que se viera en las películas, aquella postura supuestamente romántica era cualquier cosa menos confortable.

—Buenos días, señorita De la Vega.

—Buenos días, señor Galloway. ¿Una noche aburrida?

La chispa que descubrí en aquellos ojos que tan bien sabían mirar, hablar y escuchar me contó que tenía mejores planes que responder a esa pregunta. Tomó mi cara entre sus manos. No fue un beso breve como el de la noche anterior. En este había urgencia, madurez, la ambición del siguiente instante de calidez y suavidad. Con ternura, apoyó una mano en mi nuca y me atrajo con fuerza. Un encuentro privado entre los dos. Inhalé el alma de sus dulces labios como si llevara dos siglos esperándolos. Quise creer que así era.

Se separó esbozando una sonrisa de placer y confirmación.

—Ahora entiendes que siempre fuiste tú, ¿verdad? Tus visiones de nuestra vida pasada son la prueba. No hay nada más inútil y frustrante que seguir buscando lo que ya has encontrado... Y, finalmente, yo ya puedo dejar de buscar, Alicia.

La sonrisa me salió de dentro.

—En una cosa te equivocas, Duncan Galloway —acaricié su mejilla con una ternura que desconocía en mí—: la búsqueda no ha terminado. ¿Qué nos pasó en esa otra vida? —«¿Y qué vamos a hacer ahora? Cualquier cosa menos mostrarte el camino a lugares que se encuentren a más de cinco metros de mí, ya sea el mismísimo cielo».

El móvil se removió en la mesilla. Jackson.

—¿Dónde andas? No te he visto el pelo en todo el día —preguntó nada más descolgar.

—Estaba durmiendo —dije mientras echaba un ojo a mi reloj. ¡Las cinco de la tarde!

—Pues espabila, jovencita, que en una hora salimos del hotel. Nos estarán esperando y no quiero retrasos. Ah, y tráete a Duncan. Ya que va a venir seguro, al menos prefiero estar al tanto.

—Ok. Nos vemos abajo.

Disponía de tiempo suficiente para acicalarme en el baño y pedir al servicio de habitaciones que me subieran algo de comida. ¡Las cinco de la tarde! Noté que había acabado con la paciencia de Gazuza, Hambre y Gula. Las tres en masa empezaron a pasearse por los largos pasillos de mis intestinos entonando cánticos del estilo de «Luchamos por nuestros derechos», «Huelga de consumo ¡no!» y «Queremos acabar con todo». Noté cómo me pinchaban con sus reivindicativas pancartas. ¡Las cinco de la tarde! Y sin servicios mínimos. Hasta Duncan las escuchó quejarse. Ahogó una sonrisa burlona, pero sus hoyuelos lo traicionaron.

—¿A qué viene esa sonrisa? —preguntó Jackson en el taxi que nos conducía hasta el punto de encuentro con su compañero Thiroux Bertrand, en el duodécimo distrito de París—. Te noto rara...

Solo estaba recordando el vuelco que acababa de dar mi vida en las últimas horas. Mi vida con Duncan. «Pero mejor se lo cuento en otro momento, cuando Duncan no esté delante». Presentía que la reacción del fotógrafo, siempre tan racional, no consistiría en darnos precisamente su bendición. Y tendría razones de más para ello, porque aquello no tenía sentido, era una relación imposible entre una persona viva y un fantasma del siglo XIX.

—Me siento optimista —respondí—. Tal vez hoy consigamos acabar con la maldición de Charles Montand. —Realmente lo deseaba con todas mis fuerzas.

El taxista detuvo el vehículo en la dirección que le había indicado Jackson: el Bosque de Vincennes.

En cuanto nos apeamos del coche, el fotógrafo caminó al encuentro de un tipo que debía de rondar los cuarenta, con cuerpo de nadador pero más bien achaparrado. Se dieron la mano y Jackson hizo las oportunas presentaciones.

—Está anocheciendo. Vayamos directamente a la entrada —dijo Thiroux con un marcado acento francés—. Aquí tienes lo que me pediste.

Jackson tomó la mochila que le ofrecía su colega, quien además cargaba con una voluminosa bolsa de deporte en tonos oscuros.

—¿Quieres que la lleve yo? —me ofrecí voluntariosa a mi compañero.

—No es necesario. Si me canso, luego te la paso un rato. Aunque estaría bien que cogieras la bolsa de mi cámara. No quiero que se dé un golpe.

—Claro. Dámela.

El bosque parecía inmenso. Imaginé a los antiguos reyes de Francia cazando entre aquellos árboles, escoltados por sus mosqueteros.

—¿Adónde vamos exactamente? —pregunté aprovechando que no se veía un alma cerca en varios metros a la redonda.

—A la isla de Reuilly, en el lago Daumesnil —respondió Thiroux, que caminaba a ritmo de paseo, con las manos en los bolsillos.

—Supongo que nos dirigimos a aquel lugar. —Duncan me señaló un pequeño puente colgante que unía la ribera donde nos encontrábamos con una isla. Después de atravesarlo, seguimos el sendero que recorría aquel pedazo de tierra en sentido este.

Allí, un mirador de estilo romántico, con columnas y un tejado en forma de merengue, sobresalía entre la densa vegetación, sobre una cascada y una gruta. «Artificiales», según nuestro guía, como si eso restara mérito al paraje, que parecía extraído directamente de Rivendel.

—¿Y qué hacemos aquí? ¿No tendríamos que ir a las Catacumbas? —pregunté al tiempo que descendíamos hasta la cueva.

—Existen entradas a las Catacumbas repartidas por toda la ciudad. Las tienes en alcantarillas, en túneles del metro... hasta en los sótanos de tiendas y casas —me ilustró el canadiense—. Oficialmente son doscientos ochenta kilómetros de pasillos subterráneos —añadió—. Pero las únicas que pueden visitar los turistas son las del decimocuarto distrito: alrededor de kilómetro y medio.

—¿Oficialmente?

—En realidad son más. Habría que añadir unos sesenta kilómetros que se mantienen en secreto. Pocas personas saben de la existencia de esos tramos.

—Y supongo que ahí es donde El Club ha emplazado su base de operaciones —observó Duncan.

Me parecía una buena deducción.

El francés localizó en el muro del fondo lo que me figuré que era un hueco —no llegaba a verlo bien— e introdujo una extraña llave. Resonó un clic y un chirrido mecánico. Thiroux empujó sin aparente esfuerzo una piedra rectangular; la entrada, con una altura inferior al medio metro, quedó al descubierto.

—Las señoritas primero.

«Hombre, gracias. Qué galante el francés...», pensé sardónica. No me apetecía meterme la primera por aquel agujero. «Menos mal que se ve luz ahí dentro».

Al otro lado me esperaba Duncan. De pie, porque, nada más atravesar los treinta centímetros de pared, se abría un pasillo de altura suficiente como para que alguien de gran envergadura no precisara agacharse. Varias antorchas solazaban el ambiente. El escocés me tendió una mano, y me apoyé en ella para incorporarme. Lo vi echar un vistazo rápido por encima de mi hombro —confirmando que Jackson y Thiroux aún permanecían en el lado externo del muro, comentando algo entre ellos— y me agarró de la cintura para atraerme en un abrazo. Me miraba directo a los ojos, con una sonrisa que a mí me pareció la más seductora del mundo.

Detrás de mí escuché movimiento. Lefroy había empujado la bolsa hacia el interior. Estaba a punto de cruzar la entrada... Duncan también se dio cuenta.

—No disponemos de mucho tiempo —susurró para sí mismo.

Urgente, eliminó el espacio que separaba nuestros cuerpos. Sus besos fueron dulces e intensos, como si fueran los últimos. Me dejó sin respiración cuando sentí que me mordía el labio. Hundí mis dedos en su pelo y lo animé a darme más de aquello, pero él, con un autodominio infinitamente superior al mío, logró dar un paso atrás.

—Discúlpame. Esta conducta no es la propia de un caballero —musitó desconcertado—. Tengo que aprender a controlarme. —Resopló antes de clavar su mirada en mí—. Y va a ser harto complicado sin carabinas de por medio... Seguro que en mi época, con las normas del cortejo tan acotadas, todo resultaba mucho más sencillo.

—Es tan sencillo como no volver a besarme —lo reté divertida a media voz.

Esbozó una tenue sonrisa.

—Me temo, señorita, que eso es pedir demasiado.

Duncan había despertado en mí el deseo de amarlo, de refugiarme en su boca y en caricias más íntimas que aquellas. Me pregunté hasta dónde podríamos llegar en un encuentro desprovisto de tantos ropajes teniendo en cuenta que podía sentirlo como a cualquier otro ser vivo. Estaba deseando poder descubrirlo. Una maquiavélica sonrisa iluminó mi cara: «Tal vez yo pueda ayudarlo a perder el control... Sí, esta misma noche, cuando estemos de regreso en la habitación del hotel».

Enseguida tuvimos a nuestro lado a Jackson y a Thiroux, quien, una vez dentro de la galería, volvió a colocar la piedra rectangular en su sitio. El galo extrajo de su bolsa una cazadora, del mismo color azul que sus pantalones, y tres cascos blancos con una linterna incrustada en la parte frontal. Uno para cada uno. Él además se puso una chaqueta, en cuya espalda leí la palabra «POLICE».

—¡¿Es policía?!

Se volvió sonriendo y, al ver que mi dedo índice lo apuntaba, levantó teatralmente los brazos.

—Thiroux es un *cataflic.* —Cara de interrogante. La mía, claro—. Un policía que patrulla en las Catacumbas —se explicó Jackson mientras su colega del Club reemprendía la marcha—. Velan por que la gente no cometa la imprudencia de colarse en zonas no vigiladas. Esto es peligroso, más de lo que muchos incautos puedan pensar.

—Ya imagino... Debe de ser fácil perderse aquí —dije atisbando los cruces de camino que teníamos por delante.

—Algunos locos se atreven a desafiar estos pasillos sin un guía —escuchamos lamentarse al francés—. Hace unos años encontramos a uno de esos aventureros ilegales. Muerto. Se había quedado sin agua. Nunca encontró la salida, y eso que la tenía a menos de doscientos metros.

—Pobre hombre...

—En la época romana esto eran minas de piedra caliza, ideal para levantar edificios. De hecho, se emplearon para reconstruir la ciudad. Lo de Catacumbas es en honor a ese pasado romano, aunque en realidad este lugar se llama Las Canteras de París. No fue hasta 1786 que este complejo de túneles fue consagrado para convertirlo en lo que es hoy. un enorme cementerio subterráneo.

—La mayor necrópolis del mundo —apuntó el canadiense.

—Así es. Seis millones de inquilinos nos contemplan desde sus muros.

En ese instante no fui consciente de hasta qué punto era real la explicación de Thiroux. Más adelante lo comprendí: cuando pasamos junto a murales levantados con calaveras y huesos. «Y pensar que paredes como esta se exhiben ante los visitantes como si fueran obras de arte colgadas en un museo...». No tenía muy claro que aquello fuera algo de buen gusto ni, sobre todo, respetuoso con los difuntos. Algunos de los cráneos estaban dispuestos de tal manera que dibujaban cruces en la pared.

—¿Y por qué terminó aquí toda esta gente? —lo animé a continuar.

—En el xviii los cementerios de París, la mayoría ubicados junto a iglesias, rebosaban tras siglos de uso. Hambruna, peste negra, guerras... Los cadáveres se amontonaban, unos sobre otros, en fosas comunes. El nivel del suelo de los camposantos era un par de metros más elevado que el suelo de las calles adyacentes. Ese hacinamiento dio pie a unas condiciones de insalubridad que algunos ya habían señalado como peligrosas para los habitantes de París a mediados del xvi.

—Epidemias.

—Sí. Y había una necrópolis especialmente afectada por la situación: la de los Santos Inocentes, en el distrito de Les Halles. En mayo de 1780, un muro de ese cementerio que lindaba con un restaurante cedió. El sótano del edificio se llenó de huesos y cadáveres en descomposición.

—Puf, menudo espectáculo...

—También era peligroso para la salud pública. Había un mercado muy importante cerca del cementerio. Piensa en los alimentos, tan cerca de un lugar infeccioso, con la podredumbre revoloteando y llegando a todas partes a través del aire. —Su explicación me hizo arrugar la nariz, incómoda con la mera sensación de imaginármelo. Oler la muerte en el pan, degustarla en el agua o las frutas...—. Ante la posible propagación de epidemias y enfermedades, las autoridades de la época decidieron clausurar el cementerio y trasladar los restos humanos de los Santos Inocentes a estas antiguas canteras subterráneas.

Ya que tenía de frente al *cataflic*, le iba a hacer la pregunta. Si no quería darme una respuesta, con suerte la encontraría en su reacción.

—Oye, Thiroux, ¿tú eres yuzbasi?

Mi exceso de curiosidad provocó que Lefroy frunciera el ceño.

—¿Yo? ¿Como Jackson? No, no... *Pas du tout**! —exclamó, como sobrepasado por el honor de creerlo en un estatus superior al suyo—. Yo soy cavus.

---

* Traducción del francés: «¡Para nada!».

—Supongo que eso estará entre onbasi, que es cabo, y capitán; tal vez equivale a sargento —reflexioné en voz alta sin que nadie confirmara mis sospechas. Y, para demostrar a mi compañero que no iba a seguir por la senda de las preguntas incómodas, cambié de tema—: ¿Qué es eso? —señalé una roca sobre la que había divisado una cara humana labrada con todo detalle.

—Durante la II Guerra Mundial, El Club echó un cable a miembros de la Resistencia francesa —respondió Thiroux—. Los enseñamos a moverse por las Catacumbas, aunque solo por la red oficial de galerías. Nuestra zona permaneció oculta, excepto para algunos compatriotas, combatientes de especial relevancia contra los nazis, a los que escondimos aquí y que prometieron guardarnos el secreto. Uno de ellos tenía buena mano para el grabado en piedra.

—También los alemanes se construyeron un búnker en las Catacumbas durante la ocupación —completó Jackson la información.

—Sí, es cierto. Las Catacumbas no le piden la documentación a nadie. Ni siquiera a los fascistas. —Thiroux parecía dolido por el pasado de su ciudad. Pronto cambió de actitud—. Los *cataflics*, sí. Y ponemos multas.

—Por cierto, Alicia, aquí reposan los restos de gente desconocida, pero también de famosos como Montesquieu o El hombre de la máscara de hierro —apuntó Lefroy.

—Imposible. El hombre de la máscara de hierro es solo una leyenda francesa.

—Según nuestros archivos, existió —me rebatió Thiroux.

—Pues todo esto tiene un reportaje en *Duendes y Trasgos*.

—Lo tiene. Ya te pasaré información —dijo Jackson.

—Cuidado ahora: este paso es bastante estrecho —nos avisó el *cataflic*—. Espero que no sientas claustrofobia, Alicia. Seguidme y encended los cascos. Durante un tramo no habrá antorchas.

—Yo iré detrás de ti —me animó Duncan.

Aquello parecía una madriguera. Entré arrastrándome. A las primeras de cambio, el pantalón vaquero se me enganchó en una piedra afilada que despuntaba en un lateral. Se rasgó ligeramente. Fueron unos diez metros de agonía y por fin pude volver a incorporarme.

Me llamó la atención una inscripción grabada en la piedra. Jackson confirmó que era el nombre de una calle.

—Esa avenida se encuentra veinte metros por encima de nuestras cabezas. Me extraña que no hayas visto antes las placas. Las hay por todas partes. Bertrand lleva un callejero. Es mucho más fácil desorientarse aquí que arriba.

Estar en París y sentirse aislado del mundo no parecía tarea fácil. Para bien o para mal, en las Catacumbas no solo era posible, era irremediable. Parecíamos los cuatro últimos individuos sobre (o más bien bajo) la faz de la Tierra tras un cataclismo. Me pregunté en qué momento empezarían a presentarse las hordas de zombis.

Nos adentramos en una sala amplia y vacía, pero con claras señales de que había sido habitada en el pasado. Aquí y allá se veían velas a medio consumir y muebles antiguos, carcomidos por el paso de los años.

—Hace décadas que abandonamos estas instalaciones —me aclaró Jackson.

Un estruendo me obligó a echar mano de la pared para no terminar en el suelo.

—¡¿Qué demonios ha sido eso?!

—Un dragón —soltó el canadiense, más sereno que un rey en los primeros movimientos de una partida de ajedrez.

—¡¿Un dragón?! ¿También existen?

—Es broma, mujer. Solo era el metro —dijo Jackson señalando con un dedo el techo.

Cuando ya pensaba que estábamos condenados a vagar por aquellas canteras para el resto de nuestros días, Thiroux anunció que habíamos llegado a nuestro destino. El cementerio del Père-Lachaise.

—¿Cuánto calculas que tardaréis? —preguntó a Jackson.

—Supongo que, si todo va bien, en tres horas podremos estar de vuelta.

—*D'accord*. Entonces dentro de dos horas y media me tendréis por aquí. Si necesitáis ayuda o volvéis antes, llámanos. Tu móvil tiene línea directa con el cuartel general, *n'est-ce pas**?

Jackson asintió y se quitó el casco para dejarlo sobre el suelo de tierra prensada. Lo imité. Los dos miembros del Club se engancharon mutuamente de los antebrazos para saludarse —algo que no habían hecho antes en público, donde se habían ofrecido formalmente las manos— y después Thiroux levantó con un ligero toque la parte delantera de su *yelmo*, en una especie de saludo militar.

---

* En castellano: «No es así?»

—Nos vemos luego, Alicia —se despidió también de mí.

Thiroux localizó un pequeño orificio y lo rellenó con la llave. Se abrió una puerta; por su reducido tamaño, de nuevo más propia del País de las Maravillas.

Y, a través de aquella salida, nos introdujimos en el cementerio parisino.

35

Manos de brujo

Por lo angosto del lugar y el olor a humedad, pensé que seguíamos dentro de las Catacumbas. Pero no. La cavidad de aquel pozo conducía, allá a lo alto, hasta la luna llena. Desde el otro lado de la roca, el francés cerró la puerta de la especie de mazmorra medieval en la que acabábamos de meternos por voluntad propia.

—Sígueme. —Jackson echó mano de una escalerilla en la pared—. Será mejor que hablemos en voz baja. Se supone que mis camaradas han despejado el camino, pero mejor no arriesgarse —susurró.

Me agarré a los escalones como si me fuera la vida en ello. Recién cumplidos los dieciocho, descubrí que las alturas no eran lo mío. Sufría de vértigo, y eso después de haber sido una gran fan de las montañas rusas en la adolescencia. Ver flotar a Duncan en el aire me ayudó a no echar la vista abajo ni una sola vez. Si lo hacía, corría el riesgo de no poder tirar para adelante ni para atrás. ¡Qué cuesta arriba se me hizo aquel ascenso!

Jackson retiró del pozo la rejilla forjada que lo cubría.

Cuando mis pies tocaron tierra, respiré hondo. Las tumbas nos tenían rodeados. Se suponía que aquello era el cementerio del Père-Lachaise, pero no reconocí el punto exacto en el que nos hallábamos. Jackson sí. Nos separaban un par de calles de la tumba de Jean-Paul Montand.

El silencio era mortal. Solo algún ser nocturno y emplumado se atrevía a rasgar la quietud de la noche. El cuervo graznó a lo lejos y me puso los pelos de punta. Había sonado a cabra. A una cabra a punto de ser sacrificada.

—¿Cómo vamos a abrir la escultura sin armar jaleo? —le pregunté a mi compañero señalando con el mentón la figura de bronce.

—Sin problemas. Con una especie de sierra radial.

—Ah, claro, perfecto... ¡Con eso vas a despertar hasta a los muertos! —le advertí en voz baja.

Jackson rio entre dientes.

—No es exactamente una radial. Es un aparato parecido, pero que funciona con láser en lugar de con cuchillas.

A primera vista el artefacto aparentaba ser una simple empuñadura. Hasta que lo puse en marcha. De su extremo brotó un haz luminoso y circular de un palmo de diámetro.

Los destellos del rayo anaranjado se reflejaban en la mirada atenta de Duncan. «Y pensar que mis amigas de la universidad me apodaban "la mujer de hielo" por ser insensible a los encantos masculinos... Hanna y Melissa deberían verme ahora, derritiéndome por un escocés».

Sin una palabra más alta que otra, la herramienta de Jackson cumplió con su cometido: rajó el libro metálico como si estuviera hecho de capas de mantequilla. El canadiense maniobró hábilmente para no dañar el documento que atesoraba en su interior.

Una brisa escalofriante me acarició la nuca. Sin perder de vista el trabajo del yuzbasi, me palpé el cogote con cautela, temiendo sorprender como polizón a un bicho de patas cortas y peludas. Palpé carne humana, y era mía.

El hueco estaba abierto, y Lefroy se inclinó para apuntar al interior con su linterna.

—¡Joder! —se lamentó incorporándose—. No hay nada. Pero en algún momento tuvo que estar aquí. Si no, mi cámara no habría captado ayer la actividad demoniaca.

—Era demasiado fácil, ¿no cree, *monsieur*?

Los tres nos volteamos a tiempo para ver surgir una silueta de entre las sombras que cubrían la parte delantera de la lápida. Era el amable funcionario que nos había atendido en las oficinas del cementerio.

—¿De dónde ha salido? No lo he visto venir —lamentó Duncan.

El yuzbasi resopló antes de reconocer:

—Debí sospecharlo...

—¿Qué ocurre, Jackson? —pregunté.

—Debí darme cuenta por tus manos. Son manos de brujo: arrugadas y rancias. ¿Cuál es tu edad real? No creí que pudieras seguir vivo, y menos aún que quisieras exponerte ante nosotros.

—Los conjuros y maleficios pueden obrar milagros en un viejo de ciento treinta años como yo —se vanaglorió el recién llegado—. Y más cuando te alías con demonios de gran poder.

—Como Astaroth —deduje.

El canadiense fue al grano.

—No hemos venido hasta aquí para perder el tiempo contigo. El documento estuvo escondido en el libro hasta ayer mismo, ¿verdad? ¿Dónde lo has ocultado?

—¿Y por qué crees que te lo voy a decir?

Mientras yo me preguntaba exactamente lo mismo, atisbé en el nigromante un ligero cambio de posición, ahora amenazadora, como cuando un depredador está a punto de abalanzarse sobre su presa. La mueca retorcida de su diabólica sonrisa declaraba que disfrutaba imaginando la batalla que se avecinaba. Cerró los ojos y se acompañó de unos cánticos que hicieron emerger de sus manos una especie de neblina untuosa: esta comenzó a arrastrarse por el suelo, serpenteando hacia nosotros. Piedra y bronce chisporroteaban a su corrosivo paso.

Duncan tiró de mí con decisión para interponerse entre la bruma, que se acercaba con maliciosa parsimonia, y mi cuerpo. No tuve oportunidad ni de quejarme por su brusquedad, porque todo ocurrió muy rápido. Jackson había entrado en acción. Con un salto felino esquivó el ataque y, apoyándose en una de las lápidas cercanas para cambiar de trayectoria, aterrizó a unos centímetros de nuestro enemigo.

Una luz roja se deslizó fugazmente sobre las muñecas del brujo y sus dos manos cayeron seccionadas sobre el libro de bronce. Los dedos, de los que aún surgía un humo similar al de un cigarrillo mal apagado, se movieron en espasmos, intentando aferrarse a la vida.

—Alicia, ¿te encuentras bien? —Duncan giró la cabeza hacia mí, aún en posición de ataque y defensa a la vez.

Yo seguía parapetada tras él, abrazada a su espalda, que se agitaba al ritmo de nuestras respiraciones entrecortadas. Con los ojos muy abiertos por el sobrecogedor espectáculo, respondí que sí y, en un intento de parecer valiente, abandoné su cobijo y di un paso adelante.

—¡Desgraciado! ¡Mis manos! —rugió enrabietado el nigromante mientras se miraba con horror los muñones cauterizados por el láser—. ¿Qué voy a hacer sin manos?

—Deberías darme las gracias. Era la única parte de tu cuerpo que sí envejecía. Además tienes la posibilidad de sobrevivir, y en ese caso ni siquiera tendrás que llevar tus ropas al tinte. ¿Ves? Ni una gota de sangre. No te prometo nada cuando llegue el próximo corte, porque irá al cuello —le advirtió el yuzbasi con voz autoritaria—. ¿Dónde has escondido el contrato?

Jackson se le acercó empuñando su arma improvisada.

—No, por favor. Basta. Os lo diré —capituló con el rostro contraído por el dolor—. Pero si lo hago, me dejarás... me dejarás marchar.

—Claro —concedió el canadiense. El tono era burlón, así que fui incapaz de adivinar si mentía o decía la verdad—. Habla.

—Vale, es un trato. —Lo dijo como si creyera que así sellaba el pacto con Jackson—. Sí, lo cambié de sitio. Lo escondí en una cripta.

—¿Qué cripta?

Me sentí afortunada por estar del lado de Lefroy. Me daba más miedo él que nuestro adversario. Su mirada era feroz, sin un ápice de humanidad.

—Detrás de la sepultura de Allan Kardec. —Levantó la vista, receloso—. Astaroth me matará si... No podéis decirle que yo os lo he contado.

Su voz sonó compungida, suplicante. Vi a un hombre desvalido. Ya no podía hacer daño a nadie. Hubiera corrido a echarle una mano, pero, como si me hubiese leído la mente, Lefroy me detuvo con un gesto mientras lo inmovilizaba con un sencillo alambre que había extraído de la mochila del *cataflic*. Tragué saliva.

—Iremos a donde dices, y como no encontremos lo que buscamos, volveré y, en honor a tus ancestros, te haré pasar por mi guillotina personal —prometió mostrándole el arma.

—Pero dijiste que me dejarías marchar...

—De momento te quedas aquí. Ya veremos luego. Ah, una advertencia —añadió señalando el cable que lo envolvía—: esto detecta el movimiento; cuanto más te agites para liberarte, más potente será la descarga eléctrica. Si eres capaz, ni respires, viejo.

Me pregunté si sería cierto. Seguramente también el prisionero, pero se decantó por no poner a prueba la recomendación que le había hecho mi compañero. Al menos con nosotros delante.

—Duncan —me sorprendió que el canadiense le hablara directamente a mi amigo invisible—, sígueme. Necesito que me hagas un favor.

Nos habíamos distanciado unos metros del brujo. Lefroy echó un vistazo a su alrededor antes de concentrar su mirada urgente y tiránica sobre mí.

—A tu derecha —le informé con fastidio—. Está a tu derecha.

—Bien. Duncan, quédate con él, vigilándolo. Podría contar con un aprendiz. Si aparece alguien para ayudarlo, avísanos. No creo que te cueste encontrar a Alicia. —La frase sonó a reproche—. Alguien ha de quedarse, y no quiero que sea ella.

—Pero... —empecé a objetar.

—A él no puede hacerle nada. Ni siquiera Astaroth, quién sabe por qué razón, consiguió verle.

—Hazle caso. Dile que me quedo.

El tono de Duncan y su semblante serio no daban pie a ningún tipo de disputa.

—Sois los dos igual de tercos. Dice que se queda —capitulé viendo que no me quedaba otra.

—Pues en marcha. No tenemos toda la noche —comentó impaciente el yuzbasi.

—Ten cuidado, por favor —le rogué al escocés.

—Tú también. —Me retiró un mechón de pelo de la cara y esa sencilla caricia me obligó a cerrar los ojos y a respirar profundo. Sabía que cada segundo a su lado era un regalo. Jackson me sacó del trance.

—¡Vamos, Alicia! No te gustará seguir por aquí a la hora de las brujas —me advirtió.

Aligeré el paso hasta alcanzarlo.

—No me digas que los muertos se levantan de las tumbas...

—No. Únicamente sus espíritus. Y solo unos pocos, los de aquellos que no han cruzado al otro lado. Pero mejor te ahorramos el espectáculo. Ya es bastante triste verlo a través de mi cámara; no quiero ni imaginármelo cuando se posee un don como el tuyo.

—¿Es peligroso?

—También, pero esta —Lefroy se señaló la cámara— y el amuleto de Alejandro nos mantendrán a salvo de las sombras si es necesario —trató de tranquilizarme.

Instintivamente, busqué bajo mi jersey el ojo turco. Pero...

—¡Espera, Jackson! —susurré entrando en pánico mientras tentaba cada centímetro de mi cuello y examinaba el suelo un metro a la redonda. No podría recordar el número de collejas que me di a mí misma buscando el amuleto—. ¡He perdido el colgante de Alejandro!

Lefroy resopló y puso los ojos en blanco.

—A perro flaco, todo son pulgas —se quejó de mal humor. «Mierda, qué mal momento para perderlo. ¿Dónde se me habrá caído?»—. Da igual, no pasa nada. La cámara me ha sacado de más de una. Será suficiente.

Al menos el amuleto de tía Rita sí permanecía en su sitio. No sabía ni para qué podía servir, solo estaba segura de que de alguna manera me ampararía. Al parecer, no de las preguntas del canadiense.

—¿Qué ha pasado entre vosotros? Duncan y tú —me soltó de repente sin mirarme a la cara—. No nací ayer, Alicia... —siseó con un matiz de desaprobación en la voz—. Déjalo, en realidad prefiero no saberlo —me advirtió antes de que pudiera confiarle la verdad, y estaba dispuesta a hacerlo—. Las historias románticas no me interesan. Y esta es más estúpida que ninguna otra que yo haya conocido —dijo en un susurro.

Decidí que aquel no era lugar para una disputa como aquella, así que fingí no haber oído su último y desafortunado comentario.

—Bien, esta es la tumba de Allan Kardec —me informó al cabo de unos metros—. Así que esa debe de ser la cripta que buscamos.

El fotógrafo señaló una edificación con forma circular. Un *guardián* custodiaba la entrada de doble hoja en azul desgastado y adornada por seis cruces célticas. Con latente corazón de piedra: las garras de la gárgola con forma de búho sostenían una inscripción grabada en piedra. «Famille McKnight».

Ocho escalones más arriba, introdujo una ganzúa en la cerradura, forcejeó mínimamente y las puertas se abrieron ante nosotros con gran boato, rechinando en nuestro honor tras años, probablemente décadas, de escasa actividad.

Seguí a Jackson sobre un suelo cubierto de polvo. A nuestro alrededor, la sala, circular y despejada, aparecía envuelta por paredes toscas, en contraste con las cuatro vidrieras de colores que la dotaban de vida. De día, la vista debía de ser formidable. Lástima. Una vista en raras ocasiones contemplada.

—Hay huellas ahí delante, de ida y de vuelta —le señalé a Jackson con el haz de mi linterna—. Deben de ser del brujo. Al menos en eso no nos ha engañado.

—Las pisadas llegan a esas escaleras.

El repicar desconcertante y pausado de unas campanas —tañían a duelo— me hizo parar en seco. Sonaban allí mismo, con nosotros. En mi acompañante tuvo el efecto contrario; una mano le bastó para obligarme a girar con la precisión de un paso de baile. Noté el peso de los brazos de Lefroy al rebuscar en la bolsa de su cámara, que en ese momento seguía cargando yo. El *smartphone*.

—Dígame, padre —respondió el canadiense al mismo tiempo que conectaba los altavoces del móvil para que yo también pudiera oír la conversación y participar en ella.

«Casio», leí en la pantalla.

—Hola, Jackson. Estamos con Charles Montand. En un momento bastante álgido del exorcismo, Astaroth se nos ha reído en la cara. Dice que en la sepultura del viejo no encontraréis el pacto que firmó con...

—Sí, lo sabemos —se adelantó el canadiense—. No había nada. Y ha aparecido el brujo. Continúa vivo.

—Esperaba que fuera una mentira más de Astaroth... También nos ha hablado de él. Es muy poderoso. Se llama Montespan, y por lo visto ha guardado el documento en un lugar donde no podréis encontrarlo nunca. ¿Dónde está él ahora?

—Lo he reducido.

—¿Y cómo lo has hecho? —Al otro lado del charco la voz de Berardi sonaba incrédula, falta de fe.

—Le he cortado las manos.

—Bien hecho. Sin ellas no es nada. Alejandro me ha contado que no eres precisamente un novato. Pero, aun así... vaya... estoy impresionado.

—Creo que la presencia de Alicia ha resultado de gran ayuda —se restó mérito Lefroy—. Apuesto a que Montespan se ha atrevido a dar la cara porque creyó que no suponíamos una amenaza para él. Por suerte, nos ha subestimado. Su hechizo mortal podría habernos pillado de improviso, a traición.

—Ahora podríais estar muertos.

—Así es —coincidió el canadiense—. Además parece que tiene en alta estima su vida y nos ha confesado dónde escondió el contrato. En una cripta. Ya estamos aquí. Vamos a bajar a buscarlo.

—Espero de corazón que lo encontréis, porque a Charles no le queda mucho. Está totalmente consumido —comentó pensativo Berardi—. Me temo que sea tarde para salvar su vida. Y su alma correrá la misma suerte a menos que deis con ese documento. Pero cuidado, no me fío de Astaroth. Es un demonio mayor y no da puntada sin hilo.

Jackson se despidió y guardó el móvil en un bolsillo del pantalón.

—Vamos. Estamos cerca.

Persiguiendo sus pasos, descendí por aquellas estrechas escaleras de caracol. Me llegó el olor del lugar. Parecido al de las Catacumbas, pero aún peor. La atmósfera era claustrofóbica, y fue algo que percibí hasta en la punta de mis dedos mientras se deslizaban por las paredes rugosas y amarillentas, como los muros de un capullo de seda.

No por esperada la visión me impresionó menos. «Ni Thor se atrevería a entrar aquí». Varios ataúdes se incrustaban en los laterales de las paredes y, en el centro de la sala, estaba expuesto el más espectacular. Plata labrada. Se elevaba sobre un altar. Sentí miedo y pena. «Qué solos se quedan los muertos, aun en compañía de los suyos». Pensé en Duncan y me dolió imaginarlo enterrado en algún lugar donde ya nadie llevaba flores.

Jackson estaba manipulando el mango de su linterna, desmontándola como si fuera un juguete de Lego.

—¿Por dónde empezamos? —Deseaba poder ayudar en algo.

—Más luz. Eso es lo primero. —Señaló con el mentón, más filoso que de costumbre por la barba de dos días, el objeto que tenía entre manos.

El canadiense desenganchó unas láminas de aluminio que recubrían la empuñadura de su linterna para construir con ellas una base, dejando al descubierto dos deslumbrantes halógenos que, por un par de segundos, me cegaron a mí y a aquella oscuridad vetusta. Cuando reabrí los ojos, mi compañero había aplacado a las entusiastas bombillas; ahora lucían con intensidad media y, coquetas, se dejaban mirar.

La estancia se pintó de claroscuros, con Lefroy y yo como únicos modelos del Caravaggio resultante. Luces y sombras. Como la vida misma. Como la misma muerte.

—A ver qué tenemos aquí. —Lefroy disparó una sarta de fotos hasta completar 360 grados sobre sí mismo y, a continuación, rebuscó en la pantalla la primera de las instantáneas para ir recorriéndolas de una en una hasta la última.

—La cámara detecta actividad maléfica solamente en el sarcófago del centro; pero voy a asegurarme —dijo acercándose a una de las cajas de los laterales.

De la mochila que nos había pasado el cavus Bertrand, sacó una cuña metálica. Jackson la insertó con fuerza en la ranura del ataúd e hizo presión. La tapa saltó por los aires. Dientes apretados. A pesar del temblor eléctrico que notaba en el pecho, como si estuviera a punto de ver una amputación en carne viva, me obligué a mirar. Pero ni viva ni muerta. El sepulcro estaba vacío.

Se me vino a la mente un reportaje de Friday: sobre personas dispuestas a pagar por echarse la siesta dentro de un féretro. Las funerarias estaban a muerte con la iniciativa, basada en la creencia de que este ritual sirve para romper rachas de mala suerte o incluso como terapia metafórica para iniciar una nueva vida. Leí en el artículo que la idea consistía en enterrar el pasado —a veces en plan literal, bajo tierra, con el individuo de cuerpo presente incluido— para que la persona pudiera escenificar su renacer.

—¿Por qué hay un ataúd vacío? —pregunté a Lefroy con la esperanza de que para él aquello tuviera algún sentido.

—No lo sé. Es evidente que aquí pasa algo raro.

El fotógrafo descubrió el resto de cajas mortuorias.

Todas sin inquilino.

36

La cuenta atrás

En raras ocasiones se podía ver a Jackson Lefroy inquieto por algo, y aquella era una de ellas. Tenso, como si no supiera qué cable cortar en una bomba a punto de estallar, una gota salada le surcó la sien. Mi instinto me lo tradujo en un simple *estamos-en-peligro*.

Se aproximó al altar de la cripta. Junto al ataúd, un nombre y una fecha grabados en la piedra: Adaira McKnight (1791-1817).

—Solo nos queda este por abrir.

—El único donde tu cámara ha captado algo maléfico —recordé.

—Eso es. Así que no te vendrá mal un arma... —Me observó preocupado antes de rebuscar en el interior de su cazadora—. Necesitaré ambas manos para hacer caer al suelo esta pesada tapa, así que toma tú mi daga.

La reconocí al instante.

Tipo arabesca y realizada en cobre. Tras extraerla de su vaina, ornamentada con filigranas, observé aquella hoja sinuosa. El brillo del filo me cortó la respiración. Era la misma daga con la que Jackson había atravesado el lienzo de la mujer del cuadro unos días atrás, en mi casa. El yuzbasi me había explicado que se trataba de un arma antidemoniaca de gran poder, capaz de mermar, y en algunos casos directamente extirpar —como la última ocasión en que había sido utilizada—, las facultades mágicas de cualquier objeto o criatura malignos. Su capacidad era limitada, ya que se agotaba igual que la batería de un móvil, pero recargarla resultaba de lo más sencillo: solo había que instalarla en el fondo de un recipiente de material cristalino, recubierta de una mezcla líquida de agua y sal, y exponerla al plenilunio durante una noche.

—Esto no me tranquiliza precisamente —reconocí con un ligero temblor en la voz.

—Ni lo pretendo —replicó acercando su cabeza a la mía—. Permanece alerta. Emplea toda la adrenalina que tengas ahí dentro, ¿de acuerdo? Puedes hacerlo. Lo sé.

Asentí, muerta de miedo ante lo que podíamos encontrar en el sarcófago.

—Yo estoy aquí contigo. Confía en mí —oí decir a mi compañero.

El gran número de cerrojos le obligó a coger la radial láser una vez más. No le resultó difícil decapitar las barretas cilíndricas una tras otra.

—¿Lista? Voy a descubrirlo...

La advertencia pesaba casi tanto como la cubierta de aquel féretro. Y por si las palabras no bastasen, Lefroy abrió tanto los ojos que pensé que iba a hacerme una foto con ellos. Me sentí expuesta. Supongo que era lo que pretendía: retratarme ante mí misma, que fuera consciente de cada segundo.

—Vamos allá... —susurré con un nudo en la garganta, pero tratando de aparentar seguridad.

Un frío metalizado me contrajo los dedos para recordarme la presencia de la daga en mi mano. No pude evitar dar un paso atrás y encorvarme en posición defensiva, como si esperara recibir un puñetazo en pleno estómago.

La tapa metalizada cayó al suelo con gran estruendo.

Contuve el aliento, esperando lo peor. Y sí, cuando me asomé al ataúd con la vacilación renqueante que impone el temor, ahí estaba: la muerte en forma de cadáver. Era una mujer, y se había quedado literalmente en los huesos, aunque un vestido largo en color violeta, raído a varias alturas como si fuera el mapa de una catástrofe natural, la tapaba con decoro. Entre las esqueléticas manos sostenía un llamativo cilindro de madera, tallado en ambos extremos; más de un metro de distancia separaba un límite del otro. Jackson lo observaba con atención.

—Voy a cogerlo —me avisó.

—¿Estará ahí el documento? —pregunté animada por la perspectiva de que mi deseo se hiciera realidad.

Saber que Charles Montand se hallaba en las últimas, que quizás era cuestión de horas que abandonara este mundo, suponía un constante —y molesto— latigazo en nuestras espaldas. Había que encontrar aquel condenado pacto lo antes posible.

—Ese cilindro parece grande para que cupiera en la escultura del libro —calculó Lefroy—. No sé...

—Si no es el documento, tal vez nos ayude a encontrarlo. Sácalo —le pedí con un aleccionador movimiento de manos—. ¡O espera! ¿Sabes cómo destruirlo?

—La daga servirá.

«Ah, claro, la daga». Se la tendí para que él mismo la cogiera. Nunca me habían gustado las armas, las cargara quien las cargara. Ángel o diablo.

—No. Haz tú los honores. Te lo tienes más que ganado —sonrió con expresión satisfecha, como si yo acabara de someterme a una prueba y, en su opinión, la hubiera superado—. Yo te lo sujeto.

El canadiense desenroscó la tapa del cilindro y lo inclinó para permitir que su contenido se deslizara como en un tobogán hasta alcanzar el exterior. «Vaya, es enorme».

—No es un documento de papel... —observó decepcionado.

—¿Qué será entonces? Muéstramelo, Jackson.

Mi compañero empezó a desenrollarlo frente a mí.

Tardó unos segundos en reconocer mi expresión de terror.

Sentí un trallazo en el pecho.

¡El otro cuadro! Era igual que el primero. Mismos elementos. Mismos colores. Misma pose de la protagonista... Solo que su cara decadente se retrataba arañada por las raíces del mal, y sus ojos enloquecidos, inyectados en odio, parecían reír, triunfantes. En sus manos, unas garras afiladas, retorcidas y descarnadas como las del cadáver del sarcófago empezaron a sacudirse espasmódicamente. Lo recuerdo como si hubiera sucedido a cámara lenta, pero sé que es imposible, porque, en ese caso, Jackson habría tenido tiempo de reaccionar.

Ella se alzó y culminó los últimos centímetros de su camino hasta mí, un camino que había empezado a recorrer mucho tiempo atrás.

Traté de resistirme, de luchar contra ella. En vano. Mi mano ya no era mi mano; y esgrimía una daga.

—Resulta difícil de creer... ¡Pero al fin llegó mi momento! —Tampoco mi voz me pertenecía—. Era cierto. Astaroth no mentía. La Harapienta ha venido hasta mí por su propio pie. ¿Tú la has traído? —Los ojos de la intrusa acecharon a Jackson. Su chispeante mirada se oscureció de repente—. A ti también te reconozco... Me infligiste un gran padecimiento —dijo llevándose una mano al pecho, como si se doliera del sangriento recuerdo. Contempló la daga que cargaba y, exultante por la sorpresa, apuntó al yuzbasi—. Fue esto lo que usaste contra mí, ¿verdad? Así que ahora no puede importarte que te devuelva el favor.

—Bruja, ¿crees que me temblará el pulso porque Alicia sea tu recipiente? Si para acabar contigo he de matarla a ella, así será. —Jackson había recuperado su solidez. Como un témpano de hielo.

—¿En serio matarías a esta pobre inocente? Nunca lo habría sospechado de alguien como tú. ¿Acaso no eres un caballero? —Se le quedó observando durante un instante—. No, tal vez no lo seas... —Adaira chasqueó, burlona, mi lengua—. Me destruiste una vez. No tendrás tanta suerte en esta ocasión.

Podía sentir mi cuerpo, pero no dominarlo. Era el único punto de encuentro entre mis regresiones al pasado y aquella espeluznante experiencia.

La mujer del cuadro dotó de una agilidad hasta entonces desconocida a mis piernas y su ataque frontal pilló a su adversario por sorpresa. Viperina, le asestó una puñalada en el gemelo izquierdo y de inmediato se alejó de él para evitar el contragolpe.

Mi compañero cayó de rodillas.

«¡Mierda, mierda, mierda! Voy a matar a Jackson».

Una urna de cristal invisible me bloqueaba y evitaba cualquier contacto con el exterior. Busqué desesperada la forma de recuperar el control. Hasta amagué el rezo de un padrenuestro —como no me lo sabía, la mayoría de las palabras fueron de mi propia cosecha—, rogando por que aquella criatura diabólica abandonara mi cuerpo. Cualquier cosa para liberarme y dejar de hacer daño a Lefroy. Ese único deseo era lo que realmente me daba fuerzas, más que cualquier invocación a fuerzas de este u otro mundo.

—No tienes buena cara... —se burló el canadiense mientras apretaba los dientes—. ¡Alicia, si estás ahí, sigue luchando! —me arengó el yuzbasi, intentando acallar el tormento que debía de azotarle la pierna.

«¿Por qué no te defiendes? ¡Saca la radial!». Esa fue mi primera reacción. La segunda discrepó ligeramente: «¿Pero estoy loca o qué? Si la utiliza, acabará conmigo». Recordé con qué facilidad había seccionado las manos del nigromante. «¿Morir así dolerá? Duncan. ¿Sabré encontrarte al otro lado?».

Durante unos segundos me perdí parte de la batalla sin cuartel que se vivía en la cripta y en la que yo misma tomaba parte como personaje secundario, recluida en mi particular sidecar. Entonces lo vi claro: ¡debía saltar al asiento del piloto para disputarle el puesto a la usurpadora! ¡Tenía que hacerlo si quería luchar por mi vida y por la de Jackson!

Descubrí una nueva herida en mi compañero, esta vez en el costado. Y la punta de una flecha; por fin Lefroy había decidido defenderse. Me encañonaba con una pequeña ballesta. Por la inclinación y la altura del arma, la diana debía de estar pintada en rojo sobre mi corazón.

«Tengo que intentarlo. Ahora. Ahora. Ahora». Estaba preparada para saltar. Grité a la desesperada, como si intentara hacerme oír en los confines de la Tierra. No bastó para retomar el control, pero sí para desconcertar el tiempo suficiente a mi enemiga.

El yuzbasi se percató de ello y modificó el blanco en el último momento para que su flecha atravesara la muñeca que sujetaba la daga. Esta se despeñó derrotada. Mi otra mano, fraternalmente rabiosa, se inclinó para recuperarla del suelo. Buscaba venganza. No la encontró. Un golpe de viento le arrebató el puñal de la punta de los dedos.

«¡Duncan! Gracias, gracias...».

—¿Qué está ocurriendo? —preguntó el escocés mientras nos observaba a Jackson y a mí jadeantes y cubiertos de sangre—. Sentí que estabas en peligro. —Se dirigió a mí sin saber que en realidad no hablaba conmigo.

—¡Ha intentado matarme! ¡Acaba con él! —Las órdenes brotaron de mi garganta.

—¿Duncan? ¿Eres tú? —preguntó Jackson. No podía ver a mi amigo invisible; solo su propio puñal flotando en el aire—. ¡Esa no es Alicia, es la mujer del cuadro! Está dentro de ella. ¡Destruye el lienzo, Duncan! ¡Hazlo ahora si quieres salvarla!

—¡No, Galloway, no lo destruyas! Lo he hecho por nosotros, para que podamos estar juntos. Sé que siempre me has amado a mí, que ella se entrometió. ¿Lo recuerdas? Es cierto: ibas a prometerte conmigo... Todo esto lo he hecho para que podamos empezar de nuevo.

«¡Duncan, Duncan!», grité con todas mis fuerzas, pero no me oyó. Ella sí, y no fue capaz de contener su rabia:

—¡Cállate de una vez, zorra estúpida! Nunca has sido más que una desarrapada arribista, incapaz de comprender cuál era el lugar al que pertenecían tus miserables huesos. Yo era hija y nieta de duques, y tú no eras nada. ¡Menos que nada!

Noté cómo el oxígeno de mi urna invisible se agotaba. Golpeé el cristal en vano. Ella me estaba asfixiando. Recordé a Andrea y su triste final. Y entonces vi aquella luz. Fue un instante, pero volví a sentir que mi cuerpo era mío.

—¡Duncan, te lo ruego: apuñala el cuadro ya! —logré gritar antes de que Adaira consiguiera recluirme de nuevo.

Todo acabó en segundos. La daga desgarró el lienzo corrupto, que se ofreció, tendido en el suelo y sin resistencia, a su ejecutor. Una sangre negra, putrefacta, comenzó a serpentear por la superficie de la tela, emborronándolo todo a su paso. Su grito sonó atronador, colmado de furia y rencor. Fue el último sentimiento que pudo obligarme a compartir con ella. Duncan dejó caer el arma al suelo y corrió a mi encuentro.

Me desplomé antes de que pudiera llegar hasta mí, pero el golpe fue bien recibido por cada célula de mi organismo. Porque había recuperado la libertad, y con mejor suerte que Mina Ford o Andrea. Lo malo de reconquistar mi cuerpo era el dolor punzante en la muñeca.

Utilizando sus dedos, firmes como varias gasas de algodón juntas, Duncan intentó en vano envolverme la herida.

—Por Dios santo... Estás sangrando mucho —dijo antes de dirigirse a Lefroy—. ¿A qué estás esperando? ¡Ayúdala! —bramó, olvidándose de que el canadiense no podía oírle.

—También él parece malherido —le hice ver, aunque eso no aplacara su angustia—. Jackson, ¿puedes moverte? —Mi voz sonó débil. Vi que Duncan, mucho más pálido que de costumbre, tenía razón: regueros de mi sangre fluían entre sus dedos.

El canadiense se esforzó por levantarse y, tras lograrlo, se acercó hasta mí arrastrando la pierna doliente y con una mano presionándose las carnes a la altura del hígado. No tenía buen aspecto.

—Saldré de esta. ¿Qué tal tú? —preguntó señalando mi muñeca.

—No lo sé. Duele, pero puedo soportarlo.

Duncan se retiró para dejar que Jackson me acomodara la cabeza sobre su mochila y, ayudándose de su cinturón, me practicara un torniquete. Los ojos de mi compañero habían perdido parte de su brillo garzo. Se recostó a mi lado y tecleó en el móvil. «Refuerzos», pensé aliviada. Tras dos intentos fallidos, Lefroy se dio por vencido. Allí abajo no había suficiente cobertura.

—Necesito contactar con mi gente. Subo un momento, pero estaré aquí mismo, ¿vale? Es importante que luches por permanecer despierta. —Alzó su voz para, en dirección a ninguna parte concreta, exclamar—: ¡Duncan, la dejo en tus manos! Será la primera y la última vez que te lo pida: no te separes de ella ni un momento.

Esbocé una sonrisa. Había pensado que nunca oiría a Lefroy decirle algo así al escocés.

—Sería difícil dormirme con tantos gritos y con este dolor en la muñeca —bromeé para darle a entender que podía marcharse tranquilo.

Duncan y yo nos quedamos a solas. De nuevo se arrodilló junto a mí, sin saber qué hacer o decir para aliviarme. Intenté consolarlo, pero no me quedaban fuerzas y, pese a lo que le había dicho a Lefroy, el sueño había empezado a arroparme. Sabía que esa no era una buena señal. Me estaba vaciando, y ni el torniquete podía remediarlo.

—¿Cómo puedo ayudarte?

—Con que estés ahí me vale —respondí exhausta—. Lo has hecho muy bien. Has acabado con ella. Y esta vez para siempre.

—Confío en ello. Aunque he de reconocer que me resultó en extremo complicado tomar una decisión... Estando informado de lo que le había sucedido a Andrea cuando Lefroy apuñaló el otro cuadro; no pude por menos que dudar, porque sospeché que podías estar en peligro de correr la misma suerte que tu joven compañera. Si finalmente me animé a hendir la daga en el lienzo fue solo porque tú me lo imploraste... —Echó un vistazo nervioso a mis heridas y después a las escaleras que conducían a la superficie—. ¿Por qué se demora tanto Lefroy?

—Ten paciencia. Y si no llegan a tiempo, siempre puedo irme contigo. No me suena mal la alternativa. —Sonreí sintiéndome un poco mareada.

—¿Cómo que...? —Me miró incrédulo, como si creyera haber escuchado mal mis palabras—. No, no puedes venir conmigo. Aún no. Debes vivir y lo harás.

—Solo lo siento por Emma y por mamá... No se merecen esto. Otra vez no —lamenté al recordar el accidente de tráfico que se había llevado a mi padre de nuestro lado.

—No vas a morir —me exigió.

En esos minutos de debilidad cerré los párpados. «Se está tan bien así, y me siento tan cansada...». Reconocí el desconsuelo de Duncan en el sabor salado de un beso.

Mientras con la palma de una mano me monitorizaba el ritmo cardiaco en la muñeca sana, con la otra me atusaba el cabello, pero apenas sentía ya sus caricias. Me inquietó pensar que poco a poco se iba desvaneciendo la sensibilidad de mi piel. ¡Qué equivocada estaba! Tuve que ver, tuve que abrir los ojos un instante, para entender que era Duncan el que se desvanecía.

—¡Te estás volviendo invisible! —traté de incorporarme, pero me fallaron las fuerzas.

—Lo sé. —Su voz sonó resignada.

—Pero... ¿cómo? ¿Cuándo has empezado a...?

—Tras acuchillar el cuadro.

«¿Cómo no me he dado cuenta antes? El dolor... El dolor ha tenido que nublarme los sentidos». Traté de arengar a mis párpados. Necesitaba que se mantuvieran firmes en su puesto de vigilancia.

—Intuía que el final estaba cerca..., pero no tanto —lo escuché murmurar—. Confiaba en que dispondríamos de más tiempo. Para estar juntos. Para cuidar de ti.

Una fresca brisa en torno a mi mejilla fue el recuerdo material que me quedaba de sus dedos. Ya no pude notar su denso tacto.

Esa era nuestra cuenta atrás, y había alcanzado el cero.

Su último beso fue como un beso perdido en el aire. Y cuando se separó de mí, apenas podía intuir su figura, totalmente translúcida.

—¡No me dejes! ¡Duncan! ¡No me dejes! —exclamé como si estuviera rompiendo conmigo.

—Te quiero —dijo con más serenidad de la que yo tendré nunca—. Sé feliz, Alicia. Por ti y por mí.

—¡Yo también te quiero! ¡Siempre te he querido! —grité con fuerzas renovadas, como si me fuera, que me iba, la vida en ello—. ¡Por favor, no me dejes! No podré soportarlo sin ti. ¡Espérame! —le rogué con la voz rota en la garganta.

Lo último que vi fueron sus ojos, afligidos e impotentes, perderse en la nada. Como fue en un principio, en aquel primer sueño.

«¿Por qué ahora?», lloré sin hallar consuelo. Si tenía que irme de este mundo, quería hacerlo con él. Era la segunda vez que lo perdía para siempre. Aquel nuevo dolor, diferente al de la muñeca, se me clavó de lleno en el corazón, como una inyección de adrenalina, y consiguió mantenerme despierta. La soledad me miraba por encima del hombro y se reía de mí. Pero hasta ella me dejó sola.

—Duncan, amor mío, vuelve a por mí... Vuelve a buscarme, por favor —rogué a sabiendas de que no lo haría, de que ya no estaba a mi lado ni podía escucharme. Los ojos me escocían como si los hubiera bañado en el mar Muerto.

Pensé que definitivamente era el final cuando algo revoloteó a mi alrededor. Una brillante luz argéntea, la misma que minutos antes me había permitido escapar momentáneamente de las garras de Adaira McKnight para pedirle a Duncan que atravesara el cuadro con la daga. Me resultaba muy familiar... Y tanto. Era el espíritu de tía Rita intentando aislarme en una sensación de paz, pero ni ella consiguió sosegar mi alma. Noté cómo tomaba de mi cuello su colgante. Me obligó a recostarme del todo y, sin que yo entendiera cuál era su propósito, colocó el zafiro sobre mi frente.

—¡Tía, ¿has venido a buscarme?! —le pregunté ansiosa, como si Duncan fuera camino de Orly para tomar el último vuelo del día y yo aún estuviera a tiempo de darle alcance, de no quedarme en «tierra». Lo mismo daba el destino final —la niebla, la playa, el más allá...— si iba a poder estar con él.

—No, Alicia. He venido a ayudarte, no a llevarte conmigo. El zafiro tiene propiedades curativas y te cortará la hemorragia —me explicó—. He estado guiándote estas semanas, pero me dicen que ha llegado la hora de cruzar y es probable que no pueda volver en mucho tiempo. Así que debemos seguir cada una nuestro camino.

Me costaba distinguir su figura a través de aquella cortina de lágrimas que me empañaba la mirada. Solo podía pensar: «¿No voy a morir? ¿Pero por qué?».

—Llévame contigo, tía. Por favor. Debo ir con Duncan. No quiero nada de esta vida si no puedo compartirla con él. —Comprendí que la desesperación de mi alma provenía también de un tiempo muy remoto, uno con dos siglos de antigüedad. «Lo amaba, lo amo y lo amaré siempre».

—Eso no puede ser, Alicia. —A pesar de la ternura de su tono, me quedó claro que no había nada que negociar—. Es el momento. Han venido a buscarme.

Decepcionada y resignada, me enjugué el rostro con la manga que no tenía cubierta de sangre. No tenía tiempo que perder.

—Tía, tía... Espera. Si ves a Duncan, dile por favor que estoy bien. Creo que él también ha cruzado. Cuida de él al otro lado. Dile que algún día...

—Cariño, no creo que lo encuentre a donde voy —me interrumpió con dulzura.

No la entendí. ¿Acaso Duncan tenía razón y a él lo esperaba la nada?

—¿Ha vuelto a la niebla?

—No. Aquella era una cárcel que el espíritu del cuadro, Adaira McKnight, construyó para él. Quiso mantenerlo aislado del resto del mundo, de ti, pero los sueños al final resultaron más poderosos de lo que ella había previsto y os reencontrasteis pese a sus vanos esfuerzos por separaros.

—Tú nos guiaste.

—Tuve poco que hacer. Os guio el corazón. —Su voz me acunó como si fuera una nana—. Busca al señor Wallace. Él y tú sois uno. Me han prohibido decir más. —Contrajo los labios, a ojos vistas contrariada por la orden que había recibido.

—¿Duncan? ¿Duncan se apellida Wallace?

Tía Rita se limitó a asentir.

—Cuídate, pequeña. Algún día volveremos a vernos.

«Pero te equivocas, Duncan se apellida Galloway...».

Los párpados empezaron a pesarme como una losa. Se les había pasado el efecto de la adrenalina. Aguantaron lo suficiente para reconocer la silueta de Jackson acercándose renqueante.

—Resiste, Alicia. La ayuda está en camino —lo escuché decir antes de que él se dejara caer a mi lado y de que yo perdiera el conocimiento.

37

El despertar

—*Hola, dormilona* —me saludó una voz en castellano—. Vamos, vamos. Espabila. Es hora de despertar, ¿no te parece?

No identificaba aquella voz. «¿Estoy en casa? ¿Ha sido todo un sueño?». Me esforcé en abrir los ojos y en enfocar a la persona que me hablaba.

—¿Alejandro?

El dolor certificó que, de sueño, nada. Noté que el chamán me cogía la muñeca derecha con cuidado y volvía a depositarla sobre la cama.

—Cuidado, aún no debes moverla. Está mucho mejor, pero hay que dar unos días más a estos ungüentos para que la herida cure y cicatrice del todo.

—¿Y Jackson? ¿Está bien Jackson? —pregunté angustiada—. Lo apuñalé... Dos veces.

—¡Ajá! Así que lo reconoces, mala pécora... —Lefroy apareció por detrás del chileno, apoyándose en una muleta de aluminio—. Ya ves, Alejandro, que ella misma reconoce sus pecados. Con lo civilizada y amable que nos pareció cuando la conocimos.

—Si la provocas, esta gata sabe arañar. —Sonreí aliviada al verlo de una sola pieza; hecho y, más o menos, derecho. Eché un vistazo en derredor. Seguíamos en las Catacumbas, supuse que aquellas eran las instalaciones del Club—. ¿Qué ha pasado? No entiendo nada. Alejandro, ¿qué haces tú aquí?

—Había empezado a preparar la maleta para volar a España cuando recibí una llamada desde las Catacumbas. De un yuzbasi extremadamente preocupado. Y nunca lo había visto alarmado ante ninguna adversidad. —Dirigió una mirada burlona a Jackson, pero este prefirió no darse por enterado y mantener toda la dignidad que le permitía el apoyo de metal—. Cuando me contó lo que había sucedido, decidí desviarme para traerte unas hierbas especiales. Llevo aquí cuatro días.

—Cuidando de ti —apostilló Jackson.

—Muchas gracias, Alejandro... Te has tomado demasiadas molestias —le dije mientras el chamán me ayudaba a incorporarme y acomodaba un par de almohadas a mi espalda.

—Me temo que eran necesarias. La punta de la flecha estaba impregnada de veneno. Si no es por su experiencia —Jackson señaló al hechicero—, hoy no estarías aquí.

—¿No tenías bastante con desangrarme que también quisiste envenenarme? —le eché en cara al yuzbasi.

—¡Eh! Tu cuerpo atacó primero. Tenía que hacer frente a la mujer del cuadro —replicó ligeramente amedrentado—. Lo siento, en serio. Nunca pensé que tuviera que utilizar las armas contra ti, y Thiroux ya me las había cargado con el veneno. La otra opción era rebanarte el pescuezo con el láser... Decidí arriesgarme, y las cosas no salieron mal del todo. Aún sigues aquí.

A pesar de las bromas, se percibía el remordimiento en sus palabras; así que le aligeré la carga:

—Hiciste bien, Jackson —terminé admitiendo—. Además te aseguraste de que tuviera al mejor sanador posible y, mira, estoy prácticamente recuperada. Dispuesta a dar mucha guerra todavía. —Alcé un par de centímetros la mano, disimulando los pinchazos que aún sufría.

Todo había permanecido tranquilo y en relativo silencio hasta ese instante, pero, como si alguien hubiera revocado la orden de descanso, el movimiento despertó a nuestro alrededor. El trasiego era revitalizante. Aquella cámara parecía un hospital de campaña, con camas, desfibriladores, monitores cardiacos, goteros, un par de doctoras, enfermeros... Y heridos.

Yo no era la única. Ni la más grave. Otras tres personas, dos hombres y una mujer, yacían en camas cercanas. Me fijé en el de enfrente, con uno de sus brazos completamente carbonizado. Lefroy se dio cuenta.

—No ha tenido mucha suerte en el combate con un brujo de fuego —lamentó.

—Estaba solo y vive para contarlo; yo creo que sí ha tenido suerte —lo contradijo Alejandro.

Me llegaba el desagradable olor a carne chamuscada.

Y lo busqué a él entre los heridos... Como si fuera a estar allí, con un vendaje en la cabeza o apoyado sobre una muleta como el canadiense. Pero no lo hallé.

Mi amigo invisible se había marchado para siempre.

—Duncan ya no está. —Me costó disimular la aplastante congoja que acompañaba a una frase tan corta.

—Lo sabemos. La cámara de Jackson no lo detectaba a tu alrededor. ¿Qué ocurrió? —El chileno probablemente llevaba días haciéndose esa misma pregunta.

—Se desvaneció en la cripta. Creo que pasó al otro lado.

—Vamos, una espantada en toda regla —murmuró Lefroy entre dientes.

—Él no quería irse —lo defendí—. Intentó quedarse a mi lado, pero no pudo. De alguna manera debía de estar conectado al cuadro de la bruja, porque, nada más apuñalarlo, empezó a hacerse invisible, hasta que desapareció por completo.

—Supongo que eso confirma que Duncan era el amor perdido del que hablaba el libro de Sherard, el amigo de Oscar Wilde —reflexionó Lefroy—. Adaira McKnight debió de llevar a cabo algún sortilegio de amor que vinculaba el regreso del espíritu de Duncan con el regreso de la bruja a través del cuadro.

—Todo apunta a ello, aunque no tenemos manera de estar seguros —dijo Alejandro mientras desenrollaba la venda que envolvía mi muñeca para someterme a una nueva cura—. Por cierto, sí me puedes aclarar si fuiste tú misma o fue Duncan quien colocó el zafiro sobre tu frente. Eso ralentizó la hemorragia y nos hizo ganar un tiempo muy valioso.

Negué con la cabeza.

—Ni él ni yo. Mi tía Rita. Y, ahora que recuerdo, ella me dijo que buscara a Duncan Wallace. Pero debió de equivocarse, porque el apellido de Duncan es Galloway. Así lo llamé yo en mi segunda regresión: señor Galloway.

Ambos se miraron incrédulos.

—¿Tu segunda regresión? ¿Y cuándo ha sido eso? —me interrogó Jackson con aspereza, como si le hubiera ocultado un gran secreto.

—La noche anterior al ataque en la cripta. En la sala de música del hotel.

En mi exposición, traté de no dejar en el tintero detalles que pudieran ser reveladores. Había cosas que ni yo misma entendía; quizás ellos le encontraran sentido. Pero solo conseguí que al canadiense se le apagara su incandescente buen humor.

—Sabía que algo había ocurrido entre vosotros, pero no pensé que hubierais llegado a tanto —musitó—. Te advertí que no te enamoraras —me regañó, y sus ojos reflejaban algo parecido a la decepción.

—Yo... —No sabía cómo defenderme de aquellos comentarios que sonaban a acusación. Porque era claramente culpable—. No te enfades conmigo, Jackson —dije por fin—. Esta es una historia que... Por favor, no intentes burlarte de mí ni de lo que siento. No es el momento, te lo aseguro. —Con el dedo índice presioné la salida del lagrimal, donde una gota cristalina estaba más que preparada para saltar al vacío.

Temía que mi compañero sacara a relucir su habitual sarcasmo. Pero no lo hizo. Lefroy había caído en la cuenta de un dato trascendente.

—Adaira McKnight debió de estar prometida a Duncan en la otra vida, porque dijo algo así como que Alicia se había inmiscuido entre ellos dos —le aclaró a Alejandro.

—No. Dijo que iban a prometerse, no que se hubieran prometido —precisé de mal humor. Mejor enfadada que abatida.

—Tiene sentido —dijo el chamán mientras observaba con ojo clínico mis heridas—. No te quedará cicatriz —apuntó antes de añadir meditabundo—: Me pregunto qué os sucedió en esa otra vida...

—Nada bueno —se aventuró Lefroy, tan agorero como de costumbre—. Porque si el *fantasma* de Duncan, y no va con segundas, ha venido a buscarla, y de alguna manera estaba ligado a esa bruja a través de un hechizo... —Bufó—. La cosa pinta mal. A saber qué poderosas alianzas con las fuerzas oscuras fraguó en vida McKnight si hasta después de su muerte respetaron los pactos que habían firmado con ella.

—Astaroth... —recordé.

Lefroy asintió.

—Debió de ser uno de los engendros implicados en el conjuro que realizó McKnight —dijo tomando asiento en una silla cercana a mi lecho—. Cuando, durante el exorcismo en la mansión de los Montand, Pruslas reveló a su señor, Astaroth, quién eras, o mejor dicho, quién habías sido, el demonio decidió echar una mano a la bruja para que esta completara su venganza, ya que la primera tentativa se había frustrado.

—Pobre Andrea... —susurré al tiempo que me masajeaba el cuello con la mano sana.

—Astaroth ni siquiera se molestó en desmentir la información que la esposa del senador había facilitado al padre Berardi sobre el pacto demoniaco firmado por su marido —recordó el yuzbasi—. De hecho, sospecho que, si Malgosia no hubiera hablado, él mismo habría terminado por revelar esa misma historia a los exorcistas.

—Todo para ir dejándonos las miguitas que nos conducirían directamente hasta su protegida, hasta el cuadro de la cripta —añadió Alejandro.

—Pero Astaroth no podía estar seguro de que yo fuera a viajar a París en busca del documento. Resultaba más sencillo que Foras acudiera al Père-Lachaise para recuperar el segundo cuadro y hacérmelo llegar como había hecho con el primero —reflexioné.

—Y, sin embargo, viajaste a París. Y al demonio pintor, aunque su pacto con la bruja fuera más allá del envío del primer cuadro, le hubiera costado mucho sorprenderte con el segundo. Habrías estado prevenida —intervino Alejandro—. Odio pensar que a Astaroth casi le sale bien la jugada.

—Por suerte, todo ha acabado —explicó satisfecho el canadiense.

—Sí, todo ha acabado.

Eran las mismas palabras que había utilizado Lefroy y, sin embargo, ¡qué descorazonadoras sonaban en mi boca al pensar en Duncan! Confié en que aquel dolor terminara disolviéndose en las aguas del tiempo.

—Tampoco podemos estar seguros de que os fuera mal en esa otra vida —intentó animarme Alejandro—; pero me resulta extraño que, si dejasteis algo pendiente entre los dos, tú hayas regresado y él no... He oído hablar de otros casos, y siempre regresan ambos.

«Si él hubiera vuelto, si estuviera aquí...». Era un pensamiento egoísta, pero que Duncan hubiese encontrado el descanso eterno no dejaba de ser un premio de consolación para mí. La idea de su reencarnación, en cambio, era como visualizar un tiempo lleno de posibilidades, de futuro. «Quizás McKnight consiguió maldecirnos con vidas separadas. Tal vez él vuelva a nacer cuando yo ya me haya ido».

El chamán intentó reconfortarme con un toque amistoso en el hombro. Sirvió para que el dolor se diluyera momentáneamente, como una acuarela, y pudiera recordar el motivo original por el que habíamos viajado a París días atrás.

Ninguno de los dos había abierto la boca al respecto.

—¿Qué hay del señor Montand? ¿Hemos encontrado el documento? —Era un plural cargado de grandes deseos.

Alejandro y Jackson se miraron con cara de circunstancias.

—Charles ha fallecido, Alicia. —«¿Tampoco eso podía salirnos bien?»—. Y me temo que el escrito que el senador selló con Astaroth nunca aparecerá —me informó el chamán.

—¿Y Montespan? ¿No podéis sacarle la información a él? —pregunté a Lefroy. Sin duda mi compañero disponía de argumentos de peso para hacerle hablar.

—Estaba dispuesto a morir antes que privar de esas dos almas a su señor, Astaroth. Así que me aseguré de que viera cumplida su última voluntad —se justificó Jackson. El brujo lo tenía más que merecido.

—¿Y desde cuándo tienes en cuenta la voluntad de la gente? —pregunté en broma.

—Yo diría que, siempre que me es posible y no va en contra de mis propios intereses, soy una persona extremadamente generosa. Incluso con aquellos que han intentado matarme. Para que veas que no te guardo ningún rencor por ello, te tengo un regalo —dijo mientras extendía la mano y me mostraba un pequeño bulto—: tu ojo turco.

—¡Mi colgante! —Cómo lo había echado de menos. No estimas las cosas en su justa valía hasta que te abandonan. La salud es una de las más importantes, y el ojo turco estaba directamente relacionado con la mía... Con él puesto, Adaira McKnight jamás habría podido poseerme, yo no habría herido a Jackson, y él no se habría visto obligado a agujerearme la muñeca con una flecha venenosa.

—Gracias, Jackson. Creí que lo había perdido —confesé ante Alejandro con ojos de cordero degollado, consciente de que debería haber cuidado mejor del poderoso amuleto.

—No fue culpa tuya. Te lo robó Montespan para hacerte vulnerable a los poderes oscuros —me explicó el chamán. Recordé entonces el cosquilleo en la nuca, junto a la lápida de Jean-Pierre Montand—. Todo formaba parte del mismo plan. El objetivo desde un principio fue llevarte hasta la cripta donde descansaban los restos de McKnight para que ella pudiera entrar en ti.

—Una vez dentro de mí, la bruja pretendía matarme y quedarse con mi cuerpo —murmuré para mis adentros.

—Lo único que no calculó Montespan es que Jackson pudiera derrotarlo —prosiguió Alejandro.

—El talismán se lo encontré en un bolsillo —oí comentar a Lefroy—. Justo antes de reducirlo a cenizas. Cenizas a las cenizas. Polvo al polvo.

Una idea bullía en mi mente:

—¿Pero por qué mi cuerpo? Duncan está muerto. ¿Pensaba McKnight que él seguiría conmigo, en espíritu, mientras yo viviera? ¿Que podría retenerlo a este lado? —Por un momento, me rondó la sospecha de que quizás yo también podría haber hecho algo para impedir su marcha. «Olvídate. Él desapareció cuando acuchilló el cuadro, y, de no haberlo hecho, ella no habría descansado hasta verme muerta»—. Por cierto, tía Rita me contó que la niebla donde encontré a Duncan por primera vez era una prisión creada por McKnight para mantenerlo aislado del mundo y de mí. ¿Por qué iba a hacer algo así?

—A saber. —Lefroy se encogió de hombros—. Quizás la bruja lo recluyó en aquel lugar porque supuso que, como habías abierto el tercer ojo, un día Duncan terminaría contactando contigo desde el más allá. Por lo que conocemos de ella, es más que probable que quisiera evitar ese reencuentro a toda costa.

—¿Sabemos algo más de Foras?

—Es un demonio —me explicó Alejandro—. Según me han informado, poco dado a intervenir en asuntos mundanos. O eso pensaban.

—Sí, se nota... —dije con retintín—. A no ser que esa intervención venga acompañada de una buena recompensa. El libro de Sherard hablaba de que había recibido una importante suma de dinero por ayudar a la bruja.

—Mis colegas escoceses dicen que, según los informes que poseen sobre Foras, vivieron en paz con él durante muchas generaciones. De hecho, creían que había fallecido, porque no han tenido noticias suyas desde 1883 —nos informó el chileno—. También han encontrado información acerca de sus cuadros, pero nuestra organización siempre los vio como algo positivo: si uno ha de afrontar la verdadera cara de su alma, es más fácil arrepentirse de los pecados y retractarse cuando aún se está a tiempo. Se pensó que podían usarse para hacer el bien.

—Lo que ignoraban era que también pudieran emplearse para ayudar a una mujer a ejecutar una *vendetta* más allá de la muerte —lamentó Jackson mientras apoyaba la barbilla en el puño de la muleta—. Los asesinatos de Adaira son responsabilidad de Foras, aunque sea de manera indirecta.

—Andrea y Mina Ford... Menos mal que, con los dos cuadros destruidos, hemos dejado a esa arpía fuera de combate —recordé.

—Y me temo que al demonio pintor se le ha acabado la tregua. —La voz de Alejandro sonó a sentencia de muerte.

—¿El Club va a por él? —pregunté.

El yuzbasi asintió complacido:

—Así es. Y yo me uniré a esa partida de caza.

Mientras aún guardaba reposo en cama, me llegó una llamada muy alentadora a través del móvil de Alejandro. Era el padre Berardi, para interesarse por mi estado. Al principio lo noté contrariado porque el exorcismo de Charles Montand se había saldado con la victoria del demonio Astaroth —«No me gusta perder ni a las canicas», frivolizó el clérigo—, pero tampoco ocultó que, en su confianza ciega en el Altísimo, se negaba a dar por perdida el alma del abogado. No podía creer que su Dios castigara a un hombre por los pecados y las promesas que otro, por muy padre que fuera, le había hecho a un diablo. Prometió a Malgosia y a Caroline que rezaría por el alma de Charles. Apuesto a que eso reconfortó a ambas, fervorosas creyentes. Albergar fe encierra muchas ventajas, como que en las mal dadas a uno le resulta más sencillo alcanzar el consuelo. Pero tener fe no es algo que se elija: se tiene o no se tiene.

A mi regreso a Nueva York, debía redactar el artículo, y la muerte del «señor Dupont» —seudónimo que pensaba asignar a Charles en el reportaje, ya que la familia Montand nos había prohibido desde el principio revelar cualquier dato que pudiera identificarlos— no era el final feliz que habría deseado escribir. Michael Berardi, quien siempre que le era posible intentaba levantarle las faldas al lado positivo de las cosas, me reconoció que aún se podía sacar algo bueno de aquel exorcismo:

—Este fatal desenlace pondrá en alerta a miles de vuestros lectores. Sabrán que el Maligno está ahí fuera, y que no hace falta salir a buscarlo, porque se conoce al dedillo el camino a cada una de nuestras casas. Eso también puedes publicarlo, Alicia.

Alejandro no era tan optimista respecto al futuro del alma de Charles:

—Las raíces del diablo llevaban demasiado tiempo conviviendo con él, desde su nacimiento, y los pecados de los padres no en raras ocasiones terminan pasando factura a los hijos —lamentó en la conversación a tres bandas con Berardi.

En esos días de recuperación en el hospital del Club, también había mantenido el contacto con mi madre, quien por supuesto no sabía nada del incidente en el cementerio. Recibió SMS con regularidad. En los inicios de mi convalecencia —mientras permanecía sedada—, tecleados por el propio Alejandro desde mi móvil, fingiendo que era yo. Por suerte, mamá, como me ocurre a mí, prefiere los mensajes a las llamadas de teléfono. Me alteré al saber que el chamán, después de que ella me enviara el primer SMS interesándose por cómo me iban las cosas por París, le había hecho llegar ¡un mensaje por día! Eso es algo que yo nunca habría hecho estando consciente. Pero, al observar las respuestas de mi madre, comprendí que no sospechaba nada: «Gracias por tenerme informada, hija. Me quedo mucho más tranquila». Cuando desperté de la longeva narcosis durante la que mi cuerpo había estado combatiendo el veneno, yo misma seguí con la pauta que había marcado el chamán. Mensajes escuetos, del talante de: «Todo va bien. Estoy disfrutando mucho de la vida en París».

Tres días después de que consiguiera despertarme el miralay Zavala —por fin me habían desvelado el rango de Alejandro: un peso pesado, una especie de coronel—, recibí el alta médica. Para entonces el chileno ya se encontraba en Salamanca, prestando sus atenciones sanadoras a Roberto Elizalde, quien había reaparecido, y no en muy buenas condiciones: lo habían encontrado medio muerto cerca de la localidad galesa de Pembroke, aunque ignoraban qué lo había dejado en ese estado, ya que no recordaba nada de lo sucedido.

Me convertí en huésped del Club. Tenía asignada una habitación individual. Pequeña y rocosa, pero cómoda. Y con mi propia ropa, sin aquel antiestético camisón de hospital, después de que un compañero de Jackson acudiera al hotel Montalembert para hacer el *check out* y recoger nuestras maletas.

Mi muñeca lucía descarada, sin vendajes. Gracias a las artes curanderas del hechicero, el veneno había desaparecido de mi cuerpo; como molesto recuerdo, una pequeña marca serpenteaba sobre mi brazo; en un par de semanas no quedaría ni rastro de ella.

En cuanto al resto de vendajes —los que, invisibles, me encorsetaban el alma—, allí seguían. Bien prietos.

—¿Dónde estás, Duncan? —le susurraba al aire en la intimidad de mi cuarto, intentando imaginar si existiría algún tipo de conjuro que yo pudiera aprender para traerlo de vuelta. «¿Para qué diablos quiero el tercer ojo si no me sirve para verlo a él?».

Jackson, aun estando muy liado con cuestiones del Club que tenía a bien ocultarme, no dejaba pasar demasiadas horas sin ir a buscarme allá donde estuviera. Se había convertido en un amigo leal y hasta cariñoso, para lo que era habitual en él.

—Algún día este dolor pasará, Alicia. El tiempo hará que desaparezca —me repetía.

Desde la partida de Duncan, las regresiones al pasado se habían esfumado. Alejandro lo veía lógico, ya que consideraba al escocés el elemento desencadenante de las visiones. Me sugirió que, si deseaba averiguar más sobre quién fui en el siglo XIX, acudiera a un psiquiatra experto en hipnosis regresiva. Él podía recomendarme uno de gran talento en Brooklyn. Sin embargo, yo no tenía claro si aquello de recordar era algo que pudiera ayudarme o, más bien, todo lo contrario. Por un lado, deseaba saber más sobre nuestra anterior vida: ¿quiénes habíamos sido Duncan y yo?, ¿cómo nos habíamos conocido?, ¿tuvimos hijos?, ¿cómo acabó todo?... Y, por otro, temía no ser capaz de soportar el dolor que ese recuerdo traería consigo.

Cuando sentí que estaba lista para volver a casa, se lo hice saber a Jackson. Le di a entender que no deseaba abusar más de la hospitalidad de sus colegas, pero se mostró inflexible. No quiso dejarme ir.

—Solo me queda un asuntillo por resolver. Cuando lo solucione, volaremos los dos juntos. Igual que vinimos —me prometió.

—¿No tenías que ir en busca de Foras?

—Una expedición como esa requiere un tiempo de preparación. Y, si es necesario, emprenderán la caza sin mí.

A decir verdad, que me sometieran a análisis de sangre día sí, día también, hizo que me preguntara si aún no estaba curada del todo y por eso el canadiense había demorado nuestra marcha.

El día D, a veinticuatro horas de nuestro regreso a Nueva York, Jackson me encontró en la sala de cine del Club. Los proyectores le habían sido incautados a un grupo de artistas franceses, La Mexicaine de Perforation, cuyo asentamiento cultural —ilegal y secreto— en las Catacumbas habían descubierto los *cataflics* años atrás.

—Tengo que contarte algo... Pero quiero que te lo tomes con calma, ¿de acuerdo? —me advirtió el yuzbasi, que desde hacía un par de días ya no necesitaba usar la muleta.

«¿Y ahora qué?».

—Como a ti no te permitían acercarte a menos de diez metros de nuestros ordenadores por cuestiones de seguridad, se me ocurrió echar un vistazo yo mismo al historial de informes que se han recopilado en los últimos meses. —No le seguía, así que tuvo que explicarse mejor—. Ya sabes, informes relativos a fenómenos paranormales que se han producido en todo el mundo. No solo tenemos a gente trabajando para El Club en París y Nueva York —me aclaró.

Noté a mi compañero ligeramente incómodo. Me sorprendió verlo dudar.

El canadiense era un quiero y no puedo. O más bien un puedo y no quiero. Finalmente pudo y quiso.

—Te veía tan triste... Tenía que hacerlo —musitó pensativo, como convenciéndose a sí mismo—. He encontrado un dosier que te va a interesar. —La vista se me fue a la carpeta en color marrón que se pasaba, inquieto, de una mano a otra—. El protagonista es un hombre que había entrado en coma. Llevaba en ese estado aproximadamente un mes. Los médicos desconocían el origen del colapso, y, según pasaban los días, su situación iba a peor. Pero se ha recuperado. Acaba de despertar.

—Me alegro de que ese tipo tenga una segunda oportunidad. ¿Quieres ver una película conmigo? No tengo palomitas, pero...

—No, no lo entiendes —me cortó impaciente Jackson—. Médicos y enfermeros aseguraron que lo habían visto perder... consistencia. La noticia enseguida llegó a oídos del director del hospital, que es uno de los nuestros, y empezó a seguir el caso personalmente.

—¿Y dónde vieron lo paranormal? Si estaba en coma, no recibía alimento sólido. Es natural que perdiera peso.

—No es que adelgazara, Alicia. Es que su piel empezaba a volverse translúcida. Como había testigos incómodos alrededor, el director del hospital pidió que un equipo de médicos del Club se desplazara a su centro y aislaran al enfermo en una habitación a la que ellos tenían acceso exclusivo. Debían evitar como fuera que el personal de la clínica y la familia del paciente entraran en pánico al comprobar que poco a poco el hombre estaba desapareciendo, literalmente; así que les aseguraron que había sospechas fundadas de que sufría algún tipo de virus infeccioso. Fue la única manera que encontraron para prohibir las visitas a esa habitación.

Contagiada por su inquietud, preferí no abrir más la boca y dejarle terminar.

—Ese hombre despertó justo la noche en la que estuviste a punto de morir en la cripta. —Hizo una breve pausa. De nuevo el generoso quiero y puedo—: Se trata de un médico, y vive en Edimburgo.

—¿Ese tipo... ese tipo es escocés? —La voz me salió solo a medias.

—Tengo la teoría de que, durante el coma, se desprendió de su cuerpo y realizó un largo viaje astral del que ni él mismo era consciente y que lo dejó en un lugar, una franja, entre este mundo y el más allá. Sin ser capaz de moverse en una u otra dirección... —Le presté atención con todos mis sentidos. Ahora sí, en alerta. Recordé las palabras de Alejandro: «Si está muerto, es raro que yo no pueda verlo»—. Por lo que me dijiste, seguramente fue ella, McKnight, quien lo dejó ahí, confuso y amnésico.

—El conjuro también era para eso... —deduje.

—Sí, yo también creo que cayó en coma debido al conjuro, un coma programado doscientos años atrás. Cuando el escocés llegó al lugar que la bruja le había reservado en la niebla, ella supo que él por fin se había reencarnado y que había llegado el momento para su propio regreso al mundo de los vivos. Pidió ayuda a Foras para ello, porque aún le faltaba una pieza importante del puzle: si él había vuelto, a buen seguro tú también, y tenía que localizarte y acabar contigo, la única persona que podía interponerse en sus planes. Quitándote a ti de la ecuación, podría después anular el hechizo de Duncan.

—En el momento en que McKnight anulara el hechizo, él despertaría del coma, y ella acudiría a su lado. —La emoción provocó que la voz me temblara.

«No es posible, no es posible...».

—Si Adaira era la mitad de retorcida de lo que yo creo, conquistarlo a él utilizando tu cuerpo debía de suponer para ella una culminación perfecta para su venganza. Por eso te necesitaba.

—Duncan... —Por fin me atreví a pronunciar su nombre—. Cuando apuñaló el cuadro, sin saberlo se liberó a sí mismo del encantamiento.

Lefroy me observó con ojos graves y asintió.

—Duncan Wallace. Así se llama ese médico escocés. Esta es su foto. —Tendió el retrato para que yo lo cogiera—. Es él, ¿verdad?

El corazón, aunque convulso, reconoció cada centímetro de aquel rostro, el mismo que yo veía todos mis días y mis noches cuando me atrevía cerrar los ojos para soñar despierta.

Un sollozo emocionado y contenido escapó de mi garganta. Porque aquel hombre, el amor de mis dos vidas, no era ya un fantasma ni un amor imposible, sino una persona de carne y hueso que pertenecía a un tiempo, el mío, y un lugar, Edimburgo, al que yo sin duda iría a buscarlo.

Epílogo

Hola, Alice:

Me parece magnífico que Lefroy y tú sigáis la pista de ese demonio pintor del que hablabas en tu último e-mail. Ese es un tema de portada. De portada del año diría yo: Oscar Wilde es el tipo de escritor que más llama la atención de nuestros lectores. No sé de dónde habéis sacado la historia, pero es fantástica.

Extraordinario el reportaje sobre el exorcismo. Muy bien escrito, con la carga emotiva justa y necesaria. Dile a Jackson que Victoria y Jared se pondrán en contacto con él para decidir qué fotos incluimos. Por cierto, espero que pidieras factura del netbook que has comprado. Jordan me ha dicho que lo paga la revista, le parece bien que sea para la redacción.

También me vale el tema histórico que propones sobre las Catacumbas de París. ¿Cuándo crees que podrías pasármelo? Con la falta de personal, aquí andamos escasos de artículos para el siguiente número. Y eso que tenemos al sustituto de Andrea, que echará una mano a Friday durante tu estancia en Edimburgo. Ah, pide factura también de los billetes de avión. Es un alivio que tengáis resuelto el alojamiento gracias a los amigos de Jackson, porque dudo que hubiéramos podido sufragar un viaje así.

Sigue proponiendo artículos. Como te digo, nos viene genial. Quizás podríais preparar algo sobre los fantasmas de Edimburgo, el cementerio de Greyfriars, el Mary King's Close... Existen muchas leyendas en la zona, y, ya que vais a estar allí varias semanas, aprovechémoslo.

Pues eso, que estamos en contacto. Buen trabajo y buena suerte a ambos.

Joe

PARTE II

¿Quién diablos fuimos?

«No me resigno a dar la despedida
a tan altivo y firme sentimiento
que tanto impulso y luz diera a mi vida.

No es culminación lo que lamento.
Su culminar no causa la partida,
la causará, tal vez, su acabamiento».

Extracto del poema *Fin de un amor* (Manuel Altolaguirre)

Prólogo

Edimburgo, en la actualidad

El gesto de sorpresa se filtró en su cara con la misma fluidez que la sangre que nacía de sus vísceras y se derramaba en el asfalto de Castle Street. Su viejo amigo, por el contrario, no daba muestras del más mínimo arrepentimiento, como si rebanarlo por la cintura fuera un acto tan trivial como tomar unas pintas en el King's Wark.

—Ian... ¿Por qué...? —balbuceó entre los borbotones de sangre que le asomaban por la boca—. ¿Por qué me haces... esto?

—Lo siento, pero me confundes con otro —se limitó a responder su verdugo.

El crepitar de la lluvia amortiguó los gemidos de la víctima mientras era arrastrada a un oscuro callejón, alejada de las miradas de los intermitentes transeúntes que a esas horas de la madrugada tenían mejores cosas que hacer que permanecer a salvo en el interior de sus casas. Con la precisión de un carnicero, el asesino le segó la yugular. El acto resultó casi humanitario, porque el corte, además de la piel y la vida, también le arrancó el dolor.

La recolección de sangre para el ritual debía efectuarse de manera inmediata a la muerte; en caso contrario, la «esencia» de la víctima —el alma, como la llamaban otros— cruzaría al otro lado y el asesinato habría sido en balde. Y a él no le interesaba matar porque sí. Cuando hubo recabado en un frasco de cristal hasta la última de aquellas gotas carmesíes, envolvió el cuerpo del pobre infeliz en un saco de arpillera y se lo cargó al hombro. Con indiferencia, sin ningún tipo de remordimiento.

Pero la frialdad de la bestia tenía fecha de caducidad. Un par de horas. Las que necesitaba para llegar a su guarida, a escasos metros de allí, matar la sed con el líquido viscoso que ahora pintaba el interior de aquel tarro y someterse al tormento de volver a empezar. Una vez más. Maldita empatía. Aquellas almas nunca entraban en él sumisas y tranquilas. Los primeros minutos de su «nueva cara» eran los más terribles, porque la personalidad del desgraciado de turno lo invadía sin orden ni concierto, traumatizada por aquella última experiencia en vida, la de la muerte. Era un proceso lacerante. Una vez transcurrido ese tiempo de acomodo, todo regresaba a la normalidad, a la coexistencia.

El resto de la operación resultaba de lo más sencillo. Al fin y al cabo, él era pintor, un maestro especializado en la técnica de utilizarse a sí mismo como lienzo.

Tomó asiento frente al espejo de camerino y la imagen le devolvió una sonrisa de aprobación. Observó a conciencia su transformación girando la cabeza de un lado a otro, moviéndola de arriba abajo; después estudió las facciones de su modelo, el aprendiz de cadáver que había depositado a sus pies en posición decúbito supino.

—Aún necesito unos retoques —concluyó.

Del cubo de pinceles extrajo el más especial de ellos, que le sirvió para terminar de copiar el mentón duro y cuadrado, la nariz recta y de tamaño aceptable y esa boca amplia —por lo que comprendió de su nuevo yo— sin miedo a decir lo que pensaba y con tendencia al chacoteo.

Al concluir su obra, la admiró: aquel nuevo rostro ocupaba el lugar en el que debería estar su pentacentenaria calavera. Se atusó el pelo con orgullo. Ni una sola cana. Echó una ojeada a su nueva documentación y confirmó que tenía treinta y cuatro años.

No sabía por cuánto tiempo ofrecería al mundo aquella cara, la mejor de los últimos tiempos, pero estaba seguro de conservarla por un periodo más prolongado que la anterior, a la que apenas había necesitado para dos jornadas y cuyo cuerpo sin vida —un envase de tránsito— yacía sobre la tarima de aquel suelo, boca abajo. Ian Cadell. Se le ocurrió que debería haberlo enterrado ya. El problema residía en que no se le había presentado la oportunidad de hacerlo discretamente. «Por esa razón no me gusta actuar en ciudades tan concurridas como Edimburgo, donde hasta las ventanas cerradas tienen ojos», se dijo. También consideró que, en cuestión de prioridades, urgía más deshacerse del nuevo difunto, ya que los amigos de este representaban para él un peligro mucho mayor que los conocidos de un don nadie como Cadell. Y a este ya lo había despojado, a través de un conjuro, de cualquier seña de identidad que permitiera su reconocimiento, incluidas la cara y sus huellas dactilares. Se las había borrado para siempre.

Por primera y última vez, vaciló sobre el plan que había trazado: «¿Soy razonable al aventurarme en un juego tan arriesgado?».

—Claro que sí —se respondió en voz alta mientras, satisfecho, tomaba aire.

Foras se sintió feliz de estar vivo.

1

El reencuentro

Cuando atravesamos la puerta giratoria de la entrada, las piernas me sostenían con mayor firmeza de la que cabía esperar. «¿Seguirá él aquí?», me
pregunté ilusionada contemplando las amplias cristaleras y los tonos blancos y azulados del mobiliario que hacían del vestíbulo de aquel hospital un
espacio muy luminoso. Duncan ejercía allí como cirujano cardiaco y en él
había permanecido ingresado durante su convalecencia. Hacía más de dos
semanas que había despertado del coma y, según las noticias que esa misma
mañana le habían facilitado a Jackson sus compañeros del Club —el director
del centro médico pertenecía a dicha organización—, estaba a punto de recibir el alta.

Dejé que mi acompañante llevara la iniciativa con las dos chicas que aten-
dían tras el mostrador del vestíbulo, por si en el último momento, cuando me
viera obligada a pronunciar su nombre en voz alta —Duncan Wallace—, la
impaciencia tenía a bien enredar las palabras en un barullo ininteligible. A
Jackson aquella misma pregunta no le planteaba ninguna dificultad, le salió
bien a la primera.

—Buenos días, señoritas. —Me divirtió su tono de voz, el propio de un
embaucador de manual—. ¿Serían tan amables de decirnos si el señor Duncan
Wallace continúa ingresado?

Una de las chicas, una joven morena de inteligentes ojos azules, respondió a la pregunta del canadiense sin siquiera chequear el ordenador.

—Sí, el doctor Wallace sigue ingresado. Aunque, según me han comentado, por poco tiempo —le avisó acompañándose de una sonrisa coqueta.

Sentí cómo se me erizaba el vello de la nuca; Duncan se encontraba a solo
unos metros de distancia de mí. Superado el momento más delicado de la
misión, que había corrido a cargo de Lefroy, me animé a meter baza y pregunté si el paciente seguía ocupando la habitación 326 o había sido trasladado.

—Allí lo encontrarán —me confirmó la misma chica, aunque sin dejar de
admirar al canadiense.

—Oye, si prefieres quedarte por el *hall*, soy capaz de encontrar la habitación yo solita... —murmuré al oído de mi compañero.

Ignoró mi propuesta, y eso que era muy sincera.

—Gracias por todo... Eileen —leyó la identificación de la recepcionista antes de girarse y llevarme con él.

—¿Qué? ¿Nerviosa? —preguntó de camino a los ascensores mientras me miraba de reojo—. Sí, creo que sí. No quiero ni imaginar cómo andan las cosas por ahí arriba. —Disparó una bala imaginaria a mi frente.

—¿Parezco un pelín histérica?

Con disimulo traté de respirar y espirar profundamente para desalojar a los nervios okupas que se me habían instalado en el estómago.

—Se te pasará en cuanto lo tengas delante. —Sus palabras fueron como si me chutaran una dosis de tranquilizante en vena—. Venga, vamos —ordenó al tiempo que se abrían las puertas automáticas del ascensor—. Esta tarde tengo que presentarme en la sede del Club. Hay que empezar a organizar la caza de Foras, y antes quiero pasarme por el apartamento para deshacer la maleta y coger algunas cosas que necesitaré.

—¿Esta misma tarde?

—No te inquietes, no contaba contigo.

—¿Por qué lo dices? ¿Me dejarían acompañarte? —pregunté confusa.

—No vas a ver nada que no hayas visto en París. De hecho, el lugar donde nos alojamos, la Casa Georgiana, también es territorio del Club. Pertenece al National Trust for Scotland, que cuenta en su cúpula con miembros de nuestra organización. Si quieres venir, no hay problema, pero tengo el presentimiento de que algo te retendrá por aquí.

Por supuesto se refería a alguien. Duncan.

—No creo que el personal de enfermería permita que las visitas se alarguen demasiado. Y puede que lo acompañe su familia. —Esa opción me intranquilizaba aún más. Conocer a los *suegros* tan pronto... «¿Y si no les caigo bien?».

Me contemplé en el espejo del ascensor y, nerviosa, cargué a Jackson con mi abrigo para así poder remeterme por la cintura del pantalón los bajos de aquella camisa blanca y de corte entallado que unas horas antes había comprado en el *duty free* del aeropuerto Charles de Gaulle.

—Demasiado formal, ¿verdad? —lamenté mientras me contemplaba con disgusto.

—Estás perfecta. Y, después de verle, ya me cuentas si las visitas se pueden alargar o no —comentó mientras me dirigía una mueca socarrona—. Hablando en serio: si al final decides quedarte, puedo mandar a alguien en tu busca en cuanto me digas: en unas horas, mañana por la mañana...

—Qué optimismo el tuyo...

Un par de pasillos más tarde, Jackson me señaló la puerta 326. Aguardaba entornada, invitándome a entrar... ¿O precisamente a no hacerlo? Aquellas dudas tenían nombre compuesto: *Mieditis-Aguda*. Había llegado el momento de la verdad.

—Mejor te dejo sola.

Tragué saliva. Me había quedado clavada en el sitio. Angustiada, miré al canadiense. Anhelo, esperanzas, ilusión. El torbellino de sentimientos provocaba que me temblaran hasta las pestañas.

—¿Qué es lo peor que puede pasar? —preguntó Lefroy.

«Ahora no es buen momento para pensar en eso...». Durante el vuelo de París a Edimburgo de esa misma mañana había proyectado en mi cabeza, como en una película romántica, las escenas que terminarían por conducirme hasta los brazos de mi amigo invisible. Había *previvido* el momento doscientas veces y, en un alarde de buenas vibraciones, solo había consentido que los desenlaces felices dieran un paso al frente, sin pasar revista con demasiada exhaustividad a los finales aciagos. Me quedaba con la versión simple y sin demasiadas florituras de: *entro-en-la-habitación, yo-lo-miro-él-me-mira, pronuncia-mi-nombre, corro-a-su-encuentro* y la escena concluye, por qué no, con un *apasionado-beso*. Fundido en negro. Y dichosos para siempre.

Ni siquiera me había molestado en pensar qué vendría tras el fin del *fin*: él viviendo en Escocia, yo en Nueva York, las dificultades de una relación a distancia y un desalentador etcétera englobando otras muchas trabas.

El lenguaje corporal de Lefroy amenazó con arrastrarme al interior de aquella habitación de hospital si no me decidía a entrar de una vez. «No. Humillaciones, las justas». Debía hacerlo por mí misma. Así que me obligué a dar tres pasos consecutivos en la dirección correcta. Suficientes para asomar un ojo y conseguir una panorámica del interior del cuarto. Luces, cámara y... ¡acción! Iba a vivir la secuencia con la que tantas veces había fantaseado. En primer plano, junto a la entrada, un sofá articulado en piel marrón. «Parece que está solo. Bien», resoplé aliviada. El barrido me llevó hasta una mesilla blanca con varios niveles. Un panel con cables enchufados. Media almohada vacía...

Con un par de dedos empujé la puerta, que cedió ante mi solicitud sin una queja. Solo se escuchaba el bum-bum de mi corazón dándose de cabezazos contra mi pecho.

Un hombre, cubierto por una tosca sábana de hospital, yacía sobre el colchón. Permanecía girado hacia el otro lado, dándome la espalda. Escuché su respiración lenta y acompasada. Dormía plácidamente.

Caminé sin hacer ruido, bordeando los pies de la cama.

Cuando lo tuve frente a mí, las emociones que había mantenido enjauladas durante las últimas veinticuatro horas enseguida encontraron un camino alternativo para su liberación: lloré en silencio mientras me alimentaba de aquella visión. La tenue luz de una lamparita provocaba reflejos cobrizos en sus cabellos castaños, que conservaban un corte muy similar al que yo había conocido; y las porciones de vello que limitaban con sus pómulos, aunque no tan anchas y prominentes como las que lucía en su etapa de fantasma, resultaban demasiado largas para pasar por patillas del siglo XXI.

Di por buenos hasta los recuerdos dolorosos de aquellos días en que, por temor al rechazo, me había forzado a ocultar mis sentimientos por él; y en especial la noche en que había desaparecido de mi vida... yo pensaba que para siempre.

Tomé asiento en una de las dos sillas que velaban el lecho. «¿En serio eres real?». Acaricié el dorso de su mano, y descubrí con alegría que la temperatura que desprendía era cálida; treinta y seis grados centígrados que me hablaban de vida. Aquello no era una aparición. Era Duncan Wallace. La persona —con todas sus letras— de la que me había enamorado tanto tiempo atrás; si la intuición no me fallaba, mis sentimientos por él debían de rondar los doscientos años de antigüedad. Llevada por el entusiasmo, le apreté la mano con más ímpetu del que hubiera debido. Sus piernas se desperezaron removiéndose entre las sábanas. Logré retirar los dedos antes de que él abriera los ojos, aquellos cálidos ojos verdes.

—Menuda sorpresa, no pensé que a estas horas fuera a tener compañía... —comentó con expresión afectuosa, pero aún soñoliento.

Me hizo gracia que al que había sido mi amigo invisible apenas se le notara el acento escocés en la vida real. «Como cuando se me presentó con la apariencia de un fantasma». Entre sonrisas, me barrí las lágrimas de la cara para poder verlo y que me viera mejor.

—Hola, Duncan.

—Así que sabes mi nombre... —se sorprendió—. ¿Nos conocemos de algo?

Mi corazón dejó de bombear sangre por unos segundos.

«No puede ser... ¡Qué estúpida he sido!».

Había confiado en que todo iba a salir bien. ¿Cómo no iba a reconocerme si, estando en coma, me había buscado a través de un viaje astral, superando incluso la prisión en la niebla que la bruja de Adaira McKnight había creado para mantenerlo apartado de mí? ¿Si se suponía que los dos nos habíamos reencarnado con el objetivo de llegar justo a este momento? El reencuentro.

—¿De verdad no sabes quién soy? —me limité a contestar, concediéndome algo de tiempo antes de decidir cómo debía actuar. ¿Contándole la verdad? «Si no recuerda nada, pensará que desvarío y pedirá que me echen de aquí a patadas». ¿Debía inventarme algo? ¿Como que nos conocíamos de la universidad? «Si ni siquiera sé dónde estudió Medicina».

—Lo siento, pero no. ¿Eres amiga de Fanny?

Un escalofrío me pellizcó la nuca. «¿Fanny? Como sea su novia, me muero. No, mejor lo mato a él y después me muero yo». Que aún fuera capaz de bromear conmigo misma era una buena señal. Dado que la chica en cuestión no se hallaba de cuerpo presente, opté por utilizarla para batear la pregunta que el escocés acababa de lanzarme.

—Sí, de Fanny. Soy Alicia.

Trató de incorporarse y yo le ayudé a acomodarse una almohada en la espalda.

—Gracias. Eres muy amable viniendo al hospital. ¿Habías quedado aquí con ella? Porque no llegará hasta... —alargó el brazo para coger el reloj de pulsera que reposaba sobre la mesilla— dentro de una hora.

—Vaya, entonces me he adelantado —me esforcé en sonreírle.

—La verdad es que tu cara me suena mucho, sí —apuntó con amabilidad, aunque no supe si era más una cuestión de delicadeza, para no hacerme sentir mal por haberse olvidado por completo de quién era yo después de haber sido presentados, o si realmente algún rincón de su cerebro se acordaba de mí—. Estás bien, ¿verdad? —preguntó mientras señalaba preocupado el rastro de lágrimas que me había marcado las mejillas.

—¡Oh, sí! —exclamé risueña mientras volvía a repasarme el contorno de los ojos por temor a que se me hubiera corrido el rímel—. Se me había metido algo en el ojo. Debió de ser una pestaña, porque ya no noto nada.

—Me dejas más tranquilo entonces... —sonrió con gesto satisfecho y me escrutó con atención—. Temí que pudiera ser mal de amores. —Le reí la gracia, aunque maldita la gracia que en ese momento me hacía—. Supongo que te conocí en el apartamento de mi hermana, en alguna de esas fiestas que monta y a las que me obliga a ir de vez en cuando...

«¡Su hermana!». Consiguió que se me relajara el gesto, esta vez de verdad.

—Sí, fue en su casa. Y, bueno, ya que estoy aquí, te haré compañía mientras ella llega. ¿Cómo te encuentras? —«Si le doy un poco de tiempo, tal vez termine por recordar». Era un plan de mierda, sin muchas expectativas de éxito, pero plan al fin y al cabo.

—Mucho mejor, gracias. Pensaron que no lo contaba, pero aquí estoy. —Extendió sus brazos. Me hubiera gustado ver en ellos una invitación en toda regla para correr a su encuentro, tal como yo lo había imaginado. Con no pocos esfuerzos, evité el ridículo y permanecí con el culo pegado a la silla.

—Debe de haber sido una experiencia muy dura...

—Más para mi familia que para mí.

«A que está casado... ¿Esposa? ¿Hijos?». No iba a quedarme con aquella horrible duda, así que decidí arriesgarme.

—Sí, claro. Tu hermana, tus padres... —dejé caer unos puntos suspensivos por si él decidía alargar el recuento.

—Sí. Ellos se han llevado la peor parte. Ya sabes, el susto inicial y la incertidumbre posterior. Ni siquiera podían visitarme. Se suponía que había contraído un virus muy contagioso; por suerte, no era así. Mis padres regresaron ayer mismo a Hawick —me aclaró—. Pretendían quedarse en Edimburgo una semana más para echarme una mano en casa, pero los obligué a irse. También ellos tienen su vida, sus obligaciones. Y, por suerte, me encuentro muy bien. De hecho, creo que mis colegas se han pasado de previsores: deberían haberme dado el alta hace ya días —se quejó.

Respiré aliviada. «Nada de mujer e hijos. Ni siquiera ha mencionado a una novia. Que no lo haga ya, por favor...».

—Me alegro de que te veas con fuerzas para cuidar de ti mismo. —«¿Estará en mi mano hacerle recordar?»—. Porque supongo que habrás pasado lo tuyo en estas semanas...

—Bueno, para bien o para mal, al estar en coma, no me enteré de nada.

—¿En serio no recuerdas nada?

—¿Del coma? No, ¿qué podría recordar? —Ladeó la cabeza valorando la extraña pregunta que acababa de formularle.

—No sé. Quizás un sueño extraño... —se me escapó. «Muy bien. Si te animas, incluso puedes hablarle de viajes astrales», me flagelé—. Perdona, no sé mucho de estos temas, pero ya que eres médico, y además has pasado por ello, sabrás si se puede soñar mientras uno está en coma. ¿Acaso es imposible?

—No está en mi especialidad. Lo mío es la cirugía cardiaca. Aunque, por lo que sé, en teoría se podría soñar: la actividad cerebral no se detiene del todo... —Dudó—. No me había parado a pensarlo, la verdad. Quizás sí haya soñado. —Por un momento conservé la esperanza—. Pero nada que haya retenido en la memoria a largo plazo. Mi último recuerdo es que estaba atendiendo a un paciente en la consulta que tengo aquí mismo, en el hospital, y sufrí un desmayo. Lo siguiente fue despertarme en la habitación donde me habían aislado.

—¿Cuándo te darán el alta?

«Por favor, que no me saque el tema de la hermana. Hasta hace cinco minutos no sabía ni que Fanny existía... ¿Qué le voy a contar si lo hace?».

—Hoy todavía tienen que hacerme un escáner cerebral, porque mi médico quiere asegurarse de que todo sigue en su sitio. —Una amplia sonrisa se expandió por su rostro, y yo me debatí entre la infinita felicidad que me proporcionaba volver a estar a su lado y la inmensa tristeza de verme obligada, una vez más, a guardarme lo que sentía por él—. Con un poco de suerte, mañana podré regresar a casa.

—Es estupendo. —Ocupé la mente en pergeñar cómo podía prolongar aquel encuentro bordeando el peligro de ser descubierta—. Veo que no tienes agua por aquí. ¿Quieres que vaya a buscarte una botella?

Fingió no haberme escuchado.

—¿Qué edad tienes? —preguntó a la par que arrugaba las cejas y me observaba con atención. En comunicación no verbal, eso equivalía a escepticismo. «Algo no le cuadra».

—Veinticinco —respondí temerosa de abrirle una puerta por la que pudiera hacerme salir.

—Tres años mayor que mi hermana... —reflexionó indeciso. Quizás había supuesto que éramos compañeras de facultad.

—Así es. —Lo miré fijamente a los ojos, intentando infundir en mis palabras los restos de seguridad que me quedaran dentro—. ¿Y tú? Fanny nunca me lo ha dicho. —Y no mentía. Al fin y al cabo, nunca había hablado con ella.

—Acabo de cumplir los veintiocho.

—Pues para ser un viejo cercano a la treintena, te conservas bastante bien...

Mi broma provocó que, resueltos, se le marcaran los hoyuelos de la simpatía. Noté la caricia de su mirada y que la conexión entre los dos era fuerte. Desgraciadamente, no lo suficiente como para hacerle recordar.

Tiré de la cadena de mi reloj de bolsillo, el mismo que mi amigo invisible había arreglado, con un simple toque de su dedo, en casa de Alejandro. Necesitaba tener la hora controlada porque quería evitar que su hermana me pillara en la habitación.

—Es bonito —dijo mientras me tendía la mano para que le permitiera contemplarlo de cerca.

—Le tengo mucho cariño: lo heredé de mi padre. —Dejé que lo cogiera. Me observó, a la espera de que prosiguiera con la explicación—. Falleció en un accidente de tráfico cuando yo era pequeña.

«¿Por qué tengo que andar contándole cosas que ya debería saber?», pensé entre frustrada e indignada, pero intentando mantener la compostura.

—Lo siento mucho.

«Yo también». Me encogí de hombros, y no precisamente como sinónimo de un indiferente *qué-se-le-va-a-hacer*. La montaña rusa de sentimientos en la que me había subido al meterme en aquel cuarto caía en picado en ese instante, y yo no quería romper a llorar de nuevo, porque esta segunda vez sería de tristeza, y la excusa de una pestaña en el ojo estaba muy vista.

—Deja que vaya a buscarte el agua.

—No es necesario, en serio. Yo mismo puedo levantarme. Como te he dicho, me encuentro perfectamente y... —Se sentó en la cama e hizo ademán de bajarse.

—¡No! ¡Quieto!

Aquel tono autoritario, más propio de un agente de tráfico, había brotado del pésimo estado de conservación de mis nervios. Además temía que Duncan pudiera encontrarse más débil de lo que aparentaba y que al levantarse sufriera un vahído. Por suerte se lo tomó bien: el escocés sonrió divertido ante mi actitud protectora.

La voz de mi conciencia, abochornada, me impulsó a excusarme:

—Disculpa, ¿he sido brusca? Es que... mientras estés aquí como paciente, deberías recibir todas las atenciones posibles. Aprovéchate, hombre. —«Ni te imaginas hasta qué punto podrías aprovecharte de mí...»—. Enseguida vuelvo.

Me precipité afuera. Jackson había desaparecido. Recordé la sala de espera por la que habíamos pasado de camino a la habitación. Corrí hasta allí como si fuera un mensajero entre trincheras y mi corazón esperara recibir un tiro perdido en cualquier momento.

Lo encontré matando el tiempo con un libro entre las manos.

—No me recuerda. —Abatida y sin aliento, interrumpí su lectura—. Duncan no tiene ni puñetera idea de quién soy...

El yuzbasi abandonó sobre el sillón el ejemplar que estaba leyendo y se levantó a mi encuentro.

—Intenta tranquilizarte. ¿Cómo que no te recuerda?

—Lo que has oído. Después de todo lo que hemos pasado... para que al final no sepa ni quién soy.

—Bueno, era una de las posibilidades. No pensé que fuera a ocurrir, pero...

Noté que se me resentía el orgullo. ¿Qué clase de amor eterno era aquel si Duncan podía volver a olvidarme con tanta facilidad? Lo había hecho una vez, cuando regresó a mí como fantasma —no me consolaba ni el hecho de que la amnesia se la hubiera provocado Adaira McKnight con alguna mierda de hechizo—, y ahora, que era un ser corpóreo, de nuevo volvía a borrarme de su memoria.

—Tendrás que darle algo de tiempo.

—Ya. Lo malo es que no dispongo de mucho. Porque para salir del paso le he dicho que soy amiga de su hermana Fanny —eché un vistazo a mi reloj— y en veinte minutos ella estará aquí.

—No pasa nada. Ya buscaremos la manera de volver a contactar con él. Sabemos dónde vive —me recordó. Asentí ante las palabras tranquilizadoras del fotógrafo—. ¿Entonces podemos irnos?

—No. Se supone que he ido a buscarle una botella de agua —miré alrededor en busca de una máquina expendedora.

—A la vuelta de esa esquina tienes una.

—Ahora vuelvo. Espérame aquí, ¿vale?

—¿Puedo acompañarte? Tengo curiosidad por verlo. Y total, si no se acuerda de ti, menos aún se acordará de mí.

—Mejor en otra ocasión. —Jackson parecía decepcionado—. No es un mono de feria —lo amonesté—. Y, además, no quiero tener que mentirle también sobre ti.

—Pues dile que soy tu novio y listos. —«Menuda ocurrencia. Como si eso no fuera mentir»—. Los celos igual le hacen recordar —se explicó—. Nuestro bailecito en tu casa ayudó en su día...

—¡Sí, claro, qué gran idea! O déjame pensar un poco... —dije llevándome una mano a la sien—. Se me ocurre que le traigamos de nuevo a la mujer del cuadro, y eso seguro que no falla. Tal vez si la ve retorciéndome el pescuezo...
—Lo dije en un tono grave, acorde con la situación.

Mi interlocutor no lo vio así. Cuando me alejé de él, aún se estaba riendo.

De vuelta en la habitación, encontré a Duncan recostado de nuevo sobre la almohada, hablando por teléfono:

—Vale, estupendo. Pues nos vemos en cinco minutos. Hasta ahora. Ah, por cierto, muchas gracias por la encantadora compañía que me has buscado —dijo mientras me dedicaba una sonrisa—. ¿Hola? ¿Fanny? Ha colgado —me informó mostrándome su *smartphone*—. Ya está aparcando.

«Tengo que salir de aquí pitando».

—Tu agua. —Le dejé la botella sobre la mesilla—. Es una pena que no pueda quedarme más, pero acabo de recibir una llamada y debo marcharme.

—¿No puedes esperar ni cinco minutos? —preguntó desconcertado por mi repentina prisa.

—No, no, lo siento —me disculpé mientras, como un cangrejo, reculaba hasta quedar pegada a la puerta. Me sentía como una Cenicienta cualquiera a la que las vestimentas se le fueran a transformar en andrajos de un momento a otro y la carroza en calabaza, las que me iba a dar el propio Duncan si se percataba de que lo había estado engañando—. Bueno, que te recuperes. Nos vemos. Supongo.

—Espera. ¿Te vas así, sin más? —Con un movimiento demasiado impetuoso para una persona aún convaleciente se incorporó y sacó las piernas fuera del colchón. Me dio la impresión de que iba a ponerse en pie, pero finalmente se contuvo y permaneció sentado, frente a mí—. ¿Sin despedirte como Dios manda? —dijo mientras me extendía su mano derecha.

En un primer momento, me halagó la idea de que pudiera estar coqueteando conmigo. Pero no quise hacerme ilusiones: «Es simple amabilidad con la amiga de su hermana». Me acerqué para estrechar la mano que me ofrecía sin mucha convicción. Y, con ese contacto iniciático, el corazón se me revolucionó. Deseé que, como había hecho en su etapa como espíritu, me atrajera con decisión para abrazarme, para demostrarme que nos pertenecíamos el uno al otro. Y si no, ¿qué tal una nueva regresión? Con un poco de suerte, tal vez pudiera llevármelo conmigo. ¿Qué mejor forma de explicarle las cosas que mostrándoselas en vivo y en directo?

Pero no. Nada. Ni abrazo... ni tampoco mareos, pitidos o abismos que atravesar.

Acalorada, rehuí su mirada, porque con la mía podía decir cosas que, dadas las circunstancias, en ese momento prefería callar.

Sabía que Fanny estaba al caer. Intenté dar por terminado el saludo, alejarme, pero Duncan me retuvo encerrando mis dedos entre los suyos.

—Para ser norteamericana —me había calado por el acento—, noto algo extraño en ti. Yo diría que casi latino. ¿Española? ¿O italiana?

—De Madrid, aunque he vivido en Nueva York desde los nueve años.

—Qué raro que no sea capaz de recordar el momento exacto en el que te conocí, Alicia —pronunció bien mi nombre a la primera.

—Fue... Un día. Un día hace ya tiempo. —No veía el momento de salir de allí—. ¿Me devuelves la mano, por favor? —Sonreí para restarle brusquedad a la pregunta.

—Claro, claro.

—Adiós, Duncan.

—Hasta la próxima. Daré recuerdos a Fanny de tu parte... Por si no te la encuentras.

El «gracias» lo solté cuando ya había salido de la habitación. Probablemente ni lo escuchó. En ese instante, doblaba la esquina del pasillo una chica muy atractiva. Ojos verdes y vivarachos, un hoyuelo poco marcado en el mentón y cabellos teñidos de rubio platino. Nuestras miradas se cruzaron y, por supuesto, no se reconocieron. Aunque yo intuí, por el parecido físico con su hermano, que se trataba de Fanny. «Justo a tiempo». Por si acaso, animé el paso.

Lamenté no haber dejado tras de mí un moderno zapato de cristal. Una de mis tarjetas profesionales con el móvil apuntado en la cara posterior hubiera bastado.

Pero entonces recordé que, aunque resulta más cómodo dejarse rastrear, si quieres ir al encuentro de tu destino es preferible llevar la iniciativa tú mismo. «Tendré que ser yo quien lo busque de nuevo». Y estaba deseando tener la oportunidad de hacerlo.

2

La Casa Georgiana

Eran las tres de la tarde cuando aparcamos frente a la Casa Georgiana, en el número siete de Charlotte Square. Atravesamos la verja de la entrada a tiempo de cruzarnos con los últimos visitantes del día, que abandonaban la casa-museo.

—Qué hermoso lugar. ¿No te hubiera gustado vivir aquí con la familia Lamont a principios del xix? —escuché que una mujer le comentaba a una chica. Por el aguileño perfil de sus narices habría apostado que eran madre e hija.

—Ya lo creo. Ha sido como meternos en uno de los libros de Jane Austen —respondió entusiasmada la joven.

Una sensación muy parecida a la que yo misma había experimentado por la mañana al entrar en el lugar por primera vez. Y eso que apenas había podido intuir de refilón el interior de las estancias decimonónicas, porque el mulazim Frank MacGregor —su graduación en El Club correspondía a la de un teniente— nos había conducido a Lefroy y a mí directamente a las escaleras que llevaban hasta el tercer piso del caserón. Allí se encontraba nuestro alojamiento.

Esa última planta, utilizada hasta unos meses atrás como oficinas de la Iglesia de Escocia, había sido restaurada para establecer una especie de piso franco de la organización para la que trabajaba Jackson. Tras la remodelación, el apartamento se presentaba espacioso, distribuido en tres dormitorios, baño y una cocina integrada en el salón. Todo decorado con gustos sencillos y modernos, en contraste con el refinado estilo georgiano de los pisos inferiores.

Las vistas de mi habitación daban al parque de la plaza, presidido por la estatua ecuestre del Príncipe Alberto, consorte de la reina Victoria.

—¿Estás lista? —me preguntó mi compañero tras golpear tres veces con suavidad la puerta de mi habitación; estaba abierta—. Es la hora. Debemos irnos.

Nuestro anfitrión en Edimburgo nos esperaba abajo, frente a su coche. Su pelo, corto, ligeramente ondulado y negro como el carbón, contrastaba con su piel, pálida como una pared recién encalada. Tenía una sonrisa franca y una mirada simpática. MacGregor me cayó bien desde el minuto uno, y él enseguida se sintió en confianza para bromear conmigo. No lo pregunté, pero calculé que era un poco mayor que Lefroy.

Tras cuarenta minutos de viaje, divisé ante nosotros un edificio fantástico, en todos los sentidos de la palabra. Era de estilo gótico y a primera vista se distinguían doce ceremoniosas torres, aunque se adivinaban otras tantas en la fachada trasera.

—El Donaldson's College, nuestra sede en Escocia —lo presentó Lefroy—. Durante mucho tiempo cedimos las instalaciones que quedan en la superficie para que funcionaran como colegio y El Club utilizaba solo las que se encontraban bajo tierra.

—Algo que desconocían los alemanes cuando nos atacaron con un zepelín durante la Primera Guerra Mundial. Los cabrones reventaron muchas de las vidrieras del edificio —lamentó Frank justo antes de que alguien desde dentro le abriera las espigadas verjas de la entrada. Dos carteles advertían: «Prohibido el paso».

—¿Pero entonces ya no es un colegio? —me interesé mientras atravesábamos un fuerte dispositivo de seguridad: vallas, cadenas y un circuito cerrado de cámaras aseguraban las seis hectáreas de explanada verde.

—No desde 2007. El centro escolar se trasladó a Linlithgow porque necesitaba infraestructuras más modernas para sus estudiantes. Desde entonces ocupamos nosotros todo el inmueble —replicó MacGregor antes de echar mano al mando a distancia para abrir las puertas del *parking* subterráneo, donde estacionó en la plaza que tenía asignada.

Una vez en el vestíbulo de la entrada, diseñado con un estilo mucho más austero que el palaciego aspecto que presentaba el exterior del edificio, el mulazim me dio la bienvenida oficial a su «casa».

—¿En serio vives aquí?

—Sí, claro. Muchos de nosotros tenemos aquí nuestras dependencias. Otros, con familias, prefieren establecerse fuera. Normalmente en Edimburgo o en Stirling —me explicó—. Jackson, os esperan en la capilla —informó al yuzbasi—. Que vaya bien la reunión. Luego os veo.

Seguí a Lefroy a través de un patio interior, y, justo cuando unas puertas en color carmesí nos quedaban a un par de zancadas, se abrieron como lo habría hecho el mar Rojo para dejarnos pasar. Bajo aquellos techos clericales, de recias vigas y delicadas vidrieras, encontramos a nuestro anfitrión.

—Así que esta es la joven de la que tanto nos habéis hablado Zavala y tú —se dirigió a Jackson un hombre de calvicie incipiente.

Hasta poco después de nuestra entrada había estado hojeando un libro de aspecto envejecido que cerró con esmero, como si temiera que pudiera desmenuzarse entre sus dedos si lo trataba con menos delicadeza de la necesaria.

—Ella es. Alicia de la Vega, el miralay Angus Anderson —nos presentó Jackson.

«Un coronel, como Alejandro», me dije.

—Encantada, señor. —No tenía muy claro qué se esperaba de mí. ¿Dos besos? ¿Una reverencia? Terminé tendiéndole la mano.

—Bueno, bueno. Por lo que he oído, creo que podemos realizar el saludo marca de la casa —dijo mientras me tomaba del antebrazo. Enseguida lo imité. Así era como se saludaban los miembros del Club—. ¿No se lo has dicho aún, yuzbasi?

—No he tenido oportunidad. —Me pareció que los ojos del canadiense vacilaban.

El miralay Anderson asintió con la cabeza.

—Entonces me encargaré yo mismo de hacerlo —dijo apoyando una mano sobre mi hombro—. Alicia, en nuestras filas no nos sobran los canalizadores. —Me examinó con expresión grave antes de sentenciar—: Queremos que seas uno de los nuestros.

3

Repican las campanas

Desperté confusa. Me costó reconocer el lugar. «Estoy en Escocia», recordé. Las manecillas luminiscentes del despertador de la mesilla me alertaron de que eran las tres de la madrugada. Hubiera preferido que la hora del diablo me sorprendiera durmiendo. El cuarto estaba a oscuras; solo una tímida iluminación procedente de las farolas callejeras permitía distinguir lo que me rodeaba.

El primer día en Edimburgo había resultado de una intensidad abrumadora: El Club me había ofrecido unirme a sus filas y, como era costumbre en la organización, concedían al elegido cuarenta y ocho horas forzosas —era así aunque tuviera claro que deseaba aceptar— para meditar la decisión; y, más importante aún, había podido ver en persona al hombre del que estaba enamorada y, para mi desgracia, someterme a la humillación de no ser reconocida.

Tenía tantas ganas de volver a ver a Duncan... Pero ¿cuándo? ¿Y cómo? ¿Qué cara debió de poner cuando su hermana Fanny me descubrió ante él? Porque resultaba poco probable que ella conociera a una Alicia española y afincada en Nueva York. Con datos tan precisos como los que le había facilitado, me lo había puesto muy difícil a mí misma.

Di media vuelta entre las sábanas, como si así pudiera pasar página al devenir de mis pensamientos. Traté de concentrarme en la idea del sueño, en lo mucho que deberían pesarme los párpados, pero esa técnica pocas veces da resultado.

En medio de mi sesión de autohipnosis rudimentaria, me llegó un ruido. Me incorporé y volví a escuchar el tintineo de unas campanillas al agitarse. La algarabía no provenía de la calle ni de una casa vecina. «Quizás sea eso lo que me ha despertado». Silencio. Con ayuda de la linterna del móvil, rebusqué mis chinelas bajo la cama y me las calcé.

«¿También se habrá desvelado Jackson?». Con cuidado de no hacer ruido, empujé la puerta del cuarto donde descansaba el canadiense y me acerqué hasta su cama. «Relajado parece más joven...». Al poco de estar observándolo, el bulto que reposaba en el lecho se movió receloso, incómodo. Incluso dormido, debía de intuir mi presencia. Decidí no tentar a la suerte y me retiré con discreción. Si se despertaba, era capaz de aniquilarme con la ballesta que, a saber, podía cobijar bajo la almohada; yo era una intrusa y aquel espacio era aún más sombrío que el mío porque la ventana daba a un patio interior con déficit de alumbrado.

El portón que conectaba el apartamento con la Casa Georgiana estaba abierto. Me extrañó. Se suponía que Lefroy se había encargado de trancarlo con el cerrojo. Permanecí sobre aquel vano que me permitía tener un pie en cada uno de los dos mundos que coexistían en el inmueble y a los que separaban doscientos años, como a mis dos vidas.

Las campanillas resonaron una vez más, con arrebato; empezaban a perder la paciencia. Ya no cabía duda: el sonido procedía de allí mismo, de los pisos inferiores. El lado más visceral de mi cerebro intentaba alertarme sobre los fantasmas que podían aparecérseme en el lugar; pero mi yo más intrépido me convenció de lo innecesario e inútil de acobardarse. Seguro que había una explicación lógica, o como mínimo interesante, para todo aquello. «Me invade el espíritu de tía Rita». Sonreí orgullosa.

Uno tras otro, los escalones de madera del tercer al segundo piso gruñeron a mi paso por la descortesía de despertarlos en plena noche. Cuando alcancé la planta baja, el tintineo resonó mucho más cerca. Fuera lo que fuera, se encontraba en el sótano.

Me sobresaltó una sacudida involuntaria de mi propio cuerpo. El pijama era de franela, pero aquel edificio requería mayores atavíos para hacer frente a las bajas temperaturas de esas horas de la madrugada escocesa.

Como si jugaran conmigo al escondite inglés, en cuanto las tuve a la vista, justo frente al último recodo de la escalera, las campanillas que recubrían un largo y longevo tablón se detuvieron. Apenas llegué a tiempo de ver a una de ellas, la más rezagada, volviendo a su sitio con disimulo, pillada en un renuncio. Cada una de ellas permanecía conectada a una de las salas de la casa. Desde mi posición de inferioridad, mirándolas desde abajo, las reté a sonar de nuevo.

—¿Se os han pasado las ganas de juerga? —No hubo respuesta por su parte.

«Si he bajado hasta aquí, ¿por qué no explorar un poco?», me dije echando una ojeada al final del pasillo. Allí, en la parte trasera del sótano, me topé con la cocina. Hacer uso del interruptor de la luz hubiera despojado de romanticismo al ambiente, así que seguí haciendo uso de mi móvil para lo imprescindible y, como en un videojuego, combiné la vela engastada en un candelabro con una caja de cerillas que localicé sobre la mesa de madera que presidía la estancia. Y se hizo la luz.

Alargué la mano hasta una de las sillas que se alineaban en la pared más cercana y la coloqué frente a la mesa, dando la espalda a la puerta de la entrada. Desde allí disfruté del espectáculo; solo me faltaba que, como en *La bella y la bestia*, Lumière y la señora Potts hicieran danzar a todas aquellas lozas y cuberterías al son de alguna balada escocesa. Admiré el horno tiznado de negro, los brillantes pucheros y sartenes de cobre y la chimenea, con tres pollos de plástico trinchados haciéndose al calor de un fuego de juguete. ¡Qué no hubiera dado por que aquella hoguera luciera en todo su esplendor!

En paralelo a la quietud de la cocina y de aquellas hogareñas ideas, algo se cocía fuera: las campanillas volvieron repicar. Ya iba a levantarme para intentar sorprenderlas en su baile cuando el tintineo empezó a resonar mucho más agudo dentro de mi cabeza. No me dio tiempo a dejar la silla: el mareo, la sensación de malestar y de caer en el abismo me resultaban tan familiares... Nada nuevo para mí. Estaba a punto de experimentar una regresión.

Tras el último parpadeo en la oscuridad, me encontré en una cocina muy parecida a la de la Casa Georgiana de Charlotte Square, 7... Pero no exactamente la misma.

—¡Robina, atiende a esa campanilla, por Dios! ¡Hace rato que el señor llama! —gritó en dirección a la despensa una señora con una cara de proporciones tan redondas como las de la hogaza que acababa de hornear. Su tono se dulcificó al dirigirse a mí—: Señorita Elliott, hágase a un lado, por favor. El carnicero está a punto de entrar y no quiero que le manche ese elegante vestido.

—No lo puedo remediar, Murray. Siempre ando en medio. —Sentí cómo se me deslizaban las comisuras de los labios—. Quería preguntarte por Dixon...

—Sí, Jane. Siempre estás en medio. Y es algo muy desagradable. No es propio de la educación que se supone te ha otorgado con tanta generosidad *sir* Arthur. Qué desperdicio de tiempo y dinero...

Aquella voz me removió las tripas, por contagio de las de la señorita Elliott, mi yo del pasado. «Ya veo. Esta no es santa de nuestra devoción», pensé mientras examinaba respetuosa pero no exenta de aires orgullosos a la mujer que acababa de aparecer por la puerta. Debía de rondar los cuarenta y tantos. En el rostro llevaba impreso un gesto de disgusto, como si algo le oliera mal de continuo, cuando en aquella cocina el aroma dejaba tan buen sabor de boca: el del pan recién hecho y un guiso de carne con verduras que haría las delicias de los paladares que se sentaran ese día a la mesa del comedor.

«¡Mierda! Esta mujer... Juraría que es la misma que conversaba con Adaira McKnight en aquella fiesta, la de mi primer *flashback*, en la librería Shakespeare & Company».

—*Lady* Susan.

La voz de Jane Elliott —esa fue la primera vez que pude inferir mi nombre completo— había conseguido abrirse camino entre sus dientes prietos. Realizó una pequeña reverencia y salimos de allí a toda pastilla, sin concluir la pregunta sobre la tal Dixon.

Nuestra habitación se encontraba en la planta más alta de la casa. Noté la rabia de Jane y cómo se mordía la lengua. Una vez en sus aposentos, cerró la puerta con un temperamental golpe, aunque noté que se arrepentía al instante. «No quisiera dar mal al almirante Galloway», pensó. ¡Pensó y yo la escuché! Me alegré mucho de que, aunque no pudiera comunicarme con ella, al menos fuera capaz de descifrar lo que se le pasaba por la cabeza. Ahí dentro había mucha información que me vendría de perlas para conocer mi vida de dos siglos atrás. Además, la señorita Elliott acababa de pronunciar el apellido Galloway... «¿Estoy viviendo en casa de Duncan?», me extrañé.

Aunque los ojos físicos de Jane, tercos, no se habían apartado de la puerta, yo, sin saber muy bien cómo, pude echar un vistazo a lo que nos rodeaba, y también a sus manos. No encontré en ellas ningún anillo. «No, no estamos casadas con él», lamenté.

—Bruja... —Esto lo dijo en voz alta—. Si *lady* Grace la hubiera alejado de la familia en vida, esta casa sería hoy un hogar mucho más confortable para todos. —Por lo que leí en sus pensamientos, *lady* Grace era la difunta señora Galloway. La madre de Duncan.

Jane se dirigió a un arcón que reposaba junto a los pies de su resguardada cama de caoba con dosel. Levantó la abombada tapa del cofre y extrajo una carta que leyó para sí... y, sin saberlo, también para mí.

De lady *Mary* a la señorita Jane Elliott

Queridísima hija:

¿Cómo se desarrolla tu estancia en Charlotte Square? Espero que el almirante siga siendo tan atento contigo como lo fue antaño. Transmite en mi nombre y en el de mi esposo nuestros más distinguidos saludos a sir Arthur y a lady Susan y agradéceles su amabilidad para contigo. Me apena saber que la nueva señora de la casa no es de tu agrado y que aún no lográis entenderos bien. Concédele algo de tu tiempo y paciencia, Jane. Tu buen talante, modestia y educación sabrán guiarte en esta empresa.

Regocíjate de haber recibido la invitación de sir Arthur para pasar con ellos una temporada, porque ese es el mejor lugar en el que podrías refugiarte. A muchas millas de distancia de Hardbrook House. Por favor, no le guardes rencor a tu padrastro. Te quiere bien, aunque en este instante no lo entiendas así. Siguiendo tus deseos, no cejo en mi empeño de convencerlo de que casarte con su sobrino es una decisión desafortunada, pero debes entender que el anhelo de mi esposo es que contraigas nupcias con la persona que está destinada a heredar su título de barón y, con él, todas sus tierras y posesiones. Teme que si él faltara algún día de nuestras vidas, y su salud en los últimos meses no ha sido la mejor, quedemos desvalidas, con apenas una pensión de cuatrocientas libras anuales que nos obligaría a pasar por inmerecidas penurias.

Sin duda Matthew Seymour carece todavía de una personalidad atractiva o de un espíritu especialmente cultivado, pero es un muchacho de buenas inclinaciones y, cuando llegue a ser barón, sus 20.000 libras anuales lo harán beneficiario de una mejor consideración por parte de todos los que lo rodean. Incluida tú, querida, aunque ahora no lo creas. Solo piensa en ello. Ya sabes que nada me haría más dichosa que verte casada por amor, como yo hice con tu padre, que Dios lo tenga en su gloria, pero mientras a una le siga latiendo el corazón, debe guardarle consideración a esa poco distinguida costumbre de comer a diario.

No tomes a mal las palabras de tu pobre madre, preocupada por el porvenir de su hija y por el suyo propio, pero quizás la solución la tienes más cerca de lo que podrías suponer. Si el futuro propietario de Hardbrook

House no es de tu agrado, siempre me has hablado muy bien de los hijos del almirante Galloway. Tal vez alguno de ellos tenga la amabilidad de pedirte en matrimonio. Recuerdo que hablabas del mayor de los hermanos, Robert, con especial cariño. Sin duda tal alianza tranquilizaría a lord William y lo haría recapacitar sobre sus expectativas de hacerte llevar su mismo apellido.

Aquí la vida transcurre lenta, como siempre. No han pasado ni dos semanas desde que nos dejaste y la casa ya se me hace espantosamente grande sin ti, aunque la señora Taylor procura apaciguar la ansiedad que siento por tu ausencia visitándome todos los días. Ni te imaginas la cesta de chismes que trae consigo de Chawton para alimentar mis horas de tedio. Rezo cada día por que el verano tarde aún en dejarnos; los caminos llenos de lodo son una terrible prueba que muchas visitas no logran superar, y sabes cuánto disfruto con ellas. Por cierto, ¿cómo se comporta el tiempo en Edimburgo?

Apenas me resta espacio libre para escribir. Lo aprovecharé para aconsejarte que intentes leer un poco menos, Jane; y busca la compañía de tus gratos anfitriones y sobre todo de sus hijos. Aprenderás mucho más de la experiencia que de esas novelas que solo pretenden llenar de pájaros tu preciosa cabecita.

Escríbeme pronto, querida. Con afecto, de tu madre,

Lady *Mary Seymour*

Después de ocho años de matrimonio, aún le costaba Dios y ayuda leer el nuevo nombre de su madre sin dolerse del costado: *lady* Mary Seymour, en lugar de Mary Elliott. Su esposo, teniente de la Marina, había muerto en la batalla de Trafalgar, en 1805. Que hubiera fallecido en acto heroico consolaba a Jane solo en parte, la referida a que su padre le había salvado la vida al entonces contraalmirante Arthur Galloway.

El montante que había recibido la viuda del teniente George Elliott figuraba, junto a las facturas del vino de los oficiales, en uno de los libros de cuentas de la Marina. En aquella página había quedado registrada la firma temblorosa de Mary, que veía como se quedaba sola en el mundo, al cuidado de una hija y sin parientes cercanos que pudieran sustentarla, consciente de que con las escasas libras que había heredado de su marido poco podría hacer para mantener una posición independiente.

Sir Arthur, conocedor de la deuda impagable contraída con su teniente y de la precaria coyuntura económica en que la muerte de este había dejado a su familia, decidió tomar a su cuidado a la joven de quince años que entonces era Jane para ofrecerle una educación refinada junto a los maestros de sus hijos y le pasó a la viuda del oficial que le había salvado la vida en Trafalgar una pensión anual que le daba para vivir sin excesivas carencias, con una cocinera y una criada a su servicio.

Pero Mary Elliott, si era lo suficientemente inteligente como para aceptar la dádiva de una educación que ella no podía asegurarle a Jane, también guardaba el suficiente orgullo para sentir que su penosa situación personal no debía prolongarse en el tiempo. Así que, a los dos años de la muerte de su esposo, tras guardar el luto que requería la memoria de un ser tan querido para ella, contrajo segundas nupcias con lord William Seymour, que ostentaba el título de barón y de quien ya había recibido una oferta de matrimonio dieciocho años atrás. El apuesto teniente George Elliott, de origen humilde, pero con un futuro prometedor en la Marina, había sido la razón de que aquella propuesta fuera rechazada.

El padre de Mary, Edward Keith, no había llegado a presenciar el nacimiento de su nieta Jane. Unas fiebres se llevaron antes de tiempo al disciplinado administrador de Hardbrook House. Ese era el nombre que recibía la propiedad de lord Henry Seymour, quien a su muerte dejó un heredero universal, su único hijo. El joven William y Mary se conocían pues desde niños, ya que habían sido compañeros de juegos. Sin embargo, ella nunca lo vio con ojos románticos, todo lo contrario que al teniente Elliott; por lo que, a los veinte años, ni todas las libras del mundo le hubieran hecho cambiar de parecer. Bastaron unos meses de viudedad —la vida real puede resultar muy persuasiva— para que sus sentimientos fueran justo los opuestos.

Jane debía reconocerle al barón la constancia de sus sentimientos: William nunca se planteó el matrimonio con ninguna otra que no fuera Mary. Y cuando esta enviudó, no le resultó difícil conquistar a la dama, quien, con la necesidad como brújula y la consideración de que su amigo de la infancia podría ser un buen compañero y esposo, aceptó la segunda propuesta de matrimonio, igual de ventajosa que la primera, pero esta vez en el momento y lugar adecuados, sin nadie que se interpusiera con las palabras del corazón.

Nada más casarse, Mary reclamó a su hija, pero los ruegos del almirante Galloway y su esposa Grace, que habían acogido con tanto cariño a la joven

—ellos habían engendrado tres hijos, todos varones—, y quizás la profunda convicción de que pronto quedaría embarazada del heredero de lord Seymour la hicieron desistir con más facilidad de la que podría suponérsele a una madre cariñosa, que lo era. Una vez cada seis meses, Jane los visitaba en Hardbrook House por un periodo de dos semanas; y, cuando la educación de Jane fue completa, a los diecinueve años, regresó definitivamente a su nuevo hogar, en Chawton, que continuaba sin heredero. Dada la edad de *lady* Mary, tanto ella como su esposo asumieron que el sobrino de este, Matthew Seymour, estaba llamado a sucederlo en el árbol genealógico de la familia.

«Vaya, menudo culebrón», pensé. Y todo estaba allí dentro, listo para que yo pudiera *leerlo*. Ni siquiera era necesario que Jane estuviera pensando en algo para poder tirar del hilo de ese recuerdo y, poco a poco, ir componiendo madejas de su historia, que era la mía.

—Padre... Releo una y otra vez esta carta para recordarme a mí misma por qué debo permanecer aquí, pero, más de una semana después de mi llegada a esta casa, siento que cada día que tenga que pasar soportando a *lady* Susan será un suplicio —dijo Jane en voz alta—. Detesto su arrogancia.

Pegué un respingo cuando oí la voz de un hombre allí mismo, dentro del cuarto. Hubiera jurado, instantes antes, que las dos nos encontrábamos a solas.

—Deberías bajar un poco esos humos y honrar las palabras de tu madre... Es importante que pienses en tu futuro, querida.

Sentado en una butaca color azulón con flecos en los bajos, descubrí al individuo. A pesar de su piel curtida por el sol, conservaba una imagen juvenil. El uniforme de teniente era translúcido, como el cuerpo que contenía. Comprendí que se trataba del difunto George Elliott aunque, pelirrojo y de mirada verdosa, poco parecido le encontré con su hija, que al fin y al cabo tenía mi mismo aspecto.

Con ella me acerqué hasta él: era evidente que, allá adonde Jane fuera, me vería obligada a acompañarla. Nos acomodamos en el suelo, a los pies del marino.

—Podría acostumbrarme a esto —comentó—. Le he echado tanto de menos... Por favor, permítame que se lo cuente a madre.

—¿Que puedes ver fantasmas?

—No. Eso es lo de menos. Que puedo verlo a usted, que se encuentra bien. ¡Se alegrará tanto de saberlo!

—Ella no debe enterarse, Jane. Yo proseguiré mi viaje en breve —noté la tristeza de mi portadora—, y no puedo encontrarle ningún beneficio a que sepa de mi presencia aquí. Una vez cumplida mi misión de servirte de guía por un corto periodo de tiempo, no se me permitirá prolongar mi estancia entre los vivos. En breve habré de cruzar al otro lado.

—Pero yo no quiero este don. La segunda vista le costó a usted la vida, padre. Tengo miedo. No quiero morir... todavía.

«¡El tercer ojo! ¡También tú, Jane!», me sorprendí.

—No vas a morir. —El marino nos miró con ternura al principio, con curiosidad después—. Veo algo diferente en ti, pequeña, y no sabría decir qué es...

—Bueno, han pasado diez años desde la última vez que...

—No es eso —la interrumpió—. Hay algo en ti diferente a ayer.

Su comentario resultaba inquietante. ¿Acaso me había percibido? ¿Era posible eso: que un fantasma del pasado pudiera presentir a mi yo del futuro dentro de Jane? Me quedé con las ganas de que se explayara.

—Pues usted está igual. La muerte lo ha tratado bastante mejor que la vida al almirante. —La sonrisa de Jane fue amarga. También la de su padre, así que cambió de tema—. ¿Y si habla con alguien para evitarme esto de la segunda vista? Estoy dispuesta a realizar cualquier sacrificio. Por ejemplo... —permaneció pensativa un segundo— ¡renunciaría al matrimonio y a los hijos!

La carcajada de George Elliott hubiera despertado a toda la casa en una mañana de domingo. Por suerte, solo nosotras podíamos escucharlo. Sonreí, aunque en mi fuero interno sentía cierta envidia: yo no había vivido un reencuentro parecido con Diego, mi segundo padre en línea cronológica.

—Eso sería más bien un regalo para ti, Jane. El orden de las cosas dice que te ha llegado el momento de heredar el don. Lo que no acierto a explicarme es que hasta ahora no hayas tenido ningún tipo de experiencia sobrenatural... Muchos años me ha costado que pudieras verme.

—Me siento una alumna poco aventajada —sonrió ella con pesar.

—En absoluto. Alguna razón que se nos escapa habrá para ello. Y esta semana que hemos estado juntos te ayudará.

—No quiero esto. Sus visiones eran horribles.

—No todas, Jane. Y lo bueno es que me permitieron ayudar a algunas personas.

—Pero ver aparecer un sudario entre los tobillos de un hombre para anunciar que la muerte lo ronda como le pasó a usted... Creo que no podría soportarlo.

¿Qué voy a explicar cuando consigan reanimarme del desmayo que seguro sufriré ante semejante visión, padre? —le dijo en serio, pero con un hilillo de sonrisa en los labios.

—Jane, debes permanecer atenta a ese tipo de señales. Ya sabes que aquello fue para mí un aviso de que la vida del contraalmirante Galloway estaba en peligro. Por eso lo vigilé de cerca durante los días siguientes. Y en cada ocasión que el sol asomaba por el Este...

—Sí, lo sé: el sudario había escalado unos centímetros más. Primero hasta las rodillas, luego hasta la cintura, los hombros... Usted sabía que, cuando el lienzo le cubriera la cabeza, a *sir* Arthur le habría llegado su último día en este mundo —continuó Jane.

—Y eso ocurrió el 21 de octubre de 1805.

—Por si no tenía bastante en lo que pensar a bordo de aquel barco de guerra, también tuvo que estar pendiente del almirante.

—Entonces contraalmirante —la corrigió George con un deje cariñoso.

—Lo que sea. Pero la bala que lo mató estaba destinada a él. Usted se interpuso. No era su hora. —Sonó a reproche.

—Así es, y provenía del mismo tirador que desde el Redoutable hirió al almirante Nelson.

—Nelson se ha convertido en una leyenda, padre. Usted murió también a bordo del Victory y no he visto que le estén levantando ningún monumento.

George Elliott acarició la mejilla de su hija, aunque, por desgracia, ninguna de las dos sentimos el gesto de cariño. Al menos a nivel físico.

—Aquella batalla no se ganó gracias a mí, sino por él.

—¿Usted vio cómo murió Nelson?

—La bala le entró por el cuello y se le quedó alojada en una vértebra. Le taparon la cara, para que la tripulación de cubierta no viera de quién se trataba, porque nos hubiera desmoralizado a todos y aún había una batalla que terminar de librar contra la Armada franco-española.

—Pero usted sí lo vio.

—Sí. Mientras lo cogían en brazos para bajarlo a la bodega, con el cirujano; yo mismo escuché a Nelson reconocer que lo habían matado. Y tenía razón: nada pudieron hacer por salvarlo.

—Padre, ¿por qué cubrió usted a *sir* Galloway con su cuerpo? —No esperó la respuesta. Era otra cuestión la que le preocupaba—. ¿Le dolió mucho morir?

El teniente suspiró antes de contestar:

—Ni siquiera me di cuenta. Fue un disparo limpio al corazón. E intenté salvarlo porque era algo que le debíamos todos los que habíamos navegado a su lado, todos los que éramos su tripulación, sus incondicionales. A eso se le llama lealtad, Jane. Honor.

Ni ella ni yo entendíamos ni queríamos entender esos conceptos que Jane había conocido a lo largo de su vida, tan ligados al mundo de los hombres. De hecho, pese al horror de su último día, George Elliott relataba los hechos de aquella batalla con orgullo.

—¿Así que le están erigiendo un monumento a Nelson? —se congratuló el teniente.

—Sí, en Calton Hill.

—La manera en que cortó la línea enemiga en Trafalgar fue propia de un genio. Merece el reconocimiento que hoy tiene, aunque esa batalla la ganamos sobre todo por la incompetencia de los franceses. Su almirante, Villeneuve, era un hombre de profundas indecisiones. Si hubieran dejado el mando a los españoles, nos hubieran vendido mucho más cara la victoria.

De repente, Jane se levantó con un ímpetu impropio de una señorita refinada. George Elliott rio sintiéndose satisfecho de su vástago al verla desenvainar una espada imaginaria, ponerse en guardia y cargar con decisión.

—Me gustaría haber nacido varón para hacerme marino y buscar al ser despreciable que le disparó a usted. Lo retaría a un duelo a espada. —Se detuvo vacilante—. O mejor a pistola; las armas de fuego son menos exigentes a nivel físico —aclaró antes de guiñar un ojo para apuntar con su dedo índice a un objetivo incorpóreo. «Buena elección. De músculos andamos algo justitas». Me divertía la vitalidad que mostraba mi yo del pasado—. Y entonces acabaría con la vida de ese malnacido como él acabó con la suya, padre.

—Él cumplía con su deber, Jane, igual que yo. Cada uno en defensa de nuestra patria, de nuestras familias.

George Elliott hablaba como un hombre de honor, y lo admiraba por ello, pero a mí ese discurso me sonaba al mismo que los poderosos de ayer y de hoy han utilizado siempre para manejar a los pueblos a su antojo, para asegurarse su propio estatus y el dinero de sus abisales bolsillos.

—Y si yo hubiera hecho carrera en la Marina, habría podido dar buen acomodo y seguridad a mi madre —dijo Jane con voz resuelta—. Y ella no hubiera tenido que volver a casarse —añadió con timidez.

Alguien interrumpió su discurso tocando a la puerta de la habitación.

—¡Señorita Elliott, me envían a advertirle de que debe bajar! ¡La cena está lista!

—¡Ahora mismo! ¡Gracias, Robina! —gritó Jane sin siquiera abrir.

Cuando volvimos la vista a la butaca, su padre ya se había retirado. Había desaparecido.

4

La familia Galloway

Se cambió de ropa con toda la celeridad que la práctica le permitía y, remangándose el vestido para no pisarlo, descendió los escalones de dos en dos hasta la planta baja. Le gustaba ser puntual. Y en especial allí, donde a cada hora se rifaba un encontronazo con la señora de la casa, *lady* Susan; los sirvientes y la propia Jane acaparaban siempre todos los números de tan desafortunado sorteo. Llegó sin resuello al vestíbulo, que comunicaba con el comedor, situado también en la parte delantera de la vivienda. La inercia provocó que casi nos empotráramos contra la firme espalda de un hombre.

—Disculpe, Robert. No le había visto —se excusó, ruborizada por doble motivo: la galopada y su torpeza.

—Esas carreras no son propias de una dama, señorita Elliott —respondió girándose... ¡Duncan! Aquel Robert Galloway era como Duncan Wallace, pero hecho de estuco. Su frialdad le restaba algo de belleza, tal como lo recordaba de mi segunda regresión, en el hotel Montalembert de París—. Al parecer, el ímpetu le puede, y no solo bailando.

«¿Cómo que el ímpetu me puede? ¡¿Acaso me acusa de bailar de forma indecorosa?!», se preguntó a sí misma, turbada por el comentario. Sentí el resquemor de Jane al recordar sus sentimientos encontrados del día anterior, cuando él le había mostrado algunos pasos de baile en los que ella, después de muchos años sin practicarlos, por lo visto fallaba. En un momento dado, el cruce de sus brazos los había obligado a recortar distancias, como si se abrazaran, y él la había mirado... de una manera perturbadora, apasionada. Ella, por su parte, le había correspondido.

«¡Esa escena la he visto... la he vivido yo!», pensé.

El gesto indignado de Jane bastó para que Galloway, retirándose a un lado con aparente indolencia, le permitiera pasar al comedor.

Se dirigió directa al lugar que le correspondía en la mesa. Él la había seguido y tomó asiento junto a ella, una costumbre que había resistido el paso de los seis años que Jane llevaba sin vivir bajo el mismo techo que los Galloway.

La invitación de *sir* Arthur para que se animara a pasar una temporada en compañía de los suyos, primero en Edimburgo y más tarde en Tyne Park —la residencia habitual de la familia, ubicada en el entorno campestre de Dunbar—, fue muy bien recibida por Jane, que vio en ella una oportunidad para huir de las presiones matrimoniales de su padrastro, decidido a casarla con su sobrino y heredero, Matthew Seymour. Además, la señorita Elliott escondía desde hacía tiempo un gran anhelo: reencontrarse con Robert Galloway. Viéndolos ahora, nadie podría pensarlo, pero de jóvenes habían sido los mejores amigos.

En el intervalo de los quince a los dieciséis años, Jane había tenido en Robert a un compañero inseparable. Luego él se marchó a la universidad, a Oxford, pero, cuando regresaba en vacaciones, la relación continuaba siendo igual de cordial y cercana entre los dos. Durante los periodos de separación, ella se afanaba en aprender temas nuevos al piano para luego ejecutarlos en presencia de su amor platónico, y disfrutaba con las historias que este traía consigo sobre la vida en el campus. También mantenían discusiones acaloradas —en realidad ella era mucho más propensa que él a exaltarse— sobre los más variados temas, ya fueran políticos o sociales. Jane defendía sus ideas, por ejemplo acerca de la necesidad de una educación universitaria para las mujeres, con una vehemencia que Robert tendía a admirar; de hecho, era él quien le solía proporcionar los tratados y ensayos que encendían la mecha de sus revolucionarias ideas. Aquella afectuosa relación se perpetuó hasta que ella cumplió los diecinueve y abandonó Tyne Park para regresar con su madre y el barón a Chawton, a Hardbrook House.

El áspero recibimiento con el que Robert la había obsequiado días atrás, a su llegada a Edimburgo, no había resultado en absoluto el que ella esperaba. Lo había encontrado distante y constantemente enojado, y apenas habían intercambiado frases de seca cortesía.

Por esa razón enseguida desechó su intención primigenia de, en confianza, reprenderlo por haber faltado a la promesa de visitarla en Chawton durante sus últimos años de estudio en Oxford. «No estaré lejos, a unas noventa millas. Cuando pueda, iré a visitarte», se había comprometido Robert, que por aquel entonces la tuteaba en la intimidad. Pero al poco de pronunciar esas palabras de despedida, y cuando Jane ya no residía en Tyne Park, una repentina infección pulmonar se llevó a *lady* Grace, y lo único que la señorita Elliott supo de su amigo fue la escueta nota que le hizo llegar a Hardbrook House para comunicarle la triste noticia. A mi álter ego le dolió no poder acudir al sepelio porque el aviso de su muerte le llegó con dos semanas de retraso.

En su recuerdo conservaba a un Galloway reflexivo y formal pero comprensivo, cariñoso y bien humorado en las distancias cortas, del mismo talante que su madre; por el contrario, Jane se había reencontrado con un desconocido, alguien que parecía decidido a no intimar con nadie, dedicado por completo a las obligaciones señoriales. La trataba con desafecto, como si fuera un ser invisible que no mereciera la más mínima consideración. En esa altanería Jane vislumbraba cierto menosprecio, como si el mayor de los Galloway hubiera entendido lo superior que era a ella por su posición y condición: él era el heredero de un caballero, *sir* Arthur; ella, la hija de un teniente muerto en combate y de una mujer que se había casado con un barón, así que sus orígenes no podían considerarse de alta alcurnia.

No intentó mejorar la relación: demasiado orgullosa para pedirle explicaciones, se limitó a intentar esquivarlo a todas horas y a comportarse de manera arrogante, hasta el punto de convencerse de que Robert veía en ella a un ser altanero e igual de antipático que él. Jane pensaba: «Mejor vanidosa que desdeñada», que era como se sentía por el comportamiento de su antiguo confidente.

Respiré profundamente, tratando de calmar la amalgama de sentimientos que llegaban a mí a través de Jane. Para distraerme, observé las paredes, empapeladas con los retratos que en tantas ocasiones, y *post mortem*, habían sido presentados a las nuevas amistades de la familia. Presumir de los antepasados era una práctica habitual en la época, aunque en aquellos muros predominaban los ancestros de *lady* Grace, en cuyo linaje —era hija del marqués de Montrose— residía mayor abolengo que en el de su marido.

El abuelo de *sir* Arthur Galloway procedía de una familia de rústicos comerciantes y había prosperado gracias a la carrera militar, con la que se había labrado el rango de caballero que heredó su primogénito. Hacerse a la mar para consolidar y aumentar la fortuna familiar se convirtió en la tarea principal de los herederos, pero solo hasta llegar a Robert Galloway. Las comodidades estaban entonces tan aseguradas, gracias en parte al ventajoso matrimonio con *lady* Grace, que el contraalmirante Galloway tuvo en consideración las inclinaciones naturales del segundo de sus hijos, Percy, rebelde y propenso a la búsqueda de aventuras, para decidir que era este quien debía hacerse a la mar, mientras que su heredero habría de permanecer en tierra firme, formándose para la futura administración de las posesiones que algún día recibiría.

Con diecisiete años y gran pesar, Robert vio partir a su hermano, catorce meses menor, para embarcarse como guardiamarina en el HMS Belette, un buque diferente al que solía comandar su padre. Aunque al primogénito nunca le había atraído la vida en el mar, se hubiera sacrificado con gusto; tenía el instinto de protección ciertamente desarrollado, algo que Jane descubrió pronto: siempre la había preservado de las trastadas de Percy, el más vivaracho de los tres hermanos Galloway, cada vez que este regresaba a casa con un permiso.

En cuanto al pequeño, Colin, ingresar en el clero era la salida profesional que el padre había dispuesto para él, un proyecto que casaba de pleno con las aspiraciones personales del benjamín: había terminado de cursar sus estudios y esperaba poder heredar el beneficio eclesiástico ligado a Tyne Park tras la muerte del septuagenario reverendo Fletcher.

Sobre el mantel de hilo fino, cuatro candelabros nos ponían al descubierto los unos a los otros. El chasquear de la chimenea amenizaba la velada, presidida por *sir* Arthur, a quien acompañaban en la mesa Robert, Colin, *lady* Susan y Jane. El capitán Percy Galloway no se encontraba en Edimburgo.

Robert informó a los presentes de que había recibido carta de este último en la que confirmaba que Napoleón había caído en manos del capitán Frederick Maitland cuando intentaba huir a Estados Unidos, como habían leído en las páginas del *Edinburgh Evening Courant*, y que ya era un secreto a voces que el depuesto emperador se encontraba a bordo del Bellerophon cuando este llegó a Brixham el 24 de julio, pese a que el capitán Maitland había intentado mantener oculta la noticia.

—«Se prohibieron las visitas de los comerciantes que habitualmente se acercan a los navíos para aprovisionarlos, pero un marinero, probablemente cansado de no poder disponer de comida fresca a bordo, lanzó una botella con un mensaje desvelando que Bonaparte se encontraba prisionero allí» —leyó el primogénito a los presentes.

—¿Menciona Percy si él continúa junto a mi buen amigo lord Keith? —se interesó *sir* Arthur, que se había licenciado de la Marina un año atrás.

—Así es. Se encuentran en el HMS Ville de Paris, en Plymouth. Comenta que pronto ocurrirá algo, pero que no es ese un asunto del que se pueda hablar en una carta.

—Qué misterioso... ¿Indica nuestro hermano cuándo volverá a casa? —preguntó Colin, quien por primera vez abría la boca para otra cosa que no fuera llevarse los cubiertos a los labios. Jane había encontrado al pequeño de la familia mucho más introvertido de lo que se había mostrado en su adolescencia.

—Solo que espera poder regresar pronto —respondió Robert.

—¿Creería Napoleón que, tras verse obligado a abdicar del trono francés, Inglaterra le iba a permitir que se marchara a un retiro placentero en las Américas? Parece que la *nación de tenderos* por fin le va a dar su merecido a ese petulante francés —sentenció orgullosa *lady* Susan.

Jane fue incapaz de contenerse.

—En realidad esa expresión, «nación de tenderos», la acuñó uno de los nuestros: Adam Smith, en su libro *La riqueza de las naciones*.

—Te equivocas, muchacha, así nos llamó Napoleón: «*Une nation de boutiquiers*» —la retó en un francés perfecto la señora de la casa.

Robert zanjó la polémica.

—Ambas están en lo cierto: la acuñó Smith, pero después la utilizó Napoleón.

Y de cuestiones bélicas se pasó a hablar de otras más domésticas: el heredero recomendó a su padre escribir al procurador y concertar una entrevista con el administrador para hacer balance de las cuentas familiares... Sin embargo, los pensamientos de Jane me impedían escuchar con claridad lo que pasaba a mi alrededor. Mi yo antiguo reflexionaba sobre la segunda vista, lo que yo llamaba tercer ojo, y acerca de su padre; discurría sobre cuánto tiempo podría tenerlo a su lado. «Ojalá pudiera darte ánimos, convencerte de que este don no es algo que debas temer», intenté inculcarle.

La voz clara y varonil de Robert la sacó del trance, y a mí con ella.

—Dentro de dos días nos esperan en Dunwee House. ¿Iremos todos? —le preguntó al cabeza de familia.

—Si no te importa, hijo, excúsame con los MacDowall —respondió *sir* Arthur—. Ya sabéis que, desde hace años, los bailes no me reportan ningún placer.

Lady Susan pegó un respingo.

—No pretenderás que me quede aquí contigo, ¿verdad, querido? Debo presentar mis respetos a *lady* Elayne. Se lo prometí la semana pasada, cuando nos visitó, y...

—¡Por Dios santo, claro que no! Contaba con que aceptarías ir incluso sin mí.

La señora de la casa aprovechó la oportunidad para vengarse de la señorita Elliott por intentar dejarla en entredicho frente a su familia:

—En cambio, creo que Jane bien puede quedarse a hacerte compañía. Las jóvenes deben mostrar reserva y modestia, y dónde mejor que en el hogar para hacer alarde de tales cualidades.

Noté la furtiva mirada de Robert sobre Jane, cuya piel había empezado a teñirse del color de la ira. Y, no sé si a su pesar, las palabras le surgieron en rescate de la damisela en apuros.

—La señorita Elliott debe acompañarnos. Ha sido presentada en sociedad y, como invitada nuestra, mostraríamos una indecorosa falta de tacto si la dejáramos recluida aquí, sin que el resto de Edimburgo pudiera admirar sus notables virtudes. —Sonó falto de toda pasión, como si pronunciara un discurso aprendido de carrerilla.

—Pero... —Su madrastra no sabía cómo salir del paso, quizás por no enfrentarse al primogénito de su marido, un peso pesado en la casa. Era el único al que trataba con el mismo respeto, e incluso quizás más, que al propio *sir* Arthur. Lógico, teniendo en cuenta que Robert estaba llamado a suceder a su padre y que, en el orden natural de las cosas, sería ella quien enviudaría, y no su esposo, ya que este la aventajaba en trece años. En aquella injusta sociedad patriarcal, su futuro dependería en buena parte de la buena predisposición del hijastro para con ella.

—Ya, ya, mujer... Robert lleva razón. Los bailes se celebran para que jovencitas inteligentes, sociables y hermosas como ella aprovechen cada uno de los momentos de diversión que se les presenten. Seríamos unos desalmados si la sometiéramos a la tortura de tener que soportar a este viejo bobalicón durante toda una velada, sin nadie de su gusto alrededor para mitigar el aburrimiento —bromeó mientras le guiñaba un ojo a su protegida—. Y nosotros somos gente civilizada.

La aludida se sintió en deuda y ligeramente avergonzada por haber pensado solo en sí misma.

—*Milord*, si lo desea, puedo quedarme a hacerle compañía. Sería un placer para mí entretenerlo con una lectura o interpretando para usted alguna de sus piezas favoritas al piano.

—Ya ha oído a mi padre, señorita Elliott. No hay más que hablar, así que no insista en un tema que ya ha quedado zanjado.

Robert sonó tajante, y la elección de ese tono hizo sonreír satisfecha a *lady* Susan, quien decidió dar rienda suelta a sus instintos más viperinos.

—Qué gracia. Estoy recordando, de mis visitas a Tyne Park hace ya años, cómo la pequeña Jane siempre corría tras Robert, como un perrillo faldero.

Ella nunca quería hacer flores artificiales o bordar como hacían el resto de jóvenes, prefería marcharse a recorrer los campos con él, en busca de nuevas especies de bichos por catalogar. En una ocasión, aún no habría cumplido los dieciséis, se atrevió hasta a pedirle un beso. Fue en el laberinto. Ellos no me vieron, pero yo a ellos sí.

«¡Qué mala baba!», pensé justo antes de que Jane se atragantara con la última cucharada de gelatina que le quedaba en el cuenco de porcelana. Intentó recomponerse con rapidez bebiendo de su copa de agua y confiando en que esta sofocara el fuego que le subía por las mejillas. Un abanico le hubiera resultado práctico y delator a un tiempo.

—Vamos, querida, no importunes a Jane. Harás que la pobre se ruborice —recriminó *sir* Arthur a su esposa.

—Pero si es una anécdota muy graciosa... ¡También le dijo que se casaría con él!

—No recuerdo que tuviera lugar semejante episodio —atajó Galloway haciendo gala de una gran serenidad.

La joven inglesa, muy a su pesar, sí lo recordaba... Y también que él había mostrado mayor recato que ella y se había conformado con besarle amablemente la mano.

—Normal. No ibas a prestar oídos a las insensateces de una inocente criatura... —Rio la madrastra—. ¿A quién se le ocurre?

Jane se mordió la lengua porque no deseaba afligir a *sir* Arthur contestando a aquella *señora* con la inteligencia de la que tanto carecía y la mordacidad que en tan grandes dosis merecía.

Por suerte la cena había llegado a su fin. Los criados retiraron todos los enseres de la mesa, y la familia pasó al salón. Jane se acomodó sobre una silla situada junto a la ventana más próxima a la chimenea; le complacía ser testigo del deambular de la vida por Charlotte Square. Envidiaba la independencia de los hombres, puesto que a ella le estaba prohibido salir a pasear por la ciudad a no ser que llevara compañía. Cómo le hubiera gustado buscar sus momentos de soledad perdida entre la gente, pero para tal cosa solo disponía de su habitación. Por esa razón prefería la vida rural, porque en el entorno campestre disfrutaba de una mayor libertad.

Intentó evitar la atención de los que la rodeaban, pero no le sirvió de nada.

—¿Cuántos años tienes, Jane? No recuerdo ni las edades de mis hijos... —le preguntó de muy buen humor el patriarca de la casa.

—Robert tiene veintiocho, Percy veintisiete y yo veinticinco, señor.

—Gracias por la información, Colin —señaló con amabilidad *sir* Arthur—. ¿Y tú, Jane? También debería saberlo, ya que para mí eres como una hija.

Lady Susan se removió en su sector del sofá; aquella comparación le desafinaba en los oídos, pero esta vez tuvo la prudencia de no compartir su opinión con los demás.

—Veinticinco, señor. Igual que Colin.

«¡Como yo ahora! Y Robert tiene los mismos que Duncan. Tal vez no sea casualidad», pensé.

—Ha superado la edad en que casarse supone un deber para la mujer —apuntó la señora Galloway.

—En absoluto, *lady* Susan —la rectificó el primogénito de la familia con el tono impersonal de quien comenta los movimientos del precio de unas acciones en bolsa—. No tiene más que observar a las damas de nuestro entorno y constatará que la edad promedio del primer matrimonio para la mujer no baja de los veinticinco o los veintiséis años.

—De hecho, tú te casaste cumplidos los cuarenta, querida —le recordó su marido.

Si las miradas matasen, *sir* Arthur habría pasado a mejor vida en ese instante.

—En cualquier caso, no estaría de más empezar a pensar en una pareja adecuada para nuestra Jane. —La señora no se iba a rendir tan fácilmente—. Aunque puede que no precise de nuestros servicios. Por lo que he oído, quizás se aventure a aceptar el mismo apellido que lleva ahora su madre.

—Es usted muy amable, pero considero que los días de los matrimonios concertados ya pasaron.

Ante la firme respuesta de Jane, *lady* Susan consideró concluida la conversación y se giró muy digna para continuar hablando con su ama de llaves sobre el menú del día siguiente.

Robert, en cambio, se acercó hasta nosotras, de modo indiferente pero con la determinación de proseguir con el intercambio de pareceres. A partir de ese momento, apenas elevó la voz por encima de la categoría de susurro.

—¿Acaso está decidida a tomar una decisión tan importante como la del casamiento basándose en el amor, una idea tan fantástica como irracional? —preguntó como si le hubieran sorprendido los comentarios de Jane sobre los matrimonios de conveniencia.

Robert la miraba con una profundidad, con tal intensidad... que nos aceleró el ritmo del corazón a las dos; sí, también a mí, puesto que en aquel hombre seguía viendo a Duncan, mi amigo invisible. Deduje, por el estado emocional de mi anfitriona, el evidente efecto que habían tenido en sus sentimientos aquellas prácticas de baile de las que yo misma había sido testigo; y por el acercamiento de Robert, intuí que en él también, aunque con aquel comentario acerca del «ímpetu» de su invitada, justo antes de la cena, hubiera pretendido dar marcha atrás para ganarse de nuevo la antipatía de la dama. «No sé por qué lo has hecho, Galloway, pero espero que no te sirva de mucho», deseé mientras sonreía por dentro.

—Si he de casarme algún día, no lo dude, será enamorada del hombre que me despose, como lo hizo mi madre cuando aceptó a mi padre. —Jane dudó de la resolución de sus propias palabras. Al fin y al cabo, no creía que el amor estuviera detrás de la decisión de su progenitora de casarse en segundas nupcias con el barón.

Robert tuvo la deferencia de no sacar el caso a relucir.

—El amor... —también él vaciló antes de proseguir— es un sentimiento que, a mi modesto entender, resulta de lo más efímero. Y si se basa en él a la hora de plantearse aceptar o no a un marido, bien podría verse lamentándolo el resto de su vida. En cambio, si tomara la decisión en base a un mutuo acuerdo de índole económica, al común interés de las familias, ¿no tendría esa entente una mayor probabilidad de éxito y por tanto de felicidad futura? Cuando el amor toma parte en la alianza, es mucho más fácil caer en la decepción —dijo lentamente, muy seguro de su discurso—. Si, como ha dado a entender la esposa de mi padre, el sobrino de su padrastro se ha dirigido a usted con la petición de hacerle cambiar su apellido al de Seymour, debería meditar con buen juicio su respuesta definitiva.

—Eso plantea un grave inconveniente que no me creo capaz de superar.

—¿Y cuál es? —preguntó Robert con curiosidad.

—Tendría que aprender a hacer unas eses más bonitas —bromeó Jane—. Es una letra que siempre se me enreda al escribirla: se enrosca de una manera poco delicada, como una serpiente a punto de lanzarse sobre su desvalida presa —añadió antes de imitar con su brazo el ataque de un ofidio.

—Le estoy hablando en serio —se quejó Galloway.

—Si prefiere que yo también adquiera un tono más grave, le diré que, por lo que entiendo, usted propone que me venda por una fortuna o un título, como han hecho otras antes que yo. —Jane se dolió de sus afiladas palabras, porque apuntaban no solo a *lady* Susan, sino también a su madre. Intentó recuperar el ánimo de inmediato.

—No, solo le digo que debería contraer matrimonio para asegurarse un futuro de bienestar —concretó él en un tono de suave reproche.

—Pues para disgusto de mi *bienestar*, señor Galloway, Jane Seymour no es un nombre que suene bien a mis oídos. —Era importante no perder una de sus principales armas, el sentido del humor—. Además, considero que unos sentimientos sólidos pueden dar a la pareja más fuerza que cualquier otro beneficio económico o social.

—¿Y cómo saber si esos sentimientos son sólidos, como usted dice? ¿Cómo saber si son reales? ¿Acaso ha estado casada alguna vez? —Era una pregunta retórica. Conocía la respuesta perfectamente—. ¿O tal vez enamorada? —Jane notó sus mejillas arreboladas—. El corazón es traicionero, señorita Elliott, y lo que hoy parece un amor eterno, dentro de dos meses, dos años, puede ser reemplazado por otro y... —No pudo concluir la frase tras, en un acto reflejo, mirar de reojo a *sir* Arthur, que reposaba enfrascado en su periódico vespertino.

Jane se quedó sin aliento. Al hablarle con aquella franqueza, Robert le recordó a su amigo de juventud. Él frunció los labios. Lo había dicho y no había marcha atrás: era la revelación de que se sentía defraudado y resentido con su padre, quien no había dudado en cubrir la ausencia de *lady* Grace con Susan Hastings —hija del conde de Huntingdon— apenas un año después de la defunción de su amada esposa. No cabía la excusa de que sus hijos necesitaran una madre porque, cuando *lady* Grace murió, Colin, el más pequeño, había cumplido ya los diecinueve. Y el almirante tampoco se había visto obligado a contraer nupcias para asegurarse una posición económica más próspera; de hecho, *lady* Susan no había aportado una gran dote al matrimonio. Además, gracias a la pronta injerencia de Robert en la administración de los negocios familiares, la fortuna de los Galloway se había ido apuntalando con el paso de los años.

Por primera vez, Jane miró a *sir* Arthur con ojos críticos. Y yo también: «¿Por qué se casaría con esta arpía? ¿Miedo a la soledad?». No parecía la razón, ya que el almirante, en su época de marino, había pasado largos periodos lejos de casa, y ninguna de sus esposas —*lady* Grace por los hijos y *lady* Susan por su comodidad— lo habían acompañado nunca.

La señorita Elliott sentía en lo más profundo la muerte de su protectora, quien había sido para ella más incluso que su propia madre durante los cuatro años que había vivido en Escocia. Por esa razón, ahora deseaba abandonar Edimburgo, regresar al campo con los Galloway lo antes posible para poder visitar la tumba de la dama en Tyne Park.

—Yo... la quería tanto. Ni se imagina cuánto lo lamenté, Robert.

Él dio muestras de confusión. Quizás no esperaba que Jane lo entendiese tan bien. Se miraron sin saber qué decir. En ese instante, como si hubiera detectado el momento de intimidad, sufrieron nuevamente la intromisión de la «sustituta».

—Robert, no intentes convencerla de contraer esponsales con el tal Matthew Seymour. —La voz de *lady* Susan era fría—. Está bien adiestrada: hace alarde de prudencia al considerar que la mejor forma de atraer a un marido consiste en actuar precisamente como si no lo quisiera.

—Es que no lo quiero. —Tanto entrenar su paciencia le sirvió para retener el rencor que almacenaba contra aquella mujer. Cuando *sir* Arthur decidió casarse con ella, supuesta amiga íntima de *lady* Grace, Jane no lo entendió porque, dado el carácter agriado de la dama y su permanente afán de parecer más que los demás, más de lo que en realidad era, le parecía justo la antítesis de su predecesora. Siempre había sido la persona que peor la había tratado en casa de los Galloway; y eso que, por aquel entonces, *lady* Susan solo era una invitada de paso en Tyne Park. Jane se recordaba muy feliz durante las largas temporadas en que aquella señora se encontraba de vuelta en su propia casa, rompiendo la paz de los suyos o de otras amistades—. Si me disculpan... Siento una ligera jaqueca, y en este momento supondría para ustedes una molestia más que un entretenimiento.

Saludó a los presentes con una ligera reverencia —Robert se puso en pie para despedirla con una leve inclinación de cabeza—, dio las buenas noches y salió con paso decidido del salón, sintiendo la mirada de Galloway irse tras ella.

No quería que le notaran que se marchaba tocada por la reciente conversación, y en especial por los sentimientos que habían empezado a despertarse en ella después de tanto tiempo adormecidos. Si hacía solo seis años que había abandonado su vida con aquella familia, ahora le parecían siglos. Un tiempo en el que definitivamente había pasado de niña a mujer.

Cuando cerró la puerta de su cuarto, rompió a llorar de pura impotencia y se dio cuenta de que no había mentido: la tensión le había provocado un intenso dolor de cabeza que iba a empeorar por momentos. Deseó que su padre se le apareciera para consolarla, pero no lo hizo. Entre sollozos consiguió quedarse dormida.

Y yo por fin pude regresar a la cocina de la Casa Georgiana del siglo XXI. La mesa me había sujetado la cabeza durante lo que a mí me habían parecido horas y horas. Alcé la vista y, a través de las ventanillas del sótano, pude constatar que aún era noche cerrada. Apagué la vela y regresé por donde había venido. Las campanillas por fin dormitaban. Y en mi mesilla me aguardaba la sorpresa de descubrir que no habían dado ni las cuatro de la madrugada. Había estado fuera poco más de media hora.

5

El hombre sin cara

Cuando desperté a la mañana siguiente, mi primer pensamiento fue de nuevo para Duncan, no el de carne y hueso, sino su espectro, el de los viajes astrales: eché de menos poder contarle lo que había descubierto en la última regresión. Aquello no era algo que me apeteciera compartir con nadie más, ni siquiera con Lefroy. Por suerte, no iba a disponer de mucho tiempo para cavilar sobre el asunto.

MacGregor pasó a buscarnos a primera hora. El Club llevaba unos días vigilando la dirección desde la que le habían enviado a la vidente Mina Ford el retrato de Adaira McKnight, pero en ese tiempo nunca habían descubierto a nadie entrando o saliendo del apartamento. Dieron por sentado que Foras ni estaba ni se le esperaba, pero podía resultar interesante investigar el lugar, por si el demonio pintor hubiera dejado alguna pista sobre su paradero.

La casa se encontraba en Rose Street, en la intersección con Castle Street. Cuarta planta. Frank pasó de las escaleras. Abrí los ojos sorprendida, como si el escocés estuviera a punto de cometer un sacrilegio: si yo, una novata, estaba informada de que uno nunca debe utilizar el ascensor en un edificio vinculado a fuerzas paranormales, ¿cómo no lo sabía él? Jackson captó mis quejas mentales y, con una seña, me instó a guardármelas y a seguir a su compañero de armas. Resignada, obedecí. Supuse que MacGregor era más temerario que Alejandro y Lefroy, y que, por tanto, ciertas normas no iban con él.

—¿Solo nosotros tres? —comenté extrañada mientras ocupaba mi lugar en el elevador—. ¿No se supone que es un demonio poderoso?

—No será para tanto... —respondió el escocés.

Contemplé el único espejo del cubículo, que pillaba de frente nada más entrar. El mulazim se había colocado de espaldas a él.

—Hey, Jackson, tenía entendido que es mejor no dar la espalda a los espejos de un ascensor... —Dejé caer los hombros sobre una de las paredes laterales.

Justo enfrente tenía al fotógrafo. «Tal vez lo entendí mal cuando lo comentó de pasada en casa de los Miller». La explicación de Lefroy fue escueta como una rama sin hojas:

—Cierto.

Percibí la confusión de MacGregor.

En ese momento, atisbé de refilón que una figura se movía tras él, al otro lado del espejo. Lo agarré del brazo, empujándolo hacia delante para ver con más claridad, pero en el reflejo solo estábamos nosotros.

—Lo siento, me pareció ver algo a tu espalda; alguien mirándonos —me disculpé avergonzada ante su expresión de sorpresa.

Jackson me observó pensativo.

—Tienes fuerza, chica... —se quejó Frank en tono jocoso pasándose una mano por el brazo del que lo había enganchado—. Quizás deberías templar un poco esos nervios.

—Los tiene más templados de lo que puedes imaginar —me defendió Lefroy, a quien dediqué una mirada de gratitud y disculpa.

«¿Habré visto algo realmente?». Había empezado a confiar más en mis visiones.

—No tienes por qué pedir perdón —me dijo en voz baja el canadiense mientras salíamos del ascensor una planta antes de nuestro destino—, seguramente tu sexto sentido te advertía del peligro. Hay seres de las tinieblas que se mueven por los espejos, y es mejor no darles la espalda nunca. Y tampoco es aconsejable mirarse demasiado tiempo en ellos. Conozco a una sanadora de las Highlands que nunca utiliza espejos porque, igual que si eres diestro te muestran zurdo, los espejos reflejan el anverso de nuestra esencia interior: cuanto más se contempla uno, más lo puede atrapar su...

—Reverso tenebroso. —En un susurro, MacGregor imitó la voz de Darth Vader; yo sonreí—. Lo siento, no pude resistirme. Creo que a veces nos lo tomamos todo demasiado en serio.

El yuzbasi hizo como si no hubiera escuchado a su subalterno, dejando claro que no encontraba graciosa su broma.

Una vez alcanzada nuestra puerta objetivo, el escocés la abrió sin dilación con una ganzúa. Entré la última, precedida por la daga antidemoniaca de Jackson y el afilado *dirk* de MacGregor. Quizás a otro le habría defraudado el arma que me habían asignado, pero a mí me bastaba y sobraba con aquella pistola Taser, y, de hecho, confiaba en no tener que ensartar a nadie aquellas agujas cargadas de electricidad.

Jackson, como de costumbre, se movió rápido en la penumbra. También Frank. Yo los iba esperando en el pasillo conforme registraban las habitaciones.

—¿Qué es eso del suelo? —murmuré cuando entramos en el salón.

Escoltado por mí y por el mulazim, Lefroy se acercó cauteloso hasta lo que, a la tenue luz que penetraba desde la lámpara del pasillo, parecía un fardo.

—Es un cadáver sin rostro.

La voz procedía de una de las eclipsadas esquinas de la habitación. «¿Quién diablos...?». Unos ojos brillaron en la oscuridad. Jackson me abarcó con su brazo derecho en un movimiento protector.

—La joven no será de gatillo fácil, ¿verdad? —preguntó el desconocido al tiempo que se levantaba de una silla.

La luz le acarició la silueta mientras se aproximaba a nosotros y, unos pasos después, le iluminó la piel. Pese a su edad —debía de haber superado la barrera de los ochenta años—, caminaba con el porte erguido y despreocupado de un veinteañero y llevaba el pelo largo y frondoso recogido en una coleta, con un par de mechones canosos sueltos en la cara.

—Joder, Vlad. Por un momento me has asustado hasta a mí —reaccionó por fin MacGregor—. Este es el yuzbasi Jackson Lefroy. Creo que aún no os conocíais en persona —los presentó.

—No. No habíamos coincidido —reconoció el canadiense—. Lord Waterworth, supongo.

—Así es.

Ambos se saludaron agarrándose del antebrazo derecho.

—Vlad Waterworth. —Moví los labios en un discreto murmullo.

Creí que aquellas palabras estaban a salvo de cualquier oído, por muy fino que este fuese, pero erré en mis cálculos.

—En realidad me llamo John. Lo de Vlad es una broma de MacGregor. Siempre me llama así. Por Vlad Tepes... —me desveló el aludido. A veces basta una sonrisa inteligente para hacer que te sientas un completo estúpido. Él daba por supuesto que yo sabía quién era Tepes; se equivocaba—. Y la señorita es Alice, a la que deseamos fichar como canalizadora, ¿verdad? —Escoltó su pregunta con una ligera inclinación de cabeza.

—Alicia —sonreí con timidez. Sentía que había llegado el momento de reivindicar mi nombre hispano en el mundo anglosajón.

Tendí la mano a aquel anciano, que la tomó y, en un movimiento inesperado, se la llevó con mucha ceremonia a los labios. Sus educados modales casaban bien con un *look* extrañamente clásico en el vestir.

—Es un placer, Alicia.

Había algo suave y ceremonioso en su manera de hablar. Me sorprendió que una persona tan mayor permaneciera en activo en El Club y que hubiera acudido a aquella casa, la de un demonio, él solo, sin ningún otro refuerzo.

Noté su mirada curiosa centrada en mí.

Lo distrajo Jackson al descorrer las pesadas cortinas del salón. La luz, como si se hubiera equipado de material antidisturbios, ahuyentó a la belicosa oscuridad, y aquel a quien habían llamado Vlad ocultó su mirada tras unas gafas de sol.

—¿Sabemos quién es el difunto? —preguntó Jackson mientras se agachaba para examinar el cuerpo que yacía en el suelo. Waterworth negó con la cabeza—. ¡Por mil demonios! ¿Qué le ha ocurrido a su cara? —dijo mientras volteaba el cadáver.

En su rostro no había nada. Faltaban hasta los orificios allí donde debían estar los ojos, la nariz y la boca... Como si fuera la máscara de Rorschach, pero hecha únicamente de piel, sin manchas negras. Resultaba terrorífico. Recordando a Foras, recordando su oficio, imaginé aquella cara como un lienzo sin pintar.

—¿Se lo habrá hecho el demonio que buscamos?

—Está claro que sí —me respondió Frank—. ¿No os sorprende que el cadáver aún no huela? Debe de llevar días aquí. El Club tiene vigilado el piso desde hace casi una semana.

—Es evidente que lo dejó sin cara un hechizo —apuntó Lefroy.

—Sí. Fijaos en la tarima, hay varias marcas de ácido, como las que suelen dejar los símbolos de la magia negra al desaparecer. —Waterworth señaló las oscuras hendiduras en el suelo—. Imagino que la ausencia del olor a podredumbre solo es un efecto secundario del hechizo.

—¿Le habrá hecho esto para que no se le pueda reconocer? —pregunté—. Lo de dejarle sin rostro...

—Déjame ver algo. —Jackson le tomó los dedos de las manos al cuerpo sin vida y asintió—. No hay huellas dactilares.

—Obviamente tampoco dentadura que pueda identificarlo —señaló Frank.

Registramos palmo a palmo la guarida de Foras, en busca de alguna pista sobre su paradero, pero no encontramos nada que pudiera conducirnos a su nuevo escondrijo.

—Hay ropa en los armarios, comida en la nevera... Se dejó hasta los pinceles. Es como si alguien le hubiera avisado de que íbamos tras él y supiera que no podía regresar aquí porque lo estaríamos esperando —conjeturó John Waterworth tras concluir el registro del dormitorio principal, donde llamó mi atención un espejo más propio del camerino de un actor que de un apartamento.

—Salgamos de aquí. Mantendremos el lugar vigilado las veinticuatro horas. Por si tenemos suerte y se le ocurre volver. —Las palabras de Lefroy no eran una recomendación, sonaron a orden.

—No creo que sea tan tonto —replicó Frank.

—Ya. Tampoco lo sobreestimemos —apuntó el canadiense.

—Pensaba que no podías venir —le comentó el mulazim a John Waterworth cuando ya nos encontrábamos de vuelta en la calle, en Rose Street.

—Cambié de idea. Como ves —dijo señalándose el rostro—, el hambre no entiende de treguas, y quise probar suerte. Me adelanté para ahorraros el espectáculo. Sobre todo a la dama. —Me sonrió con amabilidad—. Me dijeron que la señorita De la Vega os acompañaba.

Cogí a Jackson de la muñeca y tiré de él con discreción para alejarnos unos metros de nuestros dos acompañantes.

—¿Vlad Tepes? —le susurré con la incómoda incógnita apalancada en la voz y la mirada. No quería quedarme con la duda.

—Claro, no sabes quién fue Vlad Tepes. Me había extrañado tu reacción..., como si no te afectara conocer la verdadera naturaleza de Waterworth —admitió el canadiense en tono burlón—. Será mejor que te lo explique a solas, en casa.

Cometí el error de poner los ojos en blanco, y con acierto interpretó el gesto como un desafío.

—De acuerdo, tú lo has querido —continuó—. A Vlad Tepes quizás lo conozcas mejor como Vlad el Empalador.

—¡¿Drácula?! —«¡Joder! ¿Este tío es un vampiro?». Instintivamente me quedé clavada en el sitio, como una estaca.

Waterworth y MacGregor se habían girado.

—¿No le habías dicho que contábamos con un redivivo entre nosotros, Lefroy? —preguntó extrañado Frank.

—No sabía que Waterworth iba a acompañarnos en la expedición de hoy —se defendió el aludido—, y considero conveniente dosificar el suministro de ciertas informaciones. Alicia aún es una neófita en nuestro mundo.

—Bueno. No debes preocuparte —dijo el mulazim dirigiéndose a mí—, John no suele zamparse a jovencitas inocentes. Como norma general, su dieta se reduce a la sangre de brujos y demonios, que le permite conservar su vitalidad durante mucho más tiempo que si consumiera sangre animal o humana. —«¿Como norma general?». La aclaración del escocés no sonaba tranquilizadora, y a la vez me preocupaba el hecho de que el vampiro no dijera nada. «Espero que no se haya sentido ofendido por mi reacción», lamenté—. Por esa razón no necesita alimentarse tan a menudo. Por cierto, tu aspecto es deplorable, John. ¿Hace cuánto que no te alimentas?

—Ocho meses han transcurrido desde la última vez. —Su voz sonó despreocupada—. Como puedes observar, ya se han pasado los efectos; aquel brujo galés no era especialmente poderoso, y permanecer en ayunas me está matando... Por supuesto no hablo en sentido literal. Solo me refiero a mi vida amorosa.

Aunque desconfiaba por instinto de aquel ser de la noche que era capaz de pasearse por las calles de Edimburgo a plena luz del día, me impresionó su sentido del humor.

—Habitualmente su tez luce tersa como el culito de un bebé —me explicó Frank.

—En cambio ahora... Ya veis, arrugada como el pescuezo de una tortuga —comentó Waterworth con una sonrisa ajada y, sin embargo, seductora.

—En el Donaldson's College corre el rumor de que las mujeres suelen encontrarlo atractivo. Irresistible —apuntó MacGregor al tiempo que, incrédulo, sacudía la cabeza—. A saber por qué. En tu estado actual, supongo que se te hará especialmente difícil mirarte en el espejo. Qué razón la de mi abuela cuando aseguraba que quien nunca ha sido hermoso menos razones para llorar tendrá en la vejez.

—Supongo que la venerada señora buscaba ofrecer consuelo a su poco agraciado nieto... Por fortuna, lo mío no deja de ser algo pasajero —contraatacó el «anciano» con elegante gracia.

—No le tengas miedo. Es de confianza —me aseguró al oído Jackson cuando reanudamos la marcha, justo antes de que le sonara el móvil y se distanciara de mí unos pasos.

Waterworth aprovechó la ocasión para dejar al mulazim y caminar a mi altura.

—Lamento haberte impresionado. Siempre he pecado de egocéntrico y pensé que alguien te habría hablado de mí. —Sonrió antes de observar con descaro mi perfil—. ¿Sabes que hay algo en ti que me resulta familiar? Pero después de tantos años de existencia, hay demasiada información acumulada aquí arriba —dijo señalándose la sien—, y en ocasiones no soy capaz de procesarla correctamente.

—Creo que, si nos hubiéramos conocido antes, yo lo recordaría —le aseguré aún intranquila por la compañía. En un acto reflejo, aumenté la distancia lateral entre los dos unos centímetros más. Él ni se inmutó; yo me sentí culpable—. ¿Es usted miembro del Club, lord Waterworth?

La empatía terminó por pesar más en mí que el instinto de supervivencia —incluso sin estar a la vista, no me terminaba de fiar de sus colmillos—, e hice el esfuerzo de regresar a mi posición inicial, como si mi alejamiento anterior hubiera sido producto de la casualidad, de un traspié. Quería dejar de sentirme intimidada, y había algo en él, lánguido, tierno, que me invitaba a compadecerlo.

—Por favor, Alicia, llámame John. Y trátame de tú, que no soy tan viejo pese a las apariencias. Solo tengo veintisiete años... —Mi cara de sorpresa lo obligó a proseguir—. Humanos, claro. Como vampiro he superado los doscientos. En los de mi especie es poca cosa. —Se quedó pensativo un momento, como buscando tema de conversación—. Por cierto, una advertencia: no llevo bien que me pidan exponerme frente al sol...

Miré por encima de los edificios. El cielo, friolero, se mantenía firmemente encapotado. Supuse que John debía de permanecer muy atento a cualquier cambio de la meteorología, en especial a la llegada de los anticiclones. La vida le iba en ello.

—Entonces es cierta la leyenda de que os puede matar.

—No, el sol no puede destruirme, ni hacerme daño. —Tuvo la gentileza de no hacer referencia a la cara de alelada que se me debió de quedar tras aquella confesión—. Cuántas bellezas de este mundo me hubiera perdido si solo pudiera contemplarlo desde mis noches —sonrió al traer algunos de esos recuerdos a su mente—. Lo que no quiero es crearte falsas expectativas. Mi piel no brilla como si estuviera cubierta por escarcha o millones de diamantes.

La broma literaria consiguió que relajara los músculos, hasta ese momento atenazados y en continua alerta ante el peligro que caminaba a mi lado.

—Prometo no pedírtelo —le aseguré exhibiendo una amplia sonrisa—. Pero no me has respondido. ¿Trabajas para El Club?

—Los vampiros, igual que los humanos, a veces sortean las preguntas cuando no desean contestarlas. Ya sea porque incomoda la respuesta o porque directamente se desconoce.

—¿Cuál es tu caso?

—Veo que no vas a dejarme escapar. Buena chica. —Me agasajó con una ligera inclinación de cabeza, en señal de aprobación—. La respuesta que me acabas de pedir no es sencilla. Podríamos decir que he sido *esclavo* del Club.

La palabra *esclavo* me chirrió en los oídos y él percibió mi alarma.

—No, no te escandalices. Hace ya años que hago mi vida con total libertad. Es cierto que al principio no fue fácil, pero cuando comprendieron que mi deseo era colaborar con la causa, compensar en parte los asesinatos que cometí en el pasado...

—¿Has... has asesinado a gente? —Tragué saliva, expectante. «¡Cu-cú! Es un vampiro, ¿qué esperabas?».

—Sí, a muchos. —Se le habían acabado las ganas de bromear—. He batallado en muchas guerras. Es cierto que no he matado a civiles, a niños y mujeres... salvo en mis descontrolados y mal aconsejados inicios. ¿Pero acaso no da igual eso? He acabado con la vida de muchas personas, estando en clara ventaja sobre ellas, y en ocasiones sin necesidad de alimentarme. Era curioso y triste ver una y otra vez sus caras de sorpresa, esa expresión de «Bastardo, ¿por qué no te mueres si te he clavado mi bayoneta hasta el fondo tres veces?».

A pesar del terror que sentía, algo me empujaba a querer saber más de su historia.

—¿Cómo te reclutó El Club?

—Fue durante la II Guerra Mundial, mientras trabajaba para Heinrich Himmler.

—¿El comandante en jefe de las SS? ¡¿Colaboraste con los nazis?! —le reproché como si fuera un amigo al que conociera de toda la vida.

Me dio la sensación de que aquel trato familiar lo reconfortaba. De hecho, al retomar la conversación intentó permanecer serio —el tema tratado así lo requería—, pero a duras penas logró reprimir una sonrisa.

—Nunca pretendí hacerlo. Podríamos decir que dispongo de mucho tiempo para investigar si las leyendas de las distintas culturas, y sobre todo de la mía, la escocesa, tienen algún fundamento real. A encontrar objetos mágicos era a lo que me dedicaba, y a lo que me sigo dedicando, normalmente para mi colección personal y también para venderlos y asegurarme una posición económica y social desahogada. Cuando los nazis me hicieron llamar para ir al sur de Francia en busca del Santo Grial, no lo dudé ni un instante, porque, en caso de localizarlo, no entraba en mis planes entregárselo a Himmler. —Me guiñó un ojo, en un gesto de complicidad—. Según las investigaciones que había llevado a cabo la Ahnenerbe...

—¿La qué?

—La Sociedad para la Investigación y Enseñanza sobre la Herencia Ancestral Alemana, una especie de secta ocultista integrada en las SS.

MacGregor había ralentizado el paso para unirse a nosotros y escuchar la charla de John Waterworth. Lefroy, que continuaba al teléfono, se volvió un momento para poner en alerta al vampiro.

—Cuidado con ella, es periodista. Se sabe cuándo empieza a hacer preguntas, pero no cuándo acaba.

—Sin problemas. Me gusta conocer a gente nueva, y esta damisela ha logrado captar mi atención. Ya me llegará a mí el turno de preguntar. —Sonó a amenaza edulcorada—. ¿Por dónde íbamos? Ah, sí, las investigaciones de la Ahnenerbe. Al parecer el cáliz se encontraba en el Languedoc, en las ruinas de Montsegur. Habían enviado al ocultista Otto Rahn a buscarlo, pero dado que regresó a Berlín sin nada, creyeron que algún poder mágico ocultaba el Santo Grial, quizás un brujo.

—¿Por qué te llamaron precisamente a ti?

—Yo soy algo así como... —Vaciló meditabundo—. Sí, supongo que se me puede considerar una especie de anticuario especializado en objetos mágicos. Y, en ciertos círculos, es bien conocido que los vampiros somos el azote de brujos y demonios.

—Porque os alimentáis de ellos.

—Eso es. —Mi cara de fascinación lo invitó a ser más preciso—. Los seres de la noche —se señaló con ambas manos— somos capaces de chupar la sangre y la esencia de los cuerpos de los brujos. Cuando acabamos con ellos, quedan secos literalmente y deformes por su extrema delgadez. También lo hacemos con los demonios, aunque es menos habitual que nos enfrentemos a ellos porque pertenecemos a la misma estirpe.

—Os respetáis entre vosotros... —deduje.

—No, en absoluto. Es solo que nos cuesta mucho más reconocerlos: cuando tu nariz se acostumbra a una esencia determinada, ya sea tabaco o un perfume, terminas por dejar de percibirla. Y nuestras esencias son demasiado parecidas.

Frank sonrió, como si entendiera lo que el vampiro quería decir.

—¿Y encontraste al brujo que guardaba el Santo Grial? —pregunté.

—Sí, localicé a un brujo allí. Pero nada parecido al Santo Grial.

—Y así fue como lo capturamos —continuó con el relato MacGregor—. Waterworth comenzó su trabajo, mordió al brujo para someterlo a su voluntad y sacarle información, pero lo único que el hechicero ocultaba allí eran los huesos de decenas de niños a los que había asesinado.

En ese instante, el sol abandonó los bastidores hechos de nubes en los que, por pura timidez o acuciado por un ilógico miedo escénico, se había refugiado gran parte de la mañana e iluminó ligeramente el rostro del vampiro. Este pareció reconfortado, como yo misma, por la cálida función de aquellos haces de luz.

—Cuando iba a acabar con el brujo, oí ruido fuera. —Lord Waterworth retomó el relato donde lo había dejado el mulazim. Hubiera jurado que, tras las gafas oscuras, mantenía los ojos plácidamente cerrados—. Me asomé por una ventana y vi que se acercaba una expedición de hombres, así que me escondí. De haber sabido que eran miembros del Club habría huido. Los vampiros no somos santos de su devoción. —Sonrió un instante por la broma—. Buscaban lo mismo que yo. Un espía del Club infiltrado en las filas alemanas había descubierto que, según los nazis, aquel brujo ocultaba el Santo Grial. Encontraron a mi víctima tendida en el suelo de la cocina y enseguida detectaron en su cara «la marca de la bruja».

—Una mancha oscura y con forma de cuerno —me explicó Lefroy, que por fin había colgado—. Siempre le aparece al mordido; en la nariz, el paladar o las nalgas.

—El brujo se encontraba desorientado, todavía bajo el dominio de Vlad —continuó MacGregor—. Le taparon los ojos y le insertaron en la marca un largo alfiler de bronce, hasta que este se dobló. No, no pongas esa cara de dolor, la persona ni siente ni padece. Ni siquiera sangra. Es la prueba de que ha sido víctima del ataque de un vampiro. Nuestros viejos camaradas tuvieron la suerte de dar con John aún en la casa.

—Si no hubieran llevado tanto bronce encima, hubiera podido deshacerme de ellos y escapar —me aseguró Waterworth, y no sonó para nada a fanfarronada.

—El bronce es como su kriptonita —me explicó Frank mientras, en un gesto de compañerismo, dejaba caer una mano sobre uno de los robustos hombros del vampiro—. Y desde entonces trabaja con nosotros. Digamos que al principio se le tuvo atado en corto, pero al cabo de un año dejó de ser necesario. Solo se hospeda con nosotros, en Edimburgo, cuando existe alguna misión para la que requerimos sus servicios: normalmente la caza de un brujo o un demonio. Para nosotros es uno más, tenemos plena confianza en él.

—¿También tiene graduación? —pregunté.

—La dama ha puesto el dedo en la llaga... ¿eh, Frank? —bromeó Waterworth—. No, en realidad me consideran un colaborador, y no es mi intención ingresar en El Club como miembro de pleno derecho. Eso lo dejo para los efímeros. —Fruncí el ceño sin entender—. Es como los de mi especie llamamos a los humanos. —Sonrió divertido.

—Alicia, nosotros tres debemos regresar al Donaldson's College de inmediato para mantener una reunión con el miralay Anderson —me explicó Lefroy—. Si lo deseas, tú puedes quedarte y dar un paseo por la zona. Ahí mismo tienes el Castillo de Edimburgo. —Levanté la mirada. Con tanta cháchara, ni siquiera me había fijado en que al otro lado de la calle, en lo alto de una colina, se erigía imponente la fortaleza—. Y, si sigues por Princess Street, encontrarás el Monumento a Walter Scott. Creo que me dijiste que te gustaban sus novelas.

—Sí, pero en otro momento. Prefiero ponerme a trabajar en alguno de los artículos que he prometido a Joe. Quedé con él en que le enviaría un reportaje dentro de tres días. Escribiré primero sobre los fantasmas del cementerio Greyfriars. Los informes que me pasaste me van a venir de perlas. —Estaba entusiasmada con aquel artículo.

—De acuerdo. Entonces te dejamos en casa y nos vemos esta noche. No sé a qué hora estaré de vuelta —me dijo aparte y en voz algo más baja, como si quisiera evitar los oídos de Frank, ya que los de John eran a prueba de susurros—, así que baja a buscar algo de cena para ti. Si necesitas cualquier cosa, me llamas.

—Sonáis como una parejita de enamorados —comentó en su habitual tono burlón MacGregor, que evidentemente sí había escuchado la recomendación del yuzbasi.

—Te equivocas, Frank. Esta señorita ya tiene el corazón comprometido —respondió mi compañero sin dar más explicaciones.

6

Visitas nocturnas

Eran casi las seis y media de la tarde y Lefroy aún no había regresado. Eché un vistazo fuera. Oscurecía. Me recordé a mí misma, doscientos años antes, mirando por una ventana similar de Charlotte Square y soñando que era libre para ir donde los pies quisieran llevarme. De repente me sentí en deuda con Jane Elliott, y decidí saldarla.

El aire del exterior, embriagado por el aroma del petricor, saludaba con frescura a los viandantes. No sabía muy bien hacia dónde dirigirme, pero de camino a ninguna parte hice una breve parada frente a la casa que supuse había pertenecido a los Galloway. Robert y Duncan... ¡Qué lejos me quedaban los dos!

«¿Y si...?». Eché mano del móvil y busqué mi *app* de mapas. Introduje la dirección de mi amigo invisible en Edimburgo; me la había pasado Jackson antes de nuestra visita a Rose Street. El apartamento de Duncan estaba en Palmerston Place.

«¡No me lo puedo creer...! Su casa está aquí, al lado. No creo que me lleve más de un cuarto de hora encontrarla».

Con la misma ilusión que si fuera en busca de un tesoro, seguí el camino que me iba marcando el *smartphone*. Justo cuando dejé atrás la imponente catedral de St. Mary, entendí lo cerca que me encontraba del doctor Wallace, y eso provocó que el seguro ritmo de mis piernas empezara a decaer, angustiado por las dudas, como si una enfermedad paralizadora se me hubiera metido dentro.

La vista de la casa, al otro lado de la calzada, me frenó del todo. «¿Qué estoy haciendo aquí?». Aquello era como participar en un maratón y rajarse a falta de diez metros para cruzar la meta. Mis nudillos contemplaron aquella puerta negra desde la distancia. «¿Estará en casa? Si le dieron el alta, seguro que sí».

El primer piso, el de Duncan, aparecía envuelto en una hermosa balconada de forja gris que se prolongaba continua a lo largo de toda la fachada. Me estaba fijando en la forma elegante de las ventanas... ¡cuando una de repente se iluminó! Distinguí la silueta de una persona acercándose a un balcón, abriéndolo. Me quedé petrificada, sin saber muy bien qué hacer, como un ladrón a punto de ser descubierto in fraganti.

Duncan respiró hondo. Frente a él se extendían la calle y, más allá, un campo de césped y árboles cuyas anaranjadas hojas se resistían a los estragos propios del otoño. Los ojos se le fueron hacia la catedral; y, en su regreso, se encontraron con los míos. Al principio no supo cómo reaccionar. Tampoco yo.

—Alicia, ¿eres tú?

Guardé silencio, como si no fuera la cosa conmigo, por probar si así desistía de preguntar, de hablarme...

—No me lo puedo creer... —La estupefacción inicial dejó paso a una animada sonrisa—. ¡Esto sí que es una casualidad! ¡Sube a casa! Fanny está aquí... No se lo tengas en cuenta, pero ¿sabes que no te recuerda?

—Yo... Lo siento, no...

Un estridente politono interrumpió tan elocuente discurso. Mi móvil. Lo busqué en la bandolera como si el artilugio contuviera el antídoto milagroso que pudiera salvarme de aquella embarazosa situación en la que acababa de meterme yo solita.

—Ni se te ocurra marcharte —me exigió Duncan—. Voy a pedir a mi hermana que salga ahora mismo.

Cuando al cabo de un rato reapareció en el mismo lugar seguido de Fanny, yo ya me había esfumado; había cruzado la calzada a todo correr —la imprudencia estuvo a punto de costarme un atropello— y me había parapetado bajo su balcón. Me sentía como un pusilánime Romeo escondiéndose de su Julieta.

—Espera, Jackson —susurré con el teléfono pegado al oído.

—De verdad, estás de lo más extraño —oí decir a una joven por encima de mi cabeza—. No sé qué te ha dado con esa chica, pero, por lo que me has contado de ella, puedo jurarte sobre la piedra de Scone que no conozco a ninguna Alicia de Nueva York. Y menos como me la has descrito: adorable, inteligente, una preciosidad... Ah, ¡y qué decir de «su impresionante mirada»! —Sus palabras, engoladas para imitar la voz de un hombre, se cobijaban bajo un abrigo de fraternal burla—. ¿No habrás soñado con ella, hermanito?

«¿Le parezco todas esas cosas?». Sonreí eufórica. Si me había quedado pálida por el encontronazo con Duncan, Fanny consiguió que el color regresara a mis mejillas.

—Búrlate lo que quieras. —Por el tono empleado, lo imaginé arrugando el ceño, a la defensiva—. La tienes que conocer, porque te aseguro que a esa chica yo la he visto antes. Y ella misma me confirmó que tú nos presentaste. ¿Por qué iba a mentir en algo así? —No pude resistirme a echarle un último vistazo: Duncan escrutaba la calle en ambas direcciones—. Le pedí que esperara. No entiendo por qué se ha marchado...

—En serio, creo que te la has imaginado. Pero tampoco me extraña que tu cerebro haya buscado la manera de lidiar con tanta testosterona reprimida.

—Venga, dame un respiro, que acabo de salir de un coma.

—Pues aprovecha para espabilar, hermano, para poner un punto y aparte en tu vida. Has pasado demasiados años encerrado en tus libros de Medicina, como un ratón de biblioteca. Sin apenas tiempo para salir con los amigos y, lo que es peor aún, ¡sin tiempo para las chicas! Llevas toda la vida como si lo único que te importara de las mujeres fuera el corazón, y, por supuesto, hablo en el sentido más científico del término —se burló—. Así que hazme el favor y la próxima vez que esa compañera tuya del curro te tire los trastos...

Lo único que escuché a continuación fue cómo se cerraban las puertas del balcón. Me quedé con las ganas de oír el consejo de Fanny, aunque intuí que no iba a ser de mi agrado. Lo que sí me había gustado, y mucho, era saber que Duncan no era el típico ligón y que, como yo, era más de bibliotecas que de pubs.

Por fin me animé a salir de mi escondrijo para emprender el camino de vuelta a casa. Fue entonces cuando recordé que seguía teniendo al canadiense al otro lado del teléfono.

—Perdona. Ya estoy contigo. Estaba terminando de escribir un mensaje a una amiga que es muy impaciente.

—Ya se ve, sí. ¿Dónde andas?

—Salí a dar un paseo.

—¿Y por qué te noto la voz temblona?

—Por... el *footing* —improvisé. Ya había quedado en ridículo con el doctor Wallace; no planeaba hacer lo mismo con Lefroy contándole que me había convertido en una especie de acosadora—. He salido a correr. Mi hermana es una atleta nata y me tiene dicho que es lo que necesito para despejarme y mantenerme en forma. —En eso no mentía—. Por una vez he decidido hacerle caso. ¿Se acabó ya la reunión? —Cambié de tema.

—Hemos terminado por hoy. Y esto se pone interesante.

—¿Alguna novedad de Foras?

—De momento, no. Están en ello. Pero mientras otros miembros del Club investigan sobre su paradero, nos ha surgido una nueva misión. ¿Terminaste el artículo sobre el cementerio?

—Prácticamente.

—Estupendo, porque tengo uno mucho mejor, y vas a tener la oportunidad de trabajártelo en persona.

Una hora más tarde, recibía a mi compañero en el apartamento moderno de la Casa Georgiana.

—¿Y bien? ¿De qué va ese nuevo reportaje que vamos a proponer a Joe?

—¿Has oído hablar de William Hare y William Burke?

—Para nada. ¿Has cenado?

—No, ahora pillo cualquier cosa.

—Por si acaso te hice una tortilla francesa. Te iba a preparar un sándwich, pero no sabía si te gustaría con tomate natural.

—Me gusta —sonrió agradecido.

—Pero sigue contando —le pedí mientras sacaba la tortilla del frigo y el pan de molde de uno de los muebles superiores de la cocina—. ¿Quiénes eran esos dos?

—Hare y Burke son dos irlandeses que cometieron una serie de asesinatos entre 1827 y 1828 aquí, en Edimburgo.

—Casi casi de mi época.

—Sí, de tu época anterior —confirmó divertido mientras se quitaba la cazadora y entraba en el baño para refrescarse la cara y lavarse las manos—. Pues este par de delincuentes —empezó a contarme en voz alta para que su voz se elevara sobre el sonido del grifo abierto— se dedicaban a recopilar cadáveres para vendérselos como material de disección al doctor Knox, que daba clases a los alumnos de Anatomía de la Escuela de Medicina.

—¿Qué quieres decir con «recopilar»?

—Al principio los robaban, y luego dieron un paso más.

Entendí lo que quería decir.

—¿Y mataron a muchas personas?

—A dieciséis —replicó ya de vuelta conmigo en la cocina abierta al salón.

—Mierda... Así que asesinos en serie, a lo Jack el Destripador.

—Hasta tenían un método muy personal para acabar con la gente: uno sujetaba a la víctima y el otro le metía los dedos índice y corazón por los orificios de la nariz mientras la obligaba a mantener la boca cerrada.

—Muerte silenciosa por ahogamiento. —Ante aquella imagen mental, mi cuerpo reaccionó con un escalofrío—. ¿Y qué pasó con ellos?

—Terminaron por apresarlos. Gracias, compañera —dijo mientras tomaba el plato que le ofrecía. Se sentó a la mesa redonda del comedor y le arreó un buen mordisco al sándwich de tortilla y tomate—. El caso había causado mucho revuelo en la ciudad y, como no era fácil demostrar su culpabilidad, el lord Advocate... —Le di a entender que acababa de perderme—. Algo así como el jefe de los funcionarios de Justicia en aquel periodo. Muy bueno, por cierto —comentó alzando un palmo el emparedado. Sonreí y le invité a que continuara hablando—. Pues este caballero ofreció inmunidad a Hare si testificaba contra Burke.

—¿Y Hare traicionó a su compinche?

—El 28 de enero de 1829 colgaron a Burke, cuyos huesos terminaron literalmente en la Escuela de Medicina de Edimburgo. Allí lo diseccionaron, y aún hoy tienen en el museo de la escuela el esqueleto, la máscara mortuoria y los objetos que se hicieron con su piel.

—Nunca me han gustado las exposiciones públicas de cadáveres humanos. Una vez muertos, todos deberíamos estar enterrados bajo tierra o convertidos en ceniza —lamenté—. ¿Y por qué dices que podemos escribir un reportaje sobre ellos para *Duendes y Trasgos*? ¿Se conmemora algún aniversario? No me cuadra si los asesinatos fueron en 1827 y 1828.

—No, no. Mucho mejor. Al parecer, la familia del lord Advocate que condenó a William Burke lleva sufriendo en silencio durante generaciones el acoso del fantasma irlandés.

—Por haberlo sentenciado a muerte, claro.

—No. Porque quiere conocer el paradero de Hare para ir a pedirle explicaciones por la traición.

—¿En serio? ¿Después de tanto tiempo?

Estaba claro que las *vendettas* de los seres del otro lado, como había demostrado la propia Adaira McKnight, no entendían el paso del tiempo como una cura para sus resquemores. Los espíritus podían llegar a ser muy pacientes.

—Sí, y cada vez va a peor, así que por fin el lord actual ha decidido pedir ayuda al Club. No está dispuesto a que su hijo, que aún es un bebé, tenga que pasar por lo que él ha sufrido desde los nueve años, que es cuando empezó a percatarse de los fenómenos *poltergeist* que organizaba en su casa el espíritu de Burke.

Antes de proseguir con el interrogatorio, saqué una manzana roja de la nevera y se la lancé a Jackson, que la cazó al vuelo.

—*Merci, mademoiselle* —le salió la vena francófona.

—¿El fantasma ha hecho daño a esa familia de alguna manera?

—Son más las molestias que ocasiona. Para que le hagan caso, no escatima en sustos. Y los Rae se han cansado de él —añadió antes de señalarme con la manzana mordisqueada—. Tú, MacGregor y yo iremos en su busca. Intentaremos pararle los pies por las buenas. Y si no, tendrá que ser por las malas —explicó mientras daba un toquecito a la mochila donde guardaba su cámara de fotos antifantasmas, que reposaba colgada del respaldo de su silla.

—¿Iremos en su busca?

Mi cerebro lidiaba con sentimientos encontrados. Por una parte, me encantaba tener la oportunidad de escribir un artículo como aquel, sobre el espectro de un personaje histórico que, en pleno siglo XXI, aún pululaba por las calles de Edimburgo; a Joe, el redactor jefe de *Duendes y Trasgos*, sin duda le iba a encantar. Por otra, ¿y si resultaba peligroso? Al fin y al cabo, Burke había sido un despiadado asesino en serie. «Supongo que no me queda más remedio que hacerme a la idea de que he nacido para esto, igual que tía Rita antes que yo».

—No te inquietes. No permitiré que te haga daño —dijo Lefroy como si me hubiera leído la mente.

—Si tú lo dices... —repliqué desconfiada.

—Tú preocúpate únicamente de no volver a perder el amuleto de Alejandro.

—¡Sabes bien que no lo perdí! —me quejé—. Montespan me lo robó frente a la tumba de Jean-Paul Montand. Es más, te recuerdo que, con toda tu experiencia como yuzbasi, tú tampoco viste venir al brujo.

—Alicia, sigues reaccionando fatal a las bromas —me acusó entre carcajadas—. ¿Y tu tarde cómo ha ido? —preguntó—. ¿Todo bien por aquí?

—¿Por aquí? Todo tranquilo. —Para que no se me notara la mentira, hilé de inmediato con una verdad—: Mañana te pasaré el artículo sobre el cementerio de Greyfriars para que lo leas y decidas qué material gráfico les puede venir bien a Jared y a Edgar. Aún no sé cuál de los dos se encargará de maquetarlo.

—Perfecto —respondió mientras con chulería encestaba el corazón de la manzana en el cubo de la basura, situado a unos tres metros de distancia.

—Oye, Jackson, ¿crees que el señor Waterworth se dejaría entrevistar?

—¿John? Es bastante singular por lo que he oído, pero quizás tengas suerte. Me da la sensación de que le has caído bien.

—Supongo que nada de fotos, si es que puede salir en ellas... Ni tampoco mencionar su nombre real, como en el caso de Berardi.

—Supones bien, mi joven *padawan*. De hecho, tengo entendido que no nació con el nombre de John Waterworth: desde su transformación lo ha cambiado en varias ocasiones. Por cierto, mañana informaremos a Anderson de que aceptas ingresar en El Club. ¿Estás segura de ello? —Su voz fue tan firme como su mirada.

—No hace falta ponerse tan trascendente, yuzbasi. ¿O acaso va a suponer alguna diferencia respecto a lo que vengo haciendo las últimas semanas contigo y con Alejandro?

—En realidad no demasiadas. Durante el primer año yo te tutelaré, y transcurrido ese periodo deberás superar una especie de inspección rutinaria. Si eres considerada apta, tendrás que volver a dar tu consentimiento para seguir con nosotros, ya como la onbasi De la Vega.

—Suena muy bien... —reflexioné satisfecha. Pero mi mente volvió al vampiro—. Oye, no quisiera hacer el ridículo delante de John con preguntas obvias. ¿Tú sabrías decirme qué poderes tiene? Ya sabes, ¿qué hay de cierto en la creencia de que pueden volar o la superfuerza... o los colmillos a lo gatito cabreado?

Jackson, que se acababa de abrir un refresco de cola, casi se atraganta. Contuvo la respiración mientras otro trago lo ayudaba a despejar la garganta.

—Sí, mucho mejor que me lo preguntes a mí antes... Siempre se me olvida la imagen estereotipada que circula sobre los redivivos. Los aparecidos, los resucitados... —me aclaró el sabelotodo.

—Sí, ya sé qué son los redivivos —respondí fastidiada. En realidad lo había aprendido tan solo unas semanas atrás.

—¿No querías información verídica sobre Waterworth? —El tonillo escondía la amenaza velada de que, si yo no estaba dispuesta a escuchar con cierta cortesía, él no tenía mayor interés en hacerse oír.

—Sí, sí. A partir de ahora prometo ser respetuosa contigo, oh, maestro *jedi*.

—Eso quiero, eso merezco: respeto —se vanaglorió antes de continuar—. Pues nada de vuelos. Tampoco se transforma en murciélago ni en cualquier otro animal. Y eso incluye a gatos, perros, cabras o caballos. —Hizo una pausa, retándome a interrumpirlo, pero no lo hice, así que prosiguió con la clase magistral—. Sí posee una fuerza sobrehumana. Seguramente a mí podría darme una buena paliza, incluso en su estado actual. —Algo que puse en duda echando un vistazo al cuerpo fibrado y musculoso del canadiense—. Tiene colmillos, claro. Y mientras muerde, normalmente en la muñeca, que es un lugar más discreto que el cuello, segrega un veneno que al cabo de un rato paraliza a su víctima y la transforma en un siervo a su disposición.

—¿Cuánto dura la influencia?

—Depende del vampiro. Por lo general, cuarenta y ocho horas; no sé en el caso de John.

—¿Qué más puedes contarme?

No le dio tiempo a responder. Tres golpecitos en el cristal de la ventana del comedor atrajeron nuestra atención. ¡John Waterworth! «Mierda, ¿nos habrá oído hablar de él?», pensé mientras me acercaba a abrirle.

—¿Qué hay, John? —lo saludó Lefroy—. Bienvenido. Estás en tu casa. ¿Necesitas algo de mí o, como supongo, has venido por Alicia? —Waterworth sonrió—. Pues entonces me marcho un momento a la habitación; tengo pendiente hacer un par de llamadas y no quiero demorarlas más o se me hará muy tarde.

Yo no sabía muy bien qué decir o cómo actuar. Siempre había sentido fobia por los personajes de la noche como él. Por una vez lamenté mis carencias religiosas: un crucifijo al cuello, o como pulsera por lo que acababa de revelarme el canadiense, no habría estado de más. Recordé que llevaba otro tipo de amuletos —los de Alejandro y tía Rita— y me sentí lo suficientemente segura como para saludarlo con falso entusiasmo.

—Te encuentro aún más tensa que esta mañana... Escucho tu corazón —me aclaró llevándose una mano al pecho—. Sospecho que es por haberte quedado a solas conmigo. —Su voz sonaba lastimera; y me resultó imposible decidir si era sincero o buscaba embaucarme, que es lo que suele contarse de los de su especie—. Le estabas haciendo preguntas al yuzbasi sobre mí, y he pensado que era mejor contestarlas yo mismo.

Aposté, y esperaba no perder el cuello en la apuesta, a que Lefroy nunca me habría dejado a solas con el vampiro en caso de considerarlo peligroso.

—¿Y cómo supiste que hablábamos de ti?

—Tengo dos de mis sentidos especialmente desarrollados: la vista y el oído. Venía de camino cuando te escuché hablar con el señor Lefroy. Enseguida identifiqué tu voz. Es más bien cantarina, con fuerza pero dulce a la vez... —reflexionó.

—Bueno, ya sabes que soy periodista, y sería algo increíble para mi redactor jefe si... ¿Lo que te pregunte podré publicarlo en una entrevista?

—Me gustaría ayudarte, pero no es posible. La discreción es muy importante en nuestro gremio. De todas maneras, no me gustan los retratos. No soy nada fotogénico. ¿Ves mi ojo izquierdo? Pues es ligeramente mayor que el derecho. Y en las fotos me lo noto más que en los espejos —¿bromeó?

«Es verdad... Pero hay que fijarse mucho para darse cuenta de la diferencia». En cualquier caso, su planta desprendía tanta elegancia que me parecía imposible que pudiera salir mal en una foto. En ese momento me percaté de que John sí tenía sombra, y su mirada interceptó la mía. Tenía los ojos de color baúl, marrones y muy viajados.

—Lo de que me veo reflejado en los espejos no era broma. No soy ningún espíritu. Si lo fuera, quizás solo podrías verme tú, no toda la ciudad de ahí fuera —comentó de buen humor—. Bueno, dispara cuando quieras. Puedo contarte, igual que si fuéramos dos viejos amigos, cómo somos los vampiros en la vida real. Si te sigue interesando el tema aunque no haya entrevista ni grabadoras de por medio...

—¡Por supuesto que me interesa! Si Jackson no te hubiera invitado, ¿habrías pasado?

—Por supuesto que no.

—Así que es cierto que para entrar en una casa necesitáis la invitación de un mortal... de un efímero —recordé cómo nos había llamado unas horas antes.

—No, en absoluto —se carcajeó alegremente—. No habría entrado, pero por mis estrictas normas de cortesía. ¿O tú sí entrarías en un lugar donde nadie te ha invitado?

Sonreí cautivada por su carisma.

—¿Y por qué por la ventana y no por la puerta?

—Ahí me has pillado. Quería impresionar a cierta damisela.

Intenté imaginármelo sin tanto pliegue cruzándole el rostro.

—Pero Jackson me ha dicho que no puedes volar.

—Y es cierto. Pero soy muy hábil escalando estructuras, naturales o artificiales, como el muro de ahí detrás. El *parkour* lo inventamos los vampiros hace muchos siglos. Resulta útil cuando huyes de una turba que te quiere clavar una estaca en el corazón porque eres un ser antinatura.

—¿Alguna vez te ha ocurrido algo así? —pregunté sin saber si de nuevo me tomaba el pelo.

—Sí, pero fue en mis comienzos... Los inicios no son fáciles para nadie. Tampoco para un vampiro. La gente no quiere comprender que, como cualquiera, lo único que buscas es sobrevivir. —Aquel recuerdo no le resultaba tan grato. Se pasó el dorso de una mano por la frente, en un gesto afligido—. Lo mío es una enfermedad mágica, y por tanto tiene altas dosis de bendición y maldición al mismo tiempo.

—¿Y es contagiosa?

—Puede llegar a serlo.

—¿Cómo se transmite? ¿A través de la... mordedura?

—Podemos infectar la enfermedad de diversas maneras. Basta con un mordisco o incluso un zarpazo, aunque existe una sutil diferencia entre ambos métodos. El mordisco lo empleamos para mantener bajo nuestro dominio a una víctima y para alimentarnos de ella, raramente para matar, a no ser que decidamos beber de ella hasta la última gota de sangre. En cambio, la ponzoña de nuestras uñas resulta letal casi de inmediato y en ningún caso permite la transformación.

Sin querer, la vista se me fue a sus dedos, en apariencia completamente normales. Me sacó del error desplegando sus garras, similares a las de un águila. Como no deseaba asustarme, las retiró de inmediato. Por un momento me pareció que se estremecía. «¿Un mal recuerdo?». Si fue así, no tardó en reponerse.

—No te inquietes, hace décadas que no hago uso de ellas. Solo extermino a brujos y demonios, y a esos simplemente los dejo secos con mis mordiscos. Por cierto, las relaciones bíblicas, sexuales —aclaró, por si me quedaba alguna duda—, están exentas de cualquier tipo de contagio.

Lo cierto es que ni se me había pasado por la cabeza, pero Waterworth sonrió con picardía al entender que me ruborizaba.

—Así que transformáis... transformáis a los seres humanos a través del mordisco —balbuceé en un intento de que la conversación volviera a fluir—. ¿Así de fácil es convertirse en vampiro?

—No tanto. En realidad el infectado solo se transformará si, en los ciento veinte días posteriores, el tiempo que tarda en renovarse por completo la sangre de un cuerpo, acaba con la vida del redivivo que lo contagió. En este caso, la maldición pasará de uno a otro...

—Pero entonces debéis de ser una especie en peligro de extinción... —dije mientras me rascaba la piel a la altura del corazón.

Me venía de lejos esa especie de urticaria por las sanguijuelas de la noche. Yo la atribuía a una serie de televisión más antigua que yo: *El misterio de Salem's Lot*, basada en una novela de Stephen King. De pequeña, mi madre me había prohibido verla, exiliando su DVD del espacio reservado a historias más soñadoras como *La bella y la bestia* o *Don Coyote y Sancho Panda*. Pero bastaba con alargar la mano un palmo más adentro del mueble del salón para llegar a la pesadilla. Ahí la tenía, al alcance de mis once años. Nunca se me olvidará la visión de aquel niño vampiro, flotando entre la neblina al otro lado de la ventana de su amigo, arañando el cristal y susurrando: «Abre la ventana, abre la ventana, Mark. Por favor, déjame entrar».

—Existe otra opción. —La voz de John me sacó del trance—. Los séptimos hijos de una familia pueden convertirse en seres inmortales. Pero todos los hermanos nacidos hasta entonces tienen que haber sido varones en el caso de los vampiros masculinos y hembras en el de las mujeres vampiros. Como comprenderás, hoy en día no resulta fácil dar con alguien susceptible de ser transformado. Creo que la media de natalidad en los países occidentales es de... ¿2,1 hijos por familia, quizás? Para que el cambio tenga lugar en este caso, quien debe beber la sangre es el efímero, sangre del vampiro que lo va a transformar y que previamente habrá pasado dos días expuesta a la luz del sol y de la luna llena.

—Por tanto existe la opción de convertirse en lo que tú eres voluntariamente...

Una parte minúscula de mi cerebro lamentaba que, al ser la primera de dos únicas hijas, cualquier aspiración a convertirme en un ser inmortal por propia voluntad resultara del todo infundada.

—Así es. Y también escasean los vampiros partidarios de las transformaciones. Creen que, cuantos más seamos, más conspicuos resultaremos, y eso es peligroso. Nuestra fuerza reside en mantenernos ocultos a la vista de los humanos. Además, conservamos un ramalazo elitista que nos hace creer que cualquier tiempo pasado, el nuestro, fue mejor; y que los hombres y mujeres de hoy no son como los de antes. Cantidad y calidad no van de la mano en el género humano —aseguró sin ningún miramiento. «Gracias por la parte que me toca». Mi gesto puso en guardia a su lado más cortés—. Salvo contadas excepciones, por supuesto —añadió señalándome con una cabriola de su longeva mano.

Agradecí la deferencia con una sonrisa y me ofrecí a cambiar de tercio para sacarle del charco.

—¿Tenéis algún talón de Aquiles además del cobre?

—Si accediera a revelar mis puntos débiles, flaco favor me estaría haciendo, ¿no crees? —Le reconocí la lógica—. Aunque, como no es información que vayas a publicar... —con la cabeza le aseguré que no lo haría—, te diré que las corrientes de agua nos debilitan. Si algún día debes enfrentarte con alguno de mi especie, te vendrá bien saberlo. Un río es un buen lugar para ocultarse de nosotros y para atacarnos.

—Gracias, John. —Estaba claro que alguien que pretende hacerte daño no te confiesa cómo plantarle cara. Hacía alarde de generosidad, y entonces caí en que como anfitriona mis carencias habían sido notables—. Por cierto, ¿te apetece beber o comer algo?

John me miró fijamente las muñecas. Una sensación fría me bajó desde la nuca hasta las yemas de los dedos; y no volví a la normalidad hasta un par de minutos después de su carcajada.

—Es broma, mujer. Sí me vendría bien si tenéis por aquí... ¿quizás una copa de vino? Y no, no me gusta porque sea de color rojo. Por sabor, en mi ranking de bebidas favoritas ocupa el segundo puesto.

—Creo que sí tenemos —respondí mientras me levantaba para husmear en el interior de uno de los muebles del salón—. Lo que no sé es si será un vino decente. En la etiqueta pone que es de 2016.

Cuando le pegó un precavido sorbo a la copa, se abstuvo de hacer comentarios. Se limitó a dejarla sobre la mesa y no volvió a beber de ella. Resignada, pensé que los paladares que se acostumbran a la exquisitez suelen impedir a sus dueños saborear lo que la vida puede ofrecerles en momentos menos afortunados.

—Voy a encender las luces del techo, estamos casi en penumbras. —Solo lucía en el salón una tímida lámpara de pie.

John se echó mano al bolsillo superior de su abrigo de corte ajustado. No tuvo que rebuscar mucho para localizar las gafas de sol. Se las puso.

—Si la claridad te molesta, lo dejo como está.

—Enciéndelas un momento, así podré mostrarte la razón de estas gafas de sol. Durante el día suelo llevar lentillas, pero en este último viaje partí con tanta premura que las dejé olvidadas en mi residencia habitual.

«¿Dónde tendrá su casa? ¿Dormirá en un ataúd? No, qué tontería. Seguro que no...».

Le obedecí y, a la luz de los halógenos, me permitió observar cómo se transformaban sus adorables pupilas redondeadas en otras rasgadas y salvajes, como las de un gato o una serpiente.

—Somos seres de la noche. Detrás de la retina poseemos una capa reflectiva llamada *tapetum lucidum*. —El salón pareció cobrar vida y alegría con el sonido de su agradable carcajada—. No me mires así, te aseguro que aunque suena a sortilegio no lo es, se trata de un nombre científico. Controla el flujo de luz que se introduce a través de mis córneas. También funciona como un espejo, reflejando los rayos luminosos, de ahí que en la oscuridad total nos brillen los ojos. Como diría mi buen amigo Darwin, selección natural: para un buen depredador es imprescindible poder ver bien a las presas en mitad de las sombras.

—¿De verdad conociste a...?

—¡Qué razón tenía Lefroy cuando esta mañana me puso en guardia contra ti! ¡Permite que guarde para mí algún secreto! —exclamó complacido—. No me resulta habitual disponer de un público tan atento. Es refrescante hoy en día dar con alguien interesado en escuchar. Y si además ese alguien tiene unos ojos tan hermosos... —Se examinó las arrugas y las manchas de las manos y prefirió no concluir la frase—. Ahora debo marcharme.

—¿Tan pronto? —pregunté decepcionada; el tono nos sorprendió a los dos. Había dejado de temer a John Waterworth y deseaba que me contara más episodios de su historia.

—Cuando conoces a alguien de nuevas, siempre debes dejar la conversación en un punto interesante, inquietante, para que esté deseando que volváis a encontraros. Un *cliffhanger*, igual que sucede con los finales de capítulo de una buena novela. —Me contempló con curiosidad—. Seguro que tengo ante mí a una de esas lectoras voraces que son capaces incluso de pasar hambre si la alternativa es tener que dejar de leer un libro que las tiene enganchadas. —Ladeó la cabeza sutilmente, buscando una respuesta, y confirmé sus sospechas. Me había pasado más de una vez—. Lo sabía —rio entre dientes.

—Supongo que no tengo forma de convencerte para que te quedes un rato más, así que deja que al menos te acompañe a la puerta.

—Puedo salir por la ventana, es más espectacular. Pero si insistes...

—Insisto.

—Siempre me ha gustado esta casa —reconoció mientras descendíamos las escaleras—. La señora Farquharson de Invercauld era encantadora.

—¿Esa señora vivió aquí?

—Sí, con dos hijas y un hijo.

—¿En qué época?

—Primera mitad del XIX. Lo sentí mucho cuando decidió vender en 1845. «Vaya, ¿y si...?».

—John, espera —lo obligué a girarse y a mirarme frente a frente, como si me presentara a él por primera vez. Mis pies se hallaban un escalón por encima, así que nuestros ojos se encontraron a la misma altura—. Mírame bien, por favor. Tal vez mi cara te resulte familiar de esa época...

En cualquier otro contexto, semejante afirmación tendría que haber sonado inquietantemente absurda. Pero, ¡qué demonios!, delante tenía a un vampiro.

—¿De 1845?

—Más bien de 1815...

—¿Qué edad tienes, pequeña? —preguntó fingiéndose impresionado—. Te aseguro que, si tiene alguna base real lo que me estás preguntando, solo podría calificarte de fenómeno de la naturaleza.

—Pensé que era de dominio público en El Club... —murmuré. Cogí aire antes de continuar—. Últimamente he vivido alguna que otra regresión al pasado. Al parecer estaba viva a principios del XIX, y era inglesa. Pero sé que viajé a Edimburgo.

—Eres una cajita llena de sorpresas, *lady* Alicia. ¿Te está llevando un profesional? Un hipnotista —precisó antes de que yo llegara a la conclusión de que me estaba llamando lunática.

—No... Alejandro y Jackson pensaron que sería necesario, pero puedo entrar en trance yo sola. —Descubrí en su rostro cierta admiración—. No, no creas que es algo que controlo a mi antojo: llega cuando le viene en gana.

—En cualquier caso, el tuyo es un poder mayor del que suponía.

—¿Entonces sigues sin acordarte?

—¿Cómo iba a recordarte de entonces? —Parecía confuso—. Seguro que tenías un aspecto diferente... Es lo que tiene el ADN.

Ni siquiera era algo que me hubiera planteado. En un primer instante me sentí estúpida, y al segundo deduje que, si el vampiro tenía razón, entonces Duncan tampoco debía de parecerse físicamente a Robert Galloway. Sentí curiosidad por descubrir qué pinta habíamos tenido en el siglo XIX.

—Pero en las visiones, yo me veo igual que soy ahora.

—Eso no es habitual. Las personas se ven en las regresiones tal como eran entonces. Si bien es cierto que he oído hablar de alguna que otra excepción:

cuando existe magia, blanca o negra, de por medio. Quizás el tuyo sea uno de esos casos.

El descenso había resultado largo e intenso, pero habíamos llegado a la planta baja. Abrí la puerta de la calle y John se volvió hacia mí para soltar una última pregunta.

—¿Sabes cuál fue tu nombre? En esa vida anterior.

—Sí, Jane Elliott, de Chawton.

Y esas fueron las últimas palabras de nuestra conversación, porque el vampiro, sin siquiera un cortés «nos vemos», dio media vuelta y desapareció en la espesa niebla.

7

Una música del pasado

La huida de John Waterworth me dejó descolocada. «¿Habré dicho o hecho algo que lo haya ofendido?». Antes de cerrar la puerta, aguardé unos minutos por si regresaba con alguna explicación para su extraño comportamiento. Fue en vano. Reemprendí el camino de vuelta al apartamento pensando que quizás Jackson podría aclararme la actitud de su compañero.

Había alcanzado el descansillo del primer piso cuando de repente comenzó a sonar una música. Seguí las huellas que aquellas notas me iban dejando en el aire para guiarme hasta la sala de estar; y empujé con cautela la puerta de madera blanqueada, como si temiera ahuyentarlas. Aquella canción me hizo fantasear con un precioso carrusel en miniatura, con caballitos, leones y carrozas girando al compás. La realidad tiende a teñirse de decepción. Esta vez no. Pasé los dedos sobre el grabado frontal de una delicada caja de música que reposaba, con la boca abierta casi tanto como yo, sobre una de las dos alas abatibles de la mesa Pembroke.

Ni siquiera me planteé quién habría puesto en marcha la maquinaria; empezaba a acostumbrarme a ese tipo de anomalías en mi vida. Me arrellané en el suelo, a sus pies, para escuchar embelesada lo que restaba de canción. Los senderos de la música son inescrutables, y el silencio que llega tras un final enlazó con un nuevo principio. Y no fue un principio cualquiera. ¡*Annachie Gordon*! ¡Estaba sonando *Annachie Gordon*!

Cerré los ojos para evocar el recuerdo del Duncan que había conocido en Nueva York. Cómo echaba de menos tenerlo a mi lado, nuestras conversaciones, su espíritu audaz e inasequible al desaliento, aquella sonrisa segura, su mirada entregada, la pasión de sus enfados y besos... Sonreí con los labios entumecidos por la melancolía.

Todos esos pensamientos enmudecieron al notar que mis brazos y piernas empezaban a moverse por sí solos. La sensación me resultaba familiar. Abrí los párpados. Efectivamente había abandonado mi mundo; aunque aquella regresión había resultado mucho menos traumática de lo habitual: sin vértigos ni movimientos en caída libre. Me alegré de estar de vuelta, porque lo que aprendiera sobre mi pasado podía resultarme útil en el presente... y también en el futuro.

Un pasillo. Los sirvientes ya habían avivado las velas de cera que despuntaban en las paredes. De fondo, la misma música: *Annachie Gordon*. Mi álter ego perseguía sus notas, como había hecho yo minutos antes en la Casa Georgiana. Fin del camino. La puerta de un dormitorio se interponía entre Jane y la caja de música. Dudó un segundo; sentí cómo se armaba de valor y de sus propios nudillos para golpear intentando hacer el menor ruido posible, con la esperanza y el temor de no ser escuchada.

—Enseguida bajo, Robina —sonó la voz sosegada de Robert Galloway al otro lado.

La señorita Elliott no lo sacó del error, bastante tenía con intentar dominarse; su respiración la delataba. Sin saber qué hacer, de manera mecánica, echó un vistazo nervioso a la cubierta del libro que envolvía con las manos y que había estado leyendo hasta un instante antes. *Guy Mannering*, de Walter Scott.

—Vamos, responde, no te quedes ahí como un pasmarote —se dijo a sí misma en un murmullo apenas audible. Terminó por hacerse caso, y contestó en tono confiado, pero a media voz—: No soy Robina. —Hizo una pequeña pausa—. Soy...

Antes de que concluyera la frase, la puerta se había abierto con más vehemencia de la anticipada por ella o por mí. Dimos un saltito hacia atrás, sobresaltadas. El mío fue mayor que el suyo, y, por un momento, pensé que iba a salirme de los confines de su cuerpo, que me quedaría flotando en el aire.

«¡¿Y si puedo permanecer fuera de Jane?! Me daría una gran ventaja a la hora de investigar todo lo que ocurre a su alrededor cuando ella no está presente. Así podría conocer mejor a Robert Galloway».

—Señorita Elliott... —dijo él manifiestamente confundido. Miraba en torno a su visitante, como si buscara a alguien más aguardando junto a ella. Se tiró de los bajos del chaleco con el objetivo de recomponerse por fuera... y, en mi opinión, también por dentro. Jane lo había descolocado al presentarse en su habitación, y más aún al hacerlo completamente sola—. Dígame, ¿qué puedo hacer por usted? ¿Se siente indispuesta quizás? —Lo noté preocupado.

Se miraban sin saber muy bien cómo reaccionar, ambos con cautela y ligeramente a la defensiva.

—Oh, no, no. Me encuentro perfectamente. —Interrumpir su discurso para reflexionar no le sirvió de mucho—. Es que... —Señaló con la barbilla los aposentos del caballero. «No estás ayudando, Jane. Díselo y ya», deseé infundirle algo de confianza—. Señor Galloway, escuché esa balada... *Hannah Le Gordon.* —Para mí era *Annachie Gordon.* Supuse que el nombre había evolucionado más allá de 1815—. Es la caja de música de *lady* Grace, ¿verdad?

Jane, si bien intentaba mantener en pie el muro que había levantado frente a Robert, no pudo evitar emocionarse al nombrar a su benefactora. Y él se dio cuenta: primero se aseguró de que ojos indiscretos no tomaban nota de lo que ocurría en el pasillo, y después la tomó del brazo con delicadeza y la introdujo con fluidez en su cuarto, como si estuvieran bailando y aquel fuera el siguiente paso a dar en la coreografía.

Cuando mi anfitriona echó a andar, intenté quedarme atrás, desprenderme de ella en sentido literal... No lo conseguí. Una fuerza me impelió a seguir los pasos de Jane propinándome un recio golpe desde atrás. Volví la vista, cabreada por el empellón, pero no descubrí a nadie.

Galloway cerró la puerta tras él.

Tanto saber estar, tanto porte erguido y orgulloso... para ahora mostrarse vacilante, confuso y tremendamente inquieto. Se frotaba la frente como quien está convencido de haber cometido una imprudencia.

—Si le incomoda haber entrado sola en mis dependencias, quizás debería marcharse. Entiendo que no es correcto que nos veamos a solas aquí. Le abriré y...

«Creo que a ti te incomoda más que a ella».

Robert dio una larga zancada en dirección a la puerta, pero no llegó a tocar el pomo, porque Jane, pasando por alto las observaciones del caballero y como hipnotizada, acudió junto a la caja de madera ennegrecida. Era aún más hermosa que la de la Casa Georgiana. Mi álter ego se arrodilló junto al lecho de Robert, como si fuera a rezar, y allí adoró el artilugio musical, echado sobre la colcha. Examinó su interior y redescubrió el cilindro de latón tapizado de púas que, al ser acariciadas por las barretas de acero, orquestaban aquel sonido evocador de su feliz pasado en Tyne Park, la casa de campo de los Galloway donde Jane había vivido gran parte de su adolescencia.

Pasados unos minutos, el movimiento mecánico se detuvo, descongelando el tiempo para ambos.

—No sabría decir cuántas horas pasé junto a su madre y esta caja de música —explicó por fin Jane sin levantar la vista; no quería que Robert descubriera su mirada, empañada por la nostalgia—. Los días en que *lady* Grace me notaba triste porque añoraba Chawton me la dejaba llevar a mi alcoba, y esas noches dormía acompañada de su música. De sus cuatro canciones, *Hannah Le Gordon* siempre fue mi preferida.

—Lo sé, Jane. También era mi favorita —respondió él, que fue a sentarse sobre su cama para girar la manivela. Tras coger aire, la caja volvió a entonarse.

Ella sonrió cuando las notas se deshojaron, inundando la habitación de su fragancia musical; esta vez en forma de vals.

—Quizás no debería continuar ahí de rodillas. Va a arrugarse el vestido, y está usted muy elegante —le dijo Robert mirándola a los ojos. Las primeras palabras amables que Jane escuchaba de su boca en las dos últimas semanas.

«Él intenta ser cortés, y la ha llamado por su nombre de pila, como cuando eran amigos hace seis años». Jane se había percatado del detalle, pero no sabía cómo tomarse ese repentino cambio de actitud. Se miró el regazo e interpretó que tal vez él había querido señalarle, de forma decorosa, algo muy distinto. El escote cuadrado de su vestido para el baile era de corte bajo, demasiado para su estricto sentido del recato, aunque su madre se había empeñado y... El caso es que así, de rodillas, no se encontraba respecto a su interlocutor en la posición más prudente. Empezó a ruborizarse... Se incorporó con premura y él la imitó.

—¿Está preparada para el baile de esta noche? —Robert parecía tener prisa en hallar un tema de conversación que la retuviera un instante más en su habitación.

—Algunos pasos se me resisten aún, pero creo que sobreviviré.

—Si me lo permite, será un honor ofrecerle una última clase.

La sorpresa caló hondo en mi anfitriona, y provocó que su corazón empezara a agitarse antes incluso que los pies. «No es el vals el baile que más problemas me da, sino las danzas tradicionales escocesas. Y tú lo sabes...», pensó antes de aceptar la mano que el caballero le tendía. Él le arrebató el libro y lo soltó sobre su escritorio de roble tallado.

Yo desconocía incluso la melodía, solo reconocí el nombre a través de los pensamientos de Jane: *The Duke of Kent's Waltz*. Los pasos diferían del vals actual, pero yo lo tenía fácil, solo tenía que dejarme llevar —¡como si hubiera podido hacer otra cosa!—: para empezar, Robert no le pasó la mano por detrás de la espalda, sino que ambos se agarraron extendiendo sus brazos hacia ambos lados, se soltaban para girar alrededor de una pareja imaginaria, se cogían de los dedos para acercarse y alejarse...

Desde dentro, me resultaba fácil saber con certeza lo que sentía Jane, taciturna en apariencia pero en su interior casi sin aliento, y no por el esfuerzo físico; así que me concentré en Robert, en cómo la contemplaba. En su postura erguida hallé altivez y firmeza. Hasta ese mágico momento que a mi anfitriona se le pasó de largo y en el que él dejó escapar una dulce sonrisa. «Por fin. Este sí es Duncan». Hasta aquel momento, me había costado mucho encontrar algo más que un parecido razonable entre mi amigo invisible y Robert Galloway, a excepción de la apariencia y las vestimentas. Por el carácter, por la forma de hablar y de mirar..., sin duda identificaba más a mi amigo invisible con Duncan Wallace, el cirujano del siglo XXI.

Aunque sabía que esas dos personas éramos nosotros mismos —Duncan y yo—, en aquella habitación, en aquel momento, me consideré a mí misma una intrusa. Una espía. Como si hubiera encajado y girado mi ojo en el hueco de una cerradura. Quizás suene un tanto excéntrica, pero sentí que allí me faltaba mi propia pareja de baile, a la que visualicé en algún lugar del Edimburgo actual.

Remataron la pieza con la pertinente reverencia y Robert se volvió para tomar la caja de música. Qué expresividad la de Jane reflejada en el espejo del dormitorio: con una emoción apenas contenida en los ojos y los labios, también sus mejillas se habían animado.

—En realidad esta caja no me pertenece.

—Por favor, no me diga que ahora es propiedad de *lady* Susan... —Jane sonó desconsolada—. Era de su madre, y no podría soportar que...

El mayor de los hermanos Galloway sonrió con delicadeza.

—Es suya —la interrumpió mientras se la tendía.

—¿Mía? No, no es mía.

—Unos días antes de morir, mi madre me especificó muy claramente que esta caja de música debía ser para usted. Confío en que sabrá disculpar que no se la haya entregado antes; me costaba desprenderme de ella —reconoció—. ¿Sabe que fue uno de los primeros regalos que mi padre le hizo al cortejarla? Mandó fabricarla a artesanos suizos.

Jane sintió que volvía a tener enfrente a su inseparable amigo de años atrás, aquel al que nunca había privado de sus secretos de adolescente... Y, en sentido figurado, corrió tan deprisa a su encuentro que tropezó.

—Robert, ¿por qué razón volvió a casarse su padre? —No pudo reprimir la pregunta y enseguida supe que, en la respuesta de Robert, Jane entendería que había cometido un error, tan negligente como si hubiera clavado una espina en la pezuña de un león.

El gesto cercano que durante los últimos minutos había dejado entrever el rostro de Galloway se transformó en expresión sombría, ceñuda y distante. De nuevo el Robert de estuco.

—Prefiero no hablar de ello, señorita Elliott. Es ese un asunto que pertenece al ámbito privado de la familia.

«Pues nada, hemos vuelto a los apellidos. Qué poco ha durado lo bueno», pensé.

—Yo... lamento la indiscreción. No debí... —Jane intentó disculparse rozándole el brazo, pero él se apartó de ella sin excesiva diplomacia para volverle la espalda.

Percibí cómo Galloway se preparaba para disparar y acertar de lleno sin siquiera tener que mirar de frente a su diana. Quise creer que, de haber contemplado el gesto de profundo arrepentimiento que mostraba ella, se hubiera ahorrado un ataque tan certero como innecesario.

—Confío en que el señor Seymour le haga regalos tan delicados como esta caja de música cuando se decida a aceptar su propuesta de matrimonio. —Vaciló antes de continuar—. O quizás él sea más de joyas. He oído decir que le gusta hacer gala de su generosidad, y las piedras preciosas son más prácticas si se desea llamar la atención en las reuniones sociales.

«Si se desea llamar la atención», repitió ella para sí. De la nada surgió de nuevo el muro entre ellos, porque, ya fuera esa la intención de él o no, Jane consideró aquello una crítica a su vestido. Aquellas palabras la mortificaron.

—¿Es eso lo que tiene pensado hacer usted cuando se comprometa? —contratacó ella—. ¿Regalar joyas a su prometida? Tal vez para que sus brillos le deslumbren a usted y así no se vea en la obligación de contemplar el aburrido rostro de aquella a la que pretende convertir en *socia* de sus negocios familiares. —Enseguida se lamentó de su impertinencia.

Robert se volvió hacia ella, recompuesta su gravedad habitual.

—De hecho, puede que ese compromiso llegue muy pronto, y le aseguro que el rostro de la dama no será en absoluto aburrido. Tal vez haya oído hablar de la señorita Adaira McKnight, hija del duque de Hamilton.

Celos y rabia se entremezclaron, envenenándole el corazón y la mente a Jane. Un cóctel explosivo. Al fin pude entender mi reacción en la librería

Shakespeare & Company, de París, cuando le eché en cara a Duncan el gran partido que para él y su familia suponía el matrimonio con la mujer del cuadro.

Casi sentí lástima por Robert. Se avecinaba una bomba atómica; noté cómo Jane la armaba y dejaba que se deslizara entre sus labios.

—No tengo el gusto de conocer a esa señorita ni a su distinguido padre, pero apuesto a que aportará a esta casa nobleza y fortuna a partes iguales. Y eso que mayor fortuna no es algo que la familia Galloway precise en absoluto: saber administrar bien las riquezas es algo que un buen comerciante siempre lleva en la sangre.

Hizo una pausa, dudosa de si prolongar el bombardeo o emprender una retirada a tiempo. Se decidió por lo segundo. Y no es que temiera perder la batalla; es que estaba segura de que los dos terminarían haciéndose aún más daño.

—Gracias por la caja. Señor Galloway —se despidió acompañándose de una reverencia apresurada.

Mi álter ego abandonó la habitación escoltada de un sentimiento de arrogancia y pesar. Sacar a relucir la falta de nobleza en el linaje de los Galloway, sus ascendentes mercaderes por parte de padre, era un golpe bajo que él había logrado encajar a duras penas. El único que podía asestársele a una familia como aquella, muy apreciada en círculos de la alta sociedad. Pero el tonillo que Robert había empleado al mencionar al duque de Hamilton, y sobre todo su futuro enlace con la hija, le había sonado a Jane a la soberbia de los poderosos.

—No te reconozco, Robert —murmuró para sus adentros mientras se dirigía de vuelta a su dormitorio.

Lo que más le dolía era que, por unos breves y maravillosos minutos, había tenido frente a ella al ser superior que siempre había visto en él, tan por encima de todos los demás hombres en corazón, templanza e inteligencia. Durante los últimos meses había imaginado cómo sería el reencuentro con su amor platónico ahora que por fin podría ver en ella a una mujer; y había resultado decepcionante... Por esa razón se había revuelto con tal vehemencia, sin medir las palabras.

«Si mi madre me hubiera escuchado hablarle así... "Para abrirte camino en el mundo, debes conducirte de forma humilde y paciente, hija". Es lo que ella siempre me dice, y debería hacerle caso. Al menos en esto». Jane suspiró mientras ingresaba en su alcoba. Tenía claro que no había sido paciente, y mucho menos humilde. Y para colmo de males, había olvidado coger su libro de Walter Scott antes de abandonar de manera precipitada las dependencias de Galloway.

Lydia, la doncella personal de *lady* Susan, tocó a su puerta y consiguió sacarla del suplicio que eran sus pensamientos.

—Me envía la señora para peinarla.

Jane agradeció el gesto de su anfitriona, aunque supuso que se trataba más bien de una argucia de la que servirse para quedar bien ante *sir* Arthur, una especie de resarcimiento por los inapropiados comentarios que le había soltado dos noches antes, durante la cena. *Lady* Susan siempre había sabido jugar a eso: a dar una de cal —mucho mejor si era con público— y dos de arena —a poder ser sin testigos—.

En media hora, la señorita Elliott, aplacada de su tremendo enfado por el consolador paso del tiempo y por el bienestar físico que provocaba en ella que alguien la peinara con esmero, estaba lista para echarse un primer vistazo en el espejo.

—Casi no me reconozco. Eres toda una artista, Lydia. —Los rizos le asomaban por la frente y alrededor de las orejas, y el resto del pelo lucía ensortijado en un hermoso moño alto adornado con una diadema sencilla en color plata.

La sirvienta sonrió agradecida por los cumplidos.

—Espero que lo pase muy bien en el baile, señorita —le deseó antes de realizar una pequeña reverencia y salir del dormitorio.

Por suerte para su salud mental, Jane no tuvo oportunidad de resumergirse en la zona honda de sus cavilaciones, ya que al poco subieron a avisarla de que el coche de caballos que los llevaría a la mansión de los MacDowall esperaba en la calle.

Lady Susan ocupó el lugar de preferencia en la carroza, y detrás de ella subió Jane. «Esto es alucinante. Voy a viajar en carruaje», pensé observando los veraniegos asientos, tapizados en seda amarilla. Era un coche para cuatro ocupantes, y, como yo no contaba, Robert y Colin se acomodaron sin problemas. Nada más hacerlo, el pequeño de los Galloway resopló en un agudo silbido.

—Jane, ¡estás espléndida! —la agasajó—. Compadezco al resto de jovencitas que asistirán hoy a la velada, pues, irremediablemente, todas las miradas habrán de centrarse en ti.

Ella se inclinó con elegancia, en correspondencia a la galantería, y de reojo echó un vistazo a Robert, que justo se había sentado frente a ella, pero el primogénito se ahorró cualquier tipo de comentario, tanto para concordar con los gustos de su hermano como para disentir de ellos. No se dignó ni a mirarla; prefirió volcar su atención en la calle, que, con el inicio del traqueteo, le ofreció el mismo y anodino aspecto que tenía reservado para el resto del trayecto.

—Colin, debes dirigirte a ella como señorita Elliott. Ya no es ninguna niña —recriminó *lady* Susan al más joven de los Galloway.

—Desde luego. Está claro que no lo es. Lamento mis descorteses formas, señorita Elliott —respondió él mientras ella le guiñaba un ojo a escondidas. Aunque eran de la misma edad, Jane lo veía como a un hermano pequeño.

—Y por otra parte, tienes razón, Colin. He de reconocer que mi ayuda de cámara ha realizado un buen trabajo. Yo se la envié para que la peinara —se apresuró a aclarar la madrastra—. Habitualmente sus rizos resultan de un anárquico poco conveniente para una joven que se mueve en círculos tan disciplinados como los nuestros. Y mientras nos acompañe, debemos sentirnos responsables de ella en todos los aspectos.

—Le agradezco el detalle, *lady* Susan. —A Jane le costó pronunciar aquellas palabras, pero entendió que era lo que una buena educación como la suya requería—. Lydia demuestra una gran destreza con las tenacillas. No me ha quemado ni una sola vez.

—Ya puede tener cuidado. Es consciente de que hay muchas como ella esperando en la puerta de casa para ser contratadas. La verdad es que no resulta agradable ver a la gente mendigando un puesto de trabajo. Los últimos años han sido convulsos, y algunos pasan hambre con una absoluta carencia de estilo. —Detecté en los labios de Robert una fugaz expresión de desprecio por las opiniones que la madrastra acababa de verter—. Bien, Jane, confío en que esta noche sepas cómo dirigirte a los anfitriones y al resto de invitados. Quizás no estés acostumbrada a departir con personas de tan alta cuna, dado el entorno rural de tu casa de Chawton, así que te recomiendo fervientemente, y por tu propio bien, permanecer cerca de mí y abrir la boca lo menos posible.

—Intentaré no dejar en mal lugar a la familia, señora. —Su voz había sonado amable. Nada más lejos de sus sentimientos. El comentario de *lady* Susan había estado fuera de lugar; al fin y al cabo, Jane era la hijastra de un barón.

Ante nosotros se abrió un bosque cuyo serpenteante camino engulló al coche tirado por cuatro caballos. Cuando nos detuvimos, teníamos frente a nosotros un sendero flanqueado por sendos estanques y que conducía directo a Dunwee House. Magnífica perspectiva la del suelo iluminado con decenas de farolillos para la ocasión. Desde la ventanilla del carruaje, observé hechizada que la casa lucía espléndida. Allí olía a dinero, igual que en un jardín lo inunda todo el perfume de sus flores.

Robert ayudó a descender a las señoras. Jane agradeció que sus largos guantes de piel de cabritilla separaran el tacto de sus dedos de los de él, y también que *sir* Arthur hubiera preferido permanecer en Charlotte Square; si no, le hubiera correspondido a ella, y no a *lady* Susan, caminar del brazo del primogénito, y eso era lo último que deseaba. La indignación sobrevivía dentro de la señorita Elliott aferrada a una tabla de resentimiento. Por el contrario, Colin Galloway resultaba el acompañante perfecto, y se sintió aliviada cuando, de camino a la mansión, él le hizo prometerle los dos primeros bailes: no conocía a nadie en Edimburgo —su introducción en sociedad había tenido lugar en Inglaterra, en Hampshire, con diecinueve años—, y si tenía que depender de *lady* Susan o Robert Galloway para ser presentada, difícilmente iba a divertirse aquella noche. Llegaba dispuesta a dejar su disgusto en los portones de aquella casona, porque con pocas cosas disfrutaba Jane tanto como con un baile.

El interior de la mansión brillaba adornada con cientos de velas y flores naturales que parecían tejidas en seda blanca. Damas y caballeros paseaban engalanados entre el resto de invitados, para ver y ser vistos, en una coreografía que parecía ensayada de antemano, como si fuera el baile iniciático de la velada.

Los criados, ataviados con sus pelucas nevadas y sus más distinguidas libreas, ocupaban cada uno su puesto junto a las puertas, a la espera de servir a los invitados en aquello que precisaran, como recoger las livianas prendas de abrigo de los recién llegados.

Colin ayudó a Jane a desprenderse del manto de seda azul ribeteado con encaje que su madre había encargado confeccionar para ella a uno de los mejores sastres de Petersfield. Mary Seymour había vivido gran parte de su vida rodeada de gentes de alta alcurnia —aunque no perteneciera de manera natural a ese ambiente por ser la hija de un simple administrador—, y aquella había sido su mejor escuela para lucir, cuando los tiempos se lo permitieron, como una verdadera baronesa. Nadie la aventajaba en elegancia y buen gusto, y algo de eso había sabido transmitirle a su hija cuando esta volvió a sus brazos a los diecinueve años. Sin embargo, los gustos de Jane eran menos ostentosos que los de su madre; la influencia de *lady* Grace se había hecho notar. La única joya que lucía aquella noche de baile era una gargantilla de oro de la que colgaba un discreto crucifijo, precisamente un regalo de despedida que *sir* Arthur y *lady* Grace le hicieron cuando tuvo que dejarlos para regresar definitivamente a Chawton; Robert se la había entregado dentro de una preciosa cajita de madera que Jane seguía conservando.

Los anfitriones de Dunwee House, los señores MacDowall, no pudieron depararles mejor recibimiento, confirmando a la señorita Elliott que los Galloway estaban tan bien considerados en la ciudad como en el entorno rural de Dunbar.

En la sala de baile conté hasta ocho a la hora de pasar revista a los músicos que integraban la orquesta, con los violines, las flautas y el chelo liderando el maratón de música que no llegaría a su final hasta bien entrada la madrugada.

Para deleite de Jane, el baile dio comienzo con un majestuoso minué y continuó con una contradanza; en ambos casos sus pies conocían a la perfección lo que se esperaba de ellos. Los suyos y los de Colin fueron los únicos representantes de la familia Galloway en la pista. Antes que a bailar, y dada la ausencia de su esposo, *lady* Susan se sentía más inclinada a ejercitarse en el deporte nacional de contar y recabar chismes.

Jane, sin aliento y feliz, caminaba del brazo de Colin en dirección a la madrastra y sus acólitos cuando un invitado inesperado hizo su flamante entrada en el lujoso salón de los MacDowall.

8

El regreso del capitán Galloway

—¡Hermano! —exclamó Colin.

Tras soltarse con delicadeza de Jane, el benjamín de los Galloway caminó presto al encuentro del recién llegado para fundirse con él en un emocionado abrazo.

Seguimos a nuestra pareja de baile con curiosidad.

—¿Qué ha sido del Colin enclenque que dejé la última vez que estuve en casa? Muchacho, ¿acaso has estado cargando tus espaldas con sacos de patatas? —preguntó jubiloso mientras parecía tomar medidas a los recios brazos del futuro clérigo—. Pon fin a aquello que hayas estado haciendo o terminarás dejando en evidencia a tus hermanos ante la ciudad entera. —En ese punto, el primogénito se unió a ellos—. ¡Ah, aquí estás, Robert! ¿Cómo te encuentras?

—Qué inesperada sorpresa, Percy. —Le estrechó la mano y le dio una cariñosa palmada en el pecho antes de señalar su indumentaria—. Enhorabuena por el ascenso, capitán. ¿Por qué no mandaste aviso de que llegabas hoy? Te hubiéramos ofrecido la bienvenida que mereces.

—Tampoco yo supe nada hasta ayer mismo, y, tras tener la confirmación de mis superiores, pensé que una carta anunciando las buenas nuevas me seguiría a mí en lugar de yo a ella; así que preferí no ir contra natura. En mi casa nunca van a considerar descortés que llegue sin avisar, ¿no es cierto?

—Claro que no —le sonrió Robert.

—Padre me informó de que os encontrabais aquí, y de que la invitación a la fiesta era extensible a todos los miembros de la familia; así que apenas me refresqué un poco y quise venir directamente. Ya ves, vestido con mi uniforme. —Le puso una mano en el hombro a su hermano, y, bajando el tono de voz, se le acercó al oído para susurrarle—: Las reuniones sociales a las que mis hombres y yo acudíamos en el puerto de Plymouth eran bastante menos distinguidas que esta... aunque probablemente más divertidas. ¡Qué mujeres!

El descaro de su expresión nos hizo pensar a Jane y a mí que se refería a reuniones en tascas, con señoritas de dudosa reputación. Si yo no me veía en la necesidad de disimular que lo había escuchado todo, mi anfitriona sí. Arriesgado concluir si tuvo éxito, porque justo en ese momento Percy se fijó en ella.

—No puede ser... —dijo mirando a Robert y a Colin—. Esta hermosa joven... Esta perla de la naturaleza... ¿Acaso es nuestra Jane?

Ella le sonrió como gesto inequívoco de asentimiento, y Percy la correspondió tomándole la mano y besándosela mientras se inclinaba ante ella con una galantería que rayaba en el exceso. Jane se sintió halagada y turbada a la vez. Después de las usuales preguntas de cortesía sobre el estado de salud de su madre y su padrastro, el capitán Galloway pasó directamente al siguiente nivel, el que realmente le interesaba:

—¿Está comprometida para la próxima canción, señorita Elliott? Creo que hace siglos que no bailo con una dama —se lamentó con fingida pesadumbre.

—Percy, quizás esté cansada. Justo acaba de bailar dos piezas con Colin y... —se inmiscuyó el hermano mayor.

Suficiente para que Jane se animara a aceptar de inmediato la invitación.

—No necesito reposo en absoluto. Será un placer acompañarle, capitán Galloway. Y, por si algún alma caritativa se ve tentado de advertirle —dijo mirando a Robert—, ya me encargo yo misma de informarle de que no domino los bailes tradicionales de aquí. No los he practicado en mucho tiempo —se excusó.

—No creo que nos hagan bailar el *Flora MacDonald Fancy* —aventuró Percy, restándole importancia al supuesto inconveniente.

—Quizás *The Whistling Wing* —repuso Robert.

—Si de eso es de todo lo que debo preocuparme, en caso necesario estaré encantado de ayudarla a recordar los pasos de cualquiera de las canciones que tengan a bien interpretar los músicos —aseguró el capitán—. Pero antes de toda diversión, permítame que primero acuda a saludar a *lady* Susan. Ya me ha mirado un par de veces de reojo desde el otro extremo de la sala y no me gustaría desairarla por más rato —resopló de manera burlona.

La compañía de Percy resultó la sorpresa más agradable que aquella noche le deparó a Jane, aunque ella, que habitualmente gustaba de practicar el arte del coqueteo moderado, bailó con pies de plomo cuando lo hizo con él. Eso no impidió que se divirtieran juntos a costa de las conductas estudiadas y rígidas de algunos de los hombres y mujeres de la sala.

—¿Se ha percatado, señorita Elliott? Cuántos tipos distintos de sonrisa hemos reunido esta noche: mire a lord Taylor, ahí tenemos un ejemplo de las «cavernosas», incapaces de alzar las comisuras ni cuando lo pasan en grande llevándose una copa de ponche a los labios; y en la señorita MacDermott está el paradigma de las sonrisas «empalagosas», cebadas de hipocresía y con las que al final, como se confíe uno, te espera un corte de digestión seguro.

—Es usted más severo que yo juzgando a las personas —respondió Jane entre risas—. Debo tener cuidado, porque no es la mejor influencia para una joven acostumbrada a la discreción. ¿Qué dirían de mí personas de respetabilidad tan elevada como la señora Wilson? De entre esos dos enormes paletos separados por un abismal precipicio podría salir cualquier cosa. Muchos se alejan de ella dos pasos por temor a resultar irrigados —comentó la señorita Elliott, que había tenido oportunidad de conocer indirectamente a la dama en cuestión al principio de la velada. Había presenciado cómo reprendía con crueldad a una de las criadas de la casa, hasta hacerla llorar, por haber dejado caer al suelo por accidente su chal «extremadamente caro».

—Veo que también es hábil con las descripciones. Recuérdeme que nunca le pida que me haga un retrato —replicó soltando una risotada—. Seguro que saldría mal encarado.

La conversación amena entre Jane y Percy hizo que me acordara de Edgar. «Tal vez por eso el comportamiento y la forma de expresarse del capitán me resultan tan familiares». Se parecía a Ed en que los dos resultaban espontáneos y muy naturales, así que mi álter ego decimonónico estaba condenada a entenderse bien con el que yo esperaba llegara a ser algún día su cuñado.

Constataron ambos que, con el paso de los años, él había ganado en encanto en las distancias cortas; y ella había perdido en retraimiento. Ahora su carácter era más abierto y distendido; mucho más segura de sí misma y, por tanto, más atractiva para el resto de los mortales. Él bailaba con la presunción de saber que se movía grácilmente, aunque quizás con excesivo postín para el gusto de Jane, quien no pudo evitar compararlo con las maneras de Robert, más sobrias y masculinas.

Por intermediación del oficial Galloway, fue presentada a los Clark, los Ross, los Paterson y los Morrison, una actividad frenética que le concedía la coartada perfecta para mantenerse alejada de *lady* Susan, empeñada en parlotear sobre el mejor sombrero de la ciudad, la educación de los hijos —que ella no tenía— o a qué primorosas labores se debían las mujeres de bien. Percy le estaba abriendo las puertas de aquella sociedad, y todos la recibían con gran amabilidad. También el sector de los caballeros.

Un corro de cinco personas y una fantasma del futuro atendíamos a las historias que Percy detallaba sobre la rendición de Napoleón Bonaparte, interceptado por los ingleses cuando abandonaba Francia a bordo de la fragata La Saale después de verse obligado a abdicar como emperador tras la derrota de Waterloo. El gobernante galo, en el punto de mira de borbones, prusianos y austriacos, que deseaban hacerlo prisionero, soñaba con poder vivir su retiro en Estados Unidos. Sin embargo, cuando comprobó que los barcos británicos le bloqueaban el paso, decidió rendirse y pedir asilo político al «más poderoso, más constante y más generoso de sus enemigos» en una carta dirigida al Príncipe Regente Jorge IV. Confiaba en que su alteza real, atendiendo a una tradición tan antigua como la guerra misma, sabría ofrecer honor al vencido. Pero las negociaciones no se desarrollaron tal como él había imaginado.

No habían transcurrido ni tres semanas desde aquel 15 de julio de 1815, y el relato del cautiverio de Napoleón a bordo del buque de guerra Bellerophon nos mantenía enganchados.

—Apenas habían echado el ancla en Brixham la mañana del 24 de julio, cuando el capitán Maitland recibió órdenes del almirante lord Keith de que ninguna persona abordara la nave a excepción de la propia tripulación, así que se tomó la decisión de prohibir las visitas que solían recibir de los comerciantes. Todo por mantener en secreto que custodiaban allí mismo a un prisionero de gran empaque: Napoleón.

«Esta historia ya la he oído yo». También Jane, Robert y Colin, que guardaron silencio como si la escucharan por primera vez.

—Pero se supo... Yo lo leí en el periódico —le explicó el afable señor Paterson.

—Tiene usted razón. Se supo, porque uno de los marinos lanzó un mensaje dentro de una botella a uno de los mercaderes que se acercaron al barco en un intento inútil de vender sus productos frescos. En ese mensaje se revelaba que Bonaparte estaba entre ellos. Como pueden imaginar, lord Keith se enfadó mucho; mandó azotar al marinero.

—¿Y continúa el barco en Brixham?

—No, arribó hace unos días a Plymouth, donde lo esperaba el HMS Ville de Paris del propio lord Keith. El mejor buque de toda la Marina.

—¿No es ese el barco en el que sirve usted, capitán Galloway? —se interesó lord Mervin Allan, que, por los vergonzosos comentarios que había vertido sobre la esclavitud en una conversación anterior, solo tenía de noble el título de conde.

—Así es, señor. Y ya supongo su siguiente pregunta —dijo cargando de emoción el momento—. Si me disculpa, se la ahorro: sí, pude ver con estos ojos al ogro de Ajaccio. Cubierto por un abrigo de color oliva, hebillas de oro y medias de seda.

—¿Es de carácter tan huraño como se dice? —le preguntó su hermano Colin, junto a mí y a Jane el más entregado de la audiencia congregada en torno al capitán.

—Peor —respondió Percy con una sonrisa burlona y abriendo mucho los ojos—. En realidad Maitland asegura que la conducta de Napoleón desde que subió al Bellerophon ha sido siempre la de un caballero. Eso sí, apenas habla, y cuando lo hace es con gran seguridad.

—No está mal para un pequeño burgués —apuntó lord Allan.

—No hemos de olvidar que ese pequeño burgués llegó a conquistar casi toda Europa —destacó Robert. Tampoco parecía que le cayera muy bien el conde.

—No quisiera que pongan en duda mis profundas convicciones patrióticas, caballeros, cuando repito con cierta admiración y en palabras del propio Napoleón: «Soy uno de esos hombres que lo son todo por sí mismos y no son nada por sus abuelos» —apuntó Jane, quien, en contra del sentir de la mayor parte de los presentes, valoraba a los grandes hombres surgidos de la nada.

—Señorita, debe cuidar con más esmero sus lecturas. Dios no creó la mente de la mujer para considerar cuestiones como esta. Incluso hay quien podría señalarle que una dama virtuosa no debería inmiscuirse en conversaciones que versen sobre política o economía —le advirtió lord Allan con un ligero tono de reproche, suavizado sin duda por el entorno lúdico que los rodeaba.

—Lleva usted razón. Las jóvenes deberíamos centrarnos en nuestras labores de casa, en serles útiles a nuestros mayores y en prepararnos para aquellos hombres que tengan la gentileza de elegirnos como esposas —contestó Jane con falsa humildad, suficiente para contentar al ingenuo conde, poco dado a reconocer el sarcasmo en las palabras de una mujer.

—Sea como fuere —atajó Percy, quizás con la intención de echar una mano a la señorita Elliott—, no tendremos que soportar su presencia mucho más en aguas británicas. No ha llegado a poner un pie en Inglaterra; de ello se han asegurado las autoridades, ya que de hacerlo podría reclamar el derecho de asilo invocando el *habeas corpus*. Mañana mismo el Bellerophon levará anclas y aguardará a que llegue el HMS Northumberland, encargado de trasladar a Napoleón a la isla de Santa Helena.

—¿Será confinado allí o se le dará acomodo final en otro destino?

—¿No resultaría recomendable observar el más estricto secreto en lo concerniente a esa información? —interceptó Robert el torpedo lanzado como si nada por el risueño señor Paterson. Era una manera de darle a entender a su impetuoso hermano que quizás no debía contar más allá de lo que le estuviera estrictamente permitido por sus superiores.

—Bueno, presumo de encontrarme entre caballeros... —se detuvo un instante en Jane— y señoritas que saben guardar secretos de trascendencia nacional. —Todos asintieron, unos de cabeza, otros de palabra—. Pero Robert está en lo cierto. Dice el refrán que callando es como se aprende a oír; oyendo es como se aprende a hablar; y, finalmente, hablando se aprende a callar.

—¿Entonces regresas licenciado, Percy?

—Así es, Colin. A la espera de un nuevo conflicto bélico que me permita regresar a la batalla con más brío si cabe para seguir escalando posiciones en los puestos de mando. Ahora llegará la paz, malos tiempos para progresar —suspiró resignado—. Pero tengo razones para sospechar que la próxima ocasión que me embarque se me confiará el mando de una nave. Así me lo ha hecho saber lord Keith. —Recibió de buen grado la enhorabuena que todos le ofrecieron. Robert se mostró especialmente orgulloso de él—. Disfrutaré tomando todo barco enemigo que se cruce en nuestro camino. Ese es mi mayor deseo. Fama y fortuna. ¿Se puede pedir más?

—¿Quizás una dama con la que desposarse y compartir los dones que la vida parece dispuesta a ofrecerle? —propuso el señor Paterson.

—Soy joven aún, y he de reconocer que hasta esta misma noche ni me había planteado lo de dejarme atar bajo el yugo matrimonial, pero uno nunca sabe con qué decidirá medirlo el destino —repuso con aire desenfadado.

—¿Qué prefiere: una mujer de espíritu cultivado que lo lleve más derecho que una espada o una tonta y bonita a la que pueda usted manejar a su antojo? —le preguntó lord Allan.

Definitivamente, ese tipo me caía cada vez peor.

—Mejor una inteligente que sepa hacerme creer, con sus argucias, que quien lleva el timón en casa soy yo —bromeó Percy para ponerse serio después—: En realidad me conformo con una joven despierta, dotada pero sin afectación, dulce y con la mente abierta, con ganas de aprender y que disfrute con la lectura para que tengamos siempre cosas que contarnos el uno al otro. Si no, la vida marital resultaría aburrida más allá de las diversiones propias del lecho conyugal —añadió en tono confidencial, provocando una sonrisa cómplice en la mayoría de los caballeros presentes. Jane se sonrojó ante las impúdicas palabras de Percy—. También debe dar muestras de ingenuidad y timidez cuando la situación requiera de tales cualidades... —Percy no se cortó a la hora de hacer una reverencia a la única mujer del grupo.

—Hermano, entiendo que durante tu ausencia has perdido cierta práctica en el uso de las buenas costumbres, pero no deberías hablar así en presencia de una dama —lo recriminó Robert con menos dureza de la que probablemente hubiera mostrado en caso de encontrarse a solas con él, sin testigos ajenos a la familia.

—Señorita Elliott, excúseme, por favor. He pasado tanto tiempo viviendo entre hombres, que he olvidado por completo las formas... Robert, ¿crees que podrías cederme a Jane de nuevo para el próximo baile? Supongo que la tienes comprometida para el resto de la velada, y no me parece justo. —Hubo un cruce de miradas turbadas, y el capitán, extrañado por la reacción de los dos aludidos, se vio obligado a aclarar la confusión—: Bueno, siempre estuvisteis muy unidos. Yo suponía que ahora que habéis vuelto a encontraros... no la dejarías ni un momento sola.

—Ya sabes que, si puedo evitarlo, prefiero no bailar —se limitó a responder Robert.

—¿Pero te importa o no que me la lleve? —La pregunta del capitán a su hermano mayor parecía ir más allá de un simple baile. O así me sonó a mí.

Jane quería zanjar aquella situación lo antes posible: no quería verse como objeto de triunfo o derrota de nadie. En aquel partido no era la pelota de críquet con la que tocaba jugar, sino el árbitro del encuentro. Se reconoció a sí misma con pesar que la respuesta de Robert la decepcionaba —«Eres boba y no tienes arreglo. Él ya no es el mismo», se dijo—; habría sido feliz si el mayor de los Galloway se hubiera mostrado dispuesto a procurar que nadie más que él pudiera bailar con ella toda la noche. En correspondencia a su indiferencia, se sintió inclinada a tomar a Percy como pareja una vez más.

—Creo que solo a mí corresponde contestar a su pregunta, capitán Galloway. Los violines empiezan a interpretar *Mr. Beveridge's Maggot.* ¿Vamos?

Robert examinó la taza de ponche que Percy le acababa de plantar entre las manos y después los siguió, sin dar un solo paso, mientras se alejaban del grupo. «¡No te quedes mirando! ¡Haz algo! ¡Pídele el próximo baile!», me hubiera gustado gritarle. Pero no hizo nada. Se quedó clavado en el sitio.

Entre giro y giro, Jane buscaba al heredero de los Galloway entre las parejas que la rodeaban; temía que le hiciera el feo de elegir a cualquier otra joven de las que se habían reunido allí aquella noche. Pero, aunque muchas permanecían sentadas a la espera de un compañero, él se abstuvo de bailar.

De regreso al grupo, el capitán Galloway volvió a convertirse en el centro de atención. Jane, acalorada por el exceso de ejercicio, aleteó con elegancia su abanico sobre el pecho, muy lentamente, siguiendo el ritmo de la música que se escuchaba de fondo, y se esforzó para que, cada vez que debía mirar a Robert Galloway porque él tenía la palabra, sus gestos no resultaran ni distantes ni amistosos. Me reí por dentro, porque había leído acerca del lenguaje del abanico que en los siglos XIX y XX se había instaurado en algunos países; un sistema de comunicación no verbal con el objetivo preciso de escapar a la supervisión de las madres y las señoritas de compañía en los bailes. Al airear de aquellas maneras su agitación, lo que Jane estaba haciendo era anunciar que estaba casada y que las personas que la rodeaban le resultaban indiferentes; comprendí que no estaba familiarizada con esta técnica de coqueteo.

En medio de una discusión sobre si el héroe de Waterloo, el duque de Wellington, demostraría en un futuro predisposición a participar activamente en la política británica —algunos veían en él a un primer ministro en potencia—, Colin consiguió sacar a Jane del grupo para hablarle discretamente, en un susurro:

—Me urge comentarle algo, señorita Elliott. Pero necesitaría hacerlo en privado —le confesó oteando desconfiado a su alrededor—. Acompáñeme, por favor.

Ella lo siguió hasta unas escaleras que conducían a la parte superior de la mansión, dos pisos más arriba. Allí el espacio se abría en una amplia terraza, alumbrada con los faroles de sus cuatro esquinas. A lo lejos se avistaban los castillos de Edimburgo y Craigmillar. La panorámica, acompañada por la alegre música que ascendía por los escalones del torreón, convertía aquel rincón en un lugar idóneo para disfrutar del fulgor de las estrellas. «Deberíamos estar aquí con Robert, no con Colin», lamenté.

Una brisa ligera agitó los rizos de Jane, pero prefirió no quejarse ni pedir a su acompañante que fuera a buscarle su manto de seda. Se sentía inquieta por él. En las últimas semanas lo había notado triste, y se arrepintió de que sus propias preocupaciones le hubieran impedido acercarse a él para intentar sonsacarle la procedencia de tan melancólica pose.

El menor de los Galloway se asomó al abismo, y habló sin mirarla a la cara, como hacía a veces Robert. «¿Será exceso de timidez?», me pregunté.

—Jane... —En privado pasaba del usted al tuteo con la naturalidad de la confianza—. No como, no duermo, y temo que nadie más que tú pueda ayudarme.

9

Las Joyas de la Corona

Por un momento me alarmé. «Esto se complica. ¡¿No estará enamorado de ella?!». Su interlocutora, en cambio, atendía muy serena al discurso del joven Galloway, sin ningún temor a que una desafortunada circunstancia como esa pudiera darse. Entonces me sobrevinieron los recuerdos de Jane y empecé a sentirme cómoda. No había peligro.

—¿Aún sigues enamorado de ella? —le preguntó con una sonrisa complaciente en los labios. Consideraba la fidelidad a los sentimientos como muestra de una personalidad digna de admiración.

Colin la miró sorprendido pero al mismo tiempo aliviado por no tener que sacar el tema él mismo.

—¿Cómo podría no estarlo? La amo desde que tengo memoria. Y ahora es tan bella, tan alegre, tan encantadora...

—¿Dónde reside entonces el problema?

Él se atusó el pelo en un gesto impotente.

—Me desespera que, dado el apremio que parece tener su madre por verla casada, decida, en cualquier momento, comprometerse con otro.

—¿Le has hecho saber lo que sientes?

—Cada vez que elogio sus innumerables virtudes, termina riéndose de mí, y eso inevitablemente me hace vacilar. No ve en mí a un hombre, sino al chiquillo con el que jugaba siendo una niña. Pero ¿por qué? ¿Acaso no se ha percatado del cambio? ¿No se me nota? —preguntó a Jane abriéndose de brazos, mostrándose ante ella.

En los seis últimos años Colin había cambiado mucho a todos los niveles. Sus años de estudio en St. Andrews lo habían madurado y la transformación física también había sido notable —aunque no poseía la constitución atlética de Robert y Percy, en absoluto desentonaba a su lado, como el propio capitán había advertido esa misma noche—. Todo aquello resultaba obvio para la señorita Elliott, pero no tanto para alguien acostumbrado a verlo tan a menudo como Rosamund Gray.

—Sin duda. Me atrevería a decir que te has convertido en un joven muy apuesto, de mente perspicaz y distinguidos modales. Un gran partido para cualquier señorita de buena cuna. —Jane se mostraba sincera—. Y si no es capaz de percibir una verdad tan evidente, tal vez tengamos que abrirle los ojos a mi querida amiga. —Sonrió en un intento de levantar su decaído ánimo.

—¿Una mente perspicaz dices? —sonó incrédulo—. Pues, siempre que me hallo en presencia de Rosamund, los nervios me sobrepasan de tal forma que no acierto a hablarle de nada interesante. De hecho, creo que mi conversación le resulta anodina... —lamentó Colin.

—¿Y qué temas son los que tratáis?

—Pues por ejemplo mis inquietudes sobre la veda en los bosques de Tyne Park. Hace unas semanas le confié nuestras sospechas de que un furtivo nos roba la caza. Pensé que podía interesarle, que era algo digno de comentar a su padre, ya que nuestras propiedades son colindantes, pero ¡hasta vi cómo se le abría la boca en forma de bostezo! ¿Qué es lo que hago mal?

—Cuando te haya aceptado porque esté enamorada, se maravillará hasta de oírte hablar de las hazañas de vuestros perros de caza. Pero efectivamente creo que es mejor que vuestras conversaciones no giren en torno a ese tipo de cuestiones tan domésticas al menos de momento —le recomendó Jane—. Los entendidos en estos asuntos del corazón —se refería a su propia madre, Mary Seymour— consideran que jugar con la demostración de cariño y la total ausencia de él puede ayudar a conquistar a un corazón reticente. Al parecer, algunas damas y no pocos caballeros, en cuanto se sienten seguros del afecto del otro, tienden a no sentir más que indiferencia por su admirador. Y me temo que ese pueda ser el caso de la señorita Gray.

—¿Entonces deberé fingir que no me interesa? —Se mostró desorientado.

—Solo por momentos, porque Rosamund también necesita vivir una aventura romántica —declaró abiertamente. El benjamín de los Galloway resopló ofendido y abrió la boca para objetar, pero Jane se le adelantó—: ¡Santo cielo, Colin, por supuesto me estoy refiriendo a una aventura platónica! —La aclaración relajó el semblante del joven caballero—. ¿En alguna ocasión le has escrito una carta de amor? —prosiguió con la exposición de su estrategia al tiempo que trataba de zanjar el malentendido que los había hecho sonrojar a ambos.

—Lo he intentado varias veces, pero no he sido capaz. —Se mordió el labio inferior—. Me cuesta expresar lo que siento con palabras.

—Te preparas para ser clérigo. Es imposible lo que dices.

—Puedo escribir discursos sobre la moral y las buenas costumbres, pero me siento ridículo si intento escribir acerca de mi amor por ella. Todo me suena cursi y tremendamente patético.

Como el rubor le subía desde el cuello hasta las orejas, Jane entendió que el pequeño de los hermanos Galloway no exageraba lo más mínimo.

—En eso llevas razón: no es fácil escribir de amor sin caer en la afectación. —Jane estaba convencida de que la sencillez y la naturalidad serían las principales armas de Colin—. Si es lo que deseas, intentaré ayudarte, pero no prometo nada. Tampoco es que yo tenga experiencia en estas lides...

—Con eso me basta. Me quitas un peso de encima. Te lo agradezco mucho —sonrió aliviado el futuro clérigo—. Sabía que, a falta de mi madre, ninguna otra mujer podría guiarme en estos menesteres como tú. Ni con Robert he sido capaz de hablar de una cuestión tan delicada. Apuesto a que no lo entendería. En los últimos años su corazón se ha endurecido como una roca en lo que a asuntos románticos se refiere.

Jane lamentó oír eso de boca de Colin. Sospechó que tal vez Robert era un caso perdido si hasta su hermano había percibido semejante cambio en él.

A nuestro regreso a la primera planta, donde el baile se desarrollaba sin mayor contratiempo, el señor Paterson nos acogió con espontáneo entusiasmo.

—¡Señorita Elliott! La hemos echado de menos. Queríamos conocer su opinión sobre... —Jane le dedicó su atención solo en parte; como de costumbre, tenía un ojo puesto en el mayor de los Galloway, y así pudo percatarse de que este susurraba algo al oído de Percy.

El capitán desapareció entre el gentío para regresar acompañado a los diez minutos de un hombre de frente prominente, mirada tranquila —azul y despejada— y gibosas ojeras que parecían embalsar el total de sus tribulaciones; había superado la barrera de los cuarenta y cojeaba ligeramente.

—Señorita Elliott, tengo el placer de presentarle a uno de nuestros más ilustres compatriotas: el señor Walter Scott, editor y escritor de éxito —nos introdujo Percy—. Tengo entendido que es una de sus lectoras más fieles.

«¡*Sir* Walter Scott!». Yo misma era fan de sus novelas. Entendí que Robert, quien se alejaba ahora del grupo, había tenido el gesto de pedirle a su hermano que buscara al escritor para presentárselo a mi yo del pasado. «No es un caso perdido, Jane. No lo creas».

—Es un honor conocer al Mago del Norte —dijo ella.

—Veo que el seudónimo con el que firmo muchas de mis obras no me tapa ni los dedos de los pies, señorita Elliott —rio complacido.

Jane había leído su primera novela, *Waverley*, así como algunos de sus poemas, y en la habitación de Robert se había quedado su lectura actual, así que le resultó fácil iniciar con él una amena charla sobre literatura. Walter Scott le habló sobre su próximo libro, *The Antiquary*, y ella aprovechó para recomendarle la lectura de su insigne vecina en Chawton: Jane Austen. Pero Walter Scott ya la conocía.

—Se trata de una escritora de gran talento. Inimitable. Hay mucha verdad en sus retratos literarios. He tenido la grata experiencia de leer *Orgullo y prejuicio*. Dos veces. Y he de reconocerle que he adquirido la costumbre de llamar señor Bennet a un querido pero indolente amigo mío.

«Sí, Jane Austen mola», coincidí.

—La señorita Austen mola —repitió Jane en voz alta.

«¿Eso lo he dicho yo?», se preguntó mientras ocultaba su boca tras el abanico de pericón.

No me lo podía creer. De alguna manera, ¡mi pensamiento había llegado hasta ella! La llamé a grito pelado, pero esta vez no hubo reacción.

—No la he entendido, señorita. ¿«Mola»? ¿Podría explicarme el significado de la palabra en cuestión? —preguntó el señor Scott.

—Yo no... La verdad es que lo desconozco —reconoció harto confusa.

—Quizás se la haya oído emplear a algún sirviente —dedujo lord Allan—. Dependiendo de su lugar de origen, en ocasiones puede resultar un auténtico infierno intentar descifrar lo que dicen. Los criados, en su infinita ignorancia, no saben hablar ni pronunciar como Dios manda. El diablo les llena la boca de palabras ininteligibles, así que cuídese de su influencia, señorita Elliott.

—Para infinita, mi paciencia. Qué ser más vil y despreciable... —Ninguno de los caballeros llegó a escuchar el murmullo de Jane.

Y el parloteo derivó en temas a los que, al cabo de un rato, se unieron otros invitados: entre ellos Robert y el doctor John Thompson, al que la señorita Elliott fue presentada de inmediato. Walter Scott lo abordó al descubrir que durante décadas había trabajado como cirujano en la prisión del Castillo de Edimburgo.

—¿Qué sabe de los Honores de Escocia, señor Thompson?

—Lo que todos: que lamentablemente se perdieron para siempre.

—No comparto su opinión —discrepó el escritor—. Estoy convencido de que han de encontrarse en algún rincón del castillo. Perdidos por unos pocos, pero no olvidados por muchos.

—Durante los treinta años que cuidé de los enfermos del presidio, nunca escuché nada acerca de su paradero, señor Scott —reconoció el galeno antes de toser sobre su pañuelo de algodón blanco y bordado con las iniciales J. T.

—Pues ahí han de estar, porque el Tratado de la Unión de 1707 dictaminó que las joyas debían permanecer para siempre en nuestro territorio —apuntó Robert Galloway.

—Si me disculpan la intromisión, ¿qué son los Honores de Escocia? —preguntó Jane. Parecía un tema interesante, pero no podía seguirlos si ni siquiera sabía de qué estaban hablando.

—¿Tu institutriz nunca te habló de ellos? Son la Corona, el Cetro y la Espada del Estado de Escocia —explicó Robert, y de improviso la memoria de Jane recibió en audiencia privada el tímido recuerdo de aquella lección de Historia. De todos modos permitió que Galloway continuara con el relato de los hechos—. Se usaron por primera vez en la coronación de María Estuardo, en 1543, y después en las de Jacobo VI, Carlos I y Carlos II. Cromwell* quiso destruirlas porque simbolizaban a la realeza y mandó a su ejército a buscarlas; por fortuna siempre permanecieron bien ocultas y nunca cayeron en sus manos. Tras restaurarse el trono en la figura de Carlos II, allá por 1660, dado que el monarca residía en Londres, los Honores se llevaban al Parlamento escocés en su representación. Pero en 1707, después de que se disolviera nuestra cámara para la creación de un Parlamento británico unificado, las Joyas de la Corona escocesa perdieron su papel simbólico y desaparecieron, de manera que hoy nadie sabe dónde se encuentran exactamente.

—¿Y no hay manera de averiguar dónde las metieron? Quizás, si preguntamos a las autoridades de Londres... —propuso el doctor.

—Yo ya lo he intentado, caballeros, y con la más alta instancia. Hace unas semanas tuve el privilegio de cenar con el Príncipe Regente y le pedí permiso

---

* Oliver Cromwell (1599-1658): político y militar inglés que, tras la ejecución del monarca Carlos I, convirtió Inglaterra en una república que recibió el nombre de *Commonwealth of England*. Gobernó, como Lord Protector, sobre Inglaterra, Irlanda y Escocia, hasta el día de su muerte.

para registrar el castillo; mi petición fue rechazada con muy buenas pero inflexibles palabras. —Scott pegó un sorbo de su copa—. No se inquieten, seguiré luchando por conseguirlo. Creo que dos o tres años es lo que su majestad necesita para ceder.

Lo observé con respeto y devoción. «Si supiera que en un futuro precisamente él se convertirá en todo un símbolo de Escocia...».

—¿Y por qué hay que esperar a que den su permiso los ingleses? —inquirió Jane sin pensar demasiado en lo que proponía.

—¿Acaso quiere que nos cuelguen a todos? —preguntó Robert.

«No. Con un solo cuello tronchado me daría por satisfecha», replicó ella en su fuero interno.

—La joven lleva razón —los sorprendió Scott, quien, aleccionado por las palabras de Jane, se animó a hablar con total franqueza—. No tengo el menor interés en morir a los cuarenta y cuatro años, pero sin riesgo no hay recompensa. Doctor Thompson, usted trabajó durante mucho tiempo en la prisión del castillo...

—Es cierto —asintió el anciano antes de darle un trago a su copa—. Muchos. Hasta el año pasado, que fue cuando decidieron extinguir su uso como cárcel.

—En 1811 se produjo una fuga masiva. Casi cincuenta prisioneros de guerra se evadieron a través de un boquete en la pared sur de la fortaleza —siguió argumentando el novelista.

—Lo recuerdo perfectamente. Ahí empezó el declive de la prisión —se quejó el cirujano mientras depositaba sobre una mesa cercana su copa vacía—. Pero no entiendo adónde quiere ir a parar.

—Yo sí le entiendo, señor Scott —intervino Robert—. Doctor, ¿usted sabe dónde se produjo con exactitud la brecha? ¿Sabría conducirnos hasta el lugar?

—Claro. Uno de los obreros que trabajaron en su reconstrucción sufrió un vahído y tuve que asistirlo allí mismo.

—Yo sirvo a la corona británica, así que me disculparán si prefiero no tomar parte en esta amena conversación —protestó el capitán Galloway con la intuición de quien sabe por dónde van a ir los tiros. Todos entendieron su postura—. Voy a buscarme un refrigerio. Señorita Elliott, ¿quiere que le traiga algo? ¿O tal vez le gustaría acompañarme? —preguntó esperanzado.

—No, es usted muy amable. Me encuentro perfectamente aquí —lo despachó enseguida. Estaba interesada como el que más en aquella charla. No pensaba perdérsela ni por el ponche más delicioso del mundo. Era inglesa de nacimiento, pero, durante su estadía con los Galloway en Tyne Park y Edimburgo, su corazón se había impregnado de una densa capa de orgullo escocés.

—Doctor —retomó el diálogo Walter Scott—, si no tiene inconveniente, un día de estos podríamos acercarnos al lugar. Me gustaría inspeccionarlo en persona y comprobar hasta qué punto la pared es sólida. Si no lo fuera, tal vez tengamos la oportunidad de buscar por nuestra cuenta el tesoro, caballeros. Habría que encontrar el momento más propicio para no ser descubiertos por la guardia.

—¿Y qué haríamos después? ¿Robarlo? —preguntó asustado el señor Robertson.

Casi podría jurar que oí cómo le repiqueteaban las canillas, la una contra la otra, debido al temor que le inspiraban las posibles represalias.

—¡No, santo Dios! Aguardar a tiempos mejores en los que el Príncipe Regente me autorice a registrar el castillo. Pero entonces ya nos resultará mucho más fácil dar con el tesoro, porque sabremos dónde localizarlo.

—¿Y por qué no esperar a que llegue ese momento? —preguntó Jane al escritor.

—Con sus palabras hace alarde usted de prudencia, señorita Elliott, pero este es un tema que me roba el sueño desde hace años. —Los ojos le brillaban con la luz de la ilusión—. Los tiempos cambian de una manera brutal sin pedir permiso a nadie, y...

—Hay quienes lo acusan, señor Scott, de esconderse bajo las faldas del pasado, de sus costumbres y valores —lo cortó el señor Morrison, un abogado de Glasgow que había hecho fortuna con sus negocios en las Indias Occidentales.

—He de reconocer que los proburgueses que lanzan tales acusaciones contra mí no yerran —respondió contundente Scott—. El pasado forma parte de lo que hoy somos, y no debemos renunciar a él ni dejar que caiga en el olvido. El tartán y los *kilts* de las Tierras Altas son símbolo de nuestra identidad nacional, y también las Joyas de la Corona. Forman parte de quiénes somos todos nosotros. Y eso lo incluye a usted, señor.

Frederick Morrison bajó la mirada ante la fiereza argumental de su adversario.

—Yo estoy dispuesto a ayudarlo en lo que pueda —se prestó resuelto Robert.

Jane lo observó entre fascinada y sarcástica: «¿Ya no te inquieta la posibilidad de que los ingleses erijan un cadalso en honor a tu distinguido cuello?».

A la voz de Galloway se unieron las del resto de los presentes, imbuidos en el mismo sentimiento patriótico que Walter Scott.

—Soy inglesa de cuna y escocesa de corazón. Si puedo colaborar en algo, no tienen más que pedírmelo —se apuntó la única dama del grupo—. Aunque les ruego tengan la bondad de no ver en ello mi ofrecimiento para zurcirles las capas en las que tendrán a bien embozarse; lo que desearía es ser parte activa de la incursión. Prometo no ser un estorbo.

Hubo alguna que otra sonrisilla irónica, pero Jane prefirió pasarlas por alto. «Si el castillo alberga fantasmas, como es de esperar, estos caballeros no hallarán mejor aliada que yo. Puedo ayudarlos a encontrar el tesoro», pensó para sí triunfante.

Me sentí orgullosa. «Claro, el tercer ojo puede echar un cable en la búsqueda». Me pregunté si habría vuelto a encontrarse con su padre. Y enseguida obtuve la respuesta: sí, y fue la última ocasión en que el teniente Elliott se le aparecería a su hija. La despedida había sido dolorosa, pero Jane se mostraba agradecida por haber tenido la oportunidad de verlo una vez más. Desde entonces no se había topado con ningún otro espíritu, pero si aquel don le servía para localizar los Honores de Escocia, que eran tan importantes para el señor Scott y para el propio Robert, estaba más que dispuesta a hacer el sacrificio de someterse a él.

En ese punto se acabó el interesante coloquio para la señorita Elliott, porque un brazo, el de *lady* Susan, la agarró con firmeza y se la llevó consigo lejos.

—No debe permanecer por más tiempo en compañía de los hombres. Venga conmigo y le presentaré a las damas y cuál es su lugar: entre nosotras. Aún tiene mucho que aprender, querida.

Jane lanzó una mirada suplicante a Percy —el capitán regresaba al encuentro de sus hermanos con una copa en la mano—, pero él se encogió de hombros y se disculpó con una sonrisa, dándole a entender que nada podía hacer ante el riesgo que suponía para su integridad física el contrariar a la madrastra. «Qué sutil venganza por no haber accedido a acompañarlo antes», pensé divertida.

No tuve que soportar la compañía de *lady* Susan más que unos segundos, porque, tras dar solo unos pasos, me encontré de regreso en la Casa Georgiana.

Y no estaba sola. Alguien aún más terrorífico que la esposa de *sir* Arthur me aguardaba en el siglo XXI. Justo frente a mí, una señora ataviada con un largo vestido negro y oculta bajo un velo tupido en color oscuro me observaba. En un segundo plano reconocí a Jackson. Lo veía mover la boca, como si intentara decirme algo, pero sus esfuerzos eran vanos: no podía escuchar su voz.

10

Los Guardianes del Umbral

Aterrada ante la posibilidad de que tras aquella máscara de tela se escondiera una calavera o algo incluso peor —recordé las sombras que habían acechado la casa de los Miller en Manhattan—, aguardé inmóvil. La figura femenina alzó sus manos enguantadas y se despojó del más superficial de los velos —al parecer, llevaba varios superpuestos—. Este mutó de color al separarse de ella: cuando lo empleó para cubrirme la cabeza, lucía blanco, como una carta a la espera de ser escrita, del mismo tono que la incógnita que se me planteaba. «¿Qué demonios está ocurriendo?».

El ente se despidió acariciándome con delicadeza la mejilla. Al siguiente parpadeo, había desaparecido.

—¡Alicia! ¿Estás bien? Di algo, por favor —escuché por fin la voz inquieta de Jackson.

—No sé si estoy bien... ¿Quién era esa mujer?

—¿A quién te refieres? —preguntó el canadiense echando un vistazo tras de sí.

—¿A quién va a ser? ¡A la mujer de negro! —exclamé mientras comprobaba que la prenda que me había deslizado por encima había terminado por desvanecerse, como ella—. Me ha puesto un velo, pero ya no está. Ni ella ni el velo —dije mientras, incrédula, continuaba pasando las manos por delante de mi cara para asegurarme de que estaba en lo cierto.

—¿Un velo? —El canadiense abrió los ojos alarmado. Su *smartphone* vibró en uno de los bolsillos del pantalón. Descolgó de inmediato—. Hola, Alejandro. Justo estaba a punto de llamarte. (...) Sí, la tengo a mi lado. (...) Se podría decir que sí, pero mejor te pongo en modo altavoz. —El fotógrafo sostuvo el móvil entre los dos.

—Acabo de regresar de un encuentro con mis guías espirituales —nos informó el chamán—. Me han advertido de que los Guardianes del Umbral tienen previsto hacerte una visita, Alicia.

—¿Una señora vestida de negro forma parte de ellos?

—¿Ya ha estado ahí?

—Acaba de marcharse —le confirmé.

—He conocido a pocas personas que se hayan topado con uno de los Guardianes. Las experiencias fueron muy distintas entre sí, dependiendo del motivo de la visita…, pero por tu tono de voz deduzco que no te ha ido mal del todo.

—Fuera lo que fuera, ha sido amable conmigo.

—Esa es buena señal, muy buena.

—Pero me ha cubierto con un velo —le expliqué.

—¿De qué…? —El chileno tomó aire— ¿De qué color era ese velo?

Que Alejandro demostrara temor no era para tomárselo a risa. Lefroy también me miraba expectante.

—Blanco —respondí de manera precipitada, como si la palabra me quemara en los labios—. El velo era blanco. ¿Tiene algún significado especial?

Alejandro resopló al otro lado del teléfono, y Jackson relajó la mirada.

—Bien, bien. Eso es que simplemente han decidido limitar tus poderes —comentó el chamán.

—¿Quiénes son los Guardianes del Umbral? —les pregunté.

—Son los protectores de la frontera entre el mundo terrenal y el más allá —se anticipó el yuzbasi—. Atacan a aquellos seres humanos que pretenden penetrar en los misterios del otro lado sin salvoconducto. —No entendí la broma—. Sin su beneplácito —me aclaró.

Enseguida los puse al día sobre las nuevas regresiones. Les expliqué que había intentado sin ningún éxito separarme del cuerpo de Jane Elliott para así poder investigar por mi cuenta y que además esta, influida por mis pensamientos, había pronunciado en voz alta y ante varias personas una palabra totalmente anacrónica para su época.

—¡Venga ya! ¿Jane Elliott pronunció la palabra «mola»? —me preguntó Jackson entre risueño y asombrado.

Me encogí de hombros sonriendo.

—Pues ahí tienes la razón por la que se te han aparecido los Guardianes —me explicó Alejandro—. Tu don cada día se hace más fuerte, y con ese velo pretenden impedir que te comuniques con tu yo del pasado. Alicia, es importante que no la empujes a hacer nada que no hubiera hecho por sí misma. Aunque eso ya te va a resultar materialmente imposible. Si los salvaguardas del otro lado te han tratado con amabilidad es porque no sienten que haya existido voluntad de ofensa. Por un momento temí que quisieran castigarte por haber hecho un uso ilícito del tercer ojo.

—Gracias por la confianza...

—A otros con más experiencia que tú les han quitado los poderes, por completo; eso es lo que significa que te envuelvan en un velo de color rojo. Y en algunos casos, los más extremos, el velo es marrón tierra... —comentó el hechicero.

Me daba miedo preguntar, pero aun así lo hice.

Jackson siempre se reservaba las respuestas más *divertidas*:

—Que quien lo recibe está a punto de palmarla. Es una especie de sentencia de muerte. Pero tranquila, que hay que hacer algo muy grave para merecer ese castigo.

—¿Algo muy grave? ¿Como qué?

—Nada que tú vayas a hacer en los próximos cinco minutos. —Mi inquisitiva mirada no bastó para convencerle de ser más explícito—. Más tarde te cuento.

Jackson estaba más interesado en aprovechar que teníamos a Alejandro al otro lado del teléfono para informarle de nuestros últimos progresos en Escocia; y el chileno nos comunicó que había abandonado Salamanca un par de días atrás y que estaba de regreso en Nueva York porque, aunque todavía tendrían que pasar semanas antes de que el yuzbasi Roberto Elizalde pudiera levantarse de la cama en la que se hallaba postrado, por fin se encontraba fuera de peligro. Cuando nos despedimos de él, prometimos mantenerle al tanto de cualquier novedad.

—Me has asustado, ¿sabes? —Lefroy me tendió una mano y yo la acepté. No me venía mal un poco de ayuda para ponerme en pie: sentía las piernas entumecidas por el contacto continuado con aquel gélido suelo—. Cuando vi que tardabas en subir... John necesitará comer pronto, sea lo que sea.

—¿En serio has llegado a pensar que me había mordido?

—No tiene ninguna gracia —se quejó al contemplar mi sonrisa socarrona—. Apenas he tratado con él. Solo tengo referencias y, aunque sean muy buenas, a estas alturas no me fío ni de mi sombra, y mucho menos de un vampiro rehabilitado. Cuando me encuentro con uno de su calaña, procuro que sea su último día en la Tierra —refunfuñó el yuzbasi, incómodo con el papel de burlón burlado—. No creo que Waterworth sea peligroso para nosotros, pero hay algo en él que no termina de convencerme.

Aquel sábado, los pasillos del Museo Anatómico de Edimburgo acogían a solo tres visitantes: Lefroy, MacGregor y yo. El Club había conseguido que lo cerraran al público para que pudiéramos investigar con libertad. Atravesamos las puertas *mágicas* de la entrada. En aquel vestíbulo me sentía como Atreyu ante las esfinges de *La historia interminable:* dos gigantescos esqueletos de elefante nos observaron pasar. Cuando volví la vista atrás, seguían mirándonos en silencio, pero como a punto de decir algo a tenor de aquellas bocazas entreabiertas.

La sala principal, iluminada por la luz del sol a través de las claraboyas del techo, se abrió ante nosotros como un umbral al pasado.

—¿Ves algo, Alicia? —Jackson había empezado a recorrer cada palmo de la estancia con el objetivo de su cámara, en busca del fantasma de William Burke.

—Nada, como hace un rato en casa de los Rae —respondí decepcionada tras echar un primer vistazo—. ¿Y si el velo blanco tiene efectos secundarios y durante unos días no puedo ver nada que proceda del otro lado?

—Imposible. Alejandro nos habría avisado de que eso podía pasar —sentenció antes de empezar a debatir con MacGregor sobre las probabilidades reales de que, en caso de montar guardia durante unas horas, se nos apareciera en el museo el alma en pena de Burke; Frank votaba por acercarnos a Lawnmarket, la plaza donde lo habían ejecutado.

Los dejé con su pequeño desencuentro y me lancé a inspeccionar aquel lugar, que era como la versión académica de un museo de los horrores. Cerebros y manos en conserva, esqueletos de animales, instrumental de disección... Decenas de rostros pálidos nos contemplaban: unos con los ojos abiertos, otros con ellos cerrados. No eran sino moldes vacíos de tejido o hueso, solo máscaras.

—Mierda, si ese es... —Me acerqué a grandes zancadas para confirmar, en la leyenda de un letrerito, mis fundadas sospechas—: ¡*sir* Walter Scott!

Ahí lo tenía, cara a cara, idéntica a aquella con la que había conversado Jane la noche anterior, en Dunwee House, solo que los párpados de la máscara permanecían caídos, como si el escritor durmiera o asintiera a lo que se le decía. Shakespeare y Samuel Johnson, por el contrario, parecían tan despiertos como cuando podían respirar.

Escuché hablar a Jackson un paso por detrás de mí:

—Se las conoce como máscaras mortuorias si se realizaron después de que la persona falleciera, y máscaras de vida si se fabricaron antes. Están hechas con yeso.

—Muchas son del siglo XIX —observé tras revisar las etiquetas que las identificaban.

—Sí, se hicieron populares debido a la práctica de la frenología. —Puse cara de no entender de lo que hablaba—. Hoy en día está desacreditada, pero es una ciencia que estudia la forma y el tamaño de los cráneos y, con los datos obtenidos, explica cómo es la mente de una persona, su comportamiento y las habilidades que posee.

—Por la forma del cráneo... —Examiné el mío en el reflejo de una de las vitrinas—. Menuda tontería.

—Por cierto, acompáñame. Para que te sirvan de referencia por si se te aparece su fantasma, estas son las máscaras de Burke. Una se la hicieron justo antes de ser ahorcado y otra después —me mostró el canadiense.

—Qué diferentes las dos expresiones. El gesto de cuando ya estaba muerto parece más bondadoso, como si al fin descansara. Eso parece una sonrisa, ¿verdad? —pregunté con la mirada puesta en la máscara—. No tenía cara de malvado...

—¿Y qué esperabas? ¿Orejas puntiagudas y colmillos de jabalí?

Sonreí. La chulería de Jackson, una vez bien entendida, gustaba más que incomodaba.

—Solo digo que, por el aspecto, inspira confianza.

—Es que, dulce amiga, la cara no es como dicen por ahí el espejo del alma. —Frank se había unido a la conversación—. Todos llevamos dentro cientos de caras, y nos las vamos cambiando según nos convenga más calzarnos una u otra. Adaptarse o morir... socialmente —expuso antes de lanzarle una pregunta a Jackson—. ¿No le enseñas la joya de la corona de esta exposición?

—Alicia es bastante sensible, y no sé hasta qué punto impresionable. —El canadiense me retó con la mirada—. Adivino que no le gustan demasiado ese tipo de *joyas*.

El escocés, haciendo oídos sordos a las alusiones del canadiense, me tomó del codo para invitarme a seguirle. Nos detuvimos frente a una amplia vitrina de cristal que, dado el material que custodiaba, resultó ser más bien un sarcófago.

—Supongo que querías presentarme al propio Burke —le señalé con la barbilla el esqueleto. Refugiarme en la broma resultaba más cómodo que hacer frente a la sórdida realidad—. No es que me impresione —añadí con los ojos clavados en Jackson—, pero pienso que un cadáver humano debería guardar reposo en un lugar diferente a este.

—Bueno, también se dice que quien a hierro mata, a hierro muere —resolvió Frank como si vistiera toga negra y acabara de dictar sentencia—. Junto a

William Hare, este individuo asesinó a diecisiete personas para vender sus cuerpos a los estudiosos de la anatomía. Y al final su propio cuerpo sirvió para fines científicos.

—Creía que habían sido dieciséis víctimas... —lo corrigió Lefroy.

—¿Y acaso no fue una víctima el propio Burke? Yo diría que fueron diecisiete. Sin embargo, el doctor Knox, que con tanta alegría había aceptado los finados para sus clases de Medicina, sin molestarse tan siquiera en investigar la procedencia, no tuvo que pagar por su mala acción. Es la hipocresía de la Justicia: no se contempla la culpabilidad o inocencia que otorgan las circunstancias; y las necesidades del doctor y el deseo de vivir mejor que todos tenemos fueron las circunstancias de Burke y Hare.

—Sí, pero no puedes pretender una vida mejor a costa de hacer daño a los demás —lo rebatí—. No está bien.

—¿En tu familia está muy arraigado el puritanismo? Háztelo mirar: quizás tuviste antepasados de la vieja Nueva Inglaterra —bromeó el escocés, que no se cortaba a la hora de expresar en voz alta sus pensamientos—. Es algo bastante común lo de llevar una vida mejor a costa de los demás, incluso si en nuestro fuero interno no les deseamos ningún mal. Y es lógico y sano a nivel mental que nos antepongamos a todo y a todos. Seguramente te dices a ti misma que una cosa es ir a lo tuyo y otra pasar por encima de las personas para ello, pero muchas de nuestras decisiones perjudican a otros. Por ejemplo, cuando conseguimos el ascenso que tanto anhelaba un compañero, y que quizás lo necesitara más que nosotros.

—Pero muchas veces llevamos a cabo obras que ayudan a los demás, y sin buscar ningún beneficio a cambio —objeté.

—Porque pensamos que de alguna manera hay que restablecer el equilibrio. ¿La razón? Sospecho que las religiones han hecho mucho en favor de esa compensación vital.

—Pues tú cuidas del prójimo con el trabajo que realizas como miembro del Club.

Frank fue a decir algo, pero se lo pensó mejor. Tras guardar silencio, sonrió como si estuviera a punto de desvelar un gran secreto.

—Querida, soy capaz de defender el anverso y el reverso de cualquier materia. La dialéctica es un buen pasatiempo mientras uno espera a que se le aparezca el fantasma de un irlandés cabreado. —Su buen humor consiguió distender el ambiente.

—Y a propósito de eso, ¿qué habéis decidido? —pregunté mirando a Jackson.

—En principio pasarnos por la sala de conferencias de Anatomía —repuso el fotógrafo sin levantar la mirada del móvil—. De toda la Universidad de Edimburgo, es el lugar donde más fenómenos *poltergeist* se han producido a lo largo de la historia.

La sala pillaba cerca. Filas curvadas repletas de asientos en color rojo sangre estructuraban la estancia y envolvían el estrado del profesor, donde alguien había colocado una camilla cubierta por una sábana en blanco hueso.

Tomé asiento en la tercera fila, como si fuera una estudiante de Medicina a punto de observar con detalle el desmembramiento de un cadáver. MacGregor permanecía abajo, en el corazón de la sala, interesado en los apuntes que algún profesor había escrito con tiza sobre la pizarra del estrado. Lefroy, por su parte, se había acomodado a mi lado, con la cámara en ristre, y, tras las comprobaciones rutinarias de que no nos acompañaban seres del más allá en aquel preciso instante, dejó a un lado la máquina y sacó de la mochila uno de sus libros de demonología. «Parece que la cosa va para largo». Dado que tenía un artículo que escribir sobre Burke y Hare para *Duendes y Trasgos*, saqué mi *moleskine* y empecé a anotar los datos que me habían facilitado mis compañeros, así como las ideas que me iban surgiendo para completar el reportaje: «El asunto de las máscaras es muy llamativo. Podría escribir un apoyo. Tendría que localizar a algún experto que me cuente las conclusiones a las que un frenólogo del siglo xix habría llegado tras una inspección minuciosa del cráneo de Burke. E incluso que, siguiendo las creencias de la frenología, analice en exclusiva para *Duendes y Trasgos* a algunas celebridades de hoy en día. Donald Trump, Karen Uhlenbeck, Demi Lovato, Stephen Hawking...».

Repasaba todas aquellas anotaciones cuando el grito ahogado de un hombre me obligó a levantar la cabeza. Era Frank. Se llevaba las manos a la cara, como si intentara espantar a un abejorro. Me dio la sensación de que le costaba respirar... No entendí lo que le sucedía hasta que distinguí a aquella figura fantasmagórica a su lado.

—¡Es Burke! Está atacando a MacGregor —le susurré a Jackson, ya que temía ahuyentar al espíritu.

El mulazim no parecía estar en peligro. De hecho, la escena resultaba tragicómica. William Burke intentaba introducir los dedos índice y corazón por los orificios nasales de su víctima y con la otra mano le tapaba la boca, pero Frank era un tipo correoso, se movía demasiado. La aparición cambió de estrategia. Agarró al escocés de una de las pantorrillas y la elevó para cogerle del talón: intentaba auparlo a la camilla con la misma estrategia que si quisiera subirlo a la grupa de un caballo; sin embargo, el espectro carecía de la fuerza necesaria para lanzarlo hacia arriba. Tras un par de saltos a la pata coja que casi terminan con sus huesos en el suelo, MacGregor aún tuvo que soportar una nueva embestida del irlandés. Burke se puso a empujar —las manos instaladas en el pecho de su martirizado rival—, como lo habría hecho un jugador de fútbol americano intentando desplazar un *dummy* de entrenamiento. Apenas lo movió cinco centímetros, y por supuesto no consiguió su objetivo de comprimirle los pulmones para que dejara de respirar...

Pasada la sorpresa inicial, Frank lanzó los brazos rabioso, intentando aprisionar a ciegas al ser invisible que lo atacaba.

—Odio enfrentarme a fantasmas. Si no fuera porque... —Su voz sonaba amenazadora y frustrada a la vez.

Ignoro la razón, pero sentí lástima por aquel espectro. Sus intentos de asesinar a MacGregor resultaban patéticos, y ello despertaba en mí un sentimiento de compasión y casi ternura, como cuando un niño pergeña una inocente trastada.

—No, espera, Jackson. No dispares —le rogué a mi compañero, ya en posición de ataque. Cargué mi voz con toda la autoridad de la que fui capaz para lanzar aquella orden—: ¡William Burke, deja a ese hombre en paz ahora mismo!

La única respuesta que obtuve fue el gesto de sorpresa del espíritu al escuchar que me dirigía directamente a él, porque, antes de que pudiera decirle nada más, su imagen se diluyó en el aire.

—Se ha largado —le confirmé a mi compañero.

—¿Estás bien, Frank? —se interesó Lefroy mientras descendía los escalones que nos separaban del escocés.

—Odio enfrentarme a fantasmas. Resulta frustrante no poder insertarles un *dirk* entre los ojos —relató entre dientes el candidato a víctima número diecisiete... o dieciocho, según las cuentas del propio MacGregor.

—¿Qué hacemos ahora? ¿Te llevamos a un hospital? —pregunté intentando estrangular la risa que trepaba por mi garganta. No podía quitarme la melodramática escena de la cabeza.

—Estoy bien. No necesito un hospital. A no ser que dispongan de una cura para el cabreo —me informó el interesado—. Por cierto, creo que debo darte las gracias por intervenir. Me temo que si no lo llegas a hacer, a estas alturas el fantasma seguiría tocándome las narices. —Aunque él lo había dicho muy serio, oír eso de «tocándome las narices» no me ayudaba en mi empeño de reprimir la risa. Frank, herido más que nada en su orgullo, cogió con rasmia la chaqueta que había dejado sobre la mesa del profesor, y salió de allí sin volver la vista atrás—. Podemos largarnos. Tanto ejercicio físico tiene que haber agotado al fantasma; no creo que pueda volver a materializarse en un tiempo.

Cuando nos quedamos solos, entre sonoras carcajadas le relaté a Jackson los detalles del ataque.

—Se te olvida que el tipo que te hace tanta gracia fue un desalmado asesino en serie —me reprendió con fingida severidad; se ve que tampoco él era completamente inmune a mi descripción de los hechos.

Sin duda tenía razón, pero me costaba ver en aquel espectro a un ser demoniaco. Difícilmente podía considerarlo así tras presenciar su desmañado intento de asesinato.

11

El Dragón Verde

Jackson se empeñó en salir a tomar una copa aquella noche de sábado. Como respuesta no aceptó una negativa, tampoco tres, así que claudiqué y me preparé mental y físicamente. Me llevó unos minutos decidirme, pero al fin descolgué el vestido en azul Klein con manga larga y escote barco. Antes de salir de la Casa Georgiana, me puse el abrigo, un tres cuartos de grandes botones y un vibrante color rojo.

—¿En coche o andando? —le pregunté a Jackson mientras hacía girar la llave en la cerradura de la puerta principal.

—Mejor un paseo.

Indecisa, la vista se me fue por encima de nuestras cabezas. Durante la tarde el cielo había permanecido cubierto por pinceladas de color plomizo, y las nubes adoptaban la forma de gigantescas y risueñas bocas conteniendo cargas de agua a punto de ser espurreadas. La temperatura a esa hora rondaba los seis grados.

—No te preocupes, si acabamos muy perjudicados o nos llueve, pillamos un taxi a la vuelta.

El trato me parecía justo, y no me molestaba en absoluto caminar por las calles de una ciudad tan hermosa como aquella.

—Entonces tus deseos son órdenes, yuzbasi. Por cierto, ¿sabes adónde me llevas?

—Por supuesto —respondió engarzando su brazo con el mío.

El Dragón Verde. Así se llamaba el lugar, un extraño híbrido entre pub típicamente escocés en la planta baja y un *nightclub* de amplias miras en el subsuelo. Me sentí atraída por el ambiente tradicional de la cervecería, toda forrada en madera, con grifos de Guinness corriendo alegres, al ritmo de la música de los violines, laúdes y flautas que sonaban en riguroso directo; sin embargo, el fotógrafo, que aún me llevaba del brazo, dirigió nuestros pasos escaleras abajo.

La escena no tenía nada que envidiar a los locales que alguna vez me había visto obligada a visitar con los amigos en Nueva York —las salidas nocturnas no iban conmigo—, solo que en versión reducida a todos los niveles: en metros cuadrados, altura de los techos y número de personas congregadas. Un dato que jugaba a mi favor, porque siempre había odiado las aglomeraciones. En la pista, unas cuantas parejas bailaban al ritmo que el pinchadiscos marcaba, y que no me resultaba para nada desagradable: principalmente música ochentera. En casa me gustaba escuchar los discos de juventud de mi madre.

Esa misma tarde había hablado con ella. Todo bien, salvo que a Emma le había dado por intentar convencerla de lo bien que me vendría una visita familiar en Navidades si mi estancia en Edimburgo se prolongaba hasta entonces. También me enteré de que el diario de la tía Rita por fin había completado el trayecto Madrid-Nueva York, y se recuperaba del *jet lag* infiltrado entre el resto de libros de mi banco-biblioteca. Sentía mucha curiosidad por leerlo y estaba convencida de que me resultaría de gran utilidad en el futuro, como una especie de *Manual del canalizador*.

—No está mal el garito —le reconocí a Jackson—. Es tranquilo, y resulta extraño poder decir eso de un club nocturno.

—No lo he elegido yo. —Continuó hablando antes de que pudiera preguntarle a qué se refería—: ¿Qué te apetece beber? —preguntó señalándome la barra color cobalto, tras la que fondeaban decenas de botellas *premium*. La decoración del local estaba vinculada al mundo del mar y la navegación.

—No sé. ¿Qué me recomiendas?

—¿Con alcohol o sin?

—Sin, por favor.

—¿Eres más de dulce o de amargo? —me tanteó—. ¿Pero por qué pregunto? —Sacudió la cabeza como si creyese que aquella había sido una pregunta muy estúpida—. De dulce, eres de dulce.

Antes de que pudiera confirmarle que podía ganarse la vida como adivino, viró y zarpó rumbo a la barra, capitaneada por una rubia de exuberantes proa y popa que lo abordó con su mejor sonrisa en cuanto lo divisó entre el gentío.

El yuzbasi regresó con un botín en cada mano: un *atardecer de fresa y limón* para mí —el mejunje sabía delicioso— y un pequeño vaso en el que rebosaba un líquido verde menta para él.

—Esto es lo que daría a mi sobrina —soltó con recochineo al ofrecerme el cóctel.

Obvié el tono, me interesaba más el contenido.

—¿Tienes una sobrina?

Jackson asintió mientras le pegaba un sorbo a su bebida y se dedicaba a contemplar a las parejas que se movían en la pista de baile al ritmo del *Take on Me* de A-Ha.

—Ah, no. De eso nada —exigió cuando fijó de nuevo la vista en mí y se encontró con una mirada inquisitiva—. Ni se te ocurra empezar con el interrogatorio. Ya te contaré algún día —dio por zanjado el tema, y yo también porque entendí que, por mucho que insistiera, él no se iba a rendir a unas preguntas tan personales.

—¿Qué tomas? —Me intrigaba el extraño color de su bebida.

—Absenta.

—¿Absenta? ¿Eso no es peligroso?

—Me gusta su aroma poético. Y su sabor, claro. Aunque no te preocupes, abuelita, que ya no echan láudano ni nada que pueda dejarme ciego.

—Salvo si bebes demasiado. —Reí, y él conmigo—. Hazme un favor y no te pases con esto. Me sienta fatal tener que acompañar a los borrachos a casa.

El *smartphone* del canadiense, que reposaba sobre la mesa a la que nos habíamos sentado, vibró al ritmo de un mensaje. Lefroy lo leyó, puso cara de *no-es-nada-importante* y esta vez lo guardó en un bolsillo del pantalón, como si se viera capaz de pasar del aparato en lo que restaba de noche.

—Se te mueven los pies solos —observó entretenido.

La música ochentera había quedado atrás, concretamente un par de décadas.

Se levantó del sofá de escay y me tendió la mano.

—Oh, no, no. Tengo la extraña habilidad de bailar mejor sentada que de pie.

—Tonterías. Te recuerdo que ya lo hemos hecho juntos. —Sonrió con picardía—. Y te defiendes bien. No me hagas el feo, joven *padawan*. Ese vestido se hizo para ser lucido —insistió—. Y esta canción es de unos compatriotas míos.

—Conozco a Nickelback —refunfuñé mientras, de mala gana, le permitía que tirara de mí para conducirme hasta la porción de suelo iluminado con leds.

Al parecer lo nuestro eran los temas lentos. *Far Away* me recordó a Duncan. «Hemos estado lejos demasiado tiempo», decía la canción. Pensé que mi amor no podía estar más lejos de mí, en cuerpo y alma. «Dejo de respirar si ya no te veo más». Pero él desapareció de mi vida, y yo tuve que seguir respirando. «Demasiado lejos».

Jackson lo puso todo de su parte y consiguió lo imposible: que me dejara llevar. El fotógrafo se movía seguro de sí mismo, sabiendo cómo dirigirme con su mano apoyada sobre mi espalda. Me hizo girar varias veces sobre mí misma para recogerme y acercarme de nuevo a él. En uno de esos reencuentros cara a cara, sus dedos se engarzaron con los míos. Sonreí por el gesto seductor al considerarlo una broma; pero él no se rio, permaneció serio, casi solemne.

—Esta vez no está aquí tu caballero andante para intentar salvarte —dijo mientras en un paso me echaba hacia atrás con la espalda recta. No me lo esperaba, así que, asustada, me agarré a sus hombros con firmeza; temía acabar en el suelo—. Alicia —sonrió arrogante—, nunca te dejaría caer.

Su mirada se ausentó durante unos segundos. Cuando estuvo de regreso, esbozó un gesto triunfante. Aquella cercanía evocaba a la de nuestro primer baile. Contempló curioso mi rostro. Parecía esperar mi decisión. «¿Y si Duncan no es mi destino?». Por un momento pensé que tal vez debía abrir mi mundo a otras posibilidades, y, en ese caso, ninguna superaba a Jackson Lefroy.

El instante, sin embargo, pasó sin hacer mella en mis convicciones: «No, no voy a darme por vencida. Duncan terminará por recordarme o haré que se enamore de mí como si fuera la primera vez».

—Jackson, déjame. Esto no... no está bien.

—Claro que no —me susurró al oído—: Y te aseguro que él lo ha entendido muy bien —añadió mientras me enderezaba con su brazo y me dedicaba una de sus sonrisas más cautivadoras.

No tardé en comprender que todo había sido una puesta en escena. ¡Jackson había estado actuando para otros! Más bien para otro. Al contrario que yo, él sí era un magnífico intérprete. Con un discreto movimiento de cabeza, el yuzbasi me había mostrado en qué dirección buscar las respuestas.

Duncan. Nuestras miradas se encontraron en un punto intermedio, a medio camino de los metros que me separaban de él. En sus ojos había perplejidad, sorpresa y pesar. No sabía cuánto tiempo llevaba ahí, pero se encontraba clavado en el sitio, sin mover un solo músculo, justo al final de las escaleras que conectaban el *nightclub* con la zona del *pub*. No había llegado solo. Lo acompañaba una mujer pelirroja muy atractiva, embutida en un sexi vestido rojo al que ni un centímetro de tela faltaba o sobraba. La dama en cuestión apoyó con descaro las manos y la barbilla sobre el hombro de Duncan; solo podría haber sido más explícita de haberse pegado en la frente una pegatina con la inscripción: «Sí, es mío».

Jackson y yo habíamos dejado de bailar, pero la canción seguía su curso y de nuevo me dejé llevar por la emoción de la letra de Nickelback. El bumerán volvía a mí, dispuesto a cortarme el nudo de la garganta. «¿Está saliendo con esa chica? ¿Y si Fanny en realidad no tiene ni idea de la vida amorosa de su hermano?». Del desaliento pasé a otro sentimiento más poderoso. La ira. «Si tiene novia, ¿por qué demonios no la mencionó en el hospital?».

Interrumpí cualquier conexión visual con Duncan; la perspectiva no resultaba nada apetecible con ella al lado. Y, por lo que parecía, venía incluida en el lote. Busqué el amparo de Jackson. Solo pudo ofrecerme la segunda sorpresa de la noche.

—Bueno, ahí lo tienes —dijo como si fuera un logro suyo que Duncan hubiera acudido a El Dragón Verde—. Se me hace raro poder verlo al fin... Si te soy sincero, en persona pierde un poco; me lo había imaginado más guapo. Un poco como yo —añadió esbozando una sonrisa petulante.

Y entonces até cabos como lo hubiera hecho un experimentado marinero.

—Tú sabías que iba a venir esta noche...

—Claro. De hecho, me avisaron hace un momento de que ya estaba aquí.

«El mensaje del móvil...».

—¿Y de que venía acompañado? ¿También te avisaron de eso? —le reproché, como si él tuviera la culpa de que una mujer despampanante fuera la pareja del escocés.

Era el peor momento de todos para hacerlo, pero a mi lado más inseguro le dio por salir a pasear para ver qué había de nuevo en el barrio. «No tengo nada que hacer frente a alguien así. ¿Por qué iba a fijarse Duncan en una chica como yo?».

—Te juro que eso no lo sabía. De ella no me han pasado informes. Ya me hubiera gustado —reconoció echándole un vistazo sin tapujos a la pelirroja de piernas kilométricas.

—Debiste prevenirme de que él iba a venir —me quejé, consciente de que era tarde para las lamentaciones.

—Pensé que lo mejor para vosotros era apañar un encuentro fortuito. Me cuesta creer que en el hospital lograras mostrarte como eres, ser tú misma. Estabas demasiado tensa. Aquí no quería darte tiempo para pensar, para prepararte; por eso fragüé esta especie de... cita a ciegas. —Alzó los hombros a modo de disculpa—. Hice que pincharan su teléfono. Y así me enteré de que había quedado en El Dragón Verde con unos amigos. Por lo visto, tenía pendiente celebrar su cumpleaños porque cayó en coma ese mismo día.

—El día que cumplía los veintiocho... —comenté para mí misma.

La misma edad de Robert Galloway en mis regresiones. Me cabían pocas dudas de que aquella circunstancia no era fruto de la casualidad. «Seguro que guarda relación con la maldición de Adaira McKnight».

—¿Y lo del bailecito que te has marcado?

—Hazme el favor: intenta ocultar tu cabreo o lo echarás todo a perder. Tu Duncan sigue mirándonos —me informó el canadiense tras otearlo por encima de mi hombro—. Qué cara se le ha quedado al pobre. Deberías volverte para echar un vistazo... Yo diría que está a punto de entrar en coma de nuevo.

—No me has respondido.

—¿El baile? Bueno, si una vez funcionó... ¿por qué no dos?

Respiré hondo, intentando controlar las emociones que aún me encendían las mejillas. Eran demasiadas, y algunas encontradas. Alegría por tener allí a Duncan, resquemor por la mujer que había llegado con él; deseos de ir a su encuentro para llevarlo a un rincón privado y abrirle mi corazón, y también ganas de salir huyendo en dirección contraria: me sentía traicionada por él.

—No creo que el baile haya servido de mucho. Ya has visto a la chica con la que ha venido.

—Pues justo ahora no es que esté muy pendiente de ella... Ahora sí: le está diciendo algo al pibón. Ella no parece demasiado contenta y se marcha sola a la barra. ¡Prepárate, porque el doctor Wallace viene hacia aquí! —retransmitió animado antes de aconsejarme en plan más mesurado—: Déjate llevar, Alicia. Habla con él.

—No puedo, no podría... —balbuceé—. Te aseguro que improvisar no es lo mío. —Duncan se encontraba a solo unas zancadas de distancia—. ¿Dónde están los baños? —Tenía que escapar de allí como fuera.

Jackson vaciló antes de indicarme el camino a seguir, por suerte en una dirección que me alejó aún más de mi perseguidor. Oí que el escocés me llamaba, pero yo necesitaba un momento a solas, para pensar en lo que estaba haciendo y cuáles eran los próximos pasos a dar. ¿Renunciar a aquel amor que tantos quebraderos de cabeza parecía destinado a darme? ¿Luchar por él con fuerzas e ilusiones renovadas? La teoría de que no tenía a nadie especial en su vida se acababa de desplomar a mis pies; aquella mujer era explosiva, y había hecho volar por los aires todas mis esperanzas.

Por suerte, no había colas fuera del baño, solo en el interior; y el movimiento de mis congéneres resultaba fluido: solo tuve que aguardar unos minutos para poder encerrarme a solas en uno de los cubículos. Necesitaba desahogarme, y mi madre, sin ser consciente de ello, me había enseñado la práctica lección de *cómo-llorar-sin-ser-una-molestia-para-los-demás.*

No sé si me tiré allí diez o quince minutos, porque me lo pensé dos veces antes de decidirme a salir. Solo lo hice cuando estuve convencida de que definitivamente me había quedado seca y controlaba mis emociones al milímetro; el espectáculo de aquel sábado noche en El Dragón Verde no iba a correr de mi cuenta. Me retoqué el gesto mohíno y el *gloss* labial frente a aquel espejo salpicado de agua que envolvía la pared de los lavabos, ensayé una sonrisa poco convincente y, más por Jackson que por mí misma, me animé a regresar con mi compañero.

Inspiré y espiré hondo mientras atravesaba la puerta exterior del baño de chicas, pero eso no me preparó ni mucho menos para lo que me esperaba. Duncan, cabizbajo, con un pie apoyado en la pared del pasillo y las manos metidas en los bolsillos. Ni rastro de su pareja. Volví sobre mis pasos y esperé a que un grupo de cinco amigas salieran para intentar escabullirme tras ellas. Avancé por el muro contrario al de Duncan como lo hubiera hecho Moriarty, sigilosa. Sirvió de poco. Pese a que varias personas se interponían entre ambos, alzó la cabeza en el momento más inoportuno.

—Hola, Alicia —me paralizó su voz.

Me volví forzando una sonrisa, como si advirtiera su presencia por primera vez.

—¡Hola, Duncan! —Intenté disimular la pillada lo mejor que pude—. Te veo bien. Muy recuperado. Nos vemos pronto, ¿vale? —le dije antes de hacer el amago de irme.

Tuve la sensación de que no me escuchaba, pero de improviso, en un movimiento delicado pero resuelto, consiguió acorralarme contra la pared apoyando sobre el muro ambas manos, a escasos centímetros de mis hombros.

—Por favor, no huyas de mí otra vez —me rogó muy serio. Con cualquier otro me hubiera sentido intimidada, pero noté que en la maniobra de Duncan no había nada amenazador, sino más bien protector, como si nos estuviera escondiendo a los dos en una burbuja que nos aislaba del resto del mundo.

Aquello era como un abrazo a distancia del que, además, yo habría podido zafarme muy fácilmente si así lo hubiera querido—. ¿De qué va todo esto? Te conozco de algo, sé que tú también me conoces... Pero no fue a través de Fanny, ¿verdad?

—No. Ni siquiera conozco a tu hermana.

—¿Por qué mentiste en el hospital? Y el otro día, frente a mi casa, saliste corriendo... —Abrí la boca mientras inventaba alguna excusa, pero él me la cerró antes de que pudiera salir ni una sola palabra de ella—: No, no te atrevas a negarlo.

La confusión le nublaba el estado de ánimo. Mientras hablaba, de vez en cuando miraba de soslayo mis labios, y poco a poco se fue acercando tanto que por un momento creí que llegaría a besarme. Sonreí, porque sospeché que quizás no todo estaba perdido para nosotros. Yo sabía con certeza, y él notaba, que entre ambos existía un vínculo. Y eso que, según sus recuerdos, este era solo nuestro tercer encuentro.

—¿Qué es lo que te hace tanta gracia? —me preguntó apartándose ligeramente, con expresión mortificada.

«Diablos, ¿no irá a creer ahora que me estoy burlando?».

—Nada —le aseguré de forma precipitada—. No me hace gracia nada. Solo que, cuando te cuente la verdad, no vas a creerme —improvisé echando mano de un puñado de sinceridad que le impactó en la cara, sin conseguir que se inmutara por ello.

Me observó curioso y, al hacerlo, me inundó con sus ojos verdes. Contuve la respiración para no ahogarme bajo ellos.

—Hey, ¿algún problema, amigo?

—Todo está bien, Jackson —le respondí a mi compañero. Acababa de unirse a nosotros y, por su actitud beligerante, deduje que el lenguaje corporal de Duncan no terminaba de gustarle. El escocés se percató de ello y me liberó. Habían reventado la burbuja—. Es solo que el señor Wallace tiene algunas preguntas, y, dada la situación, parece lógico que busque respuestas, ¿no crees?

—A no ser que Alicia diga lo contrario —empezó a decir Duncan sin apartar la vista de mí—, esto es algo que no te incumbe.

—Ya lo creo que me incumbe. Cuando me has preguntado hace un momento, te he dicho que la dejaras en paz, que le dieras espacio porque ella no deseaba hablar contigo justo ahora —le reprochó Lefroy, que llevaba otra copa para mí en la mano—. Sé bueno y hazte a un lado.

Duncan se volvió con el ceño fruncido y ambos quedaron frente a frente. Aunque nada hacía prever que el enfrentamiento fuera a mayores, porque eran dos adultos inteligentes y maduros, decidí entrometerme físicamente entre ellos. Solo por si les daba por sacar a pasear sus versiones más trogloditas de machos alfa.

—Dejadlo ya —ordené antes de girarme para hablar con Duncan, en ese instante más Robert Galloway que nunca—. Tú quieres una explicación. Y te la daré, aunque probablemente ni te satisfaga ni te la creas.

—Que eso corra de mi cuenta. No me gusta que piensen por mí. —Su respuesta fue seca. Yo no me acobardé.

—¿Cuándo y dónde podemos vernos para hablar?

—¿Por qué no aquí y ahora? —me propuso invitándome con una mano exigente a seguirlo.

—No, ahora estás muy ocupado.

Señalé con desgana en dirección a su pareja, que acudía a nuestro encuentro en plan Terminator, escaneándome de la cabeza a los pies. También examinó a Lefroy, que la correspondió con mejor talante que a Duncan.

—Querido, ya han llegado los demás. Todos quieren verte —dijo sin molestarse en saludar ni en preguntar quiénes éramos Jackson y yo—. ¿Vienes?

—Enseguida, Tilda. Diles que en un momento estoy con ellos —respondió Duncan. Tras comprobar que ella se había marchado y que Jackson retrocedía unos pasos para concedernos un poco de intimidad, me preguntó—: ¿Quedamos mañana en mi piso? ¿Te parece a las once? —Aún arrugaba el ceño, pero se esforzaba en lograr que su voz sonara más conciliadora.

—Mañana no puedo —mentí.

¿Por qué iba a ponérselo tan fácil? Y menos si resultaba que la pelirroja terminaba rematando la noche en el apartamento de su novio con la intención de jugar a los médicos. Mi imaginación se recreó en una imagen un tanto cutre, típica y, no por ello, menos angustiosa: ella abriéndome la puerta con una sonrisita descarada en los labios y apenas cubierta por la camisa azul que él llevaba puesta aquella noche. No lo habría soportado.

—El lunes me incorporo de nuevo al trabajo, y no sé a qué hora terminaré de pasar consulta —me explicó contrariado.

—Si quieres, puedo acercarme al hospital —le sugerí—. Pon tú la hora.

—En cuanto vea que apenas me quedan un par de pacientes por atender, te llamo o te envío un mensaje para avisarte. ¿Me das tu número? —dijo sacando su *smartphone*.

Por supuesto, se lo di. Qué extraña me pareció la situación: cualquiera reconocería en el intercambio de teléfonos una de las primeras fases de una relación sentimental; mientras que yo me encontraba en la de estar preparada para regalarle mi vida entera.

—Te hago una perdida para que guardes tú el mío —añadió mientras lo hacía.

No atinamos a mostrarnos relajados ni a la hora de despedirnos. Lo hicimos sin contacto de ningún tipo, ni siquiera un gesto amable. Yo me sentía molesta con él, y, aparentemente, él conmigo.

Se me habían quitado las ganas de continuar la velada en El Dragón Verde. Me imaginaba a mí misma vigilando a Duncan desde la distancia, intentando leerle los labios, en especial sus conversaciones con la pelirroja, observando sus expresiones e intentando deducir por ellas su estado emocional... Aquel era un trance por el que no deseaba pasar.

Estaba decidida a marcharme cuando Jackson me retuvo.

—No vas a salir corriendo. ¿Por qué habrías de hacerlo? ¿Porque él está aquí con otra? Tú también estás aquí con otro. —Me obligó a levantar la barbilla, en un gesto que pretendía infundirme confianza—. Si quieres aceptar un consejo, quedémonos e intenta divertirte, o al menos finge que te diviertes. Porque en este momento te encuentras en una gran desventaja respecto a Duncan: tú sabes quién es y él aún tiene que descubrir lo que siente por ti, lo que sentisteis en vuestra anterior vida...

—Por mis regresiones, aún no estoy muy convencida de que Robert Galloway, Duncan —le aclaré por si acaso—, se llegara a enamorar de Jane Elliott. Han levantado entre ellos un muro difícil de derribar.

—En cualquier caso, hay que dejar al doctor Wallace con ganas de más. Hace un momento, cuando te negaste a encontrarte con él mañana, lo hiciste francamente bien. —Por lo visto, el yuzbasi se había mantenido atento a nuestra conversación—. Que en estas primeras tomas de contacto te vea como alguien inalcanzable puede ayudar. Demuéstrale lo que eres: una chica independiente, con personalidad, inteligente... y, además, preciosa.

Resoplé frustrada. «¿Cómo voy a lograr que me vea inalcanzable si en este mismo instante estaría dispuesta a una locura tan grande como dejar atrás mi vida en Nueva York para iniciar una nueva junto a él?».

12

Tyne Park

Ya en la cama rememoré los acontecimientos de la noche. Podía darme por satisfecha. La chica pelirroja se mostró pendiente de Duncan a cada minuto, pero no había tenido que ser testigo de ni un solo beso entre ellos; solo de pensar en la posibilidad sentía un pellizco en el corazón. Como había pronosticado, lo puse bajo estrecha vigilancia entre baile y baile y durante los momentos de divertida charla que pasé con Jackson. El fotógrafo me ayudó a guardar las apariencias.

No sabría decir quién de los dos —mi ex amigo invisible o yo— sorprendió más veces al otro mientras era observado. El vello se me erizaba en la nuca cada vez que presentía su mirada sobre mí. Como una caricia. Cuando me volvía y lo veía sentado a aquella distancia ridícula, apenas diez metros, recordaba todo aquello por lo que habíamos pasado en Nueva York y París y me daban ganas de dejar a Jackson con la palabra en la boca para salir corriendo en busca del escocés. Pero el consejo de mi compañero, bastante más sabio que las ideas peregrinas que asaltaban mi mente, conseguía aplacarme. En un par de ocasiones tuve que agarrarme con fuerza a los bordes del sofá sobre el que estaba sentada para no seguir mi instinto kamikaze.

Llegó la hora de abandonar el local en compañía del canadiense. Duncan, sentado en un taburete de la barra, escuchaba la entretenida historia que le contaba uno de sus colegas, pero, como si hubiera instalado en su cerebro un detector de movimiento, dejó de prestarle atención para seguir mis pasos hasta la salida. Yo me había propuesto no volver la vista atrás, pero la curiosidad y el anhelo de verlo una última vez me impidieron cumplir aquella promesa: giré el cuello, y allí continuaba él, contemplándome con ojos graves hasta que desaparecimos por la escalera.

Desde mi habitación podía atisbar la luna llena sobre los cielos de Edimburgo. Me pregunté si Duncan seguiría en el *nightclub* o si en ese instante estaría con ella de regreso en su apartamento. Pasaba del paraíso al infierno en una milésima de segundo. «Tal vez no sean pareja», traté de animarme. «¿Estará pensando en mí ahora?». Examiné mi móvil con ansiedad, deseosa de que vibrara al son de un mensaje o una llamada de él. Nada.

Cerré los ojos para obligarme a dormir. No me hubiera dado tiempo ni a contar diez ovejas cuando escuché un latigazo.

«¿Ya estoy soñando?». Solía entrar en fase REM de manera fulminante, pero aquello era demasiado rápido incluso para mí.

«De vuelta en 1815», comprendí en cuanto vi a mis acompañantes.

—Te despertó el traqueteo —sonrió Colin.

También Caroline, una doncella, viajaba con nosotros. Jane se asomó por la ventanilla. Robert y Percy cabalgaban junto a la carroza, de la que tiraban cuatro caballos. El cochero rasgó el aire con un nuevo chasquido del cuero.

—¿Estamos cerca? —le preguntó mi álter ego al menor de los Galloway.

—A un par de millas.

—Ah, veo que tenemos de vuelta a la bella durmiente. —Por un momento temí haber sido descubierta, pero solo era una manera de hablar del capitán Galloway, que se había acercado al coche—. ¿Necesita algo, señorita Elliott? La vi asomarse hace un momento.

La vejiga de Jane no atravesaba por su mejor momento, pero, antes que pedir que se detuviera el carruaje y hacer bajar a la doncella con una manta para cubrirla en un lugar apartado mientras se alzaba las aparatosas faldas, prefirió aguantarse las ganas. Agradeció a Percy su interés y le informó de que todo estaba bien por su parte, que solo había querido admirar el paisaje y hacerse una idea de lo que restaba de trayecto.

Por suerte no tardamos en penetrar en los terrenos de Tyne Park. El cochero se abrió camino a través de un bosque por el que zigzagueamos siguiendo el curso de un caudaloso río. El rumor del agua fresca cayendo por las pequeñas cascadas era delicioso. Me sentí afortunada por poder revivir aquella experiencia. Para Jane, en cambio, aquel celestial sonido acarreaba consigo un calvario fisiológico. Por ello se sintió afortunada al distinguir a lo lejos los jardines y la gran mansión, en la que a simple vista se observaban tres plantas y una buhardilla. Elegantes torreones acabados en punta adornaban la estructura del edificio.

Las prisas de Jane por entrar en la casa me impidieron admirar durante más de cinco segundos el parterre con caminos de gravilla y árboles a medio desvestir por los diligentes dedos del recién estrenado otoño. Guardó la compostura en el señorial vestíbulo, mientras Robert indicaba al mayordomo la habitación en la que el servicio debía depositar el equipaje de la señorita Elliott. Ella enseguida la reconoció. Una de las mejores alcobas de Tyne Park, junto a las de los hermanos Galloway, solo inferior a la cámara donde reposaban por las noches *sir* Arthur y su esposa. Eso le recordó que, si se le había hecho raro tener que ver a *lady* Susan como la nueva ama de la casa en Charlotte Square, más aún se le haría en un territorio que siempre había pertenecido en sus recuerdos a *lady* Grace.

Tras aliviar los achaques de la vejiga, Jane se dirigió a su habitación. Mantenía todo el esplendor de los viejos tiempos, tal como ella lo recordaba, con una hermosa chimenea que en pocas horas avivaría los colores de las paredes y del rostro de su inquilina, quien adoraba sentarse al abrigo de un hogar incluso en las refrescantes noches de verano. Aquellos eran los aposentos que los Galloway reservaban a sus invitados más ilustres. Me complació que Robert hubiera distinguido a la señorita Elliott con ese honor; una opinión que ella no compartía en absoluto: «Por descontado, habrá sido idea de *sir* Arthur», dedujo, al parecer dispuesta a no hacerle ninguna concesión al que había sido su amor platónico.

Allí mismo, sobre la balda inferior de un mueble tocador, le habían dejado una pastilla de jabón y la jofaina con agua tibia; la vertió en el aguamanil de loza fina decorada con una escena de caza y se refrescó. Le sonrió al espejo mientras secaba su cara con una coqueta toalla en color crema.

—A veces siento que el destino intenta perderme de camino a casa. No esta vez —se dijo a sí misma.

Lady Susan había decidido prolongar su estancia en Edimburgo unas semanas más, que con un poco de suerte se convertirían en un mes, para acompañar a su esposo mientras este resolvía unas cuestiones con el abogado de la familia, el señor Bain. Existían ciertas desavenencias con los parientes de su difunta esposa sobre unas tierras de la herencia situadas en Irlanda.

Anticiparse al viaje del matrimonio Galloway le concedía a Jane la oportunidad de revisitar todos los rincones de la propiedad sin temor a ser observada con censura. Y había tantos a los que deseaba regresar... como si pudiera ir recogiendo en ellos las porciones de felicidad que había dejado allí olvidadas siendo una adolescente. Pero eso podía esperar un poco más.

Jane abrió el baúl de viaje y rebuscó en él su mejor vestido de tarde, confeccionado con muselina verde. Durante la travesía los había acompañado un tiempo maravilloso, con el sol calentando como si, en un descuido de su agenda personal, creyera que era agosto en lugar de octubre. Sin embargo, ni una hora más tarde, cuando volvió a atravesar el umbral de la mansión, el ambiente había trocado su cálido aliento por otro varios grados más gélido. Incluso yo pude sentir que refrescaba. Ella no. Su mente no andaba preocupada por cuestiones tan mundanas como aquella, así que salió tal cual de la casa, cubierta por unas vaporosas y distinguidas telas. La visita que había concertado para aquella tarde era la más importante de los últimos seis años, y por eso había querido ataviarse con sus mejores galas.

Se miró las manos vacías, y echó de menos en ellas una colorida ofrenda. El invernadero se encontraba en la parte de atrás de la mansión. Allí cortó un ramo de delicadas gerberas que enrolló en una de sus cintas blancas.

Luego caminó en un largo paseo colina abajo, hasta dar con la capilla de Tyne Park, donde generaciones anteriores a la de *lady* Grace habían escuchado los sermones del clérigo de turno dos veces por semana, acompañados de todos sus sirvientes. La costumbre se había perdido con los Galloway, aunque tampoco ellos descuidaban sus deberes religiosos: cada domingo cumplían con ellos acudiendo a la parroquia de Dunbar, dominio eclesiástico que Colin estaba destinado a regentar algún día.

Jane empujó el portón de la capilla, pero este no cedió; hubiera querido rezar unas oraciones. «Bueno, si buscaba algo en lo que diferenciarnos, aquí está», pensé ligeramente turbada al comprobar que mi yo del pasado parecía tener profundas convicciones religiosas.

Tras el edificio que hacía las veces de oratorio se alzaba un longevo cementerio familiar. Jane levantó la aldaba de la puerta, que bostezó con un chirrido muy desagradable. Yo miré en todas direcciones, con cierto temor, más por ella que por mí, de que pudiera aparecérsele un alma en pena. Posibilidad que no solo no la inquietaba: ni siquiera se le había pasado por la cabeza. Normal, teniendo en cuenta que hasta aquel momento solo se había encontrado con el espíritu de su difunto padre. Pero yo sabía que eso podía cambiar en cualquier momento. Seguramente el más inesperado.

No le resultó difícil reconocer la tumba de *lady* Grace: la lápida más reciente y la única erigida en un material diferente al granito.

EN MEMORIA DE LADY GRACE GALLOWAY,
ESPOSA DE SIR ARTHUR GALLOWAY,
QUE FALLECIÓ EL 14 DE NOVIEMBRE DE 1809 A LOS 42 AÑOS.
TU AMADO ESPOSO Y TUS TRES HIJOS
NO TE OLVIDARÁN NUNCA

Jane cayó de rodillas sobre la hierba que cubría la tumba.

—Yo tampoco la olvidaré. Siempre la llevaré en mi corazón —susurró desconsolada mientras apoyaba el ramo de flores contra la lápida—. Sentí tanto no estar a su lado cuando enfermó... Cómo me hubiera gustado poder cuidarla hasta el final. Pero todo ocurrió tan rápido. Ni siquiera me avisaron con tiempo para poder asistir a su funeral... —se excusó.

No pudo seguir hablando, los tiritones por el frío se lo impedían. El viento soplaba con mayor virulencia a cada segundo. Se oyeron unos truenos lejanos anunciando la tormenta que se aproximaba. Nos iba a pillar in fraganti. Entendí que debíamos regresar a Tyne Park de inmediato: un resfriado a principios del siglo XIX podía derivar en una enfermedad mucho más peligrosa para la salud de Jane. Despotriqué contra los Guardianes del Umbral, consciente de que, por mucho que intentara gritarle que debíamos irnos de allí y buscar cobijo, el velo que me habían colocado impediría que mi voz le llegara de ninguna de las maneras.

—¡¿Ha perdido el juicio, señorita Elliott?! —la sobresaltó una voz filípica—. ¿Ve aquellos relámpagos? Empezará a diluviar en cualquier momento. Sin ropa de abrigo podría pillar una pulmonía.

Dejé de escuchar el castañeteo de dientes y noté cómo gradualmente recuperábamos una temperatura más saludable. Robert Galloway acababa de colocar sobre los hombros de Jane un amplio y sencillo mantón de color negro.

—Gracias —dijo ella pasmada y al mismo tiempo reconfortada por la presencia del caballero—. Quería venir a verla... —dijo señalando la lápida en mármol blanco.

—¿Y no podía demorarse ni un minuto, que es lo que hubiera tardado en ponerse encima una pelliza? —la reprendió el escocés en un tono más cariñoso.

Como no tenía ninguna respuesta lógica que ofrecerle, salvo que deseaba estar presentable para *lady* Grace, que se sintiera orgullosa de ella al volver a «verla» convertida ya en toda una mujer, optó por escabullirse tras una pregunta de su propia cosecha:

—¿Cómo sabía que me encontraba aquí?

—Por fortuna la vi salir. Desde la ventana de mi habitación. —Robert había relajado la severidad de sus facciones, y de nuevo pude vislumbrar en él a mi amigo invisible—. No fue difícil suponer a dónde se dirigía.

—Me disgusta la idea de ser tan previsible —protestó ella con una sonrisa en los labios mientras se sorbía la nariz. El frío no había tardado en hacer mella en ella.

—Le ha traído sus flores favoritas —observó él al tiempo que le ofrecía un pañuelo bordado con sus iniciales, R. G.—. Es un ramo muy hermoso, Jane. A ella le hubiera gustado mucho. Y más viniendo de usted.

—Lo malo es que no he pedido permiso a Donald. No lo he visto en el invernadero. Quizás debí buscarlo... Espero que no se enfade conmigo por robarle sus flores —le dijo ella con una pizca de remordimiento en la voz, aunque siempre se había llevado muy bien con el jardinero, y sabía que habría contado con su beneplácito para cortar las gerberas.

—No las ha robado. Las flores son de la casa, y usted forma parte de ella. Además, dudo que Donald vaya a reprenderla. Desde hace tres años no está con nosotros. Recibió una herencia del todo inesperada: un terreno en el que ahora cultiva sus propias frutas y hortalizas —informó a Jane mientras la ayudaba a levantarse del suelo—. Si le soy sincero, no lo echamos de menos como jardinero; era su padre quien realmente estaba dotado para el trabajo y a Donald nunca le interesó demasiado el oficio, ni cuando a la muerte de Tom lo contratamos para sustituirlo como un favor a la familia.

—Me alegro si ahora es más feliz. Y a buen seguro lo es al disponer de su propia tierra —comentó Jane. Intentó devolverle el pañuelo, pero con un sencillo gesto él la invitó a conservarlo—. ¿Entonces a quién tendría que haber pedido permiso?

—Le gustará. Se llama Andrew. ¿No le ha hablado de él Colin? —Negué con la cabeza—. Qué raro... Quizás mi hermanito anda distraído con otro tipo de cuestiones. —Jane y yo llegamos a la conclusión de que Robert, de alguna manera, estaba informado de las vicisitudes amorosas de su hermano pequeño con la señorita Gray. Él se agachó un momento para segar una de las flores del ramo de *lady* Susan y galantemente se la ofreció a su acompañante; también el brazo—. Venga conmigo, regresemos a la casa.

Mientras sorteaban juntos las tumbas de camino a la verja, Jane se obligó a seguirle también en la conversación. El silencio era una opción infinitamente más incómoda.

—¿Qué le hace pensar que el nuevo jardinero será de mi gusto?

—Por la influencia que ha tenido sobre Colin. Ha provocado que le descubriéramos un talento oculto y bastante sorprendente teniendo en cuenta las limitaciones musicales de los miembros de esta familia —bromeó.

—No sea modesto, Robert: le he escuchado tocar el piano y es usted un gran intérprete —le recordó Jane, que dudó si continuar con un «Y los tres hermanos se mueven con gran desenvoltura en el salón de baile, en especial el primogénito». No lo hizo. Era demasiado halago para una misma tarde.

Robert le explicó la historia de Andrew Stewart, profesor de baile hasta que por un fatal accidente se pegó un tiro en el pie durante la boda de una sobrina.

—Nunca he entendido esa loca costumbre escocesa de disparar al aire en todo tipo de celebraciones —confesó Jane antes de permitirle continuar con su explicación.

Según Galloway, Andrew, obligado a encontrar un nuevo empleo, se decantó por la floricultura, que había sido el oficio de la persona que lo había criado, su abuelo paterno.

—Nos lo recomendó la señora Thompson, apenada por la situación personal de su antiguo profesor de baile, ya que Andrew tiene esposa y cinco hijos. Lo pusimos a prueba, y en estos tres años ha conseguido alcanzar el nivel del mismísimo Tom.

—¿Y cuál es el talento que ha descubierto en Colin? —se interesó Jane, que estaba disfrutando con ese momento de entendimiento mutuo en el que podían conversar recurriendo solo a palabras amables. Deseosa de mantener aquella *entente cordiale* y consciente de sus problemas de franqueza —por exceso más que por defecto—, se conminó a pensar dos veces las preguntas antes de plantearlas.

—Una noche en que mi hermano paseaba cerca del pabellón de los criados, escuchó a alguien tocando el violín —le explicó Robert—. Se acercó y, a través de una ventana, vio a Andrew. Este le explicó que había ido ampliando sus nociones elementales de violín poco a poco para hacer uso de ellas durante las clases de baile. Y, a partir de ese instante, Colin se enganchó. Le pidió a Andrew que le enseñara a tocar, yo le regalé un Amati y, a día de hoy, se puede decir que el discípulo ha superado al maestro. Es una pena que olvidara llevar el instrumento consigo a Edimburgo. Le habría pedido que hiciera alarde de su talento en las sobremesas.

—¿Me está diciendo que Colin toca el violín?

—Le digo además que lo hace realmente bien... Vaya, creo que... —dijo mientras, mirando hacia arriba, ponía una mano en horizontal, como si el cielo tuviera una deuda pendiente con él.

Unas gotas dispersas, pero barrigonas, fueron el preludio de la tromba de agua que a continuación se precipitó sobre ellos.

—Estamos demasiado lejos de la casa —reflexionó Robert, que examinó inquieto a Jane antes de quitarse la chaqueta y dársela para que la blandiera sobre su cabeza a modo de paraguas—. Hay que salirse del camino y buscar la antigua casa del guardabosques. ¡Está abandonada, pero nos servirá de cobijo! —se hizo oír por encima del trueno que acababa de resonar muy cerca, montaña arriba—. ¡Vamos, vamos!

En pocos minutos de carrera campo a través se plantaron frente a un viejo portón. Robert intentó abrirlo, pero debía de estar cerrado con llave. No perdió demasiado tiempo en insistir por las buenas; cogió unos metros de impulso y arremetió con su hombro derecho contra la madera un par de veces hasta que esta crujió y consiguió que se rindiera a él. Una vez dentro, Galloway volvió a colocar en su sitio la puerta dislocada para evitar que el frío los alcanzara con sus gélidos dedos y abrió algunos de los ventanales de madera, por suerte aún provistos de cristales, para que la escasa luz de fuera pudiera penetrar en el interior.

Se volvió a Jane para preguntarle si se encontraba bien. A pesar del refugio que le había proporcionado la chaqueta de Robert, su frente, mejillas y parte del cabello estaban mojados, lo que no mejoraba en nada la expresión de susto en su cara. Pero era él quien se había llevado la peor parte: la camisa de popelín blanca había quedado tan empapada que se le había quedado pegada al torso.

—Yo estoy bien, mejor fíjese en usted mismo. —Galloway le hizo caso—. Se ha calado por completo.

—Esto no es nada —comentó mientras se sacaba la camisa por fuera del pantalón y, sin quitársela, la retorcía para escurrir parte del agua—. Soy hombre de campo, y estoy acostumbrado a mojarme. Enseguida se seca.

—No, enseguida se seca no. —Lo miró a los ojos con decisión—. Hay que encender esa chimenea. ¿Sabe si el tiro sigue funcionando? —preguntó Jane, que se puso en marcha como si alguien de repente le hubiera dado cuerda. Sin esperar una respuesta, introdujo medio cuerpo por dentro del hueco oscuro lleno de hollín para comprobar que efectivamente el agujero no había sido tapiado—. Perfecto. Sobre ese mueble tiene un pedernal. Busque leña mientras yo intento encontrar unas velas en este lugar dejado de la mano de Dios.

Se giró autoritaria y le espetó a Robert:

—¿A qué espera, señor?

—Aquí no hay ningún tronco, *señorita* —respondió a la defensiva él, más acostumbrado a dar órdenes que a recibirlas.

—¿Y esas sillas viejas? Yo creo que arderán fácil.

Noté que Galloway reaccionaba sorprendido por la firmeza de carácter de la joven, pero finalmente obedeció. Sirviéndose de sus brazos y piernas, descuartizó las sillas que le había señalado Jane y colocó los restos en el hogar de la chimenea, en una cuidada estructura a modo de tipi indio. Logró prenderla de inmediato arrancando chispas al pedernal con ayuda de una navaja.

Jane encajó en sendos soportes de latón las dos velas que había localizado en un cajón de la cocina, aprovechó las llamas para alumbrarlas y las depositó sobre el suelo de arena apisonada, cerca de las viejas cortinas que Robert había sacudido para que los dos pudieran acomodarse frente al fuego.

Embelesada, contemplé cómo ardía la lumbre, con aquellas sillas haciendo las veces de pira funeraria y cadáver a la vez.

Y, de repente, noté a la señorita Elliott acalorada en exceso. «¿Demasiado cerca del fuego? ¡O igual ya está enferma y es la fiebre! ¿Tan pronto?», me alarmé mientras escrutaba sus pensamientos. No, no era fiebre. Jane miraba de forma intermitente a Robert y a las llamas de la hoguera. Le preocupaba encontrar la manera más formal de comunicarle que los resfriados siempre entran por la garganta y que debía quitarse la camisa para que su cuerpo entrara en calor lo antes posible. Su timidez y las que se consideraban buenas formas podían resultar nocivas para la salud de Galloway, así que permitió que la sensatez y el pragmatismo pesaran más en ella.

—Señor... —se detuvo para volver la vista a la chimenea—. No sé cómo decirlo, pero...

—Hable, Jane, por favor —la animó él. Tumbado cerca de ella, apoyaba relajado el codo derecho sobre la tela de las cortinas.

—Creo que debería quitarse usted la camisa. —Lo dijo en un tono aséptico, como si aquellas palabras compusieran la lista de los reyes británicos.

Él se incorporó a medias, atónito por la sugerencia.

—Se supone que no puedo hacer tal cosa en su presencia —le aclaró, por si no fuera ella consciente de sobra de la penosa situación en que su propuesta la dejaba—. Ni siquiera deberíamos estar aquí a solas. —En su mirada advertí una pequeña duda sobre si su antigua amiga había cambiado tanto en los últimos años como para volverse imprudente en su trato con el género masculino.

A todo esto, yo contemplaba la escena divertida, encantada del momento engorroso y mágico que estaba surgiendo entre Robert y Jane. Recuperé la confianza en aquella pareja del siglo XIX y eso permitió que me sintiera un poco más cerca de Duncan Wallace, y que deseara que el tiempo pasara rápido hasta nuestra próxima cita, aunque fuera en un hospital y no tuviera nada de romántica.

—Oh... ¡Desde luego no se la quitará delante de mí! —se apresuró a apuntar ella, como si fuera una advertencia, y la angustia que detectó en la voz de Jane pareció tranquilizar al caballero—. Yo me giraré y así podrá hacerlo en privado —comentó mientras le daba la espalda de nuevo, recogiéndose las piernas con los brazos, como si aquella postura la dotara del don de la invisibilidad—. Si no sigue mis recomendaciones, cogerá frío, caerá enfermo y me hará sentir responsable por ello. Usted no hubiera salido de casa de no haber sido por mí —le aclaró mi álter ego con un toque de mal humor en la voz.

—¿Promete que no se volverá para mirar? —preguntó él en tono desconfiado.

«¿Por quién diablos me ha tomado?». Jane se giró hacia él con deseos de insultarlo, pero al descubrir una mueca risueña en sus labios comprendió que Galloway solo bromeaba, así que no dijo nada y escondió su alivio y su propia sonrisa entre las rodillas, de cara a la chimenea.

No sabía qué tarea asignar a sus manos. Ya se había alisado la falda del vestido una docena de veces cuando notó cómo le resbalaba el agua por la sien. Se palpó el pelo y descubrió que de su esmerado recogido ya no quedaba más que un fiasco deforme, se había deshecho como papel bajo la lluvia. Decidió quitarse las horquillas. Así dejaría de parecer un adefesio y además se secaría antes. «Pues lo estás arreglando», sonreí para mis adentros. «Él sin camisa y tú con el pelo suelto. ¡Qué momento más erótico-festivo para la época en la que estamos!». Robert, que ya se había desprendido de la prenda mojada y, tras escurrirla y sacudirla, la había instalado sobre una de las sillas supervivientes, cerca del fuego, descubrió a Jane y su frondosa mata de pelo en libertad. Le llegaba hasta la cintura, y dibujaba unos hermosos rizos. Aun de espaldas, Jane sintió cómo la miraba fijamente, y se estremeció de pies a cabeza.

—¿Todavía tiene frío? —le preguntó preocupado Galloway.

—No, estoy bien. De hecho, demasiado bien. Su chaqueta también está mojada, pero el mantón que me trajo de la casa no. Cójalo y cúbrase con él —dijo mientras, sin mirar, alargaba un brazo para ofrecerle el trozo de tela.

Él lo tomó de su mano, y el contacto entre los dos fue eléctrico, como si, pese al techo que los cubría, hubieran sido alcanzados por un rayo de la tormenta. Instintivamente, Jane reaccionó volviéndose para ver lo que le había sacudido los dedos, y resultó mucho peor, porque se encontró con la imagen de Robert Galloway con el torso desnudo.

La vista se le quedó atrancada, como si no pudiera moverse hacia ningún otro lado. «Dios mío, ¿por qué lo sigo mirando? ¿Qué va a pensar de mí?». Aunque yo ya lo había contemplado antes sin tapujos, me pregunté si Duncan gastaría el mismo tipo.

Entendía bien la naturaleza tímida de Jane, pero desde mi privilegiada posición, la de ver sin ser vista, podía dar rienda suelta a mi versión más descarada con mayor libertad que la que hubiera tenido incluso en pleno siglo XXI. Los músculos de Robert Galloway, normalmente ocultos bajo toneladas de ropa, la sorprendieron tanto como a mí. Pensó, y me pareció lógico, que aquella estructura abdominal no debía de ser habitual en un caballero más dado a delegar los trabajos físicos en los sirvientes de la casa.

Sus miradas permanecieron enganchadas la una en la otra con una intensidad nerviosa, hasta que ella consiguió volverse. Me dejaron muy claro, aunque quizás ninguno de los dos quisiera admitirlo, que allí había sentimientos y que eran correspondidos.

—Jane, por favor, no se sienta mal —le rogó él mientras con suavidad se dejaba caer de rodillas sobre las deshilachadas cortinas, a medio metro de ella—. ¿Sabe? Siempre he pensado que las normas de protocolo son para nosotros, los hombres, una bendición, ya que gracias a ellas sabemos cómo se espera que actuemos en cada momento frente a ustedes. Si una dama entra en una habitación, sé que debo levantarme y saludar con una inclinación... —Hizo una pequeña pausa antes de cubrirse con la tela negra y continuar—. Pero a veces esas normas se nos vuelven en contra por ser demasiado rígidas. No creo que haya nada malo en que usted me vea sin la camisa puesta. De hecho, no es la primera vez que lo hace. —Intentaba restarle importancia al asunto. Sonriendo, inclinó la cabeza, en un intento por descubrir la cara de Jane y su reacción—. ¿Recuerda su primer verano en Tyne Park? Nos bañamos juntos en el río y no supuso ningún problema.

—Éramos prácticamente unos niños... Amigos —le recordó ella—. Pero ahora somos personas adultas. Y no debería recordarme ese género de cosas si es usted un caballero.

—¿Y acaso no podemos ser amigos como entonces? —Su tono afectuoso desconcertó a Jane.

—Yo... yo espero que sí —reconoció ella girándose apenas unos centímetros—. Sabía que Robert estaba cerca, y no quería volverse a mirarlo por miedo a engancharse de nuevo a sus ojos—. Pensé que no estaba interesado. Cuando hace seis años me marché de Tyne Park, prometió que mientras estudiara en Oxford iría a visitarme a Chawton. No lo hizo ni una sola vez —le recriminó—. Y dejó de escribir pronto, a los pocos meses de mi partida. Después de enviarle un par de misivas, el coche de postas solo me trajo una respuesta y no pudo ser más dolorosa...

—Dejé de escribir cuando enfermó mi madre, Jane. Empecé varias cartas, se lo aseguro, pero me sentía abatido y lo último que deseaba era hacerle llegar a usted toda esa tristeza —se excusó él—. Y, tras el entierro, no la visité en Chawton por el mismo motivo. Yo entonces no resultaba una buena compañía; tampoco lo soy ahora —sentenció con gesto grave.

Se puso en pie para acercarse a una de las ventanas de la cabaña. En silencio observó el cielo a través de los cristales, ligeramente empañados por la suciedad acumulada durante meses de descuido.

—Parece que el temporal amaina —le informó—, será mejor regresar a la casa antes de que anochezca y se inquieten por nuestra ausencia.

Jane escuchó cómo Robert sacudía su camisa antes de volver a ponérsela.

Los dos recorrieron pensativos el camino de vuelta a Tyne Park. «A veces uno demuestra más inteligencia por lo que calla que por lo que dice, y yo he hablado demasiado. Tal vez lo he vuelto a irritar, esta vez con mis reproches», se lamentó Jane mientras paseaba a su lado. Yo, en cambio, no percibía irritación en él; más que eso, lo notaba apesadumbrado. «¿Qué te separa de ella?», me pregunté.

—¡Señorita! —los recibieron nada más cruzar la puerta principal de la casa—. Pero qué bonita... —la mujer cerró la boca en señal de disgusto cuando contempló a Jane de arriba abajo— y desastrada está usted. Santo Dios, cómo trae los bajos de ese precioso vestido. Y el pelo... ¿Pero qué les ha ocurrido?

—¡Dixon! ¡Qué alegría verte! —Jane se olvidó de los convencionalismos para abrazar sin reservas al ama de llaves—. Ya ves, nos sorprendió la lluvia durante un paseo. ¿Cómo estás? Cuando no te vi en Charlotte Square, temí que ya no te encontraras al servicio de la familia. Me diste un buen susto. —Su voz sonó a dulce reprimenda, y pillé a Robert conteniendo una sonrisa.

—No, no, querida. Los días de esta vieja acabarán, si el Señor así lo dispone, en Tyne Park, pero ya no soy ninguna jovencita como para andar viajando de aquí para allá como una yegua tullida. El mal de huesos, que es muy malo —dijo mirando de reojo al señor Galloway.

—Sí, ya me contó Colin. Espero que te encuentres mejor... —dijo Jane.

—Como si en realidad nunca hubiera estado enferma. —Abrió los ojos de tal manera que en ellos pudimos distinguir que Dixon guardaba un secreto—. Pero vaya a cambiarse, señorita Jane, y después hágame una visita en la cocina; le prepararé un caldito que la hará entrar en calor. ¿El señor desea que le haga llevar una taza a la biblioteca? —Ahora se dirigió directamente a Robert.

—Gracias, Dixon, estaré en mi cuarto. ¿Sabe si Jim ha deshecho mi equipaje?

—Sí, señor. Bajó hace más de media hora.

Tras una ligera inclinación de cabeza, Robert dejó a las dos mujeres.

—Me da mucha pena el señorito —susurró el ama de llaves mientras él se alejaba.

—¿Por qué razón, Dixon?

—Ande, no se entretenga más. Debe subir a quitarse esos ropajes enseguida. Ya tendremos tiempo de hablar más tarde.

Jane obedeció las órdenes de aquella señora de porte distinguido y admirable carácter a la que la vida no había tratado con la suficiente conmiseración: unas fiebres se habían llevado, treinta años atrás, a su marido y a un bebé. Volcarse en el cuidado de los Galloway mitigó en parte el dolor de no poder ocuparse ya de los suyos. Y a la señorita Elliott la consideraba de la familia, se lo había demostrado durante los cuatro años en los que esta se había alojado en Tyne Park.

Como había prometido, tras cambiarse de ropa, Jane se dirigió a la cocina, en la zona sur del edificio. Desde allí, Dixon controlaba sus dominios, los de los sirvientes. Era ella quien velaba por que todos los asuntos domésticos se resolvieran de la mejor manera posible. Tomamos asiento en una de las sillas que flanqueaban la chimenea.

«Esta va a ser una buena fuente de información para mí», me aventuré a pensar.

—La señora Clay —Dixon se refería a la cocinera que suplía a Murray hasta que esta regresara con los señores Galloway de Edimburgo— no está ahora mismo, así que nos hallamos a salvo de sus largas orejas. Le encantan los chismorreos. Es casi tan buena propagándolos como espolvoreando de chocolate sus magdalenas —comentó risueña mientras rellenaba un par de tazones con el caldo del perol puesto al fuego.

Antes de sentarse a hablar conmigo, llamó a uno de los sirvientes para que le llevara su monodosis anticatarro a Robert.

—Dixon, ¿por qué vistes de luto? ¿Ha fallecido alguien en tu familia?

—No, no, querida. Es por la señora.

—¿Por *lady* Susan?

—Quizás sí indirectamente. —Rio como solía hacerlo, con todo el cuerpo—. Pero me refería a *lady* Grace.

—Pronto se cumplirán seis años de su muerte. Los sirvientes solo debéis llevar luto durante el primero —le recordó Jane extrañada.

—Para mí es como si hubiera perdido a una hija —la señora Dixon apretó la mano de mi yo del pasado con vehemencia—, igual que para usted se fue una madre. Y más aún —para continuar su explicación, se agarró a un tono mucho más firme— después de ver a la nueva señora de la casa.

Se puso en pie y se dirigió a una alacena cercana, de la que extrajo un platito de galletas saladas que Jane aceptó gustosa y hambrienta.

—Si le soy sincera —continuó Dixon—, mantengo el luto por darle a ella en los morros y recordarle día tras día la presencia de *lady* Grace en cada rincón de la hacienda. De vez en cuando reaparece en el lugar más inesperado alguno de los libros favoritos de la difunta... —añadió con malicia—. Me temo que, astuta ella, ha deducido quién es la responsable de la afrenta y que, como castigo, planeó no llevarme con el resto de la familia a Edimburgo. Una tarde de finales de junio, pasaba yo frente a la puerta del salón principal, cuando le escuché sin querer una conversación con la señora Talbot, una de sus íntimas amigas, en la que le explicaba que este año yo permanecería en Tyne Park en julio, agosto y septiembre.

—Y cuando te enteraste de eso... —meditó Jane—. Un mal de huesos muy oportuno el tuyo. Si *lady* Susan pretendía hacerte un feo, le salió el tiro por la culata.

Dixon ni afirmó ni desmintió nada, pero su estruendosa carcajada regocijó el corazón de la señorita Elliott, que sonrió agradecida al encontrar en el ama de llaves a una aliada en su particular guerra con la esposa de *sir* Arthur. Sus sentimientos no podían coincidir más.

—Me siento tan orgullosa de ti —le confesó Jane como si le hablara a una compañera de armas.

—¡Qué alegría volver a contar con tu presencia en esta casa! Desde que *sir* Arthur dejó la Marina hace un año, he sido testigo en varias ocasiones de cómo le sugería a *lady* Susan que se te cursara una invitación para acompañarnos por una larga temporada, pero esta siempre aducía que tenía otros compromisos previos. Supongo que terminaron por agotársele las excusas... o las amistades, que no son numerosas —dijo guiñándole un ojo.

—Ya supuse que ella estaba detrás de esta separación forzosa. —Su fortaleza de ánimo le impidió permitirse la más mínima queja, ya que la invitación no podía haberle llegado en momento más propicio.

—Pero, dígame, ¿qué tal su madre? ¿Es feliz con el barón?

—Sí, Dixon, está encantada: se ha ganado una alta consideración entre el vecindario más distinguido y cuenta con el amor incondicional de su esposo. Ahora está aprendiendo a tocar el piano. No quiere sentirse en inferioridad respecto a sus nuevas amistades. Según ella misma dice: «Con dinero, las pellizas caras son fáciles de conseguir, pero el talento es otra cosa». Y, aunque el solfeo se le resiste, es perseverante. Siempre lo ha sido, a lo largo de su vida. —Lo dejó ahí, porque no le apetecía hablar más de su madre, del padrastro y mucho menos del sobrino heredero con el que pretendían casarla.

—Eso está bien... —se congratuló el ama de llaves, que, indecisa, selló su boca casi tan rápido como la había abierto.

Jane se percató de ello.

—Vamos, vamos. Siempre ha habido confianza entre nosotras. ¿Qué más quieres saber?

—Pues quería preguntarle cómo ha encontrado al señorito Galloway.

—¿A Robert? —adivinó Jane. Siempre había sido el favorito de Dixon—. Qué quieres que te diga. Llevo cerca de tres meses con la familia y, aunque es verdad que se ausentó de Charlotte Square durante varias semanas debido a un compromiso en Cardiff, hoy es el primer día en que hemos podido conversar largo y tendido. No es el mismo que hace seis años; tal vez ninguno de los dos lo seamos, y eso es algo que me entristece. Encuentro que se ha vuelto arisco, como si, más allá del nombre y la reputación de esta familia, nadie le importara ya —reconoció apesadumbrada.

—No se lo tenga en cuenta. Sin duda es el que peor lo ha pasado tras la muerte de *lady* Grace. Más incluso que su propio padre, que enseguida se refugió en el regazo de la nueva señora.

—¡Dixon, por Dios, deberías medir tus palabras! Alguien podría escucharte y meterte en un buen lío.

—Lo siento, pero lo digo como lo siento. Y sé que el señorito Robert es de mi misma opinión. Conozco a ese chiquillo como si lo hubiera parido. Siendo un bebé, entre mis brazos pasó más días y noches que en los de su propia madre, así que para mí no tiene secretos. La muerte de *lady* Grace supuso para él un trance muy duro, pero también lo fue descubrir un año más tarde que su padre planeaba casarse de nuevo. Ni más ni menos que con la insufrible Susan Hastings. Creo no errar al asegurar que esos dos acontecimientos provocaron que se le agriara el carácter —explicó la observadora ama de llaves—. Y así sigue. Fíjese que tiene prohibido a los sirvientes encargarse de cortar la leña. Y eso que en esta casa se gasta gran cantidad de troncos. Dice que es tarea suya. Yo estoy segura de que en ello ha encontrado una manera de desfogarse. —La criada dejó escapar un lánguido suspiro—. Ojalá algún día vuelva a ser el de antes.

—Intentaré hacerlo volver, te lo prometo —aseguró Jane, conmovida por la imagen atormentada que Dixon esbozaba de Robert—. Lo echo tanto de menos...

—Si alguien puede, es usted. Años atrás fueron inseparables... Aunque le advierto que no será fácil. Quien no se siente cómodo en las alegrías suele estar condenado a regodearse en las tristezas. —Ambas la observamos preocupada—. Así es, niña. Nada ni nadie consigue hacerlo sonreír, así que no logro explicarme —y aquello fue lo último que escuché antes de estar de regreso en mi época— por qué algunos dicen que suenan campanas de boda en Tyne Park.

13

Duncan, del bando de los escépticos

El domingo transcurrió con más pena que gloria, entre el ordenador y algún paseo turístico al que Jackson me obligó a acompañarlo. No estaba de humor después de la revelación de Dixon sobre la próxima boda de Robert Galloway: algo me decía que se aproximaba la hora de tener que coincidir en mis regresiones con Adaira McKnight, la mujer del cuadro.

Los minutos del día se me hicieron largos como una cadena perpetua..., pero el tiempo, aun corriendo al trote, siempre termina por alcanzar la meta. Así que, por fin, llegó el lunes y la actividad me permitió sacar unos metros de ventaja a mis preocupaciones.

Jackson, MacGregor —con la mosca detrás de la oreja ante la posibilidad de volver a ser atacado— y yo regresamos al Museo de Anatomía para buscar de nuevo a William Burke. Ni un alma, nunca mejor dicho. Lo mismo sucedió en la mansión de la familia a la que el espectro acostumbraba a importunar: los Rae.

Seguimos el pálpito del escocés y visitamos entonces la plaza donde el asesino en serie había sido ejecutado en 1829, Lawnmarket. Imaginé el patíbulo construido en madera. «Cuántos pobres desgraciados perdieron la vida de manera injusta en este lugar», pensé al recordar que cometer una fechoría con la cara oculta o simplemente vivir en compañía de gitanos durante un mes eran penados con la muerte.

Como tampoco allí dimos con Burke, Jackson propuso visitar el área de West Port donde hasta 1902 se levantaba la taberna en la que William y su amigo Hare cometieron sus primeros asesinatos. Pero ni rastro del fantasma.

—Tal vez esté con Foras —bromeé.

—No lo creo —me sonrió Frank—. Esos dos no juegan en la misma liga.

—¿Alguna novedad? ¿Se sabe algo del cadáver sin rostro que encontramos hace unos días? —pregunté.

El gesto se le ensombreció a MacGregor.

—Y tanto. —Movió la cabeza pesaroso—. Era un buen amigo mío. Ian Cadell. Nos conocíamos desde el colegio. Ahora me parece increíble no haberlo reconocido cuando lo encontramos. Pero sin su cara...

—¿Y cómo averiguasteis que era él?

—Su hermano acudió al Donaldson's College para hablar conmigo. Yo no estaba, así que lo recibió Anderson. Henry le contó al jefe que los padres y él mismo andaban muy preocupados porque Ian llevaba una semana sin dar señales de vida y la policía no lograba localizarle. Al miralay se le ocurrió que podía tratarse del cadáver que habíamos encontrado en el apartamento del demonio. Henry le describió la ropa que, según el conserje de su edificio, vestía Ian el día de su desaparición y coincidía exactamente con la del cadáver. Las pruebas de ADN han confirmado su identidad.

—Cómo lo siento, Frank. —Había metido la pata hasta el corvejón con mi bromita sobre Foras.

—Así que habrá que tener cuidado —me advirtió Jackson. No entendí a qué se refería—. Huele a mensaje de advertencia. No creo que sea casualidad que haya matado a Ian. Foras podría saber quién es él —señaló a MacGregor— y tenernos vigilados a todos.

—Cuando lo pille, voy a arrancarle su asquerosa cara de cuajo, como hizo él con la de mi amigo...

—Gustosamente te echaré una mano en eso, compañero —se apuntó Lefroy.

Arrancar caras no era una actividad para la que me sintiera especialmente capacitada, así que me limité a ofrecerles mi ayuda para dar con él y atraparlo.

—Creo que te suena una gaita en el bolso —señaló Frank.

También yo noté que mi móvil se agitaba inquieto. Jackson, en principio como broma, me había cambiado la noche anterior el politono; el fotógrafo no había contado con que me iba a gustar tanto la nueva sintonía que decidiría mantenerla activa al menos mientras mis pies pisaran tierra escocesa.

—Es un mensaje. De Duncan —le especifiqué a Jackson. De repente me había puesto nerviosa—. Me pregunta si puedo estar allí en una hora. No sé... —vacilé—. Le diré que ahora no puedo ir. ¿Cuándo crees que habremos terminado?

—Pues a no ser que a MacGregor se le ocurra algún otro sitio donde buscar —miró al interpelado—, a mí se me han acabado las ideas. De hecho, tengo la sensación de que a Burke no volveremos a encontrárnoslo hasta que él mismo quiera dejarse ver. —Frank se mostró de acuerdo—. Vete tranquila. Nos vemos esta noche en casa.

No esperé a que me lo repitiera dos veces.

La cita con Duncan era en su consultorio del hospital. Me había dejado recado con su secretario —sentado fuera tras una sobria mesa de despacho— de que lo aguardara un rato en la salita de espera, hasta que terminara de atender a su último paciente. Me parecía increíble que, con solo veintiocho años, Duncan hubiera logrado ya un puesto fijo como cirujano cardiaco. Debía de ser una eminencia.

El corazón me dio un vuelco al escuchar pasos y una voz masculina al otro lado. Alguien giró el pomo para dejar salir a una pareja de mediana edad. Tras ellos apareció él, con las manos perdidas en los bolsillos de su bata blanca.

—No se preocupen. Todo va a salir bien —les aseguró. «Un médico que se atreve a ser optimista. Incluso en eso tenías que ser especial»—. Señora Mac-Kenzie, que no le importe mimarlo durante estos días —se despidió ofreciendo la mano al matrimonio.

Enseguida me vio. Como para no hacerlo: el único ser humano que quedaba en la solitaria sala de espera aparte de su secretario. Se le encendió una sonrisa. Yo le correspondí. «Buen comienzo».

—No te necesitaré más por hoy, Alex. Nos vemos mañana.

La cordialidad de su voz incentivó mis ganas de ser valiente, aunque estas flaquearon ligeramente cuando lo vi acercarse y detenerse a tres palmos de distancia. Estuvimos a punto de rozar los límites de la torpeza que habíamos mostrado en la despedida de dos noches atrás, pero, quizás por influencia del señor y la señora MacKenzie, acerté a tenderle la mano. Él respondió al gesto. No hubo calambrazo como en el caso de Jane y Robert, pero la sensación de tocarlo aceleró mi pulso.

—Recojo y salimos a dar un paseo o a tomar un café. ¿Te parece bien? —me preguntó ya dentro del despacho, mientras yo cerraba la puerta tras nosotros.

Parecía más relajado que en nuestro último encuentro.

—Sí, claro. Estupendo.

—¿Sabes? No las tenía todas conmigo. Nuestro encuentro del sábado no fue todo lo cordial que yo hubiera deseado —reconoció al tiempo que me echaba una breve ojeada—. Llegué a pensar que hoy no vendrías...

—¿Plantarte? Ese no es mi estilo.

Le sonreí y me paseé, como si tal cosa, hasta su mesa. A primera vista no localicé fotos personales. Tampoco sobre los muebles de detrás, que funcionaban como archivadores. ¿Y si le cotilleaba el salvapantallas del ordenador? «No, demasiado descarado». Me quedé con las ganas de confirmar que tampoco allí encontraría a la pelirroja.

Alguien aporreó con energía la puerta; pensé que sería su secretario. «Espero que no sea una urgencia...». La persona entró sin esperar la respuesta de Duncan; no era el chico que me había atendido a mi llegada. Este también parecía rondar la treintena, pero iba uniformado, con bata blanca, y tenía el pelo lacio y rubio.

—Disculpa, Wallace —se detuvo en seco al avistarme. Sus ojos eran de un profundo dorado pálido, el color de un genuino whisky escocés, y destilaban inteligencia—, pensé que ya habías terminado. Como no está Alex ahí fuera...

—No pasa nada, entra —replicó Duncan con un suspiro impaciente por la interrupción—. Ella no es una paciente. Alicia de la Vega, este es el doctor Watson —nos presentó.

—Hola, ¿qué tal estás? —Me acerqué para estrecharle la mano.

—Encantado, *Alisia* —me saludó—. ¿Norteamericana?

—No es *Alisia*, Watson, es Alicia —lo aleccionó Duncan, que parecía tener prisa por escuchar la despedida correspondiente a aquella conversación. De hecho, mientras guardaba un par de libros en una mochila de cuero, respondió en mi lugar a la pregunta de su colega—: Y sí, podría decirse que es estadounidense porque se ha criado en Nueva York, aunque nació en España.

—Interesante mezcla —observó el recién llegado con amabilidad—. Y bonito apellido. De la Vega. ¿Tataranieta del Zorro, tal vez?

—No tengo el gusto. —Yo también sabía jugar—. ¿Qué hay de ti? Por casualidad... no te llamarás John, ¿verdad?

—Pues sí. Ese es justo mi nombre de pila. —Fue toda una sorpresa. Lo de John lo había dicho a boleo, por seguirle la broma cinéfilo-literaria.

—Debo entender entonces que serás bueno dando con los diagnósticos correctos, doctor Watson.

Duncan parecía divertido. A pesar de estar recogiendo, se mostraba pendiente de nuestra charla informal.

—Elemental, querida. Soy el mejor, al menos en psiquiatría —se vanaglorió—. ¿Y de qué os conocéis vosotros dos? —preguntó a su colega y, por el ambiente distendido que parecía fluir entre ellos, amigo.

Duncan no supo cómo responder, y yo solo sabía cómo no hacerlo: con la verdad.

—Bueno, soy periodista, y estoy interesada en hacerle una entrevista al doctor Wallace —me sorprendí improvisando con la agilidad innata de un mentiroso.

Pese a su desconcierto inicial, Duncan no se atrevió a llevarme la contraria y permaneció en silencio.

—No me extraña. Pocos médicos pueden soñar con llegar a ser cirujanos cardiacos de pleno derecho a los veintiséis años. Pero es lo que tiene ser un cerebrito completamente volcado en los libros que logra licenciarse y terminar la especialización en un tiempo récord. —El psiquiatra escocés reforzó mi coartada sin ser consciente de ello.

—Tenía casi veintisiete cuando terminé la residencia... —especificó el aludido.

—Vamos, no te avergüences de tus logros —lo recriminó Watson—. Los que lo conocemos bien sabemos que su inteligencia triplica el tamaño de su ego —me comentó antes de dirigirse de nuevo a su compañero—: ¿No escribieron un artículo sobre ti los del *Medical Journal* hace unos meses precisamente por tu precocidad?

—Sí, pero debemos dejarte ahora, John. Aún no tengo claro lo de esta *entrevista* —con el tono me reprochó el engaño—, y tenemos que hablarlo a solas, ¿verdad, Alicia?

Al tiempo que yo asentía, una nueva visita se unió a nosotros; esta ni se molestó en llamar a la puerta. La pelirroja del sábado. También llevaba bata, aunque colgada de su antebrazo. «Mierda. Es doctora... Raro debe de ser el día en que no se deje caer por esta consulta».

—Ah, vaya... —dijo escrutándonos a los tres, y a mí más que a nadie—. Venía a preguntarte qué tal tu primer día y si te apetecía salir a tomar un café.

—Te lo agradezco, Tilda, pero hoy no puedo.

—¿Estás ocupado? —pareció sorprenderse.

—Ya ves que sí. Mejor nos tomamos ese café otro día —replicó Duncan echándose la mochila al hombro.

«Ha dicho "otro día". Nada de esta noche». El subidón me escaló hasta la comisura de los labios. Ella lo notó y me desafió con la mirada:

—¿Y quién es la joven, doctor Wallace?

—Una periodista. Alicia de la Vega. —«Ya nos hemos visto antes, guapa». Por no ser descortés, levanté una mano en señal de saludo; ella respondió alzando mínimamente la barbilla—. Chicos, tenemos que irnos. Pasadlo bien —se despidió de manera despreocupada antes de arrancar del perchero una cazadora Perfecto en piel negra. Acostumbrada a recordarlo vestido con refinados trajes decimonónicos, aquella prenda entallada y con las solapas del cuello levantadas hacia arriba le daba un aire más rebelde, menos distinguido e igualmente sexi.

Me gustó que Duncan hubiera sonado tan contundente con Tilda y sobre todo me había dado la sensación de que no se sentía en la obligación de ofrecerle ninguna explicación.

—Bueno, ¿qué va a ser? —me preguntó ya fuera del edificio—. ¿Paseo o café?

—Mejor, paseo. —Lo prefería. El ambiente, cuanto más íntimo, mejor. Por su carácter, el que había dejado entrever hasta el momento, no pensé que fuera a montarme una escenita en público, pero era una ventaja poder ahorrarme el hablar en susurros en una cafetería atestada de gente.

—Pues cuéntame, porque me tienes en ascuas. Las dos últimas noches me ha resultado difícil conciliar el sueño. —Ladeó la cabeza mientras observaba mi reacción—. Y ha sido por tu culpa.

«Vaya, ¿será eso cierto?». Respiré hondo intentando dominar el cúmulo de emociones. Por supuesto, el rubor de mis mejillas escapaba de cualquier control.

—No sé por dónde empezar —terminé por confesar. Y era cierto.

—¿Eres periodista realmente? ¿O es otra patraña que le soltaste a Watson?

Detecté cierto resquemor en su voz, y no me gustó un pelo. Como si temiera haber topado con una mentirosa compulsiva.

—Sí, soy licenciada en Periodismo por la New York University —repliqué con evidente fastidio.

—¿Y para qué medio trabajas?

«Mierda. Responder a eso no me va a allanar precisamente el camino». Pero no se me ocurrían carreteras secundarias por las que tirar, así que decidí ser directa. Sincera.

—Hasta hace un par de meses, en prensa económica. El *Economist Tribune*. —Lo noté positivamente impresionado con la primera parte de mi confesión, no tanto con la segunda—: Pero lo dejé para irme a una revista llamada *Duendes y Trasgos*.

—¿*Duendes y Trasgos*? —Frunció el ceño—. Eso suena a...

—Sí, a fenómenos paranormales —tuve que reconocer poniendo los ojos en blanco—. Créeme, sé cómo suena, pero mis compañeros no se toman a broma su trabajo. Y yo tampoco.

—Claro, claro. Menudo salto el tuyo, ¿no? Del periodismo serio al periodismo... —Sabía que aquella pausa no iba a ser de mi gusto—. ¿Pero eso es periodismo?

—Te aseguro que, hace solo unas semanas, yo era tan incrédula como lo puedas ser tú ahora —refunfuñé ofendida.

La conversación me estaba alejando de él. «Forma parte del bando de los escépticos». No podía culparle siendo un tipo tan inteligente, además de un hombre de ciencia. Me hubiera gustado tener conmigo a Alejandro y a su hija, la doctora Zavala, para que le explicaran un par de cosas. «Lo del tercer ojo mejor lo paso por alto de momento».

—¿Y qué te ocurrió? —Le faltó añadir: «para perder la cabeza».

—Nunca me gustó escribir sobre economía. —Me observaba expectante, a la espera de oír mis memorias—. Pero de eso mejor hablamos otro día. Hoy he venido a explicarte de qué nos conocemos. —Bastante tenía con intentar centrarme en nuestra historia.

—Pues tú dirás.

Su expresión corporal me dijo que estaba preparado para lo peor. Deseé que, por el bien de los dos, así fuera, porque aquel era uno de esos casos en los que prefieres confiar en la buena suerte antes que en la lógica.

—En realidad quiero contarte cómo nos conocimos en *esta vida* —respondí pronunciando con más énfasis las últimas palabras, como si eso me sirviera de encabezamiento para el discurso que había escrito y ensayado varias veces en mi mente.

—Bien, así que no fue hace unos días en el hospital. Estoy seguro de haberte visto antes, y no entiendo a qué viene tanto secretismo —me animó a proseguir.

Inspiré aire, me mordí el labio inferior y lo miré temerosa, como cuando insultas a un bravucón y, anticipándote al dolor, esperas que en cualquier momento te imprima la huella de una mano en la cara.

—Duncan, te conocí mientras estabas en coma —dije por fin, con la voz saliéndome solo a medias.

Mis palabras engancharon sus aires de escéptico divertido y los remolcaron lejos de allí. Me observó simulando sosiego, dejó que sus pensamientos discurrieran por terrenos pedregosos y, después de que su mente forjara una hipótesis plausible, terminó preguntando:

—¿Quieres decir que me visitaste mientras yo estaba en coma? ¿Y por qué lo hiciste si no me conocías de nada? Supongo que fue antes de que me aislaran...

La deducción de Duncan era estrictamente racional: pensaba que yo había estado físicamente junto a su cama en el hospital. Pero la cordura tenía poco que ver con nuestra relación.

—Más bien fuiste tú quien me visitó a mí... —Aparté la mirada de aquel par de ojos perplejos—. Tú no sabías quién eras y yo intentaba ayudarte a recordar. Incluso me acompañaste en un viaje a París —dije consciente de que mi discurso se desplazaba dando tumbos, trastabillándose como los pies de un borracho.

Con gesto desconfiado, Duncan escudriñó a nuestro alrededor, como buscando a otras personas. De vez en cuando nos habíamos cruzado con alguna pareja, padres con niños, personas solitarias... Nadie a la vista en ese instante.

—¿Dónde están las cámaras? Esto lo ha tramado John, ¿cierto? ¡Pues no tiene ninguna gracia, amigo mío! —protestó como si le hablara a un micrófono oculto que solo existía en su imaginación.

—Duncan... No es ninguna broma. —Di un paso atrás y noté cómo se percataba de mi gesto afligido. Estaba a punto de echarme a llorar de pura frustración. Apreté los dientes para no hacerlo—. Quizás hayas oído hablar de los viajes astrales...

—Vale —resopló mientras cerraba los ojos un instante—. Supongamos que esto no es una broma de muy mal gusto —dijo con voz suave. A todas luces estaba intentando controlarse—. ¿Lo que quieres decir es que tú también estabas en coma?

Fue muy amable al tratar de buscar una excusa que disculpara mi ataque de «locura».

—No, yo no estaba en coma. Empecé a verte en mis sueños, y luego te me apareciste en la vida real. De hecho, tú mismo te volvías cada vez más corpóreo. Hasta podía tocarte... —«Y besarte».

Duncan había enmudecido. Se frotó la frente, como si no creyera del todo que aquello le estuviera sucediendo a él, como si se estuviera despertando... más de una pesadilla que de un sueño. Se recolocó la mochila en la espalda, echándosela hacia atrás en un movimiento automático, como sopesando qué hacer a continuación. Temí que diera media vuelta y se largara.

En lugar de eso, cubrió el espacio que nos separaba para acunar mi cara entre sus manos como ya había hecho en otras ocasiones, cuando aún era mi amigo invisible. Me acarició con tanta dulzura como entonces y cerré los párpados deleitándome en el instante. Cuando lo miré de nuevo, sus ojos brillaban confusos ¿y maravillados? por la entrega total que le demostraba.

—Supón por un momento —respiró hondo y habló con la misma suavidad con la que me hablaban sus manos— que eres tú quien se encuentra en la posición en la que estoy yo ahora. ¿Qué pensarías de todo esto?

Aquella pregunta me desarmaba del todo. Suspiré sintiéndome indefensa.

—¿Que necesitas ayuda? —sugerí con tristeza—. Tal vez un psiquiatra. —Nerviosa, me atreví a mirarlo de frente—. Pero tú querías la verdad, y es lo que te he dado. —«Al menos parte de esa verdad»—. Podría haberme inventado que el día que supuestamente nos conocimos, en el hospital, entré por equivocación en tu habitación, y que... no sé, que me dio vergüenza luego dar explicaciones.

—No puedo... No puedo creerte, Alicia. —Negó con la cabeza mientras me soltaba—. Y de verdad que venía preparado para cualquier tipo de historia. Pero no para esto. Lamento mucho tu situación. —«¿Qué situación?»—. Porque además te noto convencida de lo que dices. Escucha, yo... —Hizo una pausa; parecía más preocupado que enfadado—. Ya sé que apenas hemos hablado —«Te equivocas»—, y que puede que me esté metiendo donde no me llaman, pero... ¿puedo llamar a John? Me quedaría mucho más tranquilo si él te viera.

Me quedé tan perpleja que asentí sin darme cuenta y no supe reaccionar a tiempo. Al momento, Duncan ya estaba realizando la llamada.

14

William Burke

Antes de acompañarme hasta Charlotte Square en su coche, Duncan me pasó la dirección exacta de la consulta privada del doctor Watson y la hora de la cita para el día siguiente. Me consideraba una lunática y no podía culparlo por ello. Dadas las circunstancias, demasiado amable y comprensivo se había mostrado. Incluso tierno. Lo que ignoraba era si su gesto cariñoso había sido el de un hombre capaz de llegar a amarme un día o el de un médico que únicamente veía en mí a una joven desequilibrada y digna de lástima.

Como era de suponer, Lefroy me esperaba en casa con algunas migajas de empatía:

—¿En serio cree que estás loca? —se burló sin escrúpulos cuando le expliqué lo ocurrido—. Bueno, un poco tienes que estarlo para soltarle la verdad así, de sopetón. O quizás, más que un arrebato de locura, lo que te ha dado sea un arrebato de insensatez.

—¿Y qué se supone que podía hacer? —me encaré con él. En ese momento no tenía el cuerpo para reproches—. ¿Inventarme una historia?

—¡Exacto! Ya tendrías tiempo de confesarle la verdad una vez lo hubieras enamorado y estuviera comiendo de la palma de tu mano. Era así de fácil —me aseguró, y dejó escapar un suspiro de ¿impotencia o impaciencia?—. ¿Y ahora en qué habéis quedado?

—Mañana tengo que ir a la consulta de ese psiquiatra amigo suyo. Me pilló tan de improviso que no supe cómo escabullirme —intenté disculparme por mi torpeza—. En el viaje de camino a casa, Duncan me ha explicado que Watson es muy buen profesional, y que domina métodos como la hipnosis. Tal vez, si me hipnotizara...

—Llama y dile que te ha surgido un compromiso y no puedes acudir a la cita. —Lefroy emitió un gruñido al reconocer mi cara de póquer. Como no parecía dispuesta a seguir su consejo, recurrió a las amenazas—: Si te hipnotiza, se enterará de que tienes un don. ¿Cómo crees que se tomará Duncan lo del tercer ojo?

—No creo que Duncan pueda enterarse de nada de eso —protesté irritada—. Watson está obligado a respetar el secreto profesional, no puede hablar con nadie de las confidencias que le haga un paciente.

—¿Y entonces qué sentido tiene que vayas a esas sesiones? —exclamó con aspereza.

—Lo tendría si me sirven para conseguir un aliado en el círculo de amistades de Duncan. Todo esto podría ayudarme: que alguien de su confianza le asegure que todo funciona perfectamente bien aquí arriba. —Me señalé la sien—. Además, el doctor Watson me ha parecido un tipo simpático.

—No puedes hacerlo —aseguró el yuzbasi, esta vez con algo más de tacto—. Pondrías en peligro los secretos del Club. Imagínate al psiquiatra ese conociendo detalles sobre nuestra organización, sobre demonios, vampiros y espíritus que regresan de ultratumba. Eso no hay secreto profesional que lo aguante...

Entendí que Lefroy llevaba razón, pero mi vínculo con Duncan se enfrentaba a un callejón sin salida y solo veía una puerta entreabierta, la de John Watson. Tras meditarlo, por fin encontré una solución al problema: a la mañana siguiente, a la hora convenida, iría a visitar al loquero, pero no como paciente.

El canadiense se dio por satisfecho y se ofreció incluso a acompañarme; me negué a ello. Aquel entuerto debía resolverlo yo sola.

—Buenas noches, Jackson —me despedí.

—¿No cenas nada esta noche?

—No, solo me apetece leer un poco en la cama. Y no creo que aguante mucho; necesito descansar.

«Qué oscuro está esto», pensé al cruzar la puerta de mi habitación. El interruptor de la luz no iba. Con cuidado de no tropezar, a tientas, conseguí llegar hasta la mesilla de noche y encender la lamparita. Mi instinto dio la voz de alarma enseguida. Me giré asustada... Desde la penumbra de un rincón, me observaba curioso un hombre que, incluso en su fantasmal apariencia, mostraba una complexión de gran fortaleza.

¡William Burke!

—¿De verdad puede verme, señorita? —inquirió con suavidad, dejando patente que no deseaba espantarme más de lo que ya lo estaba.

—¿Qué quieres de mí? —En aquella pregunta encontró su respuesta.

—En todos estos años, nunca nadie me vio —sonrió entusiasmado por el descubrimiento—. Cada día les hablo a las máscaras que me rodean en el museo, finjo que me contestan y que mantenemos una conversación. Pero sé que nada pueden decir, porque nadie hay tras ellas —se lamentó en un momentáneo comportamiento bipolar que de nuevo lo relanzó hacia el optimismo—. ¡Pero ahora por fin puedo charlar con alguien de verdad! ¡Alguien de carne y hueso!

—¿Por qué atacaste a mi compañero Frank?

—Los vi al otro joven y a usted sentados en los pupitres, y pensé que necesitaban un cadáver que diseccionar. El del mentón cuadrado me pareció la mejor opción; de hecho, la única que tenía a mano. Quería volver a serle de utilidad a la ciencia —se excusó—. ¡Pero cómo se resistió el condenado! Normal, no tenía a William para que me echara una mano... —lamentó mientras, vacilante, se atusaba sus pobladas cejas con el dedo índice—. ¿Puedo acercarme un poco?

Asentí. No podía creer que aquel individuo de maneras tan corteses hubiera asesinado a dieciséis personas, y sin embargo era cierto.

—Sabes que lo que Hare y tú hicisteis fue un crimen muy grave, ¿verdad? —le pregunté mientras me sentaba sobre el borde de la cama y lo veía aproximarse—. Ponte cómodo, por favor —le mostré una butaca, y él obedeció.

—Lo sé. Aunque algunos de los cadáveres que llevamos al doctor Knox ya estaban muertos cuando los encontramos, y otros a buen seguro tenían pocas ganas de seguir viviendo. En general eran enfermos, meretrices, lisiados...

—¿Y por qué asesinar al nieto de la anciana? —le eché en cara. Con motivo del reportaje para *Duendes y Trasgos* había decidido investigar los antecedentes históricos.

—Es que estaba ciego y se iba a quedar solo en el mundo —volvió a justificarse, aunque la inseguridad de su voz me hizo comprender que ni él mismo se creía las excusas—. Sí, lo sé. A veces intento escudarme en que, además de por el dinero, lo hacíamos por el bien de la ciencia, y que fueron muy pocos los que en realidad salieron perjudicados, pero ahora sé que aquello estuvo mal, y me arrepiento de corazón. Pero no puedo volver atrás... —gimió lastimosamente, como un animalillo atrapado en un cepo.

—Bueno, quizás puedas hacer algo bueno. Desde tu fallecimiento, cada veintiocho de enero has acosado a los descendientes del lord William Rae para preguntarles por el paradero de Hare. Debes dejar de hacerlo. Asustas a esa pobre gente con los golpes en las puertas y en las ventanas, con tus notas escritas en rojo sangre...

—Si la hubiera conocido antes, no habría tenido que dejarles esas burdas cartas en la almohada. ¿Sabe lo complicado que es conseguir una pluma como Dios manda en los hogares de este abominable siglo? —Enarcó las cejas, aunque no esperó mi respuesta—. Por no hablar de la tinta roja. Recordaba haber visto al profesor Alexander Monro tomar sangre de mi cabeza, una vez muerto, para escribir la frase: «Esto está escrito con la sangre de William Burke, que fue ahorcado en Edimburgo», así que yo también intenté conseguir sangre, pero lo más parecido que hallé fue una salsa de tomate. Ketchup lo llaman ahora; un producto demasiado viscoso para que la ortografía resulte agradable para el que escribe la nota y para el que la lee. Aunque el dosificador, si dispone de él, es de gran ayuda. —Tuve que tragarme la risa al imaginar a aquel espíritu abriendo el frigorífico de los Rae en busca de la salsa de tomate. Año tras año—. De todos modos, nunca han contestado a la pregunta.

—William, no pueden contestar a esa pregunta. Ellos saben lo que todo el mundo: que Hare fue puesto en libertad y desapareció.

—Entonces debo decir adiós a toda esperanza. —Sonó mortificado—. Si no sé dónde murió, no podré encontrarlo.

—No se sabe, no —le confirmé con dudas de si hacía lo correcto.

—En tal caso me quedaré en este mundo para siempre.

—¿Por qué dices eso? ¿No ha venido nadie a buscarte? —Seguía sin saber cómo funcionaban las cosas cuando uno se moría, y sentí curiosidad.

—Nadie —repuso—. ¿Usted cree en Dios? —preguntó directamente.

—Es evidente que existe vida más allá de la muerte —señalé con ambas manos al propio Burke—, pero no sé si existe el Dios de la Biblia.

Comprendí su dilema. Las perspectivas de un asesino en serie en el más allá, si realmente existía algún tipo de justicia divina, no es que fueran muy halagüeñas. «¿Diría que se arrepiente de sus crímenes si no fuera por el castigo que espera recibir en el ultramundo?».

—Mi mayor temor es que sí exista, tener que comparecer en el Juicio Final ante él para rendir cuenta de mis numerosos pecados. —Hizo una pequeña pausa, y sin mirarme a la cara, como avergonzado, añadió—: Dígale a la familia de sir Rae que pueden quedar tranquilos, que no volveré a molestarlos nunca más y que lamento los inconvenientes que pueda haberles ocasionado en el pasado.

—¡William! —le grité de manera precipitada al ver que iba a retirarse—. Por favor, no hagas daño a nadie más —le rogué.

—Desde mi muerte nunca lo he hecho. Y no digo que no lo haya intentado en mis primeros años como fantasma. Estaba rabioso por la suerte que había corrido —admitió al tiempo que se acercaba a mí—. Pero mi mano solo puede tocar objetos; los seres humanos me están vetados.

Me aparté asustada cuando sus dedos intentaron rozarme una mejilla... No por mucho tiempo: ¿cómo negarme ante las súplicas de su mirada? Un leve frescor fue lo único que noté, nada más, y tuve serias dudas de si aquella certeza no sería meramente psicológica, ya que lo estaba viendo hundir las falanges en mi cara.

—¿Lo ve, señorita? No puedo tocarla. Está a salvo de mí.

—¿Y cómo pudiste agarrar a Frank? —El fantasma se encogió de hombros mientras planeaba hacia atrás, de vuelta al rincón oscuro del que había salido—. ¿Dónde irás ahora?

—No lo sé. Intentaría suicidarme, pero ya estoy muerto... Ahora que sé que nadie en Edimburgo podrá revelarme jamás dónde reposan los huesos de mi amigo Hare, quizás vaya a Derry. Allí nació, y quizás allí regresó para vivir y luego morir.

—¿Aún lo consideras tu amigo? —me sorprendió—. Te traicionó.

—Se equivoca usted, como tantos otros. Salió en libertad porque yo mismo le supliqué que me delatara. Nos iban a matar a los dos, así que lo convencí para que él se pusiera a salvo. Al fin y al cabo, la mayoría de los asesinatos los cometí yo mismo. Como dice la canción que durante siglos llevo escuchando: «Hare era el ladrón, Burke el carnicero». Llevo años y años buscándolo porque prometí aguardar su muerte para que los dos pasáramos juntos al otro lado, afrontando como hermanos las consecuencias de nuestros actos ante el Divino. Pero debió de fallecer y nada supe de él. Tal vez me esté esperando donde murió... o ya se encuentre en el más allá. No tengo manera de saberlo.

—William, búscalo en el Cementerio de Highgate, al norte de Londres.

Encendí mi ordenador y, a través de Google Maps, mostré al fantasma el lugar al que debía dirigirse. La pantalla y la noticia hicieron que se le iluminaran los ojos.

—¿De verdad? ¿De verdad está ahí, señorita? ¿No me engaña? —exclamó entusiasmado.

Su imagen parpadeó, supuse que por la euforia.

—Es lo que tengo entendido, que fue enterrado aquí.

Era una información que procedía de los archivos del Club y que Jackson me había revelado por si nos servía para negociar con Burke.

Hare había viajado a Londres para iniciar una nueva vida, pero unos compañeros obreros descubrieron quién era y lo arrojaron a un pozo de cal. De allí salió aún con vida, pero ciego y con la cara marcada por decenas de cicatrices. El resto de sus días los vivió como mendigo en las calles de la City.

—Espero que lo encuentres. Y suerte cuando te toque cruzar al otro lado.

Tras agradecerme efusivamente la ayuda que le había prestado, Burke atravesó la ventana de mi habitación en dirección a la calle. Esa fue la última vez que lo vi.

Me reuní con Jackson en el salón para relatarle mi sorprendente encuentro con el espectro irlandés. El yuzbasi no podía creer que el problema se hubiera solucionado de una manera tan sencilla. Satisfecho, realizó una llamada a sus superiores en el Donaldson's College y les informó de que el caso Burke quedaba al fin zanjado. La familia Rae podía respirar tranquila: no volverían a sufrir el acoso del «Fantasma del Ketchup».

Cuando mi compañero se metió en su cuarto, con el teléfono todavía pegado a la oreja, sonreía; el gesto risueño se había desvanecido a su regreso.

—El miralay Anderson te envía sus felicitaciones —me dijo tras dejar el *smartphone* sobre la encimera de la cocina. «Pues quién lo diría»—. Luego llamaremos a Alejandro para contarle tus progresos —añadió sin prestarme excesiva atención. Evidentemente tenía la mente puesta en otros asuntos.

—Bueno, es un alivio. Parece que algo he hecho bien hoy...

Había ayudado a los Rae y sobre todo a William Burke. Si el arrepentimiento contaba algo para la salvación del alma y el suyo era sincero, tal vez el irlandés tuviera una oportunidad de redimirse. Mejor eso que imaginarlo entre las llamas perpetuas de un hipotético infierno.

—Hay algo más... —apostilló Lefroy—. A pesar de lo que has conseguido esta noche, pretenden hacerte pasar por una prueba; para tu ingreso en El Club. —Percibí en su voz rabia contenida.

—Creí que no era necesario —comenté extrañada y preocupada a la vez.

—Ya... Eso te dije. Y es cierto, para todos aquellos que llegan a la organización apadrinados por dos miembros. En ese caso se da por sentado que las pruebas están de más. He intentado convencer a Anderson, pero la normativa es muy estricta al respecto.

—¿Pero qué ha ocurrido?

—Alguien ha presentado un informe negativo sobre ti.

—¿Quién?

—Al parecer la persona ha solicitado permanecer en el anonimato. —La mente de Jackson cavilaba a pleno rendimiento, pero no hallaba respuestas—. No entiendo quién puede haber sido... Casi nadie te conoce. Y MacGregor está encantado contigo.

—¿No habrá sido Alejandro? —dudé, compungida ante la posibilidad.

—¿Estás loca? Los dos te hemos apadrinado. Si alguien cree en ti más que yo mismo, es él. No, obviamente tiene que haber sido otro miembro del Club; de aquí o de París. Y con suficiente influencia sobre el Cónclave para que su queja haya prosperado.

—¿Sabemos en qué va a consistir la dichosa prueba?

—En cada caso se somete al candidato a un reto diferente, según el tipo de carencia que se le presuponga. —Esperé a que continuara—. Quien sea ha puesto en duda tu valor, Alicia. Creen que podrías no estar preparada para hacer frente a tus miedos internos y a los que te esperan ahí fuera —dijo señalando con la cabeza la ventana del salón.

—No es justo. Ya he vivido con vosotros situaciones terroríficas, y no quiero sonar pretenciosa, pero creo que he dado la talla —me quejé—. Joder, Jackson, si acabo de mantener una conversación de lo más amena con el fantasma de William Burke... Y te aseguro que en ningún momento he perdido el control de la situación.

—Lo sé, lo sé. A mí no tienes que convencerme. Pero las reglas son las reglas.

—Venga, suéltalo ya —le rogué angustiada—. ¿A qué me enfrento?

—Te encerrarán durante toda una noche en la ciudad subterránea de Edimburgo, en el Mary King's Close.

Cuando Jackson me explicó lo que era aquel lugar del Old Town y la historia que encerraba, entendí su cara de circunstancias. Me enviaban directa a los bajos fondos de Edimburgo, donde se esconde una ciudad llena de calles y casas del siglo XVII que acabaron sepultadas tras la construcción de nuevos edificios.

—Me preocupa porque han elegido una prueba especialmente dura para ti. En esos callejones se cometieron un gran número de crímenes violentos en la época. Y hubo una epidemia de peste que causó mucho dolor y muerte. Existen incontables leyendas sobre los fantasmas que habitan allí abajo.

—Fantasmas que yo podré ver... —di por sentado.

—Apuesto a que sí.

—¿Y crees que pueden hacerme daño?

Que William Burke no hubiera sido capaz de tocarme cuando lo intentó me alentaba a pensar que me encontraba fuera del alcance de los espíritus que aún moraran en el Mary King's Close.

—Solo me preocupan las sombras —explicó el fotógrafo—, pero su capacidad para atacarte dependerá de lo poderosas que sean. Recuerda lo que te ocurrió con McKnight. De modo que sí, podrían lastimarte. No voy a mentirte, quiero que seas consciente del riesgo al que te enfrentas. —Sonaba grave, ni rastro de su habitual tono burlón.

—Pues ahora sí que me estás acojonando... —Tragué saliva.

Jackson resopló antes de ofrecerme las posibles salidas de aquel callejón en el que sus queridos amigos del Club acababan de meterme.

—Voy a enseñarte a usar mi cámara. Creo que con ella y tus amuletos podrás salir airosa de la prueba. Y, a poder ser, de una pieza.

—¿Crees? —No resultaba muy alentador que solo lo creyera.

—También puedes negarte y renunciar. —Intuí que lo decía con la boca pequeña—. Es tu decisión, y estoy seguro de que todos lo entenderán. De hecho, no creo que Alejandro estuviera de acuerdo con hacerte pasar por esto.

Rendirme. Era una opción a considerar. Valoraba demasiado mi vida como para no planteármelo siquiera. Pero...

—Ni hablar. Sería como darle la razón al capullo que me ha puesto en el disparadero. No pienso darle el gusto. —Hubo un momento de silencio—. ¿Cuándo me bajáis a esa ciudad subterránea?

—Si te sientes preparada, a mí me gustaría mañana mismo. Cuanto antes nos lo quitemos de encima, mucho mejor.

—¿Podré estar comunicada con el exterior de alguna manera? —El yuzbasi permaneció en silencio, con la mirada clavada en mí—. ¡¿Ni eso?! —Casi me aterraba más la idea de tener que permanecer aislada del resto del mundo que la de enfrentarme a una sombra.

—Me temo que ahí dentro no habrá cobertura.

—Así que estaré sola. Completamente sola.

—Yo andaré cerca —dijo y me puso las manos sobre los hombros, como si pretendiera infundirme parte de su coraje. Falta me iba a hacer—. Te meteremos a las doce, y si a las cinco de la madrugada no has salido, yo mismo iré en tu busca con MacGregor.

15

De poemas y sombras

La noche, como venía siendo habitual, me regaló una nueva regresión en lugar de sueños. Mi mente enseguida conectó con la de Jane para entender en qué punto de la historia me encontraba.

La relación era tan cordial y de tanta confianza entre los Galloway y sus vecinos, los Gray, que, en cuanto Rosamund regresó de un viaje que la había mantenido lejos de su hogar durante varios meses y se enteró de que la señorita Elliott había regresado a Tyne Park, ni siquiera tuvo que esperar a la invitación que hubiera precisado cualquier otra visita para acercarse a la gran casa.

Jane aventajaba en tres años a la hija de Geoffrey Gray y la recordaba tal y como la había dejado seis años atrás: una pizpireta quinceañera, alegre y despreocupada —excepto quizás por el devenir de las modas en el vestir—, pero de muy buen corazón y dispuesta a colaborar cuando las carencias de los más pobres de la parroquia lo hacían preciso. Cuántas veces las dos habían acompañado a *lady* Grace —la madre de Rosamund prefería evitar ese tipo de obligaciones— en sus visitas a los más necesitados, chozas que por fuera reflejaban las mismas privaciones que alojaban en su interior.

Al revisar aquellos recuerdos de Jane, me sorprendió que los más afortunados de la época se permitieran el privilegio de presentarse en las viviendas de los pobres sin previo aviso; ellos, que eran de una rigidez extrema con tales costumbres cuando se trataba de una relación entre iguales, entre ricos. Me pareció una falta de consideración, aunque al mismo tiempo demostraban interés real en sus vecinos menos afortunados al llevarles cazuelas de sopa y cestas de mimbre cargadas de frutas y hortalizas.

Nos encontrábamos en la biblioteca cuando el pequeño de los hermanos Galloway se precipitó en la habitación casi sin resuello para indicar con voz entrecortada, y señalando uno de los amplios ventanales, que la señorita Gray caminaba en esos momentos por el sendero de gravilla que conducía directo a la mansión. Siguiendo las indicaciones de Colin, Jane se asomó para ver desfilar a la joven por aquella guijosa pasarela y sonrió al contemplarla a distancia: su amigo tenía buen gusto. Si ya a los diecinueve años le confesó estar enamorado de aquella chiquilla de largos mechones rubios y cara angelical, resultaba de lo más lógico a sus ojos que ahora, con las considerables aportaciones propias de la edad, Colin no solo hubiera mantenido su amor incondicional, sino que este hubiera ganado en dedicación.

—Voy a recibirla —dijo ella mientras se dirigía a la puerta—. No, tú no vengas conmigo —lo detuvo con una mano al ver que Colin la seguía.

—Pero debería ir a saludar. ¿No es eso lo correcto? ¡Hace meses que no la veo! —se quejó con un lastimero gemido.

—A veces lo correcto no es lo que más nos conviene. —La frase era de su madre, Mary, y no es que la entusiasmara, pero en este caso decidió que venía a cuento—. Dejemos ver qué ocurre si por una vez no te ve aparecer. Le haré saber que te encuentras en la biblioteca, dedicado de pleno a tus lecturas. Y, por cierto...

La señorita Elliott pasó revista a las paredes de la biblioteca, empapeladas de arriba abajo de libros a la espera de ser escuchados. Buscaba un ejemplar que sugerirle a su amigo.

—¿Cuál ha sido tu última lectura? —le preguntó para asegurarse de sus gustos actuales.

Él pareció dudar sobre la conveniencia de darle una respuesta... sincera.

—Un libro que Percy me recomendó. Pero no creo que lo conozcas. —Las mejillas del joven eran el fiel reflejo de su pudor.

—Prueba —lo retó Jane, segura de sí misma en cuestión de libros—. ¿Cómo se titula?

—*El monje*. Una novela gótica... —Enarcó las cejas, como si tuviera que disculparse.

—No, no tengo el placer. —El decoro la obligó a mentir—. El libro en general le gustó porque estaba bien escrito y le había hecho pensar, atributo que siempre exigía a una buena novela, pero nunca podría reconocer ante ninguna otra persona haberlo leído. ¿La razón? La descuidada moral de la historia: el villano era un hipócrita y retorcido sacerdote católico que se dejaba arrastrar por la lujuria—. ¿Y te gusta la poesía?

—Me gusta Allan Ramsay. Y sobre todo Robert Burns. —Jane se sintió sorprendida ante aquella revelación. Ella sabía que Burns no era un poeta precisamente bien visto entre la aristocracia escocesa por su ideología republicana y progresista; un hijo de campesino que incluso había mostrado su apoyo a la Revolución francesa. Por mi parte, recordé que el poeta escocés era además autor de la letra de *Auld lang syne,* conocida como *La canción del adiós* y que cantamos los anglosajones en la última noche del año y también en nuestras despedidas.

—Dos escoceses. También están entre mis favoritos —reconoció ella mientras seguía ojeando las estanterías. No sabía lo que estaba buscando, pero cuando lo encontró se detuvo como si un muro le impidiera continuar—. No es posible... —balbuceó—. Tenéis una copia de *El corsario,* de lord Byron. Se publicó hace apenas año y medio. Dicen que en un solo día vendió diez mil copias —comentó absorta mientras abría la tapa de la obra como si tras ella se escondiera un tesoro de incalculable valor.

Como colofón de la primera página, se topó con la firma de un nombre: «Teniente Percy Galloway», solo que la parte que hacía referencia a «teniente» la habían tachado para sobrescribir el término «capitán». «A Percy le gusta lord Byron...». Sonrió. Para ella aquel había sido un cautivador descubrimiento.

—¿En serio? He escuchado a padre hablar atrocidades de ese tal Byron. Al parecer es un antipatriota, reacio a las convenciones sociales y mantiene relaciones... relaciones carnales con personas de su misma familia. —Colin se refería a la hermanastra del poeta, Augusta.

—Por lo que cuentas, no pareces muy dispuesto a leer sus poemas —constató apenada.

—Sabes que haría cualquier cosa por ti, pero... ¿no podrías recomendarme algún otro autor? —dijo abarcando con un gesto la inmensidad de la biblioteca.

Jane se asomó impaciente por la ventana para comprobar con placidez que Rosamund aún no había alcanzado la entrada de la casa. Se había detenido a unos treinta metros; Robert la entretenía.

—De acuerdo. Aunque los pecados de un hombre no deberían nublarnos la mente e impedirnos apreciar sus bondades. Es cuestión de justicia intentar discernir las cosas buenas de cada persona con tanto empeño como el que empleamos para recalcar las malas, y como futuro ministro del Señor deberías ser consciente de ello —replicó pensativa. «Vaya sermón que le acabo de echar...», se arrepintió—. ¡Aquí está! —dijo antes de volverse hacia Colin—. Imagino que contra Shakespeare no albergas reparos.

—¡En absoluto! ¡Ninguno! —replicó él satisfecho.

—Pues sus *Sonetos* valdrán —le comunicó haciéndole entrega del volumen—. Quiero que te empapes de Shakespeare y que, antes de secarte, me digas qué versos son los que con más fidelidad evocan en ti la figura de la señorita Gray. Porque vas a escribirle una carta de amor.

Dicho aquello, salió de la estancia sin dilación. Casi tropieza con uno de los sirvientes mientras descendía alegre por la amplia escalinata de mármol; se disculpó y, al llegar a la puerta de la entrada, se detuvo para recomponerse el peinado. Justo a tiempo para recibir a Rosamund y Robert, quienes entraban juntos en el *hall*.

—Señorita Elliott —la saludó el primogénito acompañando sus palabras de una mínima reverencia—. Las dejo a solas. Seguro que tienen mucho que contarse.

—Señor —respondió ella con una genuflexión.

Buscó en su mirada una pizca de complicidad; Jane apostaba a que era conocedor de los sentimientos de su hermano pequeño por la joven Gray, aunque, si así era, él no dio ninguna muestra de ello.

«Ya empezamos», gemí apenada. «No hay quien entienda el comportamiento de este hombre». Jane pensó algo parecido, pero intentó dejar en la puerta pensamientos tan sombríos.

Tras dar a Rosamund la bienvenida cordial que merecía, le ofreció pasar al salón, donde podrían hablar sin interrupciones.

Después de destacar las fortalezas de la otra y de señalar cómo las había mejorado el paso de los años, de tratar la situación de bienestar de sus respectivas familias y de preguntar por el capitán Galloway y por Colin —efectivamente Rosamund se extrañó de que no hubiera acudido a recibirla—, la visita no tardó en sacar a relucir el asunto que tanto interesaba a Jane.

—Señorita Elliott, creo que pronto tendré que tomar una decisión muy importante. —Jane intuyó que le hablaba de su futuro casamiento, pero se fingió ignorante—. Me refiero por supuesto al matrimonio —aclaró la joven—. Tengo veintidós años —lo dijo como si sumara cincuenta—, y no puedo aplazarlo más. Madre insiste en que cumplir los veintitrés sin haberme comprometido sería una tacha que restar a mi lista de virtudes.

—La señora Gray siempre ha sido justa e inteligente en sus juicios, pero no creo que en este caso la asista la razón. Usted se encuentra en el momento de mayor esplendor que puede alcanzar una joven, y aún le quedan años de juventud por delante. Opino que ningún caballero o dama podrá poner en duda tal cosa.

—Pero madre insiste en que no tardará en llegarme el declive, «como cada otoño se marchitan las flores» —repitió las palabras de su progenitora con gesto doliente—. Y eso me asusta, porque yo quiero casarme, tener hijos. No me gustaría convertirme en una vieja solterona como la tía Fiona y terminar mis días cuidando a la prole de mis hermanos, sin una casa propia que llevar.

Me alegré de ser una mujer del siglo XXI, todavía con muchos objetivos por conquistar, pero evidentemente más libre e independiente que mis antepasadas.

Jane, por su parte, intentaba esconder la sorpresa de comprobar el exceso de sinceridad que Rosamund mostraba con ella apenas unos minutos después de su reencuentro. También trató de consolarla.

—Si desea casarse, se casará. Ya lo verá.

—Lo sé, señorita Elliott. El problema es que me resulta muy difícil elegir al marido adecuado. Tengo pretendientes. Tres, ¿sabe? Un baronet, el editor de un semanario muy bien situado y un abogado que acaba de heredar una fortuna. —Sus ya de por sí deslumbrantes ojos verdes irradiaron un brillo entre la duda y el orgullo—. A grandes rasgos, todos me ofrecen lo mismo: una vida acomodada y segura para mí y nuestros futuros vástagos. ¿Cómo elegir pues entre ellos? Es difícil concluir cuál de los tres posee mayor fortuna. Y resultaría indecoroso reclamarles un listado exhaustivo de sus actuales riquezas y propiedades, ¿verdad?

—Sin duda sería indecoroso —le confirmó Jane.

Le entristeció que Rosamund pudiera reducir la decisión más importante de su vida a una mera cuestión pecuniaria. Y no menos le desconcertó no escuchar el nombre de Colin entre los aspirantes a conseguir su mano: el hijo menor de un caballero de posibles destinado a heredar un beneficio eclesiástico. Tal vez la señorita Gray consideraba que Galloway carecía de un atractivo que se suponía capital para los intereses de una dama como ella: suficiente dinero para colmar sus expectativas de una vida de lujos.

—¿Y el amor, Rosamund? ¿Dónde deja usted sus sentimientos? ¿No quiere casarse por amor? —se atrevió a preguntar Jane.

—¿Si quiero? ¡Claro que quiero, señorita Elliott! Pero mi madre dice que el amor llega después de la noche de bodas, y no antes.

En los ojos de nuestra interlocutora se leía el deseo de ser rebatida, y no tuvo que esperar demasiado para conseguirlo.

—Yo no lo creo así, Rosamund —le dijo Jane tomándole las manos—. El amor llega antes de la noche de bodas y antes también de calcular la fortuna con la que una va a emparentar. No deje que los demás la influyan. Elija cuando su corazón esté seguro.

En la solitaria lágrima de la joven, tanto Jane como yo entendimos que quizás su corazón ya estaba seguro de a quién escoger. Dedujimos que el agraciado no era ninguno de los tres candidatos referidos; pero eso no nos alivió, porque si el comportamiento de Colin con ella había sido tan explícito como imaginábamos, no cabía otra que deducir que aquel caballero al que la señorita Gray tenía en mente debía de ser otro.

Jane encontró a su protegido donde lo había dejado una hora antes, en la biblioteca. En cuanto entró en la habitación, como si un resorte lo hubiera empujado a abandonar la tapicería azul ultramar del sofá, el joven soltó el libro que tenía entre manos y corrió a su encuentro, impaciente por escuchar las noticias que ella traía consigo.

—¿Cómo la has visto? Jane, ¿no es acaso el ser más perfecto y maravilloso con el que has tratado? ¿Ha dicho algo de mí?

—Sí, preguntó por ti, y te excusé.

—¿Parecía decepcionada?

Lo cierto es que no demasiado. O era muy buena actriz o no veía a Colin como este deseaba ser visto.

—No sabría decirte... —«A eso lo llamaría yo una mentira piadosa», pensé—. Quería preguntarte algo, Colin: ¿alguna vez le has declarado tu amor? ¿Le has pedido matrimonio formalmente?

—Qué directa te has vuelto, Jane... —se quejó él, más por timidez que por la pregunta en sí—. No, nunca me he declarado. Pero podría jurar que ella es consciente de lo que siento.

—Bien. Eso te concede cierta ventaja: una dama nunca puede estar segura del afecto de un hombre hasta que este se le ha declarado. Y eso juega a tu favor —añadió satisfecha—. Pongámonos manos a la obra. ¿Cuáles son los sonetos que has elegido?

—He ido apuntándolos en esta hoja... —respondió al tiempo que se la mostraba.

—Bien, yo te ayudaré a escribirle una carta de amor.

—¿Sabes qué? No lo veo nada claro. —Colin retiró el papel antes de que ella pudiera atraparlo y se lo guardó para sí—. Una acción de estas característisticas por mi parte resulta en extremo atrevida, pondré a la señorita Gray en una situación muy comprometida... Y eso me hará sentir incómodo cuando coincidamos en su casa o en Tyne Park.

—Es cierto —reflexionó contrariada mi álter ego para enseguida darle una vuelta de tuerca a la idea—. Y no es cuestión de mantener una correspondencia amorosa tan íntima para que, luego, cuando os encontréis frente a frente, no seas capaz de mirarla a la cara, y mucho menos de hablarle. Sería contraproducente.

—No me atrevería a mirarla. Eso es seguro —coincidió Galloway.

—¿Y si las cartas son anónimas? Yo misma se las entregaré en mano, le diré que provienen de un admirador secreto. —Jane pensó que sin duda Rosamund sabría quién se las enviaba, pero al menos Colin quedaría a salvo de sus propios temores al permanecer presuntamente en el anonimato. Así mataba dos pájaros de un tiro—. Le diremos la verdad cuando ella misma suplique para que le desvele el nombre de su enamorado.

—Señorita Elliott, eres encantadoramente ingeniosa —le dijo tendiéndole de nuevo su listado de sonetos—. Si mis sentimientos no estuvieran ya empeñados en Rosamund, sin duda los dirigiría hacia ti.

«¡No, por favor! No enredemos más las cosas», pensé en broma.

Jane también sonrió antes de invitarlo a tomar asiento a su lado, frente a la mesa de escritura que *lady* Grace había hecho colocar junto a uno de los grandes ventanales de la biblioteca y que permanecía oculta al resto de la estancia gracias a un refinado biombo forrado en seda.

Allí estuvieron trabajando mano a mano durante un buen rato, hasta que un sirviente llegó preguntando por Colin para comunicarle que el mozo de cuadra ya tenía ensillado su caballo; el joven de los Galloway se había comprometido con Robert a visitar a uno de los arrendatarios para tratar un asunto del que Jane nada sabía. Cuestiones agrícolas.

—¿De verdad no te importa que te deje?

—No, ve tranquilo. Me he hecho una idea bastante clara de lo que quieres.

—Qué persona tan afortunada soy. Ni yo mismo sabría expresar con palabras lo que Rosamund representa para mí, y tú, en cambio, eres capaz de entender mis sentimientos y volcarlos sobre ese papel.

«El amor es siempre amor», pensó Jane. «Y el tuyo no puede ser muy diferente del que yo siento por tu hermano». La exasperación de reconocerse enamorada del indolente Robert Galloway le removió la boca del estómago.

Colin se despidió agradecido, y allí nos dejó entre meditaciones, con la imagen de los jardines y los sonetos de Shakespeare como elementos inspiradores. No era poco.

Apenas media hora permanecimos a solas: pasado ese tiempo, Robert y Percy irrumpieron en la estancia. La charla sonaba a discusión. Jane, que no deseaba ser indiscreta, estuvo a punto de levantarse para informar a los caballeros de su presencia allí, tras el biombo, pero inevitablemente cerró la boca al escuchar al capitán hablando de lo diferente que había encontrado a la señorita Elliott respecto a cuando era «una delgaducha e insignificante jovencita».

—Su expresividad, hermano, su inteligencia atípica y también su figura, que le confiere un primoroso porte, han hecho que note en ella una notable mejoría. —La intención de sus palabras era tan evidente que Jane, pese a mantenerse oculta, empezó a ruborizarse—. Además, en estas dos semanas que llevamos en Tyne Park me ha parecido adivinar en su carácter a una fierecilla de carácter netamente indomable. No me mires así. Aunque quisiera, no podría evitarlo: me atrae. Mucho.

—Por mi parte no he notado diferencia alguna en ella. —La voz de Robert sonó inexpresiva, indiferente—. Continúa siendo la misma. ¿No será que aquí no tienes a ninguna otra con la que distraerte? —Jane se sintió ofendida por aquellas palabras que juzgó de menosprecio y, pese al temor de ser descubierta, coló uno de sus ojos en la escena a través de los espacios que las lamas del biombo dejaban libres entre sí—. He de rogarte que no te entrometas. Está a punto de prometerse con Matthew Seymour, heredero de su padrastro. Algún día será baronesa.

—Eso he oído. —Percy negó con la cabeza, como si no quisiera aceptar esa noticia—. Nuestra Jane, baronesa... Por cierto, me han dicho que el tal Matthew tiene ademanes de un perfecto caballero, pero que su nariz deja mucho que desear. Entiende, hermano, que debo librar a la señorita Elliott de tal herencia para sus hijos. Los pequeños de nuestra querida amiga deberían sacar nuestra digna protuberancia, que, combinada con la suya, será de una elegancia y una gracia poco comunes por estas tierras —apuntó Percy señalando sus respectivas narices.

—Insisto en que ella debe atender a su deber, y resultaría ser una joven caprichosa y de poco juicio si rechazara la propuesta de Seymour. Es la mejor que se le va a presentar. Sería para ella una buena colocación.

A duras penas Jane pudo contener el bufido que se escapó de entre sus labios. Era tal su ira que temía poder tumbar el biombo que la separaba de los hermanos Galloway solo con la mirada. «Sí, claro, bien colocada, como un objeto decorativo más de la casa», pensó, y yo con ella. «Espero que las ideas de Duncan hayan evolucionado desde su época de neandertal», protesté.

—No si yo puedo evitarlo. Vamos, Robert, ella merece algo mejor. —Percy sonrió con suficiencia. Jane tenía las mejillas coloreadas de un raro tono que mezclaba la timidez por las palabras de Percy y la furia contra Robert—. ¿Y qué me dices de ti? Padre me ha comentado que lo tuyo con la señorita McKnight es prácticamente cuestión de semanas. ¿Estás seguro de ese compromiso?

A Jane se le pasó de golpe todo sentimiento ligado al mal humor para transformarse en amargura.

—Padre lo considera un enlace muy ventajoso porque serviría para que nuestra familia triplique su fortuna y boato —repuso el primogénito.

—¿Y si resulta poco agraciada? ¿Cómo podrías enamorarte de ella?

—Percy, el físico no lo es todo —le reprochó—. En cualquier caso, por si eso te tranquiliza, te diré que nos hemos visto varias veces, la última hace un año, en Londres, y te aseguro que nadie se atrevería a cuestionar su belleza. En cuanto a lo de enamorarme, francamente, no veo la utilidad de tales sentimientos. Mira a padre. Decía amar con locura a nuestra madre, y, meses después de su muerte, no dudó en volver a comprometerse con otra mujer. No existe el amor. Solo el capricho pasajero y las relaciones estables basadas en intereses comunes. Y entre esas dos propuestas, yo me decanto ciertamente por la segunda.

—Sí... Yo de caprichos sé mucho. —La risotada del capitán Percy Galloway exasperó a su hermano.

—Lo sé bien, así que deja en paz a Jane, ¿de acuerdo?

—¿Jane? ¿Ahora te diriges así a ella? ¡Qué confianzas te tomas! Robert, aún no sé si la señorita en cuestión te importa muy poco o, por el contrario, te interesa demasiado... —Lo miró de lado, observándolo con intensidad, como si pretendiera obtener una respuesta en el rostro de su hermano—. Aún os recuerdo hace unos años, no tantos, siempre juntos. Eras su adalid, su protector. Apuesto a que ella se hizo mujer con la creencia de que algún día sería tu esposa.

Robert dudó por un segundo y, antes de responder, desvió la mirada al suelo, el ceño fruncido.

—Aquellas eran tonterías propias de niños.

—No tan niños... Recuerdo muy bien que a sus dieciocho años, convendrás conmigo en que ya no era una rapaza, allá donde se encontrase te seguía guardando siempre una silla al lado. Y nunca te vi quejarte por ello.

—¿Cómo puedes recordar eso? —replicó irritado—. Tus visitas a lo largo del año eran escasas.

—Resultaba enorme e incomparable la devoción que aquella chiquilla sentía por ti —insistió Percy sonriendo con picardía.

—Te aseguro que ya no es así. Ahora me trata con notable desafecto.

Jane se extrañó de que Robert pudiera opinar eso de ella, puesto que desde el episodio del cementerio habían vivido otros momentos de acercamiento, de buen entendimiento, que él parecía obstinado en echar al olvido.

—Si no estás fingiendo, mintiéndole a tu propio hermano... entonces, Robert, me cabe la esperanza de poder reconducir la fervorosa devoción de Jane hacia otra parte. —Su pausa la acompañó de una prolongada sonrisa—. Hacia mi persona, claro está.

—¿Y qué te hace pensar que preferirá a un marino antes que a un futuro barón?

Imaginé que eran los celos los que hablaban por Robert. Jane no lo entendió así. Creyó que sumaba nuevas máculas a su carácter: la de ser una mujer codiciosa.

—Bueno, ya lo hizo su madre antes que ella. Rechazó al barón por un teniente. Y yo soy capitán. A mi lado no le faltaría de nada —se defendió con altanería el lobo de mar.

—¿A qué viene todo esto en realidad? —El primogénito dudaba a las claras de las motivaciones del hermano.

—He visto mucho mundo, y te aseguro que ninguna de las mujeres que he conocido hasta ahora respondió a mis expectativas.

—Pero... —Robert titubeó al enunciar su pregunta—. ¿De verdad amas a Jane?

—¿Amarla? ¿Estás loco? Aún no la he tratado lo suficiente como para aseverar tal cosa —reconoció el capitán—. Siento por ella algo aún más difícil de conseguir: respeto y admiración. Sin duda, el amor vendrá después. Con esa figura, y ese carácter... terminará por conquistar mi corazón. Y más cuando los dos nos encontremos a solas, sin miradas indiscretas que puedan refrenar la pasión que adivino en ella, hermano.

Los ojos de Robert centellearon furiosos.

—¡Percy! ¡Basta ya! ¡No te consiento que...!

—Cálmate, cálmate... —lo interrumpió—. Me refiero a cuando estemos casados y viviendo en nuestro propio hogar —se defendió Percy mientras mostraba las palmas de las manos, en un intento por aplacar la excitación de su hermano—. ¿Sabes cuánto tiempo permanecerá en Tyne Park?

—Lo ignoro. —Robert parecía profundamente enojado—. Con un poco de suerte se marchará pronto y te hará olvidar cualquier idea de pretenderla.

—¿Le gustan los paseos a caballo? —No aguardó la respuesta—. Sí, la invitaré a montar a Bonnie Prince.

—No monta. Madre nunca se lo permitió; temía que pudiera hacerse daño.

—¡Es cierto! Ya no lo recordaba. Cómo le marcó a nuestra querida madre la muerte de su prima Isabella. Todo por una mala caída... Pero si Jane no ha aprendido a montar en Hardbrook House, aún mejor. Así tendré la oportunidad de instruirla yo mismo —explicó Percy exhibiendo su habitual y esmerada compostura—. Pocas objeciones puedes poner a mi brillante idea, porque para una joven como ella resulta recomendable, e incluso reconfortante, un poco de ejercicio físico.

Por suerte para Jane, quien temía que la conversación se alargara tanto como para que Colin regresara a la casa y, peor aún, a la biblioteca —revelando involuntariamente a los dos caballeros la presencia de la dama tras el biombo—, los dos jóvenes abandonaron la estancia para acometer sus respectivas tareas: Robert adujo que debía atender unos asuntos domésticos y Percy tenía que chequear el estado de sus perros favoritos, ya que había prometido participar en una cacería al día siguiente.

A ella aún le temblaban las piernas cuando abandonó la sala de lectura. Necesitaba aire fresco, urgentemente, así que se llevó consigo el folio y medio de carta que había adelantado hasta el instante en que se produjo la entrada de los dos hermanos; le parecía muy arriesgado dejarlos allí mismo, sobre el escritorio, al alcance de cualquiera.

Salió de la casa en busca de uno de sus rincones favoritos: el columpio del laberinto; ni siquiera el hecho de que fuera Robert quien lo había colgado allí para ella años atrás la hizo desistir de su deseo. Agradeció a partes iguales el olor a tierra mojada y que en ese instante las nubes permanecieran inmóviles y aparentemente descargadas. Se deslizó por los corredores del zigzagueante jardín, cuya altura superaba la de Jane, sin dudar ni un momento hacia dónde encaminar sus pasos.

«Ya estoy cerca», se dijo. Y, efectivamente, cuando rodeó el que iba a ser el último seto, se topó con el columpio de madera.

Aunque estaba ocupado. Y era demasiado tarde para volver atrás.

Robert ya la había visto.

16

Tan cerca, tan lejos

Jane vaciló nerviosa. No le apetecía hablar con Galloway. Sus palabras la re-
concomían: «Es la mejor oferta que va a tener para colocarse». «Oferta» y «colocarse» resumían lo que él opinaba de su situación como mujer. «Mequetre-
fe. Antes preferiría convertirme en institutriz que venderme a un esposo por
dinero como vas a hacer tú con esa señorita McKnight», pensó mientras lo
observaba confusa, intentando mostrar indiferencia cuando hubiera preferido soltarle a la cara, con toda la rabia que acumulaba, lo que en realidad pensaba de él. Pero, además de antojársele un comportamiento impropio de una
joven bien educada, esa actitud la hubiera dejado a los pies de los caballos:
habría supuesto la confesión de su censurable conducta, la de escuchar a escondidas conversaciones ajenas. Se recordó a sí misma parapetada en el
biombo de la biblioteca y consideró que aquellos bastidores habrían de servir-
le de escudo frente a cualquier tipo de sentimientos que Robert Galloway pudiera inspirarle, ya fueran de amor o resquemor.

O eso deseaba creer ella.

—Lo siento, no pensé encontrar a nadie aquí —dijo por fin antes de girarse
para volver sobre sus pasos.

—¡No, por favor, Jane! —la detuvo Robert abandonando el columpio para
cedérselo a ella—. Este rincón es más suyo que mío. Quédese, por favor.

Su buena predisposición no tardó en desarmarla de cualquier biombo o
defensa que hubiera pretendido levantar entre los dos. «Floja», me burlé divertida.

Jane se aproximó con fingida desgana al columpio de madera y se sentó sobre él, con tan mala suerte que los folios que llevaba en la mano se le
cayeron al suelo. En un gesto caballeroso, Robert se inclinó para recoger-
los.

—¡No es necesario! —intentó adelantársele ella, pero llegó tarde.

Galloway había cometido la indiscreción, probablemente involuntaria, de
leer las primeras líneas. El comienzo estaba en prosa, aunque después conte-

nía algún que otro poema... También la cara del propio Galloway se hubiera podido recitar en verso mientras leía.

Jane, disgustada al saberse descubierta, retorcía sin percatarse de ello las cuerdas del columpio, en el que se había dejado caer de nuevo.

—¿«Radiante primavera de mis otoños»? Parecerá que la carta está escrita por un caballero entrado en años —criticó Robert el estilo.

—¿Puede devolvérmela, por favor?

—La letra es de usted —dijo él alzando en su mano la carta—. ¿Yerro al interpretar que los sentimientos son de otro? —La voz exigente de Robert no le sonó bien a la dama.

—¿Y qué si fuera así? —Tras la impertinencia, se apresuró a coger aire. Consideraba primordial guardar las apariencias. Le hubiera gustado arrebatarle las hojas de las manos, pero en lugar de eso se propuso mantener la calma para conferir un matiz de normalidad a la anómala situación—. ¿Sería tan amable de devolvérmela? —le pidió con una sonrisa a medio dibujar y un exceso de cordialidad, poco creíble, en la entonación.

Él ni obedeció ni cedió la iniciativa en la conversación-interrogatorio.

—¿Va a decirme qué nombre figurará en el colofón de esta carta?

—Claro que sí. —«¿De verdad? ¡A Colin no le gustaría!»—. «Un admirador secreto». Esa será la única rúbrica que aparezca una vez esté finalizada, y, como ha podido constatar, aún falta para eso.

—Debería ayudar a Colin de otra forma.

Jane enmudeció ante la perspicacia de Robert. Y ese silencio que dejó escapar de sus labios entreabiertos fue lo que la delató. El caballero resopló y, como un percherón nervioso, paseó arriba y abajo frente a nosotras, reflexivo. Hasta que se detuvo frente a ella y la miró con su característico ladeo de cabeza y mirada ceñuda que ambas identificábamos con una amonestación.

—Si leer una carta ajena es un acto que viola las leyes del honor, ¿qué abominable descripción habría que inventar para aquellos que las escriben en nombre de otro?

El ataque directo la obligó a saltar del columpio.

—¡Bien podría haberse ahorrado el leer esas líneas! Como usted mismo reconoce, también ha incurrido en una grave falta, ¿cierto?

—Sin duda lo suyo es mucho peor —se defendió él al tiempo que la señalaba con un dedo acusador.

—¡No creerá que estoy escribiendo algo así por mi cuenta, a espaldas de su hermano! Únicamente lo hago para echarle una mano.

—Sí, al cuello... —rezongó Galloway fuera de sí—. ¿Qué le hace pensar que su juicio es más despierto que el de Colin? Suman la misma edad. Y, cuando uno busca tomar decisiones acertadas, creo no equivocarme al asegurar que resulta contraproducente ayudarse de un solo criterio si este resulta ser el de un consejero desorientado, como es el caso.

—¿Desorientado? Le agradezco la confianza, señor.

El tono desafiante de Jane no ayudó a aplacarlo. Todo lo contrario.

—De veras que a la edad de quince años poseía usted mayor discernimiento que ahora, señorita Elliott. No solo se inmiscuye en una correspondencia privada y toma conocimiento de cada mínimo detalle, sino que encima entromete sus propias palabras, lo que a mi modo de ver establece una relación cargada de falsedad entre Colin y la señorita Gray. Está usted ayudando a crear artificio donde debería primar lo natural. Las palabras bonitas, esparcidas entre abundancia de suspiros, suelen quedar vacías, condenadas al olvido. —Se aproximó tanto a ella que apenas los separaban unos centímetros. El verde de sus ojos refulgía contagiado por la vehemencia de sus labios—. En el tono de voz, la duda ante la posibilidad de ser rechazado, hablando de un modo sencillo y resuelto... Ahí es más fácil que encuentre el verdadero amor.

La atracción que Jane sentía por Robert era tan poderosa como su enojo al considerarse injustamente tratada; y la energía de su enfado no la ayudaba a reprimir los sentimientos que fluían de su interior. «Al final va a querer matarlo..., pero a besos», me reí. Mi yo del pasado tendría que haberse apartado de sí misma al menos unos metros para observar con cierta perspectiva la escena y percatarse de que lo mismo le sucedía a él.

—Ninguna relación falsa —respondió ella dosificando las palabras para evitar que brotaran cargadas de ira. No se había separado ni un palmo de él. De hecho, bregaba contra una fuerza invisible que la empujaba a acercarse aún más—. En esos papeles que insiste en no devolverme reside el corazón de Colin. Su voz. Me limito a ayudarlo en la elección de sus primeras palabras porque le falta arrojo para buscarlas por sí mismo. No creo que yo merezca tal desaprobación por su parte. Solo intentaba... —La mirada se le desvió a los labios entreabiertos de Robert, que la distrajeron de su discurso a medio hilvanar—. Intentaba...

Cuando Galloway se percató de la lucha interna de Jane para contener su enfado, dio un paso atrás y también él intentó aplacarse.

—Usted posee un grave defecto —comentó, más sosegado, justo antes de devolverle la carta.

—Por favor, Robert, prosiga: ¿cuál, en su opinión, es ese gran defecto? —lo retó ella levantando ligeramente la barbilla.

La familiaridad de llamarlo por su nombre de pila los desconcertó a ambos por igual, pero la turbación del caballero fue pasajera.

—Que usted se siente superior a los demás, señorita Elliott —la acusó.

—En cambio, yo creo que es usted quien alberga una opinión demasiado elevada de sí mismo —arremetió ella con escaso éxito, a juzgar por la impasibilidad del aludido.

—Dígame, por favor, qué experiencia la acredita en materia de sentimientos profundos, de amor, siendo claros —precisó mirándola con firmeza a los ojos—, para pensar que sus consejos pueden proporcionarle algún bien a Colin. —En esta ocasión la voz de Robert sonó a mar en falsa calma. Como hija de marino, Jane temió que la tormenta reapareciera de un momento a otro, pero ni por esas contempló la posibilidad de plegar sus velas para iniciar una retirada a tiempo.

Por mi parte, cavilé sobre si detrás de aquella pregunta sobre la mundología de Jane en cuestión de amoríos no se escondería la inquietud del mayor de los hermanos Galloway; tal vez temía que su antigua amiga pudiera corresponder a las atenciones de Percy.

—Cierto es que la experiencia resulta deseable, pero en absoluto creo que sea un requisito imprescindible. Siempre que uno cuente con la imaginación como recurso, claro está —respondió Jane en el mismo tono contenido.

Él negó con la cabeza, en evidente desacuerdo:

—No simpatizo con aquellos que se inmiscuyen en sentimientos ajenos, señorita Elliott. Pueden dejar por el camino mucho pesar y sufrimiento.

—Sí, ya he constatado que, en lo que a usted concierne, ahora acostumbra a no inmiscuirse en sentimientos de ningún tipo. Ni en los de aquellos que lo rodean ni en los suyos propios. —«¿Por qué he dicho eso?», se arrepintió Jane.

—Ojalá estuviera dotado con ese don, el de ser incapaz de sentir —replicó él—. Aunque tampoco estoy en disposición de lamentarme de mis logros en ese sentido, que han sido muchos en los últimos años. La invito a trabajar en ello. Es una joven de mente despierta; y, por esa razón, no dudo ni por un instante que lograría controlar sus desbocados sentimientos con ponerle tan solo un poco de empeño.

«Ay, Dios mío. Sabe que lo quiero, que estoy enamorada de él...», se dijo avergonzada. En cambio, yo estaba segura de que, una vez más, interpretaba erróneamente las señales: por cómo se comportaba Galloway, no podía esperar que el caballero conociera en absoluto las preferencias de la dama. «Él entiende que Jane tiene un corazón vehemente, y tal vez suponga que se siente atraída por el capitán. Eso explicaría su manera de expresarse». Por suerte los dos se habían quedado sin argumentos, así que dieron por concluido aquel encuentro.

—Prefiero no seguir hablando. Ya tengo mucho que lamentar —murmuró él como para sí mismo. «Tal vez tu propia vehemencia cuando la tienes a ella enfrente», pensé esperanzada—. Que pase un buen día, señorita Elliott.

En respuesta a su saludo, ella se contentó con dedicarle una leve y rígida inclinación de cabeza.

Se quedó a solas, reflexionando confusa sobre la actitud contradictoria que durante los últimos tiempos había encontrado en él: reserva y frialdad en su voz, imprudencia y pasión en la mirada.

La oscuridad me hizo prever que regresaba a Edimburgo, a mi época actual. Estaba equivocada, porque las sombras del pasado aún me tenían reservado un nuevo capítulo.

Reaparecí en el amplio salón de Tyne Park, que rebosaba de voces entusiastas y del colorido y aroma de decenas de flores.

Días atrás, Jane le había resumido a Colin su desencuentro con Robert —solo aquellas partes que eran de su incumbencia—, pero el joven Galloway le restó importancia al altercado, recordándole el carácter huraño de su hermano mayor, y le rogó que no lo abandonara en su empeño de conquistar el corazón de Rosamund.

Una vez entregada la primera carta a la sorprendida —y después impaciente por recibir una segunda misiva— Rosamund, lo siguiente que se le había ocurrido a Jane era que se organizara una velada musical en Tyne Park.

Lo más importante: hacer llegar una invitación a todas y cada una de las jóvenes casaderas de la vecindad, incluida la señorita Gray. El pretexto: Colin Galloway pretendía agasajarlas con un concierto de violín.

No requería grandes preparativos. Unos refrescos, algunas bandejas cargadas de emparedados fríos... Algo informal. Robert, quien continuaba al mando de los asuntos del hogar por la ausencia de su padre, no pudo negarse a la petición del futuro reverendo, entre otras cosas porque en ningún momento sospechó que tras la idea se encontrara Jane. Más bien pensó en Percy como artífice del plan; e intuí que la idea de que el capitán pudiera flirtear con otras jóvenes menos ligadas que Jane a la familia Galloway no podía satisfacerle más al primogénito.

Como la señorita Elliott esperaba, la actuación de Colin provocó que su imagen creciera a los ojos de las damas allí congregadas: en vigor, finura, belleza y talento. Si bien alguna prefería el galanteo del hermano marino, la mayoría de ellas quedaron prendadas del romántico músico. Y Rosamund tuvo ocasión de reparar en ello.

—¿Se ha percatado de cómo lo miran todas? —preguntó desconcertada a Jane, que había tenido buen cuidado de asegurarse una silla a su lado.

Había contrariedad en aquellas palabras, y mi álter ego se felicitó al confirmar que un sentimiento rayano en los celos afloraba en la mueca de su amiga.

—Yo diría que, más que mirarlo, lo admiran —hurgó en la herida Jane—. Y no me extraña. Siempre vi en Colin a un muchacho de buen corazón, gentil y educado, pero hoy es mucho más que eso: desde mi regreso a Tyne Park he constatado lo mucho que ha progresado a todos los niveles. De hecho, cualquiera de estas señoritas podría considerarse afortunada si él fijara sus ojos en ella.

—Sin duda, sin duda. Aunque creo que algunas jóvenes de la estancia precisan de un par de clases de modestia y recogimiento con sus antiguas institutrices. ¡Qué atrevidas maneras exhiben varias de ellas para asegurarse la atención del caballero! —reflexionó contrariada la señorita Gray mientras compulsivamente hacía girar en su muñeca izquierda una pulsera de cuarzos—. Aunque quizás a Colin le falten unos años por vivir antes de alcanzar la excelencia de su hermano.

Jane se tomó unos segundos para enmascarar el sobresalto. Necesitó concentrarse para evitar un incómodo tartamudeo:

—¿Se refiere a... Robert?

—¡No, por Dios! ¡Robert es de carácter sumamente distante! Aunque sus modales son intachables —añadió enseguida por temor a que Jane pudiera sentir ofendido el honor de la familia—. Me refería al capitán Galloway. —Rosamund lo señaló con un presuroso movimiento de barbilla.

«¡Vaya! Este es el secreto que guardaba y que probablemente le ha impedido elegir marido hasta ahora», deduje. Jane se sintió aliviada de que Robert no se hallara en el punto de mira de la joven, pero supuso que, para Colin, la empresa de enamorarla iba a resultar más peliaguda de lo previsto. Percy suponía una dura competencia.

—Ah... Sí, veo que algunas gustan de seguirle la corriente al capitán. Sin duda es apuesto, pero lo adivino inconstante en sus sentimientos. La mujer que lo ame tal vez se vea obligada a compartirlo con otras de su mismo género. Ya sabe lo que se cuenta de los marineros, los amores y los puertos.

Jane se arrepintió de la rudeza con la que había descrito a su amigo —pues así lo consideraba—, a pesar de hacerlo en beneficio de Colin. Por el trato mantenido con Percy en aquellos últimos meses, no merecía que lo expusieran públicamente de esa manera, aunque la señorita Elliott creyera firmemente en las impresiones que, sobre él, acababa de comunicarle a Rosamund.

—Oh, sí, por supuesto. Eso mismo dice la señora Gray. —«Es peor de lo que me esperaba», pensó Jane. Rosamund había hablado del tema incluso con su madre—. Pero apuesto a que en el amor es muy impetuoso y galante... Y que sabrá expresarse, como pocos hombres saben, con la espada y también con las «palabras» —recalcó.

Si con su mirada pretendió hablar, Jane no la entendió.

—Sin embargo, a mí no se me ocurre oficio que pueda dirigir más decididamente a un hombre hacia la felicidad y la lealtad para con su amada que el de clérigo —suspiró Jane al tiempo que dirigía una mirada a Colin, a punto de iniciar la segunda parte del concierto—. Y tampoco hay que despreciar la entrega con la que el joven Galloway toca ese instrumento. Solo un hombre realmente apasionado podría interpretar así al señor Haydn.

—¡Santo cielo, Jane! Habla como si estuviera usted enamorada de él —le susurró Rosamund con los ojos brillantes de quien cree haber descubierto un secreto.

—¡No, no! Él nunca se fijaría en mí —se removió inquieta por su torpeza—. Me ve como a una hermana. Como yo a él. —Intentó sonar convincente.

—Hablando de enamorados... ¿Cuándo cree que recibiré mi próxima carta?

—Lo ignoro. Ya sabe que me pasan las notas por debajo de la puerta de la alcoba, en mi ausencia. Así lo han hecho hasta ahora.

—¿No alberga usted sospechas de quién puede ser? —preguntó Rosamund con la esperanza de que su confidente pudiera proporcionarle alguna pista.

—En absoluto. Se lleva todo a cabo con la mayor discreción, la que un asunto como este requiere —respondió Jane.

Las cuerdas del violín las acallaron definitivamente.

También Robert participaba en la velada, como anfitrión. Encontré orgullo en su semblante, y una perenne sonrisa de placer durante todo el concierto, mientras se maravillaba por la destreza instrumental de su hermano pequeño.

Siguiendo los severos consejos de Jane al respecto, la estrella de la noche apenas invirtió unos minutos en conversar con su idolatrada Rosamund —quien lo felicitó por un talento que «injustamente» le había mantenido oculto— para enseguida dejarse arrastrar por las hordas de jóvenes admiradoras que se había ganado con su actuación.

«Ahí va, el Justin Bieber del siglo xix», sonreí.

17

Un buen sustituto

De nuevo aquella ceguera... Empecé a preocuparme cuando, una vez más, descubrí que continuaba anclada en el siglo XIX. «¿Cuánto tiempo va a durar esta regresión?». Confiaba en que en mi mundo no hubiera transcurrido demasiado tiempo. Hasta ese instante nunca se me había ocurrido que pudiera quedarme atrapada en el pasado...

El pensamiento sombrío pasó pronto. Debía alegrarme de que las visiones se hubieran acelerado: a ese ritmo, con tantos saltos temporales consecutivos, terminaría por conocer la historia de Jane Elliott y Robert Galloway en pocas regresiones más. «¿Habrán sido felices?». Sentía curiosidad, y también miedo, por descubrir cuál había sido el final para ellos, para nosotros.

—No puede negarse, Jane. Ya he ordenado preparar el caballo. Suba a cambiarse. Me lo agradecerá —insistió el capitán.

—*Lady* Grace me tenía prohibido montar; no quisiera hacer nada que pudiera contrariar a su madre.

—Desgraciadamente ya no puede contrariarla, mi encantadora amiga. Y estoy seguro de que, en algún momento, ella, que era una persona sabia, habría recapacitado sobre su timorata opinión y la habría cambiado por otra más ecuánime. Piense en el bien que le hará realizar ejercicio al aire libre. Por favor, no se niegue.

A Percy no le importaba jugar sucio, así que recurrió a una mirada lastimera.

—Pero no dispongo de ropa apropiada... —repuso Jane.

—No se preocupe. Moira se ha encargado de arreglarle uno de los trajes de montar de mi madre, de cuando aún creía en los beneficios físicos de la equitación. —La recorrió visualmente de arriba abajo con la mirada escrutadora de un sastre—. Sí, definitivamente posee usted unas medidas muy similares a las de ella. Le sentarán bien sus ropajes.

El poder de convicción no era una capacidad de la que adoleciera Percy Galloway, y la conjugaba magistralmente con un encanto muy bien entrenado, por lo que Jane finalmente se dejó convencer.

Estaba a punto de entrar en la casa cuando vio aparecer por un recodo del edificio a Robert. Se apresuró aún más para no tener que cruzar palabra con él. Lo había estado esquivando desde su última discusión, junto al columpio: cada encuentro entre ellos que evitaba suponía un descanso para su corazón, propenso a revolucionarse con progresivo ímpetu en su presencia. «Esto va cada vez a peor, en el mejor de los sentidos», presentí. «Estamos enamoradas hasta las trancas».

En su alcoba, Jane encontró efectivamente el traje de montar que la doncella había preparado para ella, y, como había pronosticado Percy, parecía hecho a su medida. Admiró la resistencia de la tela. Sin embargo, la dama se lamentó por tener que esconder sus piernas bajo aquella falda, ya que siempre había entendido que los pantalones que utilizaban los hombres les otorgaban una gran ventaja a la hora de hacer de ellos mejores jinetes. La chaqueta, esa sí de corte más masculino, la cubría por completo.

Mientras se acomodaba frente al espejo el sombrero, escuchó dos voces masculinas discutiendo en el jardín, aunque las palabras, por la distancia, le llegaban tan enmarañadas que le resultaba imposible separarlas para poder seguir el hilo de la conversación. La curiosidad la empujó a asomarse por el balcón y descubrió a lo lejos a Percy mostrándole a Robert su reloj de bolsillo; pero fuera lo que fuera de lo que hablaban, el hermano mayor se mostraba inflexible.

Si bien Jane no tardó en bajar, cuando alcanzó la explanada de gravilla de la entrada de Tyne Park, el capitán ya había desaparecido; Robert, en cambio, la aguardaba.

—Señorita Elliott, a Percy le ha surgido un compromiso ineludible. Ruego que lo disculpe. Mi padre y su esposa se hallan de regreso: han mandado noticia de que almorzarán en Haddington, donde se ha requerido la presencia de mi hermano para escoltarlos en el trayecto final hasta Tyne Park.

Jane no sabía qué decir. Se sentía decepcionada. Siempre había deseado aprender a montar, consideraba que un caballo podría dotarla de cierta forma de libertad e independencia, y ahora que por fin se había decidido a probar en contra de los consejos de *lady* Grace... Para colmo, la noticia de que la nueva señora de la casa estaba de camino le cayó como un jarro de agua fría. Precisamente era *lady* Susan quien había alimentado en la difunta señora Galloway su aversión por los equinos, recordándole una y otra vez el fatal desenlace de la prima Isabella.

—No pasa nada. Subiré a cambiarme de nuevo —dijo por fin Jane, incapaz de ocultar su decepción—. Gracias por avisarme, señor Galloway. Es usted muy amable.

Robert dudó un segundo. Ella se percató y esperó paciente por si el caballero tenía algo que añadir; la cortesía perduró hasta que el acto de protocolo degeneró en un incómodo silencio. Jane se giraba ya para regresar a sus aposentos cuando él la retuvo tomándola de la mano.

—Señorita Elliott. —Tras pronunciar estas dos palabras la soltó de inmediato, aunque sus dedos se contrajeron. La descarga esta vez había sido menos violenta que en la cabaña, pero yo misma la había notado—. Entiendo que para usted no será lo mismo, pero, si así lo desea, puedo acompañarla yo a montar. Sam tiene preparado al animal en las caballerizas.

El matiz que Jane percibió en su voz la turbó: era como si Robert le pidiera un favor, el de permitir que la acompañara. Como si para él supusiera un privilegio. No supo negarse. No quiso.

«Espero que no haya corceles desbocados ni nada por el estilo», pensé acongojada. Siempre había sido muy de gatos, un poco de perros y nada de caballos. Me pregunté si la influencia de *lady* Grace me habría alcanzado incluso en el siglo XXI.

—Hace demasiados días que no tengo el placer de conversar con usted —observó Robert mientras caminaban hacia los establos—. Cualquiera diría que ha estado evitándome.

Ella lo miró de reojo. La respuesta de Jane resonaba clara en su cabeza: «Exactamente desde el día en que habló con su hermano Percy sobre mí de una manera tan despectiva. El mismo en que además se permitió amonestarme por los servicios que había decidido prestar a Colin». Sus labios fueron más diplomáticos.

—Imagino que los dos nos hemos mantenido ocupados. En especial usted, al tener que asumir las obligaciones de *sir* Arthur en su ausencia.

—Sí, claro, claro. Supongo que esa ha sido la razón —replicó él a pesar de que la respuesta de Jane no pareció convencerle del todo—. Pero deseaba hablar con usted de algo... —Ella lo miró inquieta. «¿Otra reprimenda?», temió—. Quería excusar mi comportamiento. Ya sabe, nuestro desafortunado encuentro en los jardines del laberinto.

Jane dejó escapar un suspiro aliviado que él probablemente no llegó a escuchar.

—Entiendo en parte las reflexiones que compartió conmigo... —le concedió ella—. Pero solo en parte.

—Lo mismo puedo decir de las suyas —repuso Robert sonriendo más relajado—. Colin habló conmigo, y ahora entiendo que su único propósito, Jane, era ayudarlo en un asunto para el que ninguno de sus hermanos, y menos aún su padre, nos sentimos facultados. Al fin y al cabo, usted es lo más parecido a una hermana que Colin conoce.

«Que Colin conoce... No ha dicho "Es lo más parecido a una hermana que los tres conocemos"», razoné satisfecha. Me pareció evidente que Robert no abrigaba un sentimiento fraternal respecto a Jane.

—Me halaga que piense eso, señor Galloway.

—Aunque sea proclive a hacerlo solo cuando se enfurece conmigo, prefiero que me llame Robert. ¿Podría intentarlo, al menos mientras nos encontremos a solas? Si sus normas del decoro no se lo impiden, por supuesto. —Ella asintió encantada—. Le debo una explicación. Mi reacción...

La visión de Sam, el mozo de cuadra, interrumpió el discurso de Galloway, que no continuó hasta que estuvieron fuera de las caballerizas con Bonnie Prince Charlie*. Ese era el nombre completo del animal, aunque siempre lo acortaban por ser demasiado largo.

—Puedo confiar en su discreción, ¿verdad? —preguntó él mientras se atusaba el pelo.

—Desde luego, pero si hay alguna confidencia que no desee compartir, no lo haga. —Mi yo del pasado no terminaba de fiarse y aún permanecía a la defensiva.

—Jane, me indignó verla inmiscuirse con tanta ligereza en la vida de Colin —apuntó a modo de disculpa—, porque ese mismo comportamiento lo había percibido años atrás en otra dama que ha terminado por convertirse en la señora de Tyne Park.

—*Lady* Susan.

—Siempre me molestó la influencia que demostraba tener sobre mi madre y que se aprovechara de su bondad para, en ocasiones, manejarla a su antojo. Sé que utilizó un escándalo relacionado con mi familia materna para, al asegurarle a mi madre que guardaría el secreto de por vida, ganarse su eterna gratitud. Es una hábil manipuladora... —dudó si proseguir—. Pero es la

---

* «Bonnie Prince Charlie» es el sobrenombre con el que se conoce a Carlos Estuardo, aspirante al trono de Escocia que impulsó el levantamiento jacobita de 1745 y que concluyó un año más tarde en la batalla de Culloden, donde sus fuerzas fueron derrotadas por las tropas británicas de Jorge II. Carlos Estuardo se convirtió para el pueblo escocés en un héroe romántico, símbolo de sus aspiraciones independentistas.

esposa de mi padre. No debería decir estas cosas. Nunca se las he confiado a nadie.

Jane posó una mano sobre el brazo de él.

—Por favor, Robert, continúe. Es imposible que encuentre oídos tan prestos a escucharlo y a entenderlo, ni labios tan dispuestos a permanecer sellados.

—Sí, sin duda usted fue una de las grandes damnificadas de *lady* Susan durante las largas temporadas en que esa señora fue huésped de Tyne Park.

Jane se maravilló de que Robert fuera tan consciente de esa realidad, y así se lo hizo saber. Aunque no había nada extraño en ello, ya que, según le recordó Galloway, tras sufrir las humillaciones de la entonces señorita Hastings, él siempre había sido su paño de lágrimas.

—No era necesario que te quejaras de su comportamiento contigo, yo ya había observado cómo conseguía manejar a unos y a otros para actuar en su propio beneficio. Consiguió distanciar a mis padres de amigos que les habían sido muy queridos. Pero no toda la culpa habrá de recaer sobre ella; también ellos fueron responsables, por ser buenas personas, por su debilidad. Y cuando murió mi madre, le faltó tiempo para instalarse aquí. «Para acompañarlos en el duelo», explicaba a quien quisiera escucharla. Pronto entendí que era otro su objetivo.

—Casarse con *sir* Arthur.

—Así es. Si al menos hubiera detectado en ellos un sentimiento de verdadero amor... Tal vez mi padre creyó que una casa no estaría bien cuidada sin una dama en ella; en cambio, yo estoy seguro de que, con ayuda de Dixon, nos las hubiéramos arreglado sin problemas durante las largas ausencias del almirante —pensó en voz alta con la vista perdida en el horizonte—. Ver a una mujer como *lady* Susan tomar posesión de todo lo que fue antes de mi madre me resultaba insoportable.

—Sin embargo lo soportó.

—Por mi padre. Únicamente por él.

—A mí también me costó aceptar que mi madre volviera a entregarse a un nuevo esposo. Al principio consideré ese matrimonio una traición a la memoria de mi padre... —se le escapó a Jane en un arrebato de sinceridad—. Ahora sé que fui egoísta y muy injusta con mi madre.

—Sí. Yo debería imitarla y ser más comprensivo con las necesidades de mi padre. —Una arruga vertical entre las cejas le endureció el gesto—. Pero he de reconocer que me cuesta que la razón se imponga en esa lucha interna con el corazón. Yo preferiría permanecer solo el resto de mi vida antes que, después de haber conocido en mi primer matrimonio el verdadero amor, desposarme en segundas nupcias. —Robert se encogió de hombros—. Supongo que tienen razón cuando a mis espaldas dicen que se me ha agriado el carácter y que poco o nada se puede hacer ya por mí en ese aspecto.

—Puestos a ser sinceros, debo decirle que bastaría un poco de voluntad para poner remedio a eso. En estos meses me ha hecho pasar a su lado momentos amargos, es cierto, pero también otros muy agradables. Solo habremos de intentar desterrar los primeros.

—Si usted lo dice, estoy dispuesto a creerla, Jane. —Asintió agradecido—. ¿Y bien? ¿Qué le parece este lugar para recibir su primera clase de equitación? —Le mostró el valle que los rodeaba, una campiña hundida en el verdor de fértiles pastos.

—Es precioso. Aunque antes quería informarle de que he dejado de escribir las cartas por Colin. Ahora solo me limito a ofrecerle pequeños consejos de estilo y a ser la mensajera que las entrega. Y debo decir que su hermano, como yo sospechaba, esgrime las palabras del corazón con una inusual destreza. De hecho, Rosamund queda más prendada a cada misiva. En breve le pediré a Colin que se abstenga de leérmelas.

Robert sonrió complacido, aunque no la miró al responder.

—Preferiría quedarme al margen de esas cuitas —reconoció el caballero—. Sigo sin considerar apropiado mantener una correspondencia anónima con la señorita Gray. No me parece justo.

—Pero servirá para que la enamore. Ya lo verá. Me gustaría que, por una vez, el amor triunfase en nuestros tiempos. Demasiados matrimonios se conciertan por interés.

«No debería haber dicho eso... ¿Y si se siente aludido?», meditó mi álter ego cuando ya era demasiado tarde.

—Cada vez son menos, Jane, y me aventuro a vaticinar que tenderán a desaparecer con el paso de los años. —La respuesta la desconcertó. Le sonaba hipócrita teniendo en cuenta que Robert pensaba desposar a una joven de posibles a la que apenas conocía..., pero estaba dispuesta a vivir el presente, a perdonarle lo que hiciera falta para que su amistad evolucionara como debería haber progresado desde su reencuentro en Edimburgo.

Bonnie Prince se lo puso muy fácil en su primera clase. Al principio Jane temió una caída fatal desde aquella altura, ya que había interiorizado durante años las advertencias de *lady* Grace, pero no consintió que esos miedos la dominaran y aún menos reconocérselos a Robert, así que, cuando el caballero, desde el suelo, le preguntó si se sentía segura, respondió que sí. «¿En serio? ¡Pues yo para nada!», pensé.

Él, a pie, llevó las riendas del animal durante un largo paseo del que ambos pudieron disfrutar. Por fin parecían relajados, y conversaron entre sonrisas y de manera distendida de muchos temas.

—¿No podría enseñarme a montar como un hombre? —le pidió Jane.

—¿A horcajadas? ¿Cómo podría con ese atuendo? —respondió entre risas Robert. Era como si en unos minutos se hubiera quitado diez años de encima.

—No, claro, así vestida no. Necesitaría pantalones como los suyos —alegó ella convencida—. Me pregunto si la modista de mi madre pondría reparos a la propuesta de confeccionarme un par de...

—¡Jane! ¿Como un hombre? Ya me preocupaban sus deseos de hacerse a la mar cuando era una joven con sueños aventureros o sus actuales ideas de independencia en el matrimonio... ¿Y ahora esto? Miedo me da averiguar qué será lo siguiente. Quizás reclamar el derecho de sufragio femenino. —Por el tono empleado, entendí que intentaba picarla. Jane también, pero le siguió el juego.

—¿Por qué no? —Propinó un golpecito a la perilla de su silla de montar mientras se fingía ofendida—. Y si va a decirme que algunas damas no poseen el juicio necesario para decidir sobre tales cuestiones, habré de responderle que muchos de los de su género con derecho al voto, tampoco; y ahí están, algunos en el propio Parlamento. Amigos suyos, por cierto. ¿A cuánto asciende en la actualidad el número de electores en Escocia? ¿Apenas unas tres mil, cuatro mil personas, en todo el territorio? —El caballero asintió concediéndole que la estimación era correcta—. Yo abogaría por un Estado en el que las personas, ya sean hombres o mujeres, ricos o pobres, se ganen el derecho al voto presentándose a un examen de aptitudes.

Galloway enarcó las cejas sorprendido por la reflexión.

—Pero el examen deberían realizarlo todos —prosiguió ella como si relatara un sueño hermoso y remoto—, también los pobres, a quienes obviamente no habría que medir su nivel de conocimientos, ya que ellos no han tenido la oportunidad de aprender en los libros o en una universidad como usted, sino su capacidad de discernimiento y lógica social.

—Lo veo complicado —objetó Galloway—. Sería imposible someter a ese tipo de pruebas a toda la población; en tal caso las elecciones tendrían que celebrarse cada veinte años. Es probable que en tiempos venideros se incremente el número de electores, pero cuando tal circunstancia llegue a producirse, no lo dude: se basarán en las rentas de propietarios y arrendatarios, no es su capacidad de discernimiento.

—Es decir, tanto guardas en las alforjas, tantos derechos tienes —repuso con disgusto mi álter ego.

—Así es —replicó él dirigiéndole una mirada compasiva—. Aunque creo no estar descubriéndole ningún secreto si le reconozco que yo también abogo, desde hace años, por el sufragio universal.

—Lo sé —replicó ella intentando reprimir una sonrisa traviesa.

De repente Bonnie Prince empezó a moverse intranquilo hacia adelante y hacia atrás, y contagió su actitud a Jane, que aún no se sentía segura sobre aquel animal de interminables patas. Robert, siempre atento, se percató de ello.

—No se preocupe. La bajo de inmediato —se ofreció mientras echaba los brazos a la amazona. «Menos mal», me alegré.

Jane observó las manos fuertes y seguras de Galloway.

—Voy a confesarle que ahora mismo siento pavor...

—Sí, ya veo. Pero solo un poco, ¿verdad? —se burló él—. Venga, confíe en mí y déjese caer. Yo estoy aquí para recogerla.

Obedeció y, al hacerlo, se encontró con los brazos de él rodeándole la cintura y dejándola caer muy despacio, hasta tocar el suelo con la punta de los pies. Ella sonrió vacilante, con las manos apoyadas todavía sobre los tensos bíceps de Robert; mientras él, segundos después de bajarla, se resistía a soltarle el talle, como si temiera que aún pudiera perder el equilibrio. Esta vez Jane no percibió frialdad e indiferencia en Galloway; solo complacencia.

—¡Robert! —Una voz chillona los sacó del trance—. ¿Eres tú, querido?

El paseo con el caballo los había acercado, sin percatarse de ello, al camino de tierra que conducía a Tyne Park. Desde la ventana de un carruaje los saludaban el señor y la señora Galloway. Dado que el animal ocultaba a Jane y Robert de miradas indiscretas, supuse que habían obligado al cochero a detenerse tras reconocer a Bonnie Prince Charlie en medio del prado.

—Sí, soy yo, con la señorita Elliott —dijo él separándose de Jane con gesto de disgusto por la interrupción.

Percy trotó hasta ellos sobre su montura para informarles de que en última instancia habían decidido almorzar en casa porque *sir* Arthur, cansado del viaje, se había mostrado deseoso de llegar cuanto antes.

El cauce del Tyne los separaba del capitán.

—Veo, Jane, que al final ha recibido su primera lección. La actividad le ha conferido un encantador rubor a sus mejillas, y yo me lo he perdido —lamentó al tiempo que dirigía una mirada de reproche a Robert.

—Ya estaba vestida, y supuse que te gustaría evitar a la señorita Elliott la contrariedad de no poder empezar con sus ejercicios físicos desde hoy mismo —se defendió el primogénito.

—Por supuesto. Y aún tendré que darte las gracias, hermano —respondió el capitán haciendo gala de su fina ironía.

18

Haciendo fácil lo difícil

Al *despertar* de la regresión, un nuevo día asomaba tras las colinas de Edimburgo. Un rápido vistazo a mi móvil confirmó que solo había faltado una noche; nadie había tenido tiempo de echarme de menos. Me aguardaba una dura jornada lejos de aquellas sábanas: primero una visita al doctor Watson y, por la noche, el Mary King's Close.

«¿Quién será el capullo que me cree demasiado cobarde para ingresar en El Club?». Bien es cierto que nunca me habían ido las demostraciones gratuitas de valor, así que estuve tentada de mandarlo todo a la mierda. Solo el recuerdo de la tía Rita me devolvió al que ella habría considerado el buen camino: mi don le resultaría mucho más útil al mundo de ahí fuera trabajando para una organización como la de Lefroy.

Pero primero debía resolver mi cita con el doctor Watson, con quien había quedado a las doce y cuarto en su consulta privada de Chambers Street. Jackson se ofreció a acercarme en coche, pero, como aún era temprano, decidí dar un paseo.

Edimburgo me pareció, junto a París y Madrid, uno de los lugares más hermosos del planeta. Sin embargo, aunque me vi dispuesta a vivir largas temporadas en cualquiera de las tres metrópolis, no las hubiera cambiado por mi ciudad. «Solo sacrificaría Nueva York por una razón. En realidad, por una persona...». Al pensar en Duncan, volví a sentirme bipolar: feliz y desgraciada a un tiempo. «¿No podía acordarse de mí y ya?».

Pulsé el timbre del telefonillo cuando las agujas de mi reloj de bolsillo marcaron exactamente la hora de la cita. Antes que en una fría sala de espera, había preferido aguardar ese tenso momento previo paseándome calle arriba calle abajo.

Tras despedir con una comprensiva palmadita en la espalda a un paciente ojeroso y taciturno, John Watson me invitó a pasar a su despacho, amueblado con un estilo clásico propio de los setenta. Los sillones de cuero en marrón oscuro, incluido el típico diván, y una alfombra sobria que cubría el suelo contrastaban con la mente abierta con la que uno debe acudir a la consulta de un psiquiatra. Por suerte, la luz que entraba por los dos ventanales proporcionaba un respiro a la estancia. Tres diplomas grabados con el mismo apellido, Watson, y diferentes nombres de pila, colgaban de uno de los muros: supuse que aquel dominio que evocaba pura naftalina en mi nariz —aunque en realidad olía a incienso de violetas— lo había heredado John de su padre, y este del suyo. La figura de un buda rompía la estructura tradicional del despacho. Seguramente un toque de rebeldía de su actual ocupante.

—Bueno, Alicia, me tienes intrigado... Toma asiento, por favor.

Dirigí una mirada recelosa al diván.

—No, no hace falta que lo utilices. —John sonrió en plan comprensivo antes de señalarme una silla enfrente de él, sin mesas que establecieran la frontera entre doctor y paciente, entre cordura y demencia. Entendí que aquella era una actitud estudiada, y aun así agradecí el gesto de cercanía—. Duncan parecía preocupado cuando me llamó ayer, aunque no quiso adelantarme la naturaleza del problema.

—Oh, eso es fácil: le conté la verdad, pero es tan inverosímil que no pudo creerme.

—¿Y qué pinto yo entonces? —preguntó extrañado el psiquiatra.

—Esa verdad es tan irracional que el doctor Wallace considera que necesito ayuda de un médico. En concreto, de un especialista en tu campo.

—Pero tú no crees que necesites ayuda... —dio por sentado.

—*Sé* que no la necesito —recalqué.

—¿Y por qué estás aquí?

—Buena pregunta... —Medité mi respuesta a conciencia—. También contigo voy a ser sincera: hoy he venido aquí porque quiero que me conozcas. Para que puedas confirmarle a tu amigo que estoy lejos de ser una desequilibrada mental.

—Si buscas a alguien de espíritu tolerante, aquí estoy. —Se ofreció con los brazos abiertos—. Cuéntame qué es eso tan irracional que mi amigo Duncan se ve incapaz de creer.

—Lo que no sé es cómo convencerte de que digo la verdad. —Negué con la cabeza—. Si te cuento que conocí a Duncan en un viaje astral que él realizó estando en coma, que desde hace unos meses poseo un don llamado el tercer ojo y gracias a eso puedo ver fantasmas y hablar con ellos, y que ahí fuera hay seres que ni podrías imaginar... lo más lógico es que me tomes por una clienta idónea para lo que vendes en esta consulta.

Asombro. Desconcierto. Incredulidad. Es lo que esperaba encontrar en su rostro. Sin embargo, fui yo la sorprendida.

—¿El tercer ojo es heredado o surgió de manera espontánea?

—¿Cómo... cómo dices?

—Te pregunto si la segunda vista te sobrevino sin más o si un familiar murió y te pasó el don. —Se expresó con una voz tan calmada que casi me dio miedo.

—¿Tú entiendes de estas cosas? Pero ¿cómo...?

—No es algo de lo que hable habitualmente con mis amigos, y desde luego Duncan no sabe nada de esto, pero no eres el primer caso con el que he topado. ¿Por qué estás en Edimburgo, Alicia? Tal vez una misión de... —No completó la frase. Me miró de reojo con desconfianza. Sus ojos escondían un secreto—. Hay ciertos nombres que no debo mencionar en voz alta, por si resulto indiscreto.

—¿Tú también conoces... El Club? —me atreví a preguntar.

—Veo que hablamos el mismo idioma —se congratuló—. Las tres últimas generaciones de mi familia —dijo señalando los diplomas que colgaban cabales de la pared— han mantenido una estrecha colaboración con ellos, yo incluido. Mi padre se jubiló hace un par de años, pero incluso él sigue echando una mano cuando nos necesitan para crear el perfil psicológico de un demonio, para someter a alguien a una sesión de hipnosis o incluso para ayudar cuando surge un caso de estrés postraumático entre sus filas. Ya ves, tengo las puertas del Donaldson's College abiertas de par en par. —Me guiñó un ojo.

No sabía si reír o llorar; más bien me decantaba por hacer ambas cosas a la vez. Aquello lo cambiaba todo. Aún me parecía complicado convencer a Duncan de que la historia que había empezado a revelarle sobre nosotros era real, pero esa tarea resultaría menos ardua si contaba con John Watson como aliado.

—¿Y crees que podrías echarme una mano con tu amigo?

—¿Qué te sucede exactamente con él?

—No sé hasta qué punto tu mente está abierta, John...

—Confía en mí.

—Bien. No quiero que consideres esto una sesión. He acudido a esta cita para hablar contigo, pero no como paciente. —El psiquiatra se mostró de acuerdo—. Hay algo que no le he contado a él... Me limité a explicarle que nos conocimos durante un viaje astral, mientras estaba en coma, que yo podía verle primero en sueños y luego en la vida real.

—Pobre Duncan… Con lo racional que es, debió de alucinar.

—Es aún peor, mucho peor. En realidad nos conocimos hace doscientos años, en otra vida. Él se llamaba Robert Galloway; y yo, Jane Elliott.

—¡¿En serio?! —El psiquiatra echó todo el peso de su cuerpo hacia adelante, un síntoma evidente de que deseaba escuchar aquella historia—. Nunca había visto nada parecido. Sí he atendido a personas que, a través de sesiones de hipnosis, han viajado hasta otras vidas anteriores, pero ninguna de ellas conocía en la época actual a alguien de su pasado. O al menos no lo recordaba.

—Es muy largo de contar, pero la principal razón por la que he viajado a Edimburgo es porque… —Me daba vergüenza reconocer ante John mis sentimientos.

—Porque de alguna manera te sientes muy unida a Duncan —añadió con una sonrisa comprensiva.

Asentí sin dar más explicaciones. Todas sonaban muy ñoñas al oído, e incluso dentro de mi cabeza: «Porque estoy enamorada y, cuando pienso en él, me cuesta hasta respirar».

Watson se restregó un ojo, visiblemente fascinado. Al final se echó a reír.

—Disculpa, Alicia, pero no sé cómo puedo ayudarte con el doctor Wallace. Esto resulta muy paradójico. En alguna ocasión he querido ponerle a prueba sacando a relucir las hipótesis de un «colega» —trazó unas comillas dobles en el aire— acerca del más allá, y te puedo asegurar que en ese aspecto es de mente cerrada. A cal y canto.

—Quiero creer que en algún momento se abrirá… Pero no sé cómo hacer que recuerde. —Una bombilla me parpadeó en el cerebro; con muy buena voluntad, intentaba ofrecer una solución a aquel problema—. ¿Y si lo convences para que se someta a una sesión de hipnosis? Tal vez consigas llevarle hasta nuestra vida en el siglo XIX.

—No sé… —dudó el psiquiatra—. Confía en la hipnosis, pero para curar la adicción al tabaco o solucionar traumas de la infancia, no para acceder a vidas pasadas. Ni siquiera creo que sienta inquietudes de carácter religioso, o al menos no las ha compartido nunca conmigo. —Me examinó un instante, y debió de entender las escasas alternativas que me quedaban—. Podemos intentarlo, y te veo a ti más capaz de convencerlo para un experimento como ese que a mí mismo.

—Pero a mí apenas me conoce, y sin duda cree que soy una perturbada mental. Ya ves, cree que necesito de tus cuidados.

—Tal vez no debería comentarte nada, porque si él se entera me mata...
Pero... —Continuó hablando tras vislumbrar la patética, angustiosa o simplemente enamorada expresión de mi cara—: ¡Qué diablos! ¡Es por su propio bien! He tenido ocasión de observar cómo te mira, por no mencionar cómo habla de ti. De hecho, llegué a pensar que había sido un flechazo en toda regla. Nunca lo he visto así, y por lo que me has dicho, ahora puedo entender que esto viene de lejos, de muy lejos.

El pulso se me aceleró. ¿Me estaba diciendo que Duncan había empezado a sentir algo por mí? ¡Era más de lo que podía esperar!

—¿Crees de verdad que le gusto?

Watson se rio a placer.

—Joder, ¡estáis enamorados como un par de adolescentes! Qué envidia me dais...

Fue una suerte no tener un espejo delante, porque aposté a que mi sonrisa era de lo más estúpida. De repente, el momento de felicidad se desvaneció como si alguien hubiera hecho estallar aquel espejo en mil pedazos. Bastó que la imagen de una zancuda pelirroja se me cruzara por la mente.

—John, ¿Duncan tiene novia? —pregunté casi sin aliento.

—¿Duncan? ¿Novia? A no ser que se la haya encontrado dentro de un libro de Medicina... —Su carcajada resonó divertida entre aquellas cuatro paredes—. No me malinterpretes, no es que sea un tipo asocial: cuenta con buenos amigos, como yo —dijo mientras sonreía y se atusaba su rubia y cuidada perilla—, y todos los compañeros del hospital le tienen en gran estima, pero no se llega a cirujano a su edad sin estar un poco obsesionado con el tema. Ha sacrificado muchas cosas por intentar ser el mejor en lo suyo: cada caso que le llega a la consulta se lo toma como un reto personal.

—¿Y Tilda? —pregunté con disgusto—. ¿Significa algo para él?

—¿Tanto se le nota? Desde hace años va tras él. Se conocieron en la facultad, pero Duncan nunca se ha sentido atraído por ella.

El alivio fue instantáneo. «No hay nadie en su vida. Tengo el camino libre».

Una vez superado el tema Duncan, Watson y yo nos dedicamos a tratar diversas cuestiones relativas al Club, en especial sus propias experiencias como colaborador habitual del Donaldson's College. Hasta que su móvil vibró sobre el escritorio. John comprobó el remitente y consultó el reloj de pared.

—Se supone que la sesión contigo concluyó hace cinco minutos y ya lo tengo aquí, llamando. Seguro que es para preguntar cómo nos ha ido.

Con el dedo me pidió un segundo para responder a la llamada de Duncan.

—¿Qué pasa, amigo? ¿Cómo va todo? (...) Sí, sí. Ha estado aquí. (...) ¿Eres consciente de que, si respondo a eso, estaré rompiendo el secreto profesional? (...) Vale, vale —añadió entre risas—. No es necesario que te disculpes. En realidad, hemos estado charlando, pero no como paciente-médico, sino como dos viejos amigos. —Me sonrió—. Y tenías razón, es encantadora. (...) ¿Problema mental? Yo no hablaría de tal cosa. Me parece una joven muy cuerda, aunque sin duda con una mente imaginativa y romántica. —Abrí los ojos como platos, y le hice señas con las manos para que no fuera por ahí—. ¿Que si te ha mencionado? ¡Amigo, has sido nuestro principal tema de conversación durante los cuarenta minutos que la he tenido en mi consulta! (...) Sí, sí, yo en tu lugar la llamaría. Apuesto a que espera que lo hagas. (...) Venga, vale, nos vemos luego en el hospital. (...) Sí, sí. Hasta luego.

—¿Crees que me llamará? —le pregunté ansiosa.

—¿Si lo creo? Esto no se trata de un acto de fe, Alicia, estoy plenamente convencido de que lo hará.

Al momento, mi móvil vino a corroborar la seguridad de Watson. Miré de reojo al psiquiatra. Necesitaba un momento de privacidad para hablar con su amigo, y él lo entendió. Sin mediar palabra, abandonó de inmediato el despacho.

—¿Diga?

—Hola, Alicia. Soy Duncan. —Vaciló un momento. ¿Estaba nervioso?—. Duncan Wallace.

«Como si hiciera falta dar tanto detalle», pensé con una sonrisa de oreja a oreja.

—Hola, Duncan. ¿Cómo estás? —Intercambiamos algunas frases insulsas de ese estilo antes de llegar a la parte interesante—: ¿A cenar? ¿Esta noche? —«¡Mierda! No puedo...»—. Me gustaría mucho, pero tengo una cita... una cita de trabajo —me apresuré a concretar; en cierto modo no mentía— y no puedo hoy. Mañana estoy libre si te viene bien.

—Preferiría quedar esta noche, pero si no hay más remedio... Mañana. —Sonó decepcionado y de nuevo me dieron ganas de enviar la prueba del Club al carajo—. ¿Te recojo a las ocho?

—Estaré lista a esa hora.

Había quedado con Lefroy para comer por el centro, en un restaurante próximo al Monumento a Walter Scott. También el canadiense tenía noticias frescas para mí: tras pasarse por el Donaldson's College, se había enterado de que John Watson y su familia eran viejos conocidos del Club. Le expliqué que ya estaba al tanto, y le resumí mi encuentro con el psiquiatra sin dar demasiados detalles; solo los suficientes para que entendiera que entre Duncan y yo existía ya algo real.

—Me alegro por ti. —Sospeché que vacilaba, y él se dio cuenta—. Todavía no tengo claro que ese tío te merezca.

—Intenta ponerte en su lugar... —Usé la servilleta de tela escocesa para limpiarme los labios, ligeramente embadurnados de salsa de tomate. Había dado buena cuenta del plato de macarrones—. Tampoco para él debe de ser fácil.

—¿Pero cómo es posible que no se acuerde de nada?

—Eso quisiera saber yo —comenté echando mano del suculento postre de chocolate—. Y encima es un escéptico de los duros. Por mucho que su amigo intente convencerlo de que no estoy loca, le resultará difícil creerlo si yo le sigo hablando de viajes astrales y de reencarnación.

—Seguro que te va bien. Aunque intenta mantener los pies en el suelo y recordar que tener una idea demasiado perfecta del amor puede resultar peligroso. Nadie es capaz de estar a la altura, ni siquiera tu Duncan. —Lo miré intrigada por encima de la cuchara cargada de *brownie* que acababa de aterrizar sobre mi lengua. ¿Estaba hablando de sí mismo? Quería que prosiguiera, y él lo entendió—. Sí, todos tenemos nuestras historias...

—¿Y cuál es la tuya? —pregunté a sabiendas de que respondería con una evasiva. Me equivoqué.

—La mía es muy sencilla: ella está con otro, y en parte yo he tenido la culpa. Vamos a dejarlo ahí, porque no me apetece hablar del tema —respondió antes de beber un largo trago de su copa de vino.

—Pues estoy aquí para cuando te apetezca. —Sentía curiosidad y, después de todo lo que el canadiense había hecho por mí, también deseaba echarle un cable si estaba en mi mano hacerlo.

—Lo sé.

No entendí que ninguna chica sobre la faz de la Tierra pudiera resistírsele a un Jackson Lefroy enamorado. Si no hubiera sido por Duncan, estaba convencida de que yo misma habría deseado tener la oportunidad de sucumbir a sus encantos, que se multiplicaban como *gremlins* a remojo a medida que lo iba conociendo más.

—¿Preparada para lo de esta noche? —me preguntó el yuzbasi mientras hacía una seña al camarero para que nos acercara la cuenta.

—¿Preparada? —bufé con una sonrisa forzada en los labios—. Para nada.

19

El callejón de la muerte

Desde el interior de una tienda de suvenires, cerrada hacía horas, partían las escaleras que habrían de sepultarme veinticinco metros bajo tierra. Jackson se despidió de mí allí mismo, no sin antes facilitarme un plano del Mary King's Close y recomendarme que, antes de recorrer sus calles y casas, lo estudiara bien para no perderme en el minilaberinto que me acechaba abajo, en aquella ciudad subterránea anclada en el siglo XVII. También me colgó su cámara del cuello.

—No tiene mucho misterio. Ya sabes, si ves que un fantasma se muestra agresivo contigo, apunta en su dirección y dispara —insistió Lefroy—. No dudes. La luz del *flash* le hará daño y saldrá huyendo; es una ventaja que hasta los espíritus le teman al dolor.

También MacGregor intentó tranquilizarme:

—Más allá de las típicas apariciones, nunca ha pasado nada grave ahí abajo, así que no hay razón para pensar que vayas a dar con una presencia que pueda lastimarte.

El equipo para la expedición suburbana lo completaba una de las linternas «mágicas» del Club, como las que habíamos utilizado semanas antes en casa de la vidente Mina Ford, en Boston. El artilugio era capaz de detectar la presencia de objetos o seres ligados a las fuerzas mágicas y el más allá.

—Espero no darle trabajo esta noche —deseé mientras hacía girar la linterna como si fuera un bastón de *majorette*—. Me conformo con que me sirva para alumbrar. Cuantos menos fenómenos paranormales hoy, mejor —broméé sin ganas.

Antes de atravesar el marco de la puerta y de enfilar escaleras abajo, me volví hacia Lefroy y MacGregor con un ruego en la mirada:

—Chicos, si no he salido a las cinco en punto, entrad a buscarme, por favor.

En soledad, esos momentos en los que uno es más consciente de sí mismo, llegué a la conclusión de que la persona que había cuestionado ante El

Club mi posible falta de coraje tal vez gozara de mayor criterio del que me hubiera gustado admitir.

Los escalones me dejaron en la calle principal del Mary King's Close. Recordando los planos que Jackson me había mostrado, deduje que en el exterior, justo sobre mi cabeza, se extendía la Royal Mile, la arteria que vertebra el Old Town de Edimburgo, y sobre todo la City Chambers —el Ayuntamiento—, cimentada sobre aquellos restos de ciudad que habían permanecido en el olvido durante siglo y medio, hasta su reapertura en el año 2003 como atracción turística.

El espectáculo visual resultó menos lúgubre de lo que había esperado: nunca me he llevado bien con la oscuridad, pero aquellas calles enterradas contaban con su propio alumbrado; raquítico, pobre como las gentes que habían habitado el lugar siglos atrás, pero alumbrado al fin y al cabo.

—Al menos han tenido la deferencia de dejarlas encendidas... —murmuré con el anhelo de hacerme sentir acompañada y el temor a que alguien me escuchara.

Solté la mochila y me apalanqué junto a una ventana situada a escasos centímetros del suelo adoquinado. Una tenue luz atravesaba los cristales, y de ella me serví para empollar el mapa de Jackson; era más cómodo y económico —no quería gastar baterías si no era necesario— que poner a funcionar la linterna. Deduje que Lefroy había exagerado: no aprecié en el lugar tantos recovecos como para que pudiera resultar fácil perderse. Aun así, teniendo en cuenta que no soy especialmente ducha en eso de orientarse y que toda precaución es poca, le dediqué un rato a memorizar las callejuelas y los planos de las casas.

Levanté la mirada a sabiendas de que allí no iba a encontrar ni la luna ni las estrellas, solo un cielo cerrado, apagado, sin nada que ofrecer más que una incipiente sensación de claustrofobia. A lo largo de la estrecha calle en pendiente, sábanas, vestidos, camisas y pantalones colgaban de unas gruesas cuerdas que dotaban de vida cotidiana a la escena, como si alguien las acabara de tender después de haberlas restregado contra las orillas empedradas del río de la ciudad, el Water of Leith.

Siguiendo el pavimento, al fondo, arriba, se adivinaba la continuación de la calle, una boca negra dispuesta a engullirme. «Me han ordenado pasar aquí toda la noche....» —reflexioné mientras ojeaba el reloj de mi padre—. «Pero nadie ha dicho nada de que tenga que alejarme de las escaleras que llevan de vuelta a la tiendecita donde me esperan Jackson y MacGregor».

Podría haber sido así de fácil, pero no.

Las luces del Mary King's Close empezaron a parpadear, como si reprodujeran algún tipo de mensaje en código morse que yo entendí como: «*P-e-l-i-g-r-o-l-e-v-a-n-t-a-e-l-c-u-l-o-d-e-a-h-í-y-a-m-i-s-m-o*». Los músculos se me tensaron, en guardia ante la posibilidad de que el baile de fenómenos paranormales empezara de un momento a otro.

—Mierda...

En el suelo me sentía indefensa, una presa fácil ante cualquier ataque inesperado, así que, siguiendo las órdenes de mi instinto más conservador, me puse en pie. La temperatura había comenzado a caer drásticamente y hasta en el solitario ambiente que me rodeaba presentí la amenaza. Primero la noté: una corriente de aire helado en la espalda. Después la vi: la sombra, corriendo cuesta arriba hacia donde hubiera preferido no dirigirme nunca. Y finalmente la escuché: la risa de una niña pequeña quebrando el silencio cristalino del callejón.

Por mi estado de nervios —tan poco templados como la atmósfera que me envolvía—, el resultado hubiera sido el mismo de haber oído el tierno maullido de un gatito. No me lo pensé dos veces: eché mano al disparador de la cámara. El zum era cosa de Jackson, ya que le servía para detectar presencias paranormales: girándolo le permitía enfocar a los seres del más allá, que se le aparecían como formas humanas o semihumanas en colores azulados. Yo no lo necesitaba debido a mi segunda vista. «El disparador siempre es el último recurso, solo cuando la aparición se muestre agresiva. Alicia, debes tener cuidado de no herir a seres de la luz o a pobres almas en pena». Al recordar las palabras de Jackson, retiré el dedo índice del gatillo. Eso sí, muy lentamente.

Resoplé con fuerza.

La luz volvió a irse en la calle. Atemorizada por la idea de que algo me saltara encima por sorpresa, de nuevo me colgué al hombro la mochila y localicé en su interior, a tientas, la linterna que hubiera preferido no tener que utilizar. Fue encenderla y notar enseguida cómo dominaba mi mano: me obligó a girar la muñeca calle arriba para apuntar hacia el punto exacto por el que había visto escabullirse a la sombra un par de minutos antes. Y allí estaba ella. Una niña rubia, de unos ocho años, con la cara sucia y abrazada a un impoluto osito de peluche. No movía ni un solo músculo y permanecía en silencio, con la desconfianza pintada en los ojos.

Resoplé de nuevo, intentando deshacerme de cualquier temor prejuicioso.

—¿Annie? —la llamé.

Annie era el nombre del fantasma más famoso del también conocido como «callejón de la muerte», la hija de un comerciante a la que separaron de sus padres durante la epidemia de peste de 1644. Nada de fuentes históricas: la leyenda se forjó después de que una famosa médium japonesa visitara el lugar a finales de los años noventa y asegurara haber entrado en contacto con la niña, quien lloraba desconsolada porque había tenido que abandonar su casa sin poder coger siquiera su muñeca. A partir del «descubrimiento» de la parapsicóloga, los turistas habían convertido la habitación de Annie en un altar donde ofrecerle regalos para que olvidara su tristeza.

Ante mi pregunta, la aparición sacudió la cabeza.

—Me llamo Laurie —dijo por fin, y las farolas de la calle volvieron a iluminarse, aunque con una luz tenue y exhausta, como si se dieran un respiro antes de recuperar del todo el aliento—. Annie ya no está, pero antes de irse me dio permiso para coger sus juguetes. —Me mostró el osito extendiendo sus diminutas manos, y añadió con voz temblorosa—: Usted no viene a quitármelos, ¿verdad?

Apagué la linterna y avancé hacia ella con paso cauto. No quería que saliera huyendo.

—No, claro que no, pequeña. —Una vez junto a ella, apoyé una rodilla en el suelo y le pasé una mano por el pelo enmarañado. Pude sentirlo. Creo que ella también—. Me llamo Alice. ¿Qué haces aquí solita?

—Estoy esperando.

—¿Y qué esperas?

—A que venga el señor de la máscara de pájaro.

—¿El doctor?

Laurie no respondió, solo sonreía.

Jackson me había pasado unos informes del Mary King's Close que había sacado de la biblioteca del Club; dio por supuesto que conocer su historia podía serme de gran utilidad a la hora de alternar con los fantasmas que moraran en él. Así averigüé que, en las Navidades de 1644, la peste había llegado a Edimburgo. Pensando que la enfermedad se contagiaba a través de los miasmas —el «aire malo» que desprendían los cuerpos de los infectados—, los médicos se cubrían el rostro usando una máscara de cuero con una característica forma de pico en la que almacenaban las hierbas aromáticas que se suponía los protegerían de la peste. De poco les servía la máscara frente a los picotazos de las pulgas de las ratas, que eran las que realmente extendían la plaga.

John Paulitious, primer médico oficial de la pandemia, enseguida sucumbió a la enfermedad, y fue sustituido en junio de 1645 por George Rae, quien se caracterizaba por ir recubierto de cuero de arriba abajo; el galeno supuso la salvación de muchos, pero estaba segura de que aquella especie de armadura y el atizador al rojo vivo con el que quemaba las bubas y esterilizaba las heridas de los enfermos debían de resultar aterradores a la vista de sus pacientes.

Laurie me tendió una mano. Cuando se la cogí, tiró de mí con decisión.

—¿Adónde me llevas? —pregunté.

—Vamos a dar un paseo, Alice.

No pude negarme. Me acordé de William Burke... A saber durante cuánto tiempo aquella niña había estado allí sola, en la oscuridad de aquellos callejones, sin nadie con quien hablar excepto el doctor.

—*Gardyloo*! —gritó una voz desde uno de los pisos superiores.

La niña se movió rápido contra la pared. A mí me faltaron reflejos y, cuando miré hacia arriba, toda la inmundicia de aquel cubo que asomaba por una de las ventanas se me vino encima. Laurie escondió su sonrisa tras el osito de peluche; los detritus me habían empapado por completo.

—Agh, ¡qué olor más asqueroso! —gemí.

No era yo la única cubierta de basura: riachuelos de aguas residuales habían aparecido de la nada y fluían ahora sobre los adoquines de la calle, inundando los suelos de las plantas bajas de los edificios.

Bastó un ligero movimiento de mano de la niña para que toda aquella cochambre desapareciera. Me tanteé el pelo con repugnancia, temiendo que aún tuviera mierda —literalmente— encima, pero no quedaba nada; a pesar de ello mi nariz, con mejor memoria que la vista o el tacto, continuaba arrugada, como si los restos del repulsivo olor se resistieran a abandonar sus fosas nasales.

—¿Has sido tú? ¿Tú has provocado esto? —le pregunté al fantasma de la niña con toda la dulzura que mi indignación permitía.

—¡Eh, ahí abajo! ¡He sido yo! Y os he avisado... —Por la ventana de la segunda planta se asomaba una señora con un bebé en un brazo y el cubo en el otro—. Janet, ¿qué haces ahí todavía? ¡Te dije que fueras a buscarme las patatas y las algas, niña perezosa!

Laurie retrocedió unos pasos tímidamente, como si le tuviera miedo a aquella señora.

—No se llama Janet, es Laurie —la contradije.

—Ah, claro. No es Janet... —afirmó pensativa la aparición—. Mi niña murió por la viruela. Es cierto... Y también George —dijo pasándole una mano por la cabeza al bebé.

Tras darle un beso cariñoso, de repente dejó caer al niño como si fuera un fardo.

—¡No, no...! —grité mientras me preparaba para intentar coger al vuelo al recién nacido. La manta en la que estaba envuelto se desenrolló y cayó vacía en mis brazos.

Levanté la vista. La mujer, trastornada por la noticia que acababa de darse a sí misma, ya no se dejó ver más, pero aún escuché durante un buen rato sus lastimeros sollozos.

Laurie, acobardada, apretaba con fuerza el muñeco contra su pecho. Me acerqué a ella y sonreí, intentando animarla. «¿En qué clase de lugar te han dejado? ¿Por qué no viene nadie a buscarte?».

—Creo que debo darte las gracias por limpiarme tan bien —le dije mostrándole mi pelo seco y limpio. La pequeña se abrazó cariñosa a mis piernas.

—¿Se ha ido ya la señora? Me da miedo... —A duras penas logré entenderla, porque mi abrigo le tapaba la boca.

—Sí, tranquila. Todo está bien.

Con delicadeza, la aparté unos centímetros, pero ella no claudicó del todo y mantuvo una mano prendida, como un imperdible, en mi pantalón.

—No me gusta encontrarme con ella. Ni con el señor Chesney. Es muy gruñón, y me regaña si me ve cerca de su morada.

¡Qué ternura la que contenían aquellos ojos! Cambié de tema para distraer su mente de los temores que debían de acecharla en aquel lugar día y noche.

—¿Y dónde están tus padres, Laurie?

—No lo sé... Se marcharon. Pero el doctor dice que él los va a buscar por mí —respondió confiada y contenta ahora ante la perspectiva de volver a reunirse con los suyos—. ¿Quieres que te enseñe la casa donde vivo?

Miré el reloj. Pasaba una hora de la medianoche. Me quedaban cuatro por delante, y mejor que transcurrieran en buena compañía. De momento la experiencia había sido más que soportable, a excepción de aquel cubo de inmundicias.

—Claro, vamos. Muéstrame el camino.

Laurie me guio hasta una puerta que yo situaba, según recordaba del mapa de Jackson, en el ala oeste del Close.

No estaba allí... y, de repente, apareció de la nada, enganchada en aquella ventana cerrada: una pequeña bandera blanca. Entendía su significado, pero no tuve en cuenta la advertencia. Bien es cierto que mi arrojo carecía de mérito cuatrocientos años después de que alguien la colocara allí.

—La puso padre cuando enfermó mi hermanito —comentó Laurie al ver que me fijaba en aquel trozo de tela—. Y ya no volvimos a salir de casa... Pero no pasamos hambre, porque nos traían pan, cerveza y carbón todos los días, y el médico venía a vernos también.

Un extraño sonido procedente del interior salió a nuestro encuentro, seguido de un inconfundible olor a azufre. Para mi sorpresa, la niña aplaudió loca de contenta.

—¡Son los *spunks* de madre! —anunció mientras me obligaba a acelerar el paso tras ella.

—¿Qué son los *spunks*?

—¿No sabes qué son? —La luz de mi linterna enfocó su cómico ademán. Por un instante me sentí como *Lady* Gaga frente a la expresiva incredulidad de una abuela centenaria—. Son palitos largos de madera cuya punta recubre madre con azufre. Sirven para encender el fuego. —Entendí que me estaba hablando de las cerillas primigenias—. La señora Burgess decía que los *spunks* son peligrosos para los niños, pero yo siempre acompañaba a madre a los mercadillos, los vendíamos a tres un centavo, y me sentía importante, como una persona mayor —relató orgullosa.

Cuando entramos en la habitación de techo abovedado, Laurie, con los ojos muy brillantes por el familiar espectáculo, señaló en el suelo un palo de madera. La llama no se había extinguido del todo.

—¿Te los ha dejado aquí tu madre? —le pregunté mientras, desconfiada, apuntaba con la linterna en todas direcciones, incluido el techo. «Algo tiene que haber provocado esto, y no parece que haya sido la niña».

—No... Imagino que habrá sido el doctor.

—Ese doctor es muy bueno contigo... —deduje.

—Sí, pero no quiere que hable de él —replicó ella en voz baja mientras, obediente, cambiaba de tema con la habilidad de un adulto—. Ahí estaba la cama de mis padres. Oh, así, así era —comentó extasiada. Iba a decirle que yo no veía nada cuando la estancia empezó a llenarse de sus antiguos enseres, y de luminosidad, como si en el exterior luciera un día nublado—. ¡Y ahí dormía yo con mis hermanos! —me señaló otro rincón—. Hasta que las brujas y los demonios nos trajeron la peste. Yo fui la última en dormirse.

A aquellas alturas no tenía sentido llevarle la contraria con datos científicos sobre cómo había surgido y se había extendido la enfermedad. Y después de lo vivido en los últimos meses, ¿cómo podía yo estar segura de que brujos y demonios no hubieran tenido algo que ver en la propagación de la peste y de otras grandes pandemias de la historia?

—¿Lo has oído? —me preguntó con los ojos como platos.

—¿El qué?

—Sssshhhh —me ordenó llevándose un dedo a los labios y con la firmeza de sus cuatro siglos como fantasma.

Y entonces lo escuché. Un mugido.

—¡Sí! ¡Son los bueyes del establo! ¡Han vuelto! —me explicó antes de pasar corriendo a una habitación contigua. Allí estaban los dos animales, rumiando pacíficamente en sus pesebres—. Padre y madre están aquí... ¡Tienen que estar aquí! —exclamó señalando la puerta principal de la casa—. Nunca he visto tanta luz en esa calle.

También a mí me llamó la atención la claridad, porque, por lo que había leído, la altura de los edificios y las estrechas callejuelas hacían que, incluso siglos antes, cuando aquel lugar aún se encontraba al aire libre, los rayos del sol tuvieran grandes dificultades para colarse en el Mary King's Close. La pequeña me miró con ojos titubeantes, buscando mi ayuda. Le di la mano y la acompañé fuera.

—¡Padre, madre! —Laurie echó a correr. No tardó en dejarme atrás, como un recuerdo de la memoria a corto plazo.

¡Allí estaban las almas de sus progenitores! Emocionados por haber recuperado a su pequeña, se fundieron en un abrazo los tres, y no dejaron ni un recoveco de las mejillas de Laurie por besar. Lloraban y reían a un tiempo, y la luz que los había traído empezó a envolver también a su hija, como si aquella aureola hubiera decidido aceptarla como uno de los suyos.

Antes de desaparecer en el resplandor, Laurie me dijo emocionada:

—Alice, el doctor ha cumplido su promesa.

Tras el fogonazo, necesité unos segundos para que la vista volviera a acostumbrarse a la oscuridad. Y allí mismo, detrás de donde se había producido la tierna escena del reencuentro familiar, distinguí su silueta.

Era un hombre con el rostro oculto tras la aguileña máscara de la peste y un cuero grueso cubriéndole todo el cuerpo, con capa y guantes largos. Permanecía inmóvil.

—¿Doctor Rae?

No hubo respuesta. Y aunque la cabeza me decía que ese tenía que ser el buen doctor del que me había hablado Laurie, mi instinto me alertaba contra la figura amenazante; y el buen juicio de ese instinto se hizo valer frente al racional cuando lo vi sacar una barra de metal del interior de su capa.

«No creo que la quiera para atizar el polvo de las alfombras».

A pesar de los nervios fui capaz de echar mano de la cámara de Jackson y disparar sin contemplaciones dos veces. Tres. Ni se inmutó.

—¿Doctor Rae? ¿Es usted? —Lo intenté por las buenas una segunda vez.

Silencio. Cuando avanzó el primer paso, deseché la idea de investigar por qué no funcionaba la cámara de Jackson con aquella aparición: no era momento para florituras técnicas y sí para correr; para correr como no lo había hecho en toda mi vida. Él se lanzó en mi persecución. Para colmo de males, la barra de metal no era tal, sino un atizador candente; lo vi refulgir, llameante en su extremo.

No me llamaba, ni me increpaba, ni me amenazaba... Y eso lo hacía aún más aterrador. Creo que no fue el coraje, sino más bien la desesperación, lo que me guio por aquel fantasmal laberinto. En mi huida, las angostas callejuelas parecían contraerse cada vez más, como si al final de ellas me esperara un callejón sin salida. La muerte. Solo escuchaba sus pisadas detrás de mí, cada vez más cerca.

«Por fin. Las escaleras». Aún había esperanza. Las subí con más fuerza de voluntad que física. Lo de «encerrarme» había sido solo una forma de hablar. La puerta que daba acceso a la tienda de recuerdos me esperaba abierta; por suerte para ella, porque, en caso necesario, hubiera sido capaz de llevármela por delante. Al atravesarla me encontré de improviso entre los brazos de Jackson.

—¿Quién coño...? —lo escuché balbucear mientras fijaba su vista detrás de mí—. ¡No te muevas de aquí! —me ordenó antes de salir disparado.

Hubiera querido pedirle que no se lanzara tras aquella sombra, que se trataba de un ser demasiado peligroso, pero con la respiración entrecortada me resultó imposible articular palabra.

Al cabo de unos segundos busqué el móvil en mi bolsillo para pedir refuerzos.

—¡Mierda! —Se lo había entregado al yuzbasi antes de entrar. Órdenes del Club.

«Debería ir a ayudarle... Pero me ha dicho que no me mueva... ¿Qué hago?».

Pensé hacerme con algún artilugio que pudiera servir de arma arrojadiza si el doctor Rae cruzaba aquella entrada dispuesto a dar cuenta de mí como quizás ya había hecho con Lefroy. Lo más contundente que hallé fue un robusto tomo lleno de historias de fantasmas escoceses. No sabía si reír o llorar ante la imagen que se me vino a la mente. «Este tocho solo lo va a atravesar, no creo que pueda causarle ni un rasguño».

Aguardé junto a la puerta, cobijada en la oscuridad, el regreso de mi atacante. Lo oí jadear muy cerca, en las escaleras, y amartillé el libraco sobre mi cabeza, listo para ser disparado en cuanto la sombra asomara su picuda nariz en la tienda de recuerdos.

—¿Alicia? —dijo Jackson justo a tiempo de evitar que lo golpeara—. ¿Estás ahí?

—Sí... Aquí estoy —respondí exhausta y también aliviada al escuchar la voz de mi compañero. Dejé caer el libro al suelo. Hasta ese momento no había sido consciente de lo que pesaba. El chute de adrenalina me había aportado vigor extra—. ¿Qué ha pasado? —Lo inspeccioné para asegurarme de que no estaba herido.

—¿No ha vuelto aún Frank? —preguntó él escudriñando la sala—. Recibió una llamada de un familiar y tuvo que salir. Pensé que ya estaría contigo.

—Aquí no está. ¿Qué ha pasado ahí abajo? —insistí.

—Que ha huido.

—¿Quieres decir que se ha desvanecido en el aire?

—¿En el aire? —se extrañó—. No, en absoluto. Lo he visto meterse por un pasadizo, pero no he podido seguirlo. Imagino que desde el otro lado había una forma de asegurar el cierre de esa puerta.

—Pero... Pero era el fantasma del doctor Rae...

—Eso no era un fantasma, Alicia. ¿Por qué crees que he salido tras él sin la cámara? ¡Porque yo mismo podía verlo!

—Le disparé, pero no conseguí hacerle nada... —recordé atando cabos—. ¡Qué tonta he sido! Claro que no era un espíritu... ¿Tal vez una trampa del Club para hacerme salir y que no tuviera éxito en la prueba? —deduje avergonzada—. Lo siento, Jackson. Yo... —empecé a disculparme. Era evidente que no había superado el reto.

—No, esto no lo hemos preparado nosotros —atajó mis excusas—. Pero sí quizás alguien muy próximo a nosotros.

—No te entiendo... ¿Alguien próximo? ¡¿Quién?!

—Foras. Ese tenía que ser Foras.

20

Totalmente inapropiado

Cuando MacGregor apareció por fin, disculpándose por haberse perdido «la acción», me acercaron a casa, a Charlotte Square. Ellos dos debían acudir a la sede del Club para escribir un informe y recomendar firmemente mi ingreso en la institución, pese a no haber superado la prueba.

—Está claro que quien puso en duda tu coraje no tenía ni idea —me defendió Frank mientras el canadiense echaba el freno de mano frente a la Casa Georgiana.

—La palabra de un miralay y un yuzbasi deberían haber bastado. La hemos puesto en peligro para nada, y estoy seguro de que Alicia será una incorporación muy valiosa para todos nosotros —se quejó Lefroy—. Cuando entres en la casa —añadió volviéndose hacia la parte trasera del coche, donde yo aún permanecía sentada—, cierra bien todas las puertas, ¿de acuerdo? Si oyes un ruido sospechoso, me llamas enseguida. ¿Llevas el Taser?

—Sí, en la mochila —intenté tranquilizarlo, aunque, a la hora de la verdad, durante el ataque del demonio, me había olvidado por completo de que llevaba un arma encima—. ¿Crees que Foras vendrá a por mí?

—Yo ni siquiera creo que la aparición que te persiguió fuera él —discrepó MacGregor.

—Aquello no era una aparición... —lo rebatió Jackson—. Y no, Alicia, no creo que se atreva a tanto. Solo digo que seas precavida. Estaré de vuelta a media mañana.

Cuando Jackson regresó a mediodía, me encontró trabajando en un nuevo artículo para *Duendes y Trasgos*. El canadiense me explicó que los trámites para mi ingreso en El Club estaban en marcha y que, esa misma noche, tenía previsto acudir de nuevo al Donaldson's College para participar en una reunión en la que discutirían cómo abordar la caza de Foras. Por un momento temí que yo también estuviera convocada, pero mi compañero tuvo a bien sacarme del error: debía pasar un tiempo prudencial como miembro de la organización antes de poder asistir a un cónclave como aquel. Sospecho que leyó en mi rostro el alivio que sentía.

—Has quedado con él, ¿verdad?

¿Para qué preguntar a quién se refería? Si mi cara hubiera sido un emoticono, habría mostrado corazones en lugar de ojos.

—Sí. A cenar.

—¿Y qué harás hasta entonces?

—Voy a seguir con el reportaje de William Burke. Joe lo necesita para mañana por la tarde.

No acudir a la oficina cada mañana me obligaba a ser mucho más organizada en las obligaciones laborales de mi día a día. En Edimburgo no me encontraba precisamente de vacaciones, y casi lo agradecía, porque pensar demasiado en ciertas cosas —Duncan, por ejemplo— resultaba poco recomendable para mi equilibrio emocional.

Cuando llegaron las siete, apagué el ordenador para encenderme yo con el recuerdo de que debía prepararme para mi cita. «Una cita...», pensé ilusionada. Duncan pasaría a buscarme a las ocho. No sabía a qué tipo de restaurante tenía pensado llevarme, así que intenté buscar un *look* polivalente, que no desentonara ni en un entorno informal ni en otro que fuera justamente lo contrario.

Un palito chino, culminado por un fino abalorio, me agrupó el pelo en un recogido desenfadado del que colgaban, liberados, un par de mechones. Opté por el vestido rojo amapola de manga francesa, cinturón negro y vuelo de campana que había estrenado la fatídica noche en que mi compañera Andrea perdió la vida a manos de Adaira McKnight; la misma noche en que descubrí que estaba irremediablemente enamorada de mi amigo invisible. «Tal vez el vestido le resulte familiar», anhelé sin ninguna convicción.

Cuando el escocés tocó el timbre, Jackson aún seguía en su habitación; supuse que dormido, así que decidí no molestarle. Como se me había pasado decirle la hora a la que había quedado, dejé una sencilla nota sobre la encimera de la cocina. Dados los precedentes del ataque de Foras, no quería que Lefroy se preocupara al levantarse y no encontrarme en la Casa Georgiana.

Antes de abrir la puerta que daba a la calle, eché un vistazo por la mirilla para poder observar sin ser observada. Duncan se miraba las manos al tiempo que se las restregaba, como si necesitara entrar en calor. Me encantaba su abrigo. Era de paño gris oscuro, con botones, largo hasta la rodilla y entallado en la cintura. Le quedaba como un guante.

Me recoloqué el cuello del mío, que llevaba desabrochado dejando entrever el vestido, tomé aire con optimismo y lo expulsé justo antes de abrir.

—Buenas noches, doctor Wallace.

—Buenas noches, Alicia —murmuró examinándome de arriba abajo, tal como yo había hecho con él un momento antes a escondidas—. El vestido azul de la otra noche te sentaba de maravilla, pero sin duda tu color es el rojo.

Sonreí. Aunque justo después un pensamiento ligeramente sombrío me inquietó: «Yo me estoy tomando todo esto como una cita romántica. De hecho, la primera que tengo», me recordé a mí misma. «Pero ¿y si para él no es más que un trámite necesario para tratar los temas que aún tenemos pendientes?». La posibilidad de que así fuera me hizo reaccionar con un gesto de disgusto.

—¿He dicho algo que no debía?

—Para nada —le aseguré desterrando cualquier expresión negativa de mi cara—. Al contrario.

—Empieza a refrescar. ¿Vamos, señorita De la Vega? —Me ofreció el brazo y yo lo acepté gustosa. A veces, por sus gestos y su forma de hablar, me recordaba tanto a Robert Galloway... y en especial a mi amigo invisible, la persona de la que me había enamorado semanas atrás.

Duncan había aparcado cerca, en una calle contigua. Era un coche práctico, un monovolumen. Me alegré de que no fuera el tipo de tío que se gasta un montón de pasta en un vehículo solo para intentar reforzar su autoestima o ganarse la admiración de los demás.

—¿Adónde me llevas? —pregunté al tiempo que me abrochaba el cinturón.

Las notas marinas de su fragancia me provocaron un diminuto tsunami en el estómago. No podía estar más nerviosa, y su respuesta no ayudó a calmar las aguas:

—Te llevo a casa.

Aquella respuesta me dejó sin aliento. Tonta de mí, me incomodaban las posibilidades que se abrían ante nosotros... «¡Aclárate de una vez, chica!: ¿quieres que sea una cita de verdad o precisamente te da miedo que lo sea?», me fustigué.

—¿A tu casa?

—Pensé en un lugar tranquilo donde pudiéramos charlar sin interrupciones, y creí que mi apartamento... —Duncan había reconocido la inquietud en mi rostro—. Vaya, lo siento... Yo... No se me pasó por la cabeza que pudiera parecerte inapropiado. —«Totalmente inapropiado», coincidí—. Pero podemos ir a cualquier otro lugar. ¿Un restaurante? ¿Qué tipo de comida prefieres?

—No pasa nada, me parece bien ir a tu casa.

Ladeó la cabeza, y me estudió con ademán desconfiado; era evidente que dudaba de mis palabras.

—En serio, no hay problema —insistí con una sonrisa.

—De acuerdo entonces —comentó mientras arrancaba el coche—. Por cierto, te noto menos habladora esta noche. ¿Todo bien?

Aquella pregunta, acaso retórica, me hizo caer en la cuenta de que el frío me atenazaba los huesos. Atribuí ese malestar, casi inapreciable, a los nervios propios de la cita y a la reciente noticia de que la cena tendría lugar en un entorno más íntimo de lo esperado.

—Un día duro. Mucho trabajo.

No mentía. Solo mis ganas de estar junto a él conseguían mantener a raya el cansancio acumulado después de casi toda una noche en vela —había logrado conciliar el sueño solo por unas horas— y de persecuciones por los callejones de una ciudad subterránea, con la muerte pisándome los talones.

—Si quieres podemos dejarlo para otro día.

—De eso nada —respondí contundente. Para evitar cruzarme con su mirada, fijé la vista en el exterior, en las calles de Edimburgo.

Ya estábamos llegando a su apartamento, y necesitaba iniciar una conversación que nos llevara a algún lugar donde no reinara la timidez, que no me servía más que para remarcar mi inseguridad.

—Me cae bien tu amigo, el doctor Watson.

Duncan sonrió.

—Le gustará saberlo. Tengo la sospecha de que lo has embaucado, y aún no he logrado descifrar cómo... Vamos, confiesa —dijo extrayendo las llaves del bombín de arranque. Acabábamos de aparcar frente a su edificio—. ¿Algún tipo de conjuro? Si escribes sobre casos paranormales, supongo que conocerás unos cuantos...

Me alegré de que fuera capaz de tomarme el pelo a expensas de mi trabajo. «Peor señal sería que ni siquiera lo mencionara».

—Oh, no te creas. Apenas llevo unas semanas en *Duendes y Trasgos*; no me ha dado tiempo a tanto. En cambio, sí he podido tomar nota de dos o tres maldiciones que al parecer funcionan estupendamente... —Entrecerré los ojos ligeramente a modo de advertencia.

—Vale, vale. —Levantó los brazos en son de paz—. Lo tendré en cuenta. Aunque no creo que tengas que usarlas conmigo. Casi siempre me porto bien.

—¿Casi? —Estallé en una carcajada.

Sus palabras y el brillo travieso que detecté en sus ojos me animaron a echar mano a la manija de la puerta para salir del vehículo; era eso o lanzarme directa a sus brazos.

El vestíbulo del inmueble, sin ascensor a la vista, conectaba con unas escaleras. Por suerte para él, su apartamento ocupaba la primera planta.

—Bienvenida —comentó mientras me invitaba a atravesar el umbral de su hogar.

—Gracias. —De repente me sentí embargada por una extraña sensación de felicidad—. Tienes una casa preciosa —reconocí al contemplar el amplio recibidor, en el que dominaba el blanco, cubriéndolo todo a excepción del suelo, que era de roble.

Duncan me ayudó a quitarme el abrigo. Al sentirlo inmóvil tras de mí, tan cerca, respiré hondo. El cerebro me reclamaba una buena ingesta de oxígeno; necesitaba permanecer lo más lúcida posible, porque los sentimientos insistían en nublarme las entendederas desde el momento en que lo había observado a través de la mirilla de la Casa Georgiana.

—Hey, aquí huele de maravilla —dije por fin, apartándome de él con decisión.

—Bah, nada del otro mundo. —Su tono de voz sonó muy teatral—. En realidad espero sorprenderte, pero solo lo conseguiré si tus expectativas son bajas —susurró como si me contara un secreto—. Sígueme. Por aquí.

Abrió ante mí la puerta corredera de dos hojas en vidrio mate que conducía al comedor. La escena hizo que los pulmones se me encogieran en el pecho. Nunca nadie había preparado algo así en mi honor. Me obligué a cerrar la boca al darme cuenta de que Duncan observaba con curiosidad mi reacción.

Una mesita redonda, estratégicamente ubicada junto al balcón principal, vestía de tiros largos para la ocasión. Más que la brillante cubertería, las velas o la fina mantelería que la cubrían, llamó mi atención un pequeño jarrón blanco del que sobresalían cinco rosas rojas.

—No sé... No sé qué decir —dije avanzando hasta la mesa para contemplar el espectáculo de cerca—. ¿Todo esto lo has preparado tú? —El escocés asintió con una amplia sonrisa en los labios—. Y las flores... —dije acariciando suavemente los bordes de los pétalos. Me incliné sobre ellas, dejándome embriagar por su dulce aroma.

—Bueno, pensé en poner cinco porque esta es la quinta vez que nos vemos.

«En serio, ¿por qué no puedo abalanzarme sobre él y comérmelo a besos?». Sentí unas ganas locas de hacerlo, pero reprimí el impulso de cualquier acción que lo incitara a sospechar que acababa de invitar a su casa a una chiflada.

Mi anfitrión prendió las velas que decoraban la mesa antes de tomar la botella de vino blanco que, abierta, se refrescaba en el interior de una cubitera; probablemente la había dejado aireándose antes de ir a recogerme. Se giró hacia mí para ofrecerme una copa y la tomé con el temor de que, por los nervios, pudiera escurrírseme de entre las manos.

—Por favor, dime que esa cara significa que te gusta lo que ves.

—Claro... Está todo tan... —balbuceé mientras, recurriendo al sentido del humor, intentaba sobreponerme a lo que significaban aquellas cinco rosas para él, y ahora también para mí—: Lo siento, normalmente soy buena en esto que hacen las personas con las palabras... ¿Cómo lo llaman?

Arrugué las cejas fingiendo que buscaba algo difícil de encontrar.

—¿Conversar? —me ayudó él. A pesar de mi intento de broma, Duncan adivinaba que me sentía profundamente impresionada.

—Ah, sí. Eso es: conversar. —Fruncí los labios y lo señalé con el índice en señal de agradecimiento, como si acabara de revelarme una fórmula matemática muy compleja.

—Hasta hace un momento dudaba de si me habría pasado... Ya no —admitió con unos ojos limpios y tiernos en los que descubrí a mi amigo invisible y a la mejor versión de Robert Galloway—. Voy a encender el horno para darle el toque final al asado. —Se volvió indeciso antes de abandonar el salón—: Porque no serás vegetariana, ¿verdad?

—Tan carnívora como el que más —le aseguré, aunque recé por que no hubiera preparado *haggis*, el plato nacional escocés por excelencia. Jackson me había obligado a probarlo en un restaurante y se rio a base de bien con cada bocado que yo daba. Si accedí a engullir aquel amasijo de vísceras fue solo por cortesía hacia MacGregor, también presente—. ¿Te echo una mano?

—No es necesario. Como invitada, dedícate a lo tuyo, a curiosear lo que gustes —dijo antes de dejarme sola.

«¡Qué bien! Tengo licencia para cotillear». Acepté de buen grado la sugerencia. Quería saberlo todo sobre el Duncan del siglo XXI.

El mueble, blanco y por módulos, rebosaba de libros en la mayor parte de sus estanterías —muchos de ellos, de medicina—, y de CD y vinilos en el resto de baldas. Lectura y música —incluido un tocadiscos estilo *vintage* con carcasa de madera y detalles de metal en dorado— eran los protagonistas de aquel salón. Entre los manuales de Cirugía Cardiaca, descubrí un álbum de fotos, y, aunque me moría de ganas por echarle un vistazo y descubrir a qué lugares había viajado, qué clase de experiencias había vivido y sobre todo —para qué vamos a engañarnos— con quién, entendí que para algo así requería un permiso específico; porque las fotos de uno no dejan de ser una especie de diario personal. Me conformé con acariciar delicadamente el lomo de la encuadernación, como si fuera el de un gato. Eché de menos a Moriarty, y deseé tenerlo por allí, enredándose entre las piernas de Duncan para pedirle su ración de asado. Porque estaba segura de que el doctor Wallace, aun siendo visible, seguiría llevándose bien con el minino.

—Aquí están los entrantes.

No lo había oído regresar. Traía consigo dos platos de ensalada como las que me gustan a mí —con mucho de todo— y las depositó a ambos lados de la mesa.

—Así que estás hecho un cocinillas. —El olor del asado llegaba hasta el salón.

—Los fogones me dejan tiempo para pensar.

—¿En serio? —Me senté en una de las sillas.

—Sí... Me relaja y me ayuda a concentrarme.

—Supongo que llevas una vida estresante. Yo nunca podría ser médico. Demasiada responsabilidad.

—Todo depende de cómo te lo tomes. Un cirujano es consciente de que cualquiera puede fallar en un momento dado y de que, en nuestro caso, las consecuencias de un error son fatales, pero hay que estar preparado para asumirlo. Si no, mejor dedicarse a otra cosa —apuntó reflexivo para después abrirse en una gran sonrisa—. Y si alguien ha de ocuparse de curar el corazón de las personas, ¿por qué no yo? —«Pues qué descuidado tienes el mío...»—. Según mi madre, siempre he querido ser médico. Dice que me imagina antes de nacer, dentro del útero, haciendo inventario de cada uno de sus órganos internos. Con cuatro años hice que me comprara la maqueta de un corazón; al parecer, aunque solo era un juguete, yo me lo tomaba muy en serio.

—Seguro que eras adorable. —Posé una mano sobre la suya y sonreí conmovida por la imagen de un Duncan niño, con aquellos ojos verdes ávidos de aprender y de entender el mundo. Cuando nuestros dedos se tocaron, un cosquilleo se me enganchó en los bordes del corazón, un pequeño chispazo que me recordó a los de Jane y Robert. No supe si también él lo había notado.

—Creo que estoy hablando demasiado de mí mismo. —Noté que se sonrojaba—. No suelo hacerlo. Será que me haces sentir cómodo, como si lleváramos una vida entera haciendo esto —comentó con el semblante risueño mientras observaba su pulgar acariciando mis nudillos.

Me dio la impresión de que repasaba mentalmente las palabras que acababa de pronunciar, porque en un gesto ceñudo desvió la mirada, como si la situación le generara cierta confusión. En ese instante comprendí cuál era mi misión aquella noche si deseaba llegar hasta su corazón: intentar confundirlo aún más.

21

Baila conmigo

Durante la cena abordamos todo tipo de cuestiones, pero ninguna vinculada a la temática de *los-viajes-astrales-durante-un-coma*. Hablamos de su profesión y de la mía. Curiosamente, y por una vez, me sentí inclinada a charlar, e incluso explayarme, sobre mi experiencia como redactora en un periódico económico. Si el *Economist Tribune* podía ayudarme a que Duncan me viera con ojos menos críticos que cuando le confesé que trabajaba para una revista de fenómenos paranormales, estaba más que dispuesta a echar mano de esa sección de mi currículum. También nos confesamos algunos de nuestros hobbies: coincidíamos en el gusto por los libros y el cine, aunque mi anfitrión me descolocó al reconocer, entre risas, que una de sus películas favoritas era *Con Air*.

—No me mires así. Lo tiene todo: a John Malkovich haciendo de loquito, explosiones, fugas, aviones, sentido del humor...

Sin la tragedia de verse como un hombre etéreo, Duncan había perdido parte de la inherente melancolía que yo le había conocido en Nueva York, y predominaba en él su faceta divertida y ocurrente, además de una belleza que seguía encontrando sobrenatural, como cuando era un fantasma.

—A mí ponme una película romántica, poco importa que sea drama o comedia, y me harás feliz. —Si era cuestión de confesar lo inconfesable, yo no me iba a quedar atrás.

—No pides mucho entonces... Tampoco yo. Me basta con ese tocadiscos.

—No me extraña. Es lo que más me gusta de este salón.

—¿El tocadiscos es lo que más te gusta? ¡¿Y se supone que debo estarte agradecido por decir eso?! —se fingió dolido. No tenía pensado regalarle los oídos, así que tuvo que conformarse con una mirada de falsa disculpa—. De acuerdo, tendré que darme por satisfecho. Lo cierto es que me siento reflejado en ese cacharro: está chapado a la antigua, un poco como yo —añadió en un tono más formal.

Esbocé una sonrisa al recordarlo vestido de época. «Si tú supieras hasta qué punto eres un antiguo...».

Durante toda la velada, la música nos había envuelto de fondo, como si no quisiera molestar, pero cuando empezó a sonar aquella canción, Duncan decidió subir el volumen con el mando a distancia. *Dance with Me*.

—Johnny Reid —dije sin pensar.

—Lo conoces... —se sorprendió.

—Claro. Esta canción es preciosa.

—¿Sabes que es escocés de nacimiento? Se marchó a Canadá con trece años. —Antes de cambiar de tema, el doctor me miró con una fijeza desconcertante, grave—. Aquella noche, en El Dragón Verde, hubiera dado cualquier cosa por sacarte a bailar. Pero dejaste muy claro que no era ni el lugar ni el momento. Y, de todas formas, estabas muy bien acompañada. —El mal recuerdo enturbió su frente, normalmente despejada. Dejó la servilleta sobre la mesa, se levantó y me ofreció una mano—. Nada me lo va a impedir ahora. Baila conmigo, Alicia —pidió con una sonrisa revoltosa. De nuevo me recordaba a mi amigo invisible.

Me exponía demasiado al aceptar aquel baile: tan cerca, tan cerca... Pese a ello, mi cuerpo actuó por su cuenta y riesgo, correspondiendo a la invitación.

Me escoltó un par de metros, hasta el lugar más despejado del salón, para tomarme allí por la cintura. Unos balanceos después, Duncan deslizaba sus manos en forma de sutil caricia por la finísima tela que me recubría los brazos. Cuando alcanzó mis muñecas, las elevó con delicadeza hasta su nuca, incitándome a convertir aquel abrazo en algo mucho más íntimo. Cerré los ojos para contemplar aquel encuentro con el resto de mis sentidos. Nos mecimos con la suavidad de un mar en calma. Busqué cobijo en el hueco de su cuello y recordé la playa imaginaria en la que habíamos hablado por primera vez. Su imagen con una rodilla hendida sobre la arena, con el pelo ligeramente calado por la llovizna...

—También a mí me gustaría hacer desaparecer el mundo de ahí fuera —me susurró al oído, citando la letra de la canción—. El aquí y ahora es lo único que importa.

Cómo se parecían aquellas palabras a las que él mismo había pronunciado semanas atrás junto a las brillantes aguas del Sena: «El presente; eso es lo que importa, eso es lo único que es».

Duncan me hizo virar bajo nuestras manos entrelazadas, y el vuelo de la falda al girar me desniveló lo suficiente para que él tuviera que cercarme con sus brazos, recomponiendo mi equilibrio perdido. Escrutó mi rostro con detenimiento, curioso, como si buscara algo. En las pupilas anchas y brillantes de aquellos ojos verdes hallé el reflejo profundo de mis propios sentimientos, y me invadió una extraña sensación de vértigo, porque aquel salto podía resultar desastroso. Lo vi sonreír con ternura y me sentí descubierta. Avergonzada por exponerme así ante él, traté de deshacerme de su abrazo.

—No... por favor —dijo mientras me sujetaba tenaz. Se había puesto serio de nuevo—. El baile aún no ha terminado. No te me escapes. —Su voz se fue apagando hasta acabar en un murmullo, en un ruego que me estremeció—: Esta vez no.

Noté sin embargo cómo aflojaba la presión, cómo sus brazos se volvían cadenas de papel, fáciles de rasgar; me faltó voluntad para hacerlo.

Su mano buscó mi pelo.

—¿Puedo? —Noté que rozaba el palo que mantenía sujeto el recogido.

Asentí y, en un movimiento cautivador y pausado, retiró el abalorio para que, libre, el cabello ondulado se dejara caer y acariciara mi espalda.

—Me gusta más así —dijo.

Sus dedos juguetearon con algunos mechones cercanos a mi rostro. El cosquilleo me hizo sonreír y eso le hizo concentrar toda su atención en mis labios, que rozó con el pulgar y abrió delicadamente apenas unos milímetros. Me miró como pidiendo permiso. Desde luego no pensaba negárselo.

Me besó, y sus caricias, sutiles, lentas y discontinuas, me hicieron desearlo aún más.

—Duncan —suspiró mi boca entre la suya, que, repentinamente armada de una pasión menos controlada, arrasó con mis palabras, reduciéndolas a cenizas.

«¿Y ahora qué?». Aunque sus sentimientos por fuerza debían de ser diferentes a los míos —él no guardaba recuerdos de nuestro último mes y medio, y mucho menos de nuestra vida pasada—, habíamos alcanzado en tiempo récord el mismo punto de atracción física vivido en París. Solo que esta vez Duncan era de carne y hueso y, aunque se definiera como un tipo clásico, no dejaba de ser una persona del siglo XXI, sin las cortapisas morales o sociales que podía tener Robert Galloway a la hora de cortejar a Jane Elliott. Al fin y al cabo, Duncan era libre, y yo... Yo no lo era tanto en realidad. Mis dudas se interponían entre los dos. Porque mi deseo, mi sueño, no era otro que culminar aquel amor, experimentar por primera vez lo que era ser amada por alguien... «pero solo cuando Duncan haya recordado quién fue para mí y quién fui yo para él. Aunque besa tan bien... que no creo que exista fuerza humana que pueda apartarme de él esta noche».

La mezcla de sentimientos me hizo temer que pudiera perder el sentido allí mismo, entre sus brazos. Una sensación desconocida me quemaba por dentro.

Duncan se apartó ligeramente para observarme alarmado. Ese no era el semblante que una quisiera descubrir en la cara de la persona amada.

—Estás ardiendo, Alicia.

—Yo no... —respondí confusa. «¡Qué vergüenza! Hasta él se ha dado cuenta».

—Tienes fiebre —dijo palpándome frente y pómulos con la palma de la mano.

«Me encuentro bien, de verdad». Es lo que habría querido decirle. Me resultó imposible hacerlo. Mis piernas se desvanecieron. Él evitó que me desplomara y me cargó en brazos. Antes de abandonar el salón, creí vislumbrar una sombra moviéndose inquieta al otro lado de uno de los balcones que permanecían cerrados. Deduje que mi mente exhausta me jugaba una mala pasada.

Cuando volví a abrir los párpados, yacía sobre una cama, y Duncan, sentado sobre la colcha, me apartaba un mechón de la cara.

—¿Mejor?

—Sí. —Intenté incorporarme en vano—. Me duele todo el cuerpo. No sé qué me ocurre. Lo siento mucho...

—¿Qué sientes? —preguntó él. Los ojos le chispeaban con picardía cuando se inclinó para robarme un beso, un tierno roce en los labios—. Ni en mis mejores sueños pensé que esta noche acabarías en mi cama.

El comentario me descolocó y él se dio cuenta. Se incorporó y sacudió la cabeza como si se amonestara, aunque no fue tan severo consigo mismo como para perder la sonrisa.

—Soy un bruto, disculpa. Era solo una broma —explicó al tiempo que estiraba unos centímetros más el cobertor de la cama para cubrirme hasta la barbilla—. Quería... hacerte sonreír.

Aunque con cierto retraso, consiguió su propósito.

—No estás bien... Te quedarás aquí esta noche. —La frase sonó a prescripción médica—. Llamaré al hospital para que anulen todas mis consultas de mañana. Por suerte no tengo quirófano. Relájate y descansa, ahora mismo vuelvo.

Cuando lo hizo al cabo de unos minutos, traía mi móvil consigo.

—Estaba sonando en tu bolso. Es ese tal Lefroy. —Me tendió el teléfono con cara de póquer.

—¿Qué hora es?

—Las doce y diez según mi reloj —respondió mientras volvía a tomar asiento en el borde de la cama. Me observó con cautela por el rabillo del ojo—. Pero ya te he dicho que no vas a moverte de esta cama.

—Eh... ¡Menudo mandón estás hecho! —Me acababa de recordar a Galloway.

Sonrió divertido mientras repasaba la enfurruñada arruga que se me acababa de formar entre ambas cejas con una cautelosa caricia, como si temiera que pudiera pegarle un bocado en el dedo. «¡Maldita suerte la mía! ¡Tenía que caer enferma justo hoy!».

Decidí que lo mejor era volver a centrarse en el canadiense.

—Jackson debe de estar preocupado... —mentí. Supuse que, con Foras rondándonos, quería asegurarse de que todo iba bien—. ¿Podrías escribirle por mí un mensaje, por favor? —pregunté devolviéndole el dispositivo móvil.

Mi voz sonaba algo débil —mejor evitar que el yuzbasi me escuchara en ese estado— y mi visión aún permanecía confusa como para teclear yo misma.

—«Estoy en casa de Duncan. Me siento mal, pero nada preocupante. Nos vemos mañana. Besos» —le dicté—. ¿Lo tienes?

—Lo tengo. Pero si yo fuera él y recibiera un mensaje como este, no tardaría en venir a buscarte —me advirtió mientras terminaba de transcribir con los pulgares.

—Él no lo hará —le aseguré con los ojos cerrados. Me sentía cansada, tan cansada...

—Tienes casi treinta y ocho y medio —comentó intranquilo tras comprobar el termómetro que me había colocado unos minutos antes—. ¿Eres alérgica a algún medicamento?

—No que yo sepa. —Oculté mi bostezo bajo las suaves sábanas de lino blanco. La fiebre me había hecho una brutal llave de lucha libre y me mantenía inmovilizada sobre aquella cama, dispuesta a dejarme KO de un momento a otro.

—De todos modos prefiero no darte pastillas si no es absolutamente necesario —escuché comentar a Duncan—. Voy a buscar agua fría y vinagre. Te pondré unas compresas en la frente y las muñecas y tal vez unas bolsas de hielo bajo los brazos. Si no te bajo la temperatura así, lo intentamos con paracetamol.

Creo que ya estaba dormida en el instante en que él abandonó el cuarto.

Cuando desperté, me estremecí al notar el frío de las gasas al contacto con mi piel ardiendo. Unas voces discutían cerca, probablemente a los pies de la cama, aunque los ojos me pesaban tanto que no fui capaz de abrirlos.

—Supongo que no te fías de mí —oí decir a Duncan.

—Lo que importa es que ella sí se fía. —«¡Jackson! ¿Pero qué hace aquí?»—. Cuídala, y llámame si se pone peor, por favor. Aquí tienes mi número. —En su voz detecté corrección, pero no cordialidad.

—Me ha contado que sois compañeros de trabajo, pero vuestro bailecito en El Dragón Verde y que hoy hayas venido hasta aquí a buscarla me hace pensar que hay algo más entre vosotros. Me gustaría saber si es así. —La voz del escocés sonó exigente.

—Esa chica es especial. Y cualquiera con dos dedos de frente lo entendería al momento. No sé si será tu caso.

El doctor Wallace no se conformó con aquella respuesta.

—Preferiría que fueras más directo.

—Pues pregúntaselo a ella. —Fue la cortante respuesta que obtuvo del fotógrafo—. No acostumbro a dar explicaciones de mi vida personal.

«Jackson intenta darle celos de nuevo para ayudarme, pero no sé si es buena idea. Duncan puede creer que estoy jugando a dos bandas y, después de lo que ha pasado esta noche, no me gustaría que pensara eso».

—Lo haré. Se lo preguntaré a ella. Pero hay una cosa que... Si pudieras responder, te lo agradecería. —Duncan se obligó a bajar el listón de su rudeza—. ¿Tú la crees cuando dice que me conoció mientras yo estaba en coma? Porque imagino que te tiene al tanto de esa extraña historia...

Escuché la sonrisa de superioridad de Jackson. Su ventaja sobre el escocés era notoria: alguien que había podido ver para creer, frente a un escéptico ante quien no habían presentado nunca pruebas fehacientes de la existencia de un más allá.

—La respuesta a lo que estás preguntando es: «No, no está loca». De hecho, es una de las personas más cuerdas, racionales y equilibradas que yo he conocido. —También Lefroy había relajado el tono—. Solo con mirarla a los ojos deberías entender la verdad que hay en ella. —«Jackson...». Esa forma de hablar denotaba verdadero afecto, como el que yo misma sentía por él—. Esta noche me siento generoso, así que voy a darte un consejo, doctor Wallace: confía en tu instinto, por muy irracional que te parezca, porque estoy convencido de que terminará guiándote hasta Alicia. Si no lo haces, ten por seguro que yo estaré ahí para recomponer sus pedazos. —Su voz sonó a amenaza contenida.

—Sí has sido generoso, sí —respondió Duncan, como si su propio sarcasmo le agriara la boca—. Al final has respondido a mis dos preguntas.

—Si eso es lo que crees... —comentó con desinterés Lefroy—. Mañana vendré a buscarla a primera hora.

—Mañana puedes venir cuando quieras y ya entonces hablaremos de si ella desea marcharse contigo o prefiere continuar en esta casa, bajo mis cuidados.

Los escuché abandonar el cuarto y, en el momentáneo silencio, el sueño me atrapó para sumergirme en una nueva regresión.

22

Las tribulaciones de Jane

A la primera salida a lomos de Bonnie Prince le siguieron muchas otras. Siempre en compañía de Robert Galloway, quien se había autoimpuesto el deber de enseñar a Jane a montar a caballo como lo haría una experta amazona. Nadie rivalizó con él por el puesto, ya que Percy se marchó durante esas semanas a Stirling para realizar una visita de cortesía a lord Keith, su comandante a bordo del HMS Ville de Paris. Durante esos días, mi álter ego pudo dar rienda suelta a su verdadero carácter: se mostró lo más cordial que pudo y Robert supo corresponderla en atenciones.

Por desgracia, la espontaneidad de ambos provocó que otros habitantes de la casa se percataran del cambio experimentado por la pareja, siendo el del heredero aún más evidente para todos. Como resultado, *sir* Arthur envió a su hijo a Edimburgo para atender unos asuntos pendientes con el abogado de la familia, el señor Bain; según las sospechas fundadas de Jane, impulsado por *lady* Susan, cuya motivación no era otra que mantener a su hijastro lejos durante unas jornadas... hasta que la carta remitida a la señorita Adaira McKnight, invitándola a pasar una temporada en Tyne Park, fuera recibida y atendida. Un día antes del regreso del primogénito, la hija de Su Excelencia el duque de Hamilton ya se encontraba instalada en una de las mejores estancias del ala principal.

—Robert se llevará una muy grata sorpresa cuando retorne y se encuentre aquí con la joven. Se han visto en numerosas oportunidades y, dado el estrecho vínculo que se ha ido forjando entre ellos, me consta que ambos anhelaban retomar sus relaciones lo antes posible. Esta es la ocasión para hacerlo, y confío en que de una manera definitiva.

Es lo que la señora de la casa le había confesado en privado a Jane con intención de hacerle comprender, sin necesidad de mostrarse en exceso directa, que era vana cualquier aspiración suya de convertirse algún día en la dueña de Tyne Park.

Para colmo de males, la señorita Elliott había recibido una carta muy preocupante de su madre, en la que esta le explicaba que lord Seymour había sufrido una nueva crisis de su gota, y que tal circunstancia incrementaba sobre ella las presiones para que Jane volviera cuanto antes a Hardbrook House a fin de organizar los preparativos de la boda con su sobrino, ya que el barón daba por supuesto que ella terminaría aceptando una propuesta de matrimonio tan ventajosa.

«Hija, tu padrastro está sufriendo lo indecible porque se cree a los pies de la tumba y teme que, si él muere antes de celebrarse el enlace, su heredero podría echarse atrás en el compromiso que hoy está dispuesto a cumplir contigo», le explicaba Mary en un párrafo. Jane dedujo que aquel folio y medio se había escrito con zozobra y prisas por los tachones que, aquí y allá, su madre no se había preocupado de reparar. «Ella no es tan descuidada. Debe de sentirse realmente inquieta», infirió con pesar.

Y heme ahí, en la cabeza y el cuerpo de mi yo del pasado recordando esas cosas, cuando me percaté del momento exacto en que nos encontrábamos.

Las señoras tomaban el té, en compañía de *sir* Arthur, Colin y el capitán Galloway, quien ya se hallaba de vuelta en la casa. Observé a McKnight, tan distinguida, revestida de fragilidad y buenas maneras... Se me revolvió el estómago.

Jane, nerviosa porque Dixon los había informado de que el señorito Robert acababa de regresar de Edimburgo, repartía sus miradas entre las labores de aguja y la puerta del saloncito. Más de media hora tardó él en cruzarla, ya que, tras realizar la travesía a caballo por caminos enlodados a causa de las monótonas lluvias, había precisado asearse y cambiar de indumentaria.

Cuando Galloway irrumpió en la estancia, lo primero que hizo fue buscar con la mirada a la señorita Elliott. Aunque pronto ocultó su interés bajo la prudencia habitual en él, se le escapó una fugaz sonrisa de alivio al encontrarla allí, entre el resto de sus seres queridos. Por desgracia, Jane no se percató del gesto: en cuanto Robert entró, el pesar que la reconcomía hizo que volcara la atención en el punto satinado de su costura.

Durante unas semanas se había sentido la mujer más dichosa del mundo, y ahora, de repente, se veía obligada a encajar con la mayor dignidad posible los golpes que desde todos lados pretendían asestarle. El peor de ellos fue conocer a la futura prometida de Robert: una joven aristócrata, de porte refinado y belleza inusual —aunque sus ojos fueran los más fríos a los que Jane se había tenido que arrimar—.

—¡Qué alegría que por fin estés de vuelta, querido! —*Lady* Susan agudizó aún más su molesto timbre de voz, como si le estuviera hablando a un gato o a un niño—. Ven con nosotras, acércate —lo reclamó con aspavientos desde su silla, situada junto a la de McKnight, justo al otro extremo de donde se hallaba Jane—. Sin duda recuerdas a nuestra ilustre invitada: *lady* Adaira. Sé que os tenéis una gran estima, como es lógico entre iguales. No en vano sois la hija de un duque —dijo señalándola a ella— y el nieto de un marqués —añadió refiriéndose a él.

«Entre iguales». Aquella expresión hizo que Jane, desairada, alzara la cabeza; aunque en un alarde de contención supo guardar silencio. Observó a la esposa de *sir* Arthur. La señora parecía especialmente satisfecha del papel de casamentera que se había atribuido.

Robert atendió solícito a su madrastra y a su invitada, y besó la mano de aquella mujer que yo misma odiaba con todas mis fuerzas. «Bruja, se te da bien guardar las apariencias en sociedad». Cómo me hubiera gustado poder avisar a Jane; y lo intenté pese a las recomendaciones de Alejandro de no interferir, pero frente al velo blanco de los Guardianes del Umbral poco se podía hacer.

El primogénito departió un rato con McKnight, como correspondía por protocolo, luego saludó a su padre y a sus hermanos y dejó a la señorita Elliott en último lugar para poder sentarse a su lado. Era evidente que se reservaba lo mejor para el final. «Antes es la obligación que la devoción. Y la devoción la siente por Jane, no por Adaira», me burlé mirando a *lady* Susan. Por desgracia, mi yo del siglo XIX veía las cosas de distinto modo.

—¿Qué tal estos días sin mí, señorita Elliott? —preguntó Galloway en tono jovial, probablemente esperando entusiasmo en la respuesta de la joven tras el reencuentro.

—Muy bien, gracias. Percy regresó hace unos días y no ha permitido que me aburriera ni un solo minuto —exageró Jane mientras daba puntadas, en este caso con hilo.

—¿Ni una mísera mirada a su viejo amigo mientras habla con él? ¿Le ocurre algo, Jane? La noto especialmente seria.

—¿A mí? En absoluto —respondió ella, forzándose a levantar la vista de las labores de costura—. *Lady* Adaira me ha impresionado. Supongo que también a usted.

—Bueno, sí... —tartamudeó él, claramente desconcertado por el comentario—. Siempre la he considerado una joven bonita e instruida, y resulta evidente para cualquiera que tiene mucha clase —añadió echando un vistazo de reojo a la aludida.

—No la desatienda por mí, por favor. Haría bien en ir a hablar con ella. Creo que está deseando que usted interrumpa, de una vez por todas, la anodina conversación con la que pretende entretenerla *lady* Susan. Aunque intenta disimular frente a la señora de la casa, ella no deja de observarle a usted. —Sonó distante.

De primeras, no entendí su reacción. Por lo que yo sabía, y era la información que ella misma me había proporcionado, no había compromiso alguno entre Galloway y McKnight; al menos de momento, y estaba convencida de que Jane tenía en sus manos el asegurarse de que nunca existiera. En cambio, se dedicaba a echar a Robert de su lado de muy malas formas, exhibiendo un carácter de mil demonios. Solo podía deberse a una cosa: que aún no se sintiera segura de los sentimientos de su amado. Rebusqué en sus recuerdos, y encontré lo que tanto la molestaba. «Volvemos a ser los buenos amigos que fuimos años atrás», le había dicho él en los días previos a su partida. Ahí residía el problema, que él le había hablado en términos de amistad y ella lo interpretaba como un aprecio rayano en lo fraternal, nada más. Jane había decidido conformarse con esas migajas..., pero solo hasta que apareció Adaira McKnight y los celos, malos consejeros siempre, la cegaron.

El capitán, que, aun con disimulo, no les había quitado tampoco ojo de encima, abandonó el diván en el que había permanecido apoltronado para depositar su taza vacía sobre la mesita del té y dirigirse al lugar donde Jane y Robert departían en voz baja.

—Lo siento, hermano, pero ha llegado el momento en que debo robarte a Jane. Su clase de equitación la espera, y todavía debe subir a cambiarse —dijo ofreciéndole el brazo a mi álter ego—. No me hará el feo de asegurar que había olvidado nuestra cita, ¿verdad, querida? —inquirió con gesto ofendido.

Ella disimuló lo mejor que pudo su desconcierto: no tenía previsto salir a montar con Percy aquella tarde, y de hecho el oficial tampoco se lo había propuesto en las jornadas anteriores a la llegada de Robert. En cualquier caso, decidió dejar a un lado la costura y levantarse para colocar su mano sobre la del marino.

—Pero me corresponde a mí enseñarle... —objetó el hermano mayor, poniéndose también en pie.

Tanto movimiento atrajo la atención de *lady* Susan y *lady* Adaira, pero se hallaban a suficiente distancia como para no enterarse de lo que los hermanos y la señorita Elliott hablaban.

—Lo siento. Tú me la arrebataste una vez y ahora te pago con la misma moneda. Creo que la dama parece más que dispuesta a acompañarme. ¿No es cierto? —Jane no le llevó la contraria, y eso desestabilizó la confianza de Robert—. Además, tú tienes a otra joven a la que atender —susurró acercándosele al oído.

—De eso nada —replicó su hermano, también a media voz—. Seré yo quien acompañará a Jane en su ejercicio diario, como hemos venido haciendo durante las últimas semanas, y no serás tú quien vaya a impedirlo.

—De acuerdo. Así sea —cuchicheó el capitán levantando los brazos, para a continuación elevar el tono como si fuera a dar un discurso—: *Lady* Adaira, ¿sería usted tan amable de unirse a mí en un refrescante paseo por el jardín? —«Percy, eres el mejor», pensé. De un plumazo les estaba quitando a la bruja de en medio—. Necesito desentumecer estas piernas acostumbradas al combate y la acción. Además me gustaría poder mostrarle la flora que nuestro jardinero ha logrado arraigar en terreno tan poco propicio.

El gesto de contrariedad de Jane, que de repente se sintió en tierra de nadie, no pasó desapercibido para Robert, ni el de Robert para mí. Bajo sus cejas, en posición de extrañeza y tal vez enfado, un intenso desánimo le cubría la mirada.

En cuanto el capitán abandonó la habitación acompañado por McKnight, el mayor de los hermanos Galloway, obviando el mohín reprobatorio de *lady* Susan, tomó a Jane de la mano y cortésmente hizo que lo siguiera.

—¿Quiere ir a montar? —preguntó él muy serio nada más alcanzar el vestíbulo de la mansión. Desde aquel punto se veía pasear, a lo lejos, a Percy y Adaira.

—Mejor otro día. Discúlpeme, pero no estoy de humor —respondió ella intentando recomponer el gesto en una sonrisa que mitigara su evidente disgusto.

El buen criterio la había hecho recapacitar. No deseaba poner en riesgo su amistad con Robert; la valoraba demasiado como para que los sentimientos pudieran traicionarla en ese sentido.

—Entonces vayamos al invernadero, donde podremos hablar con tranquilidad. Porque estoy seguro de que usted tiene algo que contarme. —Sonó desilusionado, como si ya supiera cuál era la confesión que ella iba a hacerle.

Caminaron en paralelo pero separados, alejados por medio metro y la intuición de que algo se había roto entre los dos. Yo no podía creer que fueran tan obtusos. Ambos. Después de todo lo que habían vivido, aún dudaban el uno del otro.

Cuando llegaron al recinto de cristal, Robert pidió al jardinero, Andrew, que los dejara a solas. No era el típico invernadero, sino un miniparaíso terrenal. Pese a que, en el exterior, la temporada fría marcaba el ritmo de la vida, de aquel suelo surgían coloridas flores, alternadas con vegetación más exótica, y justo por el centro corría un riachuelo artificial que brotaba de una pequeña cascada montada con hermosas piedras y que arrullaba el lugar con un sonido relajante y pacífico. Junto a ella habían hecho colocar un banco de madera en el que solo cabían dos personas, de tal modo que cuando Jane y Robert tomaron asiento no tuvieron más remedio que reducir las distancias que les hubiera gustado mantener en ese instante.

—¿Va a contarme ya qué le ocurre?

En la discreta mentalidad de Jane no cabía la opción de montarle un numerito de celos por la presencia de Adaira McKnight en Tyne Park, así que se escudó en el otro problema que la acuciaba. De un bolsillo de su vestido de tarde extrajo una carta. La que su madre le había hecho llegar dos días atrás.

—Tenga. Cuenta con mi permiso para leerla. E incluso para contar las comas y los puntos si así lo desea.

Robert tomó el papel intrigado. Había ansiedad en sus manos y sus ojos según estos recorrían a gran velocidad las emborronadas líneas.

—Quieren hacerla regresar para casarse con Matthew Seymour —resumió con acierto las tribulaciones de Jane.

—Como ve, mi madre solo me concede dos semanas; me esperan para Navidad. Pasado ese tiempo, si no he vuelto, mandarán por mí. Incluso está decidida a viajar ella misma para reclamarme —dijo señalando la carta. Su rostro, aunque muy digno, debía de reflejar una profunda tristeza. Le dolía tanto tener que separarse de Robert...

—Niéguese —le exigió él.

—¡Ya, claro! —Soltó una carcajada cínica, de pura frustración. Mejor una risa falsa que romper a llorar frente a él—. Todo solucionado. Solo tengo que negarme. ¿Y mis obligaciones? Las que me atan a mi padrastro y a mi madre. ¿Qué será de ella si su marido fallece?

—Usted misma dijo que lord Seymour exagera su enfermedad.

—Lo sé. Y así lo creo. Pero puedo estar equivocada. Y, en ese caso, mi madre volverá a verse en la miseria, dependiendo de la generosidad de otros, y no sé si esta vez podrá soportarlo... En cambio, si me caso con el sobrino de mi padrastro, ella tendrá la vida solucionada —dijo antes de volver su mirada a la cascada de agua—. Y yo también.

—¡¿Oye lo que está diciendo?! —Robert se acercó más a ella—. Jane, no puede casarse sin amor.

—Ah, ¿no? Pues, según tengo entendido, ese es el camino que usted mismo piensa tomar en breve —le espetó ella apretando los dientes e intentando refrenar su rabia.

—Está equivocada. Yo no voy a casarme. Ni ahora ni nunca.

Ella lo miró con simultánea expresión de extrañeza y consuelo.

—Su madrastra dice que la boda está prevista en dos meses. —Así se lo había comunicado discretamente esa misma mañana, durante el desayuno—. Con *lady* Adaira —le aclaró ante la incredulidad de él.

—¿Eso le ha contado? En tal caso ha mentido como una bellaca. Deduzco que expresaba sus propios deseos, porque yo no tengo planeado tomar esposa. Percy deberá darle un heredero a Tyne Park. —Robert le tomó las manos con cariño. En sus ojos verdes había tormento, y, aun así, habló con resolución—. Pero usted... Usted sí debe prometerse.

—Acaba de decirme que no debería... —repuso ella contrariada.

Tras meditar durante un breve instante, se atrevió a añadir, consciente de que aquella solución no le convencía en absoluto:

—No con Seymour. Usted sabe tan bien como yo que su apellido debería ligarse al de los Galloway. No debe ocultarlo por más tiempo.

—Pero cómo... ¿cómo lo sabe? —balbuceó Jane sobrecogida por la noticia de que Robert supiera del amor que sentía por él, que pudiera estar tan seguro sin que ella se lo hubiera confesado.

—Hace un tiempo Percy habló conmigo... —dijo soltándola y frotándose las palmas de las manos contra el pantalón, sin atreverse a mirarla de frente. Los hombros se le habían tensado como cables de acero.

—¿El capitán? —repuso ella sin entender a qué se refería Robert.

—Sí, siento haberla privado de su compañía hace un momento. Me he percatado de cuánto la turbaba eso. He sido un egoísta, pero nunca pensé que usted respondiera a sus atenciones. Hasta hoy mismo...

—Soy una estúpida. —Negó con la cabeza, entre frustrada e irritada—. Por un momento pensé que...

«Vamos, díselo. ¡Díselo y todos felices!», la instigué. Pero su orgullo lo impidió. Porque no se creía correspondida. Porque le dolía que a su amigo ni se le hubiera pasado por la cabeza que era a él a quien ella había entregado su corazón.

Salió corriendo, dejando a Robert con la boca abierta y sin duda confundido por la reacción de la joven dama.

23

Una declaración de amor

Jane pasó el resto de la tarde en su habitación. La ira y la decepción la asediaban, y no quería dejarse ver en ese estado. Recordó que la música amansa a las fieras, así que se acercó a la caja que le había legado *lady* Grace y dejó que las notas de *Hannah Le Gordon* la reconfortaran.

Más calmada, se convenció de que su única escapatoria consistía en partir de Tyne Park lo antes posible. Nadie sospecharía de sus motivaciones, teniendo en cuenta que la salud del padrastro había empeorado de forma alarmante en las últimas fechas.

Ni siquiera quiso abandonar su reclusión cuando sonó la campanilla anunciando que la cena estaba lista. A pesar de que había invitados en la casa: la familia Gray y los Abbott —vecinos colindantes por la zona norte de la propiedad— habían sido llamados a pasar la velada con los Galloway; la llegada de la hija del duque de Hamilton era una noticia que suscitaba gran interés en toda la comarca. No había ni un alma entre las clases pudientes que no deseara conocerla. Cuando una sirvienta subió a buscar a Jane para recordarle que la esperaban, esta se excusó aduciendo una terrible jaqueca.

Durante la media hora previa, había escuchado el trasiego de gente entrando y saliendo de las habitaciones más próximas a la suya, incluida la de Robert, mientras sus inquilinos se vestían con el atuendo adecuado para bajar a cenar. Incluso le pareció percibir las pisadas de alguien que se detenía frente a la puerta de su alcoba. Con la oreja pegada a la madera, escuchó con atención cualquier señal, pero los pasos reanudaron tozudamente la marcha y terminaron por perderse en el pasillo. Deseaba tanto que fuera él... Y, al mismo tiempo, se enfurecía por desear que la visitara. También al imaginarlo abajo, sentado sin duda junto a Adaira McKnight, para deleite de *lady* Susan.

—Si no ha venido a pedirme explicaciones por mi marcha repentina del invernadero es porque no le interesa nada de lo que yo pueda contarle —se dijo a sí misma, derrotada, antes de beberse el extracto de sauce blanco que la señora Dixon le había preparado para mitigar la migraña, que, si no terrible, sí era molesta.

Puesto el camisón y cepillado el cabello, se metió entre las sábanas y, abrazada a la almohada, después de pensar durante más de dos largas horas en lo devastador que le resultaría alejarse para siempre del amor de su vida, se dejó vencer por el sueño.

Supuse que había llegado el momento de volver a mi época. «¡A casa de Duncan!», recordé ilusionada. «Espero estar recuperada de la fiebre. ¿Habrá amanecido ya en Edimburgo?».

Dejé transcurrir unos minutos antes de que la preocupación hiciera mella en mí. «No pasa nada. Sigo aquí», me dije. Los pensamientos de la joven que yo había sido en el siglo XIX ya no estaban conmigo... No conseguía leerle la mente mientras dormía. Nada. En blanco, como las telas del dosel que envolvían la cama de Jane.

Intenté incorporarme sin mucha convicción, a la espera de que un ente invisible me propinara el empellón que volvería a hundirme en el interior de mi álter ego. No fue así. Me lo tomé como una invitación a levantarme del todo. Erguida, frente a la cama, contemplé por primera vez a Jane. La había visto reflejada en espejos, pero no era lo mismo. «Es impresionante... Somos clavadas, como dos gotas de agua».

—¿Cómo es posible? ¿Cómo he podido salir de ella? —pregunté en voz alta.

Me acordé de Alejandro y sus advertencias. Los Guardianes del Umbral podían enfadarse conmigo e infligirme un duro castigo si quebrantaba las normas. ¿Pero cuáles eran exactamente esas normas? No me habían pasado ni un mísero manual de instrucciones... Miré alrededor, temerosa de que en cualquier momento pudiera aparecer la señora de los velos o un ser aún más inquietante con el propósito de echarme la bronca del siglo. Pero nadie venía.

—Yo no he hecho nada... No busqué que esto pasara —me defendí con voz inocente, por si alguien escuchaba tras aquellas paredes.

Poco a poco, fui tomando confianza, sintiéndome más y más cómoda con aquella recién estrenada libertad... Y hasta decidí alejarme de la cama de Jane, que dormía profundamente.

—Pues aquí no me voy a quedar. Debo aprovechar la oportunidad que se me está dando... ¡A no ser que alguien tenga algo que objetar! —grité a quien quisiera oírme.

La puerta me esperaba. Traté de agarrar el pomo sin éxito. Recordé a Duncan en su época de fantasma, y lo que decía acerca de concentrarse para poder tocar las cosas. Volví a intentarlo, pero mis dedos solo conseguían atravesar el metal. Me consoló que al menos fuera un vaivén indoloro.

—Y si...

Traspasé la madera como si de una cortina de humo se tratase.

Las luces de las velas ardían en el pasillo, por lo demás desierto. Un catálogo de voces provenientes de la planta baja me mostraron el camino a seguir.

En el salón departían alegremente los invitados y la familia Galloway al completo, a excepción de Percy y Robert. Descubrí que los oídos de un aparecido resultan mucho más finos y selectivos que los de un ser humano. Las palabras del hermano mayor me llegaron desde algún punto próximo a donde yo me encontraba... Cerré los ojos y las demás voces perdieron fuerza en mi mente, volviéndose apenas susurros, para permitir que solo lo escuchara a él. Seguí el rastro, que concluía en el despacho de *sir* Arthur. Crucé el muro y casi me empotro en los Galloway, que mantenían una acalorada discusión.

—¿Qué demonios ha pasado en mi ausencia, Percy? ¡Dímelo de una vez!

—Insisto: no sé a qué te refieres. No ha ocurrido nada. Yo llevo aquí apenas cuatro días. ¿Qué crees tú que ha pasado?

—Supongo que estás al tanto de la carta. De la madre de Jane...

—¿Carta? —La sorpresa del capitán parecía genuina—. ¿De qué carta me hablas?

Leí en la expresión de Robert que para él carecía de sentido que Jane no hubiera compartido tal confidencia con su enamorado, pero, aun así, prefirió ahorrarse porfías y explicarle directamente a su hermano, con todo detalle, las reclamaciones que el matrimonio Seymour, a través de la madre, había dirigido a la señorita Elliott.

—Cuando hablé con ella en el invernadero, la encontré sumida en tal estado de tristeza... —explicó pensativo mientras se retiraba de la frente un mechón de sus cabellos castaños, cuyos reflejos rojizos quedaban al descubierto a la luz del fuego que ardía en la chimenea. El aroma a resina de pino era punzante en nariz, como las afiladas hojas del árbol que le había dado origen—. Le insistí en que debía casarse por amor. Unir su nombre a un apellido que yo sabía que ella amaba: el nuestro.

—¿En serio le dijiste eso? —Percy lo tomó por los hombros, visiblemente emocionado—. Temí que, en estos asuntos del corazón, te desenvolvieras como un estirado clasista, al estilo de nuestro querido abuelo, el marqués de Montrose.

—No digas tonterías —lo interrumpió ceñudo Robert mientras, aparentemente incómodo, se apartaba con brusquedad del capitán—. Pero no te entusiasmes demasiado. Lo siento, Percy, pero cuando le di a conocer tus intenciones de casarte con ella, se marchó corriendo. No lo entiendo: ¡parecía aún más triste! ¡Y airada! Tal vez fue por timidez, porque yo le hablara de tales cuestiones, pero juraría que no le gustó la idea de convertirse en tu esposa.

Percy abrió la boca desconcertado.

—Hermano, con todo lo listo que eres, y lo tonto que pareces a veces —lo acusó el oficial con una tranquilidad pasmosa—. Y eso que he intentado ponértelo lo más fácil posible para que comprendieras... —resopló sin disimulo antes de continuar— que Jane está enamorada, pero no de mí.

—Que no está... Pero... ¿de quién entonces? —Robert no daba crédito—. Sin duda te hallas en un error: deberías de haberle visto la cara cuando la dejaste conmigo para invitar a *lady* Adaira a dar un paseo...

—Estaría molesta por otra razón. Te aseguro que no puede sentir celos por mí. —Hizo una pequeña pausa, saboreando la lección que estaba a punto de darle a su hermano mayor—. ¿De verdad aún no has entendido que te ama a ti, que siempre, desde la tierna edad de quince años, te ha querido a ti? Debes de ser el único de esta bendita casa que no se ha enterado aún.

La expresión en el rostro del primogénito fue de sobresalto y desconcierto.

—Pero creí que tú estabas interesado... —replicó.

—No negaré que cuando nos reencontramos, al observar tu aparente indiferencia, decidí conquistarla. Es inteligente, hermosa, divertida, juiciosa, amable y, para colmo, como ya te comenté en cierta ocasión, su figura ha ganado en prestancia... ¿Por qué no intentarlo? —Soltó un suspiro muy teatral—. Pero no se dejaba. No entendía por qué, dadas las malas relaciones que supuestamente mantenía contigo. Ninguna mujer se me ha resistido nunca —se vanaglorió pasándose una mano por la nuca—. Hasta aquel fatídico día en que salisteis por primera vez con Bonnie Prince. Si creíste que el caballo os protegía de mi certera vista, estás muy equivocado. La vi en tus brazos y luego, cuando me acerqué a vosotros, vuestra cara de tortolitos enamorados hablaba por los dos.

Robert pestañeó sorprendido y, aunque Percy hizo una pequeña pausa para darle la opción de meter baza, el primogénito prefirió guardar silencio.

—A partir de ahí, dada vuestra conducta abierta, ya fue evidente para todos los de esta casa... Excepto para padre, según creo. Nuestra querida madrastra, muy astuta ella, se deshizo de ti convenciendo a *sir* Arthur de que debía enviarte a Edimburgo en lugar de pedir al señor Bain que viajara él hasta Tyne Park. Era su manera de ganar algo de tiempo, porque días atrás había remitido una carta a la duquesita invitándola a alojarse entre nosotros durante una temporada.

—*Lady* Susan... —Robert pronunció su nombre con desdén—. No se le puede negar que es hábil urdiendo intrigas.

El capitán dejó escapar una risita y dirigió a su hermano una mueca burlona:

—Ah, la señorita McKnight... Su presencia, debo decirlo, ha agriado enormemente el carácter de tu dulce enamorada desde el mismo momento de su llegada, en el día de ayer.

—¿Entonces esa es la razón por la que Jane me ha recibido con tanta frialdad? —preguntó con impaciencia—. ¿Porque cree que voy a comprometerme con *lady* Adaira?

—Los celos pueden ser a veces perversos y convertir a los ángeles en demonios.

—Le dije en el invernadero que no pensaba casarme con nadie... —murmuró Robert.

—Me figuro que eso la alivió, aunque no debió de sentarle nada bien que el hombre al que ama le propusiera unirse en santo matrimonio con su propio hermano —comentó mientras dejaba escapar una carcajada de puro deleite.

—Es imposible. ¿Me quiere a mí? Pero... —En los ojos de Galloway había consternación, incredulidad—. Yo no puedo amar a nadie. Incluso he dejado de creer en el matrimonio por conveniencia.

—Te creo cuando afirmas que ahora no deseas un matrimonio concertado. —Percy empezó a juguetear con el globo terráqueo que su padre había hecho colocar sobre el escritorio—. Sin embargo, piénsalo detenidamente y dime qué te ha hecho cambiar de opinión, porque estabas más que dispuesto hace tan solo mes y medio: defendías que una boda de esas características siempre merecía la pena si era por el bien de la familia —le recordó mientras detenía el giro de la bola, hecha en cartón duro. Clavó la mirada en Robert y continuó con su explicación—: Dices que no puedes amar a nadie. ¿Y qué te crees que llevas haciendo todas estas semanas? Yo te lo diré, hermano: has estado cortejando a Jane, y al parecer sin saber que lo hacías. La pobre debe de estar hecha un lío por tu culpa.

«Este Percy no puede caerme mejor», pensé agradecida. Todo parecía encauzarse en mi historia pasada.

Robert permaneció callado, en apariencia asimilando su torpe proceder, hasta que de repente sorprendió al capitán con un efusivo abrazo. Tras soltarle un sencillo «Gracias, hermano», se dirigió al amplio ventanal del despacho para abrirlo de par en par. Echando un vistazo al exterior, comprobó que se hallaba libre de miradas indiscretas, pese al frío se deshizo de su elegante chaqueta para quedarse en mangas de camisa y chaleco, y con agilidad se encaramó al alféizar de un salto.

—¡¿Dónde crees que vas?! —exclamó Percy en un susurro, temiendo que los de la fiesta de al lado pudieran oírle, ya que estos guardaban silencio, con los oídos atentos a la canción que Rosamund había empezado a interpretar al piano—. ¡Eh, que el salvaje de la familia soy yo!

—La alcoba de Jane está justo encima de este despacho, y necesito verla ahora mismo. Cúbreme, no vuelvas todavía al salón; no quisiera que por ser yo un impulsivo se pusiera en cuestión su honor. Me es imposible aguardar ni un segundo para aclarar con ella todo este maldito embrollo.

—¿Y para qué crees que se inventaron las puertas? Llama y te abrirá.

—Si está muy enfadada, como creo... y espero —dijo suspirando profundamente y con una sonrisa en los labios—, quizás no se muestre receptiva a una petición como esa. Como bien has observado, su carácter puede ser suave como la seda y también tempestuoso como una maravillosa tormenta de verano.

—Y así es como el heredero de Tyne Park, la persona más cabal, vetusta y orgullosa que he conocido, se entrega por fin a un amor irracional —se burló complacido Percy antes de comprobar la hora en su reloj de bolsillo.

Seguí a Robert para verlo escalar ligero por el tronco principal de la arraigada vegetación que cubría la fachada en aquella zona.

Una vez arriba, se dejó caer en el balcón de la alcoba que ocupaba Jane. Abrió la doble puerta, apartó con delicadeza las cortinas, que tiritaron al contacto con la inquieta brisa de la noche, y cerró tras de sí. Lanzó a la chimenea un buen puñado de astillas para rejuvenecer el fuego marchito —debía de temer que Jane pudiera coger frío— y caminó, tan sigiloso como si calzara los zapatos de un fantasma, hasta la cama donde mi álter ego descansaba.

Posó su mano derecha sobre una de las ornamentadas patas del cabecero, retiró el dosel y durante minutos la contempló extasiado, como si se encontrara frente a una de las siete maravillas del mundo. Por fin, se inclinó sobre ella lentamente para cubrir con una mano su boca. Si la joven se llevaba un susto y gritaba, corrían el riesgo de alertar a toda la casa.

Me emocioné al comprender que era una escena que el escocés y yo habíamos protagonizado en nuestra anterior vida. Y además se me había concedido el privilegio, no sabía gracias a quién, de poder presenciar los preámbulos de un encuentro que la propia señorita Elliott se había perdido: la conversación de Percy y Robert y la reacción de este, irrumpiendo en su alcoba como el héroe de una novela.

Jane despertó y, justo en ese momento, su cuerpo reabsorbió mi espíritu, como si ella fuera la lámpara mágica y yo el genio prisionero. Se incorporó asustada, aunque la mano que le tapaba la boca ahogó el grito. Sus ojos buscaron una explicación, y Galloway se inclinó para dejar que la luz de la luna le revelara su rostro a la dama.

—¿Robert? —preguntó incrédula una vez liberada de su mordaza—. ¡Por Dios santo! ¿Qué hace en mi habitación? —dijo mientras pudorosa se cubría hasta el cuello con la colcha.

—Confío en que se encuentre mejor de su jaqueca.

—Estoy mucho mejor, gracias por su interés —comentó ella completamente descolocada.

—Bien, porque necesito hablar con usted —replicó él, que parecía recrearse en la embarazosa situación que había provocado.

—Sea lo que sea, seguro que puede esperar a mañana. De hecho, también pensaba hablar con todos ustedes a primera hora, durante el desayuno.

—No va a ser posible. No puedo esperar, Jane —dijo con aplomo, sentándose en la cama aun sin permiso, desatendiendo por completo las más mínimas normas del decoro.

Ella se asombró de aquella actitud tan poco convencional. No sabía cómo tomárselo.

—Veo que no desea entrar en razón, así que dígame: ¿qué es eso tan urgente?

—Quiero saber si ha tomado una decisión sobre la cuestión que esta misma tarde hemos tratado en el invernadero. —«Sí, en un par de días estaré muy lejos de su influencia», pensó ella, aunque no lo dijo. Se mantuvo en silencio, algo que él interpretó como una invitación a explicarse—. Sobre con quién desea casarse.

—¿Habla de deseos? ¿Acaso importa lo que yo anhele? —Se removió incómoda—. Escribiré a mi madre para comunicarle que regreso a Hardbrook House de inmediato y que puede poner en marcha los preparativos de mi boda con Matthew Seymour. —Su voz trató de sonar altiva.

Robert la miró con severidad.

—Sin duda está usted de broma. ¿Acaso me da a entender que insiste en casarse con ese caballero?

—No lo doy a entender. —La expresión de alivio de Galloway duró lo que tarda en llegar un nuevo pesar—. Señor, se trata de una afirmación. Es mi deber y además no tengo alternativa. No permitiré que mi madre quede desamparada si algo le sucediera a su esposo.

—Existen otras opciones —aseguró él tomándole una de las manos que sujetaban el cubrecamas—. Ya le dije que debe casarse con un Galloway, y ahora se lo repito. Al fin y al cabo, a usted siempre la hemos considerado de la familia. No me llame presuntuoso si aseguro que en cierto modo nos pertenece.

Ella daba evidentes muestras de confusión. No entendía la alegría que repentinamente iluminaba los ojos de Robert. «¿Habrá bebido?», se preocupó.

—No insista, no voy a casarme con Percy —replicó con terquedad—. Aprecio al capitán, pero no me quiere, solo soy un capricho para él. —Robert escuchaba interesado, como si temiera perderse una sola de sus palabras—. Y desde luego yo no lo amo. Si lo aceptara... —se le quedó mirando a los ojos, y después bajó la mirada—. No puedo imaginarme peor futuro que el de tener que vivir emparentada con esta casa, ser testigo de... —Cerró la boca y apretó los dientes.

—¿Testigo de qué, Jane?—preguntó esperanzado—. Cuénteme, ¿por qué razón no podría ser feliz usted hermanándose con los Galloway?

«Por mucho que hoy digas lo contrario, estoy convencida de que, para mayor gloria de esta familia, terminarás atándote a *lady* Adaira. Y verte casado con otra es mucho más de lo que mi corazón sería capaz de soportar». Por supuesto, Jane le ocultó lo que de verdad sentía y, en su lugar, respondió:

—Estas no son cuestiones que desee hablar con usted —le aclaró—. Le ruego que se marche de mi alcoba. De inmediato —le ordenó mientras intentaba liberar su mano de las de Robert.

—No pienso irme hasta que se sincere conmigo—dijo él reteniéndola.

—Entonces saldré yo.

Dejó caer la colcha, pegó un fuerte tirón para desengancharse de los firmes dedos que la aprisionaban y se dispuso a abandonar el colchón por el lado contrario al que ocupaba Robert. Pero él fue más rápido bordeando la cama y le cerró el paso. Jane descubrió en aquella figura una energía desconocida. Y para desorientarla aún más, su desprecio por los convencionalismos resultaba inaudito.

—No me deje solo en esto, Jane...

—No le entiendo. ¿Acaso ha bebido, Robert? —preguntó antes de intentar escabullirse de nuevo en dirección a la puerta.

Solo pudo intentarlo, porque de nuevo se encontró con él bloqueando su avance.

—Por favor —insistió Galloway.

Turbada, buscó en los ojos de su asaltante una respuesta a lo que estaba ocurriendo. ¡Y qué intenso sentimiento encontró en su mirada! Me estremecí con Jane y recordé los besos de Duncan. Todos ellos. Intuí que estaba a punto de suceder.

—Míreme, Jane, y dígame si de verdad quiere que deje de retenerla, si desea que abandone esta habitación ahora mismo. Porque le juro que lo haré y no volveré a verme. Me iré lejos de Tyne Park mañana a primera hora y no regresaré hasta que me comuniquen su marcha de estas tierras. Así usted no tendrá que soportar más mi presencia ni yo su repudio.

Ella no se movió ni un milímetro. Cómo hacerlo si apenas podía respirar.

Robert se le acercó aún más.

—No me mire así, por favor... —le reclamó ella intentando ocultar bajo una mano el escote de su camisón de batista, del que de repente fue consciente.

Robert le asió esa misma mano y fue a llevársela a los labios..., pero en el último momento cambió de idea y, con un hábil movimiento, la atrajo hacia sí para que sus bocas se encontraran en un beso íntimo y delicado. Pausado y cálido.

Cuando se separaron, ella tenía cara de susto y felicidad.

—No es mi hermano Percy el Galloway que tendrá el honor de esposarse contigo. Si es que decides aceptarme... —Jane no respondió, pero la sonrisa que Robert leyó en el rostro de su amada le renovó los ánimos para proseguir con su vehemente discurso—: Confío en que no me obligues a raptarte —bromeó—. En este instante incluso me veo capaz de bajar al salón y comprometer tu reputación ante nuestros invitados con una mentira: les diré a todos que acabo de robarte lo que ya no te podré devolver —aseguró mientras lanzaba una mirada resuelta al lecho de Jane. «¿Estará hablando en serio?», se preocupó ella—. Sin duda el escándalo serviría de sustento a las chismosas del condado durante meses; pero el compromiso entre los dos sería un hecho esta misma noche, y eso es lo único que me importa.

—No será capaz... —lo retó ella alarmantemente sonrojada por el beso y por las amenazas de Galloway.

—Ponme a prueba —replicó él con aire jovial, y, tras unos segundos de reflexión, añadió—: Sabe que nunca haría nada que pudiera lastimarla. Pero sí es cierto que la necesito. Debe ser mía y permitir que yo sea suyo. ¿Se apiadará de mí? ¿De un hombre que ya le pertenece en cuerpo y alma? —Su gesto era ahora grave, casi suplicante, porque las palabras acababan de abandonar el terreno de juego de la seducción para entrar en el de los sentimientos. Jane se extrañó de que pareciera inseguro. Robert nunca parecía inseguro—. No puedo permitirme su rechazo: me convertiría en el hombre más desdichado del mundo, además de condenarme a vagar en soledad durante lo que me resta de vida.

—¿En verdad no se burla? ¿Habla totalmente en serio? —Él asintió—. Robert, mi querido Robert... ¿Cómo podría negarme entonces a la mayor de las felicidades? A nadie más que a usted estaría dispuesta a entregar mi corazón.

Fue lo único que le dio tiempo a contestar antes de que él volviera a cubrir su boca con una nueva colección de besos; esta vez apasionados, llenos de fuego y amor. También sus manos ardían sobre la piel de Jane, y ella aceptó confiada sus atrevidas caricias. Con los ojos cerrados y el corazón abierto, se hubiera entregado a él aquella misma noche.

Sin embargo, al cabo de unos minutos y como si despertara de un sueño embriagador, Robert consiguió apartarse de ella.

—Por favor, disculpe el atrevimiento, Jane —dijo intentando recuperar el aliento—. No sé qué me ha pasado. Yo... no he podido resistirme —reconoció mientras resoplaba y reía a un tiempo—. Resulta evidente que debo aprender a dominarme en su presencia. Al menos hasta la noche de bodas.

Ella no supo qué responder, solo podía sonreír ruborizada. Había recibido su primer beso, y del hombre al que siempre había amado. «¡Cuántos primeros besos he vivido y revivido desde octubre!», pensé yo enternecida por el cúmulo de sentimientos que reconocía en la señorita Elliott. Mi amigo invisible, Duncan Wallace y Robert Galloway. Y lo mejor era que todos correspondían a la misma persona, el mismo amor.

—Le doy mi palabra de que, a partir de este preciso instante, intentaré gobernar mis impulsos como lo haría el caballero con el que acaba de comprometerse, y no como un salvaje enamorado —se excusó en un tono suave pero contenido. No parecía muy seguro de estar en disposición de cumplir aquella promesa.

—Por favor, Robert, guardemos el secreto hasta que pueda informar a mi madre. No quisiera que las noticias le llegaran por otra vía —le conminó ella, temerosa de que *lady* Susan pudiera interferir de alguna manera—. Prefiero explicárselo yo.

—Si así lo desea... —aceptó—. Ahora he de retirarme. Percy espera mi regreso en el despacho de padre y debemos volver con nuestros invitados antes de que alguien sospeche que este impropio encuentro ha tenido lugar —dijo a punto de salir al balcón.

Sin embargo, un último vistazo a Jane lo obligó a regresar junto a ella. Tomó su cara entre las manos y volvió a besarla apasionadamente.

—No. No me resultará nada fácil controlarme. —Sonrió—. Dulces sueños, amor mío —dijo antes de desaparecer por fin hiedra abajo.

24

Una carta desde el más allá

Al día siguiente, Jane comunicó por carta a su madre la buena nueva, y quedó a la espera de una respuesta. Confiaba en el influjo persuasivo de su progenitora sobre el barón para que este consintiera el enlace sin plantear impedimentos. Por su parte, Robert fue incapaz de mantener la palabra dada y se reunió con su padre para adelantarle la noticia de que planeaba prometerse oficialmente con la señorita Elliott en pocos días. *Sir* Arthur —a quien su primogénito hizo jurar que de momento no contaría nada del asunto a nadie— acogió con buen talante la decisión de su hijo. No así *lady* Susan cuando se enteró a través de su esposo —aparentemente a los habitantes de Tyne Park no se les daba bien guardar secretos—. Como prueba de ello, en el primer momento en que coincidió a solas con Jane, le hizo saber que se opondría a aquel casamiento con todas sus fuerzas:

—Esta familia no ha llegado a alcanzar tan alta consideración entre las gentes de bien para que la hija de un tenientucho, sin título ni fortuna, tire por tierra lo conseguido hasta ahora. ¿No te da vergüenza deshonrar así la memoria de aquella que te cuidó como una madre? ¿Qué crees que pensaría *lady* Grace de este enlace?

Nunca se había atrevido a dirigirse a la Jane adulta de una manera tan cruel y degradante, y ante aquellos insultos, la señorita Elliott se revolvió altiva, como correspondía.

—Creo que se sentiría orgullosa de su hijo, y también de mí. Si me disculpa, prefiero poner fin a esta conversación ahora mejor que después. Pero tenga en cuenta una cosa: si lo hago, si prefiero no confesar lo que pienso de usted en este momento, es solo por respeto a *sir* Arthur —explicó Jane antes de dar media vuelta y dejar a la señora de la casa con la palabra en la boca.

Como cabía esperar, al final el futuro compromiso se convirtió en un secreto a voces en Tyne Park. Aunque dos personas en concreto parecieron no darse por aludidas: tal fue el caso de *lady* Susan y Adaira McKnight. Se las veía muy a menudo juntas, cuchicheando y, por las sospechas de mi álter ego, tramando algo. Jane, en cambio, prefería olvidarse de tejemanejes ajenos y centrarse en la felicidad que Robert y ella compartían: los paseos a caballo juntos, sus porfías literarias y filosóficas en el invernadero o las sesiones musicales en las que ella lo agasajaba interpretando sus piezas favoritas al piano —tal y como yo los había contemplado durante mi primera regresión al pasado, en la librería Shakespeare & Company de París—.

Habían transcurrido once jornadas desde el *no-anuncio* del compromiso cuando le llegó correspondencia de su madre. Mary Seymour había recibido con notable alegría las noticias enviadas por su hija. No tanto así lord Seymour. Este seguía prefiriendo que su hijastra, en quien sinceramente veía a una hija, se desposara con Matthew Seymour. Deseaba que a su muerte ella, como cónyuge de su sobrino y sucesor, heredara el título y todas las propiedades, y no cualquier otra joven desligada de la familia de todas las formas posibles. No obstante, para alivio de Jane, el noble caballero no planeaba objetar en modo alguno la alianza con los Galloway.

Así las cosas, sin nada que se interpusiera entre la feliz pareja, todo estaba preparado para anunciar públicamente el compromiso. Robert le había confiado que este se daría a conocer en un plazo de tres días, con motivo de la tradicional fiesta de Navidad que cada año organizaba Newbold House, la propiedad de los Gray.

Aquella misma tarde Robert se ausentó de la casa. Como magistrado local —era una autoridad en la comarca, aunque no percibía ningún salario por ello— había marchado para lidiar en un conflicto que se había originado entre dos familiares por una heredad. La señorita Elliott aprovechó para dar un largo paseo por el campo, acompañada únicamente de lord Byron y su nuevo poema, *El corsario*.

Jane notaba el mundo girar a su gusto: todo lo que la rodeaba era motivo de dicha y felicidad. «En solo tres días, seré la prometida oficial de Robert Galloway», recordó exultante mientras extendía una manta en el suelo para sentarse bajo un viejo nogal de frondosas ramas.

Abrió la obra por la primera página para leer en apacible soledad. Al cabo de unos minutos entendió que le resultaría imposible concentrarse, y sonrió al pensar en su enamorado y la dichosa vida que los esperaba juntos.

Por enésima vez consiguió retomar los versos de lord Byron donde los había dejado… hasta que escuchó una voz llamándola por su nombre. Una voz muy familiar para sus oídos. La obra se le escapó de entre los dedos de la impresión.

—¡Dios santo! ¡*Lady* Grace!

—Mi querida niña... Ya eres toda una mujer. —Una dama tapada de la cabeza a los pies por una capa nívea y bordada con radiantes motivos dorados la observaba a unos pasos de distancia—. Qué hermosa y distinguida.

Jane se acercó a ella sin ningún recelo en su corazón. Deseaba abrazarla, anhelaba que la estrechara entre sus brazos como la madre que había sido para ella, aunque sabía que no podría hacerlo, como tampoco logró tocar al fantasma de su padre cuando este se le apareció.

—La he echado tanto de menos... Lamenté mucho no estar a su lado en el final de sus días, pero me enviaron noticias de lo sucedido cuando ya era demasiado tarde —intentó excusarse.

—Lo sé, Jane. Ahora no debes preocuparte por eso. Estoy aquí por una razón bien distinta, y apenas dispongo de tiempo para explicártelo, así que presta atención. —Jane aguardó ansiosa las palabras de su protectora—. Sé que te has prometido con Robert, y esa noticia me hace inmensamente feliz, querida. Siempre intuí que estabais predestinados; no puedo imaginar mejor esposa para mi primogénito. Pero has de saber que sombras perniciosas se ciernen sobre vosotros. Cuidaos mucho de esa mujer llamada Adaira McKnight. En el otro lado se la conoce por sus vínculos con la magia negra. Está enamorada, y su amor es oscuro como la tumba donde algún día yacerá. Es capaz de cualquier villanía para separarte de mi hijo. Habla con él, intenta que la boda se adelante.

—Las nupcias se celebrarán pronto. En un plazo de cuatro meses, porque deseamos aguardar a que Colin sea ordenado sacerdote —le explicó Jane, sobrecogida ante la revelación de que Adaira McKnight mantenía lazos oscuros con el más allá—. Será él quien nos case. No falta mucho, *lady* Grace.

La madre de Robert apretó los labios, indecisa, antes de negar con la cabeza.

—Es demasiado tiempo. Deberíais adelantar la boda, Jane. Adelantadla —dijo, y, tan repentinamente como había aparecido, se desvaneció en el aire.

Entendí que se nos presentaba una disyuntiva realmente penosa. Para pedirle a Robert anticipar la fecha de la boda, Jane debía esgrimir una buena razón, porque él se había mostrado ilusionado con la idea de que Colin consagrara la unión, y solo había que aguardar cuatro meses. ¿Cómo contarle la verdad? Eso supondría confesar que gracias a que poseía el don de la segunda vista había podido conversar con el espíritu de *lady* Grace, fallecida seis años atrás, y que esta la había prevenido contra Adaira McKnight. Él era demasiado racional como para creerse aquella historia, y a buen seguro el amor que sentía por Jane habría de resentirse si ella se atrevía a ser sincera.

«Estas dudas me suenan de algo», pensé yo.

Sentada allí, resguardada de una incipiente lluvia bajo aquel árbol bicentenario, concluyó que, dado el riesgo que entrañaba la revelación, consideraba preferible no informar a su amado de lo acontecido y, a cambio, permanecer vigilante a las maquinaciones de la hija del duque de Hamilton, confiando en que su relación con Robert sabría prevalecer sobre cualquier tipo de injerencia, por oscuras que fueran las fuerzas involucradas.

«Espero que los temores de *lady* Grace sean infundados», deseó.

Se equivocaba.

Unas horas más tarde, *lady* Susan, en un estado de total excitación, se presentaba ante su hijastro para hacerle entrega de una carta «muy importante». Robert le explicó después a Jane, con todo detalle, cómo había transcurrido aquella conversación.

—Lamento haberla abierto, querido, pero en el sobre no aparecía ningún nombre —le había indicado la esposa de *sir* Arthur nada más verlo aparecer por la puerta principal—. Solo al leerla he comprendido que estaba dirigida a ti. Es de tu queridísima madre, Dios la tenga en su gloria. Sé lo que la amabas, y pensé que debía dártela cuanto antes para evitar que cometas el que sería un error inadmisible a sus ojos. Un insulto a su recuerdo.

Él observó el sobre con curiosidad, sin llegar a abrirlo.

—¿Dónde estaba? ¿Por qué no se me entregó antes?

—La encontré por casualidad, buscando un pendiente que ayer mismo me desapareció del joyero. Estaba en el suelo, detrás del tocador de mi alcoba. —Habitación que, según me confirmaron los recuerdos de Jane, había pertenecido a *lady* Grace—. Es raro que no la hayamos visto en todos estos años, pero, según la fecha, tu madre la escribió poco antes de fallecer. —Señaló la carta con un dedo largo y huesudo—. Y desde luego doy fe de que se trata de su letra, ya que, como bien sabes, siempre mantuve con ella una fluida correspondencia, destinada a cultivar nuestra sincera amistad.

Él se alejó en busca de la intimidad que en aquel momento necesitaba. Leer una carta de *lady* Grace, dirigida directamente a su persona, era como recibir el regalo más preciado del mundo. Como tenerla enfrente de nuevo.

Echaba tanto de menos sus charlas con ella... Era una mujer refinada e instruida, además de ingeniosa. Sus palabras, ecuánimes, siempre hablaban con conocimiento de causa y eran una luz guía para cualquier oído presto a escuchar. Solo su exceso de bondad le jugaba en ocasiones la mala pasada de pecar de confiada, como le había sucedido, a ojos de Robert, al dispensar un trato tan familiar a la hija del conde de Huntingdon: *lady* Susan.

Así que Galloway, justo en ese instante, poco podía imaginar que el contenido de aquella misiva llegada desde el mismísimo cielo pudiera ser un instrumento para hacerlo descender a los infiernos. En la carta de *lady* Grace, escrita de su puño y letra —su primogénito podría haberla reconocido entre cien mil diferentes—, esta explicaba que se sentiría «infinitamente dichosa» si él decidía contraer nupcias, en un futuro, con la hija del duque de Hamilton. Aseguraba que esta era una aspiración secreta con la que llevaba soñando desde hacía años, y que solo la proximidad de su muerte la impulsaba a dejar por escrito cuál era su último deseo. La unión de los apellidos Galloway y Hamilton «reforzaría aún más el abolengo de la familia», que era lo que su esposo y ella siempre habían anhelado. «Y tú, hijo, al ser el primogénito, estás obligado a tomar decisiones que vayan encaminadas a conseguirlo. Esta boda es lo que necesitamos, lo que tú necesitas. Nada me disgustaría más en este mundo que unieras tu vida a la de alguna joven de rango inferior. Con suficientes obstáculos sociales tuvimos que lidiar *sir* Arthur y yo debido a la oposición de mi padre a nuestro matrimonio durante años. Hagamos que el apellido Galloway logre alzarse hasta el elevado estatus que merece».

Robert sintió frustración al leer aquella carta, y cuando fue a buscar a Jane para revelarle su contenido, llegó en un estado casi enfermizo. Tal era la pena que lo embargaba. Ella se encontraba en el invernadero, recogiendo unas flores para Dixon destinadas a decorar las habitaciones de la casa.

Al conocer lo que tanto lo había turbado, Jane intentó calmarlo y convencerlo de que aquello debía de tratarse de un malentendido, que conocía bien a *lady* Grace y no la creía autora de las líneas que Galloway acababa de leerle.

—A mí también me han sorprendido sus palabras, pero puedo jurar sobre la Biblia que esta es su letra, señorita Elliott —explicó sentándose en el banco junto a ella.

Al oír que volvía a dirigirse a ella recurriendo al apellido, aun cuando se encontraban los dos a solas, Jane entendió que aquel no era un simple contratiempo, un pequeño obstáculo para su relación.

—¿Quiere decir, señor Galloway —si él había resuelto otorgarle un trato tan frío y distante, ella respondería de igual modo—, que está usted dispuesto a romper su compromiso conmigo por lo que pone en esa carta?

¡Qué inocencia la de Jane! Una reconfortante sonrisa en labios de su amado y que reconociera que aquellos párrafos, supuestamente de *lady* Grace, no implicaban ningún cambio en sus planes de boda era la réplica que ella esperaba, que anhelaba recibir.

Enojado, Robert enrolló el folio entre sus manos.

—Aún no existe compromiso oficial que romper —dijo sin mirarla a los ojos.

Me pareció que la indecisión dictaba aquellas palabras, como si aún no le hubiera dado tiempo a reflexionar sobre cuál era el siguiente paso a dar. Pero todo se precipitó de la peor manera posible, porque la desesperación cayó de una sola vez, como un chaparrón de verano, sobre Jane. Recordó la noche en que Robert se le había declarado, y no le cabía en la cabeza que fuera a echarse atrás en el compromiso. Bien era cierto que desde ese día él se había limitado a los típicos cortejos de la época, cumpliendo con su promesa de caballero, pero en su mirada permanecía toda la pasión de los besos y las caricias que habían compartido. Aquel estremecimiento era muy diferente al que ahora sentía ella: en este había terror. Y el miedo nos hace cometer algunas imprudencias.

—No quise decírselo antes. Pero, dado que la existencia de esa misiva le ha hecho cambiar de parecer... —se dijo más para sí misma que para él. «Mierda, va a contarle lo del tercer ojo...», pensé desanimada al evocar la suerte que yo misma había corrido al revelar a Duncan Wallace la historia de su viaje astral durante el coma—. Alguien de mi absoluta confianza me advirtió de que la señorita McKnight estaba urdiendo una treta para evitar nuestra boda.

—¿Qué tiene que ver en todo esto Adaira? —preguntó él a la defensiva.

Jane presionó los labios, con gesto indignado, al comprobar que trataba a la hija del duque con una mayor familiaridad que la que le dispensaba ahora a ella.

—Ese alguien me reveló que la señorita McKnight —Jane insistió en distanciarse de la dama nombrándola por su apellido— siente un profundo amor por usted y que no dudará en recurrir a la magia negra si de una manera más convencional no logra asegurarse su devoción... —Con cautela y aspecto afligido, posó una mano sobre la levita del caballero, a la altura del pecho—. Robert, ella desea su corazón.

—No puedo creer lo que está diciendo. —Furioso, se puso en pie—. ¿Qué tipo de acusaciones absurdas son esas, Jane? ¿Magia negra? ¿De qué demonios está hablando?

Ante su evidente rechazo, el orgullo de la dama resultó malherido.

—Estoy segura de que esa carta jamás la escribió su madre. ¡Qué casualidad que aparezca justo ahora, cuando todos saben que vamos a prometernos!

El tono empleado le sonó mal a la propia Jane.

—No creo que el compromiso esté en boca de todos aún, ya que no se ha hecho público. Y, como se apunta en estos folios —los alzó para dejarlos bien a la vista de la señorita Elliott—, es cierto que mi madre siempre defendió el apellido Galloway, y la nobleza que ella aportó a mi padre es motivo de orgullo para nosotros.

«Lo estoy perdiendo. Dios mío, no permitas que lo pierda...», rezó mi álter ego.

—¿Y de verdad cree que *lady* Grace se opondría a nuestro amor? —lo interrogó con una mirada suplicante. Él no supo qué responder. También había angustia en su expresión—. Estoy convencida de que *lady* Susan y su ilustre invitada han maquinado esta artimaña para separarlo de mí.

—¿Y se puede saber quién le ha hablado tan mal de Adaira? Las numerosas veces que he tratado con ella me ha parecido que la joven gozaba de una educación y unas maneras impecables.

«¡Sí, impecables! ¡Sobre todo a la hora de asesinar a inocentes como Andrea y Mina Ford!», grité frustrada ante aquella desalentadora escena.

—Se lo confesaré solo si promete mantener la mente abierta ante lo que he de anunciarle —le imploró ella, que cada vez se sentía más pequeñita a ojos de Galloway.

—No puedo prometer tal cosa. —En apenas unos minutos, el desengaño parecía haberle encallecido el corazón—. Hable. Tras escucharla, decidiré.

—¿Sabe lo que es la segunda vista?

—¿Quién no ha oído hablar de leyendas y supercherías como esa?

—No son supercherías, Robert. Es muy real.

—¿Qué le hace pensar eso?

—Yo... —Tuvo que buscar muy dentro de ella la fuerza que aquella revelación requería—. Yo poseo ese don. ¡Sí, no me mire así! Puedo ver fantasmas, comunicarme con ellos. Mi padre también era capaz. Así fue como consiguió salvar a *sir* Arthur de la muerte. —Como Robert abrió la boca y las palabras no le salieron, ella decidió no reservarse nada para sí—. La persona que me dijo que adelantáramos nuestra boda porque la señorita McKnight iba a usar todas sus malas artes para separarnos... fue precisamente su madre, Robert. *Lady* Grace. —Resolló como si acabara de correr un maratón y aún conservara las fuerzas necesarias para un esprint final—. ¡Así que entenderá que es imposible que ella escribiera esa maldita carta!

Qué mal volvió a sonar a oídos de Jane la forma que encontró para explicar la verdad. Y aún peor hubo de sonarle a Galloway.

—Esto ya es demasiado. —Su rostro era el de un hombre que siente incredulidad ante la traición de su más leal compañero—. ¿Cómo osa servirse del recuerdo de mi madre para inventar una mentira tan burda? Dios mío, ¿cómo he podido estar tan ciego? —Se pellizcó el puente de la nariz, como si estuviera reflexionando. Me di cuenta de que en realidad se secaba unas lágrimas, aunque la emoción no se reflejó en su voz, que era seca y concluyente—: Señorita Elliott, de verdad que no la reconozco —le espetó cuidándose de no mirarla de frente—. Le ruego que olvide mis promesas de amor, porque, en estas circunstancias, ya no tienen ningún sentido. Buenas tardes.

Cuando Galloway se marchó del invernadero, ella fijó la vista en el riachuelo artificial que corría a sus pies y se dejó arrastrar por la pena, como las hojas marchitas que sucumbían en ese momento al poder de la corriente.

Su confesión no tenía marcha atrás y le había costado el amor de su vida.

25

La fiesta del no-compromiso

Todo quedó a oscuras. Aguardé, preguntándome si habría llegado el momento de despertar, pero el destino seguía reteniéndome en el siglo XIX. Jane se encontraba en la fiesta de los Gray donde días antes pensaba que se haría pública la noticia de su futura boda con Robert. Vestía como había previsto hacerlo para semejante ocasión: con un espectacular vestido de tafetán blanco y tocada en el pelo con una guirnalda de diminutas flores de seda en el mismo tono. Pretendía demostrar su entereza a los Galloway y a toda la vecindad que pudiera estar enterada del fiasco de su compromiso, aunque por dentro se reconociera irreparablemente rota. Era demasiado orgullosa para dejar triunfar sobre ella a *lady* Susan, a Adaira McKnight y al mismísimo Robert, a quien su pundonor incluía en la lista de *los-más-odiados*.

Si aún no había abandonado Tyne Park era porque temía que, al regresar a Hardbrook House de manera precipitada —hasta aquella misma mañana no había enviado a su madre el correo en el que comunicaba la ruptura del compromiso—, su negativa a casarse con Matthew ya no encontrara justificación. Además, había mantenido la esperanza de que Robert recapacitara, pero él la había evitado desde su última discusión, y ella tampoco se había atrevido a buscarlo. Herida en lo más hondo, se sentía desvalida y esclava de su condición de mujer ya que no podía permitirse huir, lejos de todos los Galloway y Seymour del mundo, con la libertad de la que habría gozado de haber nacido hombre.

Adaira McKnight había tenido el atrevimiento de acercarse a ella, justo antes de que los violines empezaran a sonar, para expresarle lo bonita que la encontraba esa noche.

—Jane... —la interpeló en tono condescendiente desde su pretendida superioridad como hija de un duque.

—Por favor, puede llamarme señorita Elliott —la interrumpió cortante mi álter ego. «¡Bien hecho! ¡No le consientas nada a esa bruja!».

—Vamos, vamos. Debemos imponernos el deber de ser buenas amigas. No creo que Robert tarde demasiado en solicitar mi mano. Siempre he sabido que estábamos predestinados: en todos nuestros encuentros a lo largo de estos últimos años ha quedado patente que somos almas gemelas. —«¡Almas gemelas! No puede haber dos seres más opuestos». Me sentía inundada por el sentimiento de disgusto de la señorita Elliott—. Y estoy convencida de que a mi futuro esposo le hará feliz constatar que nuestra relación es cordial porque, según he observado, tanto él como Percy y Colin ven en usted a una hermana desvalida a la que han de proteger por sus orígenes humildes —sentenció muy ufana, como si no hubiera sido conocedora nunca del compromiso frustrado entre Robert y Jane.

Mientras el resto de la comitiva continuaba su camino hacia el salón del baile, mi yo del pasado se quedó rezagada a propósito. Con la mirada siguió los altivos pasos de su rival, que presta acudió al costado de Galloway para pegarse a él como una sanguijuela. Desconsolada, también tuvo que presenciar cómo él, muy solícito, la recibía con una sonrisa encantadora de las suyas, a las que tan enganchadas estábamos Jane y yo.

—Así que se ha aliado con el enemigo —murmuró enrabietada la señorita Elliott, cuyos celos la hicieron imaginarse a sí misma abofeteando con brío al caballero en cuestión. Yo misma me añadí a aquella imaginativa escena, fantaseando con echarle una mano. Qué buen susto hubiera resultado para el racional Robert Galloway verse atacado por la misma mujer, pero por duplicado. Recibiendo sopapos a pares en su escéptica y estirada jeta.

Por suerte para la buena templanza de Jane, pronto llegó la primera invitación de la noche para bailar. Vistiéndose con su mejor talante, hizo las delicias de su pareja, Scott Killarney, un joven teniente de origen irlandés, viejo conocido de Percy. De belleza y trato muy agradables. Entre paso y paso, se alegró de comprobar que Robert no la perdía de vista, contrariado al verla disfrutando de la velada y recibiendo las continuas atenciones de su compañero de baile.

La pieza concluyó y Killarney, animado por el buen entendimiento con la dama, le solicitó repetir la grata experiencia en la siguiente, que estaba a punto de comenzar, pero ella adujo que una queridísima amiga la reclamaba y que, además, necesitaba recobrar el aliento. Como el oficial comprobó que la señorita Gray realmente aguardaba impaciente a Jane, se dio por vencido, no sin antes obtener la promesa de un nuevo baile más avanzada la velada.

Rosamund precisaba mantener una conversación con ella porque había dejado de recibir cartas de amor una semana atrás y deseaba que su aliada la ayudara a descubrir durante la fiesta navideña de Newbold House la identidad de su admirador secreto. Colin, cansado de presenciar la deferencia que su amada le reservaba a Percy, había decidido resignarse y dejar enfriar sus tórridos sentimientos.

—Por fuerza ha de hallarse aquí, ¿no? —dijo mirando con ojos brillantes al capitán.

—No es él, Rosamund —le reveló Jane, quizás con menos tacto del acostumbrado debido a que se le había resentido el humor por culpa de Robert.

—¿No es Percy Galloway? —preguntó contrariada—. ¿Cómo puede estar segura de ello?

—Por su carácter. El capitán gusta de hacer la corte a las damas directamente, sin plumas ni otros subterfugios de por medio. Yo lo descartaría sin dudarlo.

Rosamund abrió mucho los ojos y observó con una perspectiva más crítica al que había creído su enamorado, quien en ese momento bailaba ceremonioso con una de las hijas de lord Abbott.

—Sí, tal vez tenga razón... —admitió torciendo la boca. De repente no parecía ya tan decepcionada—. ¿Pero entonces quién? —Analizó el amplio salón, donde las caras sonrientes y las inclinaciones de cabeza estaban a la orden del día—. ¡¿Algún criado de Tyne Park?! —Se tapó la boca conmocionada por la posibilidad.

—No lo sé... —«¿Pero puede estar más ciega?», se preguntó Jane—. Yo buscaría a un hombre instruido, sensible, de alma noble y buen gusto. Seguramente tímido porque, si no, evitaría esconderse tras el anonimato. No sé, ¿se le ocurre alguien así? —La atención de Jane se paseó cerca de Colin Galloway.

—¿Sensible y con un alma noble? Solo uno, pero no creo que sea mi enamorado misterioso. De hecho, desde hace un par de meses se esfuerza en ignorarme por completo, olvidando del todo la amistad que nos unía —lamentó—. Y he de reconocer que eso me ha afectado. Me he dado cuenta de cuánto valoro su compañía y de lo mucho que la echo en falta —suspiró melancólica—. Lo que ocurre es que yo siempre había encontrado en él a un fiel amigo, y ahora no sé cómo verlo. Me siento confusa. Siempre preferí a su hermano por las historias tan interesantes que tiene para contar y porque es muy apuesto, pero Colin... —se detuvo antes de continuar, como si hubiera cometido una indiscreción consigo misma al nombrarlo en voz alta.

—Por favor, Rosamund, puede hablar con franqueza, como lo ha hecho hasta ahora —la animó Jane.

—Es que Colin es tan encantador... Carece de vanidad y afectación. Es todo lo que una joven querría encontrar en un marido. —«Esto marcha», pensé—. A excepción de su escasa fortuna, claro.

—¿De verdad cree tan determinante la fortuna de un hombre en comparación con la estima que usted pueda sentir por él?

—Jane, detecto por su tono de voz que censura mis argumentos por frívolos. Pero es lo que mi madre me ha enseñado a pensar desde que apenas levantaba un palmo del suelo. No obstante, algo dentro de mí dice que eso no está bien, que más que virtud es una maldad de mi corazón. Y yo no quiero ser una mala persona —musitó avergonzada.

—No sea tan dura consigo misma. Piense menos y sienta más, Rosamund. Solo se vive una vez, y la compañía que nos procuremos en ese tiempo puede valer más que todo el oro del mundo. No se conforme con menos. —Sin pretenderlo, los ojos de Jane buscaron con éxito los de Robert. De no ser por las tristes circunstancias, la forma en que ambos apartaron la mirada al unísono me hubiera parecido hasta cómica.

Un joven acudió a nuestro encuentro para llevarse a la señorita Gray: los músicos estaban listos para interpretar la siguiente pieza, un animado *reel* escocés. Ella accedió, aunque antes prometió a su amiga reflexionar sobre todo lo que habían hablado.

Jane permaneció sentada y, mientras escuchaba de fondo las acompasadas palmas de los invitados, se permitió observar la belleza del lugar durante unos apacibles minutos: las velas siempre otorgaban un encanto especial a los bailes, y aquel salón era especialmente majestuoso, con sus altos techos, decorados con extraordinarias molduras, sus zócalos de nogal... Pero lo mejor de todo era dejarse llevar por la voz cantarina de los violines; conseguían apaciguar su alma crispada. Cerró por un momento los ojos.

Una voz masculina la obligó a reabrirlos.

—Señorita Elliott, Robert me ha pedido que la saque a bailar. —El capitán Galloway se mantuvo de pie, a la espera, con los brazos a la espalda y el aire divertido.

—Se lo agradezco mucho, Percy, pero puede decir a su hermano que no necesito que me busquen pareja ni cuiden de mí, que, por si no se ha percatado, ya me las apaño muy bien yo solita.

—Discúlpeme, pero no puedo hacer eso, Jane. Le he prometido que no le diría a usted que ha sido él quien me ha exigido que la invitara.

—Pero... No entiendo.

—No lo haga por Robert; hágalo por mí, por favor —insistió él ofreciéndole el brazo. Ella consintió—. Está usted deslumbrante. —La condujo al centro del salón, y allí le susurró al oído—: La lividez de su desdicha le confiere una belleza irresistible. Si encontrara ahí fuera a una mujer dispuesta a sufrir por mí con el pundonor y el donaire que usted muestra en su padecimiento por él —apuntó con la barbilla en dirección a su hermano mayor—, accedería a casarme con ella mañana mismo.

—No creo que el sufrimiento dignifique a nadie. Por mi parte, me desharé de él en cuanto me sea posible. —La sonrisa de Percy fue amistosa—. Sí, no crea que bromeo —insistió Jane—. Lo abandonaré en la primera cuneta que encuentre. Sin ningún miramiento —murmuró como si tratara de convencerse ella misma.

—Sabe que él la adora con absoluta devoción, ¿verdad?

Empezaron a sonar las primeras notas del alegre *The Minor Spaniard*.

—Mejor guarde silencio —le aconsejó ella mientras se colocaba en la fila de las damas—. Las palabras pueden distraerlo de los pasos y piense en cómo acrecentaría mi intenso tormento pisando estos delicados pies —intentó bromear sin mucho éxito.

Deseaba cortar el cauce de aquella conversación. El capitán, en cambio, prefería detonar las cargas de demolición que había colocado estratégicamente en aquella presa de palabras y sentimientos contenidos.

—Robert la ama apasionadamente y sin remedio —le reveló durante los primeros pasos de la contradanza, mientras se tomaban de las manos.

—Curiosa manera de demostrarlo —se quejó ella.

«Si su amor es así de inconstante, capaz de caer ante el más mínimo envite, tal vez lo mejor sea esto: no seguir adelante», reflexionó dolida. «El orgullo no te ayudará a reconducir la situación, Jane», le recomendé, aunque por supuesto mis pensamientos cayeron en saco roto porque no podía escucharme.

—No comprendo qué puede haber sucedido entre Robert y usted para que se obliguen a reprimir su amor de un modo tan antinatural —reconoció el mediano de los Galloway entornando los ojos, como si así pudiera leer en los de su acompañante la solución a aquel enigma—. El entendimiento me da para pensar que la carta que escribió mi madre, probablemente en un estado mental turbado, no es suficiente razón para semejante desencuentro.

«Así que Robert se ha guardado para sí el secreto de Jane». Intuí, como ella, que había querido protegerla frente a los demás.

—A veces amarse no es suficiente —dijo la joven al tiempo que se giraba. Al parecer, el aplomo de sus palabras estaba predestinado a acabar por los suelos.

—Cambio de pareja —le notificó Percy en tono burlón, como si ella no se hubiera percatado ya—. Vuelva enseguida conmigo.

Robert la esperaba como compañero de baile circunstancial, y pensó que, con toda probabilidad, la había escuchado; la fulminante mirada que descubrió en él se lo confirmó. Ella enrojeció de vergüenza mientras rotaban en silencio, con una mano entrelazada por delante y la otra por detrás, dedicándose cristalinas ojeadas de falsa indiferencia en su superficie y de enojo en lo más profundo. Para su alivio, solo compartió pasos con él por espacio de unos breves segundos, y tras ellos pudo regresar con su pareja oficial en *The Minor Spaniard*.

—Debería verse usted la cara. Por favor, no lo niegue. Está temblando. Apuesto a que ahora mismo preferiría seguir bailando con él, en lugar de conmigo. —Jane resopló como si Percy acabara de decir una estupidez. Él respondió al gesto de la dama con una sonrisa escéptica antes de proseguir—: Y si mi testarudo hermano me ha enviado a buscarla es porque no desea que permanezca en compañía de ningún moscardón que pretenda cortejarla. Por ejemplo, el desafortunado Killarney, que en solo unos minutos ha quedado prendado de usted. —Ahora la mueca de Percy fue mordaz—. Como si fuera la dulce miel que anhelan los hambrientos labios del teniente —añadió imprudente, pero en voz tan baja que probablemente mi álter ego no llegó a escucharlo.

—¿Se lo ha dicho él? —La señorita Elliott se encontró una vez más con la mirada escrutadora de su amado en la fila de enfrente, la de los hombres.

El capitán, en principio alarmado porque ella hubiera percibido sus descaradas referencias a «la miel» y «los labios hambrientos» de Scott Killarney, comprendió de inmediato que, con aquella pregunta, la dama apuntaba a su hermano.

—No hace falta, Jane. Apenas había comenzado a bailar con mi buen amigo Scott, cuando Robert ha considerado vital interrogarme sobre quién era el caballero. ¡Hasta ha tenido la audacia de preguntarme cuáles podían ser las intenciones del señor Killarney con usted! —Se echó a reír—. «Por Dios santo», le he dicho, «¡si solo están bailando! ¿Cuál será tu reacción si llegaran a comprometerse? ¿Lo retarás a duelo incluso estando tú casado con otra?».

Jane escuchaba con serenidad aparente, pero ansiosa por conocer la respuesta del mayor de los Galloway.

—Y es en ese punto cuando me ha rogado que la invitara a bailar toda la noche si era necesario. Ni una referencia a un posible duelo.

Tanto para ella como para mí resultaba patente que Robert sentía celos, pero eso no mitigó la pena de Jane, consciente de que el problema entre ellos no era la falta de cariño, sino el bajo concepto en que la tenía: hasta el punto de creer que se había inventado la historia del tercer ojo y la aparición de *lady* Grace con el único objeto de calumniar a una joven de intachable reputación.

Ella entendía las dudas, pero, aun así, se resistía a perdonarle aquella debilidad. «La decencia y la bondad de la gente no se miden por las riquezas que atesoran en las alforjas. Y la sobreabundancia de fortuna jamás podrá compensar una carencia total de virtud». La señorita Elliott, que se reconocía influenciada por sus orígenes humildes, pensó que aquel era el caso de Adaira McKnight.

La pieza de baile concluyó. Jane agradeció a Percy su deferencia para con ella y, regalándole una ligera genuflexión y una sonrisa forzada, se despidió para ir en busca de otro de los hermanos Galloway. Por supuesto no era Robert.

Colin departía con una damisela que parecía encantada con la compañía del futuro clérigo cuando mi álter ego lo interrumpió tomándolo del brazo.

—¿Puedo robárselo un momento, señorita MacKeegan? —preguntó.

Con el irremediable beneplácito de la joven, Colin y Jane se separaron unos metros para hablar sin oídos curiosos alrededor.

—¿Qué sucede, Jane? —inquirió preocupado—. ¿Te encuentras bien?

El joven había sido testigo de la tristeza de su amiga durante los últimos días y, aunque no habían hablado claro sobre lo sucedido, él se hallaba al tanto de los sentimientos de Jane por su hermano y lamentaba profundamente que su compromiso no hubiera prosperado.

—No pasa nada, Colin. Solo deseaba comentarte que se ha producido un notable cambio en Rosamund. En su manera de pensar respecto a ti —especificó—. Tal vez se acerca el momento en que podrías confesarle tus sentimientos. Se siente un poco confundida porque desde niña la han educado en la creencia de que era su obligación buscar un marido de gran fortuna...

—Y un miembro del clero, un «pobre desafortunado» como yo, le parece poca cosa. Sí, lo sé —la interrumpió el pequeño de los Galloway. Su tono se debatía entre el abatimiento y el amor propio.

—Rosamund es de buen corazón, y pienso que podría rebelarse contra su propia madre si al final comprende que, en lo más profundo de su ser, desea casarse por amor. Y me ha confesado que te echa de menos. Mucho.

Un estremecimiento casi imperceptible cruzó el rostro de Colin.

—Me gustaría invitarla a bailar esta noche. —Su voz aún sonaba vacilante.

—Si te apetece, hazlo. E inmediatamente después déjala y acude en busca de otra pareja; cuanto más agradable y bonita sea la dama en cuestión, mejor. Con un poco de ayuda por tu parte, bastará. Al final será ella misma quien tendrá que dirimir cuáles son sus verdaderos sentimientos. Y yo he observado cómo te mira... —Sonrió.

—¿Sabes, Jane? Llevo un tiempo pensando que quizás sea demasiado coqueta... Desapruebo sus continuos flirteos con mi hermano Percy —explicó con gesto de disgusto.

—Es un poco coqueta, como lo es él, pero también encantadora.

—¿Y superficial?

—En su alma prima la generosidad, Colin. La he visto ir a visitar a los más desfavorecidos, y en verdad se interesa por su bienestar.

El benjamín de los Galloway se rindió con una sonrisa a los alegatos de su amiga en favor de Rosamund:

—Agradezco mucho tus opiniones, Jane, y las tengo en gran consideración —explicó complacido—. Tal vez he intentado con demasiado ahínco olvidarla y ver en ella más defectos de los que en justicia le corresponden —dijo admirando de lejos a su amada.

Aunque hubiese jurado y perjurado que ya no anhelaba su mano, el brillo de los ojos en Colin lo hubiera traicionado.

—Ve a buscarla e invítala a bailar si es lo que deseas. Sé atento y caballeroso, pero, si eres capaz, que tu corazón mantenga aún las distancias.

—Seguiré tu consejo. Si todo sale como espero, algún día pondremos tu nombre a la segunda de nuestras hijas —le prometió, y soltó una feliz carcajada—. La primera se llamará como mi madre: Grace.

—Me basta con que os caséis por amor y seáis felices. Ahora debo dejarte. Suerte, querido hermano —le deseó desde el fondo de su corazón.

«Diablos, ¡qué diferentes somos Jane y yo en este sentido! Aunque su intención sea buena, creo que se pasa con todo este rollo de celestina. Yo nunca me hubiera inmiscuido así en los sentimientos de dos personas», reflexioné antes de regresar a su mente.

No le quedaban ganas de más bailes y su alma necesitaba los aromas y la soledad de los jardines. Reclamó a uno de los sirvientes su cálida capa y, concentrada en el devenir de aquellos pensamientos, sus pies la condujeron hasta el hermoso parquecillo que cercaba el extremo sur de Newbold House. Sabía que en ese lugar encontraría un prodigioso remanso de paz: un estanque de aguas enturbiadas por la oscuridad de la noche salvo en sus orillas, que resplandecían iluminadas por decenas de antorchas. El retiro perfecto para Jane.

Reflexionó sobre lo que le había sucedido desde su reencuentro con la familia Galloway y trató de visualizar cómo sería su vida a partir de entonces. «Tal vez ha llegado el momento de ceder. Conozco a Matthew Seymour, es un hombre afable y de nobles sentimientos. Su conversación no resulta especialmente amena..., pero, si quiero departir con alguien de agudo ingenio, siempre podré disponer de los libros de su biblioteca. He oído decir que es magnífica», se intentó consolar.

Unas voces acercándose la pusieron en guardia. No quería que la descubrieran allí a solas, lo último que deseaba era inspirar compasión, así que corrió hacia la arboleda y se ocultó entre los añosos troncos de alerces, pinos y abedules.

—Y dime, ¿cómo lo llevas? ¿Has decidido ya si te agrada *lady* Adaira?

Era Percy. Y a su altura, con el aire distraído, marchaba el primogénito de los Galloway.

26

Cara a cara con Adaira McKnight

—¿Si me agrada? Bueno... Es una joven muy agradable. Y sofisticada, diría yo. Desde luego hay algo diferente en ella —reconoció Robert.

Jane coceó las raíces del alerce que le hacía las veces de parapeto y, en silencio, protestó por el dolor que de manera tan tonta se había provocado en los dedos del pie. Por supuesto, echó la culpa de tal dolencia al caballero.

—Oh, sí, hay algo diferente en ella: ¡que es fría como un témpano de hielo! —El capitán rio sin ningún remordimiento—. Si te digo la verdad, la dama me infunde un poco de...

—¿Respeto? —intentó adivinar Robert.

—Más bien diría miedo. —Se le escuchó el resoplido de una carcajada reprimida.

«Está visto que Percy Galloway es el hombre con mejor intuición que ha visto nacer esta época», reflexioné divertida.

—En serio que no acierto a descifrar lo que te ha ocurrido con Jane. —El oficial dejó caer una mano sobre el hombro de su hermano, y añadió más mesurado que de costumbre—: Y no insistiré más, porque percibo en ti la discreción de un difunto y sé que nunca me contarás la verdad que escondes. ¡Pero es que me cuesta tanto entenderlo! Os observo juntos, lo hago por separado... Y la conclusión es la misma: os amáis como jamás he visto a nadie amarse.

—No digas tonterías, Percy —replicó Robert mientras, molesto por las palabras de su hermano, se alejaba un paso en dirección al lago. El primogénito de los Galloway cerró su mano en un férreo puño—. El amor no se ve, en todo caso se siente. ¿Cómo podrías tú saber si dos personas se aman con solo mirarlas?

—Tal vez tengas razón y solo digo tonterías —repuso encogiéndose de hombros. Me dio la impresión de que, como hablando con el corazón no conseguía nada, el marino decidió cambiar de rumbo—. Pero escucha una cosa: despiertas en mí una envidia que nunca antes había experimentado, dado que soy más apuesto y menos reservado que tú. Y Jane es la responsable. ¡Dios mío —recitó con voz engolada y alzando sus manos hacia el cielo, como si acabara de subirse al escenario de un teatro—, obra el milagro de conseguirme a una mujer como ella, con ese desparpajo, saber estar y belleza!

—En ocasiones las cosas y las personas no son lo que parecen —aseguró Robert volviéndose hacia su hermano con expresión severa—. Esta conversación no me interesa. Es un tema zanjado. No tiene sentido volver a él una y otra vez.

—Y sin embargo no soportas que los caballeros que asisten a un baile como este aspiren a sus atenciones, que hablen con ella... ¡Si por ti fuera, no consentirías ni que la contemplaran desde la distancia! Está bien que intentes convencerte de que este es un tema zanjado, pero permite que yo piense libremente lo que quiera. —El hermano mayor apretó los labios con fastidio y se obligó a guardar silencio—. Por cierto, te tengo una noticia: mañana llega una nueva visita a la casa. Por sorpresa, y me atrevo a pronosticar que no te complacerá —explicó mientras trataba de calentarse las manos con su aliento—. Yo quería decírselo a Jane; de hecho, tal vez luego lo haga, a pesar de la prohibición que me ha impuesto *lady* Susan.

—¿Una visita que atañe a la señorita Elliott? —preguntó Robert, de pronto muy interesado en la cháchara de su hermano.

—¡Y tanto que la atañe! Su futuro prometido: Matthew Seymour —desveló Percy antes de rasgar el silencio de la noche con su carcajada—. Perdona que me ría, pero la expresión de tu cara es entrañablemente graciosa.

—¿Por qué iba a visitarnos semejante petimetre? No se le ha perdido nada aquí —replicó Galloway con el desdén tiñéndole la voz.

—Ya lo creo que sí, Robert: una novia a la fuga —se burló Percy—. Lo ha invitado nuestra distinguida madrastra, tras informarle pertinentemente de que cualquier rumor que hubiera llegado a sus notables oídos sobre un compromiso tuyo con la señorita Elliott no era sino un malentendido. Según *lady* Susan ha explicado a padre, pretende hacer de alcahueta y propiciar que nuestra querida Jane se enamore del primo. «Es la mejor oportunidad que va a tener esa jovencita para casarse bien», nos advirtió a padre y a mí. No entiendo que esas palabras te provoquen repulsión ahora dado su sorprendente parecido con las que tú mismo pronunciaste justo hace un par de meses en la biblioteca de Tyne Park.

Robert Galloway, aparentemente furioso, hizo oídos sordos a la última parte del discurso de su hermano para centrarse en la primera.

—¿Pero con qué clase de mujer metomentodo se desposó nuestro padre? —Negó con la cabeza varias veces—. No creo que Jane le permita interferir en nada. Cuanto más pretenda meterle por los ojos a ese futuro barón de tres al cuarto, más lo repudiará ella. La conozco, no es mujer que se deje doblegar, y mucho menos por *lady* Susan, te lo aseguro.

—Pues a la metomentodo no se le está dando nada mal en lo que concierne a la hija del duque de Hamilton y el heredero de *sir* Arthur Galloway.

—Ya basta, Percy.

—De acuerdo. Me callo porque no hay peor sordo que el que no quiere oír ni peor ciego que el que no quiere ver. —Le dio la espalda a Galloway y contempló la gran mansión como si buscara algo en ella—. Voy a regresar a la fiesta. El ambiente es gélido aquí. Además, he dejado desatendida a Jane y apuesto a que el teniente Killarney, entre otros, estará aprovechando mi ausencia para cubrirla de atenciones.

Robert cogió una piedra del suelo y la lanzó con fiereza contra el agua, haciéndola rebotar sobre la superficie tres veces.

—¿Me acompañas? —preguntó el capitán.

—No. Hay demasiado ruido ahí dentro y necesito algo de paz. —Me hizo gracia que apelara a la misma excusa que Jane para quedarse allí, contemplando las aguas inmóviles del lago.

Percy estaba en lo cierto: el frío empezaba a ser intenso, pero, para regresar a la casa, Jane debía dejarse ver por el caballero, y no estaba dispuesta, así que aguardó diez minutos que se le hicieron eternos. ¡Qué acertada y reveladora resultó la espera!

—Su hermano me ha dicho que lo encontraría aquí, Robert.

Adaira McKnight se había acercado por detrás. Sin hacer ruido. Jane casi hubiera podido jurar que la había visto levitar —más que caminar— sobre la pradera cubierta de hierba, y, aunque probablemente no lo había hecho, a mí me recordó a la primera vez que aquella maldita mujer y yo nos tuvimos frente a frente: durante la fiesta de Victoria en casa.

—Sí, me urgía descansar del bullicio.

—Soy de su misma opinión —comentó ella en un tono seductor que Jane hubiera querido imitar con burla, aunque malditas las ganas que tenía de reír—. La noche está fría pero preciosa —continuó Adaira mientras él mantenía la mirada al frente. Parecía tenso. Yo no supe cómo interpretarlo—. Si me permite el atrevimiento, quisiera decirle que, en estas últimas semanas que hemos compartido, mi admiración por usted no ha hecho sino medrar. Ro-

bert, debo reconocerle que he conocido a pocos hombres con su nobleza.
—«¿Sabrá que por parte de padre proviene de una familia de mercaderes?», se
preguntó Jane con muy mala baba—. Es ameno en la conversación, de intelecto vivaz, tan gentil y apuesto...

«¿La bruja se le está declarando?», pensé con desagrado.

El aludido la miró intrigado, y ella bajó los ojos, fingiendo timidez.

—*Lady* Susan me ha hablado de una carta —prosiguió ella.

Sentí cómo la sangre de Jane abandonaba sus facciones hasta dejarla pálida. Se tapó la boca con una mano para obligarse a no decir palabra.

—¿A qué carta se refiere, *lady* Adaira? —preguntó él a sabiendas de la respuesta.

—Le ruego que me llame Adaira, al menos cuando nos encontremos a solas —le rogó con un deje de coquetería—. Me refiero a la que escribió *lady* Grace poco antes de abandonar este mundo. Ahora soy consciente de la buena impresión que debí de causarle a su madre cuando me conoció en Londres. Resulta increíble y maravilloso que ella entendiera, años atrás, cuando ni mis sentimientos ni los de usted podían aún estar definidos, que el destino debía unirnos, que nos llamaba a permanecer juntos para siempre —dijo mientras le acariciaba el brazo en un gesto muy íntimo.

«¡Maldito sea! ¿Le permite esas confianzas?», renegó Jane.

—*Lady* Adaira... —A Robert se le entrecortó la voz por el agobio, al tiempo que retrocedía un paso ante ella—. Siento comunicarle que... —Ella se dispuso a perseguirlo, y él, con un tono conciliador pero firme, se encargó de pararle los pies—. No tengo intención de desposarme. Ni con usted ni con nadie.

—Pero... ¡Pero debe usted casarse! —La confesión la había pillado totalmente desprevenida. Como a Jane y a mí, aunque a nosotras de una manera mucho más gratificante—. ¡Necesita un heredero para Tyne Park! ¡Y mi futuro marido emparentará con Su Excelencia el duque de Hamilton! ¡Unas conexiones que a buen seguro usted y su familia sabrán apreciar en su justo valor! —le recordó ella en un tono que prescindía de todo flirteo y rellenaba el hueco dejado con crispación.

—Mi familia no necesita que yo les proporcione un heredero. Percy, o en su defecto Colin, lo harán por mí —se defendió él, sobrecogido por la reacción de McKnight.

—No puedo creer que vaya a desatender los últimos deseos de su madre, Robert. Por todos los diablos, ¡debe entrar en razón!

Galloway se miró el brazo, al que ahora se había agarrado la dama con la fiereza de un animal salvaje.

—De verdad que lo lamento si mi madrastra o cualquier otra persona de mi familia le han hecho creer que albergo interés en desposarla. —Se le empezaba a agotar la paciencia—. Es usted una mujer inteligente y hermosa, y sin duda muchos hombres desearían contraer matrimonio con usted. Pero, como le he explicado, no es mi caso.

—Todo esto es por culpa de esa harapienta, ¿verdad? ¡Hija de un tenientucho y de una arribista sin escrúpulos ni respeto por las diferencias sociales! —exclamó fuera de sí—. He observado cómo la mira. ¿Me puede decir qué ve en esa desarrapada, en esa señorita Elliott? —En su voz se notó cómo le asqueaba incluso pronunciar el nombre.

Robert se apartó de ella con brusquedad, estupefacto ante aquel ataque desmedido.

—¡No le consiento que hable así de Jane! —La vehemente reacción de Robert hizo que mi álter ego se estremeciera de placer—. Forma parte de nuestra familia desde mucho antes de que usted y su padre nos brindaran su amistad. Y en absoluto es merecedora de tales ofensas.

—Esto no quedará así, Robert —se atrevió a amenazarlo—. Ya lo verá. Su dulce historia de amor no terminará bien. Entonces quizás decida usted volver a mí y cumplir con lo que el destino nos tiene reservado a los dos. Además de inteligente y hermosa, soy una mujer muy paciente. Le esperaré.

Él sacudió la cabeza con determinación.

—*Milady*, le sugiero encarecidamente que no lo haga. Quiero que sepa que, tras lo ocurrido aquí esta noche, usted sería la última mujer sobre la faz de la Tierra con la que yo accedería a casarme. —Una vez pronunciada aquella sentencia, Robert no tuvo más que añadir y abandonó el lugar.

«Bien hecho, amor mío», pensé conmovida. Me embargaron unas ganas terribles de regresar al siglo XXI, junto a Duncan, para abrazarlo y agradecerle la gesta de la que él mismo permanecía ignorante dos siglos después.

Adaira McKnight, por su parte, permaneció clavada en el sitio. Sola. Pese al frío que hacía, se despojó de sus delicados guantes de seda para retorcerlos con una fuerza histérica.

Jane tuvo la mala idea de abandonar su escondite en ese preciso instante.

—Es usted bastante menos delicada de lo que suponía, Adaira. —La llamó por su nombre de pila aposta, para degradarla, ya que entre ellas nunca había existido confianza como para tratarse de un modo tan informal.

—Tú... —La miró con los ojos encendidos. Para ser franca, a mí me dio miedo, pero Jane no se arredró—. Tú eres una harapienta, y nunca llegaréis a estar juntos, porque él me pertenece. Y si no es en esta vida, será en la siguiente.

—Lamento escuchar de su boca palabras tan poco afectuosas. Pensé que era sincera cuando aseguraba buscar mi amistad —le reclamó con sorna la señorita Elliott—. Y voy a confesarle algo: poseo el don de la segunda vista, y sé que usted guarda un oscuro secreto. Sirve a los intereses de la magia negra, a fuerzas perversas del más allá... —le contó Jane sin alterarse, como si le acabara de enumerar los principios básicos del *knitting*. La reacción en Adaira fue de estupor—. Usted escribió la carta de *lady* Grace empleando algún tipo de encantamiento para que la letra pareciera la de la difunta a ojos de su familia, pero es falsa. Más falsa que usted.

—Intuía que había algo extraño en ti... —Se esforzó por pasar del desconcierto a la altanería—. Si sabes que fui yo, ¿por qué no se lo has contado a Robert? —Jane guardó silencio, con el ceño fruncido, y, al cabo de un rato, McKnight se echó a reír—. Claro. Se lo has contado y no te cree —dedujo—. ¿También le has informado de tu peculiar don? ¡Eres una completa ilusa!

—Ser sincera no es lo mismo que ser ilusa —se defendió.

—Quédate con tu sinceridad, que yo encontraré la manera de quedarme con él. Porque yo siempre obtengo lo que deseo. Y deseo a Robert Galloway como nunca he deseado nada en esta vida. Lo conseguiré por las buenas o, aún mejor, por las malas. No tienes ni idea de a lo que te enfrentas. Si eres lista, esta misma noche te alejarás de aquí para no regresar jamás... —le advirtió de primeras antes de meditar con gesto pensativo—. Es más, estoy decidida a mostrarme generosa contigo: te ofrezco partir mañana a primera hora. Libre, sin rencores entre nosotras. —Su aparente cordialidad, fugaz como un parpadeo, se transformó en puro desprecio—. Si para entonces no has abandonado Tyne Park, seré yo quien se marche, y desde ese mismo instante harás bien en temer hasta a tu propia sombra. Porque, Jane, en ella encontrarás a seres de la oscuridad, enviados por mí y dispuestos a hacerte sufrir lo indecible a ti y a los tuyos. Nunca más podrás volver a llevar una vida apacible.

—No le tengo miedo.

Su voz segura tal vez hubiera sonado vacilante de haber sabido, como yo, de lo que era capaz McKnight: estaba dispuesta a aliarse con demonios de primera jerarquía como Astaroth, a suicidarse a los veintiséis años con un veneno mortal a cambio de un oscuro conjuro que le diera la oportunidad de conquistar a Robert doscientos años después y a perpetrar los asesinatos que para ello fueran necesarios, como los de Andrea, Mina Ford y, si hubiera podido, el de una servidora.

—Pues deberías temerme, señorita Elliott. Deberías.

Estuve de acuerdo con las amenazadoras palabras de Adaira, que se marchó como alma que lleva el diablo.

La siguiente parada de aquella regresión me condujo hasta la mañana del día siguiente. Una breve visión de Jane tomando el desayuno con el resto de la familia Galloway y Adaira McKnight, quien, para variar, camuflaba su verdadera naturaleza tras un comportamiento modélico; una escena de la hija del duque de Hamilton abandonando la casa pasado el mediodía, después de haber intentado de manera infructuosa limar asperezas con el «atareado» Robert Galloway —quien había evitado recibirla esgrimiendo, con los criados como intermediarios, «deberes inexcusables»—; y finalmente la visión del carruaje de la asesina del cuadro abandonando Tyne Park junto a su criada personal al tiempo que otro coche tirado por cuatro caballos y escoltado por dos sirvientes vestidos de librea se detenía frente a la puerta principal de la casa.

Acababa de llegar Matthew Seymour.

27

Un nuevo asalto al balcón de Jane

La señorita Elliott había visto aparecer el carruaje desde uno de los ventanales de la biblioteca y decidió bajar al vestíbulo, cumpliendo con su obligación de dar la bienvenida a Matthew Seymour. Al fin y al cabo, eran familia. Primos políticos.

Otra persona aguardaba en las escalinatas: *lady* Susan, quien acababa de despedir, sin ocultar su profunda tristeza, a la señorita McKnight. Jane avanzaba con paso firme hacia la puerta principal cuando escuchó cómo la señora de la casa recibía con toda cordialidad a Seymour. Este era un individuo de figura desgarbada, característica amplificada por su gran altura, y con una combinación típica, pero no por eso desdeñable, de cabellos rubios y ojos azules. Bien parecido, solo su nariz —como había apuntado Percy Galloway meses atrás— desentonaba en un rostro por lo demás armonioso. En cualquier caso, ni por asomo soportaba la comparación con Robert Galloway. Porque, aunque cortés, de maneras sencillas y buen carácter, su mirada mostraba una imperdonable falta de perspicacia; «y ya se sabe que no hay nada más atractivo que una mirada inteligente», reflexioné, coincidiendo en gustos con Jane.

—Señor Seymour, es un honor recibirlo en nuestro humilde hogar —lo saludó con satisfacción *lady* Susan.

Jane conocía de primera mano las intrigas que la esposa de *sir* Arthur se traía entre manos para empujarla hacia un compromiso con el recién llegado, y, aun así, en las últimas horas su antipatía por ella había mermado al comprender que no había tomado parte en el engaño de la carta atribuida a *lady* Grace. Podía ser una señora muy desagradable cuando se lo proponía, interesada y clasista, pero no creía que fuera realmente malvada. Supongo que todos ganamos puntos en el juicio de los demás si se animan a compararnos con el mismísimo diablo; en este caso, Adaira McKnight.

—Ah, querida, estás aquí —comentó volviéndose a Jane—. Qué bien que hayas bajado a recibir al señor Seymour, ya que no estuviste para despedir a *lady* Adaira —la recriminó empleando un tono de falsa amabilidad. Después de todo, la esposa de *sir* Arthur no podía saber que su protegida era en realidad una bruja con todas las letras—. No creas que ha sido una despedida para mucho tiempo. —*Lady* Susan hizo partícipe de la confidencia a Seymour, quien aún no había tenido oportunidad de meter baza—: Aunque no ha dicho cuándo piensa volver, estoy convencida de que será pronto, ya que hemos sido testigos de su «prometedora» relación con mi hijastro Robert.

Jane tuvo que morderse la lengua para no contradecir a la señora de Tyne Park.

—*Lady* Susan, supongo. —El recién llegado besó la mano de su anfitriona para enseguida dirigirse a la señorita Elliott—. Querida prima, ¡qué placer tan extraordinario el volver a encontrarnos! Echo de menos nuestras largas charlas en Hardbrook House, y también los paseos por el acogedor bosque que circunda la casa. —Las palabras de Seymour asombraron a Jane, porque el trato no había sido tan seguido como él daba a entender. O al menos ella no lo recordaba así—. Por esa razón, cuando me llegó la amable invitación de *sir* Arthur y *lady* Susan para alojarme durante unos días en Tyne Park, en compañía de usted, no pude resistirme a tan venturoso proyecto. Por cierto, su señora madre y mi tío le envían saludos y todo su cariño. Además, le alegrará saber que soy mensajero de buenas noticias: lord Seymour se encuentra muy recuperado de su dolencia —dijo con una sonrisa sincera y tranquilizadora—. Y pretende mejorar aún más, porque han planeado acudir a Bath un par de semanas para tomar las aguas.

—Me alegro profundamente de oír tales nuevas, señor Seymour —respondió Jane.

—Haga honor a la confianza que existe entre nosotros y llámeme Matthew. —Para besar los nudillos de su prima se tomó mucho más tiempo del que había dedicado a los de *lady* Susan, pero esta pareció encantada ante la perspectiva de que aquella pareja finalmente se entendiera y Jane Elliott desechara cualquier pretensión sobre su hijastro y Tyne Park—. Está usted incluso más encantadora que la última vez que nos vimos.

—También para mí es un placer contar con su presencia aquí, Matthew.

—Pero pase, por favor —exclamó *lady* Susan mientras con una mano le indicaba la dirección a seguir—. Supongo que el viaje lo habrá agotado.

El día se sucedió sin más contratiempos. Con *lady* Adaira lejos, Jane se sintió mucho más libre para andar de aquí para allá sin el temor de encontrar a la señorita McKnight en compañía de Robert dando un paseo por los jardines, o jugando al billar en la sala de juegos, o riéndose de cualquier tontería, como los había pillado en más de una ocasión un par de días atrás... Solo le enturbiaron la tarde esos momentos en los que no pudo evitar que se le vinieran a la mente las amenazas de su declarada enemiga: «Harás bien en temer hasta a tu propia sombra. Porque, Jane, en ella encontrarás a seres de la oscuridad, enviados por mí y dispuestos a hacerte sufrir lo indecible a ti y a los tuyos».

En contra de lo que pueda parecer, la noche se llevó todos sus miedos. Al menos los que concernían a Adaira. La pizpireta Rosamund Gray contribuyó sobremanera a que así fuera. Los Galloway habían invitado a sus vecinos a cenar, y la joven hizo gala de su ingenio y espontaneidad, que no eran escasos. Intuí que Colin hacía todos los esfuerzos habidos y por haber para no prestarle una excesiva atención, pese a que ella lo buscaba, de mirada y de palabra. «Se acerca el momento de confesar quién es el admirador secreto», pensó con deleite Jane.

Decididamente, era una suerte contar con Rosamund para amenizar la velada, porque algunas de las personas allí reunidas hubieran sido incapaces de salvarla. Robert era el de expresión más adusta.

—Querido, alegra esa cara. —Hasta su madrastra se había percatado de ello—. *Lady* Adaira regresará muy pronto a esta casa. O tal vez decida enviarte la pertinente invitación para que pases unas semanas en compañía de ella y de su excelentísimo padre —añadió la anfitriona con su mal entendida jovialidad—. Se trata del duque de Hamilton —apuntó dirigiéndose a Matthew, quien, en correspondencia al comentario, abrió la boca como si se viera superado por la admiración, un gesto que, con un guiño a escondidas destinado a Jane, dejó patente que era fingido.

Si aquellas palabras pretendían ser una invitación a participar en una conversación, *lady* Susan fracasó estrepitosamente; Robert, que además se había percatado de la mirada cómplice que el joven Seymour había dirigido a la señorita Elliott, se contentó con hacer planear la cuchara del plato a su boca en línea recta, sin entrar a valorar los comentarios de la esposa de su padre acerca de la señorita McKnight.

—Señorita Elliott, estoy leyendo una novela que... —aprovechó para comentar Rosamund tras asegurarse de que su madre y *lady* Susan habían iniciado una escandalosa conversación al otro extremo de la mesa, litigando la una y la otra por hacerse oír... y escuchar lo menos posible.

—¡¿Una novela?! —la interrumpió en voz baja Percy, fingiéndose escandalizado—. Robert, Colin, ¿la amonestamos? Una señorita de bien no debiera disfrutar de tan frívolos pasatiempos. La influencia de las novelas, especialmente las góticas, podría resultar perniciosa para una mente tan inocente como la suya. Ni se le ocurra hablar de semejantes despropósitos literarios con nuestra Jane —se burló—. Si su madre se enterara, señorita Gray...

—¡Chsss! ¡Cállese! Que puede oírlo... —repuso ella en un susurro antes de volverse de nuevo a su compañera de fatigas amorosas en busca de apoyo.

Me alegró que Rosamund fuera capaz de hacer frente a Percy, señal inequívoca de que su interés por él había decaído drásticamente. Unos días atrás se hubiera teñido de rosa hasta la punta de las orejas y no habría atinado a responderle con aquella firmeza.

—No hay razón para avergonzarse de leer novelas —la defendió efectivamente Jane—. Son obras en las que «por medio de un refinado lenguaje y una inteligencia poderosa, nos es dada a conocer la infinita variedad del carácter humano».

—¿Son suyas esas palabras, Jane? —preguntó Colin con admiración.

—Sería un honor poder atribuírmelas. Pero estaría faltando a la verdad: se las escuché decir a una dama cuyo criterio considero disciplinado y prácticamente infalible —respondió ella—. La señorita Austen.

—Nadie es infalible —masculló Robert en voz tan baja que solo lo escuchó Jane, quien invariablemente, y a su pesar, tenía los ojos y los oídos pendientes de él.

—¿Se refiere a su vecina escritora de Chawton? —se interesó Percy.

—¡Por Dios santo, capitán! —reaccionó enojada Rosamund—. No hable de una de nuestras más ilustres autoras en términos tan básicos... Señorita Elliott, ¿sabe usted si publicará pronto una nueva novela?

—Si no recuerdo mal, estaba previsto que su nueva heroína, *Emma*, viera la luz el pasado sábado. Supongo que así habrá sido —respondió complacida por el interés de la señorita Gray.

—Hace meses que terminé *Mansfield Park* y me muero de ganas por leer la siguiente obra —admitió Rosamund—. Pero déjeme que continúe con lo que iba a explicarle hace un momento. Si es que los caballeros son capaces de resistirse a la tentación de interrumpirnos nuevamente. —Lanzó a los tres hermanos una mirada de advertencia que solo dulcificó al encontrarse con los ojos de Colin. En cualquier caso, ninguno se atrevió a replicar—. Deseaba comentar con usted la hermosa escena que leí hace unos días en una novela de aventuras, señorita Elliott. ¡Me pareció tan romántica! —dijo vigilando de reojo al reverendo en ciernes.

—Cuénteme, señorita Gray.

—Es la historia de un pirata que se enamora de una joven noble. Para conquistarla decide, a pesar de los guardias que custodian la casa con orden de tirar a matar si lo ven merodeando por allí, escalar la hiedra que se eleva desde el suelo hasta la ventana que da al dormitorio de la dama. Yo me la imagino como la que hay bajo su balcón, Jane. —A Rosamund le brillaban los ojos por la emoción que ponía en el relato de la escena—. Pues bien, es un amor condenado al fracaso, y por eso ella se resiste en un principio a reconocer sus sentimientos, ya sabe, por las diferencias sociales, pero nada más verlo aparecer por la ventana se percata de los sacrificios que el pirata está dispuesto a padecer en nombre del profundo cariño que le profesa, y decide fugarse con él. El protagonista posee escasa fortuna, pero a ella le da igual porque entiende que lo más importante es el amor, y que sin él, todo el oro y las riquezas del mundo no serían más que simple bagatela —concluyó la joven, con un mensaje subliminal que no iba dirigido tanto a su amiga como a Colin Galloway.

«Más cautelosa debería haber sido la heroína de esa novela. Mira que largarse con el tipo sin siquiera conocerlo un poco más...», razoné.

Jane, por su parte, tenía la mente centrada en otras preocupaciones. «¿Será una coincidencia?», pensaba ella. Porque sabía que Rosamund no era mujer de dobleces, y mucho menos mal intencionada, si no, podría haber sospechado que estaba al tanto de su encuentro privado con Robert el día en que este escaló hasta su alcoba. ¡Qué lejana se le antojaba aquella noche a Jane cuando no habían transcurrido más de dos semanas!

—Me voy a reservar mi opinión sobre la doncella, pero, por el escenario que nos ha planteado, hallo en el pirata una ausencia total de sensatez —apuntó Robert mientras, indolente, echaba mano de un pedazo de pan—. Nadie dotado de buen juicio procedería de tal manera en nuestros días. Si el héroe en cuestión poseyera alguna inteligencia, el simple riesgo de romperse la crisma, y no hablemos ya de la aparición de fusiles encañonándole la cabeza, desaconsejaría tales acciones.

«¡Menudo morro tiene! ¿Querrá molestar a Jane? ¿Que ella crea que si subió a su balcón fue en un momento de enajenación mental transitoria?».

Así se lo tomó ella. «Por fin te animas a hablar y es para atacarme...», pensó con fastidio. Aunque lo había escuchado defenderla con fervor frente a Adaira McKnight, continuaba enfadada con Robert por haber roto el compromiso y porque, si esperaba que en él se produjera un cambio de actitud tras lo sucedido durante el baile de los Gray la noche anterior, erraba por completo: se había mostrado distante toda la jornada. Incluso había evitado sentarse a su lado durante el almuerzo y aquella cena.

—¡Qué tajantes palabras, señor Galloway! Debería tener más presente que lo radical es enemigo de lo juicioso —intervino Jane—. Si bien la inteligencia es una de las cualidades más deseables en un caballero, también lo son los sentimientos. Y si estos son puros, justos y nobles, sin duda se atrevería a llevar a cabo una acción tan poco recomendable. En cambio, si esos sentimientos son fruto de un mero capricho, de una pasión efímera, lo recomendable sería que hubiera permanecido recluido en el despacho de su... —balbuceó ante su propia indiscreción y se mordió el labio inferior antes de rectificar—: barco pirata, sin importunar a la joven con falsas promesas de amor.

Robert, desde el otro lado de la mesa, la escrutó con ojos severos entre las luces de los metálicos candelabros que adornaban la mesa.

—A mí me parece muy interesante lo que cuentan las damas —se limitó a decir Matthew Seymour, más pensativo de lo acostumbrado en él—. Y, en cuestiones del corazón, son ellas las que más saben.

—Mi buen amigo Seymour, debería usted cuidarse de los corazones femeninos —apuntó Robert—. Si bien los hay tiernos, con una clara inclinación a ser sensibles y entregados, también los hay tozudos, altaneros, inconmovibles... y puede que hasta engañosos y traicioneros.

En la silla contigua a la de Jane, Percy le pegaba un bocado al asado y negaba con la cabeza, divertido. El lobo de mar disfrutaba de lo lindo con el espectáculo que su hermano y Jane estaban ofreciendo a los comensales, aunque él fuera el único capaz de leer entre líneas el libreto que los protagonistas interpretaban.

—Curioso que hable en esos términos —Jane no parecía dispuesta a callarse. Había salido de caza, así que apuntó y disparó—, porque precisamente así describiría yo el corazón de algunos hombres: engañoso y traicionero. Además de inconstantes. Por supuesto, para todo existen gratas excepciones —añadió señalando con la mirada a Colin, Percy y Matthew, uno detrás de otro.

—¡Cielo santo, Jane! Tus opiniones denotan una gran amargura para con el sexo contrario. —*Lady* Susan acababa de unirse a la conversación—. Así no conseguirás casarte nunca, pese a tus muchas virtudes —agregó sonriendo a Seymour.

A partir de ese instante, la velada transcurrió lenta, muy lenta, para mi yo del pasado. Ni siquiera encontró consuelo en las conmovedoras interpretaciones de Colin al violín, pues es sabido que la música exalta nuestros sentimientos, tanto si son de alegría como, en su caso, de tristeza. Por eso agradeció que llegase la hora de retirarse a descansar.

Todos, incluida ella, habían salido al vestíbulo para despedir a Rosamund y sus padres. Una vez cumplida la cortesía, Jane hizo lo propio con los presentes. Los abandonó a toda prisa, para no tener que coincidir con Robert en la palaciega escalera del vestíbulo, camino de las habitaciones. No le hubiera hecho falta correr tanto: cuando ya estaba alcanzando los últimos escalones, llegué a ver que los tres hermanos Galloway se ponían los abrigos y salían al jardín, farol en mano. Supuse que para escoltar a pie a los Gray hasta su hogar, situado a apenas seiscientos metros de distancia.

Cargada de firmeza, Jane irrumpió en su habitación y, nada más cerrar la puerta, la dejó caer al suelo, como si se tratara de una capa protectora que la hubiese estado cubriendo durante toda la velada. Le entristecía sobremanera pensar en su evidente enemistad con Robert, de la que tanto habían disfrutado los últimos días la actual señora de la casa y la que pretendía llegar a serlo algún día. Yo, en cambio, era de la cuerda de Percy: tenía cada vez más claro lo mucho que se querían el uno al otro; lo mucho que Duncan y yo nos habíamos amado en nuestra anterior vida... Un amor que sentía muy presente en mi alma. Con cada escena revivida, mis sentimientos por el doctor Wallace, todo mi universo, se veían sometidos a una nueva y dolorosa expansión. Quizás el Big Bang comenzó con el estallido de un corazón enamorado como el mío.

Entre tanto pensamiento sombrío, Jane invirtió más tiempo del habitual en prepararse para ir a la cama. Se observaba frente al espejo del tocador, autocompadeciéndose, cuando escuchó un fuerte estruendo fuera. Algo se había despeñado desde una altura respetable, y el quejido posterior le proporcionó una pista evidente acerca de la naturaleza de aquel ser.

—¡¿Robert?! —se preguntó asustada.

Al asomar medio cuerpo por el balcón, no supo si echarse a reír o a llorar por lo tragicómico de la visión que la esperaba: Matthew Seymour, tumbado en el suelo como una columna derribada. Un farol situado a unos metros de él daba luz al percance. Decidió preocuparse en serio cuando lo vio dolerse de un tobillo, con mucha gestualidad pero ni un solo quejido. Jane dudó un momento: tenía el pelo suelto y solo vestía un camisón. Regresó sobre sus pasos para cubrirse con su bata más gruesa y, poniendo un pie tras otro, descendió por el tronco de la enredadera. Se hizo daño en las manos y las ramas le arañaron los tobillos. No era tan fácil como le había parecido desde arriba el día que vio bajar a Robert por aquella misma pared.

En lugar de salir por la puerta de su alcoba y atravesar pasillos y vestíbulos en su camino hacia el exterior de la casa, había optado por el camino más complicado para evitar a toda costa que alguien se percatara del accidente, con la consiguiente humillación que eso hubiera supuesto para Seymour y para ella misma.

Adivinó, pesarosa, que la conversación sobre las aventuras del pirata y la doncella durante la cena había hecho mella en el futuro barón, y que este, en un intento por llegar al corazón de Jane, casi pierde la cabeza intentando acceder a su habitación a través de la vegetación del muro.

—¿Se ha hecho usted mucho daño, señor Seymour? —susurró una vez puso los pies en tierra firme.

—El tobillo... Lo siento, señorita Elliott. Creo que mi gesto puede tacharse de cualquier cosa menos de heroico o romántico... —se excusó él. Jane se conmovió ante la candidez de sus palabras.

En su trato con las gentes de la alta sociedad, siempre había sido motivo de disgusto para ella detectar trazas de condescendencia en aquellos que se creían superiores y amables a un tiempo. Ese no era para nada el caso de Matthew Seymour; porque su gentileza siempre había sonado sincera.

—No se preocupe. Yo lo ayudaré. Apóyese en mí y compruebe si puede sostenerse.

El estómago de Jane se sobresaltó cuando una voz grave como el retumbar de un trueno habló solo unos pasos por detrás de ella.

—¿Qué diablos sucede aquí?

Era Robert, en compañía de sus hermanos.

Hasta a mí se me había olvidado que pudieran andar cerca... Jane se estremeció.

—Seymour, hemos oído el golpe. ¿Acaso estaba trepando por esa enredadera? —preguntó Colin con toda su inocencia.

El primo político de Jane intentó inventar una historia tan inverosímil —algo así como que había salido a pasear, le había parecido ver una grieta «muy fea» en el muro y había decidido inspeccionarla para cerciorarse, porque «esas cosas hay que vigilarlas antes de que vayan a peor»— que Percy tuvo que darse la vuelta para no cometer la descortesía de reírse en su cara.

—Si gustan, podrían echarme una mano —les espetó Jane, de muy mal humor por haber sido descubierta en una situación tan indecorosa.

Además, el brazo de Matthew sobre su hombro la estaba tronchando, y no podía aguantar más; estaba a punto de dejarlo caer, como había hecho la enredadera antes que ella. Colin corrió en su ayuda. Robert, petrificado, se mantenía a una distancia prudencial sin mover un músculo. Ni siquiera de la cara. Parecía que el entrecejo se le hubiera agarrotado. Hasta que Percy se acercó al oído de su hermano mayor para hacerle una confidencia... Como respuesta, Robert lo asió de la pechera del abrigo con gesto amenazador.

—No te atrevas a decir eso, Percy. ¡Ni siquiera en broma! —le exigió en un susurro antes de empujarlo con fuerza hacia atrás, aunque sin llegar a tirarlo al suelo.

El primogénito, confuso por su propia reacción, miró de reojo a Jane y abandonó el lugar con paso atormentado.

—Disculpa. ¡Pensé que ya no era un asunto que te importara lo más mínimo! —le gritó el capitán en tono irónico antes de que su hermano desapareciera por la esquina más cercana de la casa.

Al momento, Percy se interesó por el tobillo del gran damnificado de la noche.

—Es solo una torcedura —diagnosticó el marino al cabo de un pormenorizado reconocimiento—. Colin y yo nos encargaremos de acompañar al señor Seymour hasta su alcoba sano y salvo. Usted regrese de inmediato a su dormitorio, Jane, no vaya a pillar un resfriado. Coja uno de nuestros candiles para no tropezar en la oscuridad.

—Gracias a los dos. Buenas noches, caballeros —saludó ella con una pequeña reverencia antes de tomar la luz que galantemente le había ofrecido Percy.

Caminó a paso ligero en dirección a la puerta principal de la casa. Confiaba en la discreción de sus amigos y en su buena suerte para que ni los criados ni *lady* Susan la pillaran volviendo a hurtadillas a su alcoba de aquella guisa. La fortuna no la traicionó. Nadie en el ostentoso vestíbulo. Ni en las escaleras. Ni en el pasillo.

«Seymour se ha vuelto loco», pensó ya en su habitación. «Pero al menos él sí considera que mi amor vale la pena y está dispuesto a luchar por hacerlo suyo». Verlo allí tirado, indefenso y aparentemente enamorado, lo había hecho crecer en su estima.

—Buenas noches, señorita Elliott.

—¡Dios santo! —exclamó reculando e impactando contra la puerta por el sobresalto—. ¡Esta noche quieren matarme del susto todos ustedes! ¿Qué hace aquí?

Robert se levantó de la butaca en la que se había acomodado mientras la esperaba y acudió al balcón para correr el cerrojo y asegurarse de que las puertas quedaban trancadas por dentro.

—No quiero interrupciones. Últimamente ha habido mucho ajetreo por aquí.

A Jane le incomodó el tono empleado, como si la declarara culpable de algún delito. Intentó distraerse comprobando que la farola de Percy permanecía intacta tras el encontronazo con la puerta y, acto seguido, la depositó sobre una mesilla auxiliar en madera maciza y mármol, de estilo isabelino.

Cuando no le quedó más remedio, centró su atención en Robert. A medida que avanzaba hacia ella, los vio con mayor nitidez. Aquellos ojos... No podía mirarlos sin dejarse arrastrar por su fuerza; le resultaba igual de imposible que resistirse a la corriente de un maremoto. «¿Por qué tiemblo? ¡Maldita sea!», pensó mientras intentaba rebelarse contra lo que sentía. Sin nadie más como testigo, le resultaba harto difícil guardar las apariencias, mantener en guardia su desapego.

—Necesito plantearle una duda, aunque no tenga ningún derecho a hacerlo —le explicó él. Su voz conservaba la calma; por cómo se frotó ambas manos en el lateral del pantalón, deduje que era pura fachada.

Pese a lo intimidante que le resultaba su presencia, Jane, para mi sorpresa, consiguió disimularlo bastante bien.

—Usted dirá —se limitó a responder con altivez.

—El caballero que entraba o salía de su alcoba... ¿obtuvo algún tipo de gratificación por su acto de romántica temeridad? —De manera intencionada, su mirada asedió los labios entreabiertos de la joven, señalándolos como si lo hubiera hecho con el dedo—. Al fin y al cabo, yo la recibí en su día.

«¡Se atreve a preguntar si ha besado a Matthew! Conociéndome como me conozco, esto no va a acabar bien».

Un paso bastó. El estruendo de la bofetada asustó a la propia Jane, y no menos a mí. «Se nos fue la mano...», pensé mirando con lástima a Robert. Ella temió lo mismo.

—¡¿Cómo osa, señor?! Me está ofendiendo —se excusó frente a sí misma.

Durante unos segundos, él aguardó en silencio con los ojos cerrados. Cuando volvió a abrirlos, no parecía dolido, solo satisfecho.

—Su reacción ha sido bastante similar a la mía cuando, hace un momento, Percy se atrevió a formular tan desafortunado comentario en mi presencia.

Jane comprendió entonces por qué el heredero de Tyne Park se había enfrentado al capitán con tanta vehemencia: para defender el honor de la dama. Cabía pensar que la disquisición del mediano de los Galloway no estaba tan encaminada a faltarle al respeto a la señorita Elliott como a provocar a su hermano.

—Robert, creo que ha llegado el momento de poner el punto y final a esto. —Jane, abatida, dejó caer los brazos como si se diera por vencida—. No tiene sentido que sigamos haciéndonos daño. Por el recuerdo de su madre... —Se detuvo al recordar la carta que ella sabía falsa, escrita con algún tipo de conjuro por McKnight—. Por nosotros mismos. Es mejor que prosiga mi camino y regrese a Chawton con el señor Seymour. Me ha hecho saber que mi padrastro y mi madre me esperan impacientes.

La idea disgustó claramente a Robert, que negó con la cabeza y permaneció sin hablar y sin saber cómo solucionar el dilema que tanto ofuscaba su mente.

Un repentino recuerdo borró su ademán pesaroso. «Guarda un as en la manga», calculé al observar cómo le había cambiado la cara de repente.

—Siempre ha sido usted tan aguda y razonable... —sonrió él con aparente amargura—. Está en lo cierto. Cada uno debe seguir su camino. Escenas como esta no pueden volver a repetirse. Aseguran que el autocontrol es una gran virtud, y, de ser cierto, en las últimas semanas me he comportado como el hombre menos virtuoso del reino. —«Para falta de autocontrol, la mía», se sancionó a sí misma recordando la bofetada que acababa de propinarle—. En unos días tengo previsto abandonar Tyne Park. Usted debería hacer lo mismo.

La serenidad que aquella recomendación transmitía dejó perpleja a la dama. «¿Ya está? ¿No volveré a verle nunca más?», temió.

—Guarda silencio... —continuó Galloway, que ladeó la cabeza y la observó con una curiosidad divertida—. Una rareza extraordinaria en usted. ¿No va a preguntar por mi destino?

—Yo... claro —replicó en voz baja Jane, confundida ante el cariz que acababa de tomar la conversación—. ¿Adónde planea dirigirse?

—Regreso a la capital. Esta misma mañana he recibido una carta de nuestro común amigo Walter Scott. Acaba de poner fin a un viaje que lo ha mantenido fuera de la ciudad durante una larga temporada y asegura que en breve todo estará preparado para la expedición destinada a localizar los Honores de Escocia en el Castillo de Edimburgo. El escritor le envía sus saludos, por cierto.

A Jane le centellearon los ojos y Robert sonrió sutilmente al reparar en ello.

—¿Es en serio que van a llevar a cabo la búsqueda? —preguntó con evidente entusiasmo.

—¿Acaso se toma usted a un hombre como el señor Scott en broma?

—¡Por supuesto que no! —exclamó ella. Recorrió la habitación un par de veces, arriba y abajo, seguida de la mirada complacida de Robert, que permanecía en silencio—. ¿Y no...? ¿No podría ir yo con usted... con ustedes? —preguntó por fin esgrimiendo como arma una expresión lastimera.

Nunca le había gustado vestirse con el disfraz de la pena porque odiaba conseguir las cosas recurriendo a la compasión como moneda de cambio. Molesta consigo misma al percatarse de que abusaba de recursos tan poco dignos para la idiosincrasia femenina, de repente se irguió e intentó endurecer el gesto, borrando cualquier atisbo de súplica.

—De aceptar, eso supondría un contratiempo para nuestros planes futuros, Jane. Acabamos de decidir que cada cual debe seguir su camino. Usted misma se ha encargado de proponerlo. —La señorita Elliott se preguntó si Robert jugaba con ella o si, por el contrario, hablaba completamente en serio—. Ya sabe: yo a Edimburgo, a buscar los Honores de Escocia, y usted de vuelta con su padrastro, su madre y el señor Seymour. Si se da prisa, los alcanzará antes de que partan rumbo a Bath. Allí le esperan muchas veladas entretenidas: conciertos, teatro, bailes, nuevas amistades...

—Señor Galloway, ¿acaso teme que sería irreparable el daño que pudiera ocasionarnos el permanecer cercanos por unos días más? —persistió ella—. A peor no podría ir nuestro entendimiento. —Con timidez, Jane señaló el pómulo ligeramente sonrosado de Robert; aún se apreciaba en él la huella de sus dedos.

—No sabría decirle... —se frotó pensativo esa misma mejilla, como si estuviera calculando las fatales consecuencias de una decisión como aquella.

—Yo sí, y creo que, como amigos de juventud que somos, merecemos despedirnos con mejores formas que las que hemos mostrado últimamente. ¿No cree? Tal vez nunca más volvamos a vernos.

Robert le tomó la mano y, aunque el corazón de ella se aceleró evocando el recuerdo de unas noches atrás en ese mismo lugar, él se limitó a besarle el dorso, en una caricia estremecedora. «¿Cómo no lo entiende Jane igual que yo?».

—Así sea —concluyó Galloway sin perder de vista sus ojos.

«¡Qué ser más insensible! No le importa saberme enamorada de él. ¿O creerá que estoy hecha de hielo?», se dolió ella. «¿Será cierto que es posible fingir con semejante maestría la pasión? ¿Se burla de mis sentimientos o es que realmente su corazón me pertenece?».

«¡Claro que nos pertenece! ¡Reclámale! ¡Pídele que cumpla con el compromiso! ¡Si está más que dispuesto!». Mi grito resultó infructuoso, semejante a los que lanzaba a la tele cada vez que me sentaba a ver un partido de los Yankees.

Sin despedirse, el intruso abrió la puerta vigilando no hacer ruido, asomó la cabeza y, cuando se aseguró de que nadie sería testigo de su salida, abandonó el cuarto de la joven, dejándola en un estado de desasosiego y humilde esperanza que me contagió.

El siguiente salto en el tiempo me depositó una semana más tarde. A cámara rápida, presencié cómo se llevaban a cabo los preparativos del viaje a Edimburgo. Me alegré, casi tanto como Jane, de que los señores de la casa permanecieran en Tyne Park. *Lady* Susan se quedó conforme cuando supo que Matthew Seymour se unía al periplo: observaba en aquello una clara señal de que sus intrigas para casarlo con la núbil señorita Elliott navegaban viento en popa. Percy, que pronto se aburría de la vida rural, demasiado tranquila para su gusto, también tomó la resolución de partir; al igual que Colin, a quien Rosamund había comunicado que planeaba pasar unos días en la capital. Allí tenía previsto revelar a la joven Gray que era el autor de las cartas de amor anónimas y por fin se atrevería a pedirle su mano en matrimonio.

Jane consiguió mantener su mente apartada de Robert casi todo el tiempo, animada por la aventura que se presentaba ante ella: la búsqueda de los Honores de Escocia. Eso sí, aún tenía por delante el complicado objetivo de persuadir a los caballeros confabulados de que su participación le resultaría útil a la expedición, y sabía que quien iba a negarse con mayor vehemencia sería Robert, si bien, milagrosamente, no había puesto reparos a que los acompañara a Edimburgo. «Es una empresa demasiado peligrosa para que usted tome parte en ella», le había advertido. En cualquier caso, Jane sabía que debía concentrar toda su capacidad de persuasión en un solo hombre, y ese no era Galloway, sino Walter Scott. Si lograba que el novelista la aceptara en el grupo, estaba convencida de que nadie se atrevería a contrariarle.

«Por fin». Fundido a negro y regreso al siglo XXI. Mi muñeca colgaba entre los dedos de Duncan; concienzudo, examinaba su reloj como si intentara derretirlo con el poder de la mente. Inevitablemente, las pulsaciones se me aceleraron, y dieron algún que otro trompicón. El doctor, extrañado al notar alterado el conteo de latidos, descubrió mis ojos abiertos. Me soltó de inmediato la mano y se apartó, como si ya no pudiera actuar con libertad por estar yo despierta. Su actitud pasó a ser distante.

—¿Qué hora es? —pregunté desorientada.

—Ya ha amanecido. Son casi las seis y media.

Aún somnolienta, pasé revista a mi estado físico. Me sentía mucho mejor que la noche anterior, aunque continuaba destemplada pese a estar cubierta hasta los hombros por las ropas de cama. Aproveché que Duncan se volvía para recoger algunas gasas y llevárselas fuera de la habitación para echar un vistazo bajo las sábanas...

—¡Ay, no! —¡Solo tenía puesta mi ropa interior! «¿Y el vestido? Me lo habrá quitado él. ¡Qué corte!», pensé. «Venga, mojigata, como médico habrá visto cuerpos a puñados», me reprendí por aquel exceso de timidez. Descubrí el vestido colocado cuidadosamente sobre una silla para que la tela no se arrugara demasiado.

Cuando el doctor Wallace regresó al cuarto, observé su cara: la fatiga y un aire especialmente reservado lo acorralaban.

—¿No has dormido en toda la noche? —Me incorporé sujetando la colcha como Jane había hecho la noche en que Galloway asaltó su alcoba a través del balcón, aunque solo me percaté de la semejanza del gesto tras llevarlo a cabo.

No hubo respuesta. Duncan también prefería preguntar.

—Alicia... Me gustaría saber quién es Robert. —El tono de Duncan era el de alguien que pide explicaciones pero preferiría no tener que escuchar la respuesta.

—¿Robert?

—Sí. No has dejado de pronunciar su nombre en sueños.

El escocés fruncía el ceño. Mala señal. ¿Acaso sentía celos de Galloway? «Joder, qué puñetero enredo». No hallé la respuesta liberadora que me permitiera escapar de aquella pregunta. Podría haber contestado que era el nombre de un hermano, un primo, un tío... Pero no quería más mentiras entre nosotros y mi cerebro carecía de la agilidad mental precisa para inventar medias verdades.

«Ha llegado el momento».

—Duncan, Robert eres tú.

28

Celos de sí mismo

El doctor Wallace tomó asiento a mi lado y guardó silencio mientras le explicaba el modo en que había descubierto que poseía el don del tercer ojo, heredado de mi tía abuela Rita, y cómo desde ese instante había empezado a verlo a él, primero en mis sueños y después en la vida real. Le hablé de mis regresiones al pasado y de que nos habíamos enamorado en el siglo XIX siendo Robert Galloway y Jane Elliott. También le relaté que algo malo debió de sucedernos por las malas artes de una mujer llamada Adaira McKnight, aliada con fuerzas oscuras y obsesionada con convertirse en su esposa. Y, por supuesto, la historia de los dos cuadros pintados por un demonio llamado Foras. Lo único que callé fue todo lo concerniente al Club, incluida mi reciente incorporación, porque no me pareció prudente; ese secreto no me pertenecía.

Ni una sola vez me interrumpió, lo cual es decir mucho, porque resumir lo que nos había sucedido requirió por mi parte un largo *speech*. Intenté leer en sus expresiones qué se le estaría pasando por la cabeza, y lo cierto es que mi impresión fue de mal en peor según avanzaba el relato. «No me está creyendo una sola palabra». Su ceño era el reflejo de un alma inflexible. Me recordó a Robert Galloway mientras Jane le contaba que poseía el don de la segunda vista.

Llegué al final de la historia, al momento en que nos encontrábamos, pero no se dio por aludido. Se levantó de la silla en la que había permanecido inmóvil, escuchando, y se limitó a pasear por la habitación durante unos minutos que se me hicieron eternos. Lo vi agarrarse con desesperación la nuca antes de hablar.

—Cuando te vi aquel primer día, en el hospital, sentí un extraño alivio. Era como si de repente fuera libre, como si hubiera recuperado una parte sustancial de mí mismo. Te dejé ir con tanta facilidad porque dijiste que eras amiga de Fanny y supuse que sería fácil localizarte en cuanto me dieran el alta. —Por fin se decidió a mirarme—. Alicia, yo no creo en los flechazos. Pero, cuando estoy contigo... —Creo que se armó de coraje para continuar—. Nunca he sentido algo así. Nunca me he tomado tantas molestias en agradar a una mujer como anoche lo hice contigo. Y no solo me he sorprendido a mí mismo con mi actitud, sino también a los demás. Watson lleva días burlándose de mí por este motivo; mi hermana cree que durante el coma me abdujeron los extraterrestres y que solo soy una réplica de mí mismo... —Sonreí esperanzada; él permaneció serio—. Daría todo lo que tengo por que nunca me hubieras hablado de viajes astrales, regresiones al pasado o cuadros que esconden a seres del más allá. —Mis ilusiones cayeron deshojadas sobre la colcha. «No permitirá que haya un nosotros»—. Porque ahora formarías parte de mi mundo y yo del tuyo. Y, por lo que siento, no permitiría que te alejaras de mí ni un solo día del resto de nuestras vidas. Ayer, cuando te besé, lo entendí, lo vi tan claro... Estaba dispuesto a olvidar lo que me contaste hace unos días, dispuesto a obligarme a pensar que solo se había tratado de una broma sin importancia.

—No, no era ninguna broma, Duncan. Todo es cierto. Y no veía justo seguir ocultándote la verdad.

Contrariado, me estudió el gesto. Yo era objeto de su examen, y estaba claro que no podía darme su aprobación.

—Watson y tu amigo Lefroy aseguran que debo escucharte, que nada malo le ocurre a tu cabeza...

Resoplé hundida. Obviamente él no era de la misma opinión.

—Pero ¿a qué vienen entonces todas esas historias que suenan a cuento, a pura superstición? Es como si el mundo entero hubiera perdido la razón y solo yo mantuviera la cordura. Para volverse loco, ¿no? —Rio sin ganas, derrotado—. Quizás el problema sea mío, y deba solucionarlo de alguna manera, pero que me parta un rayo si sé cómo. —En un estado de desdicha y confusión, desvió la mirada para evitarme—. Si alguien tiene una pastilla azul, que me la ofrezca ya; estoy más que dispuesto a tragármela si eso me permite poder vivir en Matrix contigo, como al parecer hacen los demás.

¿Qué podía decir yo para convencerlo? No había pastillas, y si existían unas palabras mágicas para que creyera en mí, me resultaban esquivas. Estaba a punto de derrumbarme. Por suerte, el timbre de la puerta interrumpió la conversación.

—Debe de ser Jackson. Me ha enviado un mensaje diciendo que venía de camino —refunfuñó el escocés por la intromisión.

Iba a incorporarme cuando recordé que bajo las sábanas no llevaba más que la ropa interior, y si ya había expuesto mi alma frente a aquel hombre, no estaba dispuesta a exponer también mi cuerpo.

—¿Sales un momento para que pueda vestirme?

—¿No prefieres que me quede? —preguntó intranquilo—. Podrías necesitar ayuda si te mareas al levantarte. Y, bueno... —vaciló un segundo al entender mis reticencias—, no voy a ver nada que no haya visto ya.

—No te preocupes. Siempre me las he apañado muy bien sola —respondí segura de mí misma. En realidad me mortificaba su rechazo.

—De acuerdo. Como tú prefieras. —Había fruncido el entrecejo, pero respondió aparentando indiferencia.

En cuanto abandonó el cuarto y cerró tras de sí, salté de la cama y me vestí tan rápido como pude para no hacer esperar al canadiense.

Duncan aguardaba fuera del dormitorio, apoyado en el marco de la puerta, con los brazos cruzados.

—Muchas gracias por tus cuidados, has sido muy amable —le dije extendiéndole fríamente la mano para despedirme.

Cuando correspondió a mi gesto, los dedos se me contrajeron en otro maldito calambrazo, y esta vez sí advertí, en la dilatación de sus pupilas, que también él lo había notado, aunque no por eso retiró pronto la mano. Mantuvo la mía cogida unos segundos, y con el pulgar acarició en un movimiento casi imperceptible mis nudillos. Yo no deseaba alargar aquel sufrimiento, así que tragué saliva y me solté con más brusquedad de la necesaria.

—Debo irme —añadí en un tono cercano a la disculpa—. Jackson me espera.

La puerta del apartamento permanecía abierta. Lefroy ni siquiera había cruzado el umbral. Salí en silencio, seguida a medio metro de distancia por el escocés.

—Alicia, una última cosa. —Me volví esmerándome en ocultar la repentina y absurda ilusión de que un milagro le hubiera hecho comprender que yo ni mentía ni era una demente—. Me gustaría que te viera un médico. Lo antes posible.

«¿Otra vez Watson? Ya te dijo que mi cabeza está en su sitio...», pensé indignada.

—¿Qué tiene? —intervino Jackson dando un paso al frente.

—No lo sé. La fiebre ha remitido, pero he estado preocupado toda la noche por los síntomas: además de temperatura alta, temblores y dolores musculares... localicé unas manchas muy extrañas.

—¿Manchas? —me alarmé.

—Sí, primero las vi en tu cuello. Te quité el vestido para examinarte y las encontré en otras partes del cuerpo: axilas e ingles. De haber tenido contorno, y por su ubicación, me habrían recordado a las bubas propias de la peste negra, pero cuando la fiebre remitió, también desaparecieron las manchas. Obviamente es imposible que hayas contraído la peste, pero me inquieta no saber qué era aquello.

—¿Imposible dices? —respondí con ironía pensando en cómo era mi vida actual.

Fueron mis últimas palabras antes de echar a andar escaleras abajo. El yuzbasi me secundó. Escuché que la puerta se cerraba tras nosotros.

—Así que te quitó el vestido...

—No pasó nada, Jackson. Es médico. Fue muy... profesional.

—Ya. ¿Y qué tal se le da en el terreno de lo personal?

—Se lo he contado todo excepto lo del Club. Esa parte la he obviado. ¿Me pasas las llaves del coche?

—Claro —dijo dándomelas—. Pero ¿se lo has contado todo, todo?

Asentí. Si lo estaba intentando, Lefroy fracasaba estrepitosamente en disimular la sorna que transmitía su rostro.

—¿Y cómo se lo ha tomado?

—¿Tú qué crees? —repliqué enfadada desde el otro lado del coche, mientras abría la puerta del conductor.

Cuando algo marcha mal en nuestras vidas, normalmente miramos alrededor para cargar al que tengamos más a mano con el muerto de la responsabilidad. Cualquier cosa que nos exima de ser cien por cien culpables del mal que nos aqueja. Aunque no soy una excepción, para mi desgracia no encontré nada que poder echarle en cara al canadiense.

—¿En qué habéis quedado entonces? —preguntó Jackson.

—Bueno —respondí mientras metía la llave en el contacto—, si quiere encontrarme, y dudo que quiera después de lo de hoy, sabrá cómo hacerlo. Tiene mi teléfono. Yo no puedo hacer mucho más y la verdad es que me siento agotada. Esta noche ha sido una auténtica locura: una regresión tras otra. Alejandro ya me dijo en París que Duncan era el elemento desencadenante de las visiones del pasado, así que permanecer a su lado durante tantas horas supongo que me ha provocado una especie de sobredosis.

—Tranquila —trató de animarme—. Ahora podrás descansar en casa y desengancharte al menos por un rato.

Tras una conversación telefónica, Jackson y el chamán llegaron a la conclusión de que efectivamente los síntomas que había sufrido eran propios de la peste negra. Un efecto secundario de la segunda vista. Había contraído una enfermedad fantasmal en el Mary King's Close. Por suerte, una afección de esas características no resultaba mortal, ni siquiera peligrosa.

Era un consuelo que «solo» tuviera que recuperarme del rechazo del doctor Wallace, al fin y al cabo una dolencia mucho más espiritual. Qué cómodo le habría resultado a mi alma dejarse caer de rodillas y postrarse a los pies de aquella dictatorial tristeza. En cambio, se mantuvo en pie, aferrada al recuerdo de los besos que Duncan y yo habíamos compartido en el salón de su apartamento; porque aquellas caricias me decían que yo estaba dentro de él tan profundamente como él lo estaba de mí. Solo que el buen doctor se resistía a aceptarlo. Me burlé sin compasión de mí misma: «¿De verdad te crees eso?». Porque he de reconocer que, de hallarme yo en el lugar de Duncan —es decir, desconociendo lo que ya sabía por mi propia experiencia—, me hubiera propuesto hacer lo imposible por olvidar a una persona que me hablaba de historias de reencarnaciones, demonios y espíritus del más allá. En ese sentido me asustaba la posibilidad de que Wallace se pareciera demasiado a mí.

Solo una llamada de Victoria en el Skype consiguió levantarme el ánimo: Rob y ella habían empezado a salir. Al final el recepcionista había resultado menos tímido de lo esperado, y la pelirroja se mostraba encantada con el descubrimiento. Me habló del nuevo, Brian, «un tipo majo, amistoso y muy currante». Y, después de una charla *ligerita* de una hora, Victoria aceptó pasarme con Edgar.

Por desgracia, sus novedades no eran tan halagüeñas, al menos para mí. Le pregunté esperanzada si había vuelto a quedar con mi amiga Summer —yo no había hablado con ella en las últimas semanas—. «No, y no insistas con eso, Alicia. Me cae muy bien, pero como pareja no cuajamos. Yo necesito a alguien que me dé más vidilla, que me meta caña. Por cierto, el otro día me presentaron a un bellezón en el Cielo*. Y como tú insistes en no darme bola, esta podría valerme hasta que consientas ser la madre de mis hijos...», bromeó.

En cuanto a mí, seguí manteniendo en secreto la historia con Duncan. Si antes, cuando era mi amigo invisible, no les había hablado de él ni a Victoria ni a Edgar porque eso hubiera implicado tener que revelarles el peliagudo asunto del tercer ojo, ahora me lo callaba —aunque podría haberme limitado

---

* *Nightclub* situado en Manhattan.

a decir que había conocido a un escocés, sin entrar en detalles paranormales— porque las probabilidades de que ese amor estuviera abocado al fracaso eran demasiado altas. Y, en ese caso, iba a preferir lamerme las heridas yo solita, sin tener que enfrentarme a la mirada compasiva de los míos.

Tras colgar, Jackson me resumió la reunión que El Club había celebrado la noche anterior, y a la que también había acudido nuestro compañero Frank. Varios miembros habían estado investigando en el Mary King's Close en busca de cualquier pista que pudiera confirmar que realmente había sido Foras quien me había atacado, pero no hallaron nada. Tampoco sabían dónde buscarlo. Surgió la teoría —MacGregor fue el artífice— de que aquel demonio tal vez era capaz de robar, con algún tipo de magia poderosa, la identidad de sus víctimas para volverse exactamente igual a ellas. «Probablemente no le dio tiempo a deshacerse del cadáver de mi amigo Ian. Y por esa razón le borró el rostro y las huellas dactilares, para evitar que fuera identificado. Eso le aseguraba poder moverse en libertad con su nueva cara sin levantar sospechas», había apuntado Frank.

—Pero si tiene razón, ¿Foras tiene ahora el rostro de Ian Cadell? ¡Ahora os resultará mucho más fácil localizarlo! —exclamé animada. «Y un problema menos».

—Eso apuntaba MacGregor, y es la razón por la que se ha facilitado esta foto a todos los miembros del Club —comentó Lefroy mientras me pasaba una copia del retrato. Cadell había sido un hombre de aspecto bastante corriente, con el cabello de color claro, frente angosta y los ojos oscuros y un poco tristes—. Pero yo no me haría muchas ilusiones. A este demonio lo creo más inteligente que eso. Si sabía que andábamos tras él, seguro que no tardó en asesinar a cualquier otro para cambiar de nuevo de identidad.

—¡Entonces Foras podría ser cualquiera!

—Exacto —gruñó—. ¿Y si ha estado delante de nuestras narices en todo momento, desde el principio? Burlándose, esperando la ocasión propicia para atacar...

La revelación que Jackson hizo a continuación provocó que se me erizara la piel.

—Quizás sea uno de nosotros —sentenció.

29

La cara del terror

Foras se movía inquieto de un extremo al otro de la habitación. Ahora los miembros del Club conocían su secreto, ese que había mantenido oculto durante cinco largos siglos. Sintió que se había traicionado a sí mismo al exponerse de aquella manera, pero al mismo tiempo le divertía la nueva coyuntura. Se sentía aliviado de que al fin se supiera la verdad, la misma satisfacción que embarga al artista cuando el mundo por fin lo descubre y le rinde un merecido homenaje por su genialidad.

«En nada puede perjudicarme que lo sepan. Están tan ciegos... Aunque ese maldito fantasma casi lo echa todo a perder —pensó furioso—. No entiendo cómo no ataron cabos. El yuzbasi es un tipo despierto, y también ella... Ella es muy peligrosa».

El demonio pintor se restregó los ojos, indeciso. Ni siquiera mientras perseguía a la joven por las calles del Mary King's Close tenía claro que deseara acabar con su vida. Más bien pretendía darle un susto de muerte que la metiera en el primer avión de regreso a Nueva York. No lo había conseguido. Su arrojo era mayor del que cabía esperar.

—Fue muy dulce con la pequeña Laurie —reconoció en voz alta. Foras se había encontrado al espíritu de la niña por casualidad, mientras preparaba, un día antes, su ataque en el Close; ella lo había confundido con un doctor y al instante había confiado en él—. La señorita De la Vega es de mi agrado. Si Adaira no supo aprovechar la ventaja que le concedí con los dos cuadros, la joven y su enamorado bien merecen esta segunda oportunidad —comentó encogiéndose de hombros de un modo casi infantil—. Pero lejos de Edimburgo, lejos de la partida de ajedrez que en estos momentos me enfrenta al Club.

No se consideraba un ser piadoso en absoluto, pero a veces, influido por sus otras caras, las que se amontonaban en su interior, sentía debilidad por determinados humanos... o fantasmas como la pequeña Laurie, a la que, con una sencilla invocación, había ayudado a reunirse con sus padres para cruzar al ultramundo de la paz y la luz, un más allá al que él tendría vetado el acceso el día de su muerte. No le importaba, contaba con seguir respirando durante muchos siglos más.

En cambio, la inmensa mayoría de los humanos poco o nada significaban para él. Por eso no le importaba mirar directo a los ojos de aquellos seres inferiores en el instante en que les arrancaba la vida de una de las mil maneras que con el transcurso de los años había aprendido.

Conocía exactamente el número de personalidades que había absorbido, porque todas seguían allí dentro, con el conjunto de reflexiones que habían tenido en vida: datos cruciales para suplantarlos. En una encuesta callejera, la mayoría de los consultados lo habrían etiquetado de *parásito-que-toma-la-forma-y-hasta-el-pensamiento-de-sus-víctimas*. El demonio pintor hubiera discrepado cínicamente: «Hago que sean inmortales. Sus conciencias sobreviven a través de mí». Sin embargo, en su interior decenas de yoes le recordaban que no era más que un carcelero de almas.

Tantos rostros, tantos códigos de conducta diferentes de los que se había revestido... Y por ello era capaz de entenderlos a todos mucho mejor de lo que nadie había intentado comprenderlo a él. No los juzgaba. Ni al ejemplar padre de familia ni al sociópata. Cada cual era prescindible y valioso a la vez, y formaban parte del mismo universo.

Su propia personalidad, la primigenia, seguía siendo la dominante; una especie de figura regia y absolutista que, sin embargo, se había diluido ligeramente por la influencia de los súbditos que lo inundaban y que provocaban actos de piedad como el que había tenido con Laurie. Era el precio a pagar. Y él lo asumía con gusto. Porque era un artista. En ocasiones se imaginaba, a la altura del estómago, un *Guernica* de almas reclamando su claustrofóbica parcela personal.

Él normalmente mataba por necesidad, por una cuestión de mera supervivencia. Pero otras veces también lo hacía por placer. Con los dedos de una mano podría contar Foras las ocasiones en que se había encontrado con mortales que lograran seducirlo con su carácter y belleza hasta el punto de decidirse a asesinarlos para así introducirse en sus pensamientos más profundos, para descubrir todos y cada uno de sus secretos, como anhelaría hacerlo un amante. Siempre eran hombres porque nunca había sentido la inclinación de transformarse en mujer, le gustaba demasiado poder fornicar con las hembras humanas.

Recientemente había topado con un candidato a ocupar dicho espacio en su corazoncito, pero entendía que, dadas las habilidades de la futura víctima, no le resultaría nada sencillo arrebatarle la vida.

Por primera vez en su longeva existencia, no tenía un plan trazado. Solo quería divertirse a costa de los miembros del Club, jugando con ellos al gato y el ratón. Y, a poder ser, celebrar la victoria tomando a Jackson Lefroy como trofeo. Sentía curiosidad por aquel joven altivo, leal y de hermosas facciones. Quería descifrar todos y cada uno de sus pensamientos, sentirlo dentro. Se había encariñado con aquella cara y la quería para él, al menos durante un tiempo. Asesinándolo, la haría suya a la primera oportunidad y desaparecería sin dejar rastro.

Una vez más.

30

Walter Scott, un aliado

No eran ni las seis de la tarde cuando Jackson me invitó a aparcar el reportaje que tenía a medio hacer. «Deberías irte a la cama, Alicia», me aconsejó antes de describir una órbita completa alrededor de mi cuello en busca de alguna de las manchas de las que había hablado el doctor Wallace. Al parecer, no descartaba un posible rebrote de la peste. «Necesitas descansar», añadió. Yo sonreí, porque adiviné que mis sueños iban a tener poco de reparadores. No me preocupaba; continuar con la historia de Jane y Robert era el mejor aliciente. En cuanto cerré los párpados, mi mente voló hacia una nueva regresión.

Mis viejos conocidos llevaban un par de días establecidos en Charlottte Square, y Percy y Robert habían discutido sobre la conveniencia de acudir a un baile en los salones públicos de la ciudad aquella misma noche. El primero esgrimía como argumentos a favor que la señorita Elliott tenía derecho a divertirse «como cualquier joven de su edad» y que el señor Seymour debía aprovechar su estancia en Edimburgo «para conocer las costumbres de la sociedad local».

—Para ello, nada mejor que un baile —sentenció el capitán—. Y, además, es un divertimento de lo más natural e inocente.

El mayor de los Galloway, por su parte, no hallaba demasiado interés en acudir a un lugar atestado de gentes «de modales insatisfactorios en su mayoría», y aseguró temer por el bienestar de Jane, que bien podía sufrir los inconvenientes propios de verse en medio de un tumulto.

—Si es esa su preocupación, señor Galloway, he de decirle que soy más fuerte de lo que usted pueda prever por mi constitución. Jamás en la vida he sido víctima de un desvanecimiento. —Por una vez, lo que la atraía del proyecto no era poder bailar, sino saber que Rosamund acudiría a aquel salón. Lo último que deseaba era privar a Colin del esperado reencuentro.

Robert no tuvo más remedio que aceptar a regañadientes la propuesta del capitán Galloway. Y bastó el paso de unas horas para que se alegrara de haberlo hecho, porque, en caso contrario, se habría visto en la incómoda obligación de desdecirse: una nota enviada por el escritor Walter Scott le solicitaba acudir —como harían el resto de implicados en el asalto al Castillo de Edimburgo— al baile público que tendría lugar aquella misma noche en las Assembly Rooms de George Street.

Galloway informó del contenido del mensaje a Jane.

—No le pediré su apoyo frente al señor Scott —se limitó a advertirle ella, con el gesto serio—, pero debe permitir que sea él quien decida, en libertad, si desea incorporarme o no a la partida de búsqueda.

—Ningún problema veo en darle mi palabra de que no interferiré —reconoció él con un aire insufrible de superioridad— porque confío demasiado en el buen criterio del caballero como para pensar que consentirá semejante despropósito.

—Ya veremos —lo desafió ella con una sonrisa ladina que ocultaba un plan B.

Hasta a mí me resultó estresante la entrada en las Assembly Rooms, un edificio señorial de estilo neoclásico construido a finales del XVIII en el New Town: fue como intentar acceder al metro de Nueva York en hora punta. Robert había cogido de la mano a Jane para guiarla y se abría paso entre las personas con un discreto movimiento de brazos, empuñando toda su determinación y sutileza como si fueran machetes y nos halláramos en una jungla. Matthew Seymour seguía nuestros pasos en retaguardia, igual que Colin. Percy, en cambio, nos había abandonado nada más descender del carruaje: unas damas a las que conocía reclamaron su asistencia para ingresar en el recinto.

Ya en el interior, un caballero estuvo a punto de fastidiar el vestido de muselina en color lila que lucía Jane, pero el enganchón por fortuna no provocó consecuencias.

Finalmente, la sala de baile. Tres gigantescas lámparas encandilaban con sus hermosas velas a la marabunta de potenciales bailarines, imagen reforzada por el reflejo de los numerosos espejos con marcos dorados que colgaban de los muros palaciegos. Una ligera brisa le cosquilleó la nuca a Jane: alguien había abierto uno de los amplios ventanales para ayudar a mitigar los calores propios de tanta gente congregada en tan reducido espacio. Me recordó al

Black Friday, aunque en aquellos salones públicos solo se compraban y vendían halagos, críticas y sonrisas.

Los músicos, por su parte, intercambiaban impresiones mientras terminaban de afinar los instrumentos. Uno de ellos templaba la gaita.

Dimos una vuelta a la sala, siguiendo el movimiento de la marea humana —en ocasiones es más provechoso que nadar a contracorriente—, y terminamos localizando a Walter Scott y el resto de expedicionarios, apartados del resto en un rincón de la estancia. Antes de acercarse a ellos, Robert, en un movimiento social muy sibilino, presentó a Matthew y a Jane a una familia amiga de los Galloway. En cuanto el señor y la señora Bell supieron de la alta alcurnia de la que estaba hecho el futuro barón, intentaron monopolizarlo para llevarlo al encuentro de sus tres hijas casaderas. A todas vistas, al menos para el que quisiera verlo —que no fue el caso de Robert—, el primo de la señorita Elliott intentó resistirse a la invitación porque deseaba continuar junto a sus conocidos y a la que consideraba su futura prometida. Pero la señora Bell, armada de su natural amabilidad, no consintió que se saliera con la suya.

—Vaya tranquilo, Seymour, y diviértase. En un rato lo alcanzamos —lo despidió Robert restándole importancia a la separación momentánea. La cara del pobre Matthew era un poema.

Ya entre el grupo de Scott, Jane se alegró de volver a encontrarse en compañía del doctor Thompson, quien parecía dispuesto a conservar hasta la muerte su precario estado de salud, el asustadizo señor Robertson y el señor Morrison, que según rememoró mi álter ego era abogado de profesión. Del elitista lord Allan, con el que no habíamos simpatizado demasiado en nuestro primer encuentro, guardaba peor recuerdo. Colin también formaba parte de la cuadrilla, y Percy se había acercado a saludar, dejando desamparadas a las jóvenes a las que tan dócilmente se había prestado a escoltar durante toda la velada; pero en cuanto el capitán escuchó lo que allí iba a tratarse, se llevó las manos a las orejas y les informó de que no tenía interés alguno en saber de aquel asunto. Antes de alejarse, oí cómo Robert le susurraba al oído: «Hazme el favor de mantener apartado al señor Seymour mientras se prolongue esta conversación». Desconfiaba de que el inglés no estuviera de vuelta antes de lo recomendable.

Una vez a solas, Walter Scott fue el primero en tomar la palabra.

—Buenas noches a todos. Ya saben el asunto que nos ha traído aquí, así que considero oportuno ir al grano. Después de haber estudiado en los últimos días el movimiento de tropas en el castillo, he llegado a la conclusión de que deberíamos hacerlo cuanto antes. Todo está listo, incluso la fisura por la que ingresaremos en la fortaleza, así que no hay razón para demorarlo por más tiempo.

Jane apoyó la moción con una sonrisa satisfecha. No todos opinaban lo mismo. El señor Robertson adujo que era demasiado arriesgado, y Morrison, en calidad de jurista, les instó a desistir de tal intento recordándoles las fatales consecuencias que les acarrearía ser descubiertos y puestos a disposición de la Justicia británica. Así que, en ese punto, Walter Scott los miró de uno en uno con gravedad y aseveró:

—Por favor, caballeros. Somos hombres libres y personas adultas. Cada cual entiende de manera muy personal cuáles son sus deberes con la familia y el país que lo vio nacer. Aquel que no esté dispuesto a seguir adelante está en su derecho de retirarse en este momento. No será motivo de vergüenza; solo les pido que, en ese caso, sean discretos.

—¡Por supuesto que es algo muy personal! No cuenten conmigo. ¡Han perdido ustedes el juicio! Caballeros, señorita... —Dicho aquello, Morrison abandonó el grupo.

—A mí me gustaría participar, pero, teniendo en cuenta que la edad me tiene acorralado desde todos los flancos, mi apoyo habrá de ser más bien de tipo logístico —se disculpó Robertson.

—Así será, por supuesto. La incursión, de hecho, debe llevarse a cabo con un número reducido de efectivos. Es de vital importancia pasar desapercibidos —adujo Scott.

—El menor de mis hijos se sumará a ustedes. Y cuenten con mi bolsillo para cualquier gasto que los preparativos requieran. —En esos términos se expresó el orgulloso lord Allan.

—Señor Scott, puede contar con estos dos Galloway —dijo Robert hablando por Colin y por él mismo. Pese a sus dudas iniciales, iba a permitirle a su hermano pequeño participar en la expedición, tal como el enamorado de Rosamund le había solicitado en una conversación previa.

—Cuatro mentes despiertas. Un buen número —afirmó Scott—. Su hijo Albert —dijo refiriéndose a lord Allan—, los hermanos Galloway y yo mismo.

Jane supo que le había llegado el momento de pronunciarse, pero era de todo punto contraproducente defender su candidatura ante cuatro de aquellos cinco individuos, de modo que se acercó al escritor al que tanto admiraba para susurrarle una petición.

—Por supuesto, señorita Elliott. ¿Nos disculpan un momento, señores?

Todos quedaron sorprendidos, a excepción de Robert.

Scott ofreció su brazo a la dama para alejarse de miradas y oídos indiscretos. A pesar del tumulto, en realidad resultaba sencillo pasar desapercibidos. Normalmente las atenciones de los demás en bailes públicos como aquel no dejaban de ser superficiales.

Fue en ese instante cuando entendí por qué Jane le había pedido al novelista y poeta mantener su charla en privado. ¡Pretendía contarle a Walter Scott que poseía el don de la segunda vista! Antes de empezar a explicarle, ya se había sonrojado previendo el escarnio al que podía someterla un hombre cabal como el que tenía enfrente al revelarle una verdad tan inconcebible como aquella.

—¿En serio está usted en posesión de la segunda vista? —preguntó él, de nuevo impresionado... gratamente.

—Sí, señor —respondió Jane con la cabeza gacha.

—¿Y desde cuándo goza de ese extraordinario privilegio?

Como necesitaba venderse bien ante el insigne autor, no dudó en contar una verdad a medias:

—Desde el fallecimiento de mi padre en 1805. —Así se lo había explicado el propio teniente Elliott. «Otra cosa distinta es que no haya sido consciente de mi don hasta diez años después... Pero que el señor Scott se entere de que soy una novata en estas lides no le sería de ninguna ayuda a la causa», se dijo a sí misma en un intento de acallar a su conciencia.

El escritor dio una palmada llevado por el entusiasmo.

—¡Bendita sea, señorita Elliott! Con usted de nuestro lado, mi optimismo es aún mayor si cabe. Es más que probable que en el castillo se encuentre con algún espíritu errante que pueda aportarnos noticias del lugar donde permanecen ocultos los Honores de Escocia.

—Eso es lo que yo había pensado, pero... ¿no me cree una demente? —preguntó Jane alzando el rostro, asombrada aún por la reacción del escocés.

—En mi vida pública siento una mayor inclinación a mostrarme escéptico frente a las cuestiones sobrenaturales. Pero en la privada... ahí sí me atrevo a reflexionar sobre la posibilidad de que algunas de las leyendas sean ciertas. —La escudriñó con su inteligente mirada—. Por lo poco que la conozco, entiendo que no le habrá resultado sencillo admitir ante alguien como yo, prácticamente un extraño, que posee semejante talento. —Así lo reconoció ella con un gesto de asentimiento—. Eso me hace pensar que, como mínimo, usted está segura de poseer ese don. Y siempre me vanaglorio de ser una persona de mente abierta.

—¿Puedo unirme entonces a ustedes? —preguntó ella respirando aliviada.

—No sé si sus queridos amigos se lo permitirán. El señor Galloway no nos quita ojo de encima. Parece decidido a velar por usted; tal vez considere demasiado arriesgado que nos acompañe —apuntó Walter Scott al tiempo que ambos observábamos a Robert.

Este, sabiéndose descubierto, retiró su escrutadora mirada y la posó distraídamente en la copa de oporto que sostenía entre las manos.

—Él me prometió no interferir si conseguía convencerlo —desveló triunfante Jane—. No obstante, le rogaría que no revele ante los demás, ni comente con nadie, esta extraña capacidad que poseo.

—Mis labios permanecerán sellados para guardar tan sublime secreto, Jane —prometió inclinándose ante la dama para rozar con un beso el dorso de su mano—. Le agradezco la confianza que ha depositado en mí.

Cuando regresaron con el resto de caballeros, Scott anunció su resolución de que la señorita Elliott los acompañara en el asalto al castillo. Todos se extrañaron, pero no osaron contrariar al escritor, tal como mi álter ego había previsto. Colin era el único exultante por la noticia: estaba al tanto de lo mucho que para ella significaba. Robert, en cambio, no salía de su asombro, y en su expresión se leía claramente una pregunta: «¿Cómo demonios ha logrado persuadirlo?».

Cuando le formuló esta misma cuestión a Jane, ya a solas y sin la palabra demonios de por medio, no recibió una respuesta satisfactoria.

—Esas son cuestiones que solo nos competen al señor Scott y a mí —soltó muy misteriosa ella, entre otras cosas porque, de conocer la verdad, Robert sin duda se habría enfadado sobremanera. La habría calificado de insensata por exponerse de manera tan irreflexiva al escarnio social; y además frente a una persona de inigualable prestigio entre las clases acomodadas de Edimburgo. Como si ella no fuera consciente de sobra del riesgo que había corrido.

—No sé de qué me extraño tanto —reconoció Galloway—. Usted sería capaz de seducir con sus palabras al mismísimo Parlamento para que se permita el sufragio universal. Pero quiero que conste que esto lo hace en contra de mi voluntad. Conseguirá usted que nos maten a todos.

—No lo creo. Y si he de morir por alguna causa, esta se me antoja suficientemente buena —mintió ella, que en realidad no entendía de temas de honor como pretendía hacerle creer; le parecían una mala excusa para perder la vida.

Si tomaba parte en aquella aventura era sobre todo por Robert —algo que ni en un millón de años le reconocería a él— y, en menor medida, por Walter Scott, uno de sus ídolos literarios.

—Su presencia allí me distraerá, estaré preocupado por su bienestar, y pesará sobre su conciencia si algo malo me sucede —insistió muy serio, aunque Jane leyó en sus ojos que había logrado persuadirlo también a él.

—Mejor que pese sobre la suya. No haga recaer sobre mí mayor responsabilidad de la que debo soportar en justicia. Bastante tengo yo con mi propia conciencia —se burló la dama.

—Pues ya que vamos a morir jóvenes —dijo Robert fingiéndose resignado a su suerte—, ¿me concede este baile, señorita Elliott?

—¿No resultará demasiado arriesgado para sus pies bailar conmigo una *ecossaise*? El ritmo es trepidante —se mofó de nuevo.

—Me ofende... ¡Debería confiar más en mí como *partenaire*! Soy rápido de reflejos a la hora de eludir pisotones.

Era como si, ahora que se habían condenado a seguir cada uno su camino, los mil pedazos en los que se había roto la relación entre ambos fueran recomponiéndose por sí solos, poco a poco.

Bailaron esa pieza y otra más, hasta que la esposa del señor Robertson, una dama de simpatías exaltadas, se acercó a Jane para recordarle en confianza que «zapatear» con el mismo hombre durante toda la velada era el pretexto que los chismosos del lugar aguardaban ansiosos para avivar sus lenguas. Para no dar que hablar ni ubicarse a sí misma en una posición criticable, Jane aceptó con agrado la proposición de Matthew de acompañarla en la siguiente contradanza.

—¿Le gusta bailar el vals, señorita Elliott? —preguntó Seymour mientras se movían al son que tocaban gaitas, violines, flautas y tambores—. Aún no ha sonado ninguno en lo que llevamos de velada.

—Bueno, no seré yo quien lo condene si hasta en el Almack's* de Londres lo consideran un baile apropiado —replicó ella antes de ejecutar un doble giro sobre sí misma, guiada por la mano de Matthew.

—Mi distinguida madre insiste en que tal práctica resulta decadente y poco decorosa. Ya sabe: después de bailar a un brazo de distancia toda la vida, ahora hay un baile que acepta el abrazo cerrado sobre la dama —comentó con

---

* Destinado a las clases altas, fue uno de los primeros clubes sociales de Londres en admitir la entrada tanto a hombres como a mujeres. Permaneció abierto de 1765 a 1871.

gesto crítico para, a continuación, transformarlo como por arte de magia en una mueca divertida—: Pero, si me guarda el secreto, le reconoceré que personalmente no veo nada malo en ello mientras sirva para reforzar los sentimientos de las parejas.

Ante ese comentario, Jane no pudo evitar que los ojos se le fueran a Robert Galloway, y su compañero en la pista de baile reparó en ello. Durante unos segundos el caballero perdió la sonrisa y permaneció en silencio.

—Usted lo ama, ¿verdad? —La sentencia, por indiscreta, pilló a Jane totalmente a contrapié. De hecho, casi tropieza con la pareja que se balanceaba con fluidos movimientos a su derecha. El pánico en su cara invitó a Matthew a continuar—: Yo siempre la he encontrado a usted encantadora, digna de admirar. Así que cuando mi tío me comunicó su deseo de que nos casáramos, me sentí el más dichoso de los hombres. No podía imaginar mejor compañera y esposa. Luego supe de su posible compromiso con él —dijo señalando con un discreto movimiento de mentón al primogénito de los Galloway, que arrugó la frente desconfiado al saberse protagonista de la charla que mantenían Jane y Matthew—, y decidí aceptar la invitación de *lady* Susan para asegurarme de que efectivamente dicha promesa no había sido más que un malentendido, como ella apuntaba en su amable carta.

Antes de proseguir, Matthew la tomó del brazo para conducirla hasta un rincón más discreto del salón, alejado de los entusiastas bailarines y de la pertinaz mirada de Robert Galloway.

—Pensé que, en ese caso, tendría la generosidad de darme la oportunidad de ganarme su corazón. En vano me felicité del distanciamiento que aprecié entre ustedes cuando llegué a Tyne Park —reconoció con el gesto de un perro apaleado.

—Me da mucha vergüenza hablar con usted de estos temas, Matthew —admitió ella desviando la mirada, nerviosa.

—Y sin embargo es importante que lo hagamos —insistió él con rotundidad y tomándola de la barbilla un breve instante—. Quise conquistarla a como diera lugar, actuando incluso de manera tan irracional como la noche en que pretendí escalar hasta su balcón. Mas no debo seguir engañándome. Y si por fortuna estoy equivocado, le ruego me saque del error y seguiré cortejándola con mayor fervor aún, hasta que acceda a convertirse en mi esposa. —El tono de su voz era de súplica—. Así que dígame, Jane: ¿está enamorada de él?

Ella tragó saliva, afectada por los efusivos sentimientos que acababa de expresarle su primo político.

—No es tan fácil, Matthew. Creo que entre el señor Galloway y yo no puede haber nada. Nos separan muchas cosas de las que usted no tiene conocimiento y de las que tampoco puedo informarle en este momento —se justificó.

—No es eso lo que le he preguntado. ¿Lo ama o no? No tema darme una respuesta equivocada, porque no la hay. Solo espero de usted que sea sincera. Como yo lo he sido. —Jane parecía indecisa. Pensaba en sus obligaciones como hija, circunstancia que él pareció intuir a tenor de cómo se expresó a continuación—: De hecho, quiero que sepa que, si mi tío muriera pronto, y le aseguro que no creo que eso vaya a suceder, *lady* Mary contará con toda mi protección, como si su esposo siguiera vivo.

—Oh, Matthew, tiene usted un corazón tan bondadoso... —reconoció Jane aliviada. Seymour acababa de despertar en su interior una ternura que nunca habría sospechado sentir por aquel hombre—. Me gustaría ser capaz de decirle que no amo a Robert y que mi destino está ligado al suyo y a Hardbrook House, pero no puedo mentirle. No se lo merece.

—Y yo se lo agradezco, señorita Elliott —dijo él tomándole las manos enguantadas y besándoselas. Mostraba verdadera aflicción por el rechazo. Lamenté verlo sufrir; parecía un buen hombre—. Si el señor Galloway es tan imbécil como para no darse cuenta del amor incondicional que usted le profesa, podrá contar siempre con mi apoyo en todos los aspectos, porque la considero de mi familia, además de una amiga muy querida. No se preocupe, no volveré a reiterarle mis sentimientos, porque, con todo lo simple que pueda usted pensar que soy, no podría desposarme con una mujer cuyo corazón sé con certeza que pertenece a otro.

La velada había concluido para Matthew Seymour, que se retiró en busca de un coche que lo devolviera a la casa de los Galloway en Charlotte Square.

31

Regalando sonrisas

Antes de que Robert se acercara a ella para someterla a su previsible interrogatorio —con preguntas del estilo de «Jane, ¿por qué parece usted tan afectada?»—, la dama decidió salir por pies del salón de baile. Aprovechó la multitud para escabullirse de la mirada persecutoria de su amado. Necesitaba respirar un aire menos cargado que aquel.

Tras las dos primeras puertas del vasto pasillo, halló primero la sala de juego, destinada a entretener a los caballeros con alternativas a la danza tales como el *whist*; y después el salón del té, donde algunas damas departían acerca de trivialidades y cuestiones trascendentes mientras exquisitamente tomaban de su plato un colorido macarrón que ellas degustaban a mordisquitos y yo hubiera engullido de un solo bocado.

Más suerte tuvo Jane en su tercer intento. La estancia apenas contenía muebles, y, al fondo, tras unas cortinas blancas, descubrió una terraza de amplias vistas. Decidió ocultarse allí. Tomó un viejo chal que alguien había dejado olvidado sobre la única silla de la sala y se envolvió en él antes de salir. Inhaló profundamente el frescor de la noche y se sintió reconfortada al poder tomar asiento en el suelo, diciendo adiós a tanta pose ceremoniosa. Oculta tras la balaustrada, sin temor a ser observada desde la calle, observó el cielo estrellado arriba y a la gente que entraba y salía del recinto abajo. Desde allí vio a Matthew Seymour subir a un coche de alquiler y perderse en la distancia. «¿Habré hecho lo correcto?», se preguntó. «Sí, es un hombre de honor. Estoy segura de que tanto mi madre como yo no tenemos nada que temer del futuro si mi padrastro fallece. Y yo prefiero quedarme soltera a casarme sin amor», se respondió a sí misma.

Una voz de mujer la sacó de su momento de paz. Provenía del interior de la sala que comunicaba con la terraza. La joven no había llegado sola: Jane escuchó los pasos de una segunda persona.

De inmediato se puso en pie. «Espero que no pretendan salir a la terraza». Habría sido incómodo compartir aquel espacio con desconocidos, y más si resultaban ser enamorados.

—¿Mis pasatiempos favoritos? Debo confiarle que disfruto regalando sonrisas a las damas. —Esta vez la voz pertenecía a un caballero.

Aunque le llegó amortiguada por la distancia y porque hablaba entre susurros, le sonó muy familiar... Con la espalda apoyada en un muro, Jane asomó apenas un cuarto de cara para fisgar lo que acontecía al otro lado de las finas cortinas. El capitán Galloway acompañado de una jovencita.

—¿Regala sonrisas? —flirteó con él la mujer, como si deseara verse obsequiada con una—. ¿Y cómo es eso?

—Oh, solo requiere acortar la distancia a la que nos encontramos ahora mismo usted y yo... —Marcó una pausa para aproximarse un paso más a ella—. Y, ¿la ve en mi rostro? La sonrisa. —Ella asintió, muy concentrada en las explicaciones—. Pues mantenga los ojos bien abiertos, al menos al principio, porque va a presenciar un truco de magia y no quiero que se lo pierda. —El ritmo que Percy imprimía a sus palabras era sereno y excitante—. Quédese muy quieta, señorita Crawford... —murmuró risueño antes de inclinarse para besarla.

Cuando sus bocas se separaron, él ya estaba serio y efectivamente era ella quien tenía una sonrisa juguetona en los labios.

«Muy ocurrentes las técnicas de seducción de Percy», cavilé divertida.

—Es usted un atrevido, capitán.

La joven, sin dejar de sonreír, amonestó al oficial propinándole un pusilánime golpe de abanico sobre el pecho.

—Sí, pero cumplo lo prometido. Y lo mejor es que poseo muchas más sonrisas para regalar. —Volvió a estirar sus labios en un gesto petulante antes de besarla una vez más, esta vez asiéndola con determinación de la cintura para estrecharla entre sus brazos.

Dada la intimidad de la escena, Jane se giró con tanto ímpetu para no seguir espiando que una mano se le enredó torpemente en la cortina. Esta se agitó, pero aparentemente ni Percy ni la dama se dieron cuenta, porque no hicieron comentario alguno sobre el tema.

—¿Sabe, señorita Crawford? En el fondo yo soy un hombre muy tradicional.

—¿Tradicional? ¿En qué sentido, señor Galloway?

—Oh, por ejemplo, en que suelo hacer caso de nuestros refranes, en especial cuando lo que dicen suena bien a mis oídos. Hay uno que reza así: «Sírvete a ti mismo si quieres estar bien servido» —le murmuró al oído.

El comentario provocó que la joven dejara escapar una risita nerviosa.

«Vaya con Percy, no le gusta perder el tiempo. Está hecho todo un don-juán».

Jane, incómoda por la situación y ante la duda de si un comportamiento correcto exigía de ella dar la cara o no, volvió a asomarse.

—Señorita Crawford, ¿le gustaría acompañarme a un entorno más privado? La estancia en la que nos hallamos se encuentra demasiado próxima al salón del té, y otras parejas podrían sentir la inoportuna inclinación de seguir nuestros pasos. —Los ojos de Percy estaban clavados en la cortina.

«¡Santo cielo! ¿Me habrá visto?», se alarmó Jane, quien una vez más se pegó a la pared.

Unos minutos después, cuando por fin se atrevió a echar un nuevo vistazo, comprobó aliviada que la habían dejado sola.

Al poco, la puerta volvió a abrirse. «Otra vez no», se lamentó. «Mientras no sea Robert con la señorita Kilpatrick...». La muchacha en cuestión no se había separado de él ni un segundo desde que Jane lo dejara libre para ir a bailar con Matthew.

Para su alivio, y el mío propio, se trataba de una pareja mucho más de nuestro agrado: Colin y Rosamund. El menor de los hermanos Galloway le reveló a su acompañante que tenía un regalo para ella. A continuación, le habló de sonrisas y trucos de magia, y el resultado fue exactamente el mismo que en la pareja que minutos antes había ocupado aquella estancia. Solo que en este caso la escena le pareció infinitamente más entrañable a Jane. «¡Por fin! Sabía que Colin terminaría por conquistar tu esquivo corazón, señorita Gray», se congratuló llena de dicha. Sin embargo, estaba más que dispuesta a salir de su escondrijo si al caballero se le ocurría pedir a su dama que lo acompañara a un «entorno más privado» como había hecho el capitán con la señorita Crawford. Su intervención no fue necesaria.

—Qué bien hueles a lavanda —dijo él con la nariz perdida en el cuello de Rosamund mientras con adoración acariciaba la base de su delicada garganta.

—¿Cuándo hablarás con mi padre? —preguntó ella coqueta, con un ligero rubor tiñéndole hasta las orejas. Desde luego no era inmune a las atenciones del futuro clérigo.

—Mejor cuando estemos de vuelta en casa. Antes quisiera tratar el tema con *sir* Arthur —respondió él. «¡Ya se le ha declarado y ha dicho que sí!», se dijo Jane—. De todas formas, habrá que esperar un año para celebrar la boda. —Sonrió al advertir que ella hacía un mohín muy gracioso y acarició su barbilla en un gesto de ternura—. El reverendo Fletcher ha comunicado a mi padre que no seguirá ejerciendo en la parroquia de Dunbar a partir de mi nombramiento, dentro de cuatro meses, ya que se siente demasiado enfermo y planea trasladarse a vivir con su hermana y el esposo de esta. Pero estimo que tras heredar el beneficio eclesiástico aún necesitaré al menos siete u ocho meses para adecentar la rectoría. Al fin y al cabo, está destinada a alojar a la mujer más maravillosa del mundo y no quiero que eches nada en falta.

Colin besó entusiasmado la mano que Rosamund le había concedido y sugirió regresar al salón para poder presumir de pareja de baile durante lo que restaba de velada.

Cuando un instante después oyó la puerta cerrarse, Jane apenas podía contener la emoción. Se sintió una privilegiada por ser conocedora de tan hermosa noticia antes que nadie.

Al cabo de un rato, alguien que no estaba de paso entraba en la sala.

—Señorita Elliott —la llamó. Jane no respondió. Su corazón lo hizo por ella, hablando alto y claro de sus sentimientos: bum-bum, bum-bum, bum-bum. Respiró hondo, intentando acallarlo—. Jane, ¿se encuentra usted aquí? —insistió él.

Finalmente la dama cedió a los deseos que se agolpaban en su pecho y se dejó ver tras las cortinas.

—Ah, ahí está —celebró Robert acercándose a ella—. Noté su ausencia y me preocupé. Temí que hubiera decidido emprender el asalto al castillo usted sola, sin más ayuda que su afilada lengua.

—No, señor. ¿Cómo cree? —Ella sonrió por la ocurrencia al tiempo que caminaba a su encuentro tras retirar las finas telas que los separaban. También se desprendió del chal.

—Oh, señorita Elliott, la considero capaz de eso y de mucho más —replicó echándose a reír—. ¿Y el señor Seymour? Lo vi marcharse del salón de baile...

Robert buscaba una explicación a la escena que desde lejos había presenciado.

—Sí, también abandonó el edificio y creo que en breve dejará de abusar de la hospitalidad de su familia —le confesó Jane con gesto doliente. Se sentía culpable por la decepción amorosa que Matthew acababa de sufrir.

—¿La ha ofendido de alguna manera? —se inquietó Galloway, los ojos brillantes de indignación—. Porque si es así, esta misma noche se irá de la casa. Su expresión mientras hablaban... —añadió intentando camuflar su enfado—. Parecía usted muy afectada. También ahora.

—Pregunta usted si Matthew me ha ofendido. Al contrario. Se ha comportado como un verdadero caballero, y ha sido muy comprensivo con mis sentimientos. Le ruego que no me pregunte más: no pienso hablar de intimidades que no me pertenecen.

En cualquier caso, me pareció que Galloway había entendido que el esperado compromiso entre Seymour y Jane no iba a producirse nunca, lo que permitió que el gesto de la cara se le relajara. Algo que podía apreciar claramente Jane, ya que él se había acercado mucho. La situación de proximidad le hizo recordar al «Papá Noel de las sonrisas». Dio un discreto paso atrás. Él se percató del movimiento en retirada.

—¿Huye de mí, señorita Elliott? —preguntó observándola con curiosidad.

—Sigo aquí, solo que a un paso más de distancia. Usted precisa de su espacio —dijo rodeando con las manos el aire libre que le correspondía a él— y yo del mío.

Galloway recortó la zancada que los separaba.

—¿Y por qué avanza de nuevo? —preguntó ella más nerviosa que molesta.

—Le regalo mi espacio —respondió él muy sonriente.

Jane se estremeció como si un viento helado la hubiera golpeado, porque en ese momento veía en la mirada de Robert una muy parecida a la que acababa de apreciar en los acompañantes de la señorita Crawford y Rosamund.

—Pues no quiero más «regalos» —carraspeó ella, convencida de que, gracias a su entonación, él sabría leer entre líneas.

—No los tengo —dijo él mostrando sus manos vacías y sinceramente intrigado por el significado de las palabras de Jane.

—Oh, sí los tiene. —Lo miró con el ceño fruncido—. Acabo de ver a Colin y a Percy regalando sonrisas.

Robert, impactado al principio, rompió a reír al recordar los métodos de seducción del capitán Galloway. Jane entendió que efectivamente el oficial había compartido con sus hermanos aquellos trucos de casanova, y que el pequeño de la familia había tomado buena nota de la lección.

—Jane, no preciso de trucos de magia o malabares para conseguir el beso de una mujer —expuso él recuperando la serenidad. Me percaté en ese momento de otro de los grandes atractivos de Robert/Duncan: su manera de hablar, pausada y segura—. Usted debería saberlo. —Noté el calor intenso en las mejillas de mi anfitriona. Por una vez se había quedado sin palabras, y lo miraba ofendida—. Aunque aquel primer beso... —Galloway se humedeció el labio inferior, como si acabara de saborear el recuerdo—. Bien es cierto que estaba destinado a su mano. —Indolente, enarcó una ceja—. Pero le aseguro que mi intención no fue la de ejecutar ningún truco, más bien seguí un impulso y simplemente me dejé llevar.

—¿Que simplemente se dejó... llevar? —tartamudeó indignada—. ¡Robert! ¿Cómo se atreve? ¿Considera correcto hablarme con semejante insolencia y traer a mi memoria lo que ocurrió aquella abominable noche? Es muy poco delicado por su parte —protestó ella, sintiéndose confusa—. Ya he escuchado bastante.

Robert la sujetó del brazo, aunque fue su cautivadora mirada lo que de verdad la retuvo.

—Me pareció comprender por su conversación de esta mañana, durante el desayuno, que en ocasiones se siente presa de los convencionalismos sociales, que desearía vivir en una época en la que hombres y mujeres pudieran hablarse de igual a igual, sin falsos disimulos en atención a lo socialmente establecido. —Una sonrisa de suficiencia le estiró las comisuras de los labios—. Yo me he limitado a conversar con usted como si lo hiciera con un igual, dejando a un lado tanta ceremonia pretenciosa. ¿Y así me lo agradece, Jane? ¿Huyendo de mí una vez más? —Movió irónico la cabeza de un lado a otro, fingiéndose compungido—. Ya no sé cómo contentarla.

—Pero es que yo me refería a cuestiones políticas, científicas, literarias... —se explicó ella—. A que las mujeres no tenemos por qué fingirnos ignorantes, como si eso fuera una virtud en lugar de un humillante defecto. No hablaba de...

Él seguía reteniéndola, aunque con tanta suavidad que la hizo sentirse libre para irse si era lo que deseaba. También ese comportamiento formaba parte del patrón de Robert/Duncan.

—O sea, que discriminamos las cuestiones del corazón de todas las demás inherentes al ser humano —cuestionó los argumentos de Jane—. ¿Pero acaso no forman también parte de nuestras vidas? Por lo que tengo entendido, o al menos es lo que he escuchado decir a personas realmente enamoradas como mi hermano Colin, el romance es parte consustancial de nuestra felicidad.

«Realmente enamoradas. Qué forma más despreciable de decirme que él nunca me quiso», se dolió Jane con el comentario.

«¡Diablos! ¡Qué susceptible era mi yo del siglo xix!». Me pregunté si en realidad no seguía siéndolo en el xxi.

—Si, como acaba de reconocer, este es un asunto en el que usted no acredita práctica alguna, haría mejor en reservarse sus opiniones —replicó ella arrastrada por el orgullo—. Mejor no hable de aquello que desconoce.

—Una vez alguien me dijo que la experiencia es deseable, pero no imprescindible si uno disfruta del don de la imaginación. —No pude reprimir la risa. Robert acababa de devolvérsela a Jane. «Eso ha sido claramente un ¡zas, en toda la boca!»—. No deseo hacerla enfadar. En serio que no, Jane. De hecho, me gustaría comentarle un asunto de vital importancia. Sin embargo, temo su reacción...

Jane captó al vuelo que de repente parecía dispuesto a mantener una conversación seria. «¿Habrá hablado con Scott? ¿Querrá reprenderme por haberle revelado mi secreto a un escritor? Si es así, no parece irritado...».

En todo eso pensaba ella cuando la puerta se abrió y la señora Robertson entró como un vendaval, agitando imperiosa un abanico con tantas plumas que parecía a punto de echarse a volar.

—¡Señorita Elliott! Acompáñeme de inmediato. ¿Acaso desconoce usted que no debe permanecer a solas con un caballero? Ay, esta juventud... —Entre risas, se la arrebató a Galloway, dejándolo plantado y sin acompañante—. Menos mal que el capitán me ha informado de que estaban ustedes aquí...

«Poco debe de fiarse Percy de su hermano si envía a la señora Robertson en busca de estos dos...», sonreí complacida. Jane, por su parte, agradeció la irrupción de la buena señora. La había liberado del brazo de Robert, y también de su pernicioso influjo.

Cuando más tarde él intentó llevársela al centro del salón, ella le explicó que no se sentía inclinada a bailar. Temía que Galloway aprovechara la ocasión de verse solos de nuevo para comentarle aquello que le preocupaba, y no podía tratarse de nada bueno para sus oídos.

Tras aquella escena, mi viaje por el tiempo hizo escala en la mañana siguiente al baile: una sirvienta acababa de subir a la habitación de Jane para hacerle entrega de una carta madrugadora. Procedía de Hardbrook House. «Despedí esta misma mañana a Matthew. Es imposible que mi madre y lord Seymour ya estén enterados de que no habrá compromiso entre nosotros», se extrañó. Pese a la curiosidad, resolvió no romper aún el sello de lacre.

La señorita Elliott había decidido recluirse en la alcoba hasta la hora del almuerzo. El objetivo no era otro que evitar al heredero de Tyne Park. Estaba convencida de que la «conversación pendiente» a la que había aludido Galloway durante el trayecto de vuelta a Charlotte Square la noche anterior giraría en torno a su don de la segunda vista y a cómo había osado revelar semejante secreto a Walter Scott. «¿Para qué escuchar más recriminaciones fraternales de boca de Robert?», se planteaba la señorita Elliott. «¿Fraternal? Poco fraternal lo encontré anoche cuando te recordaba sin tapujos vuestro primer beso», pensé yo. Sin embargo, la llegada de la misiva hizo que Jane abandonara sus planes y el dormitorio, no sin antes, con mucha cautela, dejar que asomaran sus rizos por una rendija de la puerta. Ni moros ni Galloways en la costa. Vía libre. Bajó las escaleras de puntillas, evitando en la medida de lo posible que los escalones crujieran a su paso. Al llegar al recibidor, tomó uno de sus sombreros de paseo del perchero situado al pie de la puerta.

Las rígidas normas sociales de la época no veían con buenos ojos que una señorita anduviera por la calle sin compañía, pero si una vocecilla en su cabeza le recordó tales deberes, sencillamente la ignoró. De todas maneras, no se iba a alejar demasiado: pretendía sentarse en un banco del parque contiguo a la casa para leer la carta que le había hecho llegar su madre. «Quizás solo sea para comunicarme la fecha en que partirán hacia Bath», reflexionó.

Tras acomodarse como había planeado, rompió —ahora sí— el sello de lacre, y comenzó a leer. Según avanzaba en la lectura de aquellas líneas, la seguridad de Jane se iba desmenuzando como un castillo de arena reseco. Eran noticias para nada esperadas, y le causaron tal dolor que ni siquiera el hecho de hallarse a la vista de las personas que paseaban sin rumbo fijo a su alrededor pudo obligarla a contener aquel llanto silencioso.

—¿Jane? —Sonó la voz de Robert a unos metros de distancia. Sobresaltada, alzó la cabeza—. ¡Jane! —exclamó él al confirmar que sí era la señorita Elliott quien lloraba de manera tan lastimera—. Por Dios santo, ¿qué le sucede? —preguntó al tiempo que se sentaba junto a ella en el banco y le ofrecía su pañuelo de bolsillo para secarse las lágrimas.

La llegada de Galloway, lejos de calmarla, la alteró aún más. Él tomó sus manos, en un intento de contener los vientos huracanados que azotaban el interior de la joven, cuyos hombros temblaban al ritmo de diminutos espasmos. Incapaz de tomar del aire el oxígeno que necesitaba para seguir respirando, Jane sintió cómo se ahogaba en lo más profundo de aquella pena. Solo cuando notó los preocupados dedos de Robert presionando los suyos con decisión, pudo aferrarse a ellos, como al socorrido tablón de un naufragio, para ascender hasta la superficie y respirar de nuevo.

—Señor Galloway. Yo... acabo de recibir la peor de las noticias —dijo mostrándole la carta que aún permanecía sobre su regazo.

—¿Su padrastro? —se inquietó Galloway.

—No, no es eso. —Jane se limpió la cara con un extremo del pañuelo—. Una buena amiga acaba de fallecer. —Hizo una pausa, con el gesto contraído por el dolor—. Y ha sido por mi culpa. Yo soy responsable de su muerte.

—¿Por su culpa? No puedo creer lo que dice, Jane —le aseguró él con expresión cariñosa y cercana.

«Vuelve a ser mi Duncan, mi amigo invisible», pensé yo. Me sentí conmovida por la aflicción que embargaba en ese momento a mi yo del pasado y por el trato amoroso que Robert le deparaba.

—Usted estaba en lo cierto. No se debe interferir en la vida de los demás. Yo lo hice, y por esa razón una mujer generosa, juiciosa y tierna como Catherine hoy ya no se encuentra entre nosotros.

—¿Cómo interfirió en la vida de esa joven, Jane? Vamos, cuéntemelo —la animó Galloway, cuyo calor reconfortante nos llegó a través de las caricias destinadas a secar las resbaladizas mejillas de Jane—. Estoy convencido de que, en cuanto conozca las circunstancias en las que se ha producido su fallecimiento, podré hacerla entender que usted no es responsable de nada.

—No lo creo. Una vez sepa lo que hice, se sumará a los reproches que yo misma me dirijo en este momento.

Él, para darle a entender que eso no iba a suceder, le sonrió con dulzura. Y aquel gesto imprimió en su alma el coraje para explicarle lo que había ocurrido:

—Catherine estaba enamorada de Michael Albridge, un joven de muy buen corazón, como ella. Cualquiera que los hubiera visto juntos habría entendido que aquel era un amor verdadero... —Jane, sin ser consciente de lo que hacía, buscó los ojos de Robert; él pestañeó, algo impresionado por la conexión física que existía entre ellos, y no fue capaz de sostenerle la mirada.

—Según mi padrastro —continuó ella, ajena a los sentimientos de Galloway—, esas dos familias han estado enfrentadas durante generaciones por culpa de viejas rencillas de las que desgraciadamente perdura el recuerdo de la humillación sufrida por ambas partes. Así las cosas, el compromiso entre la señorita Fairchild y el señor Albridge resultaba del todo imposible, porque a ella le faltaban dos años para cumplir los veintiuno y desde luego no contaba con el consentimiento de sus progenitores para aquel matrimonio.

Guardó silencio, intentando centrar su atención en las manos suaves y masculinas que envolvían las suyas. Llegaba el momento de entonar el *mea culpa*.

—¿Y qué ocurrió, Jane?

—Yo y mi fijación con el romanticismo... —añadió mirando de reojo las briznas de hierba que teñían de marrón y verde el suelo—. ¡Maldita sea!

—Cálmese, y siga contándome —la animó a proseguir.

«Cuando te lo cuente, me odiarás aún más», vaticinó ella. Decidió que, de ser así, resultaba justo castigo para su censurable comportamiento.

—Señor Galloway, yo le aconsejé a mi amiga que luchara por ese amor, que sus familias terminarían por ceder cuando la relación con el señor Albridge fuera algo irremediable. Con huir a Escocia para casarse, todo solucionado. En Gretna Green no precisarían el consentimiento de los padres de Catherine para la celebración de la ceremonia —le confesó avergonzada—. Y tomó por buena mi impaciente sugerencia... Se fugaron.

Las lágrimas cegaron de nuevo sus ojos.

—¿Acaso fueron infelices?

—¡No, en absoluto! Durante estos dos últimos años vivieron dichosos, más aún cuando ambas familias decidieron enterrar el hacha de guerra para acogerlos de nuevo en su seno... Y si es cierto que nunca llegó a darse una amistad cercana entre ambas parentelas, por lo menos sí establecieron una cordialidad suficiente para llevar una vida en paz y sin conflictos.

—¿Entonces? ¿De qué puede acusarse usted, Jane?

—La señora Albridge acaba de fallecer al dar a luz a su primer hijo.

Jane estalló en sollozos y Robert la acunó contra su pecho, sin importarle la mirada escandalizada de los paseantes que seguían recorriendo el parque de Charlotte Square y los observaban con reservada curiosidad.

—No es culpa suya, Jane. ¿Cómo va a serlo? Por favor, no llore más. —Su voz suplicante y rota denotaba que sufría con ella, que odiaba verla en aquel estado.

—No... no lo entiende, Robert —gimoteó ella separándose un poco para poder hablarle a los ojos—. Si yo no me hubiera in... inmiscuido, a Catherine

nunca se... se le hubiera ocurrido fugarse con Al... Albrigde a Escocia. Se hubiera casado con... otro, del gus... gusto de su familia, y esto no habría pasado.
—Se enrabietó por no poder controlar el llanto hipado.

—Eso no puede saberlo. —Robert le cogió el pañuelo de la mano para limpiarle las lágrimas que seguían surcándole la cara.

—Claro que sí. Y si... si ni aun su reprobación voy a recibir co... como castigo, tendré que esperar a ser juz... juzgada el día de mi muerte... por mi amiga y por Di... Dios, que estará a su lado.

—¡Qué cosas dice, Jane! Por lo común es usted la mujer más juiciosa de este mundo, pero ahora se comporta como una chiquilla irracional. —Sonrió y le pasó una mano por el cabello para colocarle detrás de la oreja un mechón de pelo que se le había escapado del recogido.

—Al menos el be... bebé se encuentra bien. —Aspiró hondo, pero seguía sin poder controlar las convulsiones de la llantina.

—Pues si se atribuye usted como carga la muerte de la madre, también debería atribuirse el mérito del nacimiento del niño —razonó él.

A pesar del disgusto, levantó la mirada sorprendida.

—Ahora es usted qui... quien dice sinsentidos.

—¿Lo ve? Igual de absurdo es pensar una cosa como la otra, Jane. Nada de lo que le ocurrió a la señora Albridge es responsabilidad suya. Todos tomamos nuestras propias decisiones y, por tanto, solo nosotros debemos responder por ellas.

—Pues tenga por seguro que no... no volveré a inmiscuirme en la vida de los de... demás. Ni para bien ni para mal —sentenció ella muy concienciada.

Me pregunté si aquella traumática experiencia de mi yo del pasado sería la razón de que hiciera mía esa máxima en el siglo XXI. Dar consejos o entrometerme en las decisiones de la gente me provocaba urticaria emocional; me inquietaba alterar de alguna manera —siempre temía que fuera para mal, claro— el devenir de sus vidas.

—Volvamos a la casa. —Robert la ayudó a levantarse—. Pediré a Murray que le prepare una tila. Necesita reponerse, y apuesto a que, debido al sofoco, sufre de migrañas en estos momentos. Agradezca que *lady* Susan decidiera permanecer en Tyne Park —le recordó con un toque cariñoso en la barbilla. La caricia provocó que Jane esbozara una media sonrisa—; imagine si estuviera al otro lado de esa ventana, viéndola regresar en el lamentable estado en que se encuentra.

Ya de vuelta, Robert hizo sonar la campanilla del salón y una criada acudió de inmediato para atender las peticiones del señor: ayudar a la señorita Elliott a desvestirse y a meterse en la cama y pedirle a la cocinera que preparara una infusión.

Llevaba unos minutos arrebujada entre las confortables sábanas, cuando Jane oyó tocar a la puerta. «Qué rápida...», se dijo suponiendo que ahí llegaba su tila.

—Adelante, Murray —la invitó a pasar mientras por enésima vez el pañuelo de Galloway le drenaba los ojos.

Al menos había dejado de hipar, y eso ya era un consuelo.

—Soy Robert —se presentó abriendo la puerta con cautela. Llevaba un libro entre las manos—. Me preguntaba si podría venirle bien algo de compañía. Las tristezas son aún más infaustas en soledad: no nos permiten olvidar lo que nos aflige. Quizás yo logre distraerla al menos durante un rato.

—Pase, pase —lo conminó a entrar Jane—. Se lo agradezco mucho. Lo cierto es que no consigo dejar de pensar en mi querida Catherine y la terrible suerte que ha corrido.

Noté cómo, sin poder remediarlo, empezaba a emocionarse de nuevo, pero de una forma más sosegada que en el parque un rato antes.

En ese momento llegó Murray al rescate con la tila y se la ofreció a Jane. Robert, sin decir nada, agarró una silla y tomó asiento junto a la cabecera de la cama. La cocinera le formuló mil preguntas a la señorita Elliott, le tomó la temperatura palpándole la frente, se preocupó, se preguntó si no sería recomendable ir en busca del médico de la familia, se volvió a preocupar y, cuando por fin se convenció de que lo único que Jane necesitaba era reposo, los dejó solos.

—Ann Radcliffe. —Robert le mostró la tapa del libro que sostenía—. Espero que le guste, porque pretendo leer en voz alta para entretenerla. Y seguro que tiene un final feliz, como todas las novelas de este género.

—El primer volumen de *El italiano* —dijo ella haciendo un esfuerzo por distinguir el título entre las lágrimas que le anegaban los ojos. Los sintió doloridos e hinchados y se los secó con disimulo, sonriendo, como si ese gesto fuera a evitar la inquietud de Robert—. ¿No le aburrirá? Sé que siempre ha preferido los libros de Historia.

—No me ofenda, mi querida amiga —replicó él abriendo mucho los ojos—. Yo puedo disfrutar de una novela tanto como lo haría usted. Además, en Radcliffe encuentro un acertado gusto por las descripciones y la ambientación.

Aunque me decanto más por la fina ironía de la señorita Austen en obras como *Orgullo y prejuicio*. Por desgracia, los ejemplares que poseo de sus obras se encuentran a buen recaudo en la biblioteca de Tyne Park. —Se encogió de hombros con impotencia—. ¿Empiezo? —preguntó alzando el volumen abierto por la primera página.

Ella le agradeció los cuidados obligándose a reformar su gesto mustio. Es lo que tiene el amor, que incluso en las mal dadas logra hacernos sonreír.

Al cabo de unas cuarenta páginas, agotada por el cúmulo de sentimientos encontrados, Jane se quedó dormida, y a la oscuridad que precedía a mi regreso al siglo XXI o a un nuevo capítulo de mi vida decimonónica le siguió más oscuridad...

32

¡Ha del castillo!

—¡Silencio! —chistó alguien en la penumbra. Solo un farol acompañaba a los cinco intrusos, y alumbraba con tacañería. Adrede. La idea era no ser descubiertos por las tropas del Imperio británico destacadas en el castillo—. No, no ha sido nada. Me pareció oír voces —susurró Walter Scott mientras con una mano hacía avanzar a los compañeros a su paso.

Jane marchaba tras el escritor, seguida de Robert, Colin y Albert, el hijo de lord Allan, un joven veinteañero, abogado y de carácter más llevadero que el de su progenitor. Sospeché que les vendría bien contar en el grupo con un experto en leyes por si las cosas se torcían y los pillaban in fraganti.

«Me siento capaz de superar cualquier obstáculo con estos ropajes», iba pensando Jane, cuya feminidad quedaba encubierta bajo las vestimentas masculinas que le había prestado Colin para la misión. Eran prendas oscuras y propias de gente humilde, ya que deseaban pasar lo más desapercibidos posible por las calles de Edimburgo. A través de la memoria de mi álter ego, pude contemplar el gesto de estupor de Robert al verla descender por las escaleras de la casa de Charlotte Square con semejante atuendo.

—¿A esto se refería cuando nos explicaba que le gustaría que hombres y mujeres se tratasen de igual a igual? —le había preguntado con una sonrisa sardónica en los labios.

—No era exactamente esto. Pero lo cierto es que me siento bien. Desde luego más libre que con corsé —respondió ella remetiéndose por debajo del sombrero unos rizos que se le habían escapado cerca de la oreja.

—Todo esto no puede acabar bien —sacudió él la cabeza—, y no sé qué explicación voy a ofrecerles a mi padre y a su madre cuando nos aprehendan y la encierren a usted bajo llave en un calabozo compartido por mujeres de mal vivir, ladronas, asesinas...

—Mi madre entenderá que no pudo hacer nada por impedirlo —lo interrumpió Jane—. Es consciente de la tozudez de su hija y de que cuando algo se me mete entre ceja y ceja, resulta prácticamente imposible que desista del empeño —intentó tranquilizarlo—. Por favor, Robert, le agradezco su preocupación, pero no soy ninguna niña desamparada que precise de su custodia. Soy una mujer adulta, y, como usted mismo dijo, cada cual es responsable de sus propias decisiones.

—A la vista está que me encuentro ante una mujer hecha y derecha —reconoció él señalándola—, pese a que en ocasiones insista en ocultarlo con ideas peregrinas o ropajes masculinos como los que hoy luce.

Eran poco más de las dos de la madrugada cuando el grupo de cinco personas, liderado por Walter Scott, accedió al interior de la fortaleza por la pared sur; a esas horas la mayoría de las tropas dormían en sus lechos, y no eran numerosos los efectivos que permanecían de vigilia. Meses atrás, el famoso escritor había visitado el lugar en compañía del doctor Thompson para comprobar que efectivamente el boquete perpetrado por los prisioneros del castillo durante la fuga masiva de 1811 se había reparado de aquellas maneras y que no resultaría complicado reabrir parte de la fisura. Hombres de lord Allan, bajo la supervisión de su hijo Albert, se habían encargado de llevar a cabo ese trabajo las noches previas a la misión. Un pequeño hueco por el que entrar a rastras y que se pudiera ocultar tras unas ramas secas para no ser localizado durante el día por las tropas que custodiaban el lugar era más que suficiente.

Enseguida se encontraron en el interior de las bóvedas que, a lo largo de varios siglos, habían servido de prisión para tantos y tantos marineros capturados durante las guerras británicas. El lugar, que solo dos años antes, en 1814, había dejado de cumplir su función como cárcel, se presentaba ante ellos con un aspecto fantasmal: salvo unos catres bajo los que refulgían, semiescondidas, algunas bacinillas metálicas, la estancia estaba despejada de enseres.

Walter Scott echó una mirada discreta e inquisitiva a Jane, pero esta negó en silencio con la cabeza para indicarle que de momento no veía nada paranormal en torno a ellos. Aunque Robert los pilló comunicándose, dudo que entendiera el contenido del mensaje, ya que, en contra de la opinión de la señorita Elliott, yo no pensaba que Galloway estuviera al tanto de la conversación que ella había mantenido con el escritor acerca del tercer ojo. En cualquier caso, el heredero de Tyne Park se limitó a fruncir el ceño; y, si sospechaba algo, se lo guardó para sí mismo.

—Echemos un vistazo, caballeros —invitó Scott.

—¿Y qué se supone que debemos buscar aquí? —preguntó Colin—. Considero poco probable que las Joyas de la Corona se hallen escondidas en la prisión...

El novelista vaciló un instante. Llegué a distinguir cómo observaba a Jane, aunque esta ni se percató porque de repente la prisión empezó a cobrar vida a su alrededor: del techo ahora colgaban ropas marineras, calzas de rayas azules y camisas blancas amarilleadas por el sudor propio de un uso diario y prolongado; casacas francesas pendían de una estructura de madera; una docena de hamacas se columpiaban de los travesaños como murciélagos relajados; también vio cestos de mimbre sobre el suelo y, encima de una gran mesa, platos, una jarra y la palmatoria de una vela cuya mecha se alumbró sola. Dos grandes calderos bullían al calor de un fuego.

En último lugar se aparecieron los prisioneros, aquí y allá. Conté nueve. Con suerte, bastarían para las necesidades de la expedición.

—Señor Scott... —dijo ella con una gran sonrisa en los labios.

Todos la miraron. Solo uno entendió lo que sucedía.

—Necesita descansar un momento, ¿verdad? —le preguntó el escritor. Ella asintió—. No se preocupe. Dese unos minutos. Siéntese aquí. —La ayudó a acomodarse sobre un viejo jergón—. Caballeros, vayamos a inspeccionar las cámaras aledañas a la prisión, porque, como bien apunta el joven Galloway, es seguro que entre estos camastros no hallaremos los Honores de Escocia.

Solo Colin y Albert siguieron a Walter Scott.

—No pienso dejarla sola —le comunicó Robert a Jane—. ¿De verdad se encuentra cansada? Porque yo no diría eso en absoluto. De hecho, la veo muy risueña —murmuró entrecerrando los ojos.

«¿Ignora que Scott sabe lo de mi don? Creí que los dos habían hablado en el baile sobre ese tema y que por eso Robert decía tener una conversación pendiente conmigo... Tal vez me equivoqué. Pero si le soy franca ahora, la discusión es inevitable. Y aquí no, este no es el momento», le dio tiempo a pensar antes de tomar una decisión.

—Robert, está usted en lo cierto: no necesito reposo, pero preferiría no confiarle la verdad. El señor Scott conoce mis razones. Vaya con él, por favor.

—Comete un error si piensa que la voy a abandonar aquí. Permaneceré a su lado, y me dan igual las razones que esgriman usted o el mismísimo Walter Scott para intentar alejarme de este lugar, porque no me iré. —El brillo tozudo de su mirada convenció a Jane de que no podría hacerle cambiar de opinión.

—De acuerdo. Usted gana, pero prométame que permanecerá en silencio y no interferirá en lo que he venido a hacer, por muy extravagante que le parezca. Por una vez, intente confiar en mí —le rogó Jane con ojos suplicantes.

—Se lo prometo —cedió por fin, no sin antes pensárselo dos veces.

Sin más explicaciones, la dama disfrazada de hombre comenzó a pasearse entre los catres, observando con cautela y respeto a los fantasmas de los prisioneros... Se detuvo cuando uno de ellos le devolvió la mirada.

—¿Puede usted verme? —le preguntó Jane.

—Como para no verte, muchacho... —respondió el marinero, un viejo de pelo canoso, barba rala y, por el aspecto de su dentadura, muy necesitado de un virtuoso sacamuelas—. ¿Acaso le faltan los ojos de la cara a este holandés? No. Solo un par de dedos. —Le mostró su mano cercenada antes de dirigir de nuevo su atención al pequeño agujero que atravesaba el muro.

Mi yo del siglo XIX optó por ignorar a Robert y lo que pudiera pensar de ella al verla hablando sola. Yo, en cambio, sí me dediqué a examinar el gesto de Galloway, que por supuesto era de total incredulidad. Por un momento pensé que iba a decir algo —seguramente del estilo: «¿Pero con quién diablos está hablando?»—, e incluso hizo ademán de tomar a su amiga por el brazo, pero finalmente la dejó continuar, tal como había prometido.

—¿Qué tal la vida en prisión, señor? —se interesó Jane, quien consideró necesario mostrar algo de consideración hacia su interlocutor antes de ir directa al meollo de la cuestión—. ¿Muy dura?

—¿Señor? —Rio él—. ¡Vaya, muchacho! Me gusta la cortesía que muestras para con este viejo marino —dijo guiñándole un ojo a Jane—. Así que te contaré que aquí no se vive mal del todo. Recibo ropa y seis peniques al día. Los gabachos viven aún mejor —dijo señalando a un grupo de prisioneros vestidos con camisas y pantalones blancos que jugaban al dominó—: un centavo extra por día y la ropa de su propio Gobierno. Pero no voy a quejarme... —El anciano enseguida desvió la vista al hueco de la pared—. Además, la suerte me sonríe en las apuestas.

—¿Apuestas? ¿Qué tipo de apuestas hacen aquí? —le interrogó Jane, ahora con auténtica curiosidad.

—¿Ves el agujero en ese muro? —preguntó mostrando el orificio que no dejaba de vigilar—. Pues con ese españolito de ahí he apostado mi ración diaria de cerveza a que la rata que vive al otro lado no tardará en aparecer más de una hora.

—Raadsen, viejo bribón, también has apostado tu libra y media de pan y el cuarto de libra de mantequilla de hoy. Y no olvides la carrillada del viernes... —le recordó el prisionero al que se había referido como «el españolito», un hombre de unos treinta y pocos, bien parecido, aunque con la piel curtida por el sol marino de cubierta—. ¿O quizás te has olvidado de eso porque ya han pasado treinta y cinco minutos y tu rata aún no ha dado señales de vida? —Recostado sobre un catre y ayudándose de cuerda, un par de palitos y un cuchillo sin punta, el marinero tallaba un trozo de madera en el que ya se distinguían perfectamente la proa y la popa del futuro barco.

—No, De Gálvez... No se me ha olvidado. Era por no aburrir al chico con los detalles —respondió Raadsen.

—¿Qué barco está tallando, señor? —preguntó Jane al prisionero español.

—El Bellerophon. Es un buque que se vende a muy buen precio en el mercado que organizan los sábados en el castillo. Y puede usted llamarme Bernardo, señorita —dijo levantando los ojos por primera vez del trabajo que lo ocupaba.

—¡Dios bendito! —exclamó el holandés mientras se atusaba su pelo alborotado y se peinaba la barba con sus tres largos dedos. De súbito había perdido todo el interés en el boquete de la pared—. ¿Es usted una señorita? ¿Por qué no lo ha dicho antes?

—No quería aburrirle con los detalles... —se burló Jane, que decidió quitarse el sombrero que la cubría para dejar que los cabellos le cayeran sueltos sobre la espalda.

El gesto llamó la atención de los demás fantasmas, quienes, al descubrir que se hallaban en presencia de una dama, abandonaron sus anteriores quehaceres para aproximarse a ese rincón del presidio. Mi álter ego consiguió mitigar en su mente todas aquellas voces hablándole a un tiempo, las siete asombradas de contar entre ellos con una señorita que pudiera verlos e incluso dirigirles la palabra.

—Hace tanto que no converso con una dama, que ya no sé ni distinguirlas... —se excusó el viejo holandés al tiempo que se rascaba con rasmia la cabeza—. Y además es usted muy hermosa.

Jane sonrió agradecida por el cumplido del fantasma.

—¿Le sucede algo, señorita Elliott? Se ha puesto colorada... —le comentó Robert.

Ella se limitó a darle un par de palmaditas en el antebrazo, dándole a entender que todo iba bien.

—En cambio su prometido no puede vernos, ¿verdad? —preguntó el marinero Bernardo señalando a Galloway con la punta de su cuchillo.

—Oh... Ya no es mi prometido... —«¡Cielos, no debería haber dicho eso! Robert no puede escucharlos a ellos, pero sí puede escucharme a mí». En efecto, él la miró desconcertado por la aclaración—. Pero lleva razón en que los nueve son invisibles para él —añadió intentando mantener el control sobre sí misma.

—Pues yo hubiera apostado mi ración del domingo a que eran ustedes pareja —reconoció el español al tiempo que hacía saltar una nueva viruta al suelo.

Como Jane no deseaba retomar un tema tan escabroso como el de su compromiso frustrado con Galloway, obvió el comentario del marino.

—Me gustaría hacerles una pregunta, señores, ya que me prestan todos atención —anunció Jane girando sobre sí misma, para que los nueve prisioneros se dieran por aludidos. Y se dieron. De hecho, parecían deseosos de colaborar con ella—. Puesto que poseen la capacidad de atravesar las puertas y las paredes de esta fortaleza, me gustaría saber si alguno ha llegado a contemplar los Honores de Escocia.

Unos negaban con la cabeza, otros se encogían de hombros, todos coincidían en el gesto de ignorancia: en realidad no habían entendido a la señorita Elliott.

—Claro, ustedes no son escoceses —dijo mientras castigaba su falta de perspicacia frotándose la frente con los nudillos—. Tal vez no las conozcan por su nombre oficial. En realidad, les estoy preguntando por el paradero de unas joyas: un cetro, una espada y una corona. Mis amigos y yo creemos que deben de estar ocultas en algún lugar del castillo, pero no sabemos dónde buscar...

Los espíritus de los cautivos permanecieron en silencio.

—¿Nadie? ¿En serio? —preguntó de nuevo decepcionada.

Ayudándose de un par de dedos, Robert tiró hacia afuera del cuello de su camisa, como si la tela le arañara la piel, y arqueó las cejas con escepticismo. «Cree que Jane se lo está inventando todo... Y se empieza a impacientar», supuse.

Por suerte, la señorita Elliott pilló a uno de los prisioneros franceses clavándole el codo en las costillas al compañero que tenía al lado, como si lo animara a hablar.

—*Non, je ne dirai rien, Philip* —se negaba en su lengua materna el marinero embestido. Aunque la voz del joven apenas se elevó a murmullo, Jane logró escucharlo y, como había recibido clases de Francés durante muchos años, entenderle. Y yo gracias a ella—. *Ils prendront le trésor et je ne pourrai plus jamais le revoir. J'aime bien son éclat...**

---

* En español: «No, no diré nada, Philip. Se llevarán el tesoro y no podré volver a verlo nunca más. Me gusta cómo brilla...».

—*Monsieur, s'il vous plaît. Ne croyez pas que nous sommes ici pour voler le trésor. Nous voulons juste savoir où est-ce que les bijoux se trouvent. Je vous promets que le trésor restera au château**—le aseguró mi álter ego.

«Ojalá yo hablara francés así. ¿Por qué en esto de la reencarnación no pasarán los conocimientos de una vida a la siguiente?», lamenté.

En los ojos del galo, de un color azul oscuro, casi marino, la duda iba y venía como una ola en la playa, pero finalmente se dejó convencer por el tono suplicante de Jane y consintió en revelarle el paradero de las joyas.

—Las encontré en una habitación del Palacio Real, señorita, dentro de un cofre de madera, cubiertas de paños de lino —se explicó el joven esta vez en inglés, aunque con un marcado acento lejos de considerarse perfecto.

—¿Y sería tan amable de acompañarnos hasta esa cámara, señor...?

—Guardiamarina Galaup, para servirla —respondió el joven cuadrándose. Apenas debía de haber cumplido los dieciséis años, porque era barbilampiño—. Será un honor guiarla a usted y a sus amigos —añadió con una pequeña reverencia.

Jane agradeció a todos su colaboración, deseó suerte a partes iguales a Raadsen y a De Gálvez con su apuesta —la rata aún no había aparecido, así que el español parecía llevar todas las de ganar— y le pidió a Robert, sin dar más explicaciones, que la acompañara. El guardiamarina Galaup los siguió. Enseguida localizaron al resto de expedicionarios.

—Ah, por fin... —se alegró Colin al verlos llegar—. Estaba preocupado, pero el señor Scott me rogó que no fuera a buscaros y continuara registrando estos baúles. Hasta el momento sin suerte.

El novelista se acercó a Jane para preguntarle si traía buenas noticias y ella lo condujo a un rincón, lejos de los oídos del pequeño de los Galloway y del hijo de lord Mervin Allan.

—Ahora mismo tenemos compañía —dijo mirando a su derecha, un espacio que a ojos de Scott se encontraba vacío—. El guardiamarina francés Galaup tiene la gentileza de escoltarnos hasta la cámara en la que se encuentran las joyas, señor Scott. Las ha visto en el Palacio Real del castillo. —La expresión de Jane irradiaba felicidad, y no era para menos.

—¡Inmejorables noticias! —exclamó a media voz el escritor. No le resultaba fácil tener que contener su entusiasmo—. Por cierto, deduzco que el

---

* En español: «Señor, por favor. No crea que estamos aquí para robar el tesoro. Solo queremos saber dónde se encuentran las joyas. Le prometo que el tesoro permanecerá en el castillo».

señor Galloway es conocedor del maravilloso don que posee usted... —dejó caer, sorprendido a todas luces de que Jane le hubiera hecho la revelación en presencia de Robert, dado que ella le había solicitado máxima discreción.

El tercero en discordia los escuchaba atento. Su escepticismo se había transformado en un gesto confuso de *no-es-posible-pero-pareciera-que-sí*. «Así es. Le expliqué que poseo el don, y por esa razón el señor Galloway me considera una embustera», pensó ella. Prefirió no decirlo en voz alta y simplemente asentir con la cabeza al comentario de Scott.

—Bien, pongámonos en marcha. Sé cómo llegar al Palacio Real desde aquí y, si los informes que me han pasado son ciertos, apenas encontraremos vigilancia en el camino. Presiento que esta terminará por convertirse en una gran noche para Escocia, aunque nunca llegue a mencionarse en nuestros libros de Historia debido a los ilícitos métodos que estamos empleando... Métodos incluso de naturaleza esotérica —susurró divertido el escritor.

Colin y Albert siguieron obedientes al novelista cuando este les dijo que tal vez lo más lógico sería imaginar que las Joyas de la Corona Escocesa estuvieran ocultas en el Palacio Real del castillo. Si los dos jóvenes pensaron que el líder de la expedición resultaba un caballero de carácter más bien excéntrico por sus continuos cambios de opinión, prefirieron guardárselo para sí mismos.

33

Los Honores de Escocia

Los cinco prosiguieron con cautela su marcha, pendientes del más discreto de los ruidos que pudiera advertirles de la presencia de guardias en la zona. La fortuna decidió acompañarlos y solo en una ocasión tuvieron que burlar la vigilancia de uno de los militares, que, con un cuello incontinente debido al sueño, daba peligrosas cabezadas con su fusil entre las manos.

—Ahora atravesaremos la cocina. A partir de ahí nos quedará poco para llegar a la cámara —le informó el guardiamarina Galaup a Jane, y esta, a continuación, a Walter Scott y a Robert.

Cuando la vanguardia del grupo ingresó en la estancia, permanecía apagada, inerte, pero en cuanto Jane cruzó el umbral, la chispa de la vida lo inundó todo. Los fogones a pleno rendimiento, el sonido de los guisos al romper a cocer, el olor a pan recién hecho... Una señora de orondas dimensiones se movía entre las ollas como pez en el agua y voceaba a los ayudantes sus obligaciones y cómo cumplir con ellas.

—Buenas noches, señora Bruce —saludó Galaup mientras Walter Scott, Colin y Albert atravesaban la cocina sin percatarse del fantasmagórico ajetreo que los rodeaba. Jane se detuvo, y con ella Robert, que no le quitaba la vista de encima.

—Ah, buenas, buenas, señor Galaup —respondió estresada la cocinera—. ¿Le envían sus compañeros para apremiarnos? Ya ve, esto es un caos. El nuevo sigue sin enterarse de cómo preparar el potaje de legumbres.

—No, no vengo a eso. Acompaño a estos amigos a través del castillo.

De repente el estruendo de una sartén estrellándose contra el suelo y el tintineo de lo que parecía una cucharilla metálica sulfuraron aún más a la señora Bruce.

—¿Acaso es el mal bicho ese? —dijo girándose y mirando en todas direcciones—. ¿Está aquí? ¿Está?

—¿Qué busca, señora? Tal vez pueda ayudarla... —se ofreció Jane en voz baja, a pesar de que Walter, Colin y Albert ya habían salido de la cocina y no serían capaces de oírla.

—Oh, señorita, no es necesario, gracias. —La mujer la estudió con gesto extrañado, probablemente por los atuendos masculinos que vestía, aunque enseguida perdió el interés—. Veo que solo ha sido la torpeza de Broderick. Una vez más —añadió dirigiéndole una mirada asesina a su subalterno más joven—. Pensé que ese maldito lebrel estaba de vuelta, en busca de un hueso. Confundí el tintineo con la llave que el chucho lleva siempre en la boca. La próxima vez que merodee por aquí, verteré sobre él una olla de agua hirviendo. «Perro escaldado del agua fría huye», ¿no?

—Es «gato escaldado»... —se atrevió a apuntar una de sus ayudantes.

—¿Y acaso no son ambos animales? —replicó enojada a la joven que acababa de abrir la boca—. ¡Igualitos que tú, Alison! ¿Te parece que esa es forma de pelar las patatas? Hasta el endemoniado chucho podría hacerlo mejor. ¡El corte más fino, que a través de la piel pueda ver yo tu cara de sabidilla!

«Parece maja, pero menudo carácter... Por el bien de los que la rodean, espero que sea más de ladrar que de morder».

—Nos vemos luego, señora Bruce —se despidió el guardiamarina galo antes de echar a andar.

—Que pasen una buena noche —les deseó Jane a las cocineras—. Vamos, señor Galloway, prosigamos. —Walter Scott había retenido a sus acompañantes al otro lado de la puerta de la cocina al comprobar que Jane no los seguía—. ¿Algo nuevo, señorita Elliott? —le preguntó en un susurro cuando al fin Robert y Jane les dieron alcance.

—Nada sobre los Honores de Escocia —respondió ella.

—Bien. Salgamos por aquí —les indicó decidido.

—¡No, no! —gritó el guardiamarina, que en su afán de detenerlo atravesó el cuerpo de Walter Scott. Sin consecuencias que lamentar para ninguno de los dos.

—¡Espere, Scott! —le rogó Jane reteniéndolo por el hombro.

Los demás la miraron sorprendidos.

—Esa puerta da a una plaza, y un guardia la recorre arriba y abajo durante toda la noche, cerca de las almenas —la advirtió el francés—. ¡Podría estar mirando hacia aquí cuando salgan! Dejen que yo me asome, les avisaré cuando el camino esté despejado.

Jane susurró la explicación al oído del señor Scott mientras Robert intentaba distraer a su hermano y a Albert Allan. El escritor la contempló un instante y una sonrisa rayana en lo paternal asomó en sus labios.

—Señorita, sin duda ha sido usted la mejor baza que podía jugar esta quijotesca expedición.

Al cabo de unos minutos, Galaup regresó a buscarlos. En la plaza divisaron a un guardia que les daba la espalda y marchaba marcando el paso en dirección contraria a la que tenían previsto seguir ellos. Avanzaron sigilosos pero ligeros hasta la entrada de una suerte de campanario. Dentro, pudieron respirar aliviados.

—Tras esa puerta se encuentra el tesoro que busca, señorita Elliott —le comunicó el guardiamarina Galaup con gran parafernalia, orgulloso de haber cumplido con la misión que le había sido encomendada.

Me pregunté cómo habría perdido la vida aquel joven pecoso de mirada limpia, porque el trato que reservaban a los prisioneros de guerra en el Castillo de Edimburgo acostumbraba a ser bueno —a excepción del que sufrían los estadounidenses durante la Guerra de la Independencia, entre 1775 y 1783, ya que Gran Bretaña los consideraba rebeldes y eran tratados como piratas—. Para el resto de enemigos, lo habitual era que sus países llegaran a un acuerdo con el Imperio británico para el canje de prisioneros de uno y otro bando. Supuse que los espíritus que vagaban por aquella fortaleza escocesa debían de haber fallecido por enfermedades comunes o a consecuencia de las heridas sufridas previamente a su encarcelación, en el campo de batalla.

—Señor Scott, algo me dice que nos hallamos a un paso de los Honores de Escocia. Una intuición. —Jane posó una mano sobre la puerta que le acababa de señalar el guardiamarina.

—Pues ya hemos comprobado que su intuición funciona a las mil maravillas, señorita Elliott...

El escritor empujó con decisión la puerta de madera para comprobar con desilusión que estaba cerrada con llave. Pronto dejaron constancia de que a los cinco les faltaban cualidades como ladrones de guante blanco.

Albert Allan verbalizó la pregunta que se hacían todos.

—¿Dónde diantres estará la llave?

Jane abrió los ojos de par en par, como si hubiera recordado algo muy importante.

—No me lo puedo creer... ¿Va a decirnos que también podrá ayudar en este problema, señorita Elliott? —se maravilló Robert en voz baja; me resultó imposible discernir si la cuestión iba cargada de ironía, de admiración o de ambas a partes iguales.

—Creo que sí, señor Galloway —respondió orgullosa en un susurro—. ¿Qué le parece si envía a Albert y a Colin a la sala con chimenea que hemos pasado hace un instante para que echen un vistazo? Hágales creer que la llave podría encontrarse allí.

—¿Y no es así?

—No, pero necesito hablar con el señor Scott, y tanto cuchicheo terminará por resultar sospechoso para nuestros dos compañeros de aventura, ¿no le parece? —Miró a los crédulos jóvenes de los que hablaba.

Una vez se quedaron solos los tres, Jane pudo hablar en libertad.

—Antes, cuando cruzamos la cocina, el espectro de la señora Bruce, la cocinera, habló de un perro, un lebrel que corretea de un lado a otro con una llave en la boca... Y me pregunto si no será esa nuestra llave. ¿Galaup?

—Tal vez, mas no puedo tener la certeza, señorita: yo nunca he precisado de llaves para ingresar en la sala del tesoro.

—Galaup ni siquiera sabe si esa será la llave que necesitamos para abrir la puerta —informó Jane a sus acompañantes de carne y hueso.

—¿Un perro? —preguntó Scott meditabundo—. ¿Pero será un animal de verdad o su fantasma?

—En todo caso será el fantasma; si no, alguien le habría arrebatado ya la llave, ¿no creen? Y no correría en total libertad por las estancias del castillo.

Jane se quedó con la boca abierta cuando asimiló que aquellas palabras las había pronunciado Robert. «¿Será que empieza a creer en lo increíble?», meditó.

—El caballero tiene razón. El perro es de nuestra especie —bromeó el joven guardiamarina.

La señorita Elliott repitió en voz alta sus palabras.

—Eso nos complica mucho las cosas —lamentó Scott—. ¿Dónde podemos buscar el espíritu de un perro? Podría vagar por cualquier rincón.

En un primer momento mi mente acudió al Cementerio para Perros Soldado que había avistado desde las casamatas del muro norte del castillo el día que Jackson me llevó a visitar la fortaleza como una turista más. Después recordé que, en realidad, aquella necrópolis databa de la época de la reina Victoria, es decir, que era posterior a 1816, el año en el que nos encontrábamos en aquella regresión...

—Oh, Maida siempre anda rondando la cocina de la señora Bruce —intervino Galaup—. A veces está allí incluso aunque no se le vea, a la caza de un buen hueso de jamón, que son sus favoritos aunque nunca haya conseguido uno desde que es etéreo.

—Muchas gracias por la información. No sé qué hubiéramos hecho sin su ayuda... —Jane sonrió al joven guardiamarina, quien se ensanchó al menos dos tallas por el reconocimiento de los servicios prestados—. El señor Galaup dice que el lebrel suele rondar la cocina.

—No creo conveniente que los cinco regresemos a buscar la llave. Somos una presa más fácil para los guardias si vamos en tropel —apuntó Robert—. La señorita Elliott y yo indagaremos sobre el paradero del can.

—Es una propuesta lógica —coincidió Scott—. Vayan, vayan, y que Dios los guarde de los vigilantes ojos que custodian el castillo. Mientras tanto acompañaré a los jóvenes Colin y Albert en la búsqueda de la llave —añadió guiñándoles un ojo.

Con Galaup como guía, Jane y Robert no encontraron obstáculos a su paso en el camino de regreso hasta la cocina. Allí los ánimos parecían más calmados, como si la jornada laboral estuviera a punto de llegar a su fin.

—¿Maida? No me gusta llamar a ese chucho por su nombre... —gruñó la cocinera.

—Señora Bruce, ¿estaría usted dispuesta a suministrarme uno de sus sabrosos huesos de jamón para ofrecérselo al perro? —preguntó Jane—. Para nosotros es muy importante recuperar la llave que el lebrel siempre carga entre los dientes, y apuesto a que intercambiarla por un hueso a él le parecerá un trato muy justo.

La jefa de cocina dudó. Sus labios, tronchados en forma de puente, decían muy a las claras que la idea no le agradaba en absoluto.

—Vamos, señora Bruce... —insistió Jane, suplicante—. Por una vez dele al perro el gusto de saborear un buen hueso en lugar de esa cosa metálica y desagradable.

—Pero es que entonces no me lo quitaré nunca de encima. Siempre querrá más... —refunfuñó la cocinera mientras se desempolvaba las manos llenas de harina en el delantal.

—O quizás ya no vuelva a importunarla. Imagínese cuánto le puede durar uno de esos hermosos huesos —replicó la señorita Elliott en un tono de lo más convincente.

El joven francés me echó algo tan marinero como un cabo.

—Señora Bruce, yo creo que la señorita Elliott tiene razón... Seguramente el perro anda de aquí para allá con la llave porque no tiene otra cosa que llevarse a la boca.

—Está bien, está bien —se rindió con un suspiro cansino—. Pueden escoger uno de entre los que ven en esa mesa. Pero que no sea el más lustroso, ¿de acuerdo? —les advirtió—. ¡Tengo muchos estómagos que alimentar en la prisión!

—¡Gracias, señora Bruce! Es usted la mujer más razonable y generosa de este mundo —la aduló Jane, exultante, antes de volver su atención al marino—: Señor Galaup, por favor, voy a necesitar que atrape usted a Maida y le dé el hueso. No sé si algún día gozaré de semejante habilidad, pero hasta el momento me he mostrado incapaz de tocar el espíritu de las cosas o de las personas —reconoció mientras, para demostrar lo que decía, atravesaba con una mano el fantasmal hombro del guardiamarina—. Debo suponer que con los animales no ha de ser diferente.

El joven se mostró muy dispuesto y empezó a llamar al lebrel. Jane resumió a Robert todo lo que se había dicho y hecho en los últimos minutos, asuntos para los que él había permanecido sordo y ciego.

—En verdad, Jane, aún me resulta difícil creer que todo esto esté ocurriendo en la vida real, que no sea un sueño del que me despertaré en cualquier instante —reconoció Galloway. Detrás de aquella observación ella captó una intención cercana a la disculpa.

—Esperemos que no concluya en pesadilla. Aún hay que localizar la llave, y Galaup de momento no está teniendo mucha suerte en la búsqueda del perro.

El guardiamarina, en efecto, había introducido infructuosamente la cabeza en todos y cada uno de los recovecos de la cocina; también en la despensa, donde Maida solía permanecer oculto, pero no conseguía localizar al animal.

De repente, a Robert se le ocurrió chasquear los dedos como hacía siempre que deseaba llamar a sus perros en Tyne Park. Apenas transcurrieron unos segundos cuando un lebrel escocés de aspecto imponente, cabeza alargada y hocico afilado hizo su aparición, nunca mejor dicho. Su pelo gris y blanco, áspero y erizado, le cubría la cara, aunque dejaba al descubierto unos ojos inteligentes y penetrantes.

—¡Cielo santo, Robert! El perro ha acudido a su llamada. ¡Y carga con una llave en la boca! —exclamó Jane—. Lo tiene justo delante, como si aguardara una orden suya. Es una lástima que no podamos acariciarlo ninguno de los dos, porque parece deseoso de ello. Qué simpático...

Galaup lo hizo en su lugar, y el can se sentó feliz sobre las zancas traseras para disfrutar de las carantoñas.

—He de coger la llave... Pero si les soy sincera, me da un poco de miedo hacerlo; no vaya a morderme —reconoció la señorita Elliott.

—¿Miedo de este perrucho, señorita? —preguntó la cocinera, quien había observado la escena a distancia y se acercaba a pasos huracanados.

Le arrebató el hueso de la mano a Galaup y se lo mostró a Maida. El perro enseguida dejó caer la llave al suelo, abanicó el aire con la cola y se elevó sobre dos patas con la ilusión de que aquel sabroso manjar pudiera llegar a ser suyo. La señora Bruce se lo encasquetó en la boca y prosiguió con sus tareas. El perro, muy feliz, salió escopeteado de allí, temeroso de que la gruñona jefa del lugar se arrepintiera en el último segundo y pretendiera arrebatarle el espléndido hueso de jamón.

—¡La llave!—señaló Robert incrédulo—. Acaba de aparecer ahí, sobre el entarimado. Pero hace un momento no estaba...

—Porque Maida la sostenía en la boca, por eso era invisible para usted —supuso Jane—. Lo cierto es que no sé muy bien cómo funcionan estas cosas —terminó reconociendo ante la cara pasmada de Galloway—. El caso es que ahí está. ¿Le parece bien si la recogemos? —le sugirió, más que nada para hacerlo reaccionar.

Antes de abandonar la estancia, agradecieron su ayuda a la señora Bruce. Con un simple movimiento de mano, la cocinera restó importancia a su intervención.

De vuelta con los demás, Jane, con la discreción acostumbrada, puso al corriente a Walter Scott de todo lo sucedido. Al escritor le gustó mucho el nombre del perro, Maida, porque, según le explicó a la señorita Elliott, le recordaba a la batalla de Maida, una importante victoria británica sobre Napoleón en la que se había distinguido *sir* James Macdonell —hermano de un gran amigo suyo—, comandante en el 78º Regimiento.

Por el contrario, Robert se limitó a mostrar a Colin y a Albert la llave, sin ofrecer más explicaciones de las precisas —es decir, ninguna que aludiese a fenómenos paranormales— sobre el *modus operandi* empleado para conseguirla. Solo había sido «suerte». Pudo pasar por alto el gesto desconfiado de su hermano pequeño porque este no se atrevió a formular las preguntas que le cosquilleaban la lengua.

El escritor tomó el instrumento metálico para observarlo entre sus manos durante unos segundos, como si se tratara de un objeto de culto.

—Por favor, Jane, haga usted los honores —la invitó Walter Scott—. Si esta es la llave y los tesoros se alojan ahí dentro, contraeremos una deuda eterna con usted, ¡precisamente una *sassenach**! Qué grata paradoja.

---

* Término que emplean los escoceses para designar a los ingleses.

El hasta entonces objeto favorito de Maida saludó con un prometedor clac a la cerradura que había sido creada para ser su media naranja y de la que había permanecido separada durante más de cien años. Una vez encajada, la llave danzó alegre girando sobre sí misma, al ritmo impuesto por la muñeca de Jane, y la puerta dio la bienvenida a su pareja de baile abriéndose de par en par.

La estancia que los asaltantes del castillo vislumbraron al otro lado era de dimensiones reducidas, por lo que, pese a la penumbra, no les resultó difícil localizar el cofre de madera mencionado por Galaup. Rodearon la caja de roble con expectante curiosidad, aunque nadie osó acercarse a menos de un metro, privilegio que los cuatro decidieron ceder, sin necesidad de consensuarlo entre ellos, al gran artífice de la búsqueda. Este se arrodilló junto al viejo baúl y posó sobre la tapa abombada las dos manos, con el anhelo de un hombre que palpara por primera vez el vientre de su esposa embarazada.

—Desde que tengo el placer de conocerlo, nunca antes había visto temblar su pulso, señor Scott —comentó Robert, el de expresión más comedida entre los presentes.

—No se equivoca, Galloway. Mi corazón desconoce por completo cómo guardar las formas en este instante, sin duda el más emocionante de su contraída y dilatada vida.

—Si mi padre estuviera aquí... También a él le temblarían las manos —apuntó el hijo de lord Allan.

Por fin el escritor se decidió a desbloquear el cofre. La tapa convexa cedió para dejar a la vista unos paños de lino en color bermellón. Al retirar aquellas telas, en el miniescenario de madera se dejaron ver los tres protagonistas: la espada, el cetro y la corona de las joyas de Escocia, tal como había predicho el joven guardiamarina francés. Jane le dirigió una mirada de agradecimiento, pero Galaup observaba la escena con aires compungidos. «El pobre debe de creer aún que nos llevaremos el tesoro...», pensó ella. Como delante de Albert y Colin no podía hacerle saber lo equivocado que estaba, optó por preguntar en voz alta:

—Entonces el plan es dejar aquí los Honores de Escocia, ¿verdad?

—Por supuesto. —La respuesta de Scott iluminó el rostro del espectro—. Si aquí han permanecido a salvo durante un siglo, bien podrán quedarse unos años más, hasta el momento en que el Príncipe Regente tenga a bien concederme su autorización para llevar a cabo una búsqueda oficial. —Cargó entre sus manos el cetro de plata maciza con el mismo cuidado que habría empleado con un recién nacido—. Cuando eso suceda, ya sabemos dónde encontrarlos; además contamos con la llave, que, si no es motivo de objeción por parte de ustedes, guardaré a buen recaudo. El día de mañana los Honores de Escocia podrán ser expuestos aquí mismo para que su pueblo pueda admirarlos y rendirles justo homenaje.

De repente, la potente voz de una gaita me estremeció; temí que los guardias nos hubieran descubierto y que esa fuera la señal de alarma.

Nada más lejos de la realidad: lo que sonaba era mi móvil, que me llevó de regreso a la Casa Georgiana.

34

¿Me harías el inmenso honor de...?

«Número desconocido». A pesar de que en esos fastidiosos casos me niego a responder porque al otro lado de la línea suele brotar un vendemotos en el sentido más amplio de la palabra, algo me empujó a descolgar el teléfono.

Dejé que hablara primero el desconocido y enseguida dejó de serlo.

—¿Alicia?

—¿Doctor Watson? —pregunté sorprendida.

—Ah, bien —resolló aliviado—. Cuando McDonall, del Club, me pasó este número, no estaba seguro de que fuera el tuyo. Dijo que podía ser el de un tal Lefroy.

—¿Sucede algo? ¿Duncan está bien? —me inquieté.

—Perfectamente. Al menos a nivel físico —añadió disgustado—. Pero ¿cómo se te ocurrió soltarle así, de sopetón, toda vuestra historia? Su mente no es capaz de asimilarlo, y ahora se mueve en el caos más absoluto. Y yo no puedo informarle de mis colaboraciones con El Club porque carezco de autorización para hacerlo. Así que no deberías exigirle demasiado en estos momentos.

—¿Te lo ha contado él en persona? ¿Lo has visto hoy? —lo interrogué, incapaz de camuflar mi ansiedad.

—He estado con Duncan toda la tarde, sí. Acabo de dejarlo en su apartamento, con alguna copa de más. —Consulté el despertador de mi mesilla: las diez y media de la noche—. ¿En serio el espíritu de un cuadro mató a tu compañera de trabajo?

La pregunta sonó retórica; no era necesario responder.

—¿Qué te ha dicho? Supongo que insiste en que estoy loca... o algo incluso peor.

—Más que eso, se siente desorientado, muy confuso. No está dispuesto a creer en cuentos de demonios y espíritus, y eso le hace pensar que cualquier relación entre vosotros es imposible. —Se detuvo. Interpreté que se planteaba si debía o no revelarme los detalles más íntimos de la conversación que había mantenido con su amigo. Por fin se decidió—. Pero cuando me dio por picarlo y lo invité a olvidarse de ti, perdió por completo los nervios. ¡Que cómo pretendía yo que renunciara al amor de su vida! Eso me dijo. —Resopló con sorna.

«El amor de su vida...».

—¿Con esas mismas palabras? ¿En serio, John?

«Entonces no todo está perdido». Fue como si el sol, que a esas horas caldeaba justo el otro extremo del mundo, saliera solo para mí en mitad de la fría noche edimburguesa.

—Sí, con esas y con muchas otras —me confirmó Watson—. La cosa se puso interesante cuando el alcohol le soltó la lengua... —dijo con voz apagada, como si se hubiera olvidado de que yo estaba al otro lado del teléfono. Pero no. Era muy consciente de que lo escuchaba atenta—. Si te soy sincero, me preocupa que esta situación contigo lo haya pillado en un momento anímicamente bajo. Apenas hace unas semanas que despertó del coma —expuso con desánimo.

—Lo siento... —Poco me había durado la dicha, ahora rebasada por sentimientos cargados de culpa—. En cuanto supe que él... que él vivía, volé hasta aquí. No me detuve a pensar en lo que Duncan necesitaba. Tenía tantas ganas de verlo... Ni se me pasó por la cabeza que nuestro encuentro pudiera causarle algún daño, mucho menos mortificarlo.

Watson masculló algo parecido a «tampoco es necesario que te flageles por ello...», pero estaba demasiado inmersa en mis propios pensamientos como para prestarle atención.

—Debo dar un paso atrás... —concluí.

—¿Un paso atrás? ¡Ni para tomar impulso! Ya es tarde para eso —me interrumpió la voz de John, nítida y contundente—. Si te he llamado es para pedirte que, por favor, no le tengas en cuenta su reacción de esta mañana. No te des por vencida. Es cierto, era preferible dejar pasar unos meses antes de vuestro reencuentro para que él se recuperara del todo. Pero ahora el remedio sería peor que la enfermedad.

—No si le digo que debo regresar a Nueva York y que en realidad la historia que le conté sobre nuestras vidas en el pasado ha sido solo un sueño, algo que nunca sucedió —improvisé. Una improvisación bastante patética.

—¿Estás dispuesta a quedar ante él como una mentirosa? Te advierto que a Duncan nunca le han gustado los embusteros...

«Lo sé. Nunca le han gustado. Esa fue la razón que hace dos siglos lo llevó a romper su compromiso conmigo».

Vacilé un segundo. No estaba tan loca como para querer cerrarle puertas y ventanas a mi futuro con Duncan. Tal vez la solución radicaba en, de momento, despedirnos como amigos. ¿Sería capaz de conformarme con mantener un contacto ocasional por *mail* o teléfono a la espera de volver a cruzar nuestros caminos?

—¿Y si le digo que me sometiste a una sesión de hipnosis regresiva y que fue entonces cuando comprendimos lo sucedido?

—¿Y qué se supone que ha sucedido? —preguntó con desconfianza Watson.

—Que, tras nuestro primer encuentro, en el hospital, mi mente me jugó una mala pasada y viví como cierto un sueño muy real.

—¿Y por qué lo visitaste mientras estaba ingresado? —puso a prueba mi argumentación.

—Podría decirle que entré en su habitación aquella mañana por casualidad.

—No se lo va a creer... Ya le contaste que fuiste a buscarlo al hospital a propósito, que viajaste desde París solo para verlo.

Nunca mi relación con la lógica, hasta entonces ejemplo de buen y recíproco entendimiento, había resultado tan esquiva.

—Pues de momento no se me ocurre nada mejor... —gemí frustrada—. Pero apuesto a que Duncan preferirá tragarse las incógnitas de esta nueva versión que la que incluye en la ecuación a Robert Galloway y Jane Elliott.

—Eso sí —me reconoció John.

—¿Me cubrirías con la coartada de la sesión de hipnosis?

—Por supuesto que lo haría, porque también quiero ayudar a mi amigo, pero... —El buen juicio se había decantado abiertamente del lado del doctor Watson y no iba a darse por vencido—: ¿Y si intentamos persuadirlo para que sea él quien se someta a la regresión? No será fácil que se preste, pero es la solución más sencilla. Yo puedo ayudarle a recordar su vida pasada, e incluso su viaje astral mientras se encontraba bajo los efectos del coma. Estoy convencido de ello.

—Déjalo estar, John. No creo que a su mente le venga bien tensión añadida. Lo mejor es que descanse, que se reponga del todo. Para eso necesita que yo salga de su vida. Y es lo que haré, al menos durante un tiempo. —La congoja me oprimía el pecho.

—Bien. Es tu decisión —capituló el psiquiatra escocés—, aunque no renuncio a proponerle mi plan dentro de unas semanas. Quién sabe. Lo conozco muy bien, y creo que tu marcha lo dejará tan jodido que estará más que dispuesto a pasar por el diván de mi consulta. Mejor una regresión que tirarse por un barranco —bromeó sin ganas.

—John, si voy a hablar con él a mediodía, ¿será creíble decirle que estuve contigo por la mañana, que me sometiste entonces a la sesión de hipnosis?

—Sí, las consultas privadas las tengo de nueve a doce y cuarto. Al hospital voy por las tardes.

—¿Dónde puedo encontrarlo a la hora de la comida?

—Suele pasarse por una cafetería llamada The Treehouse, a eso de la una si ninguna de sus operaciones matutinas se le complica. En cuanto colguemos, te busco la dirección exacta y te la envío en un mensaje.

La excitación por el encuentro con Duncan al día siguiente, mucho antes de lo que yo había esperado, me tuvo dando tumbos en la cama de un lado a otro.

Todo eso quedó atrás cuando, con el sueño, me llegó una nueva regresión.

¡Menudo susto! Casi me caigo de Jane. Se observaba frente a un espejo *cheval*, de cuerpo entero, y ¡llevaba puesto un traje de novia! Un precioso vestido de raso blanco cubierto por gasa plegada y con adornos de encaje de Bruselas, con el dibujo de hojas bordadas adornándole el bajo. Los zapatos, también de raso blanco, y un sencillo collar de perlas completaban su *look*... ¡y mi *shock*! Nunca me había imaginado a mí misma vestida de novia. No es que descartara del todo la idea del matrimonio, y menos después de conocer a Duncan, pero tampoco lo veía como un paso inexorable en la vida. El amor es mucho más que un papel firmado ante el Estado, una iglesia o la sociedad en general.

—Te falta un detalle, querida.

Aunque era la primera vez que escuchaba su voz en vivo y en directo, enseguida la identifiqué: Mary Seymour. La contemplé con curiosidad; al fin y al cabo, había sido mi madre. Sus movimientos eran estudiados y refinados, como si no se encontrara a solas con su hija y hordas de admiradores se dejaran seducir por su visión. Si bien ella y Aurora habían sido tocadas por la oscuridad del luto —ambas habían perdido a sus respectivos maridos—, eran como la noche y el día. Mary, con una belleza exuberante, la superaba tal vez en hermosura, como un cielo estrellado, pero, al igual que este, resultaba más fría y distante; mientras que mi madre del siglo XXI olía a amanecer primaveral y resplandecía ante todos con su calidez maternal, a través de una inteligencia preclara y brillante.

De un estuche negro la vi extraer una tiara de cristales y perlas. Tras colocársela a Jane sobre el recogido del cabello, se la quedó mirando, sinceramente orgullosa.

—Ahora sí. No sabes lo feliz que me hace esta unión, Jane. Qué suerte que vayas a casarte con el hombre apropiado.

«¡¿Pero con quién nos vamos a casar?!». Tras el impacto de verme envuelta en ropas nupciales, me percaté de que no sabía quién era el caballero destinado a acompañarnos en el altar, y la mente de Jane se hallaba tan lejos que solo pude distinguir en ella neblinas. Para resolver el enigma, me tenían reservado un viaje mucho más largo: cuatro meses atrás en el tiempo.

Los hermanos Galloway y la señorita Elliott habían regresado a Tyne Park. Para sorpresa de todos, *lady* Susan disimuló con más esmero del esperado la decepción por la marcha del joven caballero Seymour, a esas alturas ya de regreso en Inglaterra; aunque de vez en cuando seguía sacando a relucir el nombre de Adaira McKnight para quejarse de que no había recibido noticias de su «querida amiga».

Robert y Jane, por su parte, habían sorteado su natural inclinación a prodigarse disgustos el uno al otro. De hecho, ella observaba cómo en ocasiones, durante sus largas charlas sobre lo divino y lo humano, él parecía a punto de revelarle una confidencia profunda, de vital importancia... para al final, resignado, desistir de su pretensión inicial.

Que los días transcurrieran sin que nada cambiase entre ellos provocó que Jane se convenciera de que debía desechar cualquier esperanza de que el compromiso se restableciera entre ambos; y aquella amistad que los unía no le otorgaba sino una felicidad ficticia. Por esa razón empezó a atormentarse con la idea de que no debía prolongar su estancia en Tyne Park por mucho más tiempo. También pesaba en sus tribulaciones el reclamo de lord Seymour, quien acababa de insistirle por carta en su deber de reunirse con su madre y con él «lo antes posible». El barón, al desconocer los pormenores de la relación *no-amorosa* de su hijastra con el discreto Matthew, no había cejado en su empeño de casarlos.

La determinación la sorprendió una mañana, nada más despertarse. Se asomó al balcón para constatar que, fuera, la cubierta del cielo había amanecido ajada por tristes goteras aquí y allá. Una representación de su propio mundo interior. Imaginé a Jane como un viejo edificio en ruinas, preparado para ser demolido. Tal vez aquella llovizna la influyó en el ánimo a la hora de tomar una resolución que resultaría drástica a ojos de cualquier persona enamorada: partiría esa misma tarde.

Consciente de que Robert se encontraba esos días en un condado vecino para atender unos negocios familiares, pensó que, si no podía despedirse de él, la separación le resultaría menos traumática. Se había cansado de tanto sufrimiento, de tanta resignación y autocompasión. Tales facultades estaban bien para las novelas, no así para la vida real.

Resuelta por fin a caminar en la dirección que consideraba correcta, empezó a preparar su equipaje. Solo se tomó un descanso para bajar a desayunar y comunicar a la familia Galloway que no seguiría abusando de su hospitalidad.

—¿Hospitalidad? Jane, tú no eres una huésped en esta casa. Formas parte de nuestra familia —le aseguró *sir* Arthur, dando evidentes muestras de disgusto por la noticia.

Jane se sintió conmovida por sus palabras, y sorprendida por que *lady* Susan evitara manifestar comentario o gesto alguno que pudieran contradecir la opinión de su esposo. También Colin y Percy se reconocieron desconcertados por aquella repentina decisión.

—Pero en dos semanas celebraremos la fiesta de compromiso... —le rogó el pequeño de los hermanos—. ¡Rosamund se enojará si no está usted presente!

—Sabe que les deseo la mayor de las felicidades a los dos, pero, Colin, no me es posible demorar más mi partida... —Mantuvo los ojos inmóviles en su taza de té mientras explicaba los motivos oficiales de su marcha—: Lord Seymour reclama mi presencia en Bath, y ya ha evidenciado una gran paciencia para conmigo. Si Campbell —Jane se refería al cochero de la familia Galloway— está libre, me gustaría que a media tarde me acercara a Dunbar para tomar allí el coche de postas.

—¿Y Robert? ¿Acaso pretende marcharse así, sin despedirse de él? Si es necesario, la encerraré en su cuarto bajo llave hasta que él regrese —la amenazó el capitán Galloway con los labios contenidos en una línea recta e implacable—. De no hacerlo, será mi hermano el que arremeta contra mí por no haber impedido su huida. Porque esto es una huida en toda regla, Jane, y usted lo sabe. No se marcharía si él estuviera aquí.

La sospecha de que todos en la mesa parecían entender los verdaderos motivos de su partida provocó que se sonrojara. Le costó Dios y ayuda reprimir las lágrimas por la vergüenza y el fastidio de sentirse como un libro abierto pese a sus ímprobos esfuerzos por cerrar sus sentimientos al mundo exterior.

Observé que, con un gesto, *sir* Arthur incitaba a su esposa a hablar.

—Percy tiene razón —se pronunció *lady* Susan antes de, con la mano que le quedaba libre, aprehender su taza de chocolate caliente para tomar un sorbo generoso que no pareció escaldarle la lengua—. Al menos aguarda a que Robert esté de vuelta en Tyne Park —sugirió.

Tuvo que costarle horrores pronunciar una frase tan sencilla, pero lo hizo, tal vez animada al conocer, de boca de Matthew, que la dote que lord Seymour tenía previsto reservar al futuro esposo de la señorita Elliott era una suma considerable, a la que había que añadir la destinada al ajuar. A falta de un entendimiento mutuo entre Robert y la hija del duque de Hamilton, como parecía el caso, la señora de la casa debió de considerar que la hijastra de un barón podía no resultar tan mal partido para el heredero de los Galloway.

—Les agradezco a todos sus palabras —respondió Jane sinceramente conmovida—, pero no tiene ningún sentido prolongar mi estadía porque nada de lo que Robert pueda decir me hará cambiar de parecer.

A la hora del almuerzo, y tras una mañana de meticuloso trabajo, Jane lo tenía todo listo para decir adiós a Tyne Park: sus bienes personales habían sido almacenados en el interior de su baúl, con una distribución que buscaba el eficiente aprovechamiento del espacio y evitar que las finas telas de sus vestidos pudieran resultar lastimadas durante el tedioso viaje entre Dunbar y Chawton.

Solo le restaba una cosa por hacer en la propiedad de los Galloway antes de partir: visitar a su adorada *lady* Grace en el cementerio familiar.

En aquel lugar se encontraba cuando escuchó el galope apresurado, casi desbocado, de un caballo aproximándose por la vereda de barro y guijarros que conducía al camposanto de los Galloway.

«¿Quién diablos...?», pensé mientras intentaba identificar el rostro del jinete. Unos metros más fueron suficientes. ¡Robert! Descabalgó de la montura sin darle tiempo a detenerse del todo y superó de un salto la muralla de piedra de un metro de altura que lo separaba del camino más directo hasta nosotras.

—Jane, dígame que no es cierto... —Traía la cara desencajada—. Que no pretende abandonarnos hoy mismo. —Su voz sonó tensa como la cuerda de un arpa. Ella acertó a ocultar su turbación—. Percy fue a buscarme. ¡Asegura que ha decidido marcharse de Tyne Park para no regresar jamás! ¿Cómo es posible? ¿Por qué me...? —Titubeó y movió pesaroso la cabeza de un lado a otro—. ¿Por qué nos hace esto? —Un destello de desesperación brilló en sus ojos.

—No hay nada que me retenga por más tiempo aquí, Robert. Mi madre me espera, y ella me necesita más que nadie —dijo forzándose a sonreír.

—Se equivoca. —No parecía una apreciación, sino una certeza.

—¿En qué me equivoco? —lo retó ella.

De improviso, un fatal pensamiento eclipsó las pupilas de Robert.

—No, no debo... —Se llevó las manos a la espalda, en un intento por mantener las distancias. Aquel gesto... Me recordó a Duncan cuando, en el sueño de la playa, me había preguntado si algún caballero ocupaba mi corazón. Lo vi claro: «Cobarde. Te bates en retirada»—. Tal vez tenga razón. Lo mejor es que de momento vuelva con los suyos y que...

En el corto trayecto de aquella frase Robert perdió el habla y las palabras que hubiera previsto pronunciar: una aparición fantasmal junto a la tumba de *lady* Grace captó su atención.

—Por Dios santo... ¡Madre!

—Robert, hijo, ¿en verdad puedes verme? —preguntó emocionada mientras repartía las miradas entre su primogénito y Jane.

—¿Estoy soñando quizás? —La cara de él se debatía entre el estupor y el regocijo.

Intentó asir la etérea mano de su madre, apoyada con fineza sobre la piedra lapidaria en la que el sepulturero había grabado seis años atrás el nombre de *lady* Grace, pero Robert solo consiguió atravesarla.

La dama echó la vista atrás, como si hubiera escuchado algo o a alguien.

—No sueñas, y los Guardianes del Umbral dicen que deberé dejaros enseguida... —«¡Los Guardianes del Umbral! ¿Están ellos detrás de las apariciones de *lady* Grace?»—. Te han permitido verme solo por esta vez. Querida, también deseaba despedirme de ti, he de cruzar al otro lado y no regresaré. Me negaba a marcharme de este mundo sin antes hablar con vosotros. —Sus ojos se clavaron severos pero firmes en los de su hijo—. ¿Por qué no habrías de confesarle tu amor a Jane? ¿A qué esperas? ¿Tal vez a perderla? Te has cuidado demasiado de no expresarle tus sentimientos, y eso me apena profundamente.

—Yo... Madre, me dieron una carta, dijeron que era suya... —empezó a explicarse él.

—¡Por supuesto que no era mía! —Jane nunca había visto a *lady* Grace tan ofuscada con su hijo, que siempre había sido el más prudente y sabio de los tres hermanos—. Y aun así, estaba convencida de haber criado a un hombre cuyas necesidades no pasan por obtener el consentimiento de su difunta madre para elegir esposa.

—Así es —se defendió él con rotundidad—. No fue eso lo que me apartó de Jane. Ella... —La miró de reojo, apesadumbrado—. Ella se atrevió a confesarme que poseía el don de la segunda vista y que su espíritu, madre, se le había aparecido. No la creí, y siento que la traicioné con mi desconfianza. —En la mirada de *lady* Grace halló comprensión—. Considero poco probable que algún día llegue a disculpar mi grave falta —admitió Robert con la vista ahora fija en la desconcertada Jane—. Cometí un error imperdonable, y no la merezco. Por eso no puedo aspirar a...

La aparición le impidió proseguir.

—Por supuesto que la mereces, Robert; y ella a ti. Pero habréis de cuidaros mucho. Como le expliqué en su día a Jane, Adaira McKnight confabula estos días para frustrar vuestra felicidad —explicó mientras volvía a mirar hacia atrás. En ese instante, tanto mi álter ego como yo descubrimos la figura de una mujer cubierta de velos negros que tomaba a *lady* Grace del brazo con delicadeza. ¡La misma que me había cubierto a mí la cabeza en la Casa Georgiana!—. Y, aunque lo lograra, Robert, confía. Fuerzas poderosas y bondadosas velaremos por que vuestro amor sobreviva a cualquier adversidad. A cualquier circunstancia, hijo, por muy imposible que te parezca —añadió mientras, atendiendo a los susurros de la dama de negro, parecía guardarse un gran secreto. «Tal vez ella y los Guardianes sean responsables de nuestra reencarnación y de que finalmente Duncan y yo nos hayamos encontrado de nuevo en el siglo XXI...»—. Adiós, queridos míos —añadió acariciando el rostro de Robert; él cerró los ojos, aunque intuí que no podría sentir aquella mano fantasmal—, no dejéis que pase ni un solo minuto de aquí en adelante sin ser conscientes del profundo amor que os tenéis. En algún rincón de vuestro corazón, lo recordaréis... siempre.

—Adiós, *lady* Grace —se despidió Jane comprendiendo que la madre de Robert no podía demorar más su partida.

—¡Madre! ¡No! ¡No se vaya aún! —gritó él intentando inútilmente retenerla.

—No se preocupe por ella. Estará bien —trató de consolarlo Jane.

—Lo sé.

La inesperada entereza que surgió de su garganta contrastaba con un lenguaje corporal tronchado: sus dedos se aferraron al canto de la losa vertical donde, hasta segundos antes, se había apoyado la mano de su madre. Examinaba con obstinación el suelo a sus pies, y aquella mirada irradiaba una luz húmeda que provenía de las lágrimas que sus párpados habían logrado retener. Jane lo observó sin saber cómo actuar para aliviar su pena. ¿O era más bien emoción?

—Aún no puedo creer que madre haya estado aquí... —murmuró con una sonrisa agradecida.

Al cabo de unos minutos, Galloway, poniéndose a prueba, se soltó, consiguió erguir la espalda y resopló, dejando escapar la tensión que le había oprimido el pecho. Levantó la vista poco a poco: recorrió un trecho de hierba, llegó a los pies de Jane, remontó la tela de su abrigo hasta la cintura alta, rebasó su torso y su esbelto cuello y finalmente se reencontró con su rostro. Ella se le acercó para sutilmente engarzar sus brazos, como si fueran a dar un paseo por Princess Street, aunque permanecieron clavados en el mismo lugar. Robert le acarició la mano antes de llevársela a los labios.

—¿Sabe? Yo nunca lo llamaría traición, y ya hace un tiempo que le perdoné la desconfianza. —La revelación de la señorita Elliott surgió en forma de susurro—. Es más: de haberme hallado en su posición, habría actuado exactamente igual que usted. «¿La segunda vista? ¿Ha perdido usted el juicio, señorita?» —añadió en tono burlón.

Las señales de Jane eran del todo inequívocas, y eso calmó la zozobra que había obligado a Robert a cabalgar sobre Bonnie Prince como si no hubiera un mañana.

—Jane, se me han enredado los sentimientos de tal manera durante estas semanas, que ahora deshacer los nudos no resultará sencillo —le advirtió con la voz ligeramente quebrada.

—Tampoco es que yo le haya ayudado...

—¿Por contarme la verdad? No, no se responsabilice de culpas que le son ajenas. Deje que me explique, porque, como mi querida madre ha expuesto con tanta claridad, llevo demasiado tiempo cuidándome de ocultar lo que siento. —Hizo una pausa y dibujó una sonrisa perezosa—. Me enfadé mucho con usted.

—Lo supongo. Cuando le hablé de cuestiones del más allá.

Él asintió.

—Y, aunque nunca he dejado de amarla, sí me propuse, al parecer con menos firmeza de la necesaria, alejarla de mí. Siendo rudo con usted, evitándola...

—Casándose con otra... —le recriminó.

—No, le aseguro que cuando se rompió nuestro compromiso esa fue la única opción que ni se me pasó por la cabeza. Sabía que nunca podría olvidarla, así que tomé la decisión de no contraer matrimonio. Opté por una vida en soledad. Y, a pesar de todo, de que usted me correspondía con altivez e indiferencia, el amor que sentía, Jane, no dejaba de ir en aumento. Una certeza que no hacía sino atormentarme. —Su respiración era algo irregular, aunque él se obstinaba en intentar ocultarlo—. La noche en que Seymour trató de colarse en su alcoba comprendí que no tenía escapatoria, que usted ocupaba cada rincón de mi alma. —Meneó la cabeza disgustado—. No, Jane, no sonreiría si supiera que incluso viéndolo ahí, tirado en el suelo y herido, habría querido tomarlo de las solapas y expulsarlo de inmediato de Tyne Park. —Se frotó la nuca como si el recuerdo aún le entumeciera los músculos—. Y unos días después, en el baile público de las Assembly Rooms, Colin me confió que el caballero había planeado pedir su mano esa misma noche. Lo hizo, ¿verdad?

Aunque no iba a revelar más detalles de los precisos sobre la proposición de matrimonio de su primo político, Jane era consciente de que quien calla otorga, así que simplemente se abstuvo de confirmar o desmentir el rumor.

—Necesitaba saber lo que habían acordado y por qué Seymour había abandonado la fiesta sin despedirse tan siquiera de mí y de mis hermanos. No voy a negar que verlo marchar abatido del baile me permitió albergar esperanzas de que usted lo hubiera rechazado. Para cerciorarme de ello corrí en su busca, Jane. —Arrugó la frente y la miró como si se ahogara en la profundidad de sus sentimientos—. Ya no sabía cómo lidiar mis guerras: el distanciamiento entre los dos me estaba matando y sentía celos de Matthew, de que él finalmente diera con el modo de tocar su corazón. —Galloway intentaba mantener la compostura, pero apretó los puños como le había visto hacer en otras ocasiones—. Así que cuando la hallé sola en aquella sala, me comporté como un insolente, un temerario... con el deseo de hacerla reaccionar, aunque fuera de la peor manera. Cualquier cosa con tal de no resultarle indiferente. —Jane sonrió con timidez al recordar la escena en las Assembly Rooms—. Le dije esa misma noche, en el viaje de vuelta a Charlotte Square, que necesitaba mantener una conversación privada con usted...

—Pensé que deseaba amonestarme por haberle hablado de mi segunda vista al señor Scott. Temí una nueva reprimenda de su parte —confesó ella. Se avergonzaba de haberse dejado llevar por un sentimiento tan pueril, impropio de una joven con los veinticinco años cumplidos.

—¿De su segunda vista? Jane, el señor Scott nunca me reveló las argucias de las que usted se había valido para convencerlo. —Torció los labios en un gesto de admiración y censura a la vez—. Lo entendí todo más tarde, la noche de nuestra incursión en el castillo.

—Usted se empeñó en permanecer a mi lado, y así era imposible mantenerlo ajeno a los negocios que Walter Scott y yo nos traíamos entre manos —refunfuñó Jane.

—Eso me recuerda que en estos días he andado tan preocupado de encontrar el camino hacia su perdón que ni siquiera me atreví a darle las gracias por su valiosa contribución a la causa escocesa. Sin usted no hubiéramos localizado las Joyas de la Corona. Ha prestado un gran servicio a este país, que ni siquiera es el suyo.

—Comete un error al pensar eso, Robert. Esta tierra la siento muy mía. Fue mi hogar durante cuatro años —le recordó. Lo miró con determinación, entrecerró los ojos y, más que preguntar, afirmó—: Deduzco que el hecho de encontrar los Honores de Escocia lo convenció de que no mentía acerca de mi don.

—Está en lo cierto. Aunque por momentos me asaltaban dudas sobre si habría sido más bien una cuestión de suerte.

—¿Suerte? —fingió indignarse—. A su lado, santo Tomás era un aficionado. Se lo digo muy en serio: en el reino de los escépticos, usted sería un tirano... Ahora me dirá que sospecha que lo he hechizado o drogado y que por eso cree haber visto a *lady* Grace.

—No bromee, Jane —replicó con los labios por fin relajados en una sonrisa contagiosa... y efímera—. Aun cuando quise convencerme de que todo lo sucedido en el castillo había sido fruto del azar, estaba decidido a intentar recuperar su confianza, su cariño, poco a poco. No me atrevía a más. —Su gesto se volvió duro—. Pero cuando Percy vino a avisarme de que usted se marchaba...

—Creí que no buscaba en mí sino una amistad. —Hizo una breve pausa para recuperar el aliento—. Robert, yo... yo no quería prolongar mi agonía por más tiempo.

Y él por fin entendió lo que debería haber entendido tantos días atrás: que Jane no había dejado de amarlo.

—No sé qué concepto tiene de la amistad —resopló él con un entusiasmo semicontenido—, pero lo que yo busco en usted es mucho más. Infinitamente más, mi preciosa, impertinente, testaruda y adorada Jane.

Acunó su rostro entre las manos y se aproximó a ella con tanta lentitud —haciéndose desear a cada segundo más— que dio tiempo a que se nos desbocara el corazón... ¡a las dos! Cerré los ojos para no ser testigo de sus besos, merecían un momento de intimidad; pero me resultó imposible obviar los fuegos de artificio que la mente de Jane hacía estallar con cada caricia. Los labios de Robert destilaban osadía; y ella los recibió sin esconderse tras las severas normas del decoro.

«No sé si quiero saber lo que les deparará el futuro...», me dije a mí misma enternecida por la escena y apenada por los fatídicos presagios de mi intuición.

Robert dio un paso atrás mientras intentaba recuperar el control de su pecho, que oscilaba arriba y abajo, buscando con avidez el aire que la pasión, como una carterista de habilidosos dedos, se había encargado de sustraer a sus pulmones.

—El anillo de compromiso lo compré días atrás en Edimburgo —confesó con ojos ilusionados y tiró de ella para sacarla de aquel terreno consagrado a los muertos—. No lo tengo conmigo, lo guardo en el escritorio de mi habitación, pero no puedo esperar a formularle la pregunta ni un segundo más.

A Jane le costó seguirle el paso. No solo porque las zancadas de él fueran más largas, sino porque también a ella le resultaba difícil sosegarse tras el estado en que la habían dejado los besos de la reconciliación.

Robert no se detuvo hasta que ambos estuvieron frente a la fachada de la capilla de los Galloway.

—Tonto de mí, ya he aguardado demasiado para hacer esto como Dios manda. No son necesarias reuniones sociales ni parafernalias de ningún tipo. Solo usted y yo —empezó a decir mientras se arrodillaba ante ella—. Aquí mismo, y en este instante, he de preguntarle: ¿me haría el inmenso honor de aceptarme como esposo? —Por un momento pensé que Jane se había convertido en piedra, como el corazón de Annachie Gordon—. ¿No responde? —La inquietud en la mirada confundida de Robert me sobrecogió.

Ella suspiró para tomar aire.

—Es que pensé que este momento no llegaría nunca... Y ahora que ha llegado, me gustaría que el tiempo se congelase y no pasara de largo.

—¿Eso es un sí? —preguntó de nuevo, esta vez esperanzado.

—Robert... ¿Acaso lo duda? ¡Claro que es un sí!

Y con el abrazo y los besos que siguieron a las palabras de Jane llegó a su fin aquella nueva regresión.

35

Una separación forzosa

Un par de truenos, en comandita, retumbaron sobre los cielos de Edimburgo cuando me detuve frente a la fachada del Treehouse. El restaurante hacía esquina, y su azul verdoso me recordó las turbulentas tonalidades del mar en un día de tormenta como aquel. Lógico que sintiera zozobra al caminar los últimos pasos que me separaban de la puerta. Antes de entrar, eché un último vistazo a mi reloj de bolsillo: distinguí la hora a través de una gruesa gota recién estampada contra el cristal de la esfera. Si el doctor Wallace había sido puntual, estaría allí, tomando su almuerzo.

Revestido en cálida madera, el interior del local desprendía un estilo muy acogedor. La sensación se multiplicó por mil al distinguir la voz de Duncan entre todas las allí reunidas. Me pinté los labios con una sonrisa al recordar que acabábamos de prometernos en el siglo XIX; sin embargo, el gesto risueño se corrió en una mueca de disgusto al comprobar que no estaba solo. Tilda y él estaban sentados en un banco esquinero, el uno al lado del otro. Cualquiera de los dos podría haberme visto llegar de no ser porque la doctora buscaba acaparar con su conversación el interés de Duncan.

Como un cazador furtivo interesado en mostrar cautela, retrocedí un par de pasos y me oculté tras una gigantesca planta trepadora.

—¡Vamos, Duncan! —lo recriminó ella mientras invadía sin remilgos la burbuja personal de su colega—. No sé por qué pierdes el tiempo con una chica como esa. Es muy poca cosa para ti.

—¿Poca cosa? No la insultes. Tú no la conoces.

Me gustaba lo que oía y también lo que veía. Si las miradas matasen, Tilda habría yacido en el suelo de aquella cafetería, fulminada por Duncan.

—Tienes razón. —Con voz melosa, se fingió arrepentida—. Disculpa que sea tan sincera, pero escuché sin querer cómo defendías ante Watson que esa chica debía de sufrir por fuerza algún tipo de desorden psicológico. Y si es así, tú, que eres el hombre más cabal que he conocido en mi vida, deberías huir de ella como de la peste.

—Sí, como de la peste —repitió él sonriendo sin ganas por una broma privada que solo yo entendí. Me llevé una mano al cuello, que seguía limpio de bubas.

Aún tuve que presenciar cómo la doctora se arrimaba unos centímetros más a Duncan y, de forma despreocupada, le pasaba una mano por el hombro, acariciándolo con una sensualidad que yo hubiera deseado cortar con las tijeras de podar de mi madre. «¿A quién quiero engañar? Ella solo juega sus cartas. Y hace bien en intentarlo».

Repasé mentalmente el plan que me había conducido hasta aquel restaurante: contarle al doctor Wallace que todo había sido un sueño —sin mencionar a Watson; ¿para qué involucrarlo y poner en riesgo la amistad que los unía desde hacía años?—, evitando entrar en detalles para no caer en contradicciones demasiado evidentes; explicarle que había llegado la hora de regresar a casa, a Nueva York, y ofrecerle mi más sincera amistad. De repente, aleccionada quizás por los celos, ya no me pareció tan buena idea. Recordé las palabras de *lady* Grace, condensadas en un sencillo *carpe diem*. «Maldita sea, ¿qué estás haciendo? Lucha de una vez por lo que quieres. Deja de pensar que la vida es larga, que tiempo es lo que te sobra para hacer realidad tus sueños, porque no siempre es así».

Por desgracia, justo antes de que decidiera aparecerme ante ellos, Tilda descubrió mi escondite. Dudo que llegara a planteárselo dos veces: echó mano a la nuca de Duncan y, atrayéndolo con la fuerza de lo inesperado, lo besó con la absorbente intensidad de una aspiradora. Sentí como si un tigre me mordiera el corazón, pero, si la escocesa supuso que eso iba a detenerme, se equivocaba. Salí de mi refugio y, aunque ignoro si Duncan le devolvía el beso o estaba a punto de ponerle fin, me quedo con que, en cuanto se percató de mi presencia, se deshizo de ella como de un pañuelo lleno de mocos. Ni eso logró apaciguarme.

—Alicia... ¿Qué haces aquí? —preguntó confuso y con los ojos ligeramente descargados de su intenso verdor. Lo achaqué a la capacidad succionadora de Tilda.

—Solo he venido a despedirme. Regreso a Estados Unidos. —Intenté disimular el mal trago echándome a la boca una porción de ironía—: Lo siento, quizás no he llegado en el mejor momento. ¿Interrumpo algo importante, Tilda? —Ella se limitó a sonreír sin decir palabra.

Duncan, nervioso, miró de reojo a su colega. ¿Se sentía culpable?

—¿Cómo que te vas? —preguntó por fin.

—Lo que has oído, doctor Wallace. Solo vine a decirte... Vine a decir adiós. —Mi voz sonó ronca, medio ahogada. «No. De eso nada. No les vas a dar ese gusto». Me obligué a alzar la barbilla en actitud desafiante—: Veo que no tengo de qué preocuparme: te dejo en buenas manos —añadí clavando la mirada en su acompañante, y mi gesto desdeñoso les dio a entender que me importaba un carajo la relación que pudieran mantener.

—Y supongo que te marchas con Lefroy...

«¿Qué tiene que ver Jackson en esto?». Pasé por alto su comentario. No merecía que respondiera a aquello. Descubrí en Duncan el gesto displicente que en otras disputas les había conocido a Robert Galloway y a mi amigo invisible: comprimía los labios como si fuera una flecha a punto de ser disparada. «¿Y encima se enfada conmigo?», me indigné.

El silencio entre los dos se alargó hasta resultar incómodo. Dado que había cumplido con el cometido que me había autoimpuesto de despedirme de él, di media vuelta y salí del Treehouse. El cuerpo, estirado; el alma, encogida. No había tenido que mentir ni hablar de falsos sueños. Al final, el beso entre Tilda y Duncan me había puesto las cosas bien fáciles. Demasiado como para que no doliera.

Me alcanzó en la calle unos segundos más tarde, suficientes para que la lluvia se confundiera ya con mis lágrimas.

—Eh, espera. ¿Podemos hablar de esto? —Se interpuso en mi camino. El cabreo y algo parecido a la angustia le crispaban la mirada—. No puedes marcharte. No así.

—¿Que no? ¡Ya lo creo que sí! —exclamé con más dureza de la que pretendía—. Eso que sales ganando: no tendrás que huir de mí «como de la peste». —«Muy bien, déjale claro que estabas espiando... ¿Y qué pasa con lo de marcharte en plan amiga?», me reproché. Pero me sentía herida, y el orgullo iba a su rollo, eligiendo por mí las palabras. Probablemente las menos adecuadas—. Esta es la última vez que nos vemos, doctor. Ha sido un placer y te deseo lo mejor, toda la felicidad del mundo.

Apreté los dientes; notaba como si me hubieran amputado el corazón y alguien me lo estuviera intentando reimplantar a lo bruto, sin anestesia.

—Toma, cógelo —murmuró en un tono sutilmente airado. Me estaba ofreciendo un paraguas negro de bastón, aún sin desplegar, con el que había salido a buscarme—. Te estás empapando y cogerás frío. No quiero que vuelvas a enfermar. Al parecer no estaré ahí para cuidarte. —La cosecha de supuesta amabilidad se escarchó al paso de su siguiente comentario—: Supongo que no te costará encontrar a otro que esté más que dispuesto a hacerlo.

«¿Cómo se atreve?».

—No, no necesito tu estúpido paraguas —lo rechacé con actitud cortante—. Y, por cierto, no soy yo quien acaba de morrearse con otra persona.

Los celos habían atornillado en mi mente la imagen de Tilda besándolo, y en ese momento, el peor posible, me dio por pensar que él había recibido de buen talante el «regalo».

—Oh, vamos, no ha significado nada para mí —soltó a la defensiva, como si yo estuviera exagerando—. No puedes creerlo después de lo que sucedió en mi apartamento la otra noche. —Lo miré confundida—. Mientras bailábamos.

Duncan meneó la cabeza.

—¿Por qué te marchas, Alicia? —La pregunta no debió de parecerle lo bastante explícita—. ¿Por qué regresas a Nueva York? Y quiero la verdad. —La energía de su voz acampó en tierra de nadie, entre el ruego y la exigencia.

«No, no le ha devuelto el beso. Es imposible».

Recordé las palabras de Watson: «Duncan habría necesitado más tiempo para recuperarse del coma antes de vuestro reencuentro». Aunque ese parecía el único salvavidas que me quedaba para poner fin —al menos de momento— a nuestra relación, deseché aferrarme al cómodo embuste de que todo lo referente a nuestra vida pasada solo había sido un sueño. No quise soltar lastre recurriendo a una patraña, traicionando el recuerdo de aquel extraordinario amor que nos había unido doscientos años atrás y que yo aún sentía muy vivo dentro de mí.

—Duncan, no me quedan ganas. Perdona, pero no estoy acostumbrada a nada de esto. —Bufé con sorna al pensar en todo lo que me había ocurrido durante los últimos meses—. Y ni siquiera me estoy refiriendo a las historias sobre brujas y demonios que te he contado.

Me miró intrigado.

—¿De qué hablamos entonces?

Era lógico que no me siguiera. Hasta a mí me costaba alinear las ideas en un orden que sonara mínimamente lógico.

—Ando buscando excusas para hacerte ver quién soy y quiénes fuimos, luchando por dejar de ser una extraña para ti... Y me he cansado. —«No me he cansado de intentarlo, pero mi deber es protegerte. Necesitas reponerte del todo»—. Ha llegado la hora. Debo irme, dejarte en paz.

—Yo... Yo solo sé que quiero tenerte cerca, que formes parte de mi vida. —«¿Ahora viene el rollo de "Yo te aprecio, seamos amigos"?», pensé con disgusto—. Pero debes entender que para mí no tiene ningún sentido hablar de reencarnaciones, de amores más allá de la muerte. Va en contra de mis convicciones, de lo que soy. No puedes esperar que...

—Lo entiendo —le interrumpí—. No puedes creerme, ni siquiera te atreves a intentarlo, ¿verdad? —bromeé sin ganas—. Dejar de vernos nos vendrá bien a los dos. En especial a ti —asumí a media voz.

Intenté sortear a Duncan y largarme de allí, pero me enganchó del brazo y consiguió retenerme.

—No voy a dejarte marchar. Estoy seguro de que algo nos ata, aunque todavía no sepa qué es.

—¿El instinto del que te habló Jackson?

—Nos escuchaste...

Asentí y, cuando intenté zafarme de él para continuar mi camino, me aferró con más fuerza. Duncan presentía, con razón, que se nos agotaba el tiempo. Resopló como si tuviera que armarse de valor.

—Si te vas... Si te vas, entonces no me quedará nada.

Aquellas palabras me removieron por dentro. Decidí defenderme levantando en torno a nosotros un muro de mordacidad:

—Una virtud más que añadir a la personalidad intachable del doctor Wallace: se le dan bien las mentiras piadosas.

—¿Por qué crees que miento? —repuso con aire perplejo.

—No deseas herirme, por eso hablas así —conseguí decir a duras penas. «¿Y si lo dice en serio? No, no es posible. ¡Si ni siquiera se acuerda de quién soy! ¡Él cree que acaba de conocerme!»—. En el peor de los casos, te quedará una vida mucho más tranquila —admití con el sonido de la derrota en mi voz.

—No la quiero sin ti. —En su huraña mirada descubrí que se sorprendía de su propio discurso. Temí que pudiera sufrir en aquel mismo instante un colapso por las contradicciones a las que se estaba sometiendo—. Incluso cuando estoy pensando en otras cosas, tú sigues ahí.

—Es demasiado tarde —mentí de nuevo por él. Por fin consintió en soltarme. Tenía el ánimo abatido—. No es culpa tuya —le expliqué—, pero has sido incapaz de verme como realmente soy. Y no quiero sentir que me miras como a un bicho raro al que hay que analizar porque algo no funciona en él como cabría esperar. Tengo mi dignidad, y esto es más de lo que puedo soportar, ¿entiendes? Yo te miro... —Tragué saliva y me humedecí los labios resecos—.

Te miro y veo todo lo que siempre he deseado en un hombre. Es curioso, porque solo he sabido lo que quería tras conocerte a ti.

En ese punto de la conversación desvié la vista hacia los adoquines de la acera, encharcados de borrasca y lágrimas camufladas. Al descubrirme en el reflejo de aquella agua estancada, tuve la sensación de estar hablando conmigo misma, y tal vez por esa razón me resultó tan sencillo confesarle a Duncan mis sentimientos:

—Yo... Yo no me había enamorado nunca.

—Alicia... —Se echó hacia atrás el cabello, despeinado por la lluvia que lo calaba. Parecía impresionado, y en su expresión no quedaba ni rastro del enfado inicial.

«No quiero tu lástima...», pensé con amargura. Podía lidiar con el rechazo; con la compasión, no. Mis ojos buscaron desafiantes los suyos para cerciorarme de que escuchaba lo que iba a decirle a continuación:

—Pero al mismo tiempo te odio por no recordar lo nuestro, por dejarme sola en una historia que era de los dos.

Pensé que iba a contraatacar de alguna manera: con furia, con menosprecio, tal vez con indiferencia... En lugar de eso, tiró de mí con suavidad, obligándome a seguirlo. Nos resguardamos bajo el toldo de una tienda de ultramarinos, y me acercó a escasos centímetros de su cuerpo. Allí estábamos, en medio de una tempestad, a punto de naufragar... y con él al lado poco importaba irse a pique.

—Has dicho que nunca... ¿Quieres decir que ahora sí lo estás? —murmuró incrédulo. Detecté un deje angustiado en su voz—. ¿Enamorada?

«¿Qué he hecho? ¡Lo estoy complicando todo!». Deseé poseer un don diferente al mío, el de remover las piezas del tiempo a mi antojo: así habría podido rebobinar mis palabras para erradicar aquella patética declaración de amor. Fingí hacerlo.

—Se me hace tarde. Tengo que irme, Duncan.

Había llegado el momento de decir adiós. «¿Será para siempre?».

Retrocedí un par de pasos.

El escocés iba a decir algo cuando de la bocacalle más próxima surgió una fuerza que me arrastró hacia atrás. Un tórax rocoso a mi espalda impidió que cayera al suelo. Apenas podía moverme; un brazo me envolvía por delante y cinco feroces dedos se aferraban al otro extremo de mi cintura.

—¡¿Qué demonios...?! —exclamó Duncan. Su rostro reflejaba sorpresa y terror a la vez.

Sin otra cosa a mano, esgrimió su paraguas como lo hubiera hecho con una espada. De poco le sirvió, porque el agresor le asestó un certero golpe en el hombro. Ni siquiera llegué a ver con qué arma, solo que Duncan se desplomaba y su cabeza impactaba contra el férreo poste de una farola. Lo vi yacer en el suelo. Inconsciente. El miedo se me enroscó en el estómago, estrangulándome como una serpiente.

—¡Duncan! ¡Duncan! —grité antes de sentir cómo aquel individuo me tapaba la boca con una tela empapada en un extraño líquido.

Lo último que escuché fue la puerta de un coche cerrándose a mis pies.

La puerta se abrió y la señora Dixon apareció para informar a los presentes de que el carruaje destinado a trasladarnos a la capilla de los Galloway ya aguardaba por Jane.

Recordé a Duncan tirado en la calle. «No, no... ¡Ahora no quiero dormir! ¡Necesito estar despierta para luchar!», grité. Fue en vano.

—Mi querido Robert y toda su familia ya se encuentran allí. ¡Qué feliz me hace este enlace, señorita Elliott! Será para mí un placer poder llamarla por fin señora Galloway —se congratuló el ama de llaves.

—Gracias, Dixon. No nos fallarás, ¿verdad? —En los labios de Jane, la sonrisa se hizo aún más amplia—. Tanto mi prometido como yo necesitamos que asistas a la ceremonia, que compartas ese momento de dicha absoluta con nosotros.

—No me lo perdería por nada de este mundo —prometió mientras le tomaba una mano para propinarle unos afectuosos golpecitos—. Lo he dejado todo preparado para que a nuestro regreso los invitados puedan disfrutar de la fiesta en los jardines de Tyne Park. Por suerte ha amanecido un día glorioso y...

—Dixon, ¿ha visto a mi marido? —la interrumpió *lady* Mary.

—Sí, señora. El caballero las aguarda en la sala de billar.

Fue la primera vez que me sentí prisionera de una regresión. Entendí que exaltarme me iba a servir de poca ayuda, así que intenté amoldarme a la situación y confiar en que todo se arreglaría. «Seguro que Tilda nos estaba espiando y habrá salido en cuanto ha visto a Duncan caer al suelo», intenté consolarme. «Duncan está bien. Tiene que estarlo». En cuanto a mí, supuse que me encontraba en manos de Foras y que, si estaba viviendo una nueva regresión, eso debía de significar que el demonio, por alguna razón que se me escapaba, aún no había acabado conmigo.

Inspiré con fuerza y expulsé todo el aire, como si eso me despojara también de cualquier pensamiento negativo. Al fin y al cabo, iba a revivir la boda de Jane y Robert. Mi boda con el doctor Wallace dos siglos atrás.

Cuando la todavía señorita Elliott descendió la elegante escalinata que conducía al vestíbulo de Tyne Park, Percy Galloway la estaba esperando.

—Está usted preciosa. He sido un completo idiota... Nunca debí dejar que mi hermano me tomara la delantera —bromeó acompañándose de una leve reverencia.

—¿Qué hace aquí, capitán? ¿No debería estar ya en la capilla?

—Debería, pero es lo que tiene no ser el primogénito: que uno ha de seguir las órdenes de sus mayores. Y Robert me pidió... —Titubeó—. No, sería más exacto decir que me exigió que la escoltara hasta el lugar de la ceremonia. Nunca lo he visto tan nervioso. Creo que no se fía de que en el último momento usted pueda pensárselo dos veces y decidir que prefiere no acudir a la cita con el reverendo Colin.

Jane sonrió por la ocurrencia. A mí no me pareció tan descabellada: aunque parecía que en la felicidad de mi yo del pasado no cabían los miedos, yo tenía muy presentes las amenazas de Adaira McKnight. «¿En qué momento habrá previsto aparecer? ¿Cuando los novios se estén dando el "Sí, quiero"?». Temí por la vida de Robert. Afortunadamente, erré en ambos pronósticos.

Mentiría si no reconociera que me resultó de lo más extraño no solo verme vestida de novia, sino contraer matrimonio eclesiástico, y además con un cuñado como oficiante del rito religioso. Sin embargo, se me antojaba del todo natural que a mi lado se alzara, más apuesto y risueño que nunca, Robert Galloway. Mirarlo a los ojos mientras él terminaba de pronunciar sus votos conyugales y deslizaba la alianza en el anular de Jane fue la mejor manera de reencontrarme conmigo misma.

36

La unión hace la fuerza

En un hospital del Edimburgo actual...

La oscuridad dejó paso a una luz titiladora y molesta. Alguien sujetaba uno de sus párpados, lo obligaba a mantenerlo abierto.

—Duncan. Vamos, amigo, despierta.

La voz de Watson consiguió devolverlo a la realidad, al dolor que le vapuleaba el cráneo..., y también al recuerdo de Alicia. Se alzó de manera precipitada, como si aún pudiera perseguir al monstruo que se la había arrebatado; dos manos implacables lo contuvieron, provocando que su cuerpo rebotara y cayera a plomo sobre la cama de hospital.

—¡¿Dónde crees que vas?!

—Un poco de sutileza no le vendría mal, Tilda —la sermoneó Watson—. Acaba de recibir un buen golpe en la cabeza.

—¿Me lo dices o me lo cuentas? Te recuerdo que fui yo quien lo encontró tirado en la calle. Menos mal que los camareros nos conocen y me avisaron enseguida.

—Alicia... ¿Dónde está Alicia? —preguntó Duncan mientras se palpaba con gesto dolorido la nuca.

—¿Esa cursi? Cuando salí ya se había largado. ¿Qué te ocurrió? ¿Un atracador? No me digas que te noqueó la niñata esa... —dijo Tilda con una sonrisa perversa en los labios, como si saboreara la posibilidad.

Duncan se concentró en buscar ayuda allí donde sabía que podía encontrarla.

—¡Hay que dar con ellos, Watson! —La versión exaltada de Duncan retiró las sábanas como si estas le quemaran cada centímetro de la piel y se arrancó del brazo el gotero. Esta vez nadie impidió que se incorporara—. Se la llevó. Un monstruo con apariencia de anciano. Te lo juro. Con una fuerza descomunal ¡y colmillos!

—En el escáner no se le veía nada raro. John, ¿crees que está peor de lo que...?

—Por favor, Tilda —la interceptó el psiquiatra armándose de paciencia—, es la conmoción propia del golpe. Lo ha dejado desorientado. Necesita descansar, así que mejor vete a casa. Si hubiera alguna novedad, te llamo. Lo prometo.

Ella dudó. La indiferencia del doctor Wallace, impaciente por verla marchar a pesar del beso que se habían dado solo hacía unas horas, terminó de ofenderla y convencerla de que sería mejor recibida en cualquier otra parte. La puerta de la habitación se cerró tras ella con gran estruendo.

—¡Te aseguro que era un monstruo, John! —Duncan se agarró a la pechera de su colega con desesperación, y este lo obligó a sentarse en la cama—. ¡Se la llevó! Hay que hacer algo. Debemos buscar la manera de encontrarlos.

—De acuerdo, Duncan, ahora trata de calmarte y cuéntame qué sucedió exactamente.

—¡¿Calmarme?! ¿Cómo voy a hacer eso? Aquel tipo no era un hombre. ¡Era un demonio! Era un... John, tenía colmillos de vampiro. Yo no la creí. No la creí cuando me habló de brujos, de fantasmas...

La desesperación de su amigo obligó al psiquiatra a sincerarse, a compartir con él algunos de los secretos que la familia Watson había guardado para sí durante generaciones. Esas confidencias ayudaron a Duncan a entender por primera vez en su vida que muchos de los cuentos y leyendas que se conocían no eran sino versiones de la realidad misma. Ni el racionalismo más exacerbado consiguió ya hacerle dudar de lo que Alicia le había contado. Solo había necesitado ver para creer.

Un ligero mareo al ponerse de nuevo en pie lo obligó a agarrarse al piecero de la cama.

—¿Y tú quieres ayudar a Alicia? —lo increpó el psiquiatra—. Te has dado un buen golpe en la cabeza. No estás en condiciones, Duncan.

—Pues tendré que estarlo —respondió malhumorado antes de rehacerse y dirigirse con decisión al armarito donde habían almacenado sus pertenencias—. Hay que encontrarla. Ese monstruo, ¿crees que la mantendrá con vida mucho tiempo?

—No seas agorero —lo recriminó Watson.

—Llamaremos al compañero de Alicia, Lefroy, y le explicaré lo sucedido —resolvió mientras echaba mano de su móvil—. Tal vez la descripción del secuestrador le sirva para averiguar quién o qué se la ha llevado.

Cuando el doctor Wallace encendió su *smartphone* le aparecieron varias llamadas perdidas de Jackson. El canadiense se había percatado de la desaparición de Alicia y la llevaba rastreando por toda la ciudad desde hacía horas acompañado por Frank MacGregor. Tras hablar por teléfono, quedaron en reunirse los cuatro en el hospital.

En cuanto el yuzbasi obtuvo la descripción del agresor de boca del propio Duncan, supo a ciencia cierta el nombre de la persona que había raptado a Alicia.

—¡Maldita sea, Frank! Ha sido John... John Waterworth.

Lefroy telefoneó de inmediato al miralay Anderson para pedirle que registraran la habitación del vampiro en el Donaldson's College, por si allí podían dar con alguna pista sobre su paradero. Sin embargo, el lugar aparecía desierto, como si Waterworth nunca se hubiera alojado allí. Solo había dejado como recuerdo de su paso una breve nota depositada sobre la mesa. Anderson se la leyó al yuzbasi:

«Si el doctor Wallace desea encontrarla con vida, primero deberá recuperar la memoria perdida. Porque el pasado siempre vuelve».

37

El día de la boda

—No se atreverá... —retó el capitán Galloway a Jane—. Ahora es usted una dama casada y debería cuidarse de cometer imprudencias como esta. Podría salir lastimada. ¿Dónde se ha metido Robert que no está aquí para hacerla recapacitar? ¿Sabrá con qué clase de mujer acaba de esposarse?

—Lo sabe muy bien. Vamos, no puede ser tan complicado. Muéstreme los pasos de la Danza de las Espadas antes de que regrese mi esposo y su tozudez supere a la mía. Hoy está siendo el día más dichoso de mi vida, y merezco ser consentida un poco más —le exigió Jane—. Como ve, la celebración está a punto de finalizar.

El sol que aquella mañana de primavera había ascendido radiante y jovial sucumbía ahora irremediablemente; unas vaporosas nubes de color rojo plomizo escoltaban al astro en su camino hacia el ocaso.

—De acuerdo, no seré yo quien la contraríe —claudicó Percy—. Espero hacer honor a los compañeros *highlanders* que me enseñaron esta danza, porque requiere de años de práctica —advirtió en voz alta mientras se dirigía al puñado de invitados que se habían congregado en torno a él deseosos de verlo ejecutar el baile.

El marino realizó una señal al gaitero, y este atendió solícito la petición: insufló una ráfaga de aire a aquel pulmón forrado de cuero y el instrumento de viento que aprisionaba bajo su brazo izquierdo volvió de inmediato a la vida.

Sobre la hierba recién cortada yacían dos espadas colocadas en cruz. Brazos en jarra, talones juntos y el capitán saludó con una inclinación y una sonrisa encantadora. Dando muestras de una notable agilidad, el mediano de los Galloway comenzó a brincar rítmicamente alrededor de las espadas, con cuidado de no pisarlas.

Jane no tardó en lamentar su propia osadía, porque en la parte final el ritmo se aceleraba de forma peligrosa para los pies del bailarín. Se estremeció ante el brillo que reflectaba el filo de las armas.

El capitán finalizó y todos lo ovacionaron.

—Según parece, hoy saldré vivo de la batalla: no he pisado ni desplazado ninguna de las espadas. ¿Cree que será capaz de imitarme, señora Galloway?

Aceptó el desafío de su recién estrenado cuñado. Ya era una Galloway y no podía permitir que el arrojo ligado a su nuevo apellido quedara en entredicho ante los presentes, como no lo hubiera permitido tampoco con el de su padre, Elliott.

—Lo intentaré. —El orgullo ocultó la indecisión que le brotaba de la garganta—. Debería quedar claro antes de empezar que me encuentro en franca desventaja respecto a usted. Estos ropajes no me ayudarán precisamente en mi objetivo de sortear las espadas —apuntó como excusa mientras con cuidado se arrebujaba los faldones del vestido de novia para dejarlo justo por encima de sus tobillos.

Los ojos expectantes de varios caballeros y el decoro, muy poco práctico en este caso, le impidieron alzar la tela hasta donde le hubiera resultado necesario para gozar de un movimiento más fluido.

—Recuerde: en los primeros pasos, baile rodeando las armas por fuera, y después hágalo dentro, pero con cuidado de no darles nunca la espalda. Hágalo muy despacio, no se obligue a seguir el ritmo, porque esta danza requiere una gran destreza, sobre todo en los últimos compases. No olvide que se trata de un ritual de combate; es peligrosa para pies inexpertos. —Por primera vez Jane detectó preocupación en la voz del oficial.

Oyó susurros de admiración en torno a ellos.

—Una contradanza también puede resultar peligrosa dependiendo de la pareja que a una le toque en suerte. —La broma de Jane era de puertas para fuera, porque en su interior le dio la impresión de estar asomándose a un precipicio. Ella sufría de vértigo, pero aún más de cabezonería, así que no consintió en dar marcha atrás.

Su destreza con el baile le permitió asombrar a los espectadores congregados y al mismísimo Percy, que la observaba orgulloso. El problema surgió al final de la pieza, cuando la gaita tomó carrerilla y ella, en contra de los consejos de su hermano político, se confió y pretendió seguir el ritmo. Uno de sus zapatos de raso golpeó contra la espada más cercana, a la que desplazó unos centímetros. Jane trastabilló perdiendo el equilibrio... Solté un grito, convencida de que la tragedia corría a su encuentro. Pero cuando estaba a punto de caer sobre el arma blanca, y yo con ella, unos brazos la rescataron con firmeza y la elevaron como si fuera una pluma.

—¿Se puede saber qué hace, señora Galloway? —la riñó Robert con la mandíbula tensa, mientras la sostenía. Al contemplar los ojos asustados de Jane, transformó su talante encrespado en un gesto cariñoso—: ¿Acaso pretendes matarme del susto en nuestro primer día de casados?

Las parejas que los rodeaban tuvieron el comprensivo detalle de mostrar su complicidad con los novios dispersándose, permitiendo que aquel tierno momento se viviera en intimidad. La única que siguió allí, como un palo clavado en el suelo —o más bien, clavado a Jane—, fui yo.

—Percy me confesó que unos compañeros de las Tierras Altas le habían enseñado la Danza de las Espadas... Sentí curiosidad —trató de disculparse ella al ser pillada in fraganti por su esposo.

«¡Menuda chivata!», pensé sin verme en la obligación de aguantarme la risa.

—¡Percy! —lo llamó furibundo Robert, pero el mago de las sonrisas, como buen prestidigitador que era, se había esfumado en busca de nuevas diversiones. Sabiamente, había previsto las consecuencias de sus actos.

—Vamos, no te disgustes con él —intentó engatusarlo Jane pasándole una mano, coqueta, por las solapas de la chaqueta—. Yo insistí. Fue culpa mía.

—Embaucadora... —replicó Robert con una sonrisa maliciosa en los labios—. El día en que mi madre se nos apareció, me preguntaste si pensaba que me habías hechizado. Ahora puedo responder: sí, señora Galloway, no hay duda de que me tiene hechizado. Cuando estoy a su lado, la sensatez me abandona y tiendo a dejarme llevar por los impulsos.

Vigilando no dejar testigos, tomó de la mano a Jane y se la llevó hasta un rincón apartado de los jardines, donde un grupo de robustos árboles los ocultaron de la vista de familiares, amigos, músicos y sirvientes. Las ramas eran tan gruesas allí que no dejaban pasar los decadentes rayos del sol y convertían aquel espacio en un cobertizo natural.

Intenté evadirme cerrando los ojos, pero los sentimientos de Jane, aun en silencio, gritaban demasiado alto para que pudiera evitarlos.

«A este paso no llegamos ni a la noche de bodas», me sonrojé divertida al ser testigo de la pasión desenfrenada de los novios.

Sin embargo, unos besos después, con el aliento y la timidez recuperados, la señora Galloway obligaba a su esposo a salir de aquella guarida para unirse de nuevo a la fiesta. Robert la siguió a regañadientes.

Colin y Rosamund, que caminaban abrazados de la mano, les salieron al paso.

—Padre me envía a decirte que muchos de los asistentes se están marchando ya. Incluidos tu madre y tu padrastro, querida hermana.

Mientras se abrían paso entre los caballeros y las damas que aún se resistían a abandonar la celebración, presté atención al cuchicheo de dos invitados que hablaban sobre la Danza de las Espadas.

—Sí, nuestros guerreros acostumbran a realizarla antes de afrontar una batalla —le explicaba el *laird* Waylon O'Connor, de las Tierras Altas, a un caballero a quien Jane no había sido presentada.

—¿Y qué significa que alguien desplace la espada mientras baila? —se interesó el segundo.

La respuesta me heló el corazón:

—Que va a morir en combate.

La jornada había llegado a su fin, y, pese a los malos augurios que se cernían sobre nosotras, sentí correr la felicidad de Jane por mis propias venas, haciéndome olvidar por un momento mi penosa situación en el siglo XXI: secuestrada y en manos de un demonio asesino. Al menos mi optimismo me hacía presentir que Duncan se encontraba bien allá donde estuviera.

—¿Ha sido todo de tu agrado? —Galloway sujetaba a su esposa por la cintura.

Se encontraban en la habitación que Robert había asignado a Jane tras su retorno a Tyne Park, una de las más cálidas durante los severos inviernos que azotaban la mansión y que, a partir de ese día, alojaría al nuevo matrimonio.

—Sí, lo ha sido, señor Galloway.

—¿Señor Galloway? —refunfuñó él—. ¿Pretendes llamarme así en la intimidad de nuestra alcoba?

—De hecho, querido, me preguntaba si verías con buenos ojos que yo mantuviera mi apellido de soltera... —La cara de inocencia de Jane era genuina.

«¡Vaya! ¡Esto es más de lo que podría esperar!», pensé gratamente sorprendida. Nunca me había gustado la idea de que una mujer tuviera que ver pasar el apellido del marido por encima del suyo. Yo nunca renunciaría al De la Vega, ni siquiera por un apellido tan apetecible como el de Wallace. También Robert se mostró incrédulo, y parecía disgustado, aunque se esforzaba en disimularlo.

—Eso no es posible, Jane... No cabe tal posibilidad. —Se distanció apenas unos centímetros para escrutarle el rostro a su amada—. ¿Mantener tu apellido? ¡Ni siquiera es legal!

—¿Cómo no va a serlo? Si nací con él... —La señora Galloway, incapaz de seguir fingiendo ante la cara estupefacta de su marido, rompió a reír.

—Revolucionaria mía. —La atrajo hacia sí tomándola de nuevo por el talle—. Qué gran baza para los jacobitas habría sido contar con tu agitadora mente en el 45.

La ocurrencia de Jane no había sido sino una subrepticia treta para atemperar los nervios, que se le agolpaban en cada centímetro de su cuerpo, consciente de que la recatada época del cortejo había llegado a su fin. Se había convertido en una mujer casada, y sentía muchas dudas acerca de los cambios que se presentaban en su mundo, entre ellos los concernientes a la vida marital. Sus conocimientos al respecto se reducían a los escasos y misteriosos comentarios que había escuchado por casualidad entre dos jóvenes recién casadas de Chawton. Todos en clave de secretismo, y enturbiados por risas descaradas, lo que no ayudaba en nada a una joven que no estuviera ya al tanto del asunto. Siempre se había preguntado qué debía suceder entre un hombre y una mujer para que esta perdiera la doncellez. No era tan ingenua como para creer que unos besos o unas simples caricias bastasen para algo así, pero nunca había encontrado un libro en el que pudiera hallar respuestas para esa pregunta; y la opción de consultar directamente a su madre o a alguna amiga le resultó siempre demasiado bochornosa.

Había llegado el día en que iba a desvelar todos esos enigmas. De la mano de Robert, el amor de su vida, el único hombre al que había amado y que amaría jamás.

—¿En qué piensas? —preguntó él.

El recato la obligó a mentir.

—En que ha sido un día glorioso.

—Y aún no ha terminado —comentó Galloway mientras le acariciaba la espalda de una manera que la hizo estremecer. Los ágiles dedos de Robert se colaron en la fila de ojales y botones que encorsetaban la espalda de Jane para liberarla del vestido. La seda se deslizó hasta sus pies y él la invitó a dar un paso adelante para dejar atrás el traje de novia. Porque ya no era una novia, sino una esposa.

La apresó con sus brazos, con sus labios, con su alma. En el interior de Jane se debatían sentimientos encontrados, porque su mente, acostumbrada a besos más vestidos, no sabía cómo lidiar con las deliciosas sensaciones que experimentaba en aquel instante. Galloway debió de percatarse: redujo la apasionada presión que su boca ejercía sobre la de Jane y retiró lentamente los dedos que había hundido en los cabellos de su mujer, deshaciendo el exquisito peinado de la novia. Le tomó el rostro y pegó su frente a la de ella, mientras respiraba a intervalos arrítmicos.

—¿Estás bien? —preguntó él, enternecido por el rubor que coloreaba las mejillas de Jane—. No sé cuánto sabrás de todo esto.

—¿Del matrimonio?

—De las relaciones conyugales. —No obtuvo respuesta—. ¿Jane? —insistió Robert. Su voz acarició el cuello de la señora Galloway—. ¿Alguien te ha contado algo? ¿Tu madre? ¿Alguna amiga casada? —Ella sacudió la cabeza—. Eres tan hermosa —dijo admirándola—. Yo también soy nuevo en estas lides, pero te prometo ir con cuidado —susurró mientras la alzaba en brazos.

—¿Y si no sabemos cómo...? —se le ocurrió de repente a ella.

—No hay de qué preocuparse, cariño. Aunque en cuestiones prácticas soy un completo neófito, mis conocimientos teóricos y he de suponer que el instinto sabrán guiarnos en el proceso —le aseguró confiado.

Ella acurrucó la nariz en el cuello de su marido e inhaló su penetrante aroma: en él encontró los rayos del sol y el olor a ropa recién lavada, así como un ligero toque almizcleño que le aceleró aún más el pulso. Cerró los ojos y se dejó arropar por el calor que emanaba del cuerpo que la sostenía, y solo se permitió reabrirlos cuando sintió que la depositaba en la cama.

Robert le sacó los zapatos y, sin dejar de mirarla a los ojos, con una sensualidad poderosa y paciente, sus dedos ascendieron lentamente por las piernas de Jane, aún cubiertas por las enaguas, abriéndose paso para despojarla del liguero y las medias de seda.

Yo me sentía una intrusa en aquel lugar. Aunque aquellos fuéramos Duncan y yo misma. Abrumada por las sensaciones de Jane, comprimí los párpados, en un intento de evadirme, pero, tal y como temía, resultó inútil. Cuando, resignada, volví a mirar, la camisa blanca de Galloway estaba a medio desabrochar y las yemas de sus manos jugueteaban con el corpiño de Jane, que se sentía morir y más viva que nunca mientras los labios del novio devoraban los suyos. En un cálido susurro, la llamó por su nombre:

—Jane... Jane, querida, por lo que sé, la primera vez tal vez te duela un poco. Intentaré ir con cuidado al principio. Debes avisarme si te hago daño.

Las cuerdas del corpiño se habían dado de sí ligeramente y a Robert le iba a resultar muy sencillo deshacerse de él.

«Por favor, va a pasar, que alguien me saque de aquí...». Ahora lamento haber rogado tanto, aunque mis súplicas nada tuvieron que ver en lo que aconteció después.

La doble puerta del balcón estalló por el centro, en un estruendo que hizo saltar de la cama a Robert. Los cristales, reventados, quedaron esparcidos por el interior de la alcoba, refulgiendo como el rocío de la madrugada, aunque todavía no fuera ni medianoche.

Galloway ya blandía una espada en la mano cuando un hombre enorme y oscuro, que ocultaba sus facciones al contraluz de la luna llena, penetró en la estancia.

—¡¿Qué diablos...?! —estalló Robert.

Como si hubiera recibido un tiro en el corazón, la cruel risa del intruso me desarmó al momento de cualquier esperanza. «Santo cielo... ¿Es este el final?». Miré alternativamente a Galloway y a Jane. Ella permanecía en el lecho y su expresión aterrorizada se reflejaba en el espejo del tocador.

El fiero aspecto de Robert no amilanó al individuo, que sin vacilar avanzó hacia él con su sable en guardia. La luz de la chimenea iluminó el rostro del desconocido: un caballero a tenor de las ropas con que se vestía, un villano por la expresión salvaje que enmascaraba sus apuestas facciones. Jane y yo compartimos un mismo pensamiento: a ninguna de las dos nos resultaba familiar.

Las primeras estocadas de Galloway se perdieron en el aire: el tiempo de reacción de su adversario era mínimo y parecía adivinar sus movimientos. Por suerte, el Duncan del pasado resultó ser un diestro espadachín; también él era capaz de atajar los envites del intruso, quien, en lugar de buscar ensartarlo con el arma, parecía extrañamente obcecado en golpearlo con la empuñadura.

Tras unos segundos de inmovilizador pánico, Jane consiguió reaccionar. Saltó de la cama y corrió al pasillo para pedir auxilio. Casi de inmediato, Percy salió a su encuentro. Le sorprendió tanto la visión de su cuñada desvestida de aquella guisa, cubierta solo por el corpiño y unas sencillas enaguas, que al principio le costó entender lo que estaba ocurriendo. Pasado el momento de confusión, la reacción del capitán no se hizo esperar. Acudió raudo a su habitación en busca de una espada. «¡¡Nadie tiene una pistola o qué?!», protesté en un intento de desahogar mi frustración.

Cuando Jane regresó al dormitorio acompañada de Percy, la lucha que se libraba allí era encarnizada. Una veloz finta de Robert hizo saltar por los aires la espada de su rival, y este, igual que lo hubiera hecho un felino al sentirse acorralado, adelantó la cabeza y mostró los puntiagudos colmillos que le emergían con violencia de la boca. «¡Un vampiro! ¡Joder, es un vampiro! Por eso siempre les he tenido tanto miedo...».

Llegué a ver un movimiento sutil de su brazo en dirección a la chimenea, y la hoguera se extinguió. La oscuridad surgió del rincón más lejano para engullir de un bocado la pírica claridad que hasta entonces había iluminado la alcoba.

Se oyó gritar a una mujer. Noté cómo unos brazos bruscos tomaban a Jane de las caderas para cargársela al hombro.

—¡Jane! ¡Jane! ¿Dónde estás? —Era la voz angustiada de Robert.

El antifaz de nubes que había cubierto la luna llena se deslizó y mis ojos pudieron percibir espantados que aquel intruso se lanzaba desde lo alto del balcón para aterrizar suavemente sobre la granulosa superficie del suelo. Escuché maldecir a los hermanos Galloway en la distancia.

Las piernas del vampiro se desplazaban a una velocidad estremecedora. Consiguió unos valiosos metros de ventaja antes de que, al fondo, yo lograra distinguir a dos figuras humanas descendiendo por la enredadera del muro con agilidad y presteza. Varias ventanas de la casa se encendieron alarmadas por el bullicio.

Las antorchas que habían bordeado el camino principal de la casa durante la fiesta todavía brillaban, aunque, en un alarde de cobardía, perdieron su intensidad al resultar abofeteadas por el paso veloz de aquel monstruo.

Jane, que aún no entendía lo que estaba sucediendo, intentó zafarse de las garras que la sujetaban, pero se trataba de una lucha demasiado desigual. El aire de la noche era frío e incisivo como el filo de un cuchillo, y la hizo tiritar. Su mente intentó poner en orden las ideas y no tardó en llegar a la conclusión de que la mano de Adaira McKnight se ocultaba tras el ataque de aquella criatura de las tinieblas.

El vampiro corrió abriéndose paso a través de unos arbustos que arañaron los brazos y los pies de su presa. Intentaba perder de vista a sus perseguidores; sin embargo, la luna ahora brillaba henchida en el cielo, dispuesta a mostrarse colaboradora con Percy y Robert, cuyas pisadas se escuchaban cada vez más cerca. Aunque el secuestrador fuera más fuerte que ellos, y también más rápido, llevar a una Jane combativa cargada al hombro le impedía ampliar la ventaja.

A primera vista, dado que nadie le iba a salir al encuentro, temí que lograra escapar llevándosela con él. «¿Y si esta historia no tiene un final feliz?». No me sentí preparada para afrontarlo.

Un gruñido alertó a Jane de que a su portador le resultaba molesto el ataque iniciado por sus brazos y piernas, así que insistió aún más en los puñetazos y las patadas. Pero él no la soltó.

El vampiro recorrió de un extremo a otro un amplio campo de flores apagadas por la noche. Miraba en todas direcciones, como si de repente se sintiera desorientado. Remontó una colina hasta lo más alto y allí se detuvo para vomitar una hilera de maldiciones. Al darse la vuelta para localizar a sus perseguidores, entendí qué lo había detenido: abajo discurría infinito y oscuro el río Tyne. Recordé las interesantes revelaciones de John Waterworth acerca de las corrientes de agua y el efecto que producían sobre los de su especie: los debilitaba. En su huida, el esbirro de McKnight, que no daba muestras de una inteligencia despierta, había errado el rumbo a seguir para introducirse justo en la boca del lobo.

Las voces de los Galloway llamando a Jane se escucharon nítidas. «Aún hay esperanza». Fue un deseo más que una certidumbre.

El vampiro entendió que regresar sobre sus pasos no era una opción, así que dejó caer a su rehén. Las dos nos estremecimos al contacto de sus pies desnudos con la hierba escarchada.

Los hermanos nos alcanzaron enseguida, con los rostros desencajados por el esfuerzo físico que acababan de realizar. El secuestrador, desarmado, respondió a la amenaza de sus espadas cubriéndose con el cuerpo de Jane. Un brazo contra el que ella luchaba con todas sus fuerzas la retenía por encima del pecho. Robert la observaba horrorizado, pero firme en el sitio.

—Vas a tener suerte, querida —nos susurró el redivivo al oído lo suficientemente alto para ser escuchado por los Galloway—. Mis órdenes eran llevarte conmigo y hacerte pasar primero un buen rato. Tras contemplar la belleza de tu fragilidad —dijo inspirando profundamente la fragancia de su cabello—, estoy convencido de que hubiera disfrutado de tu lenta y tormentosa agonía. Qué lástima...

Una monstruosa uña, que recordaba a la afilada garra de un águila, surgió del extremo de su dedo índice. «No, no, no».

—¡Suéltala, engendro del Diablo! O no saldrás vivo de aquí. —La furia de Robert le tensaba la voz.

—¡Qué modales los de esta época! —exclamó pesaroso el aludido—. Ni tan siquiera hemos sido presentados y se atreve a ofenderme sin cortesía alguna.

Percy, que guardaba silencio, se deslizó de manera sigilosa hacia la derecha, en un intento por tomar posiciones e impedir la huida del vampiro.

—¿Te envía *lady* Adaira? —preguntó Robert.

Su interlocutor se mostró impresionado, y la sombra de una sonrisa reptó por su cara.

—¿Sabes? Me pidió que matara a cualquiera que se cruzara en mi camino excepto a ti, Robert Galloway... Esa fue mi primera orden. Ahora me dispongo a cumplir la segunda. Me aventuro a suponer que es la más importante. —Sus ojos centellearon crueles al mirar de reojo a Jane—. La deuda que contraje con la señorita McKnight queda saldada en este tiempo y lugar —sentenció a la vez que su uña abría una herida rosada a la altura del corazón de Jane y la dejaba caer al suelo.

Robert había corrido al encuentro de su esposa para evitar que se golpeara contra el terreno. No lo consiguió, pero la mullida vegetación amortiguó el impacto. Noté la sorpresa de Jane ante el escozor repentino que le había provocado aquel arañazo, y que se intensificaba a cada segundo, como si miles de cuchillas le recorrieran el torrente sanguíneo. Apretó los dientes.

Percy, furioso, placó al vampiro antes de que este lograra emprender la huida, haciéndole perder el equilibrio. Ambos rodaron en una lucha salvaje colina abajo, hasta que, justo a orillas del río, una roca detuvo con violencia la inercia de ambos cuerpos.

Robert intentó ayudar a Jane a ponerse en pie, pero las piernas de esta no le respondieron; las cuchillas que sentía en las venas se habían encargado de cortarle cualquier sensibilidad de cintura para abajo. El escocés la cargó en brazos un par de metros para depositarla junto al tronco del solitario nogal que regía la colina, con la espalda apoyada en la corteza centenaria.

—¿Estás bien, Jane? —La zarandeó suavemente al descubrir que había cerrado los ojos—. La herida apenas sangra, parece superficial —masculló con voz tranquilizadora.

—Sí, sí —respondió intentando acallar la quemazón. No quería que perdiera el tiempo con ella—. Acude en ayuda de tu hermano. ¡Ve!

Un desgarrador alarido atrajo la atención de su esposo. De un mordisco, el vampiro acababa de destrozarle el hombro a Percy.

Robert recuperó la espada que había dejado caer sobre la hierba y corrió colina abajo. Pero justo cuando había recorrido la mitad del camino, su hermano logró deshacerse del abrazo del nosferatu e insertarle su estoque en el corazón. El chupasangre se llevó las manos al pecho con un gruñido mortal.

«Percy ha acabado con el vampiro», pensé animada. No debí lanzar las campanas al vuelo tan rápido: con su último aliento de vida, el monstruo inmovilizó a su rival en un abrazo cerrado y lo arrastró con él en su caída al río.

En cuanto alcanzó la orilla, Robert se lanzó de cabeza a aquellas aguas, que corrían torrenciales por las recientes lluvias, y desapareció bajo su manto como habían hecho antes los otros dos cuerpos. Los minutos me parecieron días, un tiempo infinito de incertidumbre.

Jane al menos se ahorró presenciar la trágica escena, porque le resultaba prácticamente imposible mantener separados los párpados, y más aún enfocar lo que sucedía allá abajo. Lo máximo que consiguió fue entreabrirlos al escuchar, transcurrido un buen rato, los pasos empapados y pesarosos de un hombre aproximándose a ella.

Robert se arrodilló a su lado; lloraba en silencio, atormentado por la pena. Hundido, aun cuando había sido el único en salir vivo del río.

—Percy ha caído al Tyne y no logro encontrarlo. La corriente fluye con demasiada fuerza, y tanta turbulencia me impide distinguir nada bajo las aguas... Lo he perdido, amor mío. Lo he perdido y estaba herido de muerte —susurró angustiado.

Se pasó la palma de una mano por el rostro para apartarse la capa de río y lágrimas que le cegaba, y creo que fue entonces cuando por fin pudo ver con nitidez a Jane.

—Cariño... ¿qué tienes? —preguntó asustado—. Estás muy pálida.

—La herida... —Noté que apenas podía hablar; el dolor era demasiado intenso—. Me quema por dentro. Robert, deja que duerma. Solo... solo necesito descansar un momento. —Deseaba tranquilizarlo, así que intentó sonreír—. Te amo tanto... —«No quiero dejarte. Todavía no, por favor». La voz de sus pensamientos, al contrario que la que provenía de su garganta, no sonaba aún desgastada.

Se armó de valor y de todas las fuerzas que le restaban, que no eran muchas, para alzar una mano y acariciar la tensa mandíbula de Robert. Muy a su pesar, no logró mantenerla así más que unos segundos.

Observé a Galloway, que fruncía el ceño con preocupación tras observar la herida, de la que brotaba, a la altura del corazón, un hilo de sangre de un extraño color parduzco. Además, Jane había empezado a respirar profunda y rápidamente, como si le faltara el aliento.

—Dios santo, creo que es veneno... —La voz de Robert sonó ahogada por la congoja—. ¡Jane, Jane! Aguanta, por favor. —Pero a ella se le cerraban sin remedio los ojos—. No te duermas. Resiste, amor mío. Pediré ayuda y te recuperarás.

Levantó la cabeza; supongo que en busca de un auxilio que no parecía que fuera a llegar, porque, aunque la lucha con el vampiro en Tyne Park habría despertado a buen seguro al resto de la casa, ni los Galloway ni los sirvientes podían saber en qué dirección habían de salir a buscarlos. Robert pareció entenderlo.

—Cariño, no sé si moverte será contraproducente. ¡Maldita sea! No entiendo de estos menesteres... —murmuró devastado por la frustración—. Pero he de hacer algo, debo intentar salvarte —se dijo a sí mismo apretando los dientes mientras la tomaba en brazos y emprendía el camino de regreso a la mansión. Se me partía el alma no solo por lo que decía, sino por cómo lo hacía. «Como si el alma se me hubiera desgarrado en dos», así había descrito mi amigo invisible la pérdida de la mujer a la que había amado—. Tranquila, Sam es un jinete muy rápido. Le diré que monte a Bonnie Prince e irá en busca del doctor Gilmore; él sabrá qué hacer.

Resignada a que hubiera llegado el fin, me desplomé, arrebujada en el interior de Jane, temblando con ella ante el acecho de una presencia fría y desconocida. La sentíamos tan cerca... que ni el calor que desprendía el cuerpo de Robert lograba templarnos.

Noté que él se detenía para inclinar la cabeza sobre el pecho de su esposa.

—Se está parando, se está parando —susurró mientras, espoleado por la angustia, avivaba aún más la marcha.

Jane creyó que sobre ellos se cernía un aguacero porque unas gotas de agua le habían empezado a empapar el rostro; pero yo sabía que no era lluvia, ni el rocío de la madrugada, sino las lágrimas de Robert, que ahora se le descolgaban lentamente de las mejillas.

—Vamos, sigue latiendo, sigue conmigo... —dijo él mientras la ceñía contra su cuerpo con mayor firmeza aún que antes, como si quisiera protegerla del acecho de un ente maligno. Sin querer ver que no tenía forma de hacerlo porque ese mal no estaba fuera, sino dentro de ella: el veneno que serpenteaba perezoso por cada rincón de su anatomía lo estaba devastando todo a su paso.

—Tenemos por delante toda una vida juntos, Jane, y este no va a ser el final de todo. Es imposible. Es... injusto. —Calló antes de rogar una vez más, con la voz quebrada—: Cariño, no me dejes solo.

Robert no lo vio, pero Jane logró entreabrir los ojos apenas un instante. Deseaba despedirse de él, decirle que todo iría bien, que debía seguir adelante y ser feliz, por él y por ella. Que lo estaría esperando al otro lado porque su amor sería capaz de trascender a la mismísima muerte. Pero no pudo hacerlo, porque su cuerpo ya había dejado atrás incluso la agonía física y era incapaz de responder a ninguna de las órdenes que recibía.

«Este fue nuestro final, Duncan», lloré desconsolada. «Por favor, ¡quitadme el velo!», grité a los Guardianes del Umbral. «¿Acaso no es suficiente castigo la separación? ¡Dejadme hablar con él!», les exigí furiosa. Estaba preparada para soportar mi propio dolor, pero no el suyo. Aguardé unos segundos antes de intentar comunicarme con Robert; fue en vano. «Quitádmelo, quitádmelo, quitádmelo...», rogué esta vez, y la voz se me rompió de la emoción mientras lo hacía. De haber podido, me habría arrodillado. «Permitidme que al menos me despida de él, dejadme que le diga lo muchísimo que lo he amado, que lo amo y lo amaré hasta el fin de mis días. Que esté tranquilo, que esto no es el final y volveremos a vernos», supliqué. «Que alguien me ayude, por favor...». Y, como no obtenía respuesta, pensé en invocar a mis seres queridos del pasado y el presente. «Papá... *Lady* Grace... Tía Rita... ¿Estáis alguno ahí? ¿¡Me oís!?». Pero nadie acudió en nuestra ayuda.

Vi que mi amor se restregaba en un hombro las lágrimas que le nublaban la visión y le habían impedido ser consciente de que Tyne Park quedaba ya muy cerca.

—No te vayas, te lo suplico —insistió Robert—. Si no tengo tu luz para guiar mis pasos, ¿qué puedo esperar de este mundo? Es seguro que me perderé en su oscuridad. Amor mío, ya no soy capaz de vivir sin ti. —Percibí cómo su cuerpo se estremecía involuntariamente—. Por todos los cielos... Resiste. Resiste un poco más. Sé que puedes hacerlo.

Él aún no era consciente, pero Jane acababa de fallecer entre sus brazos.

38

De vuelta al pasado

Desperté con la cara empapada en lágrimas. El final de Jane —mi final— resultó tan trágico como yo había imaginado en mis peores presagios. Me prometí a mí misma que, si en el siglo XIX había perdido la oportunidad de disfrutar de una vida plena y feliz al lado del hombre al que amaba, en el XXI no volvería a pasar por lo mismo.

Robert/Duncan. Jane/yo. Ahora que todo había terminado, ya no tenía sentido hacer distinciones. Recordé el dolor desgarrado de sus ojos verdes, su respiración entrecortada mientras me cargaba en brazos y escuchaba desfallecer mi corazón. Bum-bum, bum-bum, bum...

Me pregunté si habría sufrido mucho por mi muerte, y también si habría vuelto a casarse, si habría tenido hijos. Rehacer su vida, tras quedarse viudo tan pronto, habría sido lo más justo y lo más conveniente para él. No le deseaba una vida de soledad. No para mi Duncan. «Era tan joven cuando lo dejé...». Me llevó aún un buen rato calmarme: pese a que habían pasado doscientos años, para mí todo estaba demasiado reciente.

Vivir el trauma de mi muerte me hizo ser más consciente que nunca de que los escollos que ahora bloqueaban nuestra felicidad eran insignificantes —incluso el hecho de que pudiera creerme una desequilibrada mental—. Encontraría una solución para todos ellos, haría lo imposible por reconquistarlo, por volver a hacerlo mío y resarcirlo del sufrimiento pasado. Su mente no recordaba una vida anterior, pero si su alma aún permanecía herida, yo estaba dispuesta a, cuando él no mirara, cubrírsela con una montaña de tiritas.

«Aunque primero tendré que escapar de este lugar, esté donde esté», razoné mientras me pasaba una manga por el rostro para desaguar mis mejillas. «Vamos, arriba».

Me incorporé de la cama sirviéndome de los codos, temerosa de encontrar allí a mi secuestrador, al acecho. El cuarto se hallaba sumergido en una penumbra de claroscuros; solo un resquicio de luz se colaba entre la fina línea que dividía en dos las cortinas de la ventana. Y aun así, el lugar me resultó extrañamente familiar.

—¿Hay alguien ahí? —pregunté a media voz.

No hubo respuesta. Resoplé con fuerza al percatarme de que llevaba demasiados segundos conteniendo la respiración.

Dejé la cama atrás y, con desconfianza, me dirigí hacia aquellas cortinas que me atraían de forma irremediable, como si tras ellas se escondiera una parte esencial de mí misma. «¿Por qué diablos siento esto?».

Al descorrer las pesadas telas, la luminosidad del sol me cegó. Aquello no era una ventana, sino una puerta doble. Un balcón. Aún deslumbrada por la claridad, aparté los visillos, tenté el pomo y asombrosamente cedió sin oponer resistencia. El aire frío me acarició el rostro. Con precaución, por si mi raptor andaba cerca, me asomé en busca de alguna figura humana que pudiera echarme una mano en la fuga.

Con las pupilas por fin aclimatadas, contemplé atónita el espléndido jardín que se extendía frente a mí.

—¡¿Cómo es posible?! —El estómago me dio un vuelco, como si acabara de recibir una patada cargada de furia—. No he regresado. Continúo en el pasado...

Tyne Park. Solo para ojos muy acostumbrados a admirar aquel paisaje hubiera sido posible distinguir las sutiles diferencias que se habían producido allí desde el día de mi boda. Me giré sobrecogida. «Incluso los muebles del cuarto son los mismos». Allí estaba la cama donde Duncan y yo no habíamos llegado a consumar el matrimonio. Corrí hasta el espejo de la cómoda y en el reflejo me contemplé a mí misma, vestida con el suéter rojo con cuello de pico que había comprado días atrás en Edimburgo y mis *jeans* favoritos, la misma ropa con la que había acudido al Treehouse para despedirme de Duncan.

«No puede ser... Me veo a mí misma, y además he abierto el balcón con las manos; en mis regresiones atravesaba las cosas, no podía tocarlas», rumié mientras me observaba las yemas de los dedos. Me acerqué lentamente a la puerta que daba al pasillo e intenté traspasarla. Opté por ser precavida, y lo hice delicadamente. Sentí la madera. Tan sólida como mi propio cuerpo.

Supuse que algo había cambiado. Y una idea aterradora relampagueó en mi cerebro: «¿Y si yo también he muerto y esto es el cielo? O el purgatorio...».

Era de suponer que, si me equivocaba y aún seguía viva, Foras me hubiera dejado encerrada bajo llave. Giré la manilla.

«¡Abierta! Pero... no es lógico», pensé alicaída. La teoría de que el demonio me había matado ganaba enteros.

—Hola —musité con voz trémula asomando la cabeza. No se veía a nadie en el pasillo. Esperé unos segundos—. ¡Hola! —grité en tensión, dispuesta a, si alguien o algo se aparecía por el recodo del pasillo, encerrarme de nuevo en la alcoba, como si fuera un burladero.

Nada.

Tyne Park nunca había permanecido tan silenciosa. Qué abandonada me sentí sin ningún conocido cerca, sin alguien que se apiadara de mí y me ofreciera una explicación racional —mucho pedía yo— sobre lo que estaba ocurriendo a mi alrededor. Si quería respuestas, tendría que buscarlas yo misma.

Avancé por el pasillo, y recordé con añoranza a Percy, a Colin, a *sir* Arthur y, aunque parezca mentira, incluso a *lady* Susan. Y, por supuesto, a quien más eché de menos fue a Robert. La puerta de su antigua habitación permanecía entornada. Eché un vistazo dentro. La visión fue como un eco del pasado: todo continuaba en el mismo sitio. Evocar aquellos días se me antojaba demasiado doloroso. «Si estoy muerta, nunca más volveré a ver a Duncan. De nuevo nuestros caminos se han separado. Y esta vez quizás sea para siempre».

Descendí las escaleras de mármol blanco que conducían al vestíbulo de la casa. Por mucho que mi corazón suplicara de rodillas, me resultó imposible no evocar la figura del capitán, allá abajo, listo para escoltarme hasta la capilla donde su hermano aguardaba con gesto impaciente mi llegada. ¡Cómo se le destensaron todos los músculos de la cara a Robert en cuanto me vio atravesar, del brazo de mi padrastro, el pórtico del oratorio! Sonreí nostálgica ante aquel dulce recuerdo.

La noble puerta de roble que daba al exterior permanecía abierta, como una invitación muda a salir. Y la acepté sin dudar. Ya que tenía la oportunidad de experimentar aquel lugar en mi propia piel, me hacía especial ilusión visitar el columpio que Duncan había hecho colgar para mí en el laberinto o... aún mejor.

Corrí, conociendo al dedillo el itinerario a seguir.

Escuché algo, pero era un sonido tan lejano que, al volverme y no ver nada, aceleré la marcha. El invernadero me esperaba.

39

Una historia de dos

En un lugar cerca de Dunbar

Jackson lo miró con el ceño fruncido. El rostro del yuzbasi reflejaba ansiedad y desconfianza, pero no podía darse el lujo de descartar la única pista que habían conseguido solo porque aquel tipo no le cayera bien del todo.

—¿Concuerda entonces con lo que viste en tu regresión? —preguntó.

Duncan observaba atónito la campiña que se extendía ante ellos. Se encontraban cerca de Dunbar, en el concejo de East Lothian. Habían dejado el coche un par de kilómetros atrás y se habían salido del camino principal para no ser descubiertos mientras penetraban en el bosque que circundaba aquellos terrenos. Por fin atisbaban en la distancia la mansión de tres plantas, adornada de majestuosos torreones.

—Totalmente. Aquella es la casa.

Frank MacGregor caminaba junto a ellos, a paso ligero.

—Algo no me cuadra en esta historia... —reconoció el mulazim—. ¿Por qué John Waterworth iba a secuestrar a Alicia? Y si la deseaba tanto como para chuparle la sangre... —Duncan le advirtió con la mirada que no siguiera por ahí—, bueno, en ese caso no hubiera dejado una nota dirigida al doctor Wallace, aquí presente, para exigirle que recordara su pasado.

—A mí me preocupa más por qué querría darnos una pista tan clara sobre dónde la ha llevado. A no ser que esto sea una maniobra de distracción y la tenga ya muy lejos —refunfuñó Lefroy, incómodo con sus propias conclusiones.

—¡Basta ya! —ordenó Duncan en un susurro, martirizado por tener que soportar las infaustas conjeturas de sus acompañantes—. Entiendo que os hagáis esas preguntas porque yo mismo me las he hecho. Pero Alicia se encuentra en esa mansión. Lo siento dentro de mí. Está cerca.

—¿Ahora la sientes dentro de ti? —se le encaró Lefroy—. Tal vez podríamos habernos ahorrado todo esto si hubieras confiado en su palabra.

—¿Qué crees que llevo pensando durante las últimas veinticuatro horas? —Duncan también sabía echar miradas furibundas—. Puedes ahorrarte todos esos reproches, no vas a conseguir que me sienta aún peor. Es imposible —reconoció apesadumbrado, antes de añadir a media voz—: No respiraré tranquilo hasta recuperarla.

A Jackson le apetecía hacerle sufrir un pelín más, pero pensó en su pupila y en lo que ella hubiera deseado y relajó el tira y afloja.

—Tranquilízate. También yo presiento que se encuentra bien —murmuró suavizando el tono con evidente desgana.

—¿Algún nuevo *flashback*? —preguntó Frank.

—No desde la sesión de hipnosis con Watson —respondió Duncan.

—Antes de despertar del trance, ese psiquiatra amigo tuyo ordenó a tu mente permanecer abierta a los recuerdos...

—Lo sé. Al despedirme de él, comentó que probablemente experimentaría nuevas visiones al visitar mi antigua casa.

Duncan, el más racional de los hombres, no había dudado ni por un segundo en someterse a una hipnosis regresiva, en busca de cualquier dato que pudiera ayudarlos a localizar a Alicia. La nota del vampiro había sido muy clara:

«Si el doctor Wallace desea encontrarla con vida, primero deberá recuperar la memoria perdida. Porque el pasado siempre vuelve».

Y vaya si había vuelto. Con total claridad Duncan presenció las mismas escenas que Alicia había contemplado antes que él. Se vio deambulando por las calles del Edimburgo de 1816, roto de amor, antes de encontrarse con Alicia, que entonces se llamaba Jane, llorando desconsolada en el parque de Charlotte Square por la muerte de una buena amiga, Catherine; había sido feliz rememorando sus bailes juntos y su declaración de amor en Tyne Park, en la habitación de la señorita Elliott; y se había aterrado al comprobar que también en esa vida anterior había dudado de ella y de su don... Lo último que sabía era que se había declarado una segunda vez y Alicia había aceptado ser su esposa. El reverendo Colin, su hermano pequeño, los había casado en la capilla de Tyne Park. La visión se interrumpió en el apasionado inicio de su noche de bodas.

Después su mente lo había guiado hasta el Nueva York actual, y se observó a sí mismo, en su viaje astral, enamorándose de nuevo de aquella misma mujer. Su mujer. Recordó la playa, la casa de Alicia, la redacción de *Duendes y Trasgos*, las caricias y los besos en París; y también el dolor indescriptible y la desesperación que sintió al dejarla sola y desangrándose en aquella cripta del cementerio del Père-Lachaise.

«Te odio por no recordar lo nuestro, por dejarme sola en una historia que era de los dos», le había dicho Alicia la última vez que se habían visto. Aquellas palabras lo atormentaban y quería resarcirla por todo lo que, aun sin pretenderlo, la había hecho sufrir en los últimos meses.

Duncan deseó poder tener a la mujer que amaba de nuevo entre sus brazos, decirle que ya recordaba quiénes habían sido el uno para el otro; que tal vez el cerebro lo había confundido, pero que sus sentimientos, su corazón y su piel no lo engañaron jamás. Que los tres la habían reconocido al instante en aquella habitación de hospital donde se habían visto «por primera vez», recién despertado del coma. Quería decirle que su alma le seguía perteneciendo solo a ella y que nunca más volverían a separarse.

Compartir lo ordinario y lo extraordinario de la vida, reírse o llorar juntos por lo que les tocara en suerte afrontar. No podía aspirar a más; esos deseos hechos realidad ya implicaban para él la felicidad más absoluta. Porque, milagrosamente, acababa de recuperar a su esposa, tal como *lady* Grace le había anticipado el día en que se les había aparecido en el cementerio de Tyne Park: «Fuerzas poderosas y bondadosas velaremos por que vuestro amor sobreviva a cualquier adversidad. A cualquier circunstancia, hijo, por muy imposible que te parezca. No dejéis que pase ni un solo minuto de aquí en adelante sin ser conscientes del profundo amor que os profesáis. En algún rincón de vuestro corazón, lo recordaréis... siempre».

La presión que sentía en la boca del estómago no le impedía caminar con decisión. No veía el momento de llegar a Tyne Park, su antiguo hogar, para buscar a Alicia y liberarla. De ser necesario, estaba dispuesto a enfrentarse al mismísimo diablo. Se llevó la mano a la cadera izquierda, donde reposaba pacífica la espada que Jackson Lefroy le había proporcionado antes de salir de Edimburgo: cubierta con una aleación de cobre, para los vampiros un metal más mortífero incluso que la plata. «Si fuiste un diestro espadachín en la otra vida, apuesto a que todavía sabrás cómo manejarla», le había dicho el yuzbasi. Y tenía razón: en cuanto Duncan sintió el peso de aquella arma en la mano, fue como reencontrarse con una vieja amiga.

—Alto. Esperad un momento. Veo movimiento en la puerta principal... —los alertó Lefroy mientras se cubría la mirada con unos prismáticos—. Sí, ahí... ¡Mierda...! ¡Es Alicia!

—¿Está sola? —preguntó MacGregor.

—¡Duncan! —gritó Jackson a pleno pulmón intentando retenerlo—. ¡No! ¡Él podría andar al acecho! ¡Quizás sea una trampa!

Pero no había fuerza divina o humana que en ese instante pudiera detener las piernas de Duncan Wallace.

40

¿Un final feliz?

La puerta del invernadero permanecía abierta de par en par, permitiendo que el frescor de la mañana revoloteara al encuentro del embriagador aroma que lo invadía todo. Pisé aquel suelo de tierra con tanto cuidado como si bajo mis pies se posaran mariposas susceptibles de ser aplastadas. Inspiré expectante. Qué poco había cambiado aquel lugar respecto a la última vez que lo visité. Tal vez ahora dominaban más los tonos cálidos en las flores: el escarlata, el color limón, el naranja... Seguía habiendo gerberas, las favoritas de *lady* Grace; pensé en tomar un ramo y depositarlo sobre su tumba. Aunque antes me atrapó el murmullo del agua en movimiento, que me guio hasta la cascada y el banco sobre el que tantas conversaciones habíamos mantenido Duncan y yo en nuestra vida pasada. Duncan... Alcé la vista y me lo encontré allí mismo, junto a la entrada. Como la manifestación de un fantasma. Como cuando era mi amigo invisible en Nueva York.

—Así que es cierto... —Solo encontré una razón lógica para que el doctor Wallace se me apareciera: que yo había muerto y, como único consuelo, mi mente era capaz de recrear su imagen. Una vez más, mi vida se truncaba antes de tiempo.

«Al menos lo tengo aquí, conmigo». La sonrisa me supo a amarga nostalgia. Me levanté para caminar a su encuentro. «¿Podrá hablar?, ¿podré tocarlo? ¿O será solo un espejismo?».

«Para ser un espejismo, se mueve muy rápido», me extrañé. No dijo ni una palabra, solo me aprisionó entre sus brazos y me besó con alivio, al principio tiernamente y al cabo de unos segundos con desesperación. Me dejé llevar. «Nunca imaginé que una visión supiera besar tan bien». Me había pillado desprevenida y con poco aire en los pulmones, pero no importaba morir ahogada si era con su boca encadenada a la mía... «Además, ya estoy muerta».

—¿Te encuentras bien? —preguntó revisándome de pies a cabeza. También él estaba sin aliento, como si acabara de correr los cien metros lisos—.

Perdóname, cariño —murmuró estrechándome de nuevo entre sus brazos—. Por favor, tienes que entender que yo no podía saberlo, que todo era demasiado increíble.

«Pues sí habla. Y me gusta más que el Duncan real: acaba de llamarme "cariño"...». Vacilante, y a traición, presioné con un dedo el hombro donde se suponía que había recibido el impacto del secuestrador.

—¡Hey, eso duele! —Rio mientras se cubría el hombro con la palma de una mano—. Ese engendro me propinó un buen golpe.

Con el movimiento, llamó mi atención la espada que le sobresalía por debajo de su abrigo.

—¿No eres...? ¿No eres una aparición?

—¡No, por supuesto que no!

Esa mirada... Había cambiado. Ahora era como la de mi amigo invisible, como la de Robert Galloway: ya no había en ella desconfianza, duda ni reserva.

—Entonces... ¿sabes quién soy? Quiero decir...

—Eres Alicia de la Vega. Y, aunque no me lo hayas dicho nunca, sé que tienes una hermana de la que a veces te quejas, Emma, que tu madre se llama Aurora y que tu amigo Edgar no es santo de mi devoción porque le encanta flirtear contigo. —«Yo nunca le hablé de mi familia, ni de Ed... ¡Eso significa que ha recordado su viaje astral!». Tras la broma, la voz de Duncan se tornó más firme—. También sé que un día te conocí con el nombre de Jane Elliott y que, pese a comportarme como un estúpido arrogante, diste tu consentimiento para convertirte en mi esposa. En definitiva, sé que eres el amor de mi vida... —sus ojos me iluminaron como el sol una vez pasada la tormenta—; en realidad de aquella vida de hace doscientos años y también de esta.

—Pero... ¿cómo?

—La desesperación obra milagros. Aquel monstruo te había raptado... Dejó una nota diciendo que, si pretendía recuperarte, primero debía recordar el pasado. —Se encogió de hombros—. Así que, por recomendación de Watson, decidí someterme a una sesión de hipnosis regresiva. Y funcionó.

Algo no cuadraba en esa historia. «¿Foras dejó una nota? ¿Por qué iba a hacerlo?». Pasé de aquellas cuestiones para centrarme en la más urgente.

—¿Y habrás visto en tu regresión las mismas cosas que yo? —me pregunté en voz alta a mí misma.

—Desde luego he visto lo suficiente para saber que te quiero y que, si tú lo deseas la mitad que yo, no volveremos a separarnos nunca más. —Me acarició la mejilla con los nudillos y cerré los ojos, deseando no despertar si aquello era un sueño—. Los sentimientos del hombre que un día fui, Robert Galloway, no han cambiado. Siguen intactos conmigo. También las emociones, y el tormento por no poder tenerte, que sentí cuando viajé a tu encuentro estando en coma. —Abrí de nuevo los párpados y, por fortuna, él seguía ahí—. Ya te dije una vez que me tenías completamente hechizado, y por eso has conseguido que me enamorara de ti no una, ni dos, sino tres veces... —musitó a un centímetro de distancia.

Por un momento deseé transformarme en su aliento; de esa manera, podría permanecer vinculada a aquellos labios para siempre.

—No puedo creer que esté ocurriendo de verdad. —Le di unos golpecitos en el pecho para cerciorarme una vez más de que era real—. Por fin... No tendré que esconderme nunca más de ti. Ni de lo que siento cuando te tengo cerca.

De repente, fue como si la realidad pretendiera despertarme a su mundo de muy malas maneras, con una bofetada.

—Pero... ¿qué vamos a hacer? ¿Cómo nos las apañaremos? —Mi expresión había pasado de una felicidad de ensueño a la más real de las inquietudes—. Tú viviendo en Escocia; yo, en Nueva York.

Un océano separaba nuestras vidas, literalmente. ¿Sería infranqueable aquella barrera entre nosotros? «De ninguna manera. Si me lo pidieras, te seguiría hasta el fin del mundo. Solo que tienes que pedírmelo, amor mío, porque no se trata de lo que yo deseo, sino de lo que deseamos los dos».

—Eso ya no importa —dijo tomándome de la cintura—. Si has comprado tu billete de vuelta a Nueva York, solo tienes que decirme la fecha y la hora del vuelo. Te acompañaré. Tenemos mucho de lo que hablar. De dónde viviremos, por ejemplo. Y también de otras cuestiones de vital importancia... —Entrecerré los ojos, intentando adivinar a qué se refería. Se obligó a ser más claro—: Mi último recuerdo de nuestra vida anterior... —Vaciló antes de continuar. ¿Se estaba ruborizando? Sus pómulos, por costumbre pálidos, lo delataban.

—¿Sí? —lo animé a continuar. Entendí, por su sonrisa, que su último recuerdo difería bastante del mío.

—Fue el inicio de nuestra noche de bodas. —Si era timidez lo que había observado en su reacción inicial, no tardó en superarla. Tiró de mí hasta que nuestras caderas encajaron como un puzle de dos piezas—. Ahora soy consciente de que llevo dos siglos esperándote, Alicia. Y eso es mucho tiempo para un hombre enamorado...

En una caricia muy íntima, frotó su nariz con la mía, y sus labios, traviesos y tentadores, amagaron un beso. Pese al ambiente cálido que reinaba en el invernadero, me estremecí y gruñí de pura frustración. Necesitaba más, mucho más que un amago. No me hizo esperar.

Un carraspeo incómodo hizo que me separara de Duncan. Jackson taponaba la puerta del invernadero, cruzado de brazos.

—Veo que estás en perfectas condiciones —dijo por fin el yuzbasi acercándose a mí con una sonrisa burlona—. ¿Dónde está John?

—¿Watson? —pregunté confundida con los ojos puestos en mi mentor y después en Duncan—. ¿Ha venido con vosotros?

Lefroy me observó extrañado por la ocurrencia.

—Me refiero a Waterworth.

—¿Y por qué iba a saber yo dónde está Waterworth?

—Es él quien te ha secuestrado —me anunció extrañado Duncan.

«¡¿Otra vez?!». Un vampiro había acabado con la vida de Jane, con mi vida... ¿Y ahora me perseguía otro?

—¿Me secuestró él? ¿En serio? —Lefroy asintió—. No lo he visto. Desperté aquí hace una media hora, en nuestra... —Miré de reojo a Duncan y no pude evitar recordar de nuevo nuestra noche de bodas frustrada—. En una habitación de la primera planta. Pero estaba sola.

—MacGregor tiene razón: esto es muy raro —apostilló el fotógrafo—. Un vampiro que forma parte del Club desde hace décadas, que nos ha ayudado en innumerables ocasiones, decide secuestrar a uno de los nuestros... —Al escuchar esa palabra, «nuestros», Duncan desvió la vista hacia mí, sorprendido e inquieto a la vez; en respuesta, me encogí de hombros—. Y todo para al final no tocarte ni un pelo.

—No creo que en ningún momento haya querido lastimarme. No sabría explicar por qué, pero estoy convencida de ello.

—Ese John es un ser monstruoso, un vampiro —reaccionó el escocés ante mi defensa de Waterworth—. ¿Cómo no iba a querer lastimarte? De hecho, deberíamos sacarla de aquí inmediatamente —comentó dirigiéndose a Jackson—. Él podría regresar en cualquier momento.

—Por una vez, y sin que sirva de precedente, coincido contigo.

Una vez fuera, el teléfono de Lefroy empezó a vibrar con insistencia. Descolgó y lo escuché iniciar la conversación:

—¿Alejandro? (...) Sí, estamos bien. Alicia ya ha aparecido. Sana y salva.

Me acerqué a saludar a MacGregor. Por la expresión de su cara, deduje que se alegraba de verme de una pieza. Duncan, por su parte, se alejó unos metros de nosotros para contemplar, supongo que con una mezcla de curiosidad y añoranza, la casa que había sido su hogar doscientos años atrás.

Jackson alzó la voz, sobresaltado por las revelaciones del miralay Zavala.

—¡Imposible! ¡No puede ser él!

Yo me había percatado de la mirada airada que Lefroy había dirigido a MacGregor. Por desgracia, también el interesado, que, sintiéndose descubierto, me hizo girar con ferocidad para rodearme el cuello con su brazo y usarme como escudo.

—¡Frank! ¡¿Qué demonios haces?! —le grité antes de que, pegado a mí, me hiciera retroceder un par de pasos y, para hacerme callar, ejerciera aún más presión sobre mi pescuezo.

Jackson dejó caer el teléfono al suelo.

—Suéltala. Ya —lo amenazó mientras su mano recorría el corto camino hasta la cintura de su pantalón. Reconocí al instante el arma que escondía allí: la misma daga que había acabado con Adaira McKnight para siempre.

Duncan también había desenvainado su espada y me contemplaba aterrorizado. Sin embargo, en cuestión de segundos, bajó los brazos y la expresión de pánico se borró de su rostro. Se quedó inmóvil como si acabara de sufrir un ataque de narcolepsia, solo que sus piernas continuaban sosteniéndolo y aquellos ojos, vacíos, permanecían abiertos.

Frank me aprisionaba con tanta fuerza la garganta que no fui capaz ni de quejarme. Mucho menos de preguntarle a Duncan qué le ocurría.

Las pupilas de Jackson centellearon de rabia cuando habló:

—Foras —aquel nombre terminó de dejarme sin resuello. «¡¿Cómo?! ¡¿Frank es Foras?!». Intenté volver los ojos hacia mi agresor. Como si poder ver a MacGregor fuera a ayudarme en algo—, esto no es necesario. Te ofrezco la oportunidad de huir. Puedes marcharte en este momento y te doy mi palabra de que no te perseguiré. No le hagas daño... por favor. Ella no supone una amenaza para ti.

—¿Alicia? No, no lo es. Y hasta me cae bien la jovencita —respondió el demonio pintor mientras apoyaba una mejilla sobre mi cabeza—. En realidad ella no me interesa. Me interesas tú, yuzbasi. En raras ocasiones mato por curiosidad, y lamento decirte que andas escaso de suerte. Me gustaría averiguar de dónde viene tu arrogancia o qué debilidades esconde tu alma. He decidido que quiero saber lo que se siente siendo tú. Y, para eso, primero tendré que matarte.

Duncan, recuperado de su pasajera acinesia, dio un paso al frente con la espada de nuevo en guardia. Foras dejó clara su oposición a cualquier tipo de avance por parte de sus enemigos tirando de mi mentón hacia arriba.

—No era lo que tenía planeado... Pero está claro que ahora voy a tener que acabar también con la pareja de tortolitos.

Desde aquella incómoda postura me resultaba imposible examinar la expresión de su cara. Tampoco era necesario: en la voz de Foras no se detectaba ni un ápice de piedad. «Va a asesinarnos. A los tres». Cerré con fuerza los ojos. «Otra vez no. Por favor... No».

—Alicia —me llamó Duncan con la voz cargada de presunta seguridad. Abrí los párpados, siguiendo sus palabras como si fueran el canto de una sirena—. Todo va a salir bien, cariño. Tranquila. Esta vez —añadió con la mandíbula rígida y sospeché que intentaba convencerse a sí mismo— todo saldrá bien.

—¡Me encanta el optimismo del doctor! Qué enternecedor. Aunque ahora no lo creáis, siempre me molestó tener que ayudar a Adaira a separaros. Pobre señorita McKnight. La destrozó tu traición, Robert —comentó en un tono recriminatorio señalando a Duncan con la barbilla—. Creía con tal devoción que el vuestro era un amor verdadero...

—Nunca la engañé. No podía prometerle lo que ya no era mío. Mi corazón siempre le perteneció a Alicia, y nada ha cambiado.

Foras torció la boca en un gesto socarrón.

—Ni siquiera cuando tuvo que convertirse en una prófuga de la justicia porque tú la habías denunciado a las autoridades por su implicación en la muerte de tu señora Galloway dejó de amarte... ¿No sientes curiosidad? —Escudriñó la expresión turbada del escocés, más centrado en mí que en las palabras del demonio—. Sí, imagino que al menos merecen conocer toda la historia —se comentó a sí mismo con un tono piadoso embadurnándole los labios. Parecía que hablara con alguien oculto en su interior—. Pero más vale que vosotros dos no os acerquéis ni un paso más o acabo con ellas. Con la historia y con Alicia.

Jackson y Duncan se miraron, dubitativos, pero decidieron mantenerse en el lugar, tensos y preparados para la lucha.

—Bien. Así me gusta. Tú también estás interesada, ¿verdad? —me preguntó.

Cualquier circunstancia que me hiciera ganar tiempo sobre la faz de la Tierra era bienvenida, así que, con cuidado de no ahogarme a mí misma, asentí con la cabeza un par de veces.

—Es un relato de lo más entretenido, en serio —nos aseguró—. Tras la muerte de la joven señora Galloway, uno de los demonios consejeros de Adaira le reveló que fuerzas del más allá se habían aliado para asegurarse de vuestra reencarnación. Al parecer, las criaturas de la luz consideraban que merecíais una segunda oportunidad. La cólera de McKnight era tal que se mostraba dispuesta a cualquier tipo de sacrificio para impedir que volvierais a reuniros en este mundo: ofreció los años que le restaban de vida como pago por los acuerdos a los que llegó con tres demonios mayores, entre ellos Astaroth, al que, según tengo entendido, la señorita De la Vega ha tenido el placer de conocer en persona. —Sentí su tórrido aliento en mi mejilla—. Adaira estaba decidida a recuperar el amor de Galloway. Sí, ella estaba convencida de que seguíais predestinados —dijo dirigiéndose a Duncan, quien se obligó a apretar los labios para no interrumpirlo—. Una maldición haría que, en tu siguiente vida, el día de tu vigesimoctavo cumpleaños cayeras en un profundo sueño que te llevaría hasta una especie de limbo creado por ella misma. Qué curioso su sentido del romanticismo: te convirtió en una especie de bello durmiente. Deseaba aislarte de todas las formas posibles para evitar tu reencuentro con la nueva Jane.

—Menuda mierda de estrategia la suya... —Duncan sonrió con desprecio—. Si yo no hubiera sido su prisionero en aquella niebla, quizás Jane y yo nunca habríamos entrado en contacto a través de los sueños. Casi deberíamos agradecérselo.

«Excepto porque eso les costó la vida a Andrea y a Mina Ford», pensé agobiada por el recuerdo.

—Bueno, no le salió tan mal: a ti te tuvo localizado a partir del mismo momento en que entraste en coma, pero de la reencarnada Jane no sabía nada. Tú condujiste a Adaira hasta ella, sin necesidad de recurrir a sus antiguos aliados para encontrarla.

La mandíbula de Duncan se tensó ante aquel descubrimiento.

—Teniendo en cuenta que los caminos de Alicia y Astaroth se cruzaron después, Adaira habría terminado por dar con ella igualmente —menospreció Lefroy el razonamiento del demonio pintor.

—Sí, puede ser. Al final este mundo de tinieblas es un pañuelo —suspiró Foras—. En lo concerniente a la nueva Jane, la Adaira de 1816 concibió un plan retorcido y perverso: llegar hasta su enemiga una vez esta se hubiera reencarnado para poseerla, expulsar su alma para siempre y, camuflada bajo ese cuerpo, conquistar el corazón de Galloway. La venganza perfecta —concedió el diablo.

—Pero para eso necesitaba tus cuadros —apuntó Duncan con desdén.

—En realidad cualquier objeto canalizador, siempre que fuera muy poderoso. Y mis cuadros, vinculados al alma de los retratados, lo eran. —Detecté el orgullo que irradiaba su voz—. Adaira oyó hablar de ellos y contactó conmigo. No me gusta entrometerme en este tipo de asuntos mundanos, pero en aquel tiempo andaba necesitado de fondos. Así que acepté el encargo de pintarle los dos retratos, y ella se ocupó de convertirlos en puertas canalizadoras desde el más allá por medio de un conjuro que los demonios de primera jerarquía le revelaron. Ya sabéis que el primer lienzo lo enterró en su propio ataúd; necesitaba tenerlo cerca porque iba a convertirse en su primer recipiente físico y, dadas las transformaciones a las que la pintura se veía sometida por las perversiones de su alma, resultaba prudente mantenerlo alejado de ojos indiscretos. Una vez dentro de este primer cuadro, y dado que ambos retratos estaban conectados, no tendría dificultades en viajar hasta el segundo, el que permanecía invariable y del que me ocuparía yo personalmente...

—¿Pero cómo logró volver?—preguntó Lefroy—. ¿Tú la invocaste?

—No. Entre otras razones porque ni siquiera sabíamos cuándo tendría que hacerlo, cuántos siglos habríamos de esperar para la reencarnación de Robert Galloway. Adaira siempre contó con muchos recursos, y lo demostró regresando a través de una sesión de güija organizada por un grupo de universitarios en el cementerio del Père-Lachaise. Acabó con la vida de los cuatro estudiantes y también con la médium que los guiaba.

Me temblaron las manos con rabiosa impotencia al descubrir que Adaira había cometido otros asesinatos.

—Ella misma me lo contó —continuó Foras, imperturbable—. Supo que había llegado su momento cuando encontró al nuevo Robert prisionero en el limbo que ella misma había creado para él. Llevaba dos siglos esperando, y por fin él se había reencarnado. El doctor Wallace estaba en coma, a la espera de que ella fuera a despertarlo a un hospital de Edimburgo. ¿Acaso no os parece tierno? —se mofó de nosotros—. Aquellos chicos y la vidente que iba con ellos fueron los primeros incautos que pasaron cerca de la tumba de *lady* Adaira con una tabla de güija en el bolsillo. Ella les arrancó su energía vital y la utilizó para volcar su espíritu en el cuadro que guardaba en el ataúd. Pero es que además... esa médium con la que había topado, Charlotte, guardaba un valioso secreto: había custodiado en el pasado la piedra de la Orden Blanca y se había enterado de quién era su sucesora en tal cometido. La vidente Mina Ford, de Boston.

—Charlotte Dumont... Solo la tuvo dos años, de 2009 a 2011, y después fue expulsada de la orden —musitó Lefroy recordando la lista de personas mágicas que habíamos localizado en casa de Mina.

—Así es —comentó Foras sorprendido de que Jackson estuviera al tanto de esos datos—. Al parecer prescindieron de la señorita Dumont por mala praxis. Había sido años atrás una médium brillante y a la vez muy prudente en el ejercicio de sus poderes, pero el dolor la transformó después de que en 2010 el demonio Agramon asesinara a su hermano pequeño. Mientras buscaba venganza, se dejó ver con excesiva asiduidad en ambientes frecuentados por seres oscuros, y la Orden Blanca temió que terminara llamando la atención sobre sí misma y, por tanto, sobre la piedra que custodiaba. Y esa es la razón por la que decidieron expulsarla. Pero creo que me he desviado del tema... —se interrumpió—. ¿Por dónde iba? —comentó con aire inocente, como si fuera un amigo entre amigos.

—Mina Ford, de Boston —le recordó Duncan.

Intuí que también él quería ganar tiempo hasta encontrar la forma más idónea de negociar la situación, si es que existía alguna.

—Ah, sí. Gracias, doctor —sonrió irónico el demonio—. Aquel era un nuevo as en la manga que iba a jugar la señorita McKnight, porque le aseguraba la posesión de su rival, esta bella criatura —añadió mientras me estrechaba aún más contra él—. Adaira deseaba conseguir la piedra a toda costa, así que me dio instrucciones de enviarle el cuadro a Mina Ford en lugar de mandárselo directamente a Alicia. Para lo que le sirvió... Supongo que, después de todo, la duquesita recibió lo que merecía. —El demonio suspiró y noté cómo alzaba los hombros—. Y esa es, a grandes rasgos, la parte de vuestra historia que os quedaba por conocer. ¿Veis? Uno tiene su corazoncito y disfruta haciendo feliz a la gente.

—¿Sabes cómo me harías feliz a mí? —preguntó Jackson—. Suéltala y vete en libertad. —Aquella frase sonó confusa: a amenaza y súplica.

—Va a ser que no, yuzbasi —replicó cortante, muy seguro de sí mismo—. Pero, como soy generoso, os concederé una ventaja: prometo no hacer uso del *dirk* de MacGregor para acabar con vosotros. No me hará falta —añadió con malicia.

Cuando noté aumentar la presión sobre mi garganta, intenté tomar una bocanada de aire, pero era tarde. El conducto había quedado completamente obstruido por el poderoso antebrazo de Foras. Creí que terminaría por partirme el cuello.

Al ver que el demonio pasaba de las advertencias a la acción, Duncan y Jackson se lanzaron en mi auxilio. Todo debió de suceder muy rápido, aunque mi mente, en un ilógico intento de deformar la realidad, los vio aproximarse con el botón de *a-cámara-lenta* pulsado. Aún no habían llegado hasta nosotros cuando alguien impactó por detrás contra Foras, liberándome del abrazo con el que el engendro había logrado encadenarme.

Salí despedida y rodé hasta que la fricción del suelo de gravilla, empeñada en fundirse con mis codos y rodillas, tuvo a bien frenarme del todo. Tumbada en posición fetal, me llevé una mano al pecho y luché por recuperar el aliento. Había estado a punto de perder el conocimiento por la falta de oxígeno.

Levanté la mirada. Tres sombras que yo veía difusas luchaban al fondo. Me alivió saber que Duncan no se encontraba entre ellas. Acababa de arrodillarse a mi lado para sacarme en brazos de los aledaños de aquel cuadrilátero improvisado. Entre el ruido de la lucha que se desarrollaba a unos metros de nosotros, lo escuché susurrar:

—He pasado tanto miedo... Creí que la historia volvía a repetirse, que volvía a perderte.

Como aún no era capaz de articular palabra, pegué mi frente a su mejilla, con las manos firmemente engarzadas alrededor de su nuca. Necesitaba sentir su calor, uno muy distinto del fragor de la batalla que se libraba en los jardines de Tyne Park. Con los ánimos renovados gracias a Duncan, eché un vistazo por encima de su hombro. Al fin podía ver con nitidez.

—Water... worth. —La voz solo me salió a medias. El conducto de la laringe permanecía semibloqueado.

Era el tercer combatiente en discordia, la fuerza que había arrollado como una locomotora, con una brutalidad salvaje, la espalda de Foras. Pero en aquel momento John yacía en el suelo: su adversario lo había rechazado con aparente facilidad. Por suerte, Jackson estaba preparado para tomar el relevo, como si el vampiro y él formaran una pareja de lucha libre. Observé nerviosa los movimientos ofensivos del canadiense. A pesar de mi fe incondicional en él, recordé el día en que el yuzbasi me habló de la fuerza sobrehumana de Waterworth... Y, sin embargo, ni siquiera este parecía rival para Foras.

Duncan me dejó en el suelo, recostada contra una de las paredes del invernadero, e hizo amago de alejarse, con intención de unirse a la contienda. Lo retuve por un brazo. «Es demasiado peligroso. Él no sabe luchar; al menos no a este nivel, con demonios de por medio».

—Por favor... Te necesito aquí, conmigo —le supliqué desesperada—. Ellos se encargan de controlarlo. —Intenté sonar convencida.

Tensos, los hombros de Duncan pedían guerra; mis caricias sobre su mano le rogaron paz, calma. Accedió a permanecer a mi lado, aunque con una rodilla plantada en el suelo, blandiendo la espada en la mano y con los ojos puestos en la batalla.

Lo que más me asustaba era la pretenciosa mirada que el demonio nos lanzaba a los cuatro, como si en un kafkiano truco de magia nos hubiera transformado en insectos y planeara aplastarnos de un pisotón.

Lefroy, que era rápido de reflejos y había logrado escapar de los envites de Foras en un par de ocasiones, aprovechó que este bajaba las defensas tras uno de sus ataques para mancillar su clavícula con un feo corte. Por fin una buena noticia: había visto aquella daga en acción y supe que el rasguño al menos conseguiría debilitar al demonio. «¿Lo suficiente para acabar con él?». De eso no estaba tan segura.

Herido físicamente y en su orgullo, Foras se había revuelto con ferocidad, agarrando por sorpresa al canadiense y lanzándolo por los aires, lejos de él y de donde nos encontrábamos Duncan y yo. Me asusté al comprobar que Jackson no aterrizaba sobre sus flexibles tobillos, como acostumbraba a hacer tras realizar una pirueta complicada, sino que caía golpeándose la espalda. Permaneció inmóvil sobre la hierba. Aunque todavía me fallaban las fuerzas, hice ademán de levantarme para acudir en su auxilio; Duncan me obligó a permanecer en el sitio:

—Iré yo. No te muevas de aquí.

Volví la mirada hacia Foras, temiendo que Duncan no llegara a tiempo de evitar que aquel engendro rematara en el suelo al yuzbasi, y al mismo tiempo acobardada ante la posibilidad de que el amor de mi vida resultara herido o incluso muriera a manos del demonio. Por suerte, Waterworth había acaparado toda su atención. En una cabriola circense, el *no-muerto* consiguió situarse a la retaguardia de su enemigo, lo inmovilizó apresándole de los hombros y lo derribó boca arriba. Faltando a su promesa, este intentó alcanzar el afilado *dirk* que aún llevaba pendiente de la cintura, pero el vampiro se lo impidió.

El semblante desconcertado de Foras al verse superado en fuerza resultaba trágico, consciente de que tras muchos siglos de vida la muerte acudía a su inexorable cita con él. Aquel día, en aquel momento.

Tumbado sobre su espalda en el suelo, se resistió con vehemencia, pero la sencilla herida de la clavícula había mermado de tal manera su fortaleza que ahora recordaba a un ratón de tela en las fieras garras de un gato. La sangre brillaba en su garganta. Dejé de verla cuando las fauces de John se hundieron voraces en ella.

—¡No! ¡No! ¡No! ¡No! —gritaba con terror el demonio pintor una y otra vez, y yo hubiera jurado que distintas voces brotaban del interior de su garganta pidiendo clemencia.

Pero Waterworth no se detuvo. Siguió bebiendo de él, succionándole toda la sangre que había corrido por sus venas durante siglos. Los segundos pasaron por Foras como si fueran décadas, y en apenas minuto y medio era la viva imagen de un viejo centenario: apenas unas hebras le cubrían el cuero cabelludo, la piel era arrugada y estriada como la de un elefante y los huesos le asomaban descarados en su alargada figura.

Recordé al fantasma de la pequeña Laurie. Aquel demonio la había ayudado a cruzar al otro lado. Algo bueno debía de quedar en él. En un impulso irracional, quise gritar a John que se detuviera, que lo dejara vivir..., pero no lo hice.

Duncan me distrajo de aquella terrorífica visión al depositar a Lefroy junto a mí.

—Creo que está bien —me tranquilizó—, solo un poco conmocionado por el golpe. La caída ha sido muy aparatosa.

—Maldita sea —se quejó Lefroy mientras, renqueante, trataba de incorporarse.

—Tranquilo, Jackson... —apacigüé al canadiense al tiempo que tiraba de su jersey hacia abajo—. Echa un vistazo, la situación está bajo control.

En realidad John la tenía más que controlada: el cuerpo de Foras reposaba sin vida a unos metros de nosotros.

El vampiro se puso en pie; sus anchas espaldas respiraban con pesadez. Sentí curiosidad por descubrir cómo serían sus octogenarias facciones una vez rejuvenecidas por la sangre de demonio que acababa de alimentarlo.

Tuvo la deferencia de adecentarse el rostro limpiándose con una manga de su levita los restos de comida que debían de enfangarle de rojo los labios. Y al darse la vuelta para caminar hacia donde habíamos montado nuestro improvisado hospital de campaña... provocó que yo empalideciera de la impresión:

— Pero... Pero es imposible.

También Duncan lo reconoció al instante.

Era el capitán Percy Galloway.

El propio Waterworth lo había dejado escrito en su nota: «Porque el pasado siempre vuelve».

41

Un nuevo reencuentro

—Familia, bienvenidos a mi humilde morada —nos saludó con una grácil inclinación de cabeza mientras Duncan, conmocionado igual que yo, me ayudaba a ponerme en pie. Cuando quise darme cuenta, Percy ya estaba junto a nosotros—. Se podría decir que no he vivido un momento de tanta alegría desde hace siglos. —Disfrazó su seriedad inicial con una sonrisa encantada de conocerse mientras se dirigía a Duncan—: Tus erres suenan ahora menos rudas que en el siglo XIX —se mofó—. Y si bien es cierto que resultabas más atractivo entonces, he de reconocer que la naturaleza ha vuelto a mostrarse generosa contigo. Alicia, por su parte, sigue preciosa, tal y como lo fue Jane. Eso sí —dijo volviéndose de nuevo a mí—, tus ojos son más oscuros... Entonces los tenías grises. —Me levantó la barbilla, ladeó ligeramente la cabeza y, en un tono mucho más cálido del que cabría esperar en un *no-muerto*, añadió—: Pero ahora puedo reconocerla en ti.

—¿No vas a saludar como es debido a tu hermano mayor? —le preguntó Duncan.

En la mirada del capitán Galloway detecté cariño, nostalgia y una pizca de turbación mientras se abrazaban con formalidad varonil, como los había visto hacerlo en 1815.

—Veo que has recuperado la memoria —se felicitó por ello—. Cuánto tiempo... Sabía que vendrías a buscarla, Robert —susurró Percy. Su mirada refulgía. Yo aún estaba intentando procesar toda aquella información: «El capitán Galloway sigue vivo. Es un vampiro. Tyne Park es de su propiedad...»—. Hace tanto que todos los míos fallecisteis, que es como un sueño recuperaros a los dos en este tiempo y lugar. Pero antes de hacerme preguntas, que apuesto que las tendréis, ¿y si llevamos a Jackson a la casa? —dijo al separarse de su hermano—. Creo que como mínimo se ha ganado que velemos por él. Lucha con mucha bravura el joven.

—¿Joven? —preguntó con sarcasmo el canadiense, aún aturdido por el golpe.

—Bueno, te supero en edad y experiencia; doscientos años de ventaja me avalan. Por cierto, Robert, acabo de caer en la cuenta: tal vez es hora de que, en la relación fraternal que nos une, empieces a considerarme el hermano mayor, ¿no crees? —sonrió con petulancia.

Percy había alojado a Lefroy en una de las mejores alcobas, y el doctor Wallace nos invitó muy cordialmente a abandonarla para poder reconocer a su paciente en privado.

De repente fue como si Tyne Park resucitase de entre los muertos. Los sirvientes, a quienes el capitán había hecho desalojar la mansión por temor a que alguien pudiera resultar herido con la previsible llegada de miembros del Club, se movían de un lado a otro para poner al día sus tareas. Todos vestían con ropajes de principios del xix. Al parecer, una excentricidad del señor de la casa, a quien dejé cómodamente instalado en el salón principal mientras yo salía al jardín para realizar una llamada de teléfono. Supuse que Alejandro se habría quedado muy preocupado al escuchar parte del fragor de la batalla a través del móvil de Lefroy.

El chamán permitió que le explicara lo sucedido para después revelarme que uno de sus guías espirituales había descubierto quién se escondía tras el rostro de Frank MacGregor y que este planeaba acabar con la vida de Jackson. Al parecer, en el submundo los secretos tienen las patas muy cortas.

De regreso en la casa, una voz requirió mi presencia desde el salón. Percy. «Aún no me puedo creer que siga vivo», resoplé radiante de felicidad por la buena nueva.

—¿Té? —me ofreció el capitán elevando ligeramente el platillo y la taza que sostenía en las manos. Sus modales seguían siendo los de un caballero decimonónico.

—Sí, por favor. Con dos terrones de azúcar —respondí mientras observaba el gran salón.

Percy formaba parte de él, apoltronado sobre un sillón Luis XVI, quizás el único mueble de la estancia que me resultaba del todo desconocido. Allí seguían la alfombra Aubusson en un cremoso tono melocotón; sobre el aparador, dos magníficos jarrones en porcelana blanca vidriada de Sajonia; los divanes en un relajado color beis...

—No han cambiado mucho las cosas por aquí —apunté con satisfacción. De alguna manera, para mí suponía volver al hogar.

Entre los cuadros reconocí varios rostros familiares: *lady* Grace, *sir* Arthur, antepasados de estos, Colin Galloway con los cabellos pigmentados de un apagado gris ceniza... Una idea adelantó a todas las demás en mi mente.

—¿Robert se encuentra entre ellos? —Señalé la hilera de retratos.

—El segundo por la izquierda.

Me acerqué para contemplar de cerca el lienzo al que el capitán se había referido. Los ojos verdes y su pose de hombre justo y honrado me recordaron a Duncan, aunque el pelo le caía más oscuro sobre los hombros y la mandíbula parecía menos marcada. En su anterior vida también había sido muy apuesto, aunque no coincidí con Percy en que Galloway superara en belleza al doctor Wallace.

—Siempre fue poco amigo de los retratos. Este es el único que se conserva, y, como puedes observar, se lo hicieron cuando tú ya no estabas. —Percy se refería a la tristeza que goteaba de aquella mirada aún joven.

—Supongo que de mí... —al segundo rectifiqué—, es decir, de Jane, no hay ninguno.

—En la galería de la tercera planta hallarás el retrato de una Jane Galloway, pero no eres tú, sino una de las hijas de mi hermano Colin. El nombre se lo puso en tu honor. De ti no hay ninguno. Me temo que te perdimos antes de que la familia pudiera realizar el encargo...

—Lógico —reconocí con el triste recuerdo de mi muerte rondándome la cabeza.

—¡Pero basta ya! —Percy sonrió para romper en mil pedazos el pensamiento lúgubre, como se rasga un telegrama que acabara de llegar con malas noticias—. No me sacarás ni una palabra más. Sé paciente —reclamó al tiempo que me acercaba una taza—, esperemos el retorno de mi hermano para contar la historia completa. Odio a la gente que se repite, no me obligues a formar parte de tan enojosa casta.

—Confío en que no tarde demasiado... —Estaba ansiosa por saber qué había sido de Percy en todos aquellos años.

El sofá en el que acostumbraba a sentarse *lady* Grace cuando recibía visitas me acogió con los reposabrazos abiertos. Los acaricié agradecida. Se conservaba en un estado inmejorable teniendo en cuenta su avanzada edad: en todos aquellos años apenas si había mudado el tapizado. Me retorcí los dedos, impaciente. A los cinco minutos Duncan entraba en la sala; y cinco segundos después, tomaba asiento a mi lado.

—¿Cómo está? —pregunté.

—De un humor de perros. Pero nada roto, salvo su amor propio por no haber acabado él mismo con Foras —respondió tomándome una mano entre las suyas; se la llevó a los labios y, en un gesto galante y deliciosamente anticuado, la besó. Sentí que por fin las cosas se hallaban en su sitio, donde debían estar. Sonreí feliz—. ¿Y bien, hermano? ¿Vas a contarnos ahora qué fue de ti? —«Estupendo. Al grano»—. Ahí fuera reviví una escena del pasado, de nuestro pasado... —compartió su mirada pesarosa conmigo y con Percy—. Y ninguno de los dos sobrevivíais.

—¿Una regresión? ¿Cuándo?

Una sombra le cruzó los ojos.

—Mientras ese demonio te tenía cogida del cuello.

—¿Fuera de un sueño inducido? —Estaba impresionada.

—Durante la sesión de hipnosis, Watson dejó abierta mi mente a todos los recuerdos de mi vida anterior para que pudiera revivirlos. No sabíamos cuánta información necesitaríamos recabar hasta dar contigo. Y cuando he visto a ese demonio utilizándote como escudo y amenazándote, he recordado el día de tu muerte. El vampiro que te emponzoñó la sangre te sujetaba igual... —En su mirada descubrí cicatrices—. Ahora sé por qué desde niño he vivido obsesionado por el corazón humano: porque el tuyo se apagó entre mis brazos y no pude hacer nada por evitarlo.

Apreté su mano. Al final Duncan era tan consciente como yo misma de nuestro pasado. De lo bueno y lo malo. Ahora compartía el peso con él, aunque me hubiera gustado ahorrarle ese dolor.

—Supongo que también has presenciado la muerte de Percy... —deduje—. Cuando cayó al agua arrastrado por aquel vampiro.

Asintió con disgusto, y reconocí en él la desgarradora expresión de Robert Galloway, como si todavía se mortificara por no haber podido salvar a su hermano.

—Caí al agua, es cierto —intervino Percy—. Tenía el cuerpo paralizado debido a la mordedura del nosferatu y morí ahogado. Pero antes de eso había conseguido matar a mi agresor, y su maldición pasó a mí.

—¿Así de fácil? —pregunté.

—¡Así de difícil, diría yo! —exclamó Percy fingiéndose ofendido; pensé que tal vez intentaba descargar de amargura aquella conversación. Consiguió que Duncan y yo sonriéramos a la par—. No es fácil acabar con los de nuestra especie. Pero, como te dije en su día, las corrientes de agua nos debilitan.

—¿Regresaste a Tyne Park? —quiso saber su hermano.

Me sentí emocionada ante la perspectiva: estaban a punto de ser revelados los fragmentos que le faltaban al rompecabezas de la vida de Robert Galloway y que yo nunca sería capaz de recordar por no haberlos vivido.

—¿Cómo podía hacerlo? Me había transformado en un monstruo, en un peligro para todos. La sed... la sed era tan intensa en aquellos primeros años... Solo me atreví a poner los pies en esta bendita tierra cuando estuve seguro de poder controlarme en vuestra presencia. —Hizo una pausa para observarse con desinterés los dedos, tersos y revitalizados tras haberse alimentado de Foras—. Pero de camino aquí crucé el cementerio familiar y topé por casualidad con mi propia tumba, muy próxima de las de madre y Jane. «Amado hijo y hermano» —recordó con las pupilas dilatadas. Se puso en pie y nos dio la espalda. En apariencia contemplaba los jardines de Tyne Park a través de los amplios ventanales del salón; yo supuse que miraba sin ver nada, a excepción de su propio pasado—. Entendí que debía dejar mi recuerdo enterrado en aquel lugar. Que, dada mi nueva naturaleza, carecía de sentido retornar a vosotros.

—¿Entonces no volvimos a vernos? —Duncan se acercó hasta él y posó una mano sobre su hombro.

—No exactamente. —El capitán respondió al gesto volviéndose con una sonrisa: hacía dos largos siglos que no experimentaba aquella reconfortante sensación. Amor fraternal—. Siendo un vampiro, un animal de la noche, resulta sencillo moverse en la oscuridad. Regresaba de vez en cuando a escondidas para vigilaros. Deseaba saber de vosotros, asegurarme de que os encontrabais bien. Hermano, nunca te recuperaste de tu gran pérdida, y aun así, dado que a padre le cayeron los años en tromba tras mi muerte, te convertiste en el principal bastión de la familia.

Sentí orgullo y admiración por el hombre al que amaba.

—Cuando aquella noche, en la Casa Georgiana, me confiaste tu identidad, «Jane Elliott, de Chawton», salí huyendo —me explicó Percy—. ¿Qué podía decir? ¿Que tu cuñado se había convertido en un vampiro? Sentí vergüenza.

—¿Vergüenza? —Lo miré extrañada—. Eres un buen hombre, Percy Galloway. No te atrevas a decir lo contrario. Siempre lo has sido.

No había manera de saberlo con certeza, porque solo conocía retazos de lo que le había deparado la vida durante los últimos doscientos años, pero me resistía a creer que fuera una criatura del mal, que su alma perteneciera a la oscuridad. Al fin y al cabo, llevaba décadas colaborando con El Club, luchando por hacer el bien.

—Ni siquiera soy un hombre, Alicia. Soy un vampiro y, según todas las leyendas, mi alma está condenada.

Apartó de sí los recuerdos procedentes del pasado, los que lo atormentaban, y los sustituyó por otro mucho más reciente que le permitió recuperar la sonrisa.

—Hermano, discúlpame, pero incluso llegué a flirtear con tu chica. —Me hizo reír con aquella moderna manera de referirse a mí. «Tu chica». En su boca sonó a anacronismo—. Esta mujer siempre ha provocado un efecto muy particular en mí. No mentía cuando hace tantos años te aseguraba que quería para mí una igual a ella. —Retrocedió anteponiendo las manos en actitud defensiva cuando se encontró con la mirada reprobatoria de Duncan—. No exactamente ella, claro. Solo parecida. Lo más parecida posible, de hecho.

—¿Flirteaste conmigo? —Si así era, no me había percatado en absoluto. Tal vez porque, cuando lo conocí como John Waterworth, no tenía ante mí a un apuesto caballero como el de ahora, sino a un caballeroso... anciano, y ni se me pasó por la cabeza que pudiera sentir interés por mí en ese sentido.

—¡Cielos! Eso significa que estoy perdiendo facultades. —A saber los conflictos y penurias que una vida tan larga le había deparado... y, sin embargo, al menos en apariencia, mantenía intacta la jovialidad de cuando contaba veintisiete años—. O en realidad yo conservo mis dotes de donjuán y lo que sucede con Alicia es que no tiene ojos para más caballero que el suyo. —Me guiñó un ojo.

—Debe de ser eso —aseguré con una mueca traviesa mientras acudía al encuentro de Duncan.

Su sonrisa se transformó en reproche cuando desvió la mirada hacia Percy.

—¿Eres consciente de que casi me matas del susto? ¿Por qué diablos se te ocurrió secuestrar a Alicia?

—¿Que por qué? ¡Por tu culpa, necio! Tras saber quién se ocultaba tras los inteligentes ojos de la señorita De la Vega, decidí seguirla. Y ella me llevó hasta ti...

—¿Nos espiaste? —lo interrumpí.

«¿Eras tú la sombra en aquel balcón?», me pregunté recordando la noche en que Duncan me había llevado a cenar a su apartamento.

—Quería asegurarme de que todo os iba a ir bien... —trató de disculparse—. Y, quién sabe, igual cuando por fin consiguiera sangre fresca, podría presentarme ante vosotros decentemente, con el aspecto que, al menos tú, Alicia, habías conocido en tus visiones del pasado. Pero aquí mi querido hermano, al parecer reencarnado con el mismo espíritu terco que en su anterior vida, se resistía a creer en la palabra de su joven enamorada. —«Enamorada...». Me estremecí al escuchar aquella palabra. Con disimulo miré a Duncan, quien mantenía imperturbable su postura, pero claramente reprimía una sonrisa en los labios—. Pensé que una sesión de hipnosis con John Watson arreglaría las cosas, pero para eso debía llevarte al límite.

La expresión risueña del doctor Wallace se esfumó por completo.

—Y eso implicaba agredirme con un bastón. Por no hablar de la conmoción en la cabeza...

—No sabes cómo lamento lo del golpe contra esa farola —lo interrumpió el capitán—. ¡Me asustaste cuando te vi perder el conocimiento! Por fortuna, cuento con un sentido del oído muy desarrollado y me tranquilicé al escuchar que tu corazón latía con normalidad. En cuanto dejé a Alicia en el coche, regresé para vigilar a distancia tus constantes vitales, dispuesto a actuar si era preciso, pero ya te estaban dispensando atención médica en el lugar.

—Agradezco tus cuidados, Percy, pero creo que aún no entiendes el infierno por el que me has hecho pasar al llevarte a Alicia —le reprochó Duncan—. Si no fueras mi hermano, te partiría la cara ahora mismo.

—Yo de ti ni me lo planteaba. Ahora soy mucho más fuerte de lo que nunca lo fuiste tú, Robert... —Se detuvo pensativo, con una expresión divertida. Me pregunté si aún acostumbraba a «regalar sonrisas» a las damas—. Me va a costar acostumbrarme. Disculpa, Duncan. —Pronunció el nuevo nombre de su hermano como si acabara de aprender una palabra en un idioma diferente al suyo y pretendiera memorizarla.

—Ya que lo mencionas, ¿por qué John Waterworth? —me interesé.

—¿Por qué no? He ido cambiando a lo largo de todos estos años, desde el día de mi muerte en el río, consciente de que me convenía dejar atrás esa parte de mi antigua vida, mi identidad. El de John Waterworth lo tomé prestado hace unos treinta años de un pastor galés que solo sabía ser afectuoso con sus ovejas. Dado que vosotros estáis aquí, quizás ahora recupere mi nombre primigenio... Sería agradable.

—¿Y la casa? ¿Cómo te hiciste con Tyne Park? —preguntó su hermano.

—Eso sucedió allá por 1913. —Nos invitó a tomar asiento de nuevo, como si aquella fuera a ser una historia larga de contar, y le obedecimos—. Los bisnietos de Colin y Rosamund...

—¡Vaya! —lo interrumpí—. Sí se casaron. ¿Fueron felices?

—Sí, muy felices.

—¿Y por qué heredaron ellos la propiedad?

No podía evitar preguntarme si el amor de mi vida se había vuelto a casar. «Quizás sí, solo que nunca tuvo hijos...».

El capitán esbozó una sonrisa benévola y negó con la cabeza.

—No. Robert nunca buscó otra esposa. —«Como un libro abierto. Así soy yo». Sentí cómo Duncan cerraba sus dedos sobre los míos. No parecía que aquella noticia lo pillara por sorpresa—. Y, por supuesto, al no tener descendencia y conmigo fuera de combate, el reverendo Colin heredó Tyne Park en los últimos años de su vida. En cualquier caso, siempre le hiciste sentir que este lugar le pertenecía a él tanto como a ti; en vida fuiste muy generoso con tu hermano y sobrinos —informó a Duncan—. También con Mary Seymour cuando su esposo falleció en 1831. Tanto tú como el nuevo barón velasteis por que no le faltara nunca de nada.

«Se encargó de mi madre, igual que Matthew», pensé mientras observaba el perfil de Duncan. Agradecida, le rocé la mejilla con un beso. Él me miró complacido ante aquella muestra de cariño, y, al contrario que a su hermano, no pareció importarle que se hubiera producido en público:

—No me distraigáis con vuestras zalamerías, querida —me reprendió Percy de muy buen humor—. Como iba diciendo, en 1913 los siete bisnietos de Colin decidieron vender. Ninguno se veía con el empuje necesario para administrar la hacienda. Entendí que había llegado mi momento. Adquirí el título de propiedad y, desde entonces, este es el único sitio del mundo que puedo considerar mi hogar.

—Lo has dejado todo tan parecido... —Seguía asombrada.

—Eso también es mérito de los descendientes de Colin. Y a mí me encanta, porque es una forma como otra cualquiera de mantenerme en contacto con mis raíces, con mi familia. He introducido ciertas mejoras, pero afectan más a las entrañas de la casa que a su piel externa. Electricidad, cañerías modernas y electrodomésticos varios en espacios de la mansión por donde evito pasar, como por ejemplo la cocina.

—Y sin embargo Tyne Park parece la de siempre —reconoció Duncan.

—Tengo en nómina a un restaurador que nos visita una vez al mes para velar por la conservación de todos los muebles —nos aclaró—. Cambiando de tema: me sentiría muy honrado si aceptarais alojaros aquí al menos durante el fin de semana. Di órdenes para que las habitaciones que utilizabais hace doscientos años estuvieran listas para ser ocupadas —dijo dibujando una mueca picarona—. Y, por supuesto, podéis regresar en un futuro siempre que lo deseéis. Esta también es vuestra casa.

—¿Puede quedarse también Jackson?

—Por supuesto. Es un invitado más.

—Voy a ver si necesita algo —dije levantándome— y aprovecharé para preguntarle si le apetece la idea. Debe de resultarle un poco incómodo que de repente esto se haya convertido en una reunión familiar.

Golpeé la puerta de la alcoba un par de veces y su voz me invitó a entrar.

—¿Cómo te encuentras? —lo saludé—. ¿Fuerte y poderoso?

—Más bien ofuscado y aburrido. Tu novio me obliga a guardar cama durante un par de horas, y quiere que en Edimburgo me someta a no sé qué pruebas radiológicas para comprobar que todo está en su sitio.

—Mi novio... —comenté pensativa—. En realidad aún no hemos definido la relación.

—Créeme: tu novio. Y no sé si tardará demasiado en ser algo más. Es un tipo decidido, y apuesto a que acostumbra a conseguir lo que se propone. —El brillo apagado de su mirada me dijo que tenía problemas con Duncan.

—¿Por qué no te cae bien? —me atreví a preguntar.

—¿Por qué? —Abrió mucho los ojos, cargados de una sinceridad que nunca antes había visto en él. Lefroy tenía por costumbre llevarse mejor con su lado sarcástico—. ¿Por qué ha de ser? —Vaciló—. Porque necesitamos a gente como tú, Alicia. No hay muchos canalizadores ahí fuera. Y probablemente él querrá apartarte de nosotros... del Club. Es lo que yo haría en su lugar: alejarte de cualquier peligro.

—¿Por ser una mujer? Esa es una postura muy machis...

—No —me cortó—. Yo lo haría porque te falta entrenamiento.

—Pues si me quiere, tendrá que aceptarlo. Debe entender que vosotros y lo que hacéis sois demasiado importantes para mí. Y ya habrá tiempo para que me entrenes.

—Eso es lo que quería oír —comentó con una sonrisa agotada. Me percaté de que yo también estaba cansada, y aquel colchón mullido invitaba al descanso, así que tomé asiento a los pies de mi compañero.

—Quiero ser capaz de defenderme de engendros como Foras... Aún no puedo creer que fuera Frank. ¿En algún momento conocimos al verdadero MacGregor o la persona que vino a recogernos al aeropuerto ya era un demonio?

—Estoy seguro de que fue Foras todo el tiempo. Cuando supo que El Club había iniciado una partida de caza contra él, decidió estrechar la vigilancia sobre nosotros. Lo más efectivo era hacerlo desde dentro de la organización. Pero antes decidió asesinar a una persona que le facilitaría mucho las cosas, alguien muy ligado a uno de los nuestros...

—Ian Cadell. —Até cabos—. Frank y él se conocían desde niños. MacGregor nunca sospecharía de él cuando Foras, con el aspecto de Ian, se le acercara con intención de asesinarlo...

Lefroy asintió.

—Foras, que no deseaba correr riesgos innecesarios, jugó bien sus cartas: acabar con un miembro del Club con la guardia baja resultaría mucho menos peligroso para sus intereses. Joder... —exclamó frustrado, negando con la cabeza—. El verdadero Frank debió de morir creyendo que un amigo de la infancia lo asesinaba.

—Así que Foras permaneció a nuestro lado todo el tiempo... —Lo miré de reojo, abochornada—. Te parecerá ridículo, pero llegué a cogerle cariño, me caía bien.

—Lo que aún no me explico es que en aquella reunión del Club cometiera la temeridad de compartir con nosotros la información de que el diablo pintor era capaz de robar el rostro a sus víctimas. Quizás simplemente se había cansado de huir y deseaba que lo pilláramos —teorizó.

—Pues se defendió como gato panza arriba luchando contra Percy y contra ti. ¿No es más probable que simplemente disfrutara con el juego, con el riesgo?

—Tal vez.

—Como cuando me persiguió en el Mary King's Close. ¿Intentaba matarme de verdad o todo formaba parte de la misma diversión?

—No lo sabremos nunca, pero debí darme cuenta, sospechar —se culpó Jackson—. Frank recibió una llamada de teléfono muy oportuna justo antes del ataque.

—Yo tenía más datos que tú, y tampoco me percaté de nada.

—¿Qué datos? —preguntó intrigado el canadiense.

—¿Recuerdas que te conté cómo William Burke había arremetido contra Frank en el Museo Anatómico? —Jackson asintió—. El día que el fantasma irlandés me visitó, en mi cuarto, confesó que solo podía tocar objetos, que los seres humanos le estaban vetados. ¡Si incluso le pregunté que cómo había podido atacar a MacGregor y ni él lo entendía!

—Pudo hacerlo porque Foras no era humano —concluyó la explicación el yuzbasi.

—Eso creo. Ah, no te he comentado que llamé a Alejandro. Supuse que estaría preocupado. De hecho, había avisado al Donaldson's College para pedir refuerzos. —Inquieta, eché un vistazo al reloj de mi padre—. Mierda, he olvidado decir a Percy que un equipo del Club debe de estar al caer.

—No te preocupes. Yo también he hablado con Alejandro —me explicó Lefroy echando mano de su *smartphone*, que, tirado sobre la colcha, se recuperaba de una dura caída. Igual que su dueño—. Y yo mismo me he encargado de explicar al miralay Anderson que los compañeros podían dar media vuelta y regresar a Edimburgo porque todo estaba bajo control aquí. —Hizo una breve pausa—. Por cierto, te vas a cabrear: ¿sabes que Anderson me ha confesado que fue el falso Frank MacGregor quien, ante los altos cargos del Club, puso en duda tu valor? Todo para hacerte pasar por la prueba de bajar sola al Mary King's Close y así poder atacarte a traición.

—¿Cabrearme? ¡Más bien me siento aliviada! Si alguien tiene que ponerme en entredicho, prefiero que sea un demonio antes que un futuro compañero.

Jackson sonrió ante mi lectura positiva del asunto.

—También me ha informado de que han retirado la orden de busca y captura contra John... O como quiera que se llame.

—Percy Galloway —disipé sus dudas, si es que de verdad las tenía—. Es un alivio que todo se haya aclarado. Por cierto, nos ha invitado a los tres a pasar el fin de semana en Tyne Park. ¿Te unes a nosotros?

Jackson se lo pensó menos de lo que yo hubiera deseado.

—Tú estarás bien —murmuró al fin—. Y no me necesitas aquí para nada. Además, es cierto que el dolor de espalda persiste y sería bueno que los médicos del Club me echaran un vistazo esta misma tarde. Solo por si acaso —añadió sonriendo y en tono tranquilizador al detectar mi expresión de alarma.

—Puedo regresar contigo a la ciudad —me ofrecí—. Eres mi compañero y no quiero dejarte solo. Tú me cuidaste en París —le recordé.

Por un lado me sentía en la obligación de permanecer al lado de Lefroy, y de verdad deseaba hacerlo, pero no voy a mentir: por otro, ansiaba poder pasar aquel fin de semana con Duncan en Tyne Park. Nos lo debíamos.

—Alicia, sé lamerme las heridas yo solito. Y si no, sé de una doctora que podría hacerlo por mí. —Sus ojos azules centellearon con cierto regocijo, el de la anticipación—. He hecho buenas migas con Watson y apuesto a que él me ofrecería gustoso el teléfono de Tilda. Cuando la pelirroja se entere de que tu hombre está fuera de circulación, tal vez busque consuelo en otra parte... ¿Por qué no conmigo? Al fin y al cabo, soy mucho más atractivo.

Hora y media después, aparcaba frente a la puerta principal el chófer de Jackson. Él no estaba en condiciones de conducir su propio coche de vuelta a Edimburgo y, aunque solo eran unos cuarenta kilómetros de viaje, tampoco consintió que nosotros lo acercáramos.

El canadiense estrechó la mano a Duncan y a Percy y se despidió de mí con un efusivo achuchón —de hecho, era el primer abrazo que me daba— no sin antes recordarme que nos veíamos el lunes a mediodía para hablar de nuestros planes de regreso a Nueva York.

Con Foras muerto, ningún asunto oficial nos retenía ya en Escocia.

42

Un paseo por el cementerio

Duncan caminaba a mi lado. Iba cogida de su brazo, como si el tiempo acotado entre nuestras dos vidas nunca hubiera transcurrido. Atravesábamos el prado en el que habíamos celebrado la fiesta de nuestra boda doscientos años atrás.

El sol empezaba su declive y el cielo se sonrojó en tonos cobrizos ante aquel campo desnudo, desprovisto de otra vegetación que la hierba rasurada.

—Es de locos —comentó Duncan—. Como si de repente alguien hubiese volcado en mi cabeza todos los recuerdos de mi viaje astral y de mi vida como Robert Galloway. Por cierto, ha sido raro verme en aquel cuadro.

—Ya lo imagino. Aunque yo creo que os parecéis mucho.

—Preferiría que en la casa hubiera un retrato tuyo. Supongo que en aquellos días eché mucho de menos poder contemplar tu rostro, aunque fuera en un lienzo.

Entendí lo que quería decir. Los recuerdos son traicioneros cuando nada físico los retiene: terminan por escaparse, como arena entre los dedos. Yo, por suerte, atesoraba un montón de fotos y vídeos de mi padre.

—En esta vida nos haremos montones de selfis con el móvil. ¿Qué te parece? —bromeé con el objetivo de animarlo.

Su humor mejoró, aunque me figuro que no tanto por mis palabras como por el paisaje que se abrió ante nosotros.

—Conozco aquel lugar... Ven, sígueme —dijo tirando de mí.

Me guio hasta un rincón de aquella extensa explanada en el que, domesticados por la mano del hombre, crecían un buen puñado de robles. Cuando estábamos llegando, aceleré el paso para adelantarme a Duncan y escoger uno de los troncos. El azar no tuvo nada que ver en mi elección. Apoyé la espalda y las manos en su madera; el tacto en los nudillos me resultó entrañable, familiar. En mi última visita a aquel árbol, siendo Alicia de la Vega, había cerrado los ojos intentando evadirme del momento de intimidad entre dos recién casados. Ahora los mantenía bien abiertos.

—Así que tú también lo recuerdas... —Acarició mi mejilla.

—Ajá.

—¿Ajá? ¿Es todo lo que tienes que decir? —Duncan estudió con curiosidad mi expresión.

—Preferiría tener la boca cerrada cuando vayas a besarme. —Me humedecí los labios y le sonreí con picardía—. Es lo que ibas a hacer, ¿no?

—Así que ahora también me lees la mente. —Se acercó más e hincó sus dedos en la parte superior de la corteza, flanqueándome el rostro—. Recuerdo la primera vez que te tuve así. En El Dragón Verde. Me sentí tan confuso... Lo único que sabía con certeza era que deseaba besarte. —Esbozó una sonrisa y sacudió muy lentamente la cabeza—. Te salvó la aparición de tu amigo Jackson.

—¿Sabes qué creo? —Tras otear por encima de su hombro, aparentando que buscaba a alguien en los alrededores, clavé la mirada en él—. Que en esta ocasión nadie acudiría en mi rescate... —susurré, como si le contara un secreto, muy cerca de su oído.

Mientras nos besábamos, sus manos se introdujeron y serpentearon muy lentamente bajo la delicada tela de mi suéter. Empecé a fundirme como un muñeco de nieve al notar cómo Duncan buscaba mi cintura y ascendía gradualmente por los costados... Piel con piel. Escalofríos de placer me erizaron la base del cuello al paso de sus labios cálidos, húmedos y tiernos.

—¡Para, Duncan! ¡Para! —Con cara de circunstancias me saqué de la espalda la mano en la que llevaba el ramo de gerberas y un buen puñado de rosas blancas, similares a la que solía dejar cada primero de enero en la tumba de un desconocido. Quizás eran esos los muertos a los que andaba buscando: los Galloway. Mi familia—. Las flores, las vamos a chafar.

—Diablos, Alicia... —se quejó Duncan con la respiración aún entrecortada—. Por un momento me has asustado. Pensé que al dejarme llevar te había hecho sentir incómoda.

—¿Incómoda? ¿Contigo? No creo que eso sea posible —respondí antes de morderle el labio inferior. Aquel gesto, con el que a decir verdad pretendía contrarrestar mi innata timidez, era una promesa, y él lo entendió así.

Temiendo que esta vez no pudiéramos controlar nuestros cuerpos si, como dos imanes, volvían a aproximarse lo suficiente, opté por el único recurso efectivo para mantener a raya la atracción que flotaba entre los dos. Me alejé de él.

—De acuerdo, de acuerdo. —Su mueca denotaba diversión—. Prometo refrenar mis instintos, pero no hay necesidad de poner tanto espacio de por medio —se quejó mientras avanzaba a zancadas y, de camino, me tomaba la mano libre—. Vamos, el cementerio nos queda a quince minutos de paseo y pronto empezará a oscurecer.

—Sí, no me gustaría llegar tarde a la cena —reconocí—. Apuesto a que Percy aún tiene muchas historias que contar, y me da la impresión de que está deseando compartirlas con nosotros.

—Yo también confío en que sea una velada inolvidable —añadió en tono misterioso antes de echar un vistazo al cielo—. Por cierto, lástima que esté despejado. Si nos hubiera llovido de camino al cementerio, sé de una cabaña de guardabosque en la que me habría apetecido guarecerte.

Sonreí al entender que también compartíamos aquel recuerdo. Sabía perfectamente a qué refugio se refería.

Si la mansión había logrado mantenerse inmutable pese al transcurrir del tiempo, no podía decirse lo mismo de la necrópolis de los Galloway. Como un campo de algodón en época de recolecta, las lápidas, de un blanco suave, se multiplicaban aquí y allá; y, como dicha planta, también aquella imagen exudaba una sensación apacible y a la par punzante: la presencia de la muerte cubriéndolo todo.

No nos costó localizar la tumba de *lady* Grace, que Duncan libró escrupulosamente de unos pequeños hierbajos antes de que yo depositara sobre ella el ramo de gerberas; justo a su lado, en la sepultura de *sir* Arthur, tendí una de las rosas. Procedimos de igual manera con la de Colin, la de Rosamund y, aunque supiéramos que en realidad su cuerpo no descansaba bajo aquel túmulo de tierra, con la de Percy.

—Las nuestras deberían de estar por aquí... —comenté mientras escudriñaba por encima del resto de lápidas.

Confiaba en que el doctor Wallace me echara una mano en la búsqueda, y, cuando me giré para preguntarle, lo encontré plantado. Inmóvil. Perdido.

—¿Duncan? —murmuré nerviosa.

«Una regresión».

Reaccionó al cabo de los segundos.

—Sé dónde encontrar la tuya —aseguró cogiéndome de la mano—. Acabo de verlo. Visité en demasiadas ocasiones este lugar como para no conocer el camino... Supongo que, si cumplieron con mis últimos deseos, la mía andará cerca también.

Se detuvo a la espalda de dos lápidas y las señaló con la barbilla. Avancé sola para confirmar que efectivamente eran las nuestras.

En la piedra de Duncan rezaba una sencilla inscripción:

A LA MEMORIA DE ROBERT GALLOWAY,
NACIDO EN TYNE PARK EL 30 DE ENERO DE 1787,
FALLECIDO EL 9 DE AGOSTO DE 1853.
UN MARAVILLOSO HOMBRE, HERMANO Y TÍO YACE AQUÍ,
JUNTO A LA DAMA QUE FUE EL AMOR DE SU VIDA.

«Al final era cierto que los restos de Duncan reposaban en una tumba», me dije recordando la época en que mi amigo invisible llegó a mí y yo lo creía el fantasma de un difunto. Por suerte, aquella solo era una verdad a medias. «Bendita reencarnación», sonreí para mis adentros. Su expresión, en cambio, era solemne, como si evocara sus momentos de soledad sobre aquella porción de tierra.

—Cada mañana, al amanecer, venía paseando hasta aquí e intentaba que los recuerdos felices pesaran más que el dolor de la pérdida —murmuró con la vista clavada en las dos piedras—. No siempre lo conseguía, pero intentarlo era algo que les debía a los míos.

Me impresionó su tono. Era firme. Entendí que, tras mi muerte y la de Percy, se había obligado a mostrar fortaleza ante Colin y sir Arthur, que también habían perdido a un hermano y a un hijo.

—Fue muy duro verte partir. —Una expresión distante le cubría el rostro.

Se me encogió el corazón al ver que se estremecía por aquel frío recuerdo. Cuando nuestros ojos se engancharon de nuevo, su expresión se transformó en desconcierto. Si hasta ese instante se había sentido más seguro al otro lado de las sepulturas, no dudó en atravesar con paso resuelto la frontera invisible que lo separaba de sus años de tormento para reconfortarme con un abrazo.

Se concentró por completo en mí; de espaldas a nuestras tumbas, como si eligiera la vida frente a la muerte.

—Nos han dado una segunda oportunidad, y no pienso desaprovecharla —dijo—. Aún me parece increíble que estemos aquí, juntos de nuevo. Te eché tanto de menos... Pensé que te había perdido para siempre. —Apretó los dientes mientras recordaba—. Maldije a los mismísimos cielos por apartarte de mí.

—Lo siento tanto... Siento haberte dejado solo.

—Tú no tuviste la culpa. No estaba en tus manos evitarlo —intentó consolarme Duncan.

Me cobijé en su pecho durante unos minutos y, cuando abrí los ojos, por encima de su hombro atisbé la inscripción de mi propia tumba. Leí a media voz:

—«En memoria de mi adorada esposa, Jane Galloway. 1790-1816. *En vano he luchado. No quiero hacerlo más. No reprimiré mis sentimientos...*».

—«*Debe permitirme que le diga cuán ardientemente la admiro y la amo*» —me susurró Duncan al oído, completando el texto que quedaba a su espalda. La alegre calidez de su aliento me dijo que sonreía—. «El recuerdo de tu luz seguirá guiando los pasos de tu esposo incluso en la más absoluta oscuridad». Y así fue, Alicia.

«Recuerda las palabras que ordenó grabar en mi lápida».

—¿Una cita de Jane Austen? —pregunté conmovida.

Orgullo y prejuicio.

—Pensé que te habría gustado. Y esa frase cuenta parte de nuestra historia —sonrió—. ¿Te parece bien si nos vamos ya?

Aunque parecía ansioso por salir de allí, en el camino hacia la pequeña verja de la entrada, llamó mi atención sobre otra de las lápidas.

—Mira a quién tenemos ahí.

Duncan me señalaba la tumba de *lady* Susan. Lo obligué a acercarnos. Me fijé en la fecha de su muerte: apenas cinco años después que yo.

—Quién me iba a decir que ella terminaría muriendo antes que tu padre... ¿Sabes cómo fue?

—Una caída del caballo.

—Consejos doy que para mí no tengo.

—Sí. Los accidentes existen, y *lady* Susan se volvió una buena prueba de ello, pero no se puede vivir con miedo, y ella, de mala fe, hizo que mi madre le cogiera terror a montar. No paraba de recordarle, una y otra vez, lo que le había sucedido a su prima Isabella —lamentó antes de caer en la cuenta de algo—: Mi madre... La de hoy en día —me aclaró—. ¿Qué voy a hacer? ¿Debería hablar con Fanny y con mis padres de todo esto?

Fruncí el ceño indecisa.

—Yo tengo suerte con Aurora. Ella conoce la historia del tercer ojo, así que espero poder contarle lo de nuestra reencarnación sin que le dé un síncope. Pero no sé cómo reaccionaría tu familia; supongo que depende de lo receptivos que sean.

—¿Me ves a mí? —Enarcó las cejas y dejó escapar un bufido—. Pues su nivel de escepticismo no debe de andar muy lejos.

Apartó la vista de mi rostro para centrarla en una suerte de pizarra imaginaria cubierta de variables con las que empezó a trabajar mentalmente, en busca de una solución que resolviera las incógnitas que planteaba una posible interacción entre nuestra historia pasada y su familia del siglo XXI:

—Siempre he podido hablar de casi todo con ellos, pero... lo cierto es que preferiría no tener que explicarles que nos conocimos en otra vida. Les costaría creernos. Eso no te dejaría a ti en muy buen lugar —dedujo—. Y en cuanto a mí... De su hijo pensarían que el coma le ha dejado secuelas. No quiero que sufran más, no se lo merecen. —Se llevó una mano a la nuca y prolongó la discusión consigo mismo—: Aunque, si no lo hago, no podrán entenderlo. Supondrán que me estoy precipitando. Si ni siquiera he llevado a una chica a casa en todos estos años, ¿cómo rayos voy a explicarles que quiero...?

De repente volvió a centrar su atención en mí —yo había permanecido en silencio, sin meter baza para no distraerlo— y se contuvo, dejándome con las ganas de saber cómo continuaba la frase. Deduje que el zalamero beso que acabó dándome no era sino una maniobra de distracción.

«¿Que quieres qué?». La pregunta la llevaba escrita en mis ojos, pero él se negó a responderla.

—Es tarde. Deberíamos darnos prisa —comentó con una sonrisa cautivadora—. Los sirvientes estarán a punto de tocar la campanilla para llamar a la cena.

Decidí no insistir.

—¿De verdad crees que tu hermano los forzará a seguir esas antiguas costumbres? Confío en que a nosotros no nos obligue a cambiarnos de ropa antes de sentarnos a la mesa. Yo vine aquí secuestrada. No tengo nada que ponerme...

Qué equivocada estaba. Ya en mi habitación, tras disfrutar de una ducha rápida, abrí el armario para confirmar que no iba a disponer de ropa limpia para cambiarme..., y del asombro dejé caer la toalla al suelo. Allí había blusas, camisetas, vaqueros, faldas, algún que otro vestido elegante, zapatos e incluso ropa interior... Por cierto, bastante más sugerente que la que yo acostumbraba a llevar. Casi todo de mi talla. «¿De quién será?». La ropa conservaba la etiqueta, así que supuse que no le pertenecía a nadie en concreto. «Tal vez sea para futuras conquistas de Percy. Espero que no le importe...».

Arramblé con una blusa de algodón, en color burdeos, que dejaba mis hombros al descubierto, y unos vaqueros oscuros que se me ciñeron a las piernas y las caderas como si quisieran tomárselas de un sorbo como aperitivo... Justo antes de que un sirviente llamara a mi puerta para informarme de que la cena estaba lista.

Me ayudé del espejo del tocador para agruparme el cabello en un recogido informal, con mechones sueltos aquí y allá, como a mí me gustaba. Recordé que Duncan me había dicho que prefería mi pelo suelto. «Estupendo. Si todo sale bien, ya tendrá tiempo de deshacérmelo él mismo, como en nuestra noche de bodas».

—Veo que los dos habéis descubierto el pequeño alijo de ropa que dejé en vuestros armarios —afirmó complacido Percy cuando me vio aparecer por la puerta del comedor.

Duncan lo acompañaba, con una copa de vino tinto en la mano. También él se había cambiado. Llevaba una camisa blanca de corte estrecho que se sumergía en las profundidades de un pantalón de vestir en color gris marengo. El atuendo no le podía sentar mejor.

—Tentado estuve de pedir que os confeccionaran a medida prendas que rememoraran el xix —prosiguió nuestro anfitrión—; personalmente prefiero la elegancia de entonces, pero pensé que os sentiríais más cómodos en estos ordinarios trapos modernos. Tomemos asiento —nos invitó—. Están a punto de servir la cena.

Jovial. Ocurrente. Encantador. Y muy dicharachero. Así se comportó Percy a lo largo de toda la velada. Pasó de puntillas por los recuerdos amargos, como la breve narración de sus inicios como vampiro, sobre cómo en Bath había conocido a una mujer vampiro, una condesa que lo invitó a unirse a ella en sus viajes por el mundo. Eran escasos los escrúpulos de la bella dama a la hora de saciar su sed, y, por ello, cuando Percy conoció a otros de su especie que no asesinaban de forma indiscriminada, decidió abandonarla. El capitán optó por seguir el *modus vivendi* de un redivivo francés llamado Damien Absolon que había elegido ganarse el sustento como mercenario.

—Intentaba ver a mis víctimas, los soldados enemigos, como los frutos que se han caído del árbol: predestinados a morir y pudrirse —nos explicó con el semblante triste—. No era yo quien los mataba, sino la guerra en la que otros los habían obligado a participar... Fue un gran error. Me acompañarán toda la vida sus caras de terror al comprobar que, pese a las heridas que me infligían, eran incapaces de acabar conmigo. —Movió la cabeza en un gesto de desaprobación—. Y ahora dime, hermanita, ¿soy o no soy un monstruo?

—Yo... yo no creo que seas un monstruo.

Percy resopló, poco convencido. Duncan iba a decir algo, pero guardó silencio cuando su hermano tocó la campanilla. Sabía que a los pocos segundos aparecería un lacayo cargando el segundo plato. El capitán nos había advertido de que el personal de servicio, a excepción de dos individuos de mucha confianza a los que necesitaba para cuestiones que no llegó a relatarnos, ignoraba su secreto. Los trabajadores de la casa solo estaban al tanto de que les había tocado lidiar con un jefe excéntrico que los obligaba a vestirse con ropas de otra época y que hacía trabajar poco o nada a la cocinera, dependiendo del día. Al parecer el estómago de Percy era capaz de tolerar la comida mundana, aunque no hallara placer en ello ni le sirviera para satisfacer su hambre cuando sentía la necesidad de alimentarse de verdad. Se había acostumbrado a comer de todo por una cuestión de desahogo social, cuando la ocasión lo requería.

—Fuiste un superviviente, Percy —retomó la conversación Duncan cuando de nuevo nos quedamos los tres solos—. Y ahora, con tal de no beber sangre humana, te sacrificas hasta el punto de aparecer ante los demás con el aspecto de un anciano.

—Tenemos otras formas de cubrir nuestras necesidades. Con sangre animal, por ejemplo, aunque solo sirve para mantenerse. Cuando Alicia me conoció pasaba por una mala racha: había transcurrido largo tiempo desde mi última presa. Los glóbulos rojos de brujos y demonios son los más revitalizadores de todos, más incluso que los humanos. Pero no soy ningún santo, Duncan: en época de sequía, llegué a robar bolsas de sangre de los hospitales para mantener mi juventud intacta; lástima que mi conciencia me forzara a abandonar pronto tales prácticas. —Hizo una pausa y, más animado, alzó las comisuras de los labios en una sonrisa aliviada—. A la espera de que mi camino vuelva a cruzarse con el de otro ser de la oscuridad, la sangre de Foras me permitirá mantenerme inalterable durante al menos cinco años. Era poderoso el condenado. Por cierto, ¿sois donantes? Hay escasez. Por eso renuncié a seguir saqueando los bancos de sangre.

—Claro. En mi hospital todos donamos —asintió Duncan mientras se llevaba a los labios una copa de Chardonnay blanco.

—Yo aún lo tengo en mi lista de pendientes. Mi relación con las agujas nunca ha sido buena —reconocí avergonzada—. ¿Entonces no tendrás que comer nada en cinco años?

—Así es. Podré conservar mi irresistible atractivo con solo beber sangre de animal —se vanaglorió.

La campanilla tañó de nuevo en el amplio salón. La llamada de los postres.

—Siento lo de la cubertería —se excusó Percy al cabo de un rato, mientras cargaba de pudin su cuchara de metal plateado. Lo miré sin entender—. Como recordaréis, la de la familia es por supuesto de plata, pero, de sacarla a la mesa, me provocaría un pequeño corte de digestión. O algo incluso peor. Ya sabéis. —Dejó escapar una sonrisa perezosa.

—Estaría bien que nos explicaras qué tipo de sustancias u objetos pueden dañarte. —Duncan seguía siendo el hermano mayor y protector que había sido en su anterior vida.

—¡Ni hablar! Seguro que utilizarías esa información en mi contra... —bufó Percy, negando con la cabeza en un gesto cómico—. No hay razón para inquietarse —añadió al constatar que el doctor mantenía su expresión adusta—. En mi ordenador guardo una lista completa de todos los productos a los que soy «alérgico»... Mañana os imprimo una copia.

—¿Alérgico? —curioseé.

—No pretenderás que cuente lo que en realidad soy a las encantadoras damas que pasan por mis días y... mis noches, ¿verdad?

—¿Nunca has podido ser sincero con ninguna de ellas? —Experimenté una repentina punzada en el pecho. ¿Merecía la pena la inmortalidad sin poder compartir ese tiempo infinito con un amor correspondido y libre de secretos?

—Un par de veces. —La melancolía de sus ojos me prohibió seguir preguntando. Mejor en otra ocasión—. ¿Y qué? —cambió bruscamente de conversación tras pegarle un nuevo sorbo al ambarino y dulce Tokaji—. ¿Ya sabéis en qué habitación dormiréis? Y lo que es más importante: ¿separados, juntos o, mejor aún, revueltos?

Duncan tosió y se atragantó con un bocado de su tartaleta de frambuesas, de manera que tuvo que echar mano de la copa de vino para desatascar la garganta atorada. El capitán se inclinó para asestarle un par de golpecitos en la espalda, pero el mal trago tardó en pasar.

Yo, roja como los frutos del postre, preferí ignorar sus comentarios.

—Percy... —lo amonestó Duncan con tono autoritario al tiempo que se secaba los labios con la delicada tela de su servilleta—. Ese no es un asunto que te concierna.

—Vamos, hermano. ¿Ahora vas a hacerte el estrecho? Estamos en pleno siglo XXI. Que sea yo quien te lo recuerde tiene su gracia... —Meneó la cabeza sin dejar de sonreír—. Si eres tan arcaico como para perderte en cuestiones menores, como el hecho de que no llevéis un anillo en el dedo, ten en cuenta que, si no técnicamente, moralmente estáis más que casados. Yo mismo fui testigo de vuestro enlace. Quizás seáis el matrimonio más longevo de la historia. Y, para ser sincero, ahora ocultas tu lujuria con mayor dificultad que hace doscientos años.

—Ya basta. —La firmeza en la voz de Duncan, que me dirigió un rápido vistazo de soslayo, recordaba a la de los enfados de Robert Galloway. Entendía que no le resultara grato hablar de cuestiones tan íntimas con su hermano menor, y para colmo en mi presencia.

Percy, un ser dotado con una fuerza sobrenatural que podría haber acabado con nuestras vidas en un suspiro, decidió no tentar a la suerte y dejó de insistir en el tema.

—Es hora de retirarse, chicos —nos comunicó levantándose de la mesa una vez concluida la cena—. Me acercaré a Dunbar a tomar una copa con una vieja amiga —agregó con gesto seductor—. Si gustáis acompañarme...

—Yo estoy demasiado cansado —se excusó de inmediato su hermano.

—Eh... Yo también, la verdad. Ha sido un día duro.

—Claro. Cansados... Bendito cansancio – comentó satisfecho el capitán mientras nos examinaba como si fuéramos dos colegiales a punto de cometer una trastada—. Pues nada, os dejo en vuestra casa. *Descansando* —añadió sardónico—. Estaréis muy tranquilos, el servicio se marcha en media hora, en cuanto terminen de recoger la cocina.

Lo acompañamos hasta la puerta principal.

—No hagáis nada que no hiciera yo —se despidió antes de desaparecer de nuestra vista.

Se movía condenadamente rápido. Pensé que ya estaría de camino a Dunbar cuando el rugir de un motor me hizo comprender lo desencaminada que andaba: un deportivo en color negro y naranja surgió de las cocheras.

—Un Bugatti Veyron. Parece que a mi hermano le han ido bien las cosas.

—¿Envidia? —pregunté en tono burlón. Nunca había entendido el interés que en los hombres solía despertar el universo de las cuatro ruedas.

—Ni de él ni de nadie. —Sonrió mientras me tomaba de la cintura—. ¿Subimos?

Asentí. Por fin a solas con el amor de mi vida, y ya no había historias que ocultar ni secretos incómodos que poner al descubierto. Yo sabía quién diablos era él y él sabía quién diablos era yo. «Y nos debemos una noche de bodas», recordé, aunque me valía con que aquella fuera una noche de amor a secas.

A veces encontrarte tan cerca de hacer realidad un deseo provoca que te aturulles de tal modo que el camino, por su cuenta y riesgo, añade un nuevo y empinado tramo que recorrer antes de cruzar la meta. Y eso es lo que me sucedió a mí. Con dificultades similares a las que plantearía el mismísimo Everest; así se sometieron mis pulmones a aquellas escaleras de blanco mármol que conducían a los dormitorios. La presión en el pecho, como si me faltara el oxígeno, se incrementaba a medida que escalaba peldaño a peldaño, aun cuando los remontaba amarrada a la mano segura de Duncan. «Maldita sea, ¿por qué tengo que estar tan nerviosa?». Y maldita comunicación no verbal.

—¿Te encuentras bien? —se inquietó como lo hubiera hecho un *sherpa*.

Como dicen que la sinceridad está sobrevalorada, respondí:

—Sí, no te preocupes. Ya sabes, el cansancio.

Los dedos se le contrajeron alrededor de los míos y sus profundos ojos verdes llamearon ligeramente decepcionados. «¡Mierda! No debería haber dicho eso. Pensará que quiero irme a dormir».

Habíamos llegado. Mi alcoba... En realidad nuestra alcoba.

—Supongo que debemos despedirnos. Ha sido un día muy intenso y necesitas descansar. —«Vamos, di algo! No dejes que el miedo te paralice. ¡Al menos que entre para charlar un rato y ya se verá!». Pero el escocés fue tan rápido que no supe reaccionar a tiempo—: Buenas noches, Alicia.

Por primera vez, un beso suyo me supo a poco. A muy poco.

43

Como decíamos ayer...

Tras cerrar la puerta, bufé indignada conmigo misma. «¿Qué estás haciendo? Deberías ir a buscarlo...». Transcurridos los primeros minutos de dudas, una extraña vibración interrumpió mis pensamientos. Un móvil. Supuse que sería el mío; no lo había visto ni oído desde mi secuestro. El ruido me guio hasta un cajón de la mesilla de noche. Sí, era mi teléfono. Supuse que Percy lo había dejado allí una vez concluido mi falso secuestro.

¡Un mensaje de Duncan!

Él: Ya te echo de menos.

Respondí de inmediato.

Yo: Lo mismo digo.

Él: ¿Y qué podríamos hacer?

Yo: ¿Qué tal si le ponemos remedio?

Él: ¿Seguro que no estás cansada?

Yo: Fresca como una lechuga.

Él: ¿Quieres dar un paseo por los jardines? Hace una noche agradable.

«¿Ahora un paseo? ¿Está loco?». Mis pulgares levitaban impacientes a milímetros de distancia del teclado, aguardando unas órdenes que no llegaban por culpa de mi indecisión... ¿Debía ser directa? ¡Qué diablos, claro que sí!

Yo: ¿Recuerdas cómo era nuestra habitación? Pues todo sigue igual. ¿No sientes curiosidad por verla?

Ahora fue él quien se tomó unos minutos para contestar, como si no supiera qué decir o le costara asimilar el contenido de mi mensaje. Al fin reaccionó.

Duncan: Voy de camino.

La tentación de jugar con él era demasiado grande. Me salió natural.

Yo: Doctor Wallace, qué fácil sucumbe a la tentación. Tenía entendido que era usted un tipo más bien tradicional. ¡Qué escándalo! (GIF de chica tapándose los ojos con ambas manos).

«Mierda... De nuevo tarda demasiado en escribir».

Duncan: Sus fuentes están bien informadas. Un hombre chapado a la antigua. Así soy yo.

«¿Y ya está? ¿Por qué tarda tanto en venir?».

Yo: Era una broma.

Duncan: Lo sé. Abre la puerta, por favor.

Yo: No cerré con llave.

Aguardé impaciente, y, como no entraba, le abrí yo misma.

El corredor permanecía vacío. Ni un alma. El móvil vibró de nuevo en mi mano.

Duncan: Esa puerta no. La otra.

Eché un vistazo general al lugar. «¿Qué otra?». Tal como yo recordaba, allí no había más puertas. Bueno, solo una, doble.

Dejé el teléfono sobre la mesilla.

Aparté la porción de visillo que me impedía acceder al tirador del balcón, y este cedió ante mi giro de muñeca.

La boca se me abrió como para decir algo, pero al final me conformé con menear la cabeza y soltar una carcajada. Enfrente tenía a Duncan, que me esperaba en una actitud informal, reclinado hacia atrás, con ambos codos posados sobre la balaustrada.

—¿Has trepado por la pared? —pregunté atónita mientras me asomaba para comprobar que el muro no sostenía el peso de ninguna escalera.

—Te lo he dicho: estoy chapado a la antigua. Me gusta respetar las antiguas costumbres, y, por lo que recuerdo, no es la primera vez que escalo hasta el balcón de tu alcoba.

Se acercó para abrazarme. De nuevo aquella sensación de estar en casa.

Una pequeña brisa nos atravesó, y también los visillos, que se removieron nerviosos, lo que permitió que Duncan pudiera ver el interior de la habitación.

—Es cierto: también sigue igual... —observó conmovido.

Lo llevé de la mano adentro y, mientras él examinaba con nostalgia aquellas cuatro paredes, crucé el cuarto de un extremo a otro. Un candelabro y la hoguera abastecían de suficiente luz la estancia, así que apagué el interruptor del aplique que, adherido como una garrapata a uno de los muros, se alimentaba de electricidad.

En mi objetivo de crear un ambiente lo más íntimo posible, aún me restaba una última cosa por hacer. Volví sobre mis pasos y me incliné frente a la chimenea para remover los leños que relumbraban en el hogar con un atizador.

—¿Qué haces? —preguntó Duncan, y escuché su sonrisa impaciente a unos metros de distancia.

—Solo intento avivar el fuego...

—Oh, te aseguro que eso no es necesario.

Cuando busqué al doctor Wallace por encima de mi hombro, lo pillé harto interesado en mi anatomía, negando con la cabeza y exhalando un largo suspiro. Sí, aquellos vaqueros se ajustaban endemoniadamente bien a mis caderas... Y experimentar el roce de la mirada de Duncan me aceleró el corazón.

Avancé con paso firme y me detuve cuando apenas tres centímetros separaban su pecho del mío. Sus dedos juguetearon con los mechones de pelo que colgaban de mi improvisado recogido; cuando me quise dar cuenta, ya había liberado la melena, que se dispersaba a lo ancho y largo de mi espalda. Sonrió travieso.

—Si fuera menos tradicional, te haría el amor aquí y ahora. Pero creo que deberíamos esperar.

—¿A qué quiere esperar, doctor Wallace? —le pregunté mientras observaba intrigada la chispa que encendía sus ojos.

Tragó saliva y acomodó mis cabellos peinándolos con las yemas de los dedos.

—A que seas mía. —Rozó las comisuras de mis labios con los suyos—. Totalmente mía. —Con aquel susurro consiguió que un cosquilleo me subiera, descarado, por las corvas de las piernas. No me quedó otra que aceptarlo: Duncan me hacía sentir extraña en mi propio cuerpo.

—Pero para eso, para ser totalmente tuya, precisamente tendríamos que... —La mirada se me fue aposta a la preciosa cama, tocada con un dosel.

Duncan sonrió halagado y se inclinó para acariciarme el cuello con su nariz. La exquisitez de aquel contacto me aceleró el corazón una marcha más. «Nunca pensé que me sentiría así con nadie».

—Cariño —me explicó con una expresión de paciencia absoluta—, cuando hablo de que seas totalmente mía no me estoy refiriendo al sexo.

Lo miré dubitativa. ¿A qué se refería entonces? Antes de responder, en un movimiento instintivo, me atrajo de las trabillas de los vaqueros para acercar nuestras cinturas y poder rodearme por completo con sus brazos.

—En la otra vida esperamos a estar unidos en cuerpo y alma —confesó descansando su frente contra la mía.

Me llevó unos segundos descifrar su extraño circunloquio. «Quiere decir que esperamos... ¡¿a estar casados?!».

—¡Y mira cómo nos fue! —exclamé, mandando al garete el momento de sublime romanticismo. Disgustada, posé las manos sobre su pecho e intenté apartarlo de mí. Frustrado intento: no cedió ni un milímetro. Me enrabietó aún más observar la expresión divertida de su gesto—. Duncan, ni siquiera tuvimos nuestra noche de bodas. ¡Un maldito vampiro se me llevó! ¡Y hoy hemos estado a punto de morir a manos de un demonio! ¿De verdad crees que voy a dejar pasar ni un solo...?

Iba lanzada, nada podía detener mi razonamiento... hasta que una hipótesis surgió de la nada para jugármela; la zancadilla me hizo caer de bruces frente a ella, que me observaba burlona, como el doctor Wallace.

—Me tomas el pelo, ¿verdad? —suavicé el tono, abochornada.

—Sí y no. Una parte de mí, la más cercana a Robert Galloway, desearía esperar, pero solo por hacerlo igual que lo hicimos entonces. Pero otra, la más cercana a mí mismo... —examinó la desnudez de mis hombros e inspiró profundamente— no lo tiene tan claro.

Me hizo sentir admirada y poderosa.

Acarició mi labio inferior antes de separarlo con delicadeza para hacerlo suyo con un beso. Si las invasiones fueran siempre así de dulces, dejarían de existir las guerras: todos los pueblos darían su consentimiento a ser conquistados.

Sentí la electricidad de su amor y el mío entrelazados, encendiéndonos a su paso por cada célula de nuestros cuerpos. «Hoy es el día». Nada ni nadie iba a interponerse.

—Si de verdad te preocupa que no haya boda antes —murmuré—, solo piensa que ayer mismo viste cómo nos casábamos.

—Señora Galloway, es usted de lo más persuasiva —gruñó complacido.

Me depositó con delicadeza sobre el mullido colchón de la cama, que interpretó a la perfección su papel de nube blanca y esponjosa; era lo más cerca que había estado nunca del cielo... Hasta que, sobre aquel horizonte luminoso y despejado, vi surgir un feo nubarrón. «¡Oh, vaya!». Nuestra primera noche juntos corría el riesgo de irse al traste.

—Duncan... —llamé su atención.

«¿Cómo se lo suelto?».

—Dime, amor mío —replicó mientras su boca ascendía por la hendidura curvada de mis hombros, dejando un delicioso rastro de besos en su camino hacia el cuello.

«¡Mierda, así es imposible concentrarse!», sonreí exasperada. Obvié decirlo en voz alta porque en realidad no deseaba que parara y, además, intuía que me resultaría más fácil lanzarle la pregunta si, dedicándose él a otros menesteres, alejaba su atención de mi rostro, ya de por sí notablemente afectado por la timidez.

—¿Tenemos... esto... protección? —No estaba dispuesta a correr riesgos. Iba a querer tener hijos con él, pero todavía no.

Alzó la cara y se enfrentó a la mía con una sonrisa tranquilizadora antes de echar mano a un bolsillo de su pantalón, de donde extrajo un par de envoltorios coloreados en un brillante rojo escarlata. Los dejó sobre la mesilla.

—Así que venías preparado. ¿No dijiste que eras de la vieja escuela? —Si bien el tono de mi voz sonaba risueño, lo cierto es que verlo sacar los condones me había descolocado. «¿Llevará siempre encima, por si le surge la oportunidad?».

—Y lo soy. —Como si poseyera la facultad de leer el pensamiento, me observó cauteloso y evidentemente incómodo—. No quiero que lo malinterpretes, esto no es algo premeditado. Por Dios, Alicia, vinimos a Tyne Park a rescatarte... ¿Cómo iba a saber yo lo que ocurriría después?

Le importaba lo que pudiera pensar de él, y, aun así, se negaba a revelarme el secreto que, estaba segura, sus ojos me ocultaban.

Entonces caí en la cuenta.

—¡Claro, qué tonta! —Reí aliviada—. Ha sido Percy.

—Chica lista —sonrió reconfortado por mi reacción.

—¿Por qué no querías contármelo?

—Porque, después de los comentarios que dejó caer durante la cena, pensé que quizás te haría sentir violenta.

—No te preocupes. Entiendo que el señor de la casa ha actuado de buena fe. —Duncan me permitió curiosear un poco más—: ¿Te los dejó en el armario, con el resto de regalitos?

—Más bien sobre la almohada de la cama. Al principio me molestó el gesto. Sigo detestando que la gente se inmiscuya en las relaciones de los demás. ¿Recuerdas nuestra charla sobre Colin y Rosamund en el columpio del laberinto? —Si había censura en sus palabras, quedó sepultada por su sonrisa. «También ha recordado aquello...»—. Pero, si te soy sincero, ahora solo puedo alegrarme de que mi hermano tuviera el detalle de entrometerse.

—Bien hecho, capitán. —Arrullé su nariz con la mía.

No hizo falta más para recuperar la atención de sus manos. Aquellos diestros dedos empezaron a escalar por debajo de mi blusa, despojándome de ella a su paso, como hace el agua con la arena cuando baja la marea. Notaba sus palmas cálidas, livianas como escorpiones a punto de inyectar un veneno.

Recordé nuestra noche de bodas. «Como decíamos ayer...».

44

Almas gemelas

El negro de aquel encaje provocó que a Duncan se le oscureciera la mirada. Nunca me había preocupado por el aspecto de mi ropa interior, y tuve la certeza de que eso iba a cambiar a partir de aquel día.

—Eres preciosa, Alicia.

Sus besos audaces me abrasaban la cintura.

—Ya me habías visto sin vestido —le recordé mientras respiraba como si de repente me faltara el aire.

—No es lo mismo, cariño. Entonces eras mi paciente, ahora estás a punto de convertirte en mi mujer, en mi amante.

Sus emprendedoras manos acudieron al encuentro del botón de mis *jeans*. Inexplicablemente, le costó deshacerse de mis vaqueros mucho menos de lo que me había costado a mí enfundármelos. Los lanzó lejos, fuera de mi alcance.

Cerré los ojos extasiada. Sentí el calor de su cuerpo sobre el mío y cómo me besaba; un beso generoso y profundo.

—Enseguida vuelvo. Quédate quieta. —En la voz jadeante se le notaba que también él había perdido el aliento en mi boca—. Y no mires —me advirtió.

—¿Adónde vas? —pregunté preocupada por si justo en ese momento se le ocurría dejarme sola en la habitación.

—Oh, aquí mismo —dijo en un tono divertido y misterioso antes de, como si fuera un alpinista, iniciar el descenso de mi cuerpo, dejando a su paso invisibles mosquetones con forma de besos: uno en mi cuello, otro en la clavícula, el siguiente en el escote... Mi mente se fracturaba en mil sensaciones diferentes.

Pero ceder el control sin más nunca había ido conmigo. Abrí los ojos para vigilar de cerca lo que el buen doctor tenía planeado hacer. Y me pilló in fraganti.

—No, de eso nada —me recriminó con los ojos entornados mientras reemprendía la escalada hasta mi rostro y me plantaba un par de besos en los párpados para obligarme a cerrarlos—. Ahora no me queda otra que aplicarte un severo castigo.

Aguardé las anunciadas represalias expectante, la excusa perfecta para que los segundos no tuvieran más remedio que hacerse eternos en mi particular cuenta atrás. Hasta que...

—¡Ay, cielos! —grité mientras daba un respingo.

Se oyó una risa ahogada, y desde luego no fue mía. La sonrisa complacida de Duncan me acarició la piel. Me sentí expuesta, incapaz de enmascarar mi deseo; y él parecía encantado de comprobar el impacto que sus caricias tenían sobre mí.

Temí que, si seguía derritiéndome a ese ritmo al calor de su tacto, tal vez los prolegómenos no iban a dilatarse durante mucho más tiempo. Y si tenía algo claro era que debía avisarle de un asunto de suma importancia.

—Tendrás cuidado, ¿verdad? —musité cohibida. Odiaba sentirme insegura, pero en aquellos terrenos me movía como sobre arenas movedizas.

El escocés alzó la cabeza y se apartó de mí unos centímetros, con el desconcierto filtrándose a través de los párpados. Juraría que su rostro había perdido varias tonalidades. «¿Qué he dicho?». Unas kilométricas pestañas, empalizadas en forma de consistente muralla, protegían sus pensamientos, fueran los que fuesen.

—¿Cuidado?

—Es que... —«¿Cómo explicárselo sin parecer cursi?». Si de algo estaba segura era de que debía advertírselo, por su bien y en especial por el mío. Había leído que, por lo general, la primera vez no resulta fácil—. Es que yo nunca...

—¿Me estás diciendo que tú también eres virgen?

—¿Cómo que tú también?

—Pues eso: también.

—¿En serio? —Después de aquellos versados preliminares, no me cabía esperar que fuera a ser su primera vez, que los dos llegáramos a aquella sublime noche con los ojos de la experiencia ciegos.

—Vaya por Dios. Hubiera estado bien que al menos uno de los dos supiera lo que se hacía... —dijo él. Ambos estallamos a la vez en una carcajada—. Jamás lo hubiera pensado de ti, Alicia. ¿No has tenido pareja? —Negué con la cabeza—. Eres tan inteligente y abierta con todo el mundo... Además de preciosa. —Un vistazo involuntario a la zona aún cubierta por el conjunto de lencería provocó que se ruborizara. Me pareció un gesto encantador, como todo lo que acababa de decir.

—¿Y qué hay de ti? Supongo que has tenido tu baile de graduación, y has pasado por la universidad... No te haces idea de lo pesadas que en el campus se pusieron mis amigas con el tema. Una de ellas estaba empeñada en que perdiera la virginidad como si fuera una maldición. Pero ningún chico me ha gustado nunca lo suficiente como para que a mí me apeteciera ya sabes... —Me encogí de hombros.

—En mi caso, los estudios y el trabajo no me han dejado tiempo para hacer mucha vida social. Es cierto que a veces han surgido oportunidades, pero algo en mi interior me decía que iba a sentirme más incompleto estando con esas chicas que quedándome solo. Es como si supiera que debía buscarte a ti. Tal vez los Guardianes del Umbral y mi madre nos lanzaron un conjuro para que solo pudiéramos atraernos el uno al otro —rio. Y yo con él.

—Pues igual no deberíamos descartar esa hipótesis. Porque raro, en nuestros días, es un rato. Pero esta rareza nuestra se acaba hoy y aquí, escocés. No hace falta que sigamos buscando.

Decidí que era el momento de tomar la iniciativa. Empecé a desabrochar los botones de su camisa, y lo hice en un ritmo pausado, marcado por el metrónomo más perfecto de la naturaleza: el corazón humano. Su piel se contrajo al roce de mis manos con sus abdominales mientras lo despojaba del último botón.

Hicimos el amor con calidez, ternura y pasión, un acto íntimo que nos hizo estallar como las olas del mar contra las rocas de un acantilado.

Desprovistos de cualquier pudor, cada uno de nuestros movimientos fueron volviéndose, poco a poco, naturales y espontáneos, manejados por el instinto y el más profundo de los sentimientos. Nos revelamos con plenitud el uno al otro, con aquellos metros cuadrados de piel expuestos ante nuestras dilatadas pupilas, que se abrían infinitas, ilusionadas por el deseo desgarrado de aquel amor.

Siempre había pensado que perder la virginidad había de ser doloroso por fuerza, pero no resultó así. Su tacto, al principio suave y cauteloso y después entusiasta e impulsivo al sentirme entregada por completo a él, nos elevó hasta donde nadie hubiera podido alcanzarnos.

Al fin, doscientos años después, en el acto más puro que puede enlazar a una pareja, yo fui suya y él fue completamente mío.

Epílogo

—¿En serio no estás embarazada? —Era la tercera vez que Edgar me hacía la misma pregunta, y ya resultaba ligeramente molesta, sobre todo porque supuse que la mayoría de los presentes también debían de hacérsela.

—En serio. —Puse los ojos en blanco—. ¿Quieres acompañarme en mi próxima visita al ginecólogo? Precisamente tengo cita con él en unos días. —Era cierto. Revisión. Y también para pedirle que me prescribiera la píldora.

«Qué lejos estás, Duncan...», lamenté.

Exactamente a unos diez metros de mí, aguantándole la chapa a mi madre y, sobre todo, a la entusiasta Victoria. A su lado, Emma contemplaba extasiada al doctor Wallace, y de vez en cuando me miraba como si no terminara de creerse que su hermana hubiera logrado atraer a un hombre como aquel. Menuda confianza la suya...

Alejandro, Jackson y Joe charlaban amistosamente junto a la barbacoa, aunque ninguno de ellos vigilaba las brasas; Friday se encargaba de cocinar las distintas carnes a la barbacoa, con Rob y Brian, la nueva incorporación de *Duendes y Trasgos*, ejerciendo de pinches. También Summer había acudido a la fiesta, acompañada por un amigo de su hermano con el que había empezado a salir. Un tipo muy agradable. «Ed, bobo, perdiste tu oportunidad...», pensé al ser testigo de un beso robado entre la nueva pareja. Melissa y Hanna, dos de mis mejores amigas de la facultad, contemplaban embelesadas las monerías del bebé de Jared y Walter.

Ya era oficial. Duncan y yo acabábamos de anunciar nuestro compromiso. Los que no estaban al tanto —todos los presentes, excepto mi madre, Emma, Jackson y Alejandro— se habían sorprendido por la inesperada noticia —lógico, teniendo en cuenta que solo sabían de mi relación con un cirujano escocés llamado Duncan desde hacía pocas semanas—. Me sentí cálidamente reconfortada al recibir sus abrazos y felicitaciones sinceras. Edgar, con gesto mohíno, me había llevado aparte para preguntarme lo del posible embarazo y para advertirme de que, si en el último momento me arrepentía de aquella decisión, contara con él a la puerta del lugar de la ceremonia, aguardando al volante de su Toyota Camry para conducirme muy lejos de allí.

—Una novia a la fuga, como en la película de Julia Roberts. ¿Qué te parece? —me había propuesto arqueando una ceja, invitándome a contemplar aquella posibilidad.

Sonriendo, negué con la cabeza.

—Ed, te aseguro que no tendrás que montar guardia en tu coche: podrás presenciar la boda con el resto de invitados, porque no pienso escapar a ningún sitio si no llevo conmigo a Duncan.

Todo el mundo alrededor se divertía, y la cabaña del chamán, que había puesto a nuestra disposición para aquella fiesta de compromiso, brillaba espléndida, adornada por las luces propias de la Navidad, a la vuelta de la esquina.

Solo echaba de menos en aquellos festejos a Percy Galloway. En el último momento no había podido viajar a Nueva York, pero habíamos quedado en que Duncan y yo pasaríamos la Navidad con él en Tyne Park y en que cantaríamos juntos el *Auld lang syne* en Hawick, en casa de los Wallace. A esa cena de Nochevieja también acudirían mamá y Emma para conocer en persona a mis futuros suegros —Lorna y Carmichael— y a Fanny. Me hacía ilusión vivir el Año Nuevo al otro lado del charco: los últimos días de diciembre en Escocia y los primeros de enero en Madrid, donde Duncan sería presentado a los abuelos y al resto de mis parientes.

Desde la muerte de Foras, los acontecimientos se habían sucedido en una carrera de relevos que el tiempo a veces aceleraba y otras ralentizaba, dependiendo de si tenía al doctor Wallace cerca o lejos.

Nos habíamos prometido un mes atrás, dos días después de que Duncan volara con Jackson y conmigo a Nueva York. Tras nuestra estancia en Tyne Park, yo debía regresar a casa y él se había negado a separarse de mí tan pronto: así que en cuarenta y ocho horas logró dejarlo todo organizado en el hospital para tomarse una semana de vacaciones.

Pensé en instalarlo en casa. No contábamos con habitación de invitados, así que, en privado, tuve que convencer a mi madre de que le permitiera quedarse conmigo, en mi cuarto. No era exactamente lo mismo, pero ya se había alojado allí siendo mi amigo invisible, durante su viaje astral.

Mamá al principio sufrió un ataque de conservadurismo y se mostró reticente, pero, ante mi insistencia, terminó por ceder, resultando más comprensiva de lo que yo había supuesto. «Emma debería darme las gracias por abrirle el camino para el día en que ella tenga novio... Aunque no permitiremos que eso pase hasta dentro de, *mínimo*, diez años».

Casi me da algo cuando, tras volver a reunirnos en el salón con Duncan y su equipaje, este, avergonzado por lo que consideraba una situación insólita para mi madre, se disculpó y, haciendo alarde de una prudencia de la que yo carecía en ese instante, nos pidió que le permitiéramos alojarse en algún hotel cercano.

—Enseguida estamos de vuelta —le comenté a mi progenitora antes de atrapar de la muñeca a Duncan para sacarlo al porche.

Ella, por supuesto, parecía gratamente sorprendida por la razonable y caballerosa propuesta del novio de su hija.

—¿Has perdido la cabeza? —le pregunté enfadada cuando estuvimos fuera del alcance de sus oídos—. Ya la tengo convencida. Ha dicho que puedes quedarte en mi habitación.

Barrí con la mano el aire para exigir a mi hermana que dejara de cotillear a través de la ventana del salón. La boca en forma de O que se le había quedado tras conocer a mi novio en el aeropuerto no le sentaba nada bien a la rubita. «¿En serio sales con este tío buenorro? Madre mía, y encima tiene cara de ángel». «Esos ojos verdes son suyos, ¿verdad? Porque no lleva lentillas de color...». «Si tiene algún hermano pequeño, ¿puedo quedármelo, Ali?». De ese talante fueron las frases que me soltó mientras ayudaba a cargar con el equipaje. Mostró la suficiente discreción como para hablar en susurros; aunque el gesto de diversión contenida de Duncan me hizo sospechar que había escuchado todas y cada una de sus burradas.

—Recuerdo bien este lugar —comentó el escocés sin atender a mis protestas de un momento antes. Tomó mi mano derecha con la suya y me hizo girar 360 grados—. Aún no tengo claro si Jackson debería caerme bien o si, por el contrario, debería odiarlo a muerte. Le gusta acercarse demasiado cuando baila contigo. Lo he visto hacerlo, ¡y dos veces! No habrá una tercera —aseguró en broma mientras me estrechaba contra su pecho y nos balanceábamos lentamente.

—¿Entonces te acuerdas de cuando Jackson bailó conmigo aquí? —Justo en ese instante se me vino a la mente la imagen de mi amigo invisible tirado sobre los rosales tras intentar impedir que el canadiense me besara.

—Me acuerdo. Lo tengo grabado a fuego —exageró adrede para hacerme reír. Y lo consiguió.

—Por cierto, volviendo al tema de antes, si decides alojarte en un hotel, yo iré contigo.

—Quizás sería lo mejor —reconoció con una mueca traviesa.

—Sí... Porque bajo el mismo techo de mi madre y mi hermana, yo no podría... —Me entendió sin necesidad de concluir la frase.

—Lo sé. Es una situación muy incómoda —dijo él pensativo, mientras me cubría con un abrazo—. Bueno —se rindió con un suave suspiro de resignación—, podemos optar por la abstinencia.

«¡De eso nada!».

—¿En qué hotel decías que vamos a hospedarnos? —Le sonreí descarada—. Aunque me da pena que no convivas con ellas. —Volví la cabeza hacia atrás, comprobando que efectivamente Emma había dejado de espiarnos—. Tenían tantas ganas de conocerte...

—¿Tú crees? —me observó burlón—. Estoy seguro de que tu madre preferiría hacer la transición poco a poco, y la entiendo.

—Busquemos entonces una solución intermedia —le sugerí.

—De acuerdo. ¿Qué te parece si nos instalamos aquí, en plan absolutamente casto, y permanecemos abiertos a, cuando lo deseemos...? —Me encantaban todas las acepciones de la palabra «deseo» cuando era él quien la pronunciaba—. Nueva York está lleno de hoteles.

A la espera de que llegaran otras mejores, aquella era una oferta que no podía rechazar. Y con Duncan estaba convencida de que llegarían.

—¿En qué fecha te gustaría que nos casásemos? —me había preguntado durante una conversación por Skype tres semanas después de aquello y unos días antes de que se celebrara la fiesta de compromiso en casa de Alejandro—. Cuando anunciemos que estamos prometidos, todos querrán saberlo.

—No te escudes en los demás. —Reí sin poder contenerme, aunque sabía que aquel era un tema muy serio para él.

—Vale, es cierto. Me importan un bledo los demás. Soy yo quien quiere saberlo.

Escuché y vi su sonrisa a más de cinco mil kilómetros de distancia.

—¿No te basta de momento con el compromiso? —intenté picarlo—. Antes de conocerte incluso dudaba de si querría casarme algún día. Siempre me atrajo más la idea de vivir en pareja. En pecado, como diría mi abuela...

Emitió un gruñido en señal de disconformidad.

—Yo tampoco sentía ningún interés por el matrimonio, pero ya hemos hablado de esto, Alicia. —Pese a la pantalla que nos separaba, advertí entre sus cejas una rayita marcada por la impaciencia—. Y me quieres tanto que no te importa darme ese gusto. Lo prometiste —me recordó—. Entiende que nuestra situación no es la típica. Solo quiero devolver las cosas a su lugar natural, el mismo en el que las dejamos en nuestra anterior vida. Y entonces éramos marido y mujer.

—Sé lo que prometí. Y pienso cumplir mi palabra. Pero no hay prisa, ¿no?

—De acuerdo. No hay prisa, pero que no pase de mayo.

—¡¿Mayo?! ¿Este mayo? ¡Solo quedan seis meses para eso! —me quejé y diseñé una lista mental de los estresantes preparativos que todo bodorrio requiere.

—No te agobies. La organizaremos en equipo, los dos juntos —trató de tranquilizarme—. Y si es lo que deseas, puede ser una ceremonia relativamente íntima. Entiendo que ya tuvimos una boda por todo lo alto hace doscientos años. En realidad me da igual que sea con cientos de invitados o con los testigos y poco más. Allí, en Estados Unidos; o aquí, en Escocia. Por cierto, a Percy le gustaría que se celebrara en Tyne Park. Pero se hará como tú quieras.

—¿¡En Tyne Park!? —pregunté emocionada—. ¡Me encantaría que fuera allí!

—¿Entonces tenemos un trato? —Por su enorme sonrisa deduje que también a él le hacía especial ilusión casarse en su antiguo hogar—. ¿En mayo?

Me reí a carcajadas. Nunca nadie lo había tenido tan fácil para convencerme casi de cualquier cosa.

—Mi caballero chapado a la antigua... —«Más me vale que me ponga las pilas o este Romeo se va a salir siempre con la suya»—. Está bien. En mayo. No me quiero ni imaginar todo lo que se nos viene encima... Por cierto, ¿hablaste con tus padres y con tu hermana?

—Sí. Están deseando conocerte, y, para mi sorpresa, no han hecho demasiadas preguntas. Fanny es la que más ha insistido, pero le he hablado tanto de ti que dice que es como si ya fuerais amigas.

—¡¿Le has hablado mucho de mí?! ¿Y qué le has contado? —pregunté agobiada.

—No te preocupes, nada en plan sobrenatural.

Respiré aliviada. Prefería presentarme ante su familia como una novia normal y corriente, no como el amor de una vida pasada.

—Ah, tengo noticias —continuó como si nada—. He encontrado trabajo en Manhattan. En el Departamento Cardiovascular del Roosevelt Hospital.

—¡¿En serio?! ¡Duncan! ¿Por qué no me lo has dicho antes? ¡Qué alegría! ¡Es increíble!

—¿El Roosevelt pilla cerca de *Duendes y Trasgos*? Si es así, podremos comer juntos de vez en cuando... —comentó como si estuviera visualizando la escena.

—¿Cuándo empiezas?

«Por favor, que sea pronto, que sea muy pronto», pensé cruzando los dedos.

—No tendré que regresar a Edimburgo tras la fiesta de compromiso; salvo por vacaciones, claro.

—¡No puedo creerlo!

—¿Me echarás una mano en la búsqueda de un apartamento? Por supuesto, tiene que ser de tu gusto... Porque, en cuanto desembarque en Nueva York dentro de unos días, me gustaría que tú y yo nos fuéramos a vivir juntos.

—¿Tan pronto? —pregunté solo para picarlo.

—Cariño, te quiero conmigo todos mis días, y también todas mis noches. Debemos recuperar el tiempo perdido.

«¡No me lo puedo creer! Por fin estaremos juntos. Juntos de verdad».

—Te echo tanto de menos... —reconocí—. Hace tres semanas que volviste a Escocia y me han parecido tres años.

—Unos días, solo unos días, y ya no nos separaremos más. Yo también te extraño. No pensé que la distancia pudiera resultar tan dura. Watson dice que estoy insoportable. —Escuché su risa apagada. Iba a hacer un comentario, pero no fui capaz. Mi cabeza le daba vueltas a algo—. ¿Qué ocurre? —preguntó.

No estaba acostumbrada a desvelar mis pensamientos más secretos a otras personas; aun así, sentía la necesidad de compartir con él todas mis tribulaciones, como habíamos hecho siendo Robert y Jane.

—Vamos, conozco esos silencios. ¿Qué te preocupa? —insistió.

—Es que... ¿Y si luego somos incompatibles en el día a día?

—Claro, claro... Es muy probable que eso ocurra —comentó él muy serio. Me estremecí. «También él se lo ha planteado»—. Por favor, Alicia, ¡que nos conocemos de dos vidas! ¿En serio piensas que podría sucedernos algo así?

—¿Tú no tienes ninguna duda?

—Yo no. ¿Las tienes tú? —preguntó preocupado.

—No... Bueno, ¿y si alguna de mis manías te resulta insoportable?

Se echó a reír, aliviado.

—Eso es imposible. Cualquier manía tuya me parecerá encantadora. Pero, amor mío, iremos solucionando los pequeños problemas de convivencia que puedan surgirnos. —Se lo pensó dos veces antes de continuar—. Como que tengas que echar una mano a Zavala y Lefroy en algunos de esos casos paranormales.

De nuevo arrugaba el ceño.

—También de ese tema hemos discutido ya, y quedó zanjado —le refresqué la memoria.

—Lo sé, y no voy a pedirte que renuncies al Club. Pero entiende mis miedos. No quiero que te suceda nada malo. Esta vez, cuando pronuncie mis votos matrimoniales ante el juez y prometa serte fiel en la salud y en la enfermedad, todos los días de mi vida... espero que sea así. Ni un día menos. Hazte a la idea de que soy mayor que tú.

—Sí, claro, solo tres años.

—Da igual. Soy mayor y, por tanto, el primero de los dos que debe abandonar este mundo. Además, las mujeres acostumbráis a tener una vida más longeva que los hombres. Cariño, acabo de recuperarte. No volverás a dejarme solo.

—Eso suena un pelín egoísta —lo acusé en broma.

—Cierto, pero de verdad no puedo vivir sin ti. Otra vez no. —Detecté en su gesto una inquietud que procedía del pasado. Reminiscencias de Robert Galloway. Desde nuestra estancia en Tyne Park los veía claramente fundidos en uno, eran la misma persona. Supuse que a él le ocurría algo semejante con Jane y conmigo.

—Bueno, pues espero que dentro de muchos años, cuando ya seamos viejecitos y nuestros cuerpos no den para más, la muerte acuerde una cita doble con nosotros dos.

—¿Irme de este mundo contigo de la mano? Me parece un buen trato. A eso lo llamaría yo un final feliz.

Me despedí de Edgar con un cariñoso apretón en el brazo y caminé hasta Duncan, que enseguida se percató de mi presencia y, en un gesto muy suyo, me tomó por la cintura, sonriendo. Victoria me secuestró la mano derecha para admirar el anillo de oro blanco, envuelto en dos finas líneas de brillantes incrustados y coronado por un rubí. La anilla de una lata de Coca-Cola en el meñique de un pie me hubiera valido también, cualquier objeto que simbolizara que aquel hombre apuesto, cariñoso, tozudo, inteligente y apasionado me quería en su vida para siempre y que yo lo quería a él.

Como habíamos mantenido en secreto nuestro compromiso, la noche del anuncio oficial fue la primera en que me atreví a lucir la sortija. Victoria enseguida me había interrogado sobre cómo había sido la propuesta de matrimonio. Le conté a grandes rasgos que Duncan me lo había pedido durante un paseo por Central Park, en un precioso rincón flanqueado de árboles y con solo una ardilla como testigo.

No entré en detalles, como que el anillo había llegado a mis manos en el interior de otro regalo. Este me lo enviaba el capitán Galloway, acompañado de una nota escrita de su puño y refinada letra:

Es justo que regrese a su legítima dueña.
Aguardo impaciente el momento de volver a reencontrarnos.
Con cariño, de tu cuñado del pasado y,
si no te arrepientes antes, del futuro,

Percy Galloway

Abrí aquella tapa finamente ornamentada y una canción empezó a revolotear a nuestro alrededor. Duncan había escondido dentro el anillo de compromiso. Lo tomó, hincó una de sus rodillas en el suelo y, tras hacerme la pregunta y yo concederle mi mano con un sí rotundo y definitivo, depositó con delicadeza la caja sobre una roca.

—¿Me concede este baile, señorita? —preguntó tendiéndome la mano.

—Será un honor, *milord* —respondí con una tenue reverencia.

Y me dejé mecer en sus brazos al son que marcaba la música de aquella canción. Nuestra canción. *Annachie Gordon.*

¿TE GUSTÓ
ESTE LIBRO?

**escríbenos y
cuéntanos tu opinión en**

f /Sellotitania   **t** /@Titania_ed

o /titania.ed

#SíSoyRomántica

ECOSISTEMA DIGITAL

NUESTRO PUNTO DE ENCUENTRO

www.edicionesurano.com

2 AMABOOK
Disfruta de tu rincón de lectura
y accede a todas nuestras **novedades**
en modo compra.
www.amabook.com

3 SUSCRIBOOKS
El límite lo pones tú,
lectura sin freno,
en modo suscripción.
www.suscribooks.com

DISFRUTA DE 1 MES
DE LECTURA GRATIS

1 REDES SOCIALES:
Amplio abanico
de redes para que
participes activamente.

4 APPS Y DESCARGAS
Apps que te
permitirán leer e
interactuar con
otros lectores.

 iOS